BASTEI
LÜBBE
TASCHENBUCH

Weitere Titel der Autorin:

Küstenmorde
Möwenschrei
Nebeltod
Sturmläuten
Eisige Flut

Ist so kalt der Winter (Erzählung)
In der heißen Sonnenglut (Erzählung)
Schlaf in tödlicher Ruh (Erzählung)
Keine Seele weint um mich (Erzählung)
Nun schweigst auch du (Erzählung)

Über die Autorin

Nina Ohlandt wurde in Wuppertal geboren, wuchs in Karlsruhe auf und machte in Paris eine Ausbildung zur Sprachlehrerin, daneben schrieb sie ihr erstes Kinderbuch. Später war sie als Übersetzerin, Sprachlehrerin und Marktforscherin tätig, bis sie zu ihrer wahren Berufung zurückfand: dem Krimischreiben im Land zwischen den Meeren, dem Land ihrer Vorfahren. Derzeit arbeitet sie am siebten Krimi um den Flensburger Hauptkommissar John Benthien.

Nina Ohlandt

Dünengeister

Nordsee-Krimi

John Benthiens sechster Fall

BASTEI LÜBBE
TASCHENBUCH

BASTEI LÜBBE TASCHENBUCH
Band 17780

Dieser Titel ist auch als Hörbuch und E-Book erschienen

MIX
Papier aus verantwortungsvollen Quellen
FSC® C083411
FSC
www.fsc.org

Originalausgabe

Textredaktion: Jan Wielpütz
Umschlaggestaltung: Christin Wilhelm, www.grafic4u.de
unter Verwendung von Motiven von © shutterstock: Rainer Fuhrmann | Karen Kaspar | Pawel Uchorczak | s_oleg
Satz: two-up, Düsseldorf
Gesetzt aus der Sabon Next
Druck und Verarbeitung: CPI books GmbH, Leck – Germany
ISBN 978-3-404-17780-6

1 3 5 4 2

Sie finden uns im Internet unter www.luebbe.de
Bitte beachten Sie auch: www.lesejury.de

Personenliste Kripo Flensburg

John Benthien, Erster Hauptkommissar
Tommy Fitzen, Oberkommissar, alter Jugendfreund von Benthien
Lilly Velasco, Oberkommissarin
Juri Rabanus, Hauptkommissar (kommt hier kaum vor)
Leon Kessler, frisch gebackener Kommissar (kommt hier kaum vor)
Mikke Jessen, Kommissaranwärter
Annika Gerisch, Kommissaranwärterin
Ferner: Esther Talley, Mitarbeiterin im Innendienst

Personenliste Kriminaltechnik

Claudia Matthis, Leiterin der Kriminaltechnik
Stefano Rossi
Birgit Timmermann

Weitere

Dr. Thyra Kortum, Oberstaatsanwältin (war Freundin von Benthiens Mutter)
Dr. Radtke, brummeliger Rechtsmediziner aus Kiel

Weitere Personen siehe Anhang

List auf Sylt, 1778

Gestrandet

Haie Melander glitt leise aus dem Bett, um seine Frau und den sechs Monate alten Säugling, seinen Jüngsten, nicht zu stören. Nicht, dass der Lütte wieder anfing zu schreien. Haies bloße Füße verkrampften sich vor Kälte auf den blanken Holzdielen, denn das Feuer im Ofen war längst erloschen. Er schlich sich zur Tür, schloss sie leise hinter sich und kleidete sich hastig an. Arfst und Keno, die beiden jungen Knechte, hatten schon die Pferde vor den Wagen gespannt und seinen Wallach Tillmann gesattelt, der unruhig hin und her tänzelte. Es war eine raue Nacht für Juni, kalt wie im Oktober und erst halb zwölf, aber dennoch Zeit aufzubrechen. Der Sturm nahm beständig zu, und es bestand die Gefahr, dass andere, vor allem die gottlosen Amrumer, ihnen den Fang vor der Nase wegschnappten. Denn es musste schon mit dem Teufel zugehen, wenn in einer stürmischen Nacht wie dieser, geleitet von den trügerischen Leuchtfeuern, kein Schiff an der unbewohnten Sylter Südküste stranden würde.

Keno und Arfst fuhren den Wagen mit den Kaltblütern, Haie, der Deichgraf, galoppierte mit Tillmann quer durch die Dünen in Richtung Strand. Manchmal verfluchte er seinen Wohnsitz so weit im Norden von Sylt und überlegte wieder einmal, in die Mitte der Insel umzuziehen. Der Weg in den Süden, wo dank der Wasser- und Strömungsverhältnisse die meisten Frachtsegler strandeten, dauerte einfach zu lang, zumal er für sein Geschäft keine Zuschauer gebrauchen konnte. Andererseits, den großen Hof hatten seine Vorväter 1672 erbaut, vor rund hundert Jahren, den gab man nicht so einfach auf. Vielleicht sollte er eine Hütte dort unten in die Dünen bauen, eine Art Lager, wo er die Leichen verstecken konnte, bis sie bereit waren für den Transport? Denn er hatte vor, sein lukratives Geschäft auszubauen. Schließlich musste er für eine große Familie sorgen, und die möglichen Einkünfte waren rar, wenn man auf einem kargen Sandhaufen in der Nordsee lebte. Da musste man sehen, wie man zurechtkam.

Haies Bruder war vor einem Jahr auf See geblieben, sein Walfänger vor Grönland gekentert und mit Mann und Maus untergegangen. Daher hatte er nun auch noch Jeskos Familie am Hals, die versorgt werden musste. Aber das Geschäft mit den Leichen lief gut, und Haies Abnehmer – Mediziner, Alchimisten, Anatomielehrer, Universitäten – fragten nicht danach, ob der Handel mit Toten verboten war oder woher diese kamen. Da es viel zu wenig Hinrichtungen für den Bedarf an Leichen gab und die Rechtsgrundlage, nach der Verwandte die leblosen Körper ihrer Lieben verkaufen durften, fragwürdig war, kam es zu dem sonderbaren Umstand, dass frische Verstorbene überall im Deutschen Reich Mangelware waren. Da kamen die Gestrandeten gerade recht, die Schiffbrüchigen, deren Briggs, Schoner und Fregatten zwischen den trügerischen Sandbänken der Nordsee auf Grund gelaufen waren. Immerhin erhielten sie nach der Sektion ein anständiges christliches Begräbnis. Und ganz nebenbei dienten sie der Wissenschaft. Abgesehen davon, dass die Melanders von dem Salär Vieh kaufen konnten und so neben Fisch, Gemüse und Kartoffeln auch Fleisch auf den Tisch kam, erlaubte der Leichenhandel es ihnen, die Kinder zur Schule zu schicken, das Dach neu zu decken und ein Stück

Land zu erwerben, das noch halbwegs fruchtbar und noch nicht von der Großen Düne überwandert worden war wie die Ländereien der Vorfahren.

Zwischen den Wolken kam der Mond hervor, und Haie trieb sein Pferd an. Es trabte durch den tiefen Sand der Großen Düne, die auf der Insel nur als die »Geisterdüne« bekannt war. Der Legende nach hatten an diesem Ort in früheren Jahrhunderten die Einheimischen ihre wilden Orgien und Besäufnisse gefeiert, nachdem sie die gestrandeten Schiffe ausgeraubt, die Besatzung, sofern sie nicht ersoffen war, erschlagen und die Beute in Sicherheit gebracht hatten. Es war ein verrufener, ein verteufelter Ort dort in den Dünen, um den die Insulaner in abergläubischer Scheu einen weiten Bogen machten, doch Haie war das gerade recht. Er mochte es nicht, wenn ihm die Einheimischen zu dicht auf die Pelle rückten – deshalb war ihm daran gelegen, die Geisteratmosphäre der Düne zu bewahren. Ab und zu entfachten er und die Seinen dort große Feuer. Sie zogen orientalische Gewänder an, die der eine oder andere verunglückte Segler aus Porto Alegre, Batavia oder Santo Domingo in einen der fernen Ostseehäfen hatte bringen wollen, und erschreckten die Leute. Als dann noch ein kleines Mädchen am Fuß der Düne spurlos verschwand und nie wieder auftauchte, war die Legende um den unheimlichen Ort perfekt. Allerdings dachte niemand auch nur im Traum daran, die ehrenwerte Familie Melander zu beschuldigen oder auch nur schief anzusehen. Im Gegenteil, man bewunderte ihren Mut, sich von der Geisterdüne und all den dunklen Machenschaften, die dort vorgehen mussten, nicht ins Bockshorn jagen zu lassen.

Besonders Haie war allseits geachtet und hoch angesehen als Deichgraf. Er war derjenige, der über die Sicherheit der Deiche wachte, damit die Insel nicht von der allseits bereiten, räuberischen Nordsee verschlungen wurde. Er war es, der für den Schutz der Insel und die Instandhaltung der lebensrettenden Deiche sorgte. Er war an vorderster Front dabei, wenn Sturmfluten gegen diese Bollwerke anbrandeten, wenn seine Leute hastig Sandsack um Sandsack füllten und mit ihrem Leben jeden Zentimeter Boden verteidigten. Man liebte ihn nicht, dafür war er zu rau, zu streng und kompromisslos. Aber man vertraute ihm, dem Mann mit dem zotteligen blonden Bart, den man Tag und Nacht auf seinem Rappen Tillmann durch die Dünen reiten sah.

Der düstere Reiter, beschienen vom fahlen Mondlicht, trieb sein Pferd im Galopp durch den weißen Dünensand, durch Heide und Strandhafer hinab an den menschenleeren Strand. Hoffnungsvoll hielt er Ausschau. Gab es schon Lichter zu sehen auf den weißschäumenden Wellen, Schiffe, die verzweifelt gegen den Sturm ankämpften, hoffnungsvoll nach einem Küstenstreifen Ausschau haltend, nicht wissend, dass der ihr Verderben sein würde? Er ließ den Blick übers Meer gleiten, sah den Schein der falschen Leuchtfeuer auf dem Wasser, aber ein Schiff war weit und breit nicht zu sehen.

Dennoch trieb Haie sein Pferd an, das in einem wahren Rausch der Geschwindigkeit über den festen Wattboden fegte, durch den Schaum, den die Wellen an Land trieben, südwärts, wo hoffentlich inzwischen Beute auf sie wartete.

Und er hatte sich nicht getäuscht!

Haies scharfe Augen hatten schon weit entfernt vom Hörnumer Strand die Brigg entdeckt, die mit schwerer Schlagseite auf den Wellen trieb, und gab dem Gaul die Sporen. Etliche Sylter waren mit ihren Booten bereits zur Stelle, etliche Leiber trieben im wild aufgewühlten Wasser, etliche lebten noch und schrien um Hilfe. Haie wusste, sie würden nicht überleben. Wer nicht von selbst ertrank oder sich ans Ufer retten konnte, wurde erschlagen oder ertränkt, denn die Schiffsladung war reiche Beute, selbst wenn es nur Holz war. Die Insulaner sahen es als ihr gutes Recht an, die Ladung als ihr Eigentum zu nehmen. Überlebende waren da nur im Weg. Und da kam nun Haie ins Spiel. Mit Hilfe seiner Knechte brachte er die eine oder andere Leiche – möglichst junge, kräftige Männer, denn die waren gefragt – in seine Karre, wo er sie stapelte.

Diesmal waren es zwölf Stück, eine respektable Beute! Von dem Erlös konnte die Familie etliche Monate überleben.

Als er seinen letzten Gang ans Ufer machte, sah er zu seinem großen Erstaunen, dass eine junge Frau von den Wellen an Land geworfen wurde. Was hatte sie auf dem Schiff gemacht? Es kam nicht allzu oft vor, dass junge Frauen auf einem Handelsschiff mitfuhren. Er betrachtete sie im Mondlicht: Sie war auffallend schön, mit ebenmäßigen Gesichtszügen und langen schwarzen Haaren. Ihre Kleider klebten an ihrem schlanken Körper wie eine zweite Haut. Irgendwie missfiel es ihm, sie wie ein Stück Abfall zu den Leichen auf den Wagen zu legen. So gab er Keno und Arfst ein Zeichen, loszufahren, und sorgte nun selbst für den Transport der schönen Toten, indem er sie in seine Arme nahm und vor sich aufs Pferd setzte.

Er lenkte den Gaul zum Strand, wo es noch immer hoch herging. Die Strandräuber schrien noch lauter als der Sturm, manche lachten und jauchzten vor Freude über die Beute, andere waren in heftige Schlägereien verwickelt, die auch schon so manch einheimischen Toten zurückgelassen hatten. Mehrere Holzboote schaukelten noch auf den Wellen, gerieten nun selbst in Seenot, während die Brigg bereits zur Hälfte versunken war. Weit draußen entdeckte Haie die Boote der Amrumer, die sich wohl schon auf die Beute gefreut hatten. Nun waren sie auf dem Rückzug.

Seine Knechte würden den Wagen in den Hafen fahren, die Leichen an Bord seines Seglers bringen und noch in dieser Nacht übers Wattenmeer nach Hoyer segeln. Was aber sollte er mit der Frauenleiche anfangen? Sie in der Düne begraben? Der Gedanke, dass sie im Sektionsraum aufgeschnitten und ausgeweidet wurde, behagte ihm gar nicht.

Haie gab dem Pferd die Sporen. Auf nach List! Unterwegs würde er sich überlegen, was er mit dieser Schönheit machen sollte.

Er war schon auf der Höhe von Rantum, als er bemerkte, dass die junge Frau fast unhörbar atmete. Dann schlug sie die Augen auf. Im fahlen Mondlicht sah er, dass sie glänzend und dunkel waren wie ein Stück Ebenholz.

List auf Sylt, 1914

Gemordet

Sorgfältig zog Carola die grüne Tinte in den Füllfederhalter, den der Großvater ihr zur Konfirmation geschenkt hatte, damals in Pommern, auf Gut Lubowitz. Sie war so stolz gewesen, als sie ihren Namen in goldener Schrift eingraviert sah: Carola Henriette Borgwart. »Möge er dir Glück bringen in deinem zukünftigen Leben, mein Kind«, hatte der Großvater gesagt, und genau das war auch eingetreten, dachte Carola. Glück, Anerkennung und Erfolg hatte er ihr gebracht, denn bald würde ihr vierter Lyrikband herauskommen. In *Der Sturm*, der Zeitschrift für Kunst und Kultur von Herwarth Walden, waren bereits zwei ihrer Gedichte abgedruckt worden, und eines davon hatte einen Preis erhalten. Im nächsten Heft sollte ein langer Artikel über sie erscheinen. Und nun hatte man sie gebeten, ihr Leben in Stichpunkten aufzuschreiben, als Vorbereitung sozusagen für den biografischen Abriss.

Sie rückte ihren Schreibblock zurecht. Geboren: 16. Juli 1890 auf Gut Lubowitz. Vater: Anton Jacob Borgwart, Gutsverwalter, gestorben 1899, da war sie gerade mal neun gewesen. Übersiedelung nach Sylt, als sie vierzehn war. Auf einer vornehmen Hochzeitsfeier im Hotel Adlon in Berlin hatte ihre Mutter den Manufakturbesitzer Heinrich Melander aus List auf Sylt kennengelernt. Acht Wochen später waren sie verlobt, sechs Monate danach verheiratet, womit natürlich auch ein Umzug nach Sylt verbunden war.

Carola fiel es schwer, sich von ihren Großeltern und dem Gut zu trennen, zumal sie zu ihrem Stiefvater keine sehr enge Beziehung aufbauen konnte. Er war ihr gegenüber freundlich, aber auch steif und geschäftsmäßig; und obwohl er zwei Söhne besaß, war ihm die Welt der Kinder verschlossen. Carl und Wilhelm verehrten ihren Vater zwar, doch das Verhältnis blieb distanziert. Carola war insofern ganz zufrieden, als sie von ihrem Stiefvater nicht allzu viel mitbekam. Heinrich hatte einige Jahre zuvor, zusammen mit einem Freund, ein inzwischen äußerst erfolgreiches Unternehmen gegründet, in dem Fahrzeuge für kleine Kinder hergestellt wurden. Dreiräder, Roller, Draisinen, Fahrräder, Tretautos. Sogar bis nach Übersee reichten die Geschäftsbeziehungen der Melander-Werke. Er hatte also in seiner Manufaktur, die sich auf dem Gelände des Lister Hafens befand, genug zu tun, und für die Kinder blieb ihm wenig Zeit.

Wilhelm und Carl waren ein paar Jahre älter als Carola, genauer gesagt, fünf und sieben Jahre. »Und ich Schaf habe mich sofort in ihn verliebt«, dachte Carola belustigt, während sie den Füller beiseitelegte und verträumt aus dem Fenster auf die karge Dünenlandschaft blickte.

Wilhelm! Er war ihre große Liebe gewesen, von Anfang an.

Er war so anders als sein älterer Bruder. Immer zu Streichen aufgelegt, spontan, temperamentvoll, und sein herzhaftes Lachen drang durch alle Räume. Auf jeden Fall war er der Liebling der Köchin, die ihm allerlei Leckereien zwischen den Mahlzeiten zusteckte, die er dann mit Carola in seinem Versteck hinter den Eiben teilte. Sein Bruder Carl war ein Einzelgänger, und Carola schien es, als sei er kalt und berechnend. Wenn er sie durch seine dicke, randlose Brille betrachtete, als habe er ganz vergessen, dass sie ein Mensch war und kein Insekt unter einem Mikroskop, lief ihr ein eisiger Schauer über den

Rücken. Wilhelm war menschlicher und berechenbarer. Wenn er sie mit seinen großen, dunklen Augen unter dem schwarzen Haarschopf ansah, sah sie den Schalk darin, und ihr Herz flog ihm zu.

Wieder unterbrach sich Carola in ihrer Niederschrift. Es war befreiend, ihr Leben Revue passieren zu lassen, aber ihr war klar, dass ihre Ausführungen viel zu ausführlich waren, ein paar Stichworte würden genügen. Etwa, dass sie seit zwei Jahren mit Wilhelm verlobt war – seit er seine Studienzeit in Tübingen beendet hatte – und ihn bald heiraten würde. Das interessierte die Leser. Das andere vielleicht auch, aber allzu privat wollte sie nun doch nicht werden.

Versonnen lehnte sie sich zurück. Im Haus war es sehr still. Die drei Herren waren, wie meist um diese Zeit, noch in der Manufaktur, ihre Mutter hatte sich jetzt gegen Abend, nachdem es kühler geworden war, zu einem Besuch bei der kranken Frau eines der Arbeiter aufgerafft, um ihr einen Korb mit Obst zu bringen. Die Angestellten arbeiteten unten in der Küche. Carola liebte es, allein im Haus zu sein. Sie liebte es, durch die Räume zu gehen, das glänzende, seidige Holz der Tische und Schränke zu fühlen, die Schnitzereien zu sehen, die weichen Teppiche unter den Füßen zu spüren, die alten roten Holzdielen knacken und knirschen zu hören. Sie liebte den Duft von Sandelholz, altem Papier, Leder und Zigarillos im Herrenzimmer, das eigentlich Heinrichs Arbeitszimmer und für sie tabu war, in dem er seine Konferenzen mit den Söhnen und Thure Bassewitz, seinem Partner, abhielt, und wo er wichtige Entscheidungen traf. Oft schlich sie sich dennoch in sein Zimmer, setzte sich an den Schreibtisch aus Palisander und Vogelaugenahorn, mit den vorgesetzten Balustersäulen und der gediegenen grünen Lederauflage und suchte nach Inspiration für ihre

Gedichte. Hier fühlte sie sich wohl und ein klein wenig bedeutend. Ihr eigener Schreibtisch war eher zierlich. Früher hatte er ihrer Mutter gehört und war ein Geschenk ihres fortschrittlichen Großvaters gewesen, der ihn seiner Tochter aus England mitgebracht hatte. Doch als Carolas erster Gedichtband herauskam, hatte ihn ihr die Mutter überlassen, und Carola war unbeschreiblich stolz und glücklich gewesen. Sollte Wilhelm doch darüber spotten, dass sie einen eigenen Schreibtisch besaß. »Als wenn ein simpler Tisch für deine Schreiberei nicht genügen würde!«, hatte er gesagt. Sie lächelte still vor sich hin. Wenn er wüsste, dass in ihrem kleinen Schreibtisch ein wunderbares Geheimfach vorhanden war, in dem sie alles verstecken konnte, was seine neugierigen Augen nicht sehen sollten! Aber sie würde sich hüten, es ihm zu erzählen!

Dass sie Gedichte schrieb und damit auch noch erfolgreich war, nahm Wilhelm nach wie vor nicht ernst, hatte aber auch keine Einwände dagegen. Manchmal, an stillen Sommerabenden, nahm er sich sogar die Zeit, sich ihre neuesten Werke vorlesen zu lassen. Meist saßen sie dann im Pavillon, der ein Stück vom Haus entfernt auf einer Anhöhe stand, nahe der Großen Düne. Carola mochte den Pavillon eigentlich nicht. Außer einem schönen Blick aufs Meer bot er nichts, was sie anzog. Vor allem mochte sie die Nähe zur Düne nicht, diesem weißen Sandhaufen, der ihr Schauer über den Rücken jagte.

Carola fand, dass dieser aus so unfassbar viel Sand geformte, langgestreckte Koloss ein seltsames Eigenleben besaß, obwohl sie nicht genau erklären konnte, woran sie das festmachte. Die Düne hatte ein verborgenes Leben und, wie ihr schien, ein pochendes Herz. Der Sand war, leise knisternd und voller Geheimnisse, ständig in Bewegung. Kompromisslos gehorchte er dem Wind unter dem Orgelton des Meeres. Schon seit Menschengedenken schleppten sich die Sanddünen über die Insel, ausgehend vom Meer im Westen und alles unter sich begrabend, was ihnen im Wege war: Wald, Heide, Fischerkaten. Auch diese Düne wanderte, mehrere Meter im Jahr, und irgendwann würde sie auf der anderen Seite der Insel im Wattenmeer versinken. Doch bis dahin hätte sie Leben vernichtet wie das kleine Wäldchen, dessen Baumgerippe seine weißgebleichten Äste in einer hilflosen Geste aus dem Sand gen Himmel streckte.

Nein, Carola mochte die Große Düne nicht, sie machte ihr Angst. Doch um dieser Angst zu begegnen, sie vielleicht einmal überwinden zu können, ging sie immer wieder an der Düne spazieren, umrundete sie, griff sich eine Handvoll des feinen Sandes und ließ ihn durch die Finger rieseln.

Auch heute spazierte sie hinaus in den lauen Sommerabend, bis zum Pavillon führte sie ihr Weg. In ihrer Erinnerung hörte sie lachende, kreischende Jungenstimmen, denn Carl hatte eins ihrer Gedichte an sich gebracht, die sie damals, siebzehnjährig, für Wilhelm geschrieben hatte, der gerade zum Studium nach Tübingen abgereist war.

Dein Lächeln
Ich zehre am Abend davon
Wenn es kalt wird
Wenn der Hunger kommt
Wenn die Ratten das sinkende Schiff verlassen.
Dein Lächeln:
Mein Leuchtturm
Mein Herdfeuer
Meine letzte Zuflucht
Du Licht meines Herzens,
wann kommst du zurück?

Sie konnte es immer noch auswendig, obwohl sie es damals, nachdem Carl und seine Freunde sie mit Hohn und Spott überschüttet hatten, heulend in den Kamin geworfen hatte.

Natürlich war es schauderhaft schlecht gewesen, besonders die Stelle mit den Ratten – wie war sie nur darauf gekommen? –, doch vom Schreiben hatte sie diese Erfahrung nicht abhalten können.

Und noch ein anderes unangenehmes Erlebnis verband sie mit dem Pavillon, das sich einfach nicht aus ihrer Erinnerung löschen ließ. Es war ein schöner Abend gewesen, den sie kurz nach ihrer Verlobung mit Wilhelm im Pavillon verbracht hatte. Nach dem Essen waren sie hinausgewandert, hatten den romantischen Sonnenuntergang betrachtet und Wein getrunken. Plötzlich und gänzlich unerwartet hatte Wilhelm sie heftig in den Arm genommen und wild geküsst. Es war das erste Mal, dass er sich so benahm, und Carola war völlig verstört gewesen und wusste nicht, was sie tun sollte. Sie versuchte, ihn zurückzuschubsen und von sich fernzuhalten, doch er riss ihr Bluse und Mieder auf und biss sie in die Brust. Erst ihr Schmerzensschrei brachte ihn wieder zur Besinnung. Danach hatte er sich mehrfach entschuldigt, ihr die Bluse zugeknöpft und sie mit einer zärtlichen Umarmung wieder ins Haus geleitet.

»Männer sind eben so, das müssen wir hinnehmen«, hatte die Mutter Carola am nächsten Tag erklärt. »Manchmal können sie sich einfach nicht beherrschen, dann geht es mit ihnen durch. Aber du kannst daraus ersehen, dass Wilhelm dich liebt! Und das ist es doch wert, oder nicht?«

Inzwischen war sie sich da nicht mehr so sicher. Sein Benehmen ihr gegenüber wurde immer seltsamer, immer zudringlicher. Daher schloss sie nun jeden Abend ihre Tür ab und hütete sich auch tagsüber, mit Wilhelm allein zu sein.

Warum, fragte sie sich unglücklich, als sie ins Haus zurückkehrte, konnte sie nicht einfach vergessen, was er getan hatte? Sie ging durch die große Halle, in der eine Art Ahnenreihe der Melanders prunkte, stolz aufgehängt von ihrem zukünftigen Schwiegervater. Alles aufrechte, hochmütige Männer, dachte Carola, Männer mit großen, ebenholzschwarzen Augen. Haie, der Deichgraf, auf seinem Rappen, Heinrich, der erfolgreiche Fabrikherr, an seinem Schreibtisch. Und dazwischen all die anderen, die immer zu den Honoratioren der Insel gehört hatten.

Plötzlich ganz erschöpft, stieg Carola die Treppe hinauf zu ihrem Zimmer. Sie setzte sich an ihren Schreibtisch, holte ihre Mappe hervor, nahm den Füllfederhalter und begann zu schreiben.

Eine Stunde später blickte sie erstaunt auf ihren Text. Hatte *sie* das eben geschrieben? Wie in Trance war die Feder übers Papier gefahren und hatte ihr ein ungeahntes Glücksgefühl beschert, ein Gefühl der Befreiung.

Während sie darüber nachsann, glaubte sie, ein Geräusch zu hören. Ein Rascheln, das vorsichtige Knarren von Holz. Eine Tür, die leise geschlossen wurde. Sie stand auf, ging zur Galerie, lauschte. War ihre Mutter zurückgekommen? Aber sie pflegte doch immer laut zu rufen, wenn sie hereinkam: »Ich bin zurück!«

Nein, ihre Mutter war es nicht. Carola stand oben an der geschwungenen Treppe und blickte in die Halle hinab. Kein Mensch war zu sehen, kein Laut zu hören. Das Geräusch war aus dem rechten Flügel des Hauses gekommen, der in Richtung der Straße lag und in dem sich das Arbeitszimmer von Heinrich befand. Langsam, unentschlossen ging sie hinüber und öffnete leise die Tür. Am Schreibtisch, mit dem Rücken zu ihr, saß ein Mann im maßgeschneiderten grauen Tweedanzug. Heinrich? War er krank? Sein Kopf lag auf dem Tisch, ein Arm hing kraftlos nach unten. Erst als sie näher kam, entdeckte sie das Blut, das sich wie ein Kranz um den Kopf herum gebildet hatte und mittlerweile fast schwarz war. Und es war nicht Heinrich, sondern Thure Bassewitz, der Kompagnon ihres Stiefvaters.

Unten knarrte das Tor. Carola rannte zum Fenster und sah gerade noch, wie jemand in gestreiften Hosen und einer karierten Schlägermütze, die sie sehr gut kannte, auf der Straße davonlief. Ein Rascheln ließ sie herumfahren. Einer der langen, samtenen Vorhänge vor einem der hinteren Fenster, der seltsamerweise zugezogen war, bewegte sich leicht. Versteckte sich da jemand? Carola rannte zur Tür, die Treppe hinunter und aus dem Haus, bis hinüber zu den Nachbarn, zu ihrer Freundin Geseke. Sie stürzte durch den Garten in die Küche.

»Holt die Polizei! Bei uns im Haus liegt ein Toter!« rief sie atemlos, bevor sie auf der Küchenbank niedersank und sich völlig verwirrt fragte, ob sie das eben wirklich erlebt hatte.

Flensburg, Nordfriesland / List auf Sylt, 1915

Gehenkt

3. März 1915

Mein Liebling, meine liebste Regine,
heute ist mal wieder ein Tag, an dem wir schreiben dürfen. Eben hat mir der Wärter, auf meinen Wunsch hin, Papier und Feder in meine Zelle gebracht, und so kann ich Dir endlich ein paar Worte zukommen lassen.
Wie geht es Dir, meine Geliebte? Ich hoffe sehr, Du und die Kinder, Ihr befindet Euch wohl, und dass die Hilfe Deiner Eltern nicht nachlassen mag. Ich bin gottfroh, dass auch sie an meine Unschuld glauben. Du und ich, meine Liebste, wir wissen, dass ich Bassewitz nicht erschlagen habe, aber was nützt uns das? Man hat mich schuldig gesprochen, und niemand glaubt uns, dass ich zu dieser Zeit zu Hause bei Dir war. Nachher will mich noch einmal mein Verteidiger besuchen, Herr Kehrmann, warum, weiß ich nicht. Was kann er denn jetzt noch tun? Vielleicht, ja ganz vielleicht kommt er, um mir zu sagen, dass die Todesstrafe umgewandelt wurde in eine Zuchthausstrafe. Das ist meine Hoffnung, obwohl … ist lebenslanges Zuchthaus soviel besser als ein schneller Tod? Ich weiß es nicht. Ich weiß allerdings, dass sich der Mensch an alles gewöhnt, selbst an die schlimmsten Situationen, so wird vielleicht auch das nicht so schlimm, wie ich es mir jetzt vorstelle …
Ach mein Liebstes, ich will Dir das Herz nicht schwer machen,

aber was soll ich sagen? Es gibt so wenig Erfreuliches hier … Doch, eines hat mich gefreut: Wir bekamen gestern Abend eine Gemüsesuppe, die ausnahmsweise einmal herzhaft gewürzt war, das hat mich etwas belebt. Sonst gibt es meist nur Wasser- und Milchsuppe. Dass Du mir immer Kuchen mitbringst, ist vielen hier ein Dorn im Auge. Ich freue mich so sehr, dass Du mich bald besuchen kommst, mein geliebtes Mädchen. Versprichst Du mir eins? Lass uns über die schönen Momente in unserem Leben reden, über die Kinder, unsere Hochzeit, unsere Ausflüge an den Strand … wie sehr ich das alles vermisse! Ich sitze oft hier auf der Holzpritsche, schließe die Augen und lasse im Geiste ganze Landschaften entstehen – komischerweise scheint dort immer die Sonne –, das glitzernde Meer, der warme Sand, die Kinder, die »Backe, backe Kuchen« spielen, und Mohrli, der sich durch den Sand auf die andere Seite des Erdballs buddeln will … Ich hoffe, er frisst jetzt wieder anständig?
Manchmal, vor dem Schlafengehen, spüre ich Deine weichen Arme um mich, die Wärme Deiner Haut … und fühle mich, nur für wenige Augenblicke, getröstet. Werden wir je wieder zusammenkommen?, frage ich mich.

Gerade war Kehrmann da. Er teilte mir mit, dass meine Hinrichtung am 7. Mai stattfinden soll. Aber er hatte auch einen kleinen Hoffnungsschimmer: Er meinte, wenn ich genügend Fürsprecher fände, bestünde die Möglichkeit einer Begnadigung, da ich mir bisher im Leben kein Fehlverhalten habe zu Schulden kommen lassen. Ich weiß jetzt nicht, ob ich hoffen oder bangen soll, meine Liebste …

Regine Johannsen betrat nur zögernd die Bibliothek. Die hohen Regale mit hunderten von Büchern und ledergebundenen

Folianten schüchterten sie ein. Die Luft roch abgestanden, kalt. Heinrich Melander deutete auf einen tiefen Ledersessel, in dem die zarte, abgemagerte Regine fast verschwand. Er selbst setzte sich ihr gegenüber auf einen Stuhl.

»Was kann ich für Sie tun, Frau Johannsen?«

Regine riss sich zusammen. Sie hatte sich doch tausendmal vorgebetet, was sie dem ehemaligen Chef ihres Mannes sagen, um was sie ihn bitten wollte, doch jetzt erinnerte sie sich an kein einziges Wort.

Er sah so vornehm aus, so unnahbar in seinem dreiteiligen Anzug mit dem Lederrevers und der goldenen Taschenuhr, die er mit leiser Ungeduld immer wieder durch die Finger gleiten ließ. Sein grauer Schnauzer war exakt gestutzt, der Scheitel kerzengerade gezogen. Mit seinen dunklen Augen sah er sie unverwandt an.

Himmel! Er konnte sich doch wohl denken, was sie wollte.

»Bitte« – sie knetete ein Taschentuch zwischen ihren Händen, denn die Tränen wollten schon wieder kommen –, »bitte, können Sie nicht irgendwas für meinen Mann tun? Er hat doch lange und gut für Sie gearbeitet …«

Ihre Stimme verlor sich. Das war der falsche Anfang gewesen! Immerhin hatte Heinrich Melander Frerk rausgeschmissen, angeblich, weil er in angetrunkenem Zustand die Herstellung eines teuren Tretautos völlig verhunzt hatte. Frerk hatte angeboten, das Material zu bezahlen, doch das hatte man abgelehnt. Auch die Erklärung, dass er in der Mittagspause nur ein einziges Gläschen Schnaps getrunken hatte anlässlich der Geburtstagsfeier eines Freundes, hatte ihn nicht gerettet, obwohl die Chefs wissen mussten, dass Frerk sonst nie trank. Dafür wäre auch gar kein Geld übrig gewesen, bei zwei Kindern. Nein, sie musste anders anfangen, noch mal von vorn.

Regine strich sich ein paar karottenrote Strähnen aus dem Gesicht voller blasser Sommersprossen.

»Frerk hat mir geschrieben«, erzählte sie leise und drängend, »einen völlig verzweifelten Brief. Er hat erfahren, dass sein Todesdatum jetzt feststeht: im Mai! In zwei Monaten wollen sie ihn hängen!« Sie rang die Hände. »Bitte … Sie müssen etwas für ihn tun! Er hat Herrn Bassewitz doch nicht erschlagen! Das weiß ich genau, denn er war zu der Zeit bei mir zu Hause. Warum glaubt uns denn niemand, um Himmels willen?«

»Nun ja, gute Frau, er ist gesehen worden, hier auf dem Gelände, das wissen Sie doch. Meine Stieftochter hat ihn erkannt.«

»Kann ich sie sprechen?«, fragte Regine hastig. »Nur für einen kurzen Augenblick? Ich will sie nicht belästigen, aber sie muss sich geirrt haben …«

Heinrich Melander holte ein silbernes Etui aus seiner Anzugtasche, entnahm ihm ein schlankes Zigarillo und zündete es an. Er sah Regine mit einem Ausdruck an, den sie nicht ganz deuten konnte. »Fräulein Borgwart ist nicht mehr bei uns. Tut mir leid, gute Frau, aber ich wüsste nicht, was ich für Sie oder vielmehr Ihren Mann jetzt noch tun könnte. Er wurde rechtmäßig verurteilt, nach den Regeln der deutschen Justiz.«

»Aber das Urteil ist falsch!«, rief Regine verzweifelt. »Frerk ist ein herzensguter Mensch, er könnte niemals einen anderen Menschen erschlagen! Er hat es nicht getan, ich weiß es doch, er war bei mir und hat die Wäsche gelegt!« Sie wischte sich ein paar Tränen aus den Augenwinkeln. »Sie können ihn doch nicht aufhängen für etwas, das er nicht getan hat! Gibt es denn keine Gerechtigkeit mehr?«

Heinrich Melander stand auf und wanderte im Zimmer hin und her. »Ich könnte ein Billett an den Innenminister schicken und um Gnade bitten«, sagte er zögernd. »Ich könnte mit dem Richter reden. Aber ob das was nützt …«

»Das würden Sie tun?«, fragte Regine eifrig. »Bitte … würden Sie es tun?«

Er blickte auf sie hinunter, ein hochgewachsener Mann mit undurchschaubarer Miene. »Ich kann es versuchen«, sagte er steif. »Aber machen Sie sich keine allzu große Hoffnungen … Verstehen Sie: Mein ältester Sohn wurde eingezogen, er muss in den Krieg, ich selbst habe auch meine Sorgen …«

Kurz darauf stand Regine Johannsen im Hof des großen Anwesens, noch immer halb betäubt von Melanders Redefluss. Meinte er es ernst, oder hatte er sie nur loswerden wollen? Die Erleichterung, die sie im ersten Augenblick empfunden hatte, als er sie aus dem Zimmer geleitete und sie die großartige, geschwungene Treppe hinunterstieg, die von der Galerie in eine pompöse Halle voller Ahnenbilder führte, war schon wieder einem dumpfen Druck gewichen, den sie als Angst, ja fast schon als Panik erkannte.

In der Ferne erhob sich wie ein Koloss die verwunschene Düne.

Verwundert betrachtete sie die Krokusse, die im hellen Sonnenlicht aus dem Boden sprossen, das grelle Gelb der Forsythienbüsche, die im Heidekraut anfingen zu blühen. Es wurde Frühling, ging es ihr durch den Kopf, und sie erschrak. Für sie war es bisher Winter gewesen, ein langer, kalter, grausamer Winter ohne ein Licht der Hoffnung. Bald, allzu bald würde der Mai ins Land ziehen. Was würde nur aus ihnen allen werden?

Am 7. Mai 1915 beschoss ein deutsches U-Boot das Passagierschiff Lusitania; über tausend unschuldige Zivilisten, die auf dem Weg von New York nach Europa waren, ertranken im kalten Atlantik. Die Zeitungen berichteten weltweit.

Ebenfalls am 7. Mai 1915 wurde in Flensburg der Häftling Frerk Johannsen morgens gegen sechs Uhr durch den Strick hingerichtet.

Auch er ein unschuldiger Mann, doch darüber berichtete keine Zeitung.

Seine junge Frau brach an seinem Grab weinend zusammen.

Kapitel 1

Lilly ließ ihr Strickzeug, das ein langer Winterschal für John werden sollte, sinken. Ihre Hände schwitzten, und ihr war klar, dass es eine wahre Schnapsidee gewesen war, bei dreißig Grad Hitze mit warmer Wolle in Kontakt zu kommen, selbst wenn sie im Schatten saß. Sie legte das Strickzeug beiseite und versenkte Hände und Arme in einem Eimer mit Eiswasser, den sie mit auf die Terrasse gebracht hatte. Außer ihren Händen kühlte er auch eine Flasche mit einem selbstgemachten Mix aus Mineralwasser und Grapefruitsaft. Das kalte Wasser erfrischte Arme und Ellenbeugen; sie spritzte es sich ins Gesicht und aufs Dekolleté und benetzte den Hals, besonders im Nacken. Sofort fühlte sie sich ein bisschen wohler. Große Hitze war einfach nicht ihr Ding, zumal der allgegenwärtige erfrischende Nordseewind heute zu einem heißen Wüstenhauch verkommen war. Nichts außer den Rasensprengern auf den angrenzenden Grundstücken bewegte sich, selbst die watteartigen Wölkchen schienen am unbarmherzig blauen Himmel festgewachsen zu sein. Sommer auf Sylt – er war unberechenbar wie die Lottozahlen. Letzte Woche noch hatte es gestürmt und geregnet, jetzt hielt man es in den schattenlosen Dünen und am Strand kaum aus.

Lilly stand auf, um John die kalte Flasche aus dem Eimer zu bringen. Sie wunderte sich, dass ihm die Hitze nicht mehr zusetzte. Die ganze Zeit hatte sie die eifrigen Klopfgeräusche vernommen, mit dem er in seinem kleinen Dünenverhau den Stein bearbeitete, der einmal zu einem Charakterkopf werden sollte. Vor gut einem Jahr hatte John festgestellt, dass es ihm Spaß machte, Stein künstlerisch zu gestalten. Er hatte sich verschiedene Materialien kommen lassen, sie in einer Dünenmulde auf seinem Grundstück in einem hölzernen Unterstand gelagert, war dann aber monatelang nicht dazu gekommen, sich mit seinem neuen Hobby zu beschäftigen. Er behauptete, ihm fehle die innere Ruhe dazu. Letztes Wochenende aber, nach einem eher geruhsamen Frühjahr, in dem sich die Kriminalität in Grenzen gehalten und sie sich im Flensburger Morddezernat beinahe schon gelangweilt hatten, war er auf die Idee gekommen, einen Kopf zu gestalten, ohne Vorlage, einfach aus der Fantasie heraus. »Mal sehen, wohin mich mein Meißel führt«, hatte er grinsend gesagt und einfach angefangen. Und nun, nach einer Woche, war er immer noch dabei. Beide, Lilly und John, hatten sich Urlaub genommen und an das Wochenende drangehängt, so dass sich Lilly auf ein paar entspannte Tage freute. Sie lief auf nackten Füßen durch den Sand, hinunter in das kleine Dünental, das zu Johns altem Kapitänshaus gehörte, und überraschte ihn in dem hölzernen Unterstand, indem sie ihre immer noch kalten Hände in seinen Nacken legte. Sie fuhr mit der Hand in sein volles braunes Haar, so dass es in alle Richtungen stand, kraulte seinen Hinterkopf gegen den Strich, bis er aufhörte zu meißeln, sich aufrichtete und nach mehr kühlenden Massageeinheiten verlangte.

»Mein Nacken ist völlig verspannt von der Arbeit«, behauptete er.

Lilly stellte die kalte Flasche auf einen Tisch mit verschiedenen Werkzeugen. »Darüber reden wir später, mein Lieber. Hier, trink ein paar Schluck, sonst dehydrierst du noch.« Sie legte den Kopf schief und betrachtete Johns Werk. Immerhin konnte man inzwischen vage erkennen, dass es ein Kopf werden sollte.

Welchen Geschlechts, war allerdings unklar. »Das Grübchen in der Wange, ist das Absicht? Oder ist dir da der Meißel abgerutscht?« Sie setzte sich auf den Tisch und ließ die nackten, schon gut gebräunten Beine baumeln.

John Benthien, Erster Hauptkommissar bei der Flensburger Kripo, der sich gerade sein restliches Mineralwasser wie eine Dusche über den Kopf goss, sagte würdevoll: »Alles hier ist Absicht, Lilly.«

»Auch die Kartoffelnase?«

»Ich bin noch dabei, sie zu glätten.« Tropfen des Mineralwassers hingen an Nase und Kinn und suchten sich den Weg nach unten. »Du hast kein Vertrauen zu mir«, klagte John. »Du denkst, ich bin ein blutiger Amateur.«

»Niemals«, versicherte Lilly. »Ich habe vollstes Vertrauen in deine Fähigkeiten. Besonders nach dem dreitägigen Steinmetzlehrgang, den du gemacht hast. Möchtest du was Kaltes essen? Ich hätte griechischen Joghurt mit gekühlten Ananasstückchen im Angebot.«

Dazu konnte John natürlich nicht nein sagen. Lilly sprang vom Tisch, umarmte ihn flüchtig und sagte: »Ich hoffe, du werkelst nicht die ganze Zeit an deinem Kopf herum. Ich will auch noch was von dir haben.«

John warf ihr nur einen Blick zu, aus Augen, die, was die Farbe anbelangte, dem Himmel Konkurrenz machten, dann setzte er schon wieder den Meißel an.

Auf dem Rückweg zur Terrasse fiel Lilly ein Junge auf, der in der kurzen Sackgasse herumlungerte, die zu der Düne führte, auf deren Gipfel das alte Kapitänshaus stand. Ab und zu warf er einen Blick nach oben. Ansonsten war alles menschenleer und grabesstill, kaum ein Auto fuhr die Listlandstraße entlang. Die

Reetdächer der Häuser lugten zwischen den Dünen hervor, ab und zu blitzte ein gelber oder blauer Sonnenschirm durch das hoch geschossene Dünengras, selbst das Meer murmelte nur leise vor sich hin und produzierte keine Wellen.

Johns Friesenhaus, das ihm und seinem Vater gehörte – ererbt von den Vorvätern –, ächzte unter der Hitze; der Dachstuhl mit dem Reetdach, das bald mal erneuert werden musste, roch nach altem Holz, nach Staub und Gräsern, hielt das Haus aber angenehm kühl. Lilly ging in die Küche, nahm den cremigen Joghurt aus dem Kühlschrank, süßte ihn mit etwas flüssigem Süßstoff und schnitt die Ananasringe in kleine Stücke, die sie dem Joghurt hinzufügte. Draußen vor dem Küchenfenster, tief unter ihr, schmolz langsam der Asphalt auf der Straße und begann, Blasen zu werfen. Niemand außer dem Jungen war zu sehen, den sie von der Terrasse aus schon beobachtet hatte. Wollte er etwas von John, von ihr oder von Johns Vater, der gerade auf einer Wattwanderung war? Sollte sie ihn rufen, ihn ansprechen? Während sie noch überlegte, war der Junge verschwunden. Sie stellte die beiden Schälchen auf ein Tablett und trug sie hinaus auf die Terrasse, brachte John seins und wurde durch einen zerstreuten Kuss belohnt.

»Iss, bevor es warm wird«, empfahl sie John noch, der ganz versunken schien in seine Arbeit. Dann ging sie zurück zur Terrasse, schob ihren Stuhl ein wenig zur Seite, um mehr Schatten zu bekommen, legte ihre nackten Füße auf einen zweiten Stuhl und genoss jeden Löffel der cremigen Erfrischung.

So ganz konnte Lilly ihr Glück immer noch nicht fassen, dass sie nun mit John zusammen war, der Kollege, mit dem sie seit fünf Jahren bei der Mordkommission in Flensburg zusammenarbeitete. Als sie sich kennengelernt hatten, war John noch mit seiner Lebensgefährtin Karin liiert gewesen und Lilly mit dem Fotografen Simon, der sich zumeist in Kriegsgebieten herumtrieb und daher in der Hauptsache abwesend war. John war ein sehr angenehmer Kollege und Vorgesetzter, teamfähig, fair, der Leistung anerkannte und auch mit Lob nicht geizte. Irgendwann waren beide wieder solo gewesen, und es war eine Art Kameradschaft entstanden, obwohl Lilly sich schon immer eine feste Beziehung hatte vorstellen können. Aber auch John? Sie war sich da nicht so sicher gewesen und hatte sich zurückgehalten – immerhin waren sie Arbeitskollegen –, bis er sich vor einigen Monaten ein Herz gefasst und deutlich gemacht hatte, dass er sich durchaus mehr vorstellen könnte als nur Freundschaft.

Doch ihre Beziehung war schnell auf die Probe gestellt worden. Im eiskalten Februar, während einer sehr belastenden Mordermittlung, kam es zu einer Krise. Simon kehrte schwerverletzt nach Deutschland zurück. Da sie sich in aller Freundschaft getrennt hatten und Simon keine Verwandtschaft mehr in Deutschland hatte – seine Schwester lebte in London –, fühlte Lilly sich verpflichtet, sich um ihn zu kümmern; sie besuchte ihn im Krankenhaus, tröstete ihn, hörte zu und erledigte alle wichtigen Gänge für ihn. Doch seine Bemühungen, sie wieder zurückzugewinnen, lehnte sie ab. Das kam für sie überhaupt nicht in Frage.

Leider, fand Lilly, hatte sie sich damals sehr ungeschickt verhalten, da sie John nicht gleich reinen Wein eingeschenkt hatte. Sie hatte ihn zusätzlich zu den Ermittlungen mit ihren privaten Problemen nicht belasten wollen, und er hatte wohl befürchtet, Simon könnte in ihrem Leben doch wieder eine Rolle spielen.

Inzwischen waren aber alle Missverständnisse ausgeräumt, Simon war weit weg in London, wo er für eine Zeitung arbeitete.

Lilly glaubte zwar, dass er sich eine Wiederbelebung ihrer Beziehung noch immer nicht so ganz aus dem Kopf geschlagen hatte, er rief sie häufiger an und wurde ihr manchmal ein bisschen zu vertraulich, aber sie war doch sehr erleichtert gewesen, als sich mit John alles wieder eingerenkt hatte. Simon war schließlich zu einem Invaliden geworden, nachdem ihm eine Landmine den Unterschenkel weggerissen hatte; da musste auch John irgendwann einsehen, dass Lilly das nicht einfach hatte ignorieren können und ihm aus diesem Grund geholfen hatte.

Und nun war alles gut.

Lilly lutschte verträumt an ihrem Löffel mit dem sahnigen Joghurt und fühlte sich einfach nur glücklich. Sonne, Wildhecken von duftenden Kamtschatkarosen, ein altes Haus mit Blick über die wogende Dünenlandschaft hinüber zu einem unwahrscheinlich blauen Meer, John, der zufrieden an seinen Steinen werkelte, die Aussicht auf ein paar freie Tage, pure, reine Schönheit … sie war wirklich ein Glückskind. Jedenfalls im Augenblick. Und Johns liebenswerter Vater war auf einer Wattwanderung. Was konnte man mit diesem Nachmittag alles anstellen, allein im Haus, allein auf dem Grundstück?

Sie kühlte ihre Hände nochmals im Eiswasser, um sie John gleich erneut in den Nacken zu legen, bevor sie ihm sanft den Meißel aus der Hand nehmen würde … als eine Bewegung auf der Terrasse sie ablenkte.

Der fremde Junge, der noch vor einigen Minuten unten um das Haus herumgelungert hatte, war offenbar inzwischen die Düne hochgeklettert, stand am Rande der Terrasse und starrte sie aus großen, dunklen Augen an. Unschlüssig trat er von einem nackten, schmutzigen Fuß auf den anderen. Sie war sich nicht sicher, meinte jetzt aber, ihn schon einmal auf dem Fahrrad hier in der Gegend gesehen zu haben. Sie schätzte ihn auf vierzehn oder fünfzehn. Ein schmuddeliges graues Shirt zipfelte um seine hagere Gestalt, dazu trug er bunte Bermudas. Sein wilder brauner Haarschopf schien seit Tagen nicht mehr gekämmt worden zu sein, um den Hals hatte er ein Lederband hängen. Er hatte ein hübsches Gesicht mit ein paar Pickeln auf dem Kinn, zu lange Arme und eine etwas eingefallene Brust, die nicht dafür sprach, dass er viel Sport machte. Sein Blick war unstet, er vermied es jetzt, sie direkt anzusehen, sondern schaute über die Dünen und die Terrasse, musterte den aufgespannten Sonnenschirm, das leergegessene Joghurtschälchen auf dem mit einem dunkelgrünen Tuch bedeckten Tisch, den Wassereimer, den Stapel von Kriminalromanen.

»Hier wohnt doch der Kripo-Typ aus Flensburg?«, sagte er schließlich, bevor seine Augen wieder auf Wanderschaft gingen. Seine Stimme klang dunkel und rau, der Stimmbruch musste wohl demnächst abgeschlossen sein.

Lilly seufzte innerlich. »Was willst du von ihm?«

Der Junge kam unschlüssig zwei Schritte näher. Jetzt entdeckte sie, dass er etwas in der Hand hielt, das auf den ersten Blick aussah wie kleine, dünne Zweige.

»Ich wollte ihm das hier zeigen.«

»Was ist das?«

Der Junge kam noch einen Schritt näher und ließ seinen Fund auf den Tisch fallen. Lilly fuhr entsetzt zurück.

»Das sind zwei Mittelhandknochen eines Homo sapiens und die proximale Phalange des Daumens – oder des kleinen Fingers, das kann ich nicht so genau entscheiden.«

Lilly, etwas verwirrt von den unerwarteten Fachausdrücken, starrte den Jungen an. »Wo hast du dieses Zeug her?«

»Gefunden«, sagte der Junge lakonisch. Sehr gesprächig schien er nicht zu sein.

Lilly schaute noch einmal auf die Knochen. Es konnten durchaus die Mittelhandknochen einer menschlichen Hand sein, sie hatte in ihrer Berufslaufbahn und in der Rechtsmedizin schon etliche Skelette gesehen. Nur, wo hatte der Junge sein Wissen her? War der Vater Mediziner? Hatte der Junge in seinen Fachbüchern geschmökert, gehörte er zu jenen, die schon in jungen Jahren wussten, was sie einmal werden wollten? Auf jeden Fall war er ein besonderer Typ, wie er so ernst dastand und geduldig darauf wartete, dass sie etwas unternahm.

Lilly stand auf. »Komm mit. Ich bringe dich zu Kommissar Benthien.«

Benthien stand vor dem Steinkopf, von dem er noch nicht wusste, ob er ihm gelingen würde, und begutachtete ihn von allen Seiten. Er hatte keinen Plan gehabt, als er anfing, den Stein zu bearbeiten. Er wusste nur, dass er dem Stein einen Kopf abringen wollte, einen Charakterkopf, doch eine genaue Vorstellung davon hatte er nicht. Er ließ sich sozusagen von seinen Händen leiten, von seinem Unterbewusstsein, ganz im Vertrauen darauf, dass dabei etwas entstehen würde, das zu ihm gehörte, das Ausdruck seiner Persönlichkeit war, etwas ganz Unverwechselbares.

Er trat zwei Schritte zurück und betrachtete sein Werk. Hm … Die Stirn war ganz gut geworden, doch die Wölbung der Augenbrauen machte ihm Sorgen. Er kniff ein Auge zu und fand, dass die Wölbungen ungleichmäßig waren, die rechte schien tiefer zu sitzen als die linke. Aber machte das was aus? Er fand nicht; zwei ungleiche Augen machten ein Gesicht nur individueller, aussagekräftiger, Symmetrie war doch eher langweilig.

Er wollte gerade wieder loslegen, als er Lilly kommen sah,

gefolgt von einem halbwüchsigen Jungen, der ihm vage bekannt vorkam. Doch sein Name fiel ihm nicht ein. Benthien langte nach einem Handtuch, mit dem er sich den Schweiß vom Gesicht wischte, bevor er es sich um den Hals legte. Erwartungsvoll sah er seinem Besuch entgegen. Er registrierte, dass Lilly etwas beunruhigt zu sein schien.

»Er möchte dich sprechen«, sagte Lilly und trat für den Jungen beiseite.

»Sie sind doch Kommissar bei der Kripo?«, vergewisserte sich dieser.

Benthien nickte. Woher kannte er den Bengel bloß?

»Ich bin Tristan Melander. Und ich habe das hier gerade auf unserem Grundstück gefunden. Am Fuß der Großen Düne. Knochen einer menschlichen Hand.« Er legte die Knochen auf dem Kopf der entstehenden Skulptur ab.

Im ersten Moment wusste Benthien nicht, was er sagen sollte. Nahm der Junge ihn auf den Arm? Sollte das ein Witz sein? Würden gleich seine Kumpels aus dem hohen Dünengras auftauchen und sich schlapp lachen über den kleinen Scherz, mit dem sie den Kommissar hereingelegt hatten?

Ein Blick ins Gesicht des Jungen sagte ihm, dass er mit seiner Vermutung wohl falschlag. Er wirkte angespannt, interessiert und neugierig. Allerdings wusste Benthien durch seinen Vater, dass dieser Junge, der dem auf der ganzen Insel bekannten Melander-Clan angehörte, durchaus ziemlich speziell war. »Eine Rotzgöre, sagen die Leute«, hatte sein Vater einmal gemeint, als der Junge mit seinem Rad in der Sackgasse mindestens zwanzig Minuten im Kreis gefahren war. Da sein Vater sich öfter und länger auf der Insel aufhielt als John, war er über den neuesten Klatsch in der Nachbarschaft immer bestens informiert.

Benthien nahm die Knochen in die Hand, musterte sie von

allen Seiten, prüfte sie. Es schienen tatsächlich Knochen zu sein, ein Material wie Gummi oder Kunststoff konnte er zumindest ausschließen.

»Ein Backenzahn lag auch noch da, aber den habe ich an Ort und Stelle gelassen«, sagte der Junge. »Kommen Sie jetzt mit? Ich habe Steine dahin gelegt, wo ich die Sachen gefunden habe. Wir müssen also nicht lange suchen.«

Irgendwie rührte es Benthien, dass der Junge »wir« gesagt hatte. Offensichtlich hatte er keinen Zweifel daran, dass Benthien seiner Aufforderung Folge leisten würde. Und ihm blieb wohl auch nichts anderes übrig. Wenn dies tatsächlich die Knochen einer menschlichen Hand waren – und es sah ganz danach aus –, musste der Sache nachgegangen werden.

Lilly zog sich schnell etwas über, dann stiegen sie und Benthien ins Auto, während der Junge mit seinem E-Bike hinterherradelte. Der Weg war zwar nicht allzu weit, aber zu Fuß hätten sie sicherlich zwanzig Minuten gebraucht. Sie gelangten auf ein weites Dünengelände, das seit Jahrhunderten im Besitz der Familie Melander war. Heute durfte hier, in den Graudünen, nicht mehr gebaut werden. Das ganze Gebiet stand unter Naturschutz, besonders die Große Düne, eine der selten gewordenen Wanderdünen auf Sylt. Sie erhob sich als ein mächtiger Koloss einige hundert Meter hinter dem Wohnhaus der Melanders, doch sie durfte nicht mehr betreten werden. Das Gelände war riesig und uneinsehbar. Allein die Große Düne war schon über einen Kilometer lang und einen halben Kilometer breit. In einem langgestreckten, flachen Tal lag das Anwesen der Melanders. Benthien warf im Vorbeigehen einen kritischen Blick auf das Haus. Ursprünglich war es ein einfaches Friesenhaus gewesen, wie hier üblich aus rotem Backstein und mit Reetdach. Doch im Lauf der letzten Jahrzehnte hatte man es aufgestockt, das Dachgeschoss ausgebaut und einen Anbau darangehängt. Nun trug es ein gewaltiges, hohes Reetdach, besaß zwei Terrassen und in der Heide einen Swimmingpool. Benthien fragte sich, wer dafür geschmiert worden war, einen solchen Pool im Naturschutzgebiet zu genehmigen. Soweit er wusste, lebten jetzt nur noch drei Personen in dem riesigen Haus, zwei Frauen, beides Witwen, und ein kleines Kind. Tristan und seine Familie wohnten weiter südlich, kurz vor Kampen.

Der Junge lief an dem Haus vorbei, ohne es eines Blickes zu würdigen. Er ging westwärts auf die Große Düne zu, umrundete sie an der schmalen Nordseite und zeigte auf eine Stelle, die er mit Steinen markiert hatte. Hier gingen die letzten flachen Sandausläufer der Düne in die graue Heide über.

»Hier habe ich die Knochen gefunden. Und da liegt auch noch der Zahn.« Er hob ein Taschentuch auf, das er, beschwert mit kleinen Steinen, sorgsam auf den Zahn gelegt hatte, damit er vom Wind nicht fortgeweht oder wieder mit Sand bedeckt wurde.

Benthien und Lilly beugten sich gespannt über den Zahn, ohne ihn anzufassen. »Sieht tatsächlich wie ein menschlicher Backenzahn aus«, stellte Lilly fest. Benthien streifte die dünnen Latexhandschuhe über, die er mitgenommen hatte, und nahm den Zahn in die Hand.

»Müsste ein Dentes molares sein«, sagte der Junge. »Ein hinterer Backenzahn.«

Benthien überlegte kurz, ob der Vater des Jungen Zahnarzt war. Doch dann fiel ihm ein, dass er ein aufstrebender Politiker war. Erstaunt sah er den Jungen an. »Woher kennst du diese ganzen Begriffe?«

Der Junge zuckte mit den Schultern. »Interessiert mich eben.«

Lilly betrachtete den Zahn kritisch. »Scheint schon etwas länger hier zu liegen. Die Wurzel wirkt ziemlich marode, und der Schmelz ist größtenteils abgetragen.«

»Ich kann das nicht beurteilen«, sagte Benthien. »Das muss sich auf jeden Fall ein Fachmann ansehen.«

»Was ist denn hier los?«, erklang eine helle Stimme hinter ihnen. »Was haben Sie auf unserem Grundstück zu suchen?«

Kapitel 2

Benthien drehte sich um und sah eine junge Frau auf sich zukommen. Sie trug ein knappes Top, kurze weiße Shorts und Flipflops. Ihre langen, blondierten Haare hatte sie im Nacken zusammengenommen, die leuchtend blauen Augen waren umrandet mit schwarzem Kajal. Ein lilafarbener Lippenstift war nur nachlässig aufgetragen.

Benthien hatte natürlich keinen Ausweis dabei, deshalb konnte er sich und Lilly nur verbal vorstellen, mit dem Zusatz: Polizei Flensburg. Das »Kripo« ersparte er sich erst einmal.

Die Blondine machte übertrieben große Kulleraugen. »Die Polizei auf unserem Grundstück? Und auch noch aus Flensburg angereist? Habe ich denn was angestellt, Herr Kommissar?« Sie blickte an Benthien vorbei. »He, Tristan, was ist hier los? Hast du schon wieder irgendeinen Blödsinn gemacht?«

Tristan beachtete den Einwurf nicht. Er entfernte sich zielstrebig in Richtung Strand.

Benthien lächelte. »Und wer sind Sie, wenn ich fragen darf?«

Die junge Frau schob ihr Kaugummi von einer Seite auf die andere. Sie lächelte Benthien mit strahlend weißen Zähnen an. Ihr Zahnarzt, dachte er, hatte mit dem Bleaching gute Arbeit geleistet.

»Ich bin Yvonne Melander«, sagte sie und reichte Benthien die Hand, während sie Lilly nicht weiter beachtete. »Ich wohne hier mit meinem Sohn. Aber erzählen Sie doch mal, was Sie hier treiben.« Sie musterte Benthien, ließ den Blick über sein verschwitztes T-Shirt gleiten, über die zerfransten kurzen Jeans und die ausgeleierten Sportschuhe. »Irgendwie«, sagte sie lächelnd, »habe ich mir einen Polizisten aus Flensburg ganz anders vorgestellt.«

»Wir sind nicht im Dienst«, sagte Benthien etwas zögerlich. Er fragte sich, ob er ihr überhaupt von Tristans Fund erzählen sollte. Wiederum, sie wohnte hier. Um eine Erklärung kam er wohl nicht herum. Daher berichtete er ihr kurz, dass man auf dem Gelände menschliche Handknochen gefunden habe und dass demnächst Kriminaltechniker kämen, die der Sache auf den Grund gehen würden.

Yvonne Melander riss die Augen auf, und ein Lächeln breitete sich über ihr Gesicht. »Ein Toter hier auf unserem Grundstück? Das ist ja cool. Obwohl, meiner Schwiegermutter wird es nicht gefallen. Sie ist sehr konservativ.« Sie blinzelte ihm zu, als sei sie sicher, er würde diese konservative Haltung ihrer Schwiegermutter genauso verurteilen wie sie.

Benthien gab dieses konspirative Lächeln nicht zurück. Er beobachtete, wie im Rücken der Frau ein kleiner Junge aus dem Haus kam und freudig auf die Gruppe zulief. Er trug Gummistiefel, ein kurzes T-Shirt, keine Hosen und hatte auf dem Kopf eine Fülle blonder Locken. Yvonne Melander, die ganz auf Benthien konzentriert war und offenbar zum Flirten aufgelegt, bemerkte ihren Sohn erst, als er fast bei ihnen angekommen war.

»Nicky«, schimpfte sie, »du solltest doch auf dem Topf bleiben.«

»Bin fertig mit Aa!«, krähte der Kleine, sauste schnurstracks auf Benthien zu und umschlang sein rechtes Bein. »Papa!«, sagte er und blickte mit seinem süßen Kindergesicht und großen dunklen Augen strahlend zu ihm hoch.

»Das ist nicht dein Papa«, sagte die junge Frau ärgerlich und versuchte, Nicky wegzuziehen, doch der kleine Junge hielt sich mit eisernem Griff an Benthiens Jeans fest. »Er kennt seinen Vater nur von Fotos«, erklärte sie. »Aber meine Schwiegermutter spricht dauernd von ihm und erzählt Nicky Geschichten.«

Benthien ging in die Hocke und sprach den Kleinen an. »Du hast aber einen schönen Bären«, sagte er und zeigte auf ein undefinierbares plüschiges Etwas, das der Kleine in der Hand hielt und dem ein Ohr fehlte. »Wie heißt er denn?«

Der Junge lachte übermütig. »Das ist kein Bär, du Dummer. Das ist ein Wauwau! Aber …«, fügte er traurig hinzu, »er hat ein abbes Ohr.«

Benthien schlug sich an die Stirn. »Natürlich, jetzt sehe ich es auch. Hat er einen Namen?«

»Na, eben Wauwau«, sagte Nicky und schwenkte das Plüschtier an dem verbliebenen Ohr hin und her.

Lilly sagte: »Wauwau passt gut zu einem Hund. Aber meinst du nicht, er will mal baden? Er hat ganz schwarze Füße.«

»Er mag nicht baden!«, krähte Nicky. »Er hat gern swazze Füße.« Er zog Benthien an den Fransen seiner Jeans. »Papa?«

»Schluss jetzt!« Yvonne Melander griff nach ihrem Sohn und packte ihn sich auf den Arm. »Wir müssen jetzt gehen. Wann kommen die Kriminaltechniker? Geben Sie mir vorher Bescheid, Herr Kommissar? Ich würde gerne dabei zusehen, wenn sie eine Leiche ausgraben. Hier passiert selten so was Spannendes.«

»Natürlich, wir sagen Ihnen rechtzeitig Bescheid«, sagte Lilly in einem Tonfall, den Benthien nur zu gut kannte. »Wir rufen Sie augenblicklich an.« Nur wer sie kannte, konnte die Ironie heraushören.

»Dann noch einen schönen Tag«, sagte die junge Frau, während sie Benthien tief in die Augen sah. Ihr kleiner Sohn winkte so heftig, dass er fast das Gleichgewicht verlor und von ihrem Arm purzelte.

»Ein süßer kleiner Junge«, sagte Lilly. »Du scheinst seinem Vater ähnlich zu sehen. Übrigens, wärst du mit ihr allein gewesen, hättest du dich wahrscheinlich gleich hier in den Dünen mit ihr vergnügen können. Die war ja ganz heiß auf dich.«

Benthien entschied sich klugerweise, diese Anspielung zu überhören. »Jacques Melander«, sagte er nachdenklich. »So hieß der Vater des Jungen. Ich kannte ihn vom Sehen. Er ist vor zwei Jahren verunglückt, zusammen mit dem alten Melander, seinem Vater. War eine tragische Geschichte damals. Ich wusste nicht, dass sie seine Witwe ist. Und dass er ein Kind hatte.«

Er hätte ihr noch mehr erzählt, doch er sah, wie Tristan sich mit mürrischer Miene wieder näherte, und verschob es auf später.

»Magst du deine Tante nicht?«, fragte Lilly.

»Diese Bitch? Nö!« Der Junge stopfte die Hände in die Hosentaschen. Er zeigte mit dem Kinn auf die Knochen, die Benthien noch immer in der Hand hielt. »Was wird denn jetzt damit?«

»Sie kommen in die KTU, wo hoffentlich das Alter festgestellt werden kann. Vielleicht sind sie uralt und stammen von einer historischen Leiche. Sie müssen nicht unbedingt zu einer aktuellen Leiche gehören, weißt du.«

»Perfekt ist«, sagte Lilly, »dass wir auch einen Zahn haben. Damit dürfte die Altersbestimmung schneller gehen.«

»Wir bringen die Sachen jetzt zur Polizei nach Westerland, die wird sie weiterleiten. Kann durchaus sein, dass morgen an der Fundstelle nach weiteren Überresten gesucht wird.«

Die Augen des Jungen leuchteten auf. »Vielleicht liegen noch ein paar Leichen in der Düne.«

»Mach keine blöden Witze!«, sagte Benthien.

»Kein Witz! Kennen Sie denn die Geschichten nicht, die sich um die Geisterdüne ranken? Seit Jahrhunderten ist sie verrufen, und es gibt immer noch Leute auf der Insel, die gehen nicht in ihre Nähe. Noch nicht mal auf dieses Grundstück.« Und noch ehe Benthien ein Wort erwidern konnte, wandte sich der Junge zum Gehen, warf ein knappes »Ciao!« über die Schulter und verschwand in den Dünen.

»Seltsamer Knabe«, meinte Lilly. »Will er uns am Ende doch verarschen? Zeig noch mal die Knochen und den Zahn. Sind die wirklich echt?«

Zwei Stunden später lag Benthien mit Lilly im Dünengras neben der Terrasse. Sie hatten die Fundstücke nach Westerland auf die Polizeistation gebracht, und noch heute würden sie ins Labor der Kriminaltechnik aufs Festland verbracht werden. Wahrscheinlich würden morgen die Techniker anrücken und das Areal der Melanders unter die Lupe nehmen. Die Kollegen hatten die Knochen und den Zahn bestaunt und kaum glauben wollen, dass sie an der Großen Düne gefunden worden waren.

»Auf dem Grundstück der Melanders?«, hatte Arndt Schäfer gefragt, Hauptkommissar bei der Westerländer Polizei, den Benthien von früheren Fällen kannte. Er wirkte immer ein bisschen raubeinig, muskelbepackt trotz seiner fünfzig Jahre, seine grauen Haarstoppeln hatte er sich inzwischen kurzrasiert. Auf seinem ewig braungebrannten Gesicht erschien ein spöttisches Lächeln. »Und Tristan hat euch dieses Zeug angedreht? Aber du weißt schon, John, vor dem Jungen muss man sich in Acht nehmen. Der hat sie nicht alle.«

»Die sehen aber verdammt echt aus«, wandte ein uniformierter Kollege ein.

»Ganz egal, sie werden jedenfalls untersucht werden müssen«, sagte Benthien kurz. »Sorg dafür, dass sie per Kurier auf den Weg kommen, Arndt. Ich verlass mich auf dich!«

Nun lagen er und Lilly im Dünensand und starrten in den blauen Himmel. Einen der Sonnenschirme hatten sie so positioniert, dass sie zumindest teilweise im Schatten lagen.

»Weißt du, was die Kängurus in Australien tun, wenn es ihnen zu heiß wird?«, murmelte Benthien. »Sie lecken sich die Vorderläufe, um sich durch ihren Speichel abzukühlen.«

Lilly beugte sich über ihn. »Ich will *verdammt* sein, wenn ich dir die Beine ablecke.«

»Du liebst mich eben nicht«, sagte Benthien und griff nach der Wasserflasche. »Speichel ist viel effizienter als Leitungswasser. Aber wenn's sein muss …« Er goss sich Wasser über Beine, Hals und Gesicht und stöhnte wohlig. Dann richtete er die Flasche auf Lilly, schüttelte sie, legte einen Finger halb über die Öffnung und …

»Nein!«, schrie Lilly und sprang auf. »Du Idiot! Tu's nicht!«

»Was, mein Sohn ist ein Idiot? Da hast du recht, Lilly, manchmal ist er reichlich kindisch.«

Benthien seufzte, sein Vater war zurück. Er hätte gern noch ein wenig Zeit mit Lilly allein verbracht. Immer noch gab es Augenblicke, da schien es ihm völlig unwirklich zu sein, dass er jetzt mit Lilly zusammen war, dass er, nach sechs schwierigen Jahren mit Karin, den Sprung ins kalte Wasser gewagt hatte – nämlich mit einer Kollegin eine Beziehung anzufangen. Manchmal hatte er Angst, dass es eine Seifenblase war, die irgendwann zerplatzen würde wie seine erste kurze Ehe, in der sie beide ziemlich schnell festgestellt hatten, dass sie Unterschiedliches vom Leben erwarteten. Damals war er sehr jung und unreif gewesen, wie er sich heute eingestehen musste. Umso mehr wünschte er sich, dass es mit Lilly klappen würde. Doch manchmal fragte er sich, ob er sich selbst nicht über den Weg traute. Was ließ ihn zögern, mit Lilly zusammenzuziehen? Warum wich er ihr aus, hatte er auf einmal Angst vor der Nähe? Aber er liebte Lilly doch, er wollte nichts lieber, als mit ihr zusammen sein.

Sein Vater platzte mit der üblichen Energie in die schläfrige Idylle und versprühte kribbelige Unruhe. Er war auf seiner Wattwanderung schon wieder ein Stück brauner geworden, wie Benthien neidisch feststellen musste. Obwohl jetzt achtundsiebzig, wirkte er fit und sportlich in seinem Shirt und den gestreiften Bermudas. Den Sommer verbrachte er fast ausnahmslos im Haus auf Sylt, in dem Vater und Sohn auch aufgewachsen waren, ansonsten lebte Benjamin Karl Benthien zusammen mit seinem Sohn in einer großen Altbauwohnung in Flensburg. Nach der Trennung von seiner Lebensgefährtin war John wieder in die väterliche Wohnung eingezogen.

Lilly wandte sich lächelnd dem alten Mann zu. Benthien wusste, dass sie seinen Vater sehr mochte, was auf Gegenseitigkeit beruhte. »Wie war deine Wanderung, Ben?«

»Wieder neue Eroberungen gemacht, Vater?« Auch John hatte sich inzwischen aufgerappelt und war auf die Terrasse gekommen.

»Natürlich habe ich neue Leute kennengelernt, das ergibt sich so auf einer Wattwanderung. Man läuft da nicht stur und wortkarg vor sich hin, mein Junge. Eine nette Dame aus Bad Pyrmont war dabei. Früher war sie Lehrerin für Geschichte und Altgriechisch. Sie hat mir von Griechenland vorgeschwärmt. Vielleicht fahre ich da mal hin.«

Er streifte seine Sandalen ab und legte die Füße auf einen zweiten Stuhl. Dann zog er das Basecap vom Kopf. Darunter befand sich ein mehrfach zusammengelegtes Geschirrtuch, das noch feucht war. Ben tauchte es in den nun nicht mehr ganz so kalten Wassereimer, legte es sich wieder auf seine weiße Haarpracht und stülpte das Basecap auf den Kopf.

»Genial«, sagte Lilly staunend, »bist du schon den ganzen Tag so rumgelaufen?«

Ben nickte. »Mit einer kalten Birne bleibst du die ganze Zeit über erstaunlich kühl!«

John betrachtete seinen Vater liebevoll. Er war Lehrer für Mathe und Sport gewesen, nun seit dreizehn Jahren im Ruhestand und seit einigen Jahren Witwer. Er wünschte, er würde später in diesem Alter auch noch so fit und lebensfroh sein. Sein Vater war nicht der Typ, der morgens die Zeitung von vorne bis hinten las und für den Rest des Tages nichts mehr mit sich anzufangen wusste. Wandern, Skilanglauf, Literaturclub, Online-Auktionen, Benthiens alte Kriminalfälle dokumentieren, das waren seine Hobbys, sogar einen Foodblog hatte Ben im Winter ins Leben gerufen. An Ideen mangelte es ihm nicht. Und mit den Frauen, die er auf seinen Wattwanderungen kennenlernte, blieb er lange in freundschaftlichem Kontakt; jedes Jahr, wenn sie wieder zum Urlaub an die Nordsee kamen, traf er sie, so dass er ein reges gesellschaftliches Leben führte und eine vielfältige Korrespondenz. Immer hatte er seinem Sohn geraten, sich daran ein Beispiel zu nehmen. »Du musst unter die Leute gehen, Junge!«, pflegte er zu sagen.

Und niemand war glücklicher gewesen als sein Vater, als Benthien dann endlich mit Lilly zusammengekommen war und »Butter bei die Fische« gab, wie Ben es ausdrückte.

»Es sollte sich unter den älteren Singles herumsprechen«, sagte Lilly jetzt, »dass man auf Wattwanderungen jede Menge Bekanntschaften machen kann. Ich glaube, auf die Idee ist außer dir noch keiner gekommen.«

»Habt ihr keinen Hunger?«, fragte Ben.

»Kleiner, diskreter Wink mit dem Zaunpfahl«, meinte Benthien und verschwand mit Lilly in der Küche.

Wenig später saßen sie auf der Terrasse und aßen ein leichtes Sommeressen: Melone mit Schinken, Salat, Tomaten, Käse, Erdbeeren.

Benthien erzählte seinem Vater von dem Fund, den Tristan gemacht hatte.

»In der Großen Düne hat er menschliche Überreste gefunden?«, fragte Ben interessiert. »Um diese Düne ranken sich seit Jahrhunderten etliche Schauergeschichten. Angeblich soll sie ein Massengrab sein. Hexen sollen dort getanzt haben, Schwarze Messen wurden abgehalten, ein kleines Mädchen soll in der Düne verschwunden sein und ähnlicher Unsinn mehr. Es hatte aber zur Folge, dass man um die Düne einen großen Bogen machte. Vielleicht war das sogar der Sinn der Sache?« Ben warf sich eine Tomate in den Mund. »Wer weiß, wozu diese Schauermärchen gut sein sollten. Irgendwas wurde damit bezweckt.«

»Aber das ist ewig her«, schaltete sich Lilly ein, »oder beziehen sich diese Geschichten auch auf die Jetztzeit?«

»Nein, die stammen aus dem 18. oder 19. Jahrhundert«, beruhigte sie Ben. »Meint ihr denn, die Knochen sind echt? Oder war das wieder einmal einer von Tristans Streichen?«

»Morgen wissen wir mehr«, sagte Benthien und lud ein Stück Honigmelone auf seine Gabel. »Neigt Tristan denn zu solchen Streichen? Kennst du ihn näher?«

»Das wäre zu viel gesagt, aber Tristan ist immer mal wieder Dorfgespräch. Er ist ein seltsamer Junge. Redet nicht viel, und wenn, dann nur, wenn er will. In der Schule spricht er angeblich gar nicht, macht auch nicht im Unterricht mit, hat im

Schriftlichen aber hervorragende Noten.« Ben erfrischte sich mit einem Schluck von dem kühlen Pfefferminztee, den Lilly bereits am Nachmittag vorbereitet hatte. »Seinen Vater kennst du doch, John, er ist der Politiker Théo Melander. Sitzt seit Jahren im Parlament, ist sehr ehrgeizig und setzt alles daran, im neuen Kabinett Minister zu werden. Seine Chancen sollen ganz gut stehen.«

»Und Sohnemann ist ein Bad Boy?«

»Manche meinen sogar, er wäre geistig zurückgeblieben. Ich verstehe nicht, dass man Tristan nicht auf ein gutes Internat schickt. Meiner Meinung nach ist er sogar besonders begabt.«

»Was stellt er denn so alles an?«, fragte Lilly.

»Während des letzten Wahlkampfs hat Tristan die Wahlplakate seines Vaters mit Symbolen besprüht«, fuhr Ben fort. »Zum Beispiel ein runenartiges Symbol für Anus, eine gehörnte Hand, die Kirche Satans ... Es gab eine ziemliche Aufregung deswegen.«

»Kennst du auch Yvonne Melander?«, fragte Benthien. »Sie und ihren kleinen Sohn haben wir heute Nachmittag kennengelernt.«

»Eine schlimme Geschichte«, meinte Ben. »Ich meine, das mit ihrem Mann.« Er wandte sich an Lilly. »Jacques Melander und sein Vater sind auf dem Sylt-Shuttle gestorben. Saßen tot im Auto, als der Zug in Niebüll ankam. Jacques und Yvonne waren gerade erst ein halbes Jahr verheiratet, und die junge Frau war schwanger. Eine ganz tragische Geschichte.«

»Und wie ist das passiert?« fragte Lilly.

»Kohlendioxidvergiftung durch Trockeneis«, erklärte John. »Sie waren auf dem Weg zu dem jüngsten Melander-Sohn, der auf Eiderstedt ein ziemlich nobles Gasthaus betreibt. Sie wollten ihm Sylter Austern und frischen Seefisch mitbringen, insgesamt vier Kisten mit Fisch und Meeresfrüchten, die mit Trockeneis gekühlt wurden. Eine der Kisten muss undicht gewesen sein, und das Kühlmittel trat aus. Du kennst ja diesen Dampf, den Trockeneis verursacht. Er ist gerade in geschlossenen Räumen höchst gefährlich, weil er sich verdichtet und bei Normaltemperatur zu Kohlenstoffdioxidgas wird. Er verdrängt den Sauerstoff in der Luft. Genau das ist den Melanders passiert. Sie sind erstickt, ohne es überhaupt zu merken.«

»Wie absolut grauenvoll«, ächzte Lilly.

»Gut erklärt, mein Sohn«, sagte Ben. »Wenn man abergläubisch wäre, müsste man sagen, dass auf den Melanders ein Fluch liegt. Es gibt solche Familien, denen immer wieder Katastrophen zustoßen. Bei den Melanders sterben die Kinder. Tristans kleine Schwester ist vor ein galoppierendes Pferd geraten, und dann gab es in den 1930er Jahren einen furchtbaren Unfall am Strand … ich glaube, ein Junge ist da ertrunken …«

»Die Melanders scheinen auf Sylt eine bekannte Familie zu sein?«, stellte Lilly fest.

»Nun, ich kenne Adeline aus unserem Literaturclub …«

Lilly wusste, dass der Literaturclub ebenfalls eines von Bens zahlreichen Hobbys war. Man traf sich einmal im Monat abwechselnd bei einem der Teilnehmer, besprach alte und neue Bücher, gab Empfehlungen ab und formulierte Rezensionen fürs Internet.

»Wer ist denn nun wieder Adeline?«

»Sie ist die Witwe von Volker Melander, derjenige, der auf dem Shuttle verunglückt ist, und sie hat die Insel um fünf weitere Melanders bereichert«, erklärte Ben. »Vier Söhne, eine Tochter. Die Melanders waren Rechtsanwälte, Politiker, Ärzte, Bürgermeister, Erfinder, Geschäftsleute, Kapitäne, Grönlandfahrer, und sie sind seit Jahrhunderten auf der Insel ansässig.

Wenn man Adeline glauben darf, haben wir es nur ihrer Familie zu verdanken, dass die Insel heute überhaupt noch existiert und nicht bereits ein Raub der Nordsee wurde – nämlich den Melander Deichvögten, die sich um Bau und Pflege der Deiche verdient gemacht haben. Sie ist mächtig stolz auf ihre Familie und redet kaum von etwas anderem.«

»Das klingt alles, als könnte die Familie übers Wasser wandeln …«, sagte Lilly.

Ben lachte. »Manche Familienmitglieder denken das bestimmt. Aber Adeline ist ganz in Ordnung, wenn man von ihrem kleinen Spleen absieht. Liebenswürdig und gutmütig, und sie spendet viel. Ihre Buchrezensionen sind ein Knaller. Nicht sehr professionell, aber lustig. Über einen Krimiautor schrieb sie: ›Der Mann sollte nicht so oft erwähnen, was die Kommissare essen, denn dann kriege ich immer Hunger und muss auch was essen. Bei seinen acht Büchern habe ich etliche Kilos zugenommen.‹ Keine Ahnung, ob sie das ernst gemeint hat, aber wir mussten sehr darüber lachen.«

»Dann ist es ja schade, dass wir sie gestern nicht kennengelernt haben«, bemerkte Benthien.

Sein Vater kicherte leise vor sich hin. »Sie ist auf dem Festland, kriegt ein neues Knie oder Hüfte oder so was. Ich stelle mir nur gerade vor, was sie sagen würde, wenn ihr tatsächlich eine Leiche in ihrer Düne findet! Ich glaube, sie wird es als eine persönliche Beleidigung ansehen.«

Kapitel 3

Benthien erwachte früh am nächsten Morgen, da ihn die Sonne blendete. Das Fenster stand weit offen und liebliche, erfrischende Nordseeluft strömte herein, doch die Sonne hing schon wieder bedrohlich hoch am azurblauen Himmel. Lilly war auch bereits wach und las in einem der Agatha-Christie-Bände, die sie vor Kurzem in Benthiens Bücherregal entdeckt hatte. Pro Tag ein Buch, nicht schlecht. Diesmal war es *Der ballspielende Hund.*

»Spannend?«, fragte er.

»Hmhm«, machte Lilly. »Willst du etwa schon aufstehen?«

»Yep!« Er wuschelte ihr durchs Haar. »Soll ich dir den Mörder zum Frühstück servieren?«

Lilly kreischte »Untersteh dich!«, und Benthien sauste ins Bad, um sich die Zähne zu putzen. Er kam zurück, warf sich wieder aufs Bett und beehrte Lilly mit einem ausführlichen Guten-Morgen-Kuss.

Nachdem sie wieder reden konnte, gab sie ihm einen auffordernden Stups in die Rippen und sagte schmeichelnd: »Wie wär's mit einem Kaffee im Bett? Zusammen mit einem knusprigen Croissant?«

Benthien, der beschloss, sie misszuverstehen, drehte sich auf den Rücken, machte die Augen zu und faltete die Hände über der Brust. Er lächelte sanft. »Tolle Idee, wirklich lieb von dir. Der Bäcker mit den besten Croissants ist am Hafen. – Au!«

Lillys Reaktion bestand darin, ihm das Buch auf die Finger zu hauen.

»Gewalt schon am frühen Morgen«, murmelte Benthien. »Das kann ja heiter werden mit dir.«

»Wusstest du, dass Agatha Christie selbst mal in einen sehr mysteriösen Fall verwickelt war?«, sagte Lilly. »Sie war für ein paar Tage verschwunden, wurde von ihrem Mann als vermisst gemeldet, dann fand man ihr Auto verlassen an einem See. Von Agatha keine Spur. Erst zehn Tage später wurde sie nach einer ausgedehnten Suchaktion, an der sich sogar Sir Arthur Conan Doyle beteiligte, weit entfernt in Harrogate in einem Hotel gefunden. Dort war sie unter dem Namen Mrs. Neele abgestiegen. Mrs. Neele aber war die Geliebte ihres Mannes! Man hat dann behauptet, Agatha hätte einen Gedächtnisverlust erlitten, und die Sache wurde nie aufgeklärt, noch nicht mal in ihrer Biografie.« Lilly stützte sich auf einen Ellbogen und beugte sich zu John hinüber. »Weißt du, was ich glaube? Sie hatte irgendetwas vor, irgendwas geplant, so wie in ihren Kriminalgeschichten, aber auf halbem Wege hat sie ihren Plan aufgegeben, was vielleicht auch besser war.«

»Sie wollte ihrem Mann klarmachen, dass sie wusste, wer seine Geliebte war.«

»Aber wie umständlich!«, protestierte Lilly. »Wenn *du* eine Geliebte hättest, mein Lieber, würde ich es dir glatt ins Gesicht sagen und dir meine Beweise um die Ohren hauen.«

»Und woher hättest du die?«

»Ich bin Profi – ich würde dich beschatten und euch beide beim Knutschen fotografieren. Dann könntest du es nicht abstreiten!«

»Aber ich habe keine Geliebte außer dir! Für eine zweite hätte ich gar nicht die Zeit – und auch keine Nerven«, fügte er schläfrig hinzu.

Doch Lilly verfolgte ihre eigenen Gedanken. »Und wenn

ich ganz gemein wäre, würde ich die Knutschfotos in unserem Pausenraum aufhängen, auf dass du zum Gespött der gesamten Polizeidirektion Flensburg würdest!«

Benthien schlug die Augen auf. »So gemein wärst du?«

Lilly gab ihm einen Kuss aufs Ohr. »Und ob! Leg dich also lieber nicht mit mir an!«

Von draußen hörte man mehrere Wagen mit Sonderrechten vorbeirasen, die Martinshörner weckten mit Sicherheit auch noch die letzten Langschläfer in List. Benthien spürte ein leises Grummeln im Bauch.

Es klopfte, und Johns Vater steckte den Kopf durch den Türspalt. »Ich habe euch reden hören. Was haltet ihr von Kaffee und Croissants und Brötchen …«

»Oh ja, bring uns ein Tablett ans Bett. Mit Butter und Marmelade!« John strahlte seinen Vater an, doch der sagte nur: »Steht alles auf der Terrasse bereit. Macht schnell, sonst wird der Kaffee kalt!«

»Wäre ja auch zu schön gewesen, um wahr zu sein«, sagte Lilly lachend. »Dein Vater hat zwar ein gewisses Betüdelungssyndrom, aber so weit, uns am Bett zu bedienen, geht es nun doch nicht.«

Als sie wenig später auf die Terrasse kamen, war der Tisch noch gedeckt, doch Benthiens Vater saß bereits vor seinem Laptop und arbeitete. Er hatte vor, Johns Fälle aufzuschreiben, ähnlich wie Dr. Watson Sherlock Holmes' Fälle als Chronist an die Öffentlichkeit gebracht hatte. Sein Sohn hatte ihm gestern Abend noch über einen älteren Giftmord berichtet, den ein Kollege aufgeklärt hatte, und Ben hatte alles mit einem Diktiergerät aufgenommen und war nun dabei, den Text zu bearbeiten.

Es war unglaublich ruhig an diesem frühen Morgen, selbst

die Möwen segelten mit lautlosem Flügelschlag durch die Luft. Der Tag schien so heiß zu werden wie der vorherige; beide Sonnenschirme waren bereits aufgespannt und spendeten Schatten. Die Dünengräser bewegten sich im heißen Sommerwind.

Lilly und John aßen stumm ihr Frühstück und hörten zu, wie Johns Stimme von gestern klar und verständlich die Einzelheiten eines Giftmordes schilderte, den eine Fünfzehnjährige an ihrer zehnjährigen Schwester begangen hatte.

Plötzlich fing Lilly an zu lachen. »Ist es nicht ein Wahnsinn? Hier sitzen wir an einem schönen Sommermorgen beim Frühstück und hören andächtig und in aller Gemütsruhe eine so grässliche Schauergeschichte an, die wirklich passiert ist, und halten das für völlig normal. Mein Brötchen schmeckt mir deshalb nicht schlechter. Ist das nicht krank?«

Ben drückte auf den Pausenknopf. »Nein«, sagte er, »das ist nicht krank, Lilly. Das ist gesunder Selbstschutz. Du spaltest die Erfahrungen und Erlebnisse ab, die du in deinem Beruf machst … sonst könntest du das alles gar nicht verkraften. Ärzte, Sanitäter, Feuerwehrleute, sie alle machen das.«

»Ich weiß«, sagte Lilly und seufzte. »Das ist so üblich. Und meistens gelingt es ja auch. Aber dennoch …«

Sie unterbrach sich, da die friedliche Stille von neuem durch etliche Martinshörner unterbrochen wurde. Man hörte mehrere Pkw über die Straße jagen, dann war der Spuk vorbei, und es herrschte wieder Ruhe.

Benthien trat an den Rand der Terrasse, von wo aus er unten am Fuß der Düne die Straße sehen konnte, die völlig verlassen war.

»Die müssen hier in der Nähe angehalten haben«, vermutete Lilly.

Noch ehe sich Benthien wieder setzte, klingelte sein Handy.

»Thyra«, sagte er, und düstere Vorahnungen überkamen ihn. »Meine Liebe! Was kann ich so früh am Samstagmorgen für dich tun?«

Es stellte sich heraus, dass die Oberstaatsanwältin, die Bereitschaftsdienst hatte, bereits an ihrem Arbeitsplatz in Flensburg eingetroffen war. Da Dr. Thyra Kortum ein halbes Leben lang mit Johns Mutter befreundet gewesen war, unterhielt die Familie Benthien durchaus freundschaftliche Beziehungen zu ihr, aber diesmal war der Anruf, wie John schon befürchtet hatte, keineswegs privater Natur.

»Ich weiß, dass du und Lilly eigentlich Urlaub habt«, sagte Thyra Kortum, »aber Leon und Juri sind noch in ihrem Jahresurlaub, und außerdem ist die Sache fast vor deiner Haustür passiert …«

»Hat das was mit den Martinshörnern zu tun, die ich eben gehört habe?«

»Du sagst es, min Jung. Wir haben zwei Tote, Yvonne und Nicolas Melander. Wurden eben von der Haushälterin gefunden. Scheint möglicherweise ein Einbruch gewesen zu sein. Ich werde so schnell …«

»Mutter und Kind?«, fragte Benthien hastig. »Ein kleiner Junge?«

Er hörte Thyra mit Papier rascheln. »Richtig, Mutter und Kind. Ich werde so schnell wie möglich …«

»Und sie sind beide tot?« Benthien konnte es nicht fassen.

»John, was ist mit dir los? Kanntest du sie?«

Benthien versuchte, sich zusammenzureißen, obwohl Lilly ihn verstört ansah. »Nur ganz flüchtig. Wir haben die beiden gestern kennengelernt.« Eine lebenslustige junge Frau, ein kleiner Junge, der Benthiens Bein umklammerte und strahlend »Papa« zu ihm sagte. Benthien versuchte, die Erinnerung zu verdrängen. »Der Neffe des Jungen hat gestern in einer Düne auf dem Grundstück der Melanders menschliche Knochen und einen Backenzahn gefunden – und wir …«

Thyra unterbrach ihn erstaunt. »Das war bei den Melanders? Und in der Nacht wird ins Haus eingebrochen und zwei Menschen werden getötet? Das ist ja ein merkwürdiges Zusammentreffen! Jedenfalls, die Spurensicherung ist schon unterwegs, und ich werde gegen Mittag mit Fitzen zu euch stoßen.«

»Tommy ist schon zurück?«

»Ja, seit gestern Abend, aber er hat eigentlich noch Urlaub und ist ›noch nicht so richtig sortiert‹, wie er sagt. Uns fehlen eben die Leute! Ich hoffe, in einer Stunde ist er so weit und bis spätestens Mittag sind wir da. Tut mir leid, mein Junge, für deinen verpatzten Urlaub. Bis nachher!«

Wenig später kamen Benthien und Lilly, nun halbwegs seriös in Jeans und frischen T-Shirts gekleidet, auf dem Gelände der Melanders an. Zwei Streifenwagen standen vor dem Haus, dazu der Wagen des Notarztes, der Bus der Spurensicherung, die zu Benthiens Verwunderung bereits aus Flensburg eingetroffen war (später erfuhr er, dass sie in Niebüll einen Einsatz hatten), und ein ziviler Dienstwagen, der vermutlich Arndt Schäfer gehörte. Benthien wechselte einen kurzen Gruß mit dem uniformierten Beamten, der vor der offenen Eingangstür stand. Lilly und er zogen die übliche Schutzkleidung über, dann betraten sie die große, kühle Eingangshalle, die merkwürdig bevölkert war.

Als Erstes fiel ihm das Opfer ins Auge, die junge blonde Frau von gestern, die vor einer breiten Treppe auf den Holzdielen lag, mit dem Oberkörper jedoch noch auf den zwei untersten Stufen, als wäre sie von dort abgerutscht. Ihre Haltung wirkte leicht theatralisch, die blauen Augen waren zur Decke gerichtet, Kopf, Beine und Arme schienen seltsam verrenkt. Dass sie an dem Treppensturz gestorben war, bezweifelte Benthien allerdings. Sie trug andere Kleidung als am gestrigen Nachmittag, ein rückenfreies Seidentop und einen gewollt zipfeligen kurzen Rock. Ihre Füße waren nackt.

Um die Tote herum standen zwei Polizisten, dazu Arndt Schäfer und der Notarzt, der sich allerdings gerade verabschiedete. »Ich kann hier nichts mehr tun«, sagte er, »aber ich habe gehört, dass der Rechtsmediziner bald hier sein wird. Adieu!«

Arndt Schäfer, der nervös auf einem Kaugummi kaute, sagte zu Benthien und Lilly: »Wenn ihr die zweite Leiche sehen wollt, sie liegt oben.« Er nickte mit dem Kopf in Richtung Galerie. »Rechts durch den Gang, letzte Tür.«

»Kommst du nicht mit?«, fragte Benthien.

»Nee!« Schäfer schüttelte den Kopf. »Das tu ich mir nicht noch einmal an! Übrigens, die SpuSi ist oben.«

Benthien und Lilly wechselten einen Blick. Die Treppe war breit genug, dass sie nicht über die tote Frau steigen mussten. Schweigend gingen sie hinauf zu einer Galerie, in die von rechts und links zwei Flure mündeten. Von hier aus hatte man einen guten Überblick in die große Eingangshalle. Sie folgten einem breiten Flur, von dem mehrere Türen abgingen. Die letzte Tür stand weit offen. Benthien hörte, wie Lilly, die vor ihm ging, einen gequälten Seufzer ausstieß, und blickte dann selbst entsetzt auf das Chaos, das sich vor ihm ausbreitete.

Der Raum war ein modern eingerichtetes Wohnzimmer mit einer bequemen Sofalandschaft, weißen Möbeln im gediegenen Sylter Landhausstil und einem hochflorigen Teppich. Allerdings sah das Zimmer aus, als wäre es kürzlich von einem Tornado verwüstet worden. Bücher, Pokale und allerhand Nippes waren aus Schränken und von Regalen gerissen worden, zwei Grünpflanzen lagen zusammen mit großen Erdhaufen auf dem Teppich, der Wohnzimmertisch war umgekippt und Essensreste, Gläser, Aschenbecher, Weinflaschen und etlicher Krimskrams breiteten sich auf dem Boden aus. Auf das helle Sofa hatte sich jemand übergeben, und ein großer dunkelroter Fleck war tief in den Teppichflor eingedrungen.

Der kleine Junge lag verkrampft halb unter einem Tischchen, das als Bar gedient hatte. Flaschen mit Whisky, Wodka und Cognac standen darauf, drei weitere Flaschen lagen auf dem Teppich und waren ausgelaufen.

Es sah aus, als habe sich der Kleine unter dem Tisch verstecken wollen; mit angezogenen Beinen lag er in Embryostellung da, die Arme dicht um den Leib geschlungen. Er war merkwürdig gekleidet. Neben dem leichten Sommerschlafanzug trug er eine Kappe aus Plüsch mit großen Hasenohren, darunter eine dicke Wintermütze mit Ohrenklappen. An den Händen hatte er Handschuhe an, die Bärentatzen mit langen Krallen darstellen sollten. Offenbar hatte sich auch der kleine Junge übergeben, doch ansonsten schien er unversehrt zu sein.

Benthien war fassungslos. Er konnte sich nicht erinnern, jemals solch einen absurden, grausigen Schauplatz gesehen zu haben. Er fühlte, wie Lilly ganz sachte ihre Hand in die seine schob, als wolle sie ihn trösten, und drückte sie fest.

»Che catastrofe!« Stefano Rossi, ein junger Kriminaltechniker italienischer Abstammung, war hinter Benthien getreten und betrachtete mitleidig den toten Jungen. »War es ein Unfall? Es kann doch unmöglich sein, dass jemand den Kleinen und seine Mutter umgebracht hat?«

»Wir werden es herausfinden müssen, Stefano«, sagte Benthien mit spröder Stimme.

Lilly war verwundert. »Ist hier denn nicht eingebrochen worden?«

Claudia Matthis, die Leiterin der Kriminaltechnik, eine taffe Brünette, trat zu ihnen. »Möglich. Die Vordertüre, die nur eine gewöhnliche Klinke hat, und eine Nebentüre, die in den Garten führt, waren offen. Jeder konnte da hineinspazieren.«

»Auf Sylt gibt es immer noch Leute, die ihre Türen tagsüber nicht absperren«, sagte Benthien. »Früher, vor dreißig, vierzig Jahren, hat man das auch nachts nicht getan. Habt ihr denn Anzeichen dafür, dass die beiden nicht allein im Haus waren?«

Claudia bedachte ihn mit einem strengen Blick. »Wir sind gerade mal seit zwanzig Minuten hier. Eigentlich sind wir wegen der Knochen gekommen, die gestern hier gefunden wurden. Wir wussten nicht, dass wir hier auf zwei Leichen stoßen würden. Also bitte, habt noch ein bisschen Geduld!«

Arne Schäfer erschien in der Tür. »Wollt ihr mit Frau Preuss sprechen? Sie hat die Toten heute Morgen gefunden. Verständlicherweise geht es ihr nicht so gut, und sie möchte so schnell wie möglich nach Hause gehen. Sie sitzt in der Küche.«

Benthien nickte und folgte mit Lilly dem Kollegen. Diesmal mussten sie nicht die große Treppe hinuntergehen, denn es gab noch einen anderen Weg, der durch den linken Flügel des Hauses führte, in dem Adeline Melander wohnte, Yvonnes Schwiegermutter. Die junge Frau lag, wie man von oben sehen konnte, noch immer am Fuß der Treppe, doch inzwischen hatte man ein weißes Laken über sie gebreitet. Man wartete auf den Rechtsmediziner aus Kiel.

»Frau Melander, die Schwiegermutter der Toten, ist zurzeit in Damp an der Ostsee, hat eine Knie-OP«, erklärte Schäfer, der die Tür zum linken Flügel öffnete. Es war die Wohnung von Adeline Melander.

»Habt ihr die Wohnung geöffnet?« fragte Lilly.

»Nein. Sie war offen. Hier scheint aber alles in Ordnung zu sein. Kein Hinweis auf einen Einbruch.«

Am Ende des langen Flurs, der durch Frau Melanders Wohnung führte, gelangten sie über eine schmale Treppe nach unten. Schäfer ging wieder in die Halle zurück, und Benthien und Lilly betraten die Küche, die von einem kurzen Flur abging. Es war eine strahlend weiße Landhausküche mit Messinggriffen an den Schränken und glänzend vor Sauberkeit. An einem rustikalen alten Holztisch saß eine Frau Ende fünfzig und starrte vor sich hin. Sie trug einen weißen Kittel über dem geblümten Sommerkleid, und ihre kurzen grauen Haare sahen aus, als seien sie seit gestern nicht mehr gekämmt worden. Sie blickte auf, als Benthien und Lilly eintraten, und ein schwaches Lächeln huschte kurz über ihr gerötetes Gesicht.

»John! Sie haben mir gesagt, dass du kommst. Gott sei Dank!«

John kannte Henny Preuss seit gut zehn Jahren. Sie kam zwei-, dreimal im Monat ins Haus, zum Putzen, Aufräumen, Einmachen oder um Johns Vater zu verpflegen, wenn er die Grippe hatte. Sie war eine treue Seele, zuverlässig und zupackend, aber auch dem Dorfklatsch nicht ganz abgeneigt. Eine patente Frau. Benthien hatte sich gefreut, als er von Arndt Schäfer hörte, dass sie hier war und sie erwartete. Er hatte ganz vergessen, dass sie auch für die Melanders arbeitete.

Er ging auf sie zu und umarmte sie kurz, dann stellte er Lilly vor.

Henny stand auf. »Wollt ihr Kaffee? Ich habe extra welchen gemacht.« Sie brachte drei Becher herbei und schenkte ein. Sie trank einen Schluck und wischte sich die rotgeränderten Augen.

Benthien sagte behutsam: »Du hast sie gefunden?«

Noch einmal wischte sie sich über die Augen. »Ich kam, wie immer, um acht Uhr. Das tu ich drei- oder viermal die Woche. Ich habe sie gleich gesehen, wie sie da auf den Treppenstufen lag. Zuerst dachte ich, sie wäre mal wieder … na ja, sie trinkt ganz gern ein Schlückchen, ist aber nur selten richtig betrunken. Ich dachte, sie wäre gestürzt und ohnmächtig, aber dann sah ich ihre offenen Augen, und sie war auch schon ganz kalt …«

»Haben Sie sie angefasst?«, fragte Lilly.

»Ihre Hand«, sagte Henny und schniefte. »Wie … wie ist sie denn …?«

»Wir wissen es noch nicht, Henny«, sagte Benthien, »der Doktor war noch nicht da. Was hast du dann gemacht?«

»Ich bin nach oben gerannt, um nach dem Kleinen zu sehen.« Erneut traten ihr die Tränen in die Augen, und diesmal ließ sie sie einfach laufen. »Ich hatte solche Angst … und da lag er, halb unter dem Tisch, und ich konnte es nicht fassen. Was ist hier nur passiert?«

»Hatten Sie das Gefühl«, sagte Lilly, »dass Sie nicht allein im Haus waren?«

Verstört blickte die Frau sie an. »Nein. Ach, ich weiß es nicht … ich habe natürlich nicht alle Räume durchsucht. Ich bin nach draußen gelaufen und habe die 110 angerufen, die waren aber erst nach zwanzig Minuten da. So lange habe ich mich auf den Findling gesetzt. Drinnen habe ich es einfach nicht ausgehalten. Aber gesehen habe ich niemand! Waren denn wirklich Einbrecher hier?«

»Das Zimmer oben ist durchwühlt«, sagte Lilly. »Aber eben nur dieser eine Raum. Die Westerländer Polizei hat das restliche Gebäude durchsucht, doch da scheint alles in Ordnung zu sein.«

»Ist es üblich, dass die Melanders die Türen nicht abschließen?«, fragte Benthien.

»Abends werden sie abgeschlossen«, sagte Henny Preuss, »aber zu unterschiedlichen Zeiten, je nachdem, wann jemand daran denkt. Ich war erstaunt, dass die Tür heute Morgen offen war.«

»Du hast angedeutet, dass Yvonne Melander gern mal einen getrunken hat«, sagte Benthien. »Hat sie das häufig getan? Was war sie überhaupt für ein Mensch?«

Henny stärkte sich noch mit einem Schluck Kaffee, dann blickte sie eine Weile unentschlossen vor sich hin.

»Wir müssen das wissen, Henny.« Benthien legte seine Hand auf ihren Arm. »Möglicherweise sind beide, Yvonne und Nicky, ermordet worden. Je mehr wir über die Verhältnisse hier erfahren, umso mehr hilft uns das weiter. Kennst du jemanden, der Yvonne Melander nicht mochte? Hat sie sich Feinde gemacht?«

»Ich glaube, von der Familie mochte sie niemand«, sagte Henny leise. »Sie war nicht sehr rücksichtsvoll, war sehr auf sich selbst bezogen, sie lebte von der Lebensversicherung ihres Mannes und zeigte kaum Interesse am Inselleben ... Adeline hat ihr vor allem vorgeworfen, dass sie ihren kleinen Sohn vernachlässigte. Yvonne fuhr oft zu ihrem Freund nach Flensburg, dann ist Nicky hiergeblieben, bei Adeline ...« Henny wurde ganz bleich. »Mein Gott, Adeline! Wer sagt ihr, dass ... Es wird sie umbringen! Dass sie nach Jacques und Volker auch noch Nicky verliert ... nein, das verkraftet sie nicht!« Sie blickte auf. »Muss ich sie anrufen, John? Oh Gott, was soll ich ihr bloß sagen?«

»Das machen wir schon«, sagte Benthien beruhigend. »Ein Psychologe wird dabei sein.«

»Ihre Reha sollte heute oder morgen anfangen«, sagte Henny ganz aufgelöst. »Sie ist doch noch gar nicht wieder bei Kräften.«

Es klopfte, und ein uniformierter Beamter meldete, dass Dr. Radtke vom gerichtsmedizinischen Institut jetzt eingetroffen sei. Benthien erhob sich und tätschelte Henny die Hand. »Geh nach Hause und leg dich hin. Wir kommen nachher zu dir.«

Henny nickte und stand schwerfällig auf, als drückten Zentnerlasten sie nieder.

Der alte, brummige Rechtsmediziner kniete am Fuß der Treppe neben der Leiche. Er begrüßte Benthien und Lilly flüchtig, dann widmete er sich sofort wieder der Toten, betastete sie, drehte sie herum, maß die Temperatur, befühlte die Skelettteile, zog die Augenlider hoch. Benthien nahm zu seinem Erstaunen wahr, dass Dr. Radtke, der während seiner Untersuchungen nicht gerade sehr kommunikativ war, seine Untersuchungsergebnisse und Eindrücke in ein kleines, am Schutzanzug angestecktes Mikrofon sprach. Er stellte fest, dass die Körpertemperatur stark abgekühlt war, dass es konfluierende Livores gab, die vollständig wegdrückbar waren, dass die Leiche seit dem Todeseintritt nicht bewegt worden war, und er registrierte eine voll ausgebildete Totenstarre, stark erweiterte Pupillen und eine beginnende Vertrocknung der Iris.

»Sieht aus, als wäre sie zwischen dreiundzwanzig Uhr und drei Uhr morgens gestorben«, sagte er zu Benthien. »Genaueres dann nach der Obduktion.« Er stand auf. »Wo ist der kleine Junge?«

Benthien staunte. Es kam fast nie vor, dass Dr. Radtke sich schon während der Erstuntersuchung zu einer konkreten Aussage hinreißen ließ. Aber umso besser. Mit dieser Vorgabe ließ sich was anfangen.

Er begleitete Radtke nach oben, während Lilly und Arndt Schäfer die Tatortlisten ausfüllten.

Radtke untersuchte den kleinen Kinderkörper, ohne sich eine Regung anmerken zu lassen. Sachlich diktierte er seinen Bericht. Doch als er aufstand, war er grau im Gesicht und atmete schwer. »Schrecklich, so ein Kindstod«, sagte er leise. »So was hatte ich seit Jahren nicht mehr.«

»Ist er zur gleichen Zeit wie seine Mutter gestorben?«, fragte Benthien.

Der Rechtsmediziner nickte. »Sieht ganz so aus, plus/minus etwa dreißig Minuten.«

Benthien hörte in der Halle Stimmen, die neu hinzugekommen waren. Thyra und Fitzen!

Er ging hinunter.

Die Oberstaatsanwältin und Oberkommissar Tommy Fitzen standen vor Yvonne Melanders Leiche und hörten sich gleichzeitig Lillys vorläufigen Bericht an. Benthien begrüßte sie mit Handschlag, zumal er seinen Freund Fitzen zwei Wochen lang nicht gesehen hatte. Fitzen sah erholt aus, ansonsten so wie immer: Freundschaftsbändchen am Handgelenk, ein Tattoo auf jedem Finger noch aus seiner Undercover-Zeit in Hamburg, wuschelige Haare, die bis auf den Kragen fielen, nur seine uralte Lederjacke voller Patina, die an ihm festgewachsen schien, trug er heute nicht. Mit seiner Mischung aus Welpen- und Piratencharme kam er im Allgemeinen gut an, obwohl mal ein Kollege gesagt hatte, Fitzen gehöre zu den Leuten, die abends nach dem Weg zu fragen er seiner Tochter nicht raten würde. Doch damit tat er Fitzen Unrecht. Er war gutmütig, doch wenn er jemanden auf dem Kieker hatte, der unfair oder unrechtmäßig gehandelt hatte, konnte er ihn verfolgen wie ein bissiger Terrier. Benthien und er waren seit Kindertagen befreundet, seit sie als Nachbarskinder zusammen auf Sylt aufgewachsen waren.

Thyra Kortum wirkte trotz der Hitze kühl, nur ihre blondgelockten Haare hingen etwas schlaff und nicht so akkurat wie sonst um den Kopf, und ihre scharfen blauen Augen betrachteten voller Mitgefühl das Opfer. Sie trug, chic wie immer, ein grünes Leinenkleid mit passendem Bolero und ihre unvermeidlichen Pumps.

Nachdem sich die beiden auch im oberen Stockwerk umgesehen hatten, konnte der Abtransport der Leichen freigegeben werden. Radtke versprach, mit den Obduktionen gleich nach der Ankunft im Institut zu beginnen.

»Irgendeine Idee, woran die beiden gestorben sind?«, fragte Fitzen noch schnell, ehe der Rechtsmediziner ging. Doch Radtke knurrte nur: »Wenn ich Hellseher wäre, würde ich auf dem Jahrmarkt auftreten«, dann verließ er den Raum.

Thyra schlug Fitzen burschikos auf den Rücken. »Du lernst es auch nie, Junge. Radtke kann solche Fragen auf den Tod nicht ausstehen! Er heißt nicht umsonst Dr. No.«

Fitzen grinste. »Weiß ich doch, Thyra. Aber man kann's ja mal versuchen. Nachdem ich zwei unfassbar friedliche Wochen hinter mir habe, brauche ich einfach einen Anschiss, um wieder in die Arbeit reinzukommen.«

»Den kannst du auch von mir kriegen, mein Lieber!«, erwiderte Thyra und marschierte in Richtung Kinderzimmer.

»Willkommen zu Hause, Alter«, murmelte Benthien.

Adeline Melander begutachtete die Stickvorlage und wandte sich an ihre Bekannte aus der Klinik, die sie in das Geschäft begleitet hatte: »Wie findest du das, Irma, ist der kleine Eisbär nicht süß? Oder soll ich lieber den Pinguin nehmen? Oder das Häschen? Ich kann mich immer so schwer entscheiden.«

»Wofür soll es denn sein?«

»Für Nicky, meinen Enkel.«

»Nein, ich meine, für welches Kleidungsstück?«

Darüber hatte Adeline noch gar nicht nachgedacht. Sie wedelte vage mit der Hand in der Luft herum. »Ach, das weiß ich noch nicht. Für ein Latzhöschen oder einen Pulli. Sieh mal, der Weihnachtsmann ist ja auch niedlich. Und Weihnachten kommt immer so schnell und unerwartet, findest du nicht?«

Weil sie sich nicht entscheiden konnte, kaufte sie drei Vorlagen mit dem passenden Stickgarn und den Weihnachtsmann noch dazu, wobei sie ungeschickt mit ihren Gehhilfen hantierte und eine fallen ließ, die ihr ein freundlicher Urlaubsgast aufhob und in die Hand drückte. Dann ging sie langsam mit Irma in Richtung Strand, wo sie sich mit Margarete verabredet hatten, ebenfalls eine Bekannte aus der Klinik.

Adeline seufzte erleichtert auf, als sie endlich im Strandkorb saß, das operierte Knie leicht angewinkelt auf der Beinablage, vor sich eine Tasse Cappuccino mit einer dicken Sahnehaube. Sie beobachtete einen kleinen Jungen, der einem roten Ball hinterherrannte, eine Möwe, die gerade in einem verlassenen Strandkorb ein Fischbrötchen klaute, das die Inhaber leichtsinnigerweise auf ihrem Rucksack abgelegt hatten, und einen wuscheligen Hund, der aufgeregt bellend an seiner jungen Besitzerin hochsprang. Er erinnerte sie schmerzhaft an ihren kleinen Hund, der vor Kurzem vor ein Auto gerannt war.

Es war Zeit, dass Nicky ein Haustier bekam, ging es ihr durch den Kopf, er war jetzt alt genug dazu. Yvonne musste einfach ihre alberne Angst vor Hunden überwinden. Kinder, fand Adeline, sollten mit Tieren aufwachsen. Sie reiften dadurch und lernten, Verantwortung zu übernehmen und achtsam zu sein. Sie selbst hatte früher immer Hunde gehabt, auch Pferde, Hühner, einmal sogar ein Angorakaninchen, das sich für ein

Schoßtier hielt und mit ihr gekuschelt hatte. Ihre Mutter war früh gestorben, und den Vater hatten sie und ihr Bruder um den Finger wickeln können, daher hatte sie meist bekommen, was sie wollte. Ob das auch immer gut für sie war, daran hatte sie so ihre Zweifel.

Nicky jedenfalls wollte sie konsequent erziehen, aber auch mit viel Wärme und Liebe. Er war so ein lieber kleiner Junge, wild und übermütig, verständig und anschmiegsam. Und so klug. Yvonne, davon war sie überzeugt, behandelte ihn ganz falsch. Es war tragisch, dass sein Vater ihn nicht mehr kennenlernen konnte. Ihr geliebter Sohn Jacques – oder Jacqui, wie sie ihn genannt hatte – war ein halbes Jahr vor Nickys Geburt gestorben. Der Gedanke tat immer noch weh, er stach ihr ins Herz, denn obwohl sie es niemals zugegeben hatte, war Jacques von allen fünf Kindern ihr Liebling gewesen. Wenn er nur nicht so jung gestorben wäre, das war so ungerecht …

Sie schüttelte ihre traurigen Gedanken ab und nahm wieder den unablässigen Redestrom wahr, den ihre beiden Begleiterinnen produzierten wie ein sanftes Rauschen im Hintergrund, ähnlich dem der sanften Ostsee.

»Sie ist völlig abgedriftet«, sagte Irma gerade schelmisch, und Adeline begriff, dass sie gemeint war.

Sie lächelte. »Ich dachte gerade über einen Hund für Nicky nach. Was meint ihr, soll ich ihm einfach einen von hier mitbringen? Seine Mutter ist dagegen. Aber wenn er erst mal da ist …«

»Redest du von einem lebendigen Hund?« fragte Margarete erstaunt. »Das kann aber böse ins Augen gehen, meine Liebe!«

»Ein kleiner weißer Wuschelhund«, sagte Adeline verträumt und dachte an ihr weißes Kaninchen von früher. »Dagegen kann sie doch nichts haben?«

Sie zeigte Margarete ihre eben gekauften Stickmuster, danach drehte sich das Gespräch wieder um ihre Knie-Probleme, derentwegen sie hier in Damp in der Klinik waren.

Adeline wandte ihr Gesicht der Sonne zu und schloss die Augen. Viele stöhnten über die Hitze, aber ihr konnte es gar nicht heiß genug sein. Wahrscheinlich, dachte sie, war sie in einem früheren Leben eine Eidechse gewesen.

Dann klingelte ihr Handy.

ER

Er beobachtete stirnrunzelnd, wie sie sich der Sonne hingab, mit geschlossenen Augen und einem zufriedenen Lächeln auf den Lippen. Mit ihren schwarzen Haaren, dem von Natur aus dunklen Teint und den Augen wie Ebenholz erinnerte sie ihn an eine stolze Spanierin – keiner würde auf die Idee kommen, dass sie Sylterin war, dass ihre Familie seit Generationen auf der Insel verwurzelt war und einen langen, stolzen Stammbaum besaß.

Er notierte in seinem Notizbuch, was sie gerade machte. Sie führte das klassische Leben einer gutbetuchten, verwöhnten Frau – Shopping, Taxifahrten statt öffentlicher Verkehrsmittel, Nachmittagskaffee mit Freundinnen, teure Kleidung, in diesem Fall ein locker fallendes Kleid aus luftiger, karamellfarbener Baumwolle, das gut zu ihrer braunen Hautfarbe passte. Schon auf Sylt hatte er angefangen, sie zu beobachten. Er hatte gesehen, wie liebevoll sie mit ihrem Enkel spielte, wie kritisch sie mit ihrer Schwiegertochter umging, wie sie einkaufte, Sonnenbäder auf der Terrasse nahm, für den Kirchenchor übte, mit ihrer Haushälterin scherzte, mit der sie sich offensichtlich gut verstand.

Er selbst war natürlich unsichtbar gewesen, verborgen hinter den hohen, dunklen Eiben oder der Wildnis der Kamtschatka-Rosen, mit einem Fernrohr im Anschlag. Unbequem, aber notwendig.

Er fragte sich allerdings, wie lange er sie noch beobachten wollte. Langsam sollte er wohl doch mal zur Tat schreiten.

Ein Anruf auf dem Handy riss die Frau aus ihrer beschaulichen Ruhe. Selbst aus der Entfernung konnte er sehen, wie sich ihre gesunde braune Gesichtsfarbe in eine Maske aus Grau und Weiß verwandelte.

Kapitel 4

Das Kinderzimmer war liebevoll eingerichtet, an Spielzeug hatte es dem kleinen Nicky nicht gefehlt. Die Spurensicherung hatte das Zimmer bereits durchkämmt, blieb also die Frage, ob sie verwertbare Spuren gefunden hatte, aber das konnte erst in einigen Stunden beantwortet werden.

»Was ist da drüben auf der anderen Seite?«, fragte Thyra, als sie wieder auf die Galerie und zur Treppe kamen.

»Da wohnt Adeline Melander, die Schwiegermutter und Großmutter des kleinen Nicolas«, antwortete Lilly. »Soweit ich weiß, ist die Spurensicherung noch in der Wohnung.«

»Hat sie nichts bemerkt oder gehört?«, fragte Fitzen.

Benthien setzte gerade an, ihm zu erklären, dass Frau Melander an der Ostsee sei, als Thyra resolut die Tür öffnete und in die Wohnung marschierte.

Ihre Kollegen folgten ihr. Hier hatte sich in den letzten hundertzwanzig Jahren, seit der Zeit des Historismus, kaum etwas verändert, dachte Lilly erstaunt. Schwere, mit Schnitzereien verzierte Mahagonimöbel, Büfetts mit Marmoraufsatz, Schränke mit Säulen, ledergebundene Bücher, wuchtige Ledersessel.

»Sie hat eine eigene Küche«, meinte Thyra verwundert, die bereits die nächste Tür geöffnet hatte.

»Klein, aber hypermodern, mitsamt dem Kaffeeautomaten«, kommentierte Benthien. Er öffnete den Kühlschrank, doch er war leer bis auf drei verschiedene Marmeladensorten.

»Sie wollte wohl nicht immer nach unten in die große Küche latschen«, meinte Fitzen.

»Aber wir werden das jetzt tun«, sagte Benthien und stieg die schmale Treppe im hinteren Bereich der Wohnung hinunter.

Sie hatten sich gerade für eine kurze Besprechung an den Tisch gesetzt, als Claudia Matthis und Stefano Rossi von der Spurensicherung eintraten.

»Habt ihr schon was?«, fragte Lilly hoffnungsvoll.

»Fingerabdrücke, jede Menge, besonders in der verwüsteten Wohnung«, sagte Stefano bekümmert. Auch ihn hatte das, was er heute hier sehen musste, mitgenommen. »Aber die müssen wir natürlich noch auswerten. Ansonsten gibt es keinen Hinweis auf einen Einbruch.«

»Die Türen waren offen, wie es aussieht«, sagte Lilly. »Jeder, der reinwollte, konnte auch rein.«

»Auf mich wirkt das Tohuwabohu oben im Wohnzimmer eigentlich nicht wie die Suche eines Einbrechers, der sich nach Wertgegenständen umsieht«, sagte Claudia, »dazu fehlt die Systematik. Es sieht eher nach einer wilden Raserei aus, als ob jemand einen Wutanfall nach dem anderen gehabt hätte. Aber auch nur in diesem einen Zimmer. Die anderen Räume waren, sagen wir, in einer gemäßigten Unordnung.«

»Glaubst du, die beiden sind vergiftet worden?«

»Tommy, das weiß ich doch nicht«, sagte Claudia.

»Könnte aber sein«, gab Stefano zu, der offenbar Erbarmen mit ihnen hatte. »Wir haben ausgelaufenen Rotwein und selbstgemachten Likör sichergestellt, der Teppich war voller Flecken. Genau wissen wir das aber erst morgen oder übermorgen. Wenn's ein ganz seltenes Gift ist, vielleicht auch erst in vier Wochen«, fügte er mit einer Grimasse hinzu.

»Beeilt euch«, sagte Thyra, »sonst kommen wir hier nicht weiter. Ich denke allerdings, einen Einbrecher, der mit Gift arbeitet, können wir ausschließen. Das sieht mir eher nach einem

Mord im Familien- und Freundeskreis aus. Meiner Meinung nach sollten wir dort nach dem Täter suchen.«

»Wir haben übrigens ihr Handy gefunden«, berichtete Stefano, »es lag unter einem Sessel. Hier ist die Liste der letzten Anrufe.« Er legte einen Ausdruck auf den Tisch, ehe er mit Claudia die Küche verließ.

»Kann denn Selbstmord ausgeschlossen werden?«, fragte Fitzen, während Benthien den Ausdruck studierte.

»Nein«, sagte Lilly, »sicherlich nicht. Obwohl sie mir gestern nicht so vorkam wie jemand, der vorhat, Suizid zu begehen. Aber andererseits, wie sieht so jemand schon aus?«

Benthien erzählte Thyra und Fitzen noch einmal ausführlicher, was sie gestern auf dem Melander-Hof erlebt hatten. »Yvonne Melander kam uns völlig normal und natürlich vor; sie war nicht besonders erregt, hatte nicht getrunken, sie schien mir so entspannt zu sein, wie ein solcher Typ wie sie es eben sein kann.«

»Was meinst du damit, ein solcher Typ wie sie?«, wollte Thyra wissen.

»Na ja, ich würde sie als nervös einstufen, ungeduldig, egoistisch, mit einer geringen Frustrationstoleranz. Dem Kleinen gegenüber war sie nicht sehr freundlich.«

»Ich glaube allerdings, dass das ihr übliches Verhalten war«, sagte Lilly, »und bestimmt nicht auf Selbstmordgedanken hinwies.«

Thyra stand auf und ging zum Fenster. »Drüben an der Düne arbeiten auch ein paar Weißkittel«, meldete sie.

»Es sind noch weitere Kriminaltechniker angefordert worden, wie mir Arndt Schäfer erzählte«, sagte Lilly. »Sie suchen nach Leichen … oder deren Überresten.«

»Haben wir diesen Fall etwa auch?«, fragte Benthien.

Thyra nickte. »Zusammen mit den Westerländern, die werden euch dabei unterstützen. Aber wolltest du nicht die Haushälterin weiter befragen? Da werde ich mit dir kommen.«

Benthien war einverstanden. Während Lilly und Fitzen nach oben gingen, um sich die Papiere und persönlichen Sachen von Yvonne Melander anzusehen, fuhr Benthien mit Thyra in den Süden von Wenningstedt, wo Henny Preuss in einem kleinen Häuschen wohnte, das seit Jahrzehnten ihrer Familie gehörte.

Henny erwartete sie schon, der Kaffee stand bereit, ebenso ein Creme-Likör, von dem sie sich offenbar schon einiges eingeschenkt hatte. Sie führte Benthien und Thyra auf die Gartenterrasse, wo ein angenehmes Lüftchen ging. Benthien stellte Thyra Kortum vor.

»Weiß man schon, woran die beiden gestorben sind?«, war offenbar die dringendste Frage der Haushälterin.

»So schnell geht das nicht, Henny, das kann ein oder zwei Tage dauern«, sagte Benthien.

»Es könnte sich um eine Vergiftung handeln«, warf Thyra ein. »Glauben Sie, dass Frau Melander Selbstmord begangen haben könnte?«

»Yvonne? Nie im Leben!«, protestierte Henny Preuss. »Nein, der Typ ist sie nicht. Außerdem hat sie ja einen Freund, den sie heiraten wollte.«

»Name?«, fragte Benthien.

»Keine Ahnung, Jarow oder so ähnlich. Ein junger Mann aus Tunesien, der in Flensburg studiert. Sie hat ihn oft besucht, was wiederum Adeline gar nicht gefallen hat, weil sie wollte, dass sich Yvonne mehr um Nicky kümmert, denn sie meinte – Adeline, meine ich –, dass Yvonne eine ganz unnatürliche Mutter wäre, die nie da ist, weswegen sich Adeline meistens selbst um den Kleinen gekümmert hat, denn er ist ja der Sohn ihres geliebten Jacques, dem sie sich sehr verpflichtet fühlt, obwohl er Nicky nie kennengelernt hat, weil er starb, als Yvonne schwanger war …«

Unfähig, dieses Satzlabyrinth zu irgendeinem Ende zu bringen, nahm Henny einen weiteren Anlauf, doch Thyra kam ihr zuvor.

»Als langjährige Mitarbeiterin der Melanders können Sie uns sicher eine Menge über die Familie erzählen …«

»Also«, sagte Henny und goss sich jetzt ungehemmt eine ordentliche Portion Creme-Likör in ihren Kaffee, »ich denke wirklich, auf den Melanders liegt ein Fluch. Was die für Pech hatten über die Jahre hinweg … Und immer sind's die Kinder. Und dann die ganzen Toten. Es ist wie bei den Kennedys. Auf denen ruht auch ein Fluch. Es gibt Familien, da ist das einfach so.«

»Können Sie uns vielleicht einen Überblick geben, wer alles zur Familie gehört?«, fragte Thyra. »Scheint ja eine ziemlich große Sippe zu sein.«

Henny nahm ihre Finger zu Hilfe. »Also da wäre einmal Adeline, die Witwe ist. Ihr Mann ist zusammen mit ihrem Sohn Jacques tödlich verunglückt, und zwar auf dem Sylt-Shuttle. Sie wurden …«

»Das wissen wir schon«, sagte Benthien sanft. »Wen gibt es denn noch, und wohnen die alle auf der Insel?«

»Nicht alle«, sagte Henny. »Adelines drittältester Sohn Marcel, der die Melander-Werke leitet, wohnt zusammen mit seinem Freund in Niebüll, wo jetzt auch die Fabrik steht. Früher war sie mal auf Sylt. Aber er hat eine kleine Wohnung im Eibenhaus … ich meine, im Melander-Haus. Früher hieß es das Eibenhaus, weil es so viele Eiben drumherum gibt. Ich finde sie ja ein bisschen unheimlich – so hoch und so zerzaust.«

»Sie reden jetzt von dem Haus, in dem die Leichen gefunden wurden?«, vergewisserte sich Thyra.

Henny warf ihr einen Blick zu. »Natürlich, von genau diesem Haus. Er, also Marcel, hat eine kleine Wohnung, zwei Zimmer, unten im Erdgeschoss. Er kommt oft übers Wochenende. Bis zu Jacques' Tod hat er die Firma mit seinem Bruder geführt, jetzt macht er es allein, zusammen mit einem Geschäftsführer.«

»Er ist homosexuell?«, fragte Benthien.

Henny nickte bekümmert. »Adeline leidet sehr darunter. Er ist mit einem Mann aus dem *Senegal* zusammen! Manchmal kommt sein Freund mit ins Eibenhaus. Adeline macht dann gute Miene zum bösen Spiel. Sie hängt ja auch an Marcel, aber sie hätte natürlich viel lieber, dass er eine Frau heiratet.«

Was für ein böses Spiel?, fragte sich Benthien. In welchem Jahrhundert bin ich hier? Laut fragte er: »Ist er sehr unangenehm, der Lebensgefährte von Marcel Melander?«

»Er spricht wenig, und wenn, ein sehr gutes Deutsch, aber er lacht viel und zeigt dann alle seine weißen Zähne. Prachtvolle Zähne hat er auf jeden Fall, aber die beiden können natürlich keine Kinder kriegen«, war Hennys nicht so ganz befriedigende Antwort. Sie streckte Daumen und Zeigefinger aus. »Dann gibt es noch die beiden anderen Söhne: Etienne, der Jüngste, der ein gutgehendes Restaurant bei St. Peter-Ording hat, und natürlich Théo, der Älteste, der mit Evi verheiratet ist. Sie kennen ihn ja wahrscheinlich – er ist ein erfolgreicher Politiker. Sitzt im Kieler Landtag. Adeline ist ganz stolz auf ihn. Sie hofft, dass er mal Ministerpräsident wird.«

»Ich weiß, er ist Tristans Vater«, bemerkte Benthien.

»Ja, der arme Junge«, sagte Henny seufzend. »Oder vielmehr, die armen Eltern.«

»Wieso arm?«, warf Thyra ein.

»Na ja, Tristan macht ihnen nicht eben viel Freude. Er ist ein seltsamer Junge. Spricht fast nichts. Ich glaube ja manchmal, dass er nicht ganz richtig im Kopf ist, obwohl er aufs Gymnasium geht. Oder er ist zumindest sehr ungezogen. Aber in der Schule redet er auch nicht, habe ich gehört. Ab und zu steht er auf, mitten im Unterricht, ruft einen Werbeslogan ›Fliegt in die Bä-ä-äder‹, setzt sich wieder und setzt dann noch ganz trocken hinzu: ›Deutsche Lufthansa-AG‹.« Sie schnaufte. »Der kann doch nicht ganz richtig im Kopf sein? Dieses ›Fliegt-in-die-Bäder‹-Schild ist eine alte Reklame aus den 20iger Jahren, ein Blechschild, das bei seiner Mutter in der Küche hängt. Daher hat er wohl diesen Spruch.«

»Wie sind denn seine Leistungen in der Schule?«, fragte Benthien, der sich noch sehr gut an die korrekten Begriffe *proximale Phalange des Daumens* und *Dentes morales* erinnerte, die Tristan gestern gebraucht hatte.

»Schriftlich scheint er ganz gut zu sein, soviel mir Adeline erzählt hat, aber er macht eben im Unterricht nicht mit. Für Adeline ist er eine große Enttäuschung. Oh mein Gott …« Henny schlug die Hand vor den Mund. »Er ist ja jetzt ihr einziges Enkelkind?« Fassungslos sah sie Benthien an. »Sie hatte ihre ganzen Hoffnungen auf Nicky gesetzt!«

»Ist denn nur Théo Melander verheiratet?«, fragte Thyra, nachdem Henny diesen neuen Schock verdaut hatte.

»Etienne lebt mit seiner Freundin zusammen. Er ist der Jüngste, aber immerhin – das kann noch was werden. Annette, Adelines Tochter, war zweimal verlobt, aber im Moment ist niemand in Sicht. Sie hat eine Apotheke in Westerland.«

»Also hat Frau Melander drei noch lebende Söhne – Théo, Marcel und Etienne – und eine Tochter Annette, richtig? Aber nur die Tochter und Théo mit seiner Familie leben auf Sylt?«, fasste Thyra noch einmal zusammen.

Henny nickte. »Genauso ist es.«

»Seltsam, dass die Kinder alle französische Namen haben«, sagte Benthien. »Nicht dass es wichtig ist, es interessiert mich nur.«

Zum ersten Mal an diesem Tag sah er Henny lächeln.

»Adeline war als junges Mädchen oft mit ihrem Vater und Bruder auf Urlaub in Frankreich. Seitdem hat sie einen Frankreich-Tick. Ich glaube, sie war ganz glücklich, als Jacques sich in ein Mädchen verliebte, das Yvonne hieß.«

»Das sind alle Melanders hier auf der Insel?«, fragte Thyra noch einmal nach.

»Ach nein«, Henny schlug sich an die Stirn, »da gibt es natürlich noch Justus, Adelines Bruder. Er ist sehr umtriebig. Sitzt im Gemeinderat, ist stellvertretender Bürgervorsteher, er ist im Rotary-Club, Vize-Präsident im Golfclub, und er tritt als Clown und Leierkastenspieler bei Veranstaltungen auf. Von Beruf ist er Rechtsanwalt. Demnächst soll er Ehrenbürger von Morsum werden.«

»Hat er Familie?«, fragte Thyra.

»Nein, er ist – oder war – ein begehrter Junggeselle, hat sich aber kürzlich Hals über Kopf verliebt. Und auch gleich verlobt. Er ist ein Stück jünger als Adeline, etwas über fünfzig. Daran, dass ihn noch mal eine einfängt, haben wir alle nicht geglaubt, aber Adeline ist glücklich, und Sabrina ist wirklich eine Nette.«

»Henny, du sagtest vorhin, es läge ein Fluch auf der Familie«, sagte Benthien. »Das meinte kürzlich auch mein Vater. Kannst du meiner Kollegin erzählen, was denn so Schlimmes passiert ist in der Familie Melander?« Er hielt es für besser, dass Henny die Geschichten mit eigenen Worten erzählte.

»Viel!« sagte Henny summarisch. »Da ist einmal Svenja, die Schwester von Tristan. Das arme Kind geriet beim Spielen unter ein Pferd und war sofort tot. Ein Baby hat Evi, Théos Frau, noch während der Schwangerschaft verloren. Und dann der Unfall von Herrn Melander und seinem Sohn. Da hätte ja auch keiner mit gerechnet.« Henny schob ihre Tasse hin und her. »Und dann gab es, kurz nachdem die Firma gegründet wurde, um 1910 oder so, einen Todesfall, der die ganze Insel bewegt hat. Da ist oben im Eibenhaus der Kompagnon von Heinrich Melander ermordet worden, im Arbeitszimmer von Heinrich! Das Zimmer gibt es immer noch, es gehört jetzt zu Adelines Wohnung.« Sie schlug die Hände vors Gesicht. »Adeline wollte das Arbeitszimmer von Heinrich unbedingt erhalten. Ich fand das immer ziemlich makaber.«

Benthien versuchte, Henny zu beruhigen, und die Oberstaatsanwältin wollte wissen, ob der damalige Mordfall aufgeklärt wurde.

Henny nickte heftig. »Ein Arbeiter war's, den sie rausgeworfen hatten. Ist im Jahr darauf hingerichtet worden. Und dann gab's auch noch diesen Jungen, den armen Kerl. Marten hieß er wohl. Das war so ein Tunichtgut, einer, der immer nur Streiche im Kopf hatte, ein wilder Junge.« Sie hob die Likörflasche. »Auch ein Schlückchen in den Kaffee?«

»Nein, danke«, sagte Thyra, und Benthien nahm ihr sanft die Flasche aus der Hand. »Henny, trink nicht so viel davon, du hast nachher nur Kopfschmerzen. Was hat Marten denn angestellt?«

»Er hat sich im Sand vergraben. Am Meer, nur der Kopf guckte noch raus. Und dann hat er sich von seinen Spielkameraden, die dabei waren, einen großen Strohhut aufsetzen lassen, wodurch man von seinem Kopf nichts mehr sah. Es sah aus, als läge da ein verlorener Sonnenhut am Strand. Marten rechnete damit, dass jemand ihn ahnungslos aufheben und dann zu Tode erschrocken sein würde, wenn darunter ein lebendiger Kopf zum Vorschein käme.«

Henny stärkte sich mit einem Schluck.

Thyra lächelte. »Ein richtiger Lausejungenstreich.«

»Sie sagen es. Aber die Sache ging ganz schrecklich aus. Es kam nämlich Seenebel auf. Es wurde kühl, und die Jungs gingen nach Hause, sie dachten wahrscheinlich, Marten könnte sich selbst aus dem Sand befreien. Aber genau das konnte er nicht. Der feuchte Sand war natürlich sehr schwer und hielt ihn fest umklammert. Ja, und dann kam die Flut. Die dummen Jungs hatten nämlich nicht bedacht, dass Marten sich bei Ebbe viel zu nah am Flutsaum eingegraben hatte. Das Wasser lief immer höher auf und überspülte seinen Kopf, so dass er elend ertrinken musste. Kein Mensch war mehr am Strand, so dass er auch keine Hilfe bekam.«

»Wie entsetzlich«, sagte Thyra. »Aber …«

»Und dann das verschwundene Mädchen!« Henny kam immer mehr in Fahrt. »Sie war eine bekannte Dichterin, verlobt mit Wilhelm, Heinrichs Sohn. Sie war einfach weg, von einem Tag auf den anderen! Wurde nie wieder gesehen. Manche sagen, sie wäre nach Amerika ausgewandert. Aber es kamen auch keine Gedichte mehr von ihr, es war, als wäre sie in dünne Luft verdunstet. Wilhelm hat es sehr getroffen, sagt Adeline. Und dann ist auch noch sein Bruder Carl im Krieg gefallen, in der Schlacht von Verdun. Und jetzt Yvonne und der kleine Nicky. Ich sage ja, das kann nur ein Familienfluch sein. So viel andauerndes Pech kann doch keine Familie haben!«

Thyra kam noch einmal auf den Freund von Yvonne Melander zurück. »Haben Sie diesen Jarow mal gesehen, Henny? Was machte er für einen Eindruck?«

»Nun ja, er sah ausländisch aus, sehr tunesisch eben. Olivfarbene Haut, schwarze Haare, aber immer sehr ordentlich gekämmt, mit Scheitel. Und er war immer gut angezogen, immer gebügelte Hemden, manchmal sogar mit Krawatte. Eigentlich war er nett, sehr höflich jedenfalls, einmal hat er mir einen schweren Korb mit Bügelwäsche zum Auto getragen. Und er sprach gut Deutsch … na ja, er hat ja auch studiert.«

»Was hat Frau Melander denn zur Partnerwahl ihrer Schwiegertochter gesagt?«, fragte Benthien.

Henny schüttelte bekümmert den Kopf. »Ich glaube, sie war nicht sehr glücklich darüber.«

Als Benthien und Thyra zurück zum Eibenhaus kamen, sahen sie Fitzen bei den Technikern stehen, die sorgfältig den Teil der Großen Düne untersuchten, an deren Rand die Knochen und der Zahn gefunden worden waren. Offenbar hatte man inzwischen noch mehr Überreste entdeckt. Benthien konnte ein Wadenbein ausmachen und einen Knochen, den er für einen Unterarmknochen hielt, entweder Elle oder Speiche. Der Eindruck, den er beim ersten Anblick der Mittelhandknochen hatte, verstärkte sich: Es schien sich hier um ein Kind zu handeln. Soweit er wusste, wurde auf Sylt und in der näheren Umgebung aktuell kein Kind vermisst. Offenbar lag die Leiche aber ohnehin schon länger hier im Sand, vermutlich etliche Jahre. Man müsste alle Vermisstenfälle der letzten Jahrzehnte durchgehen. Thyra schien ähnlich zu denken, denn er hörte, wie sie Fitzen den Auftrag gab, die Sache in Angriff zu nehmen.

Sie beobachteten noch eine Weile die mühsame Arbeit der Techniker, die im feinen, losen Sand versuchten, Areale abzustecken, doch immer wieder rutschte Sand nach. Es schien eine Sisyphos-Arbeit zu werden.

»Habt ihr was gefunden?«, fragte Benthien Fitzen, als sie gemeinsam wieder ins Haus zurückgingen. »Papiere, irgendwelche Dokumente, ein Testament vielleicht?«

»Yvonne Melander saß finanziell ziemlich in der Klemme«, antwortete Fitzen, während sie die Treppe zur Galerie hochstiegen. »Ihre Bank hat ihr bereits böse Briefe geschrieben und gedroht, ihren Kredit platzen zu lassen, falls sie ihre Raten nicht bedient. Vor sechs Monaten hatte sie sich zehntausend Euro geliehen. Als sie Witwe wurde, erhielt sie die Unfall-Lebensversicherung ihres Mannes ausbezahlt, rund hunderttausend Euro, aber das Geld scheint verbraucht zu sein. Von ihrer Schwiegermutter bekam sie monatlich vierhundert Euro aufs Konto überwiesen. Weshalb, keine Ahnung, vielleicht wegen des Kleinen. Allerdings scheint die junge Witwe permanent über ihre Verhältnisse gelebt zu haben.«

Oben in Yvonnes Wohnung legte Lilly gerade den Telefonhörer auf. »Das war Frau Melander«, sagte sie bedrückt. »Man hat ihr gerade vom Tod ihrer Schwiegertochter und ihres Enkels berichtet. Sie ist völlig aufgelöst, vor allem wegen Nicky. Hat mir Löcher in den Bauch gefragt, aber leider können wir ja noch gar nichts sagen. Sie will trotz Reha so schnell wie möglich kommen, sie wartet nur noch auf ihren Sohn.«

Unten waren Stimmen zu hören, darunter die laute, autoritäre Stimme eines Polizisten, der in der Halle Wache stand. Doch sie wurde von einer harten, klaren, weiblichen Stimme übertönt. »Es ist unser Haus«, sagte die Stimme energisch, »die Leichen sind abtransportiert, da werde ich doch wohl nach oben gehen können, und Sie werden mich nicht zurückhalten! Verdammt, lassen Sie mich los, Sie Wachtmeister!«

Kapitel 5

Benthien und Fitzen wechselten einen Blick. Benthien hielt es für geraten einzugreifen. Er lief die Treppe hinunter und begegnete auf den unteren Stufen einer Frau, die ihn mit eisigen Blicken maß. Er verstellte ihr den Weg.

»Lassen Sie mich durch!«, fauchte die Frau, und ihre kleinen, dunklen Augen schleuderten Blitze.

Er versuchte, der Person zu erklären, dass die Wohnung erst freigegeben werden müsse, ehe sie von den Familienmitgliedern wieder benutzt werden konnte. »Ein paar Stunden, länger dauert es nicht«, sagte er beruhigend. Fitzen kam ihm zu Hilfe, und als dann auch noch Thyra mit ihrer damenhaften, natürlichen Autorität erschien, mit blauen Augen, deren Blitze denen der Frau in nichts nachstanden, schien sie die Aussichtslosigkeit ihres Unternehmens einzusehen.

»Annette, komm da runter!«, rief der Mann, der sie begleitet hatte, so dass Benthien erahnen konnte, dass die Frau wohl Annette Melander, die einzige Tochter der Melanders, sein musste. Und der Mann war, dem Alter nach, vermutlich Justus Melander, Adelines Bruder. Onkel und Nichte hatten wenig Ähnlichkeit miteinander. Annette Melanders kleines Gesicht mit der großen Nase war trotz des Sommerwetters blass, ihre Wangen pausbäckig, der Mund klein und verkniffen. Sie wirkte wie die personifizierte Unzufriedenheit. Dazu passte auch ihr nachlässiger Kleidungsstil: der wadenlange Jeansrock war zipfelig, das zu enge T-Shirt angeschmuddelt.

Justus Melander dagegen war sportlich-modisch gekleidet

und wie aus dem Ei gepellt. Schwarze Jeans, tiefblaues Hemd, locker sitzende blaue Seidenkrawatte. Er hatte ein braungebranntes, schmales, freundliches Gesicht mit etlichen Lachfalten um die großen, dunklen Augen, die offensichtlich ein hervorstechendes Merkmal der Familie Melander waren. Auch Tristan und selbst der kleine Nicky hatten diese anziehenden dunklen, fast schwarzen Augen gehabt. Nur bei Annette waren sie etwas klein ausgefallen. Bei Justus standen sie in einem pikanten Gegensatz zu der dunkelblonden Haartolle, die ihm immer wieder in die Stirn fiel.

Murrend ging Annette Melander wieder nach unten. Benthien begrüßte die beiden und stellte seine Kollegen vor. Noch ehe er weiterreden konnte, sagte die junge Frau: »Was genau ist hier passiert? Es hieß, es sei eingebrochen worden? Auch bei meiner Mutter?«

»Gehen wir doch in die Küche«, sagte Benthien, »da können wir in Ruhe reden.«

Doch die Frau blieb, wo sie war. »Ich hatte meiner Mutter für ihren Aufenthalt in Damp Schmuck geliehen, Ohrringe und ein Goldarmband mit einer Art Knoten aus Gold. Reinstes Art déco. Aber Mutter hat es nicht mitgenommen, und jetzt möchte ich gern wissen …«

»Nur ein Idiot würde so wertvollen Schmuck ins Krankenhaus oder zur Reha mitnehmen«, unterbrach Justus Melander sie, doch die junge Frau beachtete ihn nicht.

»Ich muss nachsehen«, fuhr sie ungeduldig fort, »ob er noch da ist!«

»Ach so«, sagte Thyra trocken, »und ich dachte schon, Sie interessierten sich dafür, wo und wie die beiden gestorben sind.«

»Beruhigen Sie sich, Frau Melander, der Schmuck liegt im

Nachttisch Ihrer Mutter«, sagte Fitzen, »Sie können ihn nachher holen. Aber jetzt gehen wir erst einmal in die Küche.«

Nachdem alle am großen Küchentisch Platz genommen hatten, sagte der Rechtsanwalt mit einem höflichen Lächeln: »Sie müssen entschuldigen, dass wir einfach so hier reinplatzen. Die Nachricht vom Tod von Yvonne und dem kleinen Nicky hat uns doch sehr erschüttert. Mein Neffe Théo hat uns hergeschickt, er selbst wollte meine Schwester abholen und ist auf dem Weg aufs Festland.« Er schwieg kurz, um sich zu sammeln. »Wie ist … kann man schon sagen, wie sie gestorben sind?«

»Scheinbar nicht durch äußere Gewalt«, sagte die Oberstaatsanwältin. »Und ob überhaupt ein Einbruch stattgefunden hat, ist unklar. Es gibt dafür keine Spuren, andererseits waren zwei Eingangstüren nicht verschlossen; jeder, der wollte, konnte hereinspazieren.«

»Das sieht Yvonne ähnlich«, sagte Annette Melander verächtlich, »wahrscheinlich war sie mal wieder zu besoffen.«

»Vielleicht ist es hilfreich für Sie zu wissen«, sagte Justus Melander langsam, »dass Yvonnes Freund gestern hier war, ich habe sein Auto gegen zwanzig Uhr durch Kampen fahren sehen. War gerade mit meiner Verlobten im berühmten Restaurant Gogärtchen in Kampen.« Er wandte sich an Benthien. »Es ist ein sehr auffälliger Wagen, so ein messing- oder goldfarbener Angeber-Porsche mit zwei schwarzen Streifen in der Mitte. Den könnte man selbst bei Nacht identifizieren. Er fuhr in Richtung Norden, also wohl hierher.«

»Wie heißt der Freund?«

»Yaro Dhiaf, er ist Tunesier, sein Vater ist ein steinreicher Teppichhändler oder so was. Angeblich studiert Sohnemann hier«, antwortete Annette. »Yvonne hatte einen Riecher dafür, solche Leute aufzugabeln. Mutter war gar nicht dafür, dass dieser Dhiaf bei uns zu Hause ein und aus ging.«

»Meine Schwester hat sehr genaue Vorstellungen von dem, was eine Melander tun sollte oder nicht, besonders, wenn sie mit Jacques verheiratet war«, bemerkte Justus Melander ironisch.

Benthien bedachte ihn mit einem langen Blick. Im Gegensatz zu Annette fand er Melander erfrischend offenherzig. »Hatten Sie beide gestern Kontakt zu Yvonne Melander? Persönlich oder telefonisch?«

Justus schüttelte den Kopf, und Annette sagte: »Ich hatte nie viel Kontakt mit ihr. Wenn mein Bruder noch am Leben wäre, wären sie heute nicht mehr verheiratet, davon bin ich überzeugt. Sie passte so gar nicht zu ihm.«

»Solche Spekulationen bringen uns nicht weiter«, sagte Justus Melander. Beim Versuch, ein Taschentuch aus seiner Jeanstasche zu ziehen, fiel überraschenderweise eine rote Clownsnase heraus, was seine Nichte zu dem Ausruf veranlasste: »Du wirst doch wohl heute Nachmittag nicht zu dem Kinderfest gehen!«

»Warum nicht?«, fragte Justus und lächelte entschuldigend in die Runde. »Die Kinder wären bitter enttäuscht, wenn die Clownnummer entfallen würde. Und Tristan sicher auch, er will doch unbedingt sein Lied ausprobieren. Ich denke«, sagte er, nun zu den anderen gewandt, »ich kann die Nummer genauso gut im Gedenken an Nicky spielen, der Auftritt bedeutet doch nicht, dass ich nicht um ihn trauere!«

»Sie sprechen von dem Kinderfest am Strand?«, fragte Benthien. Er hatte Plakate gesehen, die das Fest ankündigten. Er wunderte sich allerdings, dass Tristan dabei eine Rolle spielen sollte.

Justus nickte und strich sich eine Locke aus der Stirn. »Ich mache jedes Jahr mit, meistens mit dem Leierkasten. Die Kinder haben viel Spaß, weil ich ständig irgendwas aus meinen Taschen verliere und hinterherlaufen muss. Außerdem spielt ein weißes Kaninchen eine Rolle.«

»Der reinste Hanswurst«, murmelte Annette kopfschüttelnd.

Justus beachtete sie nicht. »Tristan trägt eine selbstgedichtete Moritat auf der Gitarre vor.« Er lächelte breit. »Tris hat alle Naselang einen anderen Berufswunsch, mal will er Meeresforscher werden, mal Abfallbeauftragter, Tiermediziner oder Landschaftsgärtner. Im Augenblick will er Klavierspieler in einer Bar werden oder Bänkelsänger. Alles noch sehr unausgegoren. Aber heute ist sein erster großer Auftritt.«

Seine Nichte machte große Augen. »Wow! Das hat er dir alles gesagt? So viel redet er doch in einem ganzen Jahr nicht!«

»Was Sie uns da erzählen, entspricht nicht ganz dem Bild, das die Haushälterin heute von dem Jungen gezeichnet hat«, sagte Thyra.

»Ach ja, Henny. Die dürfen Sie nicht so ernst nehmen, die hat so ihre Vorurteile.«

»Sie meinte, dass Tristan nicht ganz zurechnungsfähig sei.«

»Und ich meine, dass er einfach ein ungezogener Bengel ist, der nur das tut, wozu er Lust hat«, sagte Annette heftig und stand auf. »Ich finde es allerdings ein bisschen seltsam, dass Tristan hier das Hauptthema ist. Sollten wir nicht lieber über das Verbrechen reden, das in unserem Haus passiert ist?« Sie ging zur Spüle und ließ das Wasser eine Zeitlang laufen, bevor sie sich ein Glas einschenkte.

Nun erhob sich auch Justus. »Darf ich Ihnen Mineralwasser anbieten?«, fragte er, nachdem er einen Blick ins Innere des Kühlschranks geworfen hatte.

»Gern«, sagte Thyra und wischte sich die Stirn mit einem Taschentuch, »es scheint draußen immer heißer zu werden.«

»Ja, Tristan ist schon ein spezieller Fall«, sagte Justus, nachdem er die Gläser verteilt und eine Flasche auf den Tisch gestellt hatte. »Armer Junge. Vor ein paar Jahren musste er mit ansehen, wie seine Schwester starb. Sie geriet unter ein Pferd und wurde von den Hufen getroffen.«

»Er war bei dem Unfall dabei?«, fragte Fitzen.

»Frau Preuss hat uns heute Morgen schon das ganze Szenario des ›Familienfluchs‹ erzählt«, sagte Benthien.

»Blödsinn!«, wehrte Justus ab. »Ich weiß, Henny glaubt an so was, auch an schwarze Katzen und zerbrochene Spiegel, die sieben Jahre Pech bringen. Das darf man nicht allzu ernst nehmen! Allerdings muss ich sagen, dass Svenjas Unfall schon tragisch war; ich weiß nicht, ob der Junge das jemals verarbeitet hat. Psychologische Hilfe bekam er jedenfalls nicht, obwohl ich dazu geraten hatte.«

»Wie genau ist es denn passiert?«, fragte Thyra mitfühlend.

»An einem schönen Sonntagnachmittag, auf einem Spaziergang in der Heide. Tris war neun und seine kleine Schwester sechs. Théo und Evi wollten mit der gesamten Familie einen Spaziergang machen, was die Kinder natürlich langweilig fanden. Als die Eltern dann Bekannte trafen und stehenblieben, um kurz mit ihnen zu klönen, liefen die beiden zum Spielen in ein kleines Wäldchen. Tris rannte hinter seiner Schwester her, wollte sie fangen, aber Svenja sprang eine Böschung hinunter und landete leider genau auf einem Reitweg, auf dem gerade ein Reiter in schnellem Trab daherkam. Sie lief dem Pferd vor die Hufe, es scheute und stieg, dabei trafen die Hufe Svenja am Kopf. Ihre Kopfverletzungen waren so schwer, dass sie kurz darauf starb. Und Tristan musste das alles hilflos mit ansehen.«

»Ein tragisches Zusammentreffen«, sagte Thyra bewegt. »Und umso schlimmer, wenn ein Kind so etwas mit ansehen muss.«

»Trotzdem kann das keine Entschuldigung für Tristans Ungezogenheiten sein«, murmelte Annette. Benthien sah in ihre glanzlosen Augen und fragte sich allmählich, ob sie überhaupt jemanden aus ihrer Familie mochte. Oder ob jemand *sie* mochte. Einen glücklichen Eindruck machte sie jedenfalls nicht. Sie versuchte, ihre Unsicherheit hinter einer Maske von Aggressivität zu verstecken, und litt darunter, dass sie offenbar keinen Anklang fand.

»Wo waren Sie beide gestern Abend ab achtzehn Uhr?«, fragte Fitzen.

Annette betrachtete ihn, als sei er ein großes, unappetitliches Insekt. »Wie kommen Sie zu dieser absurden Frage?«

Justus legte seine Hand beruhigend auf ihre. »Das sind die üblichen Routinefragen, Annette. Du brichst dir doch keinen Zacken aus der Krone, wenn du sie beantwortest.«

Annette schnaufte, ließ sich dann aber doch zu einer Antwort herab. »Na gut, ich hatte gestern Nachtdienst und war von zwanzig Uhr bis morgens acht Uhr in der Apotheke. Davor habe ich gegessen, mich frisch gemacht und mit unserer Mutter telefoniert. Das Gespräch hat ungefähr zehn Minuten gedauert.«

»War viel los in der Apotheke?«

»Sie meinen, ob ich zwischendurch mal Zeit hatte hierherzufahren? Nein, beim besten Willen nicht. Ständig kamen Kunden, und erst gegen zwei Uhr wurde es ruhiger. Mann, es ist Sommer, es ist Urlaubszeit! Da wird man auch wegen einer Packung Tampons mitten in der Nacht rausgeklingelt! Die Leute nehmen keine Rücksicht!«

»Bedienen Sie durch ein Fenster?«, wollte Benthien wissen.

»Natürlich.« Sie sah ihn spöttisch an. »Und wenn Sie wissen wollen, ob ich durch dieses Fenster gut zu sehen bin: Ja, bin ich. Die ganze Wand in der Ecke ist aus Glas. Es hat kein anderer an meiner Stelle bedient!«

Benthien betrachtete die junge Frau. Sie hatte wenig Geschmack und keinen Stil. Ihr Haar war asymmetrisch geschnitten, ein Undercut, auf einer Seite sehr kurz, auf der anderen Seite reichte es bis zum Kinn. Auf der kurzen Seite trug sie einen großen bunten Ohrring, der einen auf einer Stange schaukelnden Papagei aus Glas oder Edelsteinen zeigte, mit einem Brillanten als Auge. Benthien war sich sicher, diese Frau würde man wiedererkennen. Aber andererseits, was nützte es ihm? Sie wussten nicht, wie die beiden Opfer zu Tode gekommen waren, und falls es eine Vergiftung war, konnte das Gift wer weiß wann ins Haus gelangt sein. Dennoch musste er wissen, wo die nächsten Angehörigen – die zwangsläufig auch die Verdächtigen sein mussten – an dem betreffenden Abend gesteckt hatten.

Nun war Justus Melander an der Reihe. Er erzählte, dass er von sieben Uhr abends bis kurz nach zwölf auf einer Geburtstagsfeier im Golfclub war. »Ein Geschäftsmann aus Düsseldorf feierte seinen Fünfzigsten. Zu Hause habe ich noch etwas Musik gehört und bin gegen eins ins Bett gegangen.« Er lächelte freundlich. »Kann ich sonst noch etwas für Sie tun?«

»Nein. Wenn Sie keine Fragen mehr haben, können wir hier jetzt abbrechen«, sagte Thyra. »Wir benachrichtigen Sie, sobald wir mehr wissen.«

Nachdem Fitzen noch Annettes Schmuck geholt und ihr überreicht hatte, zogen sie ab.

»Was für eine Art Anwalt ist Melander eigentlich? Doch nicht etwa für Strafrecht?«, wollte Thyra wissen.

»Für Familien- und Erbrecht«, kam Fitzen Benthien zuvor. »Ich hab's im Internet recherchiert. Hat eine schicke Praxis in Westerland. Aber er wohnt in einem alten Friesenhaus in Morsum.«

Da Thyra nun dringend zurückfahren musste, wollte Fitzen sie zum Bahnhof bringen, doch vorher verabredeten er und Benthien sich noch in Westerland zum Essen.

»Wieso eigentlich in Westerland?«

»Warum nicht? Ich kenne da einen Italiener ... Außerdem will ich mit Tristan sprechen und sehen, wie er sich als Bänkelsänger macht. Und Justus Melander als Clown. Hier können wir ja doch nichts mehr tun, bevor wir nicht weitere Informationen haben. Danach rufst du bitte die restliche Melander-Sippe an und fragst sie, wo sie gestern Abend waren und was sie getan haben. Ich werde mich mit Yvonnes Freund in Verbindung setzen.«

Fitzen und Thyra fuhren ab, und Benthien rief mehrfach Yaro Dhiaf an, erreichte aber nur die Mailbox. Er hinterließ ihm die Nachricht, zurückzurufen. Dann ging er zu Lilly, die immer noch Yvonnes Papiere checkte, ebenso wie das Handy und ein Tablet. Lächelnd, aber etwas erschöpft sah sie ihm entgegen.

»Ich lese gerade ihre WhatsApp-Chats durch und habe mir unzählige Namen notiert, meist von Frauen. Aber einige Männer sind auch dabei. Das meiste ist banales Geschwätz über Mode, Events, Partys, Kosmetik, selten mal was über ihren Sohn. Interessant ist vielleicht eine Nachricht an eine Freundin: Yvonne teilt ihr mit, dass ihre Beziehung zu ihrem Freund Yaro beendet ist. Offenbar hat er Schluss gemacht. Aber Yvonne ist zuversichtlich, dass sie die Beziehung ›wieder hinbekommen‹ wird, wie sie schreibt. Yvonnes Eltern sind beide tot, bei einem Autounfall ums Leben gekommen, als sie achtzehn war. Seitdem hat sie sich irgendwie durchgeschlagen, bis sie Jacques kennenlernte. Er muss so was wie das große Los gewesen sein.«

Benthien wuschelte Lilly durchs Haar, das fast dieselbe Bernsteinfarbe hatte wie ihre Augen. »Mach mal ’ne Pause, geh mit mir und Tommy essen!«

Lilly seufzte. »Ich hatte gehofft, dass du das sagen würdest!«

Unten in der Halle erwartete sie Birgit Timmermann, eine junge, zierliche, blasse Frau mit raspelkurzen Haaren, von der Benthien wusste, dass sie eine hervorragende Kriminaltechnikerin von geradezu pedantischer Genauigkeit war.

»Kommt mit«, sagte sie. »Ihr müsst euch ansehen, was wir gefunden haben.« Sie führte Benthien und Lilly zur Großen Düne. »Ich glaube, wir sind ziemlich dicht an der Leiche. Das haben wir gerade ausgebuddelt.« Sie zeigte auf einen braunen Schuh, der deutlich einer vergangenen Zeit angehörte. Es war eine Stiefelette mit einem kleinen Absatz, mit acht Löchern auf jeder Seite für die Schnürsenkel. Benthien zog Latexhandschuhe an, hob den Stiefel hoch und betrachtete ihn von allen Seiten.

»Die Leiche muss schon ziemlich lang hier im Sand liegen«, war sein Resümee. »Sicherlich hundertfünfzig Jahre oder länger, nach dieser Stiefelmode.«

Birgit kam mit dem Maßband und maß die Länge der Sohle. »Achtzehn Zentimeter«, sagte sie. »Das könnte zu einem sieben- oder achtjährigen Kind passen.«

Kapitel 6

Nach dem Essen beim Italiener in Westerland fuhr Fitzen zurück nach List, während Benthien und Lilly Richtung Strand wanderten, wo das Kinderfest stattfinden sollte. Es war unerträglich voll auf der Friedrichstraße, überall fröhliche Touristen in den gut besetzten Cafés und Bistros. Der Lärmpegel war enorm und steigerte sich noch, als Benthien und Lilly bei dem Strandabschnitt ankamen, wo das Fest stattfand. Die Kinder kreischten, lachten und schrien begeistert, denn der Clown im bunten Gewand und mit der roten Perücke hatte gerade sein Kaninchen hervorgezaubert, das jetzt wie hypnotisiert vor ihm saß. Doch als er es hochheben wollte, rannte es davon. Die Kinder liefen hinterher, um es einzufangen, aber es eilte in einem Bogen zurück zu seinem Herrn und sprang in den Hut, den Justus Melander ihm hinhielt. Dann setzte er sich den Hut auf den Kopf und verbeugte sich.

Tosender Beifall brandete auf.

Danach war Tristan dran, der mit einer Gitarre auf einem Hocker vor einem Mikrofon Platz genommen hatte und erst mal ein paar Akkorde spielte.

»Jetzt bin ich aber mal gespannt auf seine ›Moritat‹«, sagte Benthien.

Das Lied, das Tristan sang, kannte Benthien seit frühester Kindheit unter dem Titel »Zehn kleine Negerlein«, doch der Junge hatte es mit einem neuen Text unterlegt:

Zehn kleine Brüderlein,
die tanzten in der Scheun',
eines fiel vom Heuboden,
da waren's nur noch neun.

Neun kleine Brüderlein,
die fuhren in die Nacht,
eines landete am Baum,
da waren's nur noch acht.

Acht kleine Brüderlein,
die haben's wild getrieben,
einem blieb das Herze stehn,
da waren's nur noch sieben.

Sieben kleine Brüderlein,
die machten in die Büx,
eines hat sich totgekackt,
da waren's nur noch six.

Sechs kleine Brüderlein,
die fuhren in die Sümpf',
das eine fraß ein Krokodil,
da waren's nur noch fünf.

Fünf kleine Brüderlein,
die tranken zu viel Bier,
eines soff sich mausetot,
da waren's nur noch vier.

Vier kleine Brüderlein,
die reisten nach Hawaii,
eines fiel in den Vulkan,
da waren's nur noch drei.

Drei kleine Brüderlein,
die tanzten in den Mai,
eines wurde totgeschlag'n,
da waren's nur noch zwei.

Zwei kleine Brüderlein,
die fuhren mal nach Mainz,
eines hopste in den Rhein,
da gab es nur noch eins.

Ein kleines Brüderlein,
das fing sich eine Zeck',
es ging an einem Infekt ein …
da war'n sie alle weg.

Begeisterter Applaus. Dreimal musste Tristan das Lied singen, bis die Kinder endlich Ruhe gaben. Lilly sagte lachend: »Hat er den Text selbst gemacht? Hätte ich ihm gar nicht zugetraut.«

»Tristan scheint vielerlei Talente zu haben«, bemerkte Benthien. »Aber jetzt muss ich dringend mit ihm reden.«

Sie gingen auf den Jungen zu, der dabei war, seine Gitarre einzupacken. Justus Melander hatte gerade sein Clownskostüm ausgezogen und wollte offensichtlich das Fest verlassen. Er klopfte Tristan anerkennend auf den Rücken, nickte Benthien und Lilly freundlich zu und machte sich auf den Weg zu seinem Wagen.

»Hat mir gefallen, dein Lied«, sagte Benthien zu Tristan, in dessen Gesicht es freudig aufleuchtete. »Dein Onkel hat mir erzählt, du willst Bänkelsänger werden?«

Tristan grinste. »Nur vorübergehend. Ich dachte eher an Meeresbiologe. Oder ich geh zu Greenpeace, die tun wenigstens was, und wenn es nur protestieren ist!«

»Keine schlechte Idee«, sagte Lilly. »Aber Kompliment, Singen und Gitarrespielen kannst du auch sehr gut.«

Der Junge reagierte mit einem verlegenen Lächeln und nestelte an seinem Lederhalsband, doch offensichtlich freute er sich.

Sie setzten sich an den Dünenrand, etwas abseits von der großen Menge, wo man jetzt auf der Bühne Shantys sang.

»Tristan«, begann Benthien, »ich will dich zu gestern noch etwas fragen. Warst du, nachdem wir gegangen waren, noch länger auf dem Dünengelände? Oder im Haus?«

»Im Haus nicht, aber ich war noch eine Weile da und hab an dem Liedtext rumgebastelt. Ich mag es, in der Heide zu liegen und in den Himmel zu schauen.«

»Ist dir dabei irgendwas aufgefallen? Hat deine Tante vielleicht Besuch bekommen?«

»Sie ist nicht meine Tante, sie ist nur angeheiratet«, erwiderte Tristan barsch. »Und sie war eine dumme Nuss. Mir tut es nicht leid, dass sie tot ist. Ich versteh gar nicht, wieso man da heucheln soll, nur weil einer tot ist.«

»Und Nicky?«, fragte Lilly.

Der Junge versenkte sein Gesicht in den Händen. »Um den tut es mir leid«, klang es dumpf zwischen den Händen hervor, »Nicky war okay. Den hätte es nicht erwischen müssen. War ein netter kleiner Kerl.«

Benthien dachte, dass dieser Nachruf aus Tristans Mund für

den Jungen eine Menge bedeutete. Er wiederholte seine Frage. »Hast du jemanden gesehen?«

Der Junge schüttelte den Kopf. »No folks anywhere. Auch Nicky und Yvonne kamen nicht heraus. Keine Ahnung, warum sie den Kleinen bei dem Wetter nicht draußen spielen ließ. Ich hätte ihn holen und mit ihm spielen sollen.« Tristan ließ den Kopf hängen. »Nicky war oft so allein. Sie hat sich ja kaum für ihn interessiert.« Er wischte sich über die Augen.

»Wo warst du, und wo waren deine Eltern gestern Abend ab achtzehn Uhr?«, fragte Lilly.

Überraschung machte sich auf Tristans Gesicht breit. »Wir sind alle verdächtig? Jeder von uns?« Er grinste, die Vorstellung schien ihm zu gefallen. »Also, um sieben haben wir gegessen, alle Mann am Abendbrottisch. Für Mama ist so was wichtig. Ich war danach in meinem Zimmer. Mama hat wie immer ferngesehen, und Papa war in seinem Arbeitszimmer. Hat sich wahrscheinlich 'nen Porno reingezogen.«

»Das mit dem Porno, weißt du das oder vermutest du es nur?«, fragte Benthien amüsiert.

»Ich weiß es«, antwortete Tristan schlicht. »Ich hab seinen PC gecheckt, als meine Eltern Sonntagmorgen in der Kirche waren. Mein Vater lässt sich gern beim Gottesdienst sehen, macht sich gut bei seinen Wählern. Ja, und dabei habe ich seine Pornosammlung entdeckt. Meine Mutter ist so naiv, die weiß nichts davon. Einmal bin ich in sein Zimmer geplatzt, weil ich ihn was fragen wollte, da war auf dem PC gerade eine Nummer am Laufen. Mein Vater war so vertieft … also wenn er mit *dem* Reaktionsvermögen Auto gefahren wäre, hätte er mit Sicherheit einen Unfall gebaut. Später beim Essen habe ich dann die Geräusche nachgemacht, all das Stöhnen und Ächzen und die spitzen Schreie, und Mama dachte, ich hätte einen Anfall. Sie wollte schon den Arzt rufen. Mein werter Erzeuger hatte eine total rote Birne.« Er lachte.

»Deine Eltern haben es schon nicht ganz leicht mit dir«, meinte Benthien augenzwinkernd. Dann fiel ihm noch eine Frage ein, die zwar nicht relevant war, deren Beantwortung ihn aber interessierte. »Wie kamst du eigentlich auf die Idee, diesen Reklamespruch *Fliegt in die Bäder* gerade während des Unterrichts loszulassen?«

»Was, das hat sich auch schon bis zu Ihnen rumgesprochen? Cool! Na ja, man muss doch was tun für sein Image … alle halten mich für plemplem, für behindert, für ’nen Spasti, da macht es doch Spaß, den Hirni zu spielen. Selbst meine Mutter hält mich für stark beschränkt. Ist doch lustig, oder?«

Dass aus Tristan eine tiefe Traurigkeit sprach, die er mit Schnoddrigkeit zu bekämpfen suchte, war offensichtlich.

Auf dem Rückweg erhielt Benthien eine SMS von Hinnerk Petering, einem jungen Sylter Polizisten, den er auch privat gut kannte und mit dem er schon zusammengearbeitet hatte. Hinnerk teilte ihm mit, dass sich ein gewisser Yaro Dhiaf bei der Polizei in Westerland gemeldet hätte und am nächsten Tag auf die Insel kommen würde. »Ich schicke ihn zu euch nach List, okay?« fragte er, und Benthien bestätigte es.

Zu Hause saßen Ben und Fitzen gemütlich im Schatten auf der Terrasse bei Kaffee und Kuchen und hielten ein kleines Schwätzchen. Offenbar platzten John und Lilly mitten in eine Planungsdebatte hinein.

»Bin ich auch eingeladen?«, fragte Tommy Fitzen gerade, als sie kamen.

Bens Gesicht leuchtete auf. »Aber sehr gern! Und bring Katharina mit! Wir finden es großartig, wenn junge Leute dabei sind.« Er runzelte die Stirn. »Aber zum Donnerwetter, ich brauche ein Polyphon und weitere Lochplatten!« Er griff nach seinem Laptop.

»Ihr habt's euch hier ja gemütlich gemacht«, bemerkte Benthien.

»Wollt ihr Kaffee? Und Erdbeerkuchen?«, fragte Ben zerstreut. »Steht alles in der Küche.«

Fitzen sprang auf. »Ich hole es euch, ihr Lieben. Hab eben ewig telefoniert und muss mich jetzt ein bisschen bewegen.«

»Du brauchst ein Polyphon? Wozu denn das?«, fragte Lilly Ben, der gerade eifrig auf seinem Laptop herumhackte.

»Für meine 20er-Jahre-Party«, antwortete Ben zerstreut. »Wir machen die jetzt abwechselnd, und im September findet sie bei mir statt. Tommy will auch kommen.« Er blickte auf. »Was ist mit euch beiden?«

»In *unserer* Wohnung machst du die Party?«, fragte Benthien erstaunt. Er wusste, dass die 1920er Jahre das neueste Hobby seines Vaters waren, nachdem er an Sylvester auf einem Jeoller-je-doller-Ball gewesen war. Pomade, Galoschen, Monokel, Knickerbocker sowie einen Gehstock mit Silbergriff hatte sich Ben bereits secondhand besorgt. Jetzt wollte er wohl ganz groß einsteigen mit einem uralten Polyphon und womöglich noch weiteren Requisiten.

Als hätte Ben die Gedanken seines Sohnes erraten, sagte er: »Ich brauche dringend ein paar größere Accessoires für die Atmo. Waltraud hat sich für die letzte Party – eigentlich müsste es Schwof heißen, aber das versteht heute ja keiner mehr – extra einen Jugendstil-Lüster angeschafft und im Wohnzimmer aufgehängt. Da muss ich doch mithalten! Aber was ist mit euch, kommt ihr auch?«

»Müssen wir dann Charleston und Shimmy und Tango tanzen?«, fragte Lilly amüsiert.

»Warum nicht? Macht doch Spaß! Und ihr beide würdet eine gute Figur dabei abgeben!«

Benthien fing an zu lachen. »Ich und Tango? Oder Charleston? Nur über meine Leiche! Das höchste der Gefühle ist ein Wiener Walzer, aber das war's dann auch!«

»Tommy, mein lieber Sohn, ist nicht so feige wie du! Der traut es sich zu, und Katharina will er auch mitbringen.«

Als Fitzen mit einem Tablett zurückkehrte und Kaffee und Kuchen verteilte, meinte Benthien: »Ich wusste gar nicht, dass dir der Sinn nach Charleston und Tango steht. Aber dich Tango tanzen zu sehen, dafür würde ich doch glatt auf die Party kommen!«

»Katharina?«, warf Lilly ein, die einen anderen Aspekt der Sache verfolgte. »Das überrascht mich aber jetzt, Tommy. Seid ihr etwa wieder zusammen?«

Fitzen hatte sich vor einigen Wochen von seiner bisherigen Lebensgefährtin Ulli getrennt, was Benthien guthieß, da er sie zu egoistisch fand, zu sehr darauf bedacht, ihren Willen durchzusetzen. Und die gemeinsame kleine Tochter, dreizehn Monate alt, hatte sie oft als Druckmittel benutzt. Katharina war Fitzens vorherige Beziehung gewesen, und sie war die Mutter seiner Tochter Jenny. Nachdem sich die beiden getrennt hatten, war Katharina in die Schweiz gezogen, wo sie einen gutbezahlten Job als Anästhesistin gefunden hatte.

Fitzen strahlte. »Sie kommt zurück nach Flensburg! Die Sache mit Jenny im Februar hat ihr dann doch zu denken gegeben. Wir waren jetzt zusammen in der Provence, probeweise, und offenbar habe ich mich da so gut benommen, dass sie jetzt der Meinung ist, es könnte doch noch wieder klappen mit uns.

Sobald ich in Flensburg bin, werde ich nach einem kleinen Häuschen suchen, im Grünen, und wenn's geht, mit Blick auf die Förde.«

»Und du Schlawiner hast uns kein Wort davon gesagt?«, rief Lilly empört aus.

»Ich sag's euch doch jetzt!«

»Gratuliere, Tommy«, sagte Benthien, der beinahe genauso strahlte wie Fitzen, »das hast du gut gemacht! Jetzt pass bloß auf, dass du sie nicht wieder vergraulst. Katharina ist nämlich eine klasse Frau!«

»Weiß ich doch!«, meinte Fitzen. »Wenn nicht ich, wer dann?« Er lachte und setzte eine sachliche Miene auf. »Aber, liebe Leute, wollt ihr gar nicht hören, was ich heute Nachmittag gemacht habe? Ich habe die Alibis der Familie Melander abgefragt. Also, Etienne, der Jüngste, war den ganzen Abend ab siebzehn Uhr bis gegen drei in seinem Gasthof, hat beim Servieren geholfen, und dafür gibt es jede Menge Zeugen. Er ist übrigens wesentlich sympathischer als seine Schwester Annette. Marcel, der mit seinem Freund in Niebüll wohnt, war mit diesem zuerst essen und dann im Kino. Gegen zwölf waren sie wieder zu Hause, bestätigen kann das aber nur der Lebensgefährte. Adeline Melander habe ich nicht angerufen, dafür aber mit der Polizei in Damp telefoniert. Nach deren Aussage war sie nach dem Abendessen die ganze Zeit in ihrem Zimmer im Krankenhaus. Die Alibis von Justus und Annette Melander kennen wir, und die von Théo und seiner Familie habt ihr ja gecheckt. Also alles recht solide. Yvonnes Freund habe ich nicht erreichen können.«

»Der will morgen hierherkommen«, warf Lilly ein.

»Allerdings dürften Alibis in diesem Fall keine so große Rolle spielen. Yvonne könnte Suizid begangen haben. Sie war pleite, und ihr Freund wollte sich von ihr trennen. Und wenn sie vergiftet wurde, könnte das Gift schon vor Tagen in den Haushalt gekommen sein, das muss ja nicht erst gestern gewesen sein.«

»Die Krux ist, dass wir nicht wissen, um welches Gift es sich handelt«, sagte Benthien. »Ich hoffe, das Labor kommt mit der Analyse schnell zu Potte!«

»Der Zustand des Wohnzimmers hat mich übrigens an etwas erinnert«, sagte Fitzen langsam. »Erinnert ihr euch noch an meine Vergiftung vor zwei Jahren? Die Wahnvorstellungen, und wie ich alles verwüstet habe? Ich dachte, eine Efeututе wollte mich erwürgen. So ungefähr kommt mir das Wohnzimmer vor ... als hätte da jemand blind gewütet. Ein Einbrecher würde systematischer vorgehen.«

Benthien berichtete, dass das Haus früher »Das Eibenhaus« genannt worden war. »Soweit ich weiß, sind Eiben außerordentlich giftig. Vielleicht stammt das Gift von ihnen?«

»Oder es war ein Unfall?«, überlegte Lilly. »Haben Eiben Früchte, Beeren oder so etwas? Ben, du bist doch gerade am Laptop, sieh doch mal nach, was du über Eiben findest.«

»Bin schon dabei! Wartet mal ... Eiben sind Büsche oder kleine bis mittelgroße Nadelbäume. Ich glaube ja nicht, dass die beiden Nadeln gegessen haben«, unterbrach er sich selbst. »Aber die Eiben haben auch rote Früchte ... allerdings erst im Herbst. Wiederum ist der rote Fruchtmantel, der den Samen umgibt und wohl noch am ehesten zum Essen einlädt, als Einziges an der Eibe *nicht* giftig. Alles andere ist dagegen hochgiftig. Hier steht noch, dass immer wieder Weidetiere eingehen, Pferde und Ziegen zum Beispiel, weil sie Teile der Eibe gefressen haben. Gerade bei Pferden können schon hundert Gramm Eibennadeln zum Tode führen. Beim Menschen reichen fünfzig bis hundert Gramm.«

»Aber allein aus der Tatsache, dass das Melander-Haus früher Eibenhaus genannt wurde, kann man doch nicht schließen, dass Yvonne und ihr Sohn mit Eibengift getötet wurden«, sagte Lilly. »Und kein Mensch isst Nadeln von einem Baum. Da müsste man schon ein Alkaloid herstellen ... was wiederum eine gewisse Planung und Sachkenntnis erfordert.«

Benthien seufzte. »Wir können mal wieder nichts anderes tun als abwarten. Wie ich diese Warterei hasse!«

Der Klingelton seines Handys unterbrach ihn. Eine aufgeregte Birgit Timmermann meldete sich. »Wir wollten eigentlich Schluss machen für heute, nachdem wir die restlichen Leichenteile in der Düne gefunden hatten«, sagte sie. »Es ist tatsächlich ein Kind, das übrigens sehr gut erhalten ist, ähnlich wie eine Moorleiche. Doch dann sind wir noch auf etwas anderes gestoßen.«

»Sag nicht, dass ihr noch eine Leiche gefunden habt!« protestierte Benthien.

»Ihr kommt am besten sofort her!«

Adeline Melander saß bereits seit ein oder zwei Stunden regungslos auf ihrem Bett in der Ostseeklinik. Sie hatte jedes Zeitgefühl verloren, starrte nur dumpf vor sich hin. Seit dem Mittagessen wusste sie es; da waren ein Polizeibeamter in Zivil und eine Psychologin gekommen und hatten ihr »schonend« beigebracht, dass Nicky und seine Mutter tot waren. Nachdem sie es einmal erfasst hatte, hatte sie gar nicht mehr zugehört. Ihr war es egal, was die beiden redeten, in ihrem Kopf dröhnte ein lauter Gong, und der wiederholte in unendlichen Schleifen das Wort: tot, tot, tot. Nicky war tot. Nun würde sie ihm keinen Hund mehr schenken können.

Der Gedanke breitete sich in ihrem Gehirn aus wie ein

schnell wachsendes Krebsgeschwür. Tot, Nicky war tot. Wie, fragte sie sich, sollte das Leben weitergehen? Sollte es überhaupt weitergehen?

Adeline stand schwerfällig auf, ergriff ihre Gehhilfen und näherte sich der offenen Balkontür. Sie war hier oben im vierten Stock … würde sie es fertigbringen, auf die Balustrade zu klettern? Wie hoch war sie überhaupt über dem Boden? Zehn, zwölf Meter? Sie würde auf dem Rasen landen oder in den Zierbüschen. Ein rauer Ton kam aus ihrem Mund, den sie erschreckt als ein unheimliches Lachen erkannte. Bei dem Glück, das sie hatte, würde sie querschnittsgelähmt sein, für den Rest ihres Lebens ein Pflegefall oder eine Idiotin ohne Hirnfunktionen. Nein, da musste etwas Besseres her, eine Methode, die sicherer war, zum Beispiel Volkers Pistole. Ob die noch da war? Irgendwo hatte er sie doch versteckt, Heinrichs alte Armeepistole. Sich in den Mund zu schießen war jedenfalls eine sichere Sache.

Mühsam humpelte Adeline wieder zurück ins Zimmer, legte ihren Koffer aufs Bett und fing an zu packen. Reha? Wer brauchte eine Reha? Es spielte keine Rolle mehr, ob sie je wieder laufen konnte. Ihr Leben war vorbei. Während sie packte, setzte sie sich immer wieder hin, um auszuruhen. Ein Film aus Erinnerungen raste durch ihren Kopf, der ihr unbarmherzig zeigte, was sie verloren hatte. Nicky, drei Wochen alt, auf dem Arm seiner Mutter, die großen dunklen Augen staunend in die Welt gerichtet. Nicky, sechs Monate alt, den ihr großer dunkler Haarknoten faszinierte; immer wieder griff er hinein, bis er es geschafft hatte, den Knoten zu lösen, und jauchzend ihre langen Haare in der kleinen Faust hielt. Nicky, zwischen den Beinen von Yvonne, die ihn an beiden Händen führte, damit er nicht das Gleichgewicht verlor. Nicky, der, auf wackligen Beinen stehend, wie ein Kartenhaus zusammenbrach, sobald man ihn gegen die Brust stupste, und dann lachend in rasendem Tempo über den Boden zum nächsten Tisch oder Stuhl krabbelte und sich wieder aufrichtete. Justus, Adelines Bruder, der nicht müde wurde, dieses Spiel zu spielen, weil Nicky gar zu süß aussah beim Umfallen. Es war unfassbar … der Sonnenschein der Familie, das einzige Kind ihres verstorbenen Sohnes, war tot … war weg, ausgelöscht, es gab ihn nicht mehr! Nie wieder würde sie sein Lachen hören, die blitzenden Augen sehen, seine süße Kinderstimme hören, nie wieder würde sie ihm Kindergeschichten von seinem Papa erzählen können, nie wieder seinen Brei zubereiten, nie wieder Verstecken mit ihm spielen – nie wieder.

Heute am frühen Nachmittag war sie, nassgeschwitzt und mit Beruhigungsmitteln vollgestopft, aus einem Traum erwacht, in dem sie mit Nicky am Strand, am Meer, einen hohen Turm aus Sand gebaut hatte. Plötzlich hatte Jacques, ihr Lieblingssohn, oben hinter den Zinnen gestanden und hatte lachend auf sie beide hinabgeschaut. Als sie erwachte, hatte sie für zwei, drei süße Sekunden vergessen, dass Nicky und Jacques tot waren. Für zwei, drei süße Sekunden hatte sie gedacht, die beiden lebten noch, und war unfassbar glücklich gewesen.

Ein paar Tränen liefen über ihr vom Weinen aufgedunsenes Gesicht. Sie griff blind in den Koffer und wischte sich die Augen, doch als sie entdeckte, dass sie ein für Nicky gekauftes Shirt mit dem Nemo-Fisch darauf erwischt hatte, flossen die Tränen von Neuem.

Einige Zeit später wachte Adeline verwirrt auf und lag ziemlich unbequem zwischen dem Koffer und dem Wulst ihrer Zudecke. Sie musste erneut eingenickt sein. Noch immer hielt sie das Hemdchen im Arm. Man hatte ihr Kuchen und Tee aufs

Zimmer gebracht, doch der Tee war bereits erkaltet. Wie viel Zeit hatte sie verloren? Eine Weile saß sie gedankenverloren auf dem Bett. Dann raffte sie sich auf und wählte die Nummer ihres Sohnes Marcel. Nach dem Tod von Jacques war er in die Geschäftsführung der Melander AG eingestiegen und lebte jetzt in Niebüll, wo sich auch die Fabrik befand. Doch zu ihrem Verdruss ging Marcel nicht ans Telefon. Auch Etienne war nicht im Haus, wie ihr seine Lebensgefährtin mitteilte. »Wir haben heute eine Hochzeit«, sagte sie entschuldigend, »und er muss noch ein paar Dinge erledigen.«

»Hast du mitbekommen, was passiert ist?«, fragte Adeline fassungslos. »Ich verlange, dass Etienne sofort nach Sylt kommt!«

»Théo wird dich abholen, er ist schon auf dem Weg«, versicherte ihr die junge Frau, und in Tränen aufgelöst beendete Adeline abrupt das Gespräch, ohne noch etwas zu sagen. Offenbar lebte jeder ihrer Söhne sein Leben weiter, als wäre nichts geschehen, als wären nicht zwei Leben plötzlich ausgelöscht worden.

Nachdem sie ihre Tränen getrocknet hatte, rief Adeline Théo auf dem Handy an. Müsste er nicht schon längst da sein?

»Hast du einen Unfall gehabt?«, fuhr sie ihn an, als er sich meldete.

»Nein, aber ich stehe im Stau. Mutter, beruhige dich! In einer Stunde bin ich bei dir.«

»Es scheint keinen zu kümmern«, schluchzte Adeline. »Und keiner ist da, mit dem ich reden kann.«

Théo seufzte. »Mit mir kannst du reden, Mutter. Kommst du mit zu uns? Das Haus ist noch versiegelt, da kannst du frühestens in ein oder zwei Tagen rein.«

»Bei euch ist mir zu viel Trubel, ich gehe zu Annette. Oder zu Justus. Ich möchte, dass morgen alle zusammenkommen, aber ich kann Marcel nicht erreichen. Bitte, rufe ihn an. Wir müssen doch die Beerdigung besprechen.«

»Die Beerdigung liegt noch in weiter Ferne, Mutter. Sie müssen erst herausfinden, woran die beiden gestorben sind.«

Mit dem Handy in der Hand humpelte sie hinaus auf den Balkon. Wieder schätzte sie die Entfernung bis zum Boden. Wäre es nicht das Beste für alle, sie würde springen? Was würde ihr das Leben denn noch bieten können? Verstohlen sah sie sich um, ob sie von den Nachbarbalkonen aus jemand beobachtete.

Doch kein Mensch war zu sehen.

ER

Er beobachtete unten vom Park aus, wie sie auf den Balkon trat, sich umguckte, hinunterspähte. Für einen Augenblick dachte er, sie würde springen. Und sie dachte es womöglich auch. Ihm brach der Schweiß aus. Das war es nun wirklich nicht, was er wollte! Er wäre dann Zeuge gewesen, hätte mit der Polizei sprechen müssen, denn irgendjemand hätte ihn bestimmt bemerkt und die Bullen auf ihn gehetzt. Und das galt es tunlichst zu vermeiden, denn von der Polizei hielt er gar nichts. Sie hatte ihn genug gequält in seinem Leben. Wenn ein Polizeiwagen nur an ihm vorbeifuhr, zuckte er zusammen, und um Polizeistationen machte er einen großen Bogen, als könnten sie ihm auch heute noch etwas anhaben.

Wieder blickte er zum Balkon hoch. Jetzt stand sie einfach nur da und sah in die Ferne. Hatte sie den Gedanken zu springen aufgegeben? Oder sammelte sie nur Mut? Er holte, immer noch auf seiner Bank sitzend, seinen Block hervor und machte sich ein paar Notizen. Dabei bemerkte er, dass er beobachtet wurde. Eine alte Frau, die zwei Bänke weiter saß, nickte ihm lächelnd zu. Er fuhr zusammen. Kannte sie ihn? Hatte sie ihn wiedererkannt? Es gab immer noch Menschen, die ihn plötzlich anstarrten, als sei er der Leibhaftige … Menschen, die sich erinnerten! Und es gab Leute, die ihn stirnrunzelnd betrachteten, sinnend, ganz in Gedanken, und sich überlegten, woher sie dieses Gesicht kannten.

Im Winter ließ er sich einen Bart stehen, doch im Sommer war es ihm einfach zu heiß. Er neigte sowieso zum Schwitzen.

Ansonsten hatte er ein Allerweltsgesicht, unauffällig, alltäglich, ohne prägnante Merkmale. Schütteres sandfarbenes Haar, schmale Lippen, eine eher kurze Nase, eingefallene Wangen. Seine Augen waren sehr klein, »wie die eines Schweinchens«, hatte seine Schwester einmal gesagt, was durchaus liebevoll gemeint war. Seine Schwester hatte kleine Ferkel gemocht. Dennoch, ein Frauentyp war er nicht, die Frauen hatten immer einen Bogen um ihn gemacht wie er um Polizeistationen. Hatten sich nie die Mühe gegeben, ihn näher kennenzulernen. Seine erste und einzige Liebe hatte er mit fünfzehn gehabt. Doch dann hatte ihm das Mädchen erzählt, dass sie auf große, dunkelhaarige Männer mit braunen Augen stehe, und er hatte aufgegeben. Vielleicht zu früh, dachte er heute, er hätte es trotzdem weiter versuchen sollen. Schließlich war er intelligent, er wusste viel, interessierte sich für alle möglichen Themen. Und er hatte eine schöne Stimme, das immerhin. Es war das einzige Kompliment, das man ihm je gemacht hatte, verbunden mit dem Rat, er solle doch Schauspieler werden oder Rundfunksprecher. Doch das hatte er sich nicht getraut, und der Liebe war er ganz einfach aus dem Weg gegangen, hatte sie boykottiert. Vielleicht aus Feigheit. Er hatte sich ganz einfach um andere Dinge gekümmert, um seinen Beruf, in dem er nie sonderlich erfolgreich gewesen war, um seine Schwester, um das kleine Haus, das sie sich geleistet hatten, nachdem sein Bruder sie ausbezahlt hatte, und um den wunderschönen Garten. Und vor allem um sein großes Hobby. Niemand durfte davon erfahren, noch nicht mal seine Schwester. Es war sein Geheimnis geblieben, bis zu ihrem plötzlichen Tod.

Die andere Frau auf der Bank lächelte ihn immer noch an. Vorsichtig blickte er hinüber. War sie nicht ganz richtig im Kopf? Warum lächelte sie die ganze Zeit? War etwas an ihm nicht in Ordnung? Er sah an sich herunter. Sportschuhe, Hose, Hemd, alt zwar und nicht mehr sehr proper, aber er stank nicht, er duschte jeden Morgen und pflegte seine Sachen. Noch nicht mal ein Knopf fehlte. Nein, die Alte musste gaga sein, an ihm konnte es nicht liegen, er sah so unauffällig aus wie eh und je. Gerade in den letzten Wochen hatte er gelernt, dass dies ein Vorteil sein konnte.

Genauer gesagt, seit er Adeline beschattete, die noch immer auf dem Balkon stand. Doch gerade, als er wieder zu ihr hochsah, verschwand sie hinter der Brüstung in einer leichten, fließenden Bewegung, als habe ein Windstoß sie umgeweht.

Kapitel 7

In dem Augenblick, als Lilly, Benthien und Fitzen zur Großen Düne aufbrechen wollten, rief Arndt Schäfer an. Annette Melander habe ihn gebeten, in Adelines Kühlschrank zu sehen – dort befände sich sehr wahrscheinlich eine Vorratsdose mit Schmuck. »Sie sagte, dass dies eines der Verstecke ihrer Mutter ist, wenn sie verreist. Ihr sollt den Schmuck an euch nehmen und ihn bei Gelegenheit aushändigen.«

»Machen wir«, sagte Lilly etwas verwundert. »Allerdings bin ich dafür, den Schmuck Adeline Melander zu übergeben, da er ja ihr gehört, und ihn so lange in Verwahrung zu nehmen.«

»Mach, was du willst«, meinte Schäfer nur und legte auf.

Sie fuhren in südlicher Richtung in eine riesige, dunkle, drohende Wolkendecke hinein.

»Eiben gibt's hier tatsächlich einige«, stellte Lilly fest, nachdem sie am Melander-Haus aus dem Wagen gestiegen waren. Es handelte sich um große, zottelige Bäume, die nah beieinanderstanden und eine etwas unheimliche Atmosphäre schufen, jedenfalls in dieser Gewitterstimmung.

Birgit und zwei andere Techniker erwarteten sie bereits am Fuß der mächtigen Düne, die düster gegen einen Himmel ragte, der sich in den letzten zehn Minuten erschreckend verdunkelt hatte.

»Da kommt bald was runter«, unkte Fitzen.

Benthien und seinen Kollegen verschlug es die Sprache, als sie bei Birgit angekommen waren und entdeckten, was sich im offenen Metallsarg befand. Es war ein Kind, der Kleidung nach offenbar ein Mädchen von sechs bis acht Jahren. Es war erschreckend gut erhalten und sah aus, als hätte es ein Bad in flüssiger Goldbronze genommen. Im Schädel befand sich ein großes, klaffendes Loch, die Gesichtszüge waren verwaschen, als hätte sie ein Maler gemalt und dann sachte verwischt, noch ehe die Farbe getrocknet war. Auf den Knochen befand sich kein Fleisch mehr, einige Finger und ein Arm fehlten, doch die weißblonden Haare waren noch vollständig erhalten.

»Dieses hier«, Birgit zeigte den drei Kripobeamten ein Gewebe, das vielleicht einmal grün gewesen war, »ist der Form nach eine Haube oder ein Schutenhut, wie man sie Mitte der 1750er Jahre und auch später noch getragen hat. Und das hier hatte das Kind um den Hals.« Sie hielt Benthien ein Amulett hin, dessen Oberseite aus Porzellan zu sein schien und einen Ming-Drachen in Grün auf dunkelblauem Grund zeigte, die Unterseite war vermutlich aus Goldblech. Im Inneren steckten zwei Bilder, Porträts von einem Mann und einer Frau, vielleicht den Eltern des Kindes.

Benthien starrte auf die kleine Leiche, er war tief ergriffen. Wie lange hatte das Kind wohl hier in der Düne gelegen? Und wie war es ums Leben gekommen? All dies würde man nun in der Gerichtsmedizin herausfinden müssen. Wie es aussah, war es ein Fall aus alter Zeit, vielleicht mehrere hundert Jahre alt, und ganz sicherlich kein Fall für die Kripo.

Dennoch, Birgit war noch nicht fertig mit ihrem Bericht. Benthien fühlte, dass da noch etwas im Busch war. Er hoffte nur, dass sie alle ein Dach über dem Kopf hätten, bis das Unwetter, das sich in der Atmosphäre zusammenbraute, losbrach. Blauschwarze Wolken hingen dicht über ihnen und tauchten die Umgebung der Düne in ein diffuses gelbes Licht. Wären wir in der Stadt, überlegte Benthien, würde jetzt die Straßenbeleuchtung angehen. Doch hier auf Sylt wurde es einfach nur dunkler, und ein kühler Wind kam auf.

Birgit war so in ihre Fundstücke vertieft, dass sie das aufziehende Unwetter anscheinend noch nicht bemerkt hatte. »Wir haben bei den Grabungen noch etwas anderes entdeckt«, sagte sie ernst. Und wieder sah sich Benthien mit Knochen konfrontiert, diesmal war es eine ganze Hand. Doch sie war größer als die des Kindes, es war die Hand eines Erwachsenen.

»Vielleicht war dies ein illegales Grab«, meinte die junge Technikerin. »Oder beide sind Opfer eines Verbrechens geworden und wurden hier auf Nimmerwiedersehen vergraben. Nun ist die Düne mit der Zeit gewandert, hat neue Formen angenommen und legt so langsam ihre Geheimnisse frei. Es könnte allerdings auch sein, dass diese neue Leiche – wenn es denn eine ist und nicht nur ein Fragment – jüngeren Datums ist, ich bin mir da nicht ganz sicher.«

»Auf jeden Fall müsst ihr weitergraben«, stellte Lilly fest.

»Ja, aber mit anderen Hilfsmitteln. Wir nehmen morgen Trennwände mit, die hoffentlich das Nachrutschen des Sandes verhindern.«

Ein tiefer, grollender Donner, fast zeitgleich mit einem Blitz, rollte ganz plötzlich wie ein gewaltiges Naturereignis über die Landschaft und drang nun auch ins Bewusstsein der jungen, eifrigen Technikerin.

Jetzt mussten sie sich beeilen. Alle halfen beim Einladen des Metallsarges und der Arbeitsutensilien in den Techniker-Bus, und als wäre es das Stichwort in einer Bühneninszenierung gewesen, brachen Sturzbäche aus den Wolken, begleitet von heftigen Blitzen und Donner. Birgit und ihre Kollegen fuhren ab, und Benthien, Lilly und Fitzen rannten zum Haus, das näher lag als ihr Auto. »Hat jemand die Schlüssel dabei?«, keuchte

Benthien, denn der schmale Dachüberstand bot kaum einen Regenschutz.

»Ich«, sagte Lilly, und »Gutes Mädchen!«, lobte Fitzen.

Bald standen sie in der großen Halle und schüttelten sich die Nässe aus Haaren und Kleidern. Draußen tobte das Unwetter, und innen war es so dunkel, dass sie das Licht einschalten mussten.

»Gute Gelegenheit, sich noch mal hier umzusehen«, meinte Fitzen und betrachtete die imposante Ahnengalerie der Melanders, rund zwanzig Gemälde, die an den Wänden der Eingangshalle ihren Platz gefunden hatten. Das älteste Ölgemälde von 1788 zeigte einen gewissen Haie Melander, von Beruf Deichgraf – so zumindest war es beschriftet –, der mit wehendem Haupthaar auf einem wilden Rappen auf den Betrachter zuritt; im Hintergrund war ein aufgewühltes Meer zu sehen.

»Er hat etwas von einem kühnen Seeräuber an sich«, meinte Lilly.

Fitzen lachte. »Besser gesagt, von einem Strandräuber. Aber das waren sie damals alle auf diesen armen Inseln. Damals mussten ja schon acht-, neunjährige Kinder zur See fahren! Und wenn ein Schiff strandete, nahm man es ganz selbstverständlich als Beute in Besitz. Mit der Besatzung ging man dann auch nicht gerade zimperlich um.«

»Du meinst, sie haben sie umgebracht?«, fragte Lilly entsetzt.

»Zumindest haben sie keinen Versuch unternommen, sie zu retten«, schaltete sich Benthien ein. »Oder sie haben falsche Feuer gesetzt, um die Schiffe in die Untiefen zu locken. Gemäß dem Motto: *Frei ist der Strandgang, frei ist die Nacht.* Erst ab Mitte des 19. Jahrhunderts wurde man etwas zivilisierter, als damals der erste Sylter Leuchtturm gebaut wurde, und zwar zufällig in List.« Nachdenklich ging er von Bild zu Bild. »Fällt euch nicht etwas auf?«, fragte er schließlich.

»Die Familie kann schon damals nicht ganz arm gewesen sein«, meinte Fitzen. »Sie hatten zumindest die Kohle, um sich porträtieren zu lassen. Und sogar in guter Qualität.«

»Seit wann verstehst du was von Malerei?«, sagte Benthien, um Fitzen zu ärgern. »Allerdings hast du recht, aber das meinte ich nicht. Seht euch mal diesen Haie Melander an: blonde Haare, blonder Bart, helle Augenbrauen, hellblaue Augen. Und dann seine beiden Söhne: dunkle Haare, dunkle Augenbrauen, einer trägt einen schwarzen Vollbart, und beide haben diese großen, ebenholzfarbenen Augen. Und die kennzeichnen alle Nachfahren hier auf den Bildern, bis hin zu Justus, Tristan und dem kleinen Nicky – er war blond, aber er hatte ebenfalls diese großen, eindringlichen nachtschwarzen Augen. Sehr ungewöhnlich. Diese Erbanlage muss wohl von Haies Frau kommen, und sie war sehr durchsetzungsfähig, denn die Augen sind fast so etwas wie ein Beweis der Zugehörigkeit zur Melander-Sippe.«

»Vielleicht ist Haie, bevor er Deichgraf wurde, zur See gefahren und hat sich eine exotische Frau aus dem Süden oder dem Orient mitgebracht«, vermutete Lilly.

Fitzen nickte. »Gut möglich. Komisch, dass nicht eine einzige Frau auf den Bildern zu sehen ist.«

»Die waren wohl nicht weiter wichtig, außer zum Kindergebären«, sagte Lilly naserümpfend.

Benthien stand vor dem Porträt von Jacques Melander, dem Vater des kleinen Nicky. Er wirkte sympathisch, wie er temperamentvoll den Kopf zurückwarf und den Betrachter voller Lebensfreude anlachte. Auch Nicky hatte seine Augen vom Vater geerbt.

Fitzen, der weitergewandert war, blieb vor einer Statue stehen. »Das grenzt ja an Heldenanbetung!« Er betrachtete die lebensgroße Figur, die ein unbekannter Künstler aus weichem Lindenholz geschnitzt hatte. Die Ähnlichkeit mit dem Ölbild, das dahinter an der Wand hing – auch dieses fast lebensgroß –, war verblüffend, ebenso die Qualität und Lebendigkeit der Darstellung. Die markanten Gesichtszüge, die lange Nase, die buschigen, vorgewölbten Augenbrauen, der ausdrucksvolle Blick – das alles wirkte unglaublich authentisch. Bekleidet war die Statue mit einem weißen Hemd mit Klappkragen, Lederkrawatte, Tweedjackett und passender Weste, Hose mit Bügelfalte und fein genähten Schuhen. An einem der hölzernen Finger prangte ein Ring mit einem Wappen.

»Unglaublich«, sagte Fitzen staunend, während er den Ring betrachtete. »Die haben diesen Kerl mit echten Schmuckstücken und authentischer alter Kleidung bestückt! Der Familienpatriarch mit Spitzbart, Monokel und dem strengen Blick. Als wir zum ersten Mal da waren, dachte ich noch, wieso steht denn hier eine lebensgroße Puppe?« Er lachte.

»Faszinierend«, meinte Lilly, die den Stoff des Jacketts befühlte. »Außerhalb eines Museums habe ich so etwas noch nie gesehen.«

Neben dem Ölbild war eine kleine Messingtafel mit einer Inschrift angebracht: *Heinrich Melander, 1902, Gründer der Melander-Werke*. Daneben hing in einem goldenen Rahmen eine schön verzierte Urkunde.

»Und Ehrenbürger der Gemeinde List war er auch noch!« sagte Fitzen, der gerade prüfte, ob die Krawatte aus Seide war. »Die müssen ja mächtig stolz auf Väterchen Heinrich gewesen sein.«

»Warum sollten sie auch nicht stolz sein«, wandte Benthien

ein, »die Firma hat sich immerhin durch zwei Weltkriege bis heute gehalten. Soweit ich weiß, haben sie am Anfang Fortbewegungsmittel für Kinder gebaut, Fahrräder, Roller, Seifenkisten, und heute stellen sie Drohnen her, aber auch weiterhin Tretautos und ähnliche Kinderautomobile.«

»Du bist ja heute so richtig im Klugscheißermodus, Alter«, spöttelte Fitzen, jedoch nicht ohne Anerkennung, und begann, die Treppe hochzusteigen. »Ich sehe mich noch mal oben um.«

Benthien und Lilly folgten Fitzen, während draußen die Regenfluten ans Fenster schlugen und Blitze im Sekundentakt über den Himmel zuckten.

Oben in Yvonne Melanders Wohnung waren überall noch die Spuren der Kriminaltechniker zu sehen. Alles, was ein Beweismittel sein konnte, hatten sie mitgenommen, damit sah das Wohnzimmer allerdings nicht ordentlicher aus.

»Die große Palme ist umgeschmissen worden, und die Blumenvase mit den gelben Rosen wurde vom Tisch gerissen«, bemerkte Fitzen, der den Blick umherschweifen ließ. »So was macht kein Einbrecher.«

Lilly sah sich auf ihrem Handy die Fotos an, die sie gemacht hatte, ehe die Kriminaltechniker abgezogen waren. »Auf dem Tisch standen drei Gläser, und zwei weitere lagen auf dem Boden, ein Wasserglas ganz in der Nähe des toten Kindes. In einigen scheint eine rote Flüssigkeit gewesen zu sein. Außerdem ist eine leere Rotweinflasche in eine Ecke gerollt, und eine Likörflasche befand sich auf dem Teppich neben dem kleinen Jungen.« Sie ging zu dem umgeworfenen kleinen Beistelltisch. »Hier war die Flasche zum Teil ausgelaufen und verursachte einen Fleck im Teppich.«

»Gut, dass die SpuSi alles mitgenommen hat«, sagte Fitzen.

»Eigentlich sieht das ja wie ein kleines Gelage aus. Ich bezweifle, dass Yvonne allein getrunken hat. Bleibt die Frage, wer ihr Gesellschaft geleistet hat.«

»Ihr Freund Yaro«, vermutete Lilly. »Oder vielleicht hatte sie einen neuen, von dem noch niemand was wusste. Wo ist eigentlich John?«

Sie fanden Benthien in einem benachbarten Zimmer, das kalt und unbewohnt wirkte. Es musste wohl, dachte Lilly, ein Arbeitszimmer gewesen sein, nüchtern eingerichtet mit einem funktionalen Schreibtisch und einigen Regalen, in denen ein paar wenige Fachbücher vor sich hin staubten. Ein metallener Aktenschrank für Hängeregister war leer, ebenso die Schreibtischoberfläche, auf der nur ein großes, gerahmtes Foto stand. Es zeigte ein junges, strahlendes Paar: Jacques und Yvonne Melander an ihrem Hochzeitstag, im Hintergrund das blaue Meer. Auch das Bild war staubbedeckt.

»Großen Wert scheint Yvonne Melander nicht auf dieses Foto gelegt zu haben, wenn es hier vor sich hin gammelt«, sagte Lilly traurig.

»Auf ihrem Nachttisch steht ein anderes Foto von einem anderen jungen Mann, wahrscheinlich ihrem Freund«, berichtete Fitzen, der sich kurz in einem weiteren Nebenzimmer umgesehen hatte. »Fotos von ihrem Sohn sind auch ziemlich rar, nur im Flur hängen zwei. Und selbst in ihrem Portemonnaie sind keine zu finden. Ich glaube, Tristan hat recht: Sie war schon eine ziemlich merkwürdige Mutter.«

»Mir kommt da gerade ein furchtbarer Gedanke«, sagte Lilly, als sie zu Adelines Wohnung hinübergingen. »Kann es nicht sein, dass Yvonne ihren Sohn vergiften wollte, weil sie annahm, er würde ihrer neuen Liebe im Weg stehen?«

»Und dann hat sie selbst ein Schlückchen von dem Giftcocktail getrunken, um es glaubwürdiger zu machen? Und hat aus Versehen zu viel genommen?«, überlegte Fitzen. »Was meinst du, John? Wäre das denkbar?«

Benthien seufzte. »Warten wir erst einmal die Obduktion ab. Thyra wird dabei sein. Ich kann mir bisher überhaupt keinen Reim ...«

Er unterbrach sich, weil unten die Tür ging. Jemand, der ein fröhliches Liedchen pfiff, hatte die Halle betreten.

Kapitel 8

Lilly blickte vorsichtig über das Geländer nach unten. Sie sah einen dunklen Kopf mit üppigen Naturlocken, der zu einem jungen Mann gehörte, der ächzend zwei schwere Koffer in die Halle schleppte. Bekleidet war er mit Jeans, einem weißen Shirt und einem karierten, offenen Hemd. Im rechten Ohrläppchen hatte er einen Flesh-Tunnel stecken, und etliche Lederbändchen hingen an den Handgelenken.

Offenbar spürte er die Blicke von oben, denn er hob den Kopf und starrte sie an. Lilly stutzte. Der junge Mann kam ihr bekannt vor.

»Oh, die drei von der Tankstelle … äh, von Föhr«, sagte er erstaunt. »Wie klein doch die Welt ist!«

Sein zwar nicht hübsches, aber sympathisches Gesicht verzog sich zu einem verschmitzten Grinsen.

»Raffi Quest«, sagte Fitzen in einem Ton, in dem man in etwa sagt: »Ach, der schon wieder!«

Und Lilly fiel ein, woher sie den jungen Mann kannte. Vor zwei Jahren war er Zeuge gewesen in einer Mordsache auf Föhr. Ein freundlicher Mensch, ein Straßenmaler und Musikant, ein sanfter, ständig bekiffter Bohemien, der nie so ganz genau zu wissen schien, wer er war und wo er war, und der ihnen ein paar nützliche Informationen gegeben, aber mit sonniger Freundlichkeit auch eine Falschaussage untergejubelt hatte, wofür er eine Geldstrafe kassiert hatte.

Was machte er jetzt auf Sylt? Welchen Bezug hatte er zu den Melanders? War er etwa auch ein Freund von Yvonne gewesen? Das war noch das Naheliegendste, was sie sich vorstellen konnte.

Benthien stieg die Treppe hinunter, und Lilly und Fitzen folgten ihm. Strahlend streckte ihnen der junge Mann die Hand entgegen und begrüßte jeden mit einem Händedruck, gerade so, als wären sie seit Jahren beste Freunde. Doch dann schien ihm ein Gedanke zu kommen, der ihm Sorgen machte. »Warum seid ihr hier?«, erkundigte er sich. »Hier ist doch wohl nichts passiert?«

»Erzählen Sie uns erst mal, was *Sie* hier machen?«, fragte Benthien.

Raffi Quest runzelte die Stirn. »Waren wir nicht schon mal beim Du?«

Benthien lachte. »Das wüsste ich aber!«

»Ich duze eigentlich jeden«, verkündete Quest fröhlich. »Deshalb … ach so, ja, was mache ich hier? Ich ziehe gerade ein … Addi hat mir ein Zimmer vermietet. Ist bequemer, dann muss ich nicht so weite Wege gehen.« Sein Gesicht verdüsterte sich plötzlich. »Aber wenn ihr … ich meine, wenn *Sie* hier sind, dann ist ja wohl die Kacke am Dampfen?«

»Muss wohl«, bestätigte Fitzen und erzählte dem jungen Mann, was geschehen war. Raffael Quest war entsetzt, aber nicht am Boden zerstört, wie es Lilly schien. Ein besonders enger Freund von Yvonne konnte er schon mal nicht gewesen sein.

»Kannten Sie Yvonne Melander und ihren Sohn?«, fragte Benthien.

»Natürlich, ich habe den Kleinen doch gemalt«, antwortete Quest erschüttert. »Hat sie Selbstmord begangen? Und den Lütten mitgenommen? War ja zuletzt ziemlich von der Rolle, die Gute. Liebeskummer und so. Oder halt, nein … es war Mord, sonst wärt ihr ja nicht hier! Oh mein Gott! Kann ich dann überhaupt hier wohnen?«

»Erst einmal nicht«, sagte Lilly. »Das Haus ist noch versiegelt. Meinten Sie mit ›Addi‹ vorhin Adeline Melander? In welcher Beziehung stehen Sie zu ihr?«

»Ich male Porträts und Karikaturen und bin oft auf der Strandpromenade«, erzählte der junge Mann, der inzwischen auf seinem Koffer Platz genommen hatte, als trügen ihn seine Beine nicht mehr. »Addi kam mit Nicky vorbei, hat mir eine Weile zugesehen und mich dann gefragt, ob ich ihren Enkel zeichnen würde. Ich tat es, und sie kam auf die Idee, sich von mir porträtieren zu lassen …«, er blickte in die Runde und deutete auf die Ahnengalerie. »Einen Ölschinken wollte sie, so wie die anderen hier. Sie fand, hier fehlt es an Frauen, und die Kohle, die sie mir anbot, war auch nicht übel. Nach ein paar Sitzungen meinte sie, dass ich hier in Untermiete wohnen könnte, weil bezahlbare Wohnungen auf Sylt ja wie ein Sechser im Lotto sind. Außerdem ist sie mit meiner Mutter befreundet, und die«, er grinste, »wollte mich los sein. Heute sollte ich eigentlich einziehen. Aber das kann ich jetzt wohl knicken. Dann campiere ich halt in meinem Bus. Kann ich den wenigstens hier stehen lassen?«

»Nicht auf diesem Grundstück«, mahnte Fitzen.

»Wo waren Sie gestern Abend?«, fragte Lilly schnell, ehe der junge Mann wieder abzog.

»Bei meiner Freundin, die ganze Nacht.«

»Mareike Könen auf Föhr?«, fragte Benthien, der ein gutes Gedächtnis für Namen hatte.

Quest lächelte. »Nee, Gesine Seifert auf Amrum! Mareike ist Vergangenheit. Aber wir sind noch gute Freunde.« Stolz fügte er hinzu: »Ich verstehe mich mit all meinen Exen gut!«

Benthien gab ihm eine Visitenkarte. »Falls Sie uns erreichen möchten, hier können Sie anrufen. Vielleicht haben Sie ja noch die eine oder andere Information für uns. Und Ihre Handynummer brauchen wir.«

Fitzen streckte die Hand aus. »Und Ihren Schlüssel! Sie haben doch einen?«

Nachdem Quest in seinen sämtlichen Taschen gekramt und Benthien seine Telefonnummer mitgeteilt hatte, fand er den Schlüssel endlich im Außenfach eines seiner Koffer und verabschiedete sich endgültig.

»Ausgerechnet Raffi müssen wir hier treffen!«, sagte Fitzen kopfschüttelnd. »Wir sollten unbedingt sein Alibi überprüfen.«

In Adeline Melanders Wohnung entdeckten sie das Ölbild, von dem Raffi Quest gesprochen hatte. Es stand auf einer Staffelei am Fenster. Bisher hatten sie die Wohnung eher flüchtig angesehen, nur um sicherzugehen, dass hier kein Einbruch stattgefunden hatte. »Nicht schlecht«, sagte Lilly, nachdem sie vorsichtig das Tuch, das das Bild bedeckte, abgenommen hatte. »Wir wissen ja nicht, wie Frau Melander aussieht, aber das hier ist schon mal sehr ausdrucksvoll. Quest hat auf jeden Fall Talent.«

»Und Frau Melander kann sich nun unten in die Ahnengalerie einreihen«, bemerkte Benthien ironisch.

»Sagt mal, Leute, sind euch eigentlich Raffis Augen aufgefallen?«, fragte Fitzen. »Der hat die typischen Melander-Augen.« Er deutete auf das Bild. »Addi hat sie auch. Riesengroß und fast schwarz. Wie eine Kugel, die dir gerade ein Loch in den Pelz gebrannt hat.«

Lilly lachte über den absurden Vergleich, doch Benthien schüttelte den Kopf. »Raffi, Addi – Mensch, Fitzen, tu doch nicht so, als hättest du mit den beiden schon im Sandkasten gespielt!«

Doch Fitzen hörte gar nicht hin. Er öffnete Schranktüren, nahm den kostbaren Nippes in die Hand – Meißner Figuren, altes Silber – und untersuchte Schubfächer, Nischen, Rückwände der verschiedenen Fächer mit einer Akribie, als wäre er auf der Suche nach einem Goldschatz.

»Meine Oma hatte ein uraltes Büfett, mindestens zweihundert Jahre alt, da habe ich mal ein Geheimfach gefunden, das sie selbst gar nicht kannte«, sagte er etwas außer Atem, als er sich aus einem der unteren Fächer wieder herausschraubte.

»Und was war drin?«, fragte Lilly.

»Nur Staub«, sagte Fitzen bedauernd.

Lilly betrachtete die Bücher in einem Regal. »Alles Krimis«, stellte sie fest. »Frau Melander scheint Agatha Christie zu mögen, genau wie wir, John!«

»Wir holen jetzt den Schmuck, und dann verschwinden wir hier«, sagte er bestimmt. »Du hast gar kein Recht, Tommy, in fremder Leute Sachen herumzuwühlen, denn dies ist kein Tatort, und Einbruchsspuren gibt es hier auch nicht. Außerdem hat es aufgehört zu regnen. Los, ich will heute auch noch mal nach Hause kommen. Wir haben jede Menge zu tun!«

Sie gingen in die Küche. Lilly betrachtete eine Reihe von Likörflaschen, die auf einem Wandbord standen. »Sie scheinen alle selbstgemacht und handbeschriftet zu sein, Schlehenlikör, Pflaumenlikör, Marzipanlikör … igitt!« Sie konnte sich nicht vorstellen, so etwas zu trinken.

»Spekulatiuslikör, Haselnuss, Kaffee-Wodka, Kuchenlikör!«, setzte Fitzen die Liste fort. »Meine Fresse, man kann anscheinend aus allem einen Likör brauen.«

Benthien, der inzwischen die Vorratsdose mit dem Schmuck

aus dem Kühlschrank genommen hatte, sagte: »Kommt mal her und seht auch das an!«

Er deutete auf einen angetrockneten violetten Rand im Flaschenregal in der Tür des fast leeren Kühlschranks. »Hier hat eine Flasche gestanden, die eine schmale rechteckige Form hatte, genau wie die Likörflaschen auf dem Bord – und wie die Likörflasche, die wir auf dem Teppich im Wohnzimmer fanden. Außerdem: Der ganze Kühlschrank ist picobello sauber! Wie passt dieser angetrocknete Rand dazu?«

»Du meinst, der Giftlikör kam aus diesem Kühlschrank, aus Adelines Wohnung?«, fragte Lilly.

»Richtig, und ich wage zu behaupten, er wurde erst nach Adelines Abreise aus dem Kühlschrank geholt, denn sonst hätte sie den Rand weggewischt.«

»Also war das Gift für Adeline bestimmt?« sagte Fitzen langsam. »Sie sollte das Opfer sein?«

»Wir müssen dringend mit Frau Melander sprechen«, sagte Benthien. »Nur sie kann uns jetzt noch sagen, was es mit dieser Flasche auf sich hat.«

»Wir sollten auf jeden Fall die Tür abschließen und versiegeln, wenn wir gehen«, sagte Fitzen. »Und die KTU muss noch mal ran. Haben wir denn den Schlüssel?«

»Bei dem Bund hier wird er wohl dabei sein.«

Fitzen fuhr mit Benthien und Lilly zurück ins Friesenhaus, da er des Öfteren dort übernachtete, wenn er auf Sylt war. »Schlafe ich wieder in der Dichter-Kammer?«, fragte er, und Benthien nickte.

»Die ist doch wie gemacht für dich!«

Kapitel 9

Yaro Dhiaf war Ende zwanzig, wirkte aber sehr jung, wie ein Abiturient aus gutem Hause. Er war mittelgroß, geschmeidig in seinen Bewegungen, mit einem klar geschnittenen, gefälligen Gesicht, lebhaften dunklen Augen und ordentlich gekämmten dunklen Haaren. Auf den ersten Blick unauffällig, aber nicht unsympathisch. Dass er Tunesier war, sah man ihm nicht an. Zu Benthiens Überraschung sprach er fast perfektes Deutsch, mit einem leichten französischen Akzent.

Er hatte, erzählte er, sechs Jahre in Deutschland studiert, zuerst in Frankfurt, dann Internationales Management in Flensburg. Nun hatte er sein Studium mit dem Bachelor of Arts abgeschlossen und wollte im Herbst nach Tunis zurückgehen.

»Mein Vater hat dort ein Geschäft mit mehreren Niederlassungen, wir handeln mit Teppichen und Kunstgegenständen, und ich soll sein Nachfolger werden«, erzählte er mit einem gewissen Stolz, der aber durchaus nicht unbescheiden wirkte.

Yaro Dhiaf hatte sich pünktlich am Vormittag im Friesenhaus der Benthiens eingestellt. Da das Wetter schon wieder heiß zu werden versprach, hatten sie sich auf der Terrasse niedergelassen. Zwar hätten die Flensburger auch auf dem Westerländer Polizeirevier einen Raum zur Verfügung gestellt bekommen, aber vorerst fand Benthien seine Terrasse luftiger und angenehmer.

»Wir haben gehört, dass Sie am Freitagabend Ihre Freundin Yvonne Melander besucht haben«, begann Lilly die Befragung. »Erzählen Sie uns doch bitte, wie der Abend verlief.«

»Und warum haben Sie Ihre Freundin – oder besser gesagt, Ihre Ex-Freundin – überhaupt besucht?«, schaltete sich Fitzen ein. »Soweit wir wissen, hatten Sie die Beziehung doch beendet?«

»Darf ich zuerst mal eine Frage stellen?«, fragte der junge Mann höflich. »Weiß man schon, woran Yvonne gestorben ist? Und der kleine Nicky?«

»Nein«, sagte Benthien, der sich die halbe Nacht mit der Frage abgequält hatte, ob der Tod von Mutter und Sohn nicht ein Versehen war und der Giftanschlag eigentlich Adeline Melander gegolten hatte. Es war dringend notwendig, diese Frau so bald wie möglich zu sprechen. Doch Théo Melander war mit seiner Mutter, entgegen seiner Planung, noch nicht auf Sylt eingetroffen. Außerdem ging es Dhiaf nichts an, woran Yvonne und Nicky gestorben waren. Er sollte ihnen unvoreingenommen den Ablauf des Abends schildern.

Dhiaf wirkte ein wenig verwirrt und wartete ein paar Sekunden, ob noch eine ausführlichere Antwort käme. Da dies nicht geschah, fing er an zu berichten. Demnach war er am Freitagabend gegen neunzehn Uhr in Westerland angekommen und eine halbe Stunde später bei Yvonne eingetroffen. »Den letzten Autozug aufs Festland habe ich leider knapp verpasst. Ich habe dann am Strand in einem Strandkorb übernachtet und bin morgens um halb sieben zurück nach Niebüll und anschließend zu Freunden nach Hattstedt gefahren. Gegen Abend war ich wieder in Flensburg. Dort habe ich dann erfahren, was mit Yvonne und Nicky passiert ist.«

»Erst dann?«, fragte Benthien. »Ich habe Ihnen doch auf die Mailbox gesprochen.«

»Ich habe bei einem Umzug geholfen, da habe ich nicht dauernd aufs Handy geschaut.«

»*Warum* haben Sie Ihre Freundin besucht?«, fragte Fitzen hartnäckig. »Die Beziehung war doch beendet – oder nicht?«

Dhiaf kratzte sich am Kopf. »Sie war beendet, von mir aus jedenfalls«, gab er zu. »Aber Yvonne wollte sich damit nicht abfinden. Sie dachte, dass wir heiraten würden … doch davon war nie die Rede gewesen. Ich wollte ihr ein letztes Mal klarmachen, dass es zu Ende ist.« Er zögerte.

»Ja?«, fragte Lilly ermunternd.

»Ich hatte Angst, sie wäre imstande, meinen Vater anzurufen. Mein Vater ist in gewisser Hinsicht sehr streng. Er würde keine Schwiegertochter akzeptieren, die keine Muslima ist. Und er wäre sehr ärgerlich auf mich, wenn er wüsste, dass ich mit Yvonne eine Beziehung hatte – wenn auch nur eine kurze. Insofern hatte sie mich in der Hand. Aber das wusste sie zum Glück nicht.«

Verlegen spielte er mit dem Salzstreuer. Ein paarmal setzte er zum Reden an, hielt sich dann aber doch zurück.

Benthien, dem der junge Mann gefiel, denn er wirkte wie jemand, der über die Dinge des Lebens nachdachte, insistierte: »Gab es noch einen anderen Grund, weshalb Sie die Beziehung beendet haben?«

Dhiaf lächelte flüchtig. »Es klingt vielleicht komisch, aber ich fand Yvonne sehr schnell langweilig. Ich hatte mich in ihre blauen Augen verliebt, in ihr Lächeln – aber so was hält nicht lange vor, irgendwann kommt der Augenblick, wo man miteinander redet, wo man abcheckt, welche Interessen der andere hat, wie er denkt, wie er die Welt sieht. Und da war bei Yvonne – nichts. Sie interessierte sich für Mode, Kosmetik, Promis, und das war's.«

»Und das war Ihnen nicht genug«, stellte Lilly fest.

»Nein, das war es nicht.«

»Haben Sie ihr das auch so deutlich gesagt, an jenem Abend?«, fragte Fitzen.

Dhiaf nickte. »Ja, ich gebe zu, es kam zu einem Streit. Yvonne kochte vor Wut. Zwischendurch versuchte sie … mich wieder zu verführen, aber als ihr das nicht gelang, fing sie an zu zetern und zu schreien.«

»War ihr kleiner Sohn dabei?«, warf Benthien ein.

Der junge Mann machte ein erstauntes Gesicht. »Nicky war in seinem Zimmer und schlief. Zumindest hoffe ich das.«

»Haben Sie Nicky noch gesehen, als Sie ankamen?«, forschte Lilly. »Was hatte er an, wissen Sie das?«

»Er sprang an mir hoch wie ein junger Hund«, sagte Yaro Dhiaf, und ein schmerzliches Lächeln spielte um seine Lippen. »Yvonne hatte ihm einen Schlafanzug angezogen mit kleinen bunten Autos darauf, den ich viel zu warm fand, und steckte Nicky trotz seiner Proteste dann schnell ins Bett, weil sie mit mir alleine sein wollte.«

»Eine Mütze oder eine Plüschhaube mit Hasenohren hatte er nicht an?«, wollte Fitzen wissen.

»Er hatte nur einen einohrigen Plüschhund in der Hand, mit dem ist er ins Bett gegangen. Aber er kam noch ein paarmal wieder: Er hatte Durst, er hatte Hunger, er musste Pipi machen … bis Yvonne ihm damit drohte, am nächsten Tag nicht mit ihm zum Strand zu gehen, wenn er noch einmal käme. Da blieb er dann in seinem Zimmer.«

»Was haben Sie gegessen oder getrunken?«, fragte Benthien gespannt.

Dhiaf warf aus Versehen das Salzfass um, und das Salz rieselte auf den Tisch. Er entschuldigte sich, wischte die Kristalle zusammen und hielt sie etwas hilflos in der Hand, bis Benthien ihm eine leere Tasse hinschob. Dhiaf lächelte erleichtert und bedankte sich. »Gegessen haben wir etwas, das Yvonne schnell in den Ofen geschoben hat. Es kam aus der Tiefkühltruhe und war mit … wie sagt man … mit Teig drumherum?«

»Blätterteig?«, warf Lilly ein.

»Ja, genau, es war Blätterteig mit einer Füllung, die einen undefinierbaren Geschmack hatte. War aber essbar. Getrunken haben wir Mineralwasser und Rotwein. Aber die Flasche war bald leer. Yvonne hat die ganze Zeit genörgelt und geflucht. Nein, sie wäre wirklich keine Frau für mich gewesen.«

»Sie hat geflucht, weil die Flasche so schnell leer war, oder weil Sie nicht auf ihre Anmache eingingen?«, fragte Fitzen.

»Ich glaube, zu dem Zeitpunkt war ihr der Wein bereits wichtiger als ich. Jedenfalls hat sie dann gesagt, sie würde Nachschub holen bei ihrer Schwiegermutter. Sie ging rüber und kam mit einem Likör wieder zurück.«

»War es ein dunkler Likör? Rot?«, fragte Fitzen schnell.

»Er war lila oder fast schwarz. Er roch sehr fruchtig und intensiv, als sie ihn einschenkte. Ich mochte ihn nicht und wollte eigentlich nur noch weg, weil Yvonne schnell aggressiv und aufdringlich wurde, wenn sie zu viel Alkohol getrunken hatte. Und es war alles gesagt worden, was es zu sagen gab.«

»Ist das richtig, sie hat Ihnen eingeschenkt, aber Sie haben nichts von dem Likör getrunken?« Benthien hielt den Atem an, als er auf die Antwort wartete.

Dhiaf nickte. »Genau so war es. Yvonne lief mir noch nach bis an die Tür und fing dort wieder an zu zetern. Da habe ich gemacht, dass ich wegkam.« Er seufzte. »Leider war der letzte Shuttle weg, da habe ich eben am Strand geschlafen und bin frühmorgens mit einem der ersten Züge zurückgefahren.«

»Glauben Sie«, fragte Lilly, »dass Yvonne Melander Selbstmord begangen hat?«

Dhiaf runzelte die Stirn. »Ich dachte, jemand wäre eingebrochen?«

»Das wissen wir noch nicht, es hat aber nicht den Anschein. Möchten Sie noch Kaffee?« Benthien schenkte sich selbst einen ein, doch der junge Mann lehnte ab.

»Yvonne und Selbstmord? Nie im Leben! Yvonne war viel zu sehr in sich selbst verliebt, sie war neugierig auf das, was noch alles kommen würde ... und das war noch ihre positivste Eigenschaft. Nein, sie hätte niemals Selbstmord begangen.« Er lachte leise. »Sie wäre vielleicht mit einem Baseballschläger auf mich losgegangen, aber sie hätte nie Hand an sich selbst gelegt.«

»Wir dachten nur«, meinte Lilly, »weil sie pleite war, Schulden hatte, keine Aussicht auf Geld, und dann kam noch hinzu, dass Sie mit ihr Schluss gemacht hatten.«

»Yvonne war wütend und aggressiv«, sagte Dhiaf, »wie eine wilde Furie. Ein solcher Mensch begeht keinen Selbstmord.« Er blickte auf die Uhr. »Brauchen wir noch lange? Ich würde gern noch einen Freund in Niebüll besuchen.«

»Wir sind gleich fertig.« Benthien stand auf und platzierte den Sonnenschirm so, dass sie im Schatten saßen. Indessen kam Fitzen ihm mit seiner Frage zuvor.

»Wir würden gern wissen, wie Sie Yvonne kennengelernt haben.«

Dhiaf lehnte sich entspannt im Stuhl zurück. »Durch meinen Freund Moussa, Moussa Aouba. Er studiert auch in Flensburg und ist der Lebensgefährte von Marcel Melander. Yvonne war auf einer Party, die die beiden gaben.«

»Und war es Liebe auf den ersten Blick?«, fragte Lilly lächelnd.

»Bei mir schon, bei ihr ... ich weiß es nicht«, antwortete Yaro

Dhiaf ernst. »Vielleicht verliebte sie sich erst in mich, als sie hörte, dass ich aus wohlhabendem Hause komme.« Er zuckte mit den Schultern, als gebe er sich keinen Illusionen hin.

»Und was meinte Adeline Melander zu Ihrer Beziehung?«, fragte Benthien.

»Ich bin Ausländer und komme aus Tunesien.« Sein Lächeln fiel sehr defensiv aus. »Tunesien steht im Augenblick nicht gerade hoch im Kurs in diesem Land. Muss ich noch mehr sagen?«

»Was haltet ihr von ihm?«, fragte Benthien, nachdem sich der junge Mann per Handschlag von ihnen verabschiedet hatte und mit seinem goldfarbenen Porsche davongebraust war.

»Ich empfand ihn als angenehm«, meinte Lilly. »Er ist gut erzogen, protzt nicht, wirkt sogar eher bescheiden, aber auch nicht so, als hätte er Minderwertigkeitskomplexe. Auf einer Party würde ich mich gern mit ihm unterhalten.«

»Hältst du ihn für ehrlich?«

Lilly zögerte etwas. »An sich schon, doch. Er wirkte ganz authentisch.«

»Mir ist er eine Spur zu feminin, zu verständnisvoll. Ich mag's gern bissiger«, meldete sich Fitzen zu Wort. »Außerdem bewegt er sich wie eine Schlange, als ob er keine Knochen hätte, mit absolut fließenden Bewegungen. Wie ein Balletttänzer. Und er zappelt mir zu viel mit den Händen herum.«

»Und das alles spricht gegen ihn?«

»Das behaupte ich ja nicht. Ich denke auch, er sagt die Wahrheit. Und das bedeutet, dass es unwahrscheinlich ist, dass Yvonne Selbstmord begangen hat.«

»Er bestätigt, was wir gestern herausgefunden haben: Die Likörflasche, in der sich das Gift befand, stammte aus Adelines

Kühlschrank. Und das heißt wiederum, Adeline sollte vermutlich das eigentliche Opfer sein. Wir müssen so schnell wie möglich mit ihr sprechen!«

Benthien wählte auf dem Handy Théo Melanders Nummer. Doch es war Evi Melander, die den Anruf entgegennahm. Sie erzählte, dass ihre Schwiegermutter einen Schwächeanfall hatte und noch ein, zwei Tage im Krankenhaus zur Beobachtung bleiben müsse. Benthien überlegte, ob er ihr reinen Wein einschenken sollte, und entschied sich für eine etwas vage Formulierung. »Ist Ihr Mann jetzt bei seiner Mutter?«, fragte er, und als Evi bejahte, fügte er hinzu: »Richten Sie Ihrem Mann aus, er soll seine Mutter nicht aus den Augen lassen. Sie könnte in Gefahr sein! Aber das muss er ihr nicht unbedingt auf die Nase binden! Wir kommen gleich mal bei Ihnen vorbei.«

Unschlüssig blickte er auf sein Handy, ehe er es wegsteckte. »Ich werde zur Sicherheit die Polizei in Damp benachrichtigen, sie sollen ein Auge auf Frau Melander haben. Übrigens, wo steckt mein Vater eigentlich? Ich habe ihn gar nicht weggehen sehen.«

Fitzen grinste. »Er wollte seine letzte Wattwanderungsbekanntschaft besuchen. Ist bei ihr zum Brunch eingeladen, der alte Schwerenöter.«

Sie deckten den Frühstückstisch ab, räumten die Spülmaschine ein, dann brachen sie auf.

Zuerst hielt Benthien am Melander-Haus. Am Fuß der Großen Düne waren vier Techniker zugange, die mühsam versuchten, den ständig nachrieselnden Sand in Schach zu halten. Birgit Timmermann berichtete, dass sie einen Fetzen Stoff gefunden hätten, der ganz offensichtlich nicht zu der Mädchenleiche gehörte. »Aber das ist auch alles bis jetzt«, schloss sie.

»Stefano und Claudia sind übrigens drüben im Haus in der Wohnung von Frau Melander, falls ihr sie sehen wollt.«

Doch Benthien wollte nicht noch mehr Zeit verlieren, sondern weiter zu Evi Melander fahren.

»Stefano und Claudia werden den Kühlschrank und die Umgebung auf Fingerabrücke untersuchen«, bemerkte er, als sie in Richtung Süden fuhren. »Ich glaube allerdings nicht, dass sie was finden werden. Mörder tragen normalerweise Handschuhe.«

»Sicher kann man aus dem Flaschenrand im Kühlschrank irgendwelche Partikel gewinnen und auf Gift untersuchen«, sagte Lilly zuversichtlich. »Heutzutage ist, forensisch gesehen, ja fast alles möglich.«

Das Haus des Politikers Théo Melander war ein hübsches Reetdachhaus aus Natursteinen, in einem großen grünen Garten gelegen, gesäumt von einer Terrasse, die um das ganze Gebäude verlief und mit zahllosen blau blühenden Hortensienbüschen bestückt war. Evi Melander öffnete ihnen, noch bevor sie geklingelt hatten. Benthiens erster Eindruck war, dass ihr hausbackener 50er-Jahre-Hausmütterchen-Look nicht zum gediegenen Luxus dieses Hauses passte. Sie trug schwarze, halbhohe Pumps und ein geblümtes Kleid mit einer Schürze darüber, die mit einem Design aus roten und grünen Äpfelchen aufwartete. Ihre blonden Haare waren kurz geschnitten, das Gesicht zeigte eine frühe Neigung zum Doppelkinn. Sie kam ihm vor wie die Hausfrau aus der Reklame, die tagsüber putzt und kocht und abends den Mann gutgelaunt und aufgehübscht mit einem leckeren Essen empfängt. Mit ihrer pummeligen kleinen Hand gab sie Benthien und seinen Kollegen einen schlaffen Händedruck.

»Vielen Dank, dass Sie so schnell gekommen sind!«, sagte sie ein wenig atemlos. »Möchten Sie in die Küche kommen? Ich mache gerade das Essen.«

Das, dachte Benthien, erklärte wohl ihre roten Wangen. Außerdem registrierte er, dass sie für den Besuch der Kriminalbeamten offenbar extra neuen Lippenstift aufgelegt hatte. Und das beim Kochen! Offenbar wollte sie Eindruck schinden.

Evi Melander führte sie in eine blendend weiße, moderne Küche, die, so schien es Benthien, der Traum einer jeden Frau und auch so manchen Mannes sein musste. Allerdings passte der große Ecktisch mit umlaufender Sitzbank eher ins Alpenvorland als auf eine Nordseeinsel. Aus zwei Töpfen dampfte und brodelte es.

»Bitte, setzen Sie sich doch«, sagte Evi Melander und zeigte mit einem Holzlöffel auf die Bank. »Ich bin wirklich beunruhigt. Inwiefern ist meine Schwiegermutter in Gefahr?«

Benthien befand sich in einem Dilemma. Einerseits wollte er seine Erkenntnisse – die zudem nur Vermutungen waren – nicht verraten, andererseits musste Adeline, wenn der Anschlag ihr gegolten hatte, geschützt werden. Deswegen hatte er unterwegs auch die Polizei von Damp mit ins Boot geholt und ihnen die Lage erklärt. Viel konnten sie allerdings nicht tun, höchstens immer mal wieder nach Frau Melander sehen und Präsenz zeigen. Vielleicht schreckte das den Mörder von einem erneuten Anschlag ab – *wenn* es denn ein Anschlag gewesen war. Benthien hatte kurz überlegt, dass es auch überdosierte Drogen gewesen sein konnten, die Yvonne Melander in diesen Zustand der Raserei versetzt hatten. Oder sie hatte ein schwaches Herz gehabt. Aber was war dann mit ihrem kleinen Sohn? Woran war er gestorben? Hatte sie ihm vielleicht ein Schlafmittel gegeben, damit er nicht andauernd störte? So vieles war möglich, und die Warterei auf das Ergebnis der Obduktion machte ihn verrückt. Es war so, als würde ein Formel-1-Fahrer im Wettbewerb mit seinem ärgsten Kontrahenten – dem potentiellen Mörder – das Rennen mit angezogenen Bremsen fahren müssen.

Während seiner Überlegungen hatte Fitzen Evi Melanders Frage mit ein paar Allgemeinplätzen längst beantwortet.

»Wir rechnen damit, dass mein Mann Adeline morgen mit nach Hause bringt«, sagte Evi Melander. »Sie wird dann erst einmal bei ihrer Tochter Annette wohnen, bis das Haus freigegeben wird. Glauben Sie, dass sie dann immer noch in Gefahr ist? Sollte sie vorerst lieber bei Annette bleiben? Sie wohnt in einem Penthouse in Westerland, in einem großen Wohnblock mit Blick aufs Meer. Vielleicht ist meine Schwiegermutter unter so vielen Menschen sicherer?«

»Das kann durchaus sein«, sagte Lilly. »In ein bis zwei Tagen müssten die Laborergebnisse da sein, dann setzen wir uns noch mal zusammen und entwerfen gemeinsam einen Plan.«

»Was ist Ihre Schwiegermutter für ein Mensch?«, fragte Benthien. »Hat sie Feinde? Oder gab es mit irgendwem Streit in letzter Zeit?«

»Sie hat doch keine Feinde! Adeline ist sehr umgänglich und kümmert sich um die Leute. Sie kommt mit allen gut aus.«

»Auch mit Ihnen? Mit ihren Kindern?«

Evi, die gerade zwei panierte Schnitzel in eine Pfanne geworfen hatte, setzte sich kurz zu ihnen an den Tisch, den Pfannenwender noch immer in der Hand. Misstrauisch beäugte sie Benthien. »Worauf wollen Sie eigentlich hinaus? Dass Adelines Familie hinter alldem steckt?«

Lilly beruhigte sie. »Wir stehen noch ganz am Anfang, da sind solche Fragen völlig normal.«

Evi strich sich eine Haarsträhne aus der erhitzten Stirn. »Ich verstehe mich recht gut mit meiner Schwiegermutter. Die einzigen Reibereien, die wir hin und wieder haben, betreffen Théo, meinen Mann. Er ist der Älteste, aber meine Schwiegermutter behandelt ihn manchmal noch immer wie einen dummen Jungen. Sie ist lieb, aber auch sehr bestimmend. Will immer ihren Kopf durchsetzen. Jacques war ihr Lieblingssohn, daraus hat sie nie einen Hehl gemacht. Théo hingegen ist für sie einfach immer nur da und hat zu funktionieren. Diese Haltung gefällt mir nicht, aber einen richtiggehenden Streit hatten wir deshalb nicht.«

»Nur so einen, dass die umliegenden Nachbarn alle über den Zaun glotzten, um zu sehen, ob da nicht einer abgestochen wird«, sagte Tristan lässig, der in der Tür zur Terrasse erschienen war.

»Tristan! Halt den Mund und erzähle nicht solch einen Stuss! Geh und wasch dir die Hände, wir essen gleich.«

Evi Melander stürzte zur Pfanne und rüttelte sie, damit das heiße Öl wellenartig über die Schnitzel fluten konnte. Tristan grinste die drei Beamten an und ging zurück in den Garten. Evi rührte im danebenstehenden Topf die Nudeln um, merkte, dass die Soße im zweiten Topf anzubrennen drohte, rührte hastig und zog den Topf von der Platte. Dann wendete sie die Schnitzel und setzte sich schließlich wieder an den Tisch.

»Tristan übertreibt«, sagte sie müde. »Er ist leider ein sehr unausgeglichener Junge. Manchmal ein wahrer Rotzlöffel. Ich frage mich oft, was überhaupt in seinem Kopf vorgeht. Meine Schwiegermutter ist sehr temperamentvoll und wird daher schon mal laut. Das darf man aber nicht falsch verstehen. Im Grunde ist sie ein fürsorglicher, liebevoller Mensch. Da sich Yvonne nicht viel um Nicky gekümmert hat, hat Adeline es getan. Ich glaube, das war auch der Grund, weshalb Yvonne noch im Eibenhaus wohnte. Adeline wollte sie und vor allem Nicky im Auge behalten. Und für Yvonne war es ein bequemes Arrangement.«

»Wie standen Sie zu Ihrer Schwägerin?«, fragte Benthien.

»Gar nicht. Yvonne und ich haben uns kaum gesehen, nur manchmal bei Familienfeiern. Sie bezog uns nicht in ihr Leben ein. Und sie hatte ja auch diesen Freund, diesen Tunesier.«

»Wir haben vorhin mit ihm gesprochen«, bemerkte Lilly, »ein netter junger Mann.« Sie erntete einen erstaunten Blick von Evi Melander.

»Mein erster Eindruck war auch ganz gut«, gab sie zu. »Anders, als ich zuerst dachte.«

»Haben Sie einen Hottentotten erwartet?«, fragte Fitzen.

Benthien verpasste ihm unter dem Tisch einen Fußtritt.

Evi sah Fitzen strafend an. »Wollen Sie mir etwa Rassismus unterstellen?«

Lilly ging schnell dazwischen, ehe Fitzen antworten konnte. »In einer so großen Familie mit einer langen Tradition wie den Melanders gibt es oft gewisse Konstellationen: Wer mit wem gut kann, wer geht wem aus dem Weg ... Wie ist das bei Ihnen? Sehen sich die Melanders häufig? Gibt es Familienmitglieder, mit denen Sie öfter zusammenkommen oder mit denen Sie eher befreundet sind als mit anderen? Gibt es unter den Brüdern welche, die sich nicht ausstehen können oder die wie Pech und Schwefel zusammenhalten?«

»Mein Gott, Sie stellen Fragen!«

Evi sprang auf, weil aus der Pfanne ein unangenehmer Geruch aufstieg. Sie riss sie vom Herd, holte die Schnitzel so hastig heraus, dass eines auf den Boden fiel, dann legte sie beide auf eine Lage Küchenpapier. »Ich muss die verbrannte Kruste abschaben«, murmelte sie.

Gleichzeitig erklangen aus dem Garten Gitarrenakkorde. Evi schrie aufgebracht: »Tristan! Komm essen!« Da das Fenster offen stand, musste es im Garten gut zu hören sein, doch Tristan reagierte nicht.

»Die Nudeln müssen abgegossen werden, die sind schon viel zu weich geworden«, jammerte Evi, schoss in der Küche hin und her und schien auf einmal völlig überfordert zu sein.

Benthien stand auf. »Ich hole Tristan«, murmelte er. Auf dem Weg durchs Wohnzimmer entdeckte er ein schwarzes Klavier, das an der Wand stand. Tristans Arbeitsinstrument? Der Junge schien viele Begabungen zu haben, fragte sich nur, was er daraus machte.

Er fand ihn mit seiner Gitarre draußen im Gras sitzen. »Essen fassen, Junge«, sagte er, doch Tristan schüttelte den Kopf.

»Hab keinen Hunger!« Er sah Benthien an, grinste und griff in die Gitarrensaiten. »Wie finden Sie das?

Die gute Tante Ernestin',
die half gern bei der Mahd.
Der Kopf geriet ins Dreschwerk rein,
dann sank sie in ihr Grab.

Ein altes junges Knäbelein
vergrub sich gern am Meer.
Das Wasser tränkte 's Köpfelein,
da weinten alle sehr.

Das nette Fräulein Emily,
die ging so gerne aus.
Das Herze blieb ihr plötzlich stehn,
da war die Party aus, oh Graus!

Ein kleines Mädchen spielte oft
im Sand und auf der Dün'.
Der Sand gab ihr ein kühles Grab,
Rosen sah sie nie mehr blühn.

Papa und Sohn, die hatten vor
nach Eiderstedt zu fahr'n.
Es ging ihnen die Puste aus,
da war'n sie arm, arm dran.«

Er machte eine kurze Pause, schlug ein paar Akkorde, dann fuhr er fort:

»Ein liebes kleines Mägdelein,
das spielte einst im Wald;
ein Pferd kam durch und trat es tot,
es wurde gar nicht alt.«

Tristans Mutter erschien im Garten. Sie rannte auf ihren Sohn zu, verpasste ihm eine schallende Ohrfeige und versuchte gleichzeitig, ihm die Gitarre zu entreißen. Tristan sprang auf. Mit der Gitarre in der Hand flüchtete er in Richtung der hinteren Einfriedung. Lilly kam hinzu und führte, nach einem Blickwechsel mit Benthien, die aufgelöste Evi Melander mit sanftem Zureden wieder ins Haus. Benthien schlenderte hinter Tristan her, den er an der Buchsbaumhecke fand, die den Garten begrenzte. Er saß im Gras und versuchte sich gerade an einem neuen Text.

Benthien setzte sich auf einen flachen Findlingsstein.

»Kannst du noch mal wiederholen, was du eben gesungen hast, Tristan?«

»Hat's Ihnen gefallen?« Der Junge wiederholte die sechs Strophen. »Auf dieser Insel gibt es allzu viele Unglücksfälle, finden Sie nicht? Besonders bei den Melanders«, sagte er anschließend und unterstrich seine Worte mit einem lauten Akkord.

»Willst du alle morbiden Vorkommnisse auf der Insel in Liedstrophen verewigen?«, fragte Benthien. »Als eine Art makabrer Chronist?«

Der Junge senkte den Kopf. »Vielleicht.«

»Deine Schwester hast du erwähnt, Jacques und Volker Melander, sogar das Mädchen in der Düne und den Jungen Marten, der am Strand ertrank. Wer aber sind Ernestine und Emily? Gab es die wirklich?«

»Die sind ebenfalls im Dunstkreis unserer Familie ums Leben gekommen.«

»Wie meinst du das?«

»Alles, was ich hier texte, hat mit unserer Familie zu tun, mit den *teuflischen Melanders*.« Auf Tristans Gesicht erschien ein kleines, maliziöses Lächeln. »So nennt Onkel Justus die Familie gerne, wenn er Oma Addi ärgern will. Das geht seit Jahrzehnten so oder sogar noch länger. Die Leute verschwinden spurlos oder haben seltsame Unfälle. Wie Tante Ernestine. Die fiel kopfüber ins Dreschwerk des Mähdreschers. Sie war natürlich auf der Stelle tot, der Kopf bestand nur noch aus kleinen Schnitzeln.«

»Wer war Tante Ernestine? Hast du sie gekannt?«

»Nee, das war lange vor meiner Zeit. Da waren Onkel Justus und Oma Addi noch Kinder. Ich hab Justus ausgequetscht, als der mal angetüdert war. Sonst sprechen sie ja nicht davon. Ernestine war ihre Tante, also die von Oma Addi und Onkel Justus. Die Schwester ihrer Mutter, denn die war bei einer Geburt gestorben. Auch das Kind war tot.« Er zog eine Grimasse. »Ich sage ja, bei uns geht der Tod ein und aus. Vielleicht erwischt's mich ja auch noch. Die Chancen stehen gut.«

»Rede keinen Unsinn! Warum sollte das denn passieren?«

Der Junge zuckte mit den Schultern. »Es geschieht eben einfach. Das ist so. Ein Fluch, sagt Henny. Manche Familien haben das. Aber ich bin Wissenschaftler, ich glaube nicht an so'n Zeugs. Ich glaube, da stecken Menschen dahinter.«

Benthien staunte, für einen Augenblick war er abgelenkt. »Inwiefern bist du Wissenschaftler?«

»Ich forsche. Vor allem zum Thema Plastikmüll in den Meeren und wie man ihn abbauen kann. Wissen Sie, dass es eine Raupe gibt, die ›Galleria mellonella‹ heißt? Eine spanische Wissenschaftlerin hat sie entdeckt. Diese Raupe frisst Plastik, vor allem Polyethylen. Ich besitze ein paar Exemplare«, sagte er stolz. »Sie werden zu Motten. Leider hat meine Mutter ein paar davon totgeschlagen. Wichtig ist, bei ihnen ein Enzym oder Molekül zu isolieren, das für die Zersetzung des Plastikmülls zuständig ist. Daran tüftele ich gerade. Leider dauert das alles so unfassbar lang, und die Zeit wird knapp. In ein paar Jahren will ich mich bei ›Jugend forscht‹ bewerben. Ich hoffe, ich bin dann so weit.«

»Alle Achtung, da hast du ja Großes vor«, sagte Benthien beeindruckt. »Unterstützt dich jemand dabei?«

Tristan schüttelte den Kopf. »Mein Vater sagt, das wären Flausen, ich sollte erst mal ein gutes Abi bauen. Meine Mutter kreischt, wenn sie eine Motte sieht, und besprüht sie mit Insektengift. Beinahe hätte sie meine Raupen entsorgt. Die Lehrer hören mir erst gar nicht zu. Die wollen hier nur 'ne ruhige Kugel schieben und möglichst oft am Strand liegen.«

»Du solltest auf ein gutes Internat mit Schwerpunkt Naturwissenschaften gehen, wo du gefördert wirst«, sagte Benthien. »Hast du das Thema mal bei deinen Eltern angesprochen?«

»Hat keinen Sinn. Mein Vater blockt sofort ab, wenn ich davon anfange. Ich glaube, er ist eifersüchtig auf mich. Er hat sein Abi nur mit Ach und Krach geschafft. Und meine Mutter fängt an zu plärren, wenn sie davon hört, sie sagt, sie will nach ihrer kleinen Svenja nicht auch noch mich verlieren. Dabei beschäftigt sie sich kaum jemals mit mir.«

»Das ist schade, sehr schade. Unterstützt dich sonst jemand? Deine Oma vielleicht?«

Der Junge lachte geringschätzig. »Mit ihr darüber zu reden, hat gar keinen Sinn. Sie sagt dann nur« – er äffte ihre Stimme nach – »›Junge, du solltest mit Gleichaltrigen spielen und nicht solche Probleme wälzen! Guck dir das Meer vor deiner Haustüre doch an. Es ist so sauber wie nirgendwo sonst. Ich weiß gar nicht, was du hast‹. Onkel Justus unterstützt mich ein bisschen. Ich habe mir bei ihm in Morsum ein kleines Labor einrichten dürfen, in einer Scheune. Da kann ich machen, was ich will.«

»Hoffentlich nichts mit Sprengstoffen?«

Tristan war entsetzt. »Natürlich nicht! Bin ich blöd? Das ist was für den Fachmann! Nee, ich stümpere da so rum. Chemie und so.«

Er nahm wieder die Gitarre zur Hand.

»Ein neues junges Knäbelein,
das liebte den Likör.
Es trank den ganzen Giftcocktail …
dann gab's kein Knäblein mehr.«

Tristan legte das Instrument auf seine überkreuzten Beine. »Ich finde, auch bei Menschen sollte es eine Auswahl geben, wie in der Natur. Nur die besten dürften überleben. Manche Menschen braucht die Welt einfach nicht. Sie stellen sich allem in den Weg, was für unser Überleben nützlich ist, aus rein egoistischen Motiven.«

»Spinn den Gedanken mal weiter, Tristan. Welche Instanz soll denn entscheiden, wer nützlich ist und wer nicht? Das ist ein gefährliches Gedankengut, das hat schon unsere Vergangenheit gezeigt, wie du sicher sehr gut weißt.«

»Was in der Natur richtig ist – die Auslese –, kann beim Menschen nicht ganz falsch sein«, beharrte Tristan. »Auf jeden Fall war Yvonne reichlich nutzlos. Nur Nicky, den hätte es nicht erwischen müssen. Vielleicht war es ja ein Versehen.« Ein paar Tränen sammelten sich in seinen dunklen Augen.

Benthien wunderte sich über die Widersprüchlichkeit des Jungen. Unbarmherzig war er für das Ausmerzen dessen, was er als nutzlos erachtete, aber über den Tod eines kleinen Jungen konnte er Tränen vergießen.

»Du hast auch von einer Emily gesungen«, fragte er. »Wer ist sie?«

»Was? Ach die … Sie war eine alte Frau, eine Bekannte von Oma Addi. Die war bei uns auf einer Feier, im Januar, und danach, noch am selben Abend, war sie tot. Die hat auch einen Likör getrunken.«

Benthien starrte den Jungen an. »Woran starb sie?«

»Sie war alt und herzkrank. Ich glaube, sie haben gesagt, dass sie an einer Herzschwäche starb.«

»Und du glaubst das nicht?«

»Sie haben keine Obduktion gemacht, und der Arzt war ihr alter Hausarzt. Aber, vergessen Sie nicht, sie war kurz vorher im Eibenhaus gewesen. Der Fluch, wissen Sie?«

»Unsinn! Daran glaubst du doch nicht wirklich. Ich kenne jedenfalls keine Wissenschaftler, die abergläubisch sind. Wie hieß Emily mit Nachnamen?«

»Emily Matern.«

»Und sie war eine Bekannte deiner Großmutter, sagst du?«

»Sie war vor allem mit Opa befreundet. Oma Addi hat die Gedenkfeier am zweiten Jahrestag von Opa und Onkel Jacques' Unfall gegeben … Wenn es denn ein Unfall war. Und sie hat Leute eingeladen, die die beiden gut gekannt haben oder mit ihnen befreundet waren.«

Benthien beschloss für den Augenblick, auf die Andeutung nicht weiter einzugehen. »Wer war noch alles auf der Feier?«

»Na, die Melander-Sippe, außer Onkel Etienne. Und Marcel war auch nur kurz da. Und ich wurde natürlich ebenfalls abkommandiert. Sonst Leute, die Opa oder Onkel Jacques kannten, zum Beispiel Ihr Vater, so weit ich mich erinnere. Und eben ein paar Leute aus dem Literaturclub. Emily gehörte auch zu ihnen. Ach, und natürlich Sigrid, Omas Lieblingsfeindin.«

ER

Früher, überlegte er, war sie sicher einmal eine schöne Frau gewesen mit ihren feurigen dunklen Augen, den langen schwarzen Haaren, die jetzt zusammengerollt wie ein Vogelnest auf ihrem Kopf thronten. Anfang, Mitte sechzig, schätzte er, ein dunkler Teint, wenig Falten für ihr Alter, die Figur inzwischen ein wenig üppig. Großer, mütterlicher Busen. Sicherlich war sie eine Frau gewesen, nach der sich die Männer umgedreht hatten. Der Mann, der mit ihr auf der Caféterrasse saß, schien, der Ähnlichkeit nach, ihr Sohn zu sein. Sie musste früh geheiratet haben. Ihre Selbstmordpläne hatte sie wohl inzwischen aufgegeben, aber es war deutlich zu sehen, dass es ihr nicht gut ging. Ihren Kuchen hatte sie nur zur Hälfte gegessen, sie wirkte müde und lustlos, vielleicht war sie sogar depressiv. Mutter und Sohn hatten lange Phasen des Schweigens, dann wieder diskutierten sie heftig. Ein normales Gespräch schien nicht möglich.

Er zog sein Notizbuch hervor und schrieb etwas hinein.

Er überlegte. Wie sollte er es anstellen? Etwas, das wie ein Unfall aussah? Gift? Er liebäugelte schon lange damit, sich eine Handfeuerwaffe zuzulegen, aber das war schwierig, zumal er keine Ahnung hatte, wie das Darknet funktionierte. Er hatte auch schon überlegt, nach Hamburg zu fahren und sich irgendwo im Rotlichtmilieu eine Waffe zu besorgen. Doch um ehrlich zu sein, hatte er Angst davor. In welch eine Gesellschaft würde er da geraten? Vielleicht würde man ihn über den Tisch ziehen, sein Geld nehmen ohne Gegenleistung oder ihn sogar ausrauben, ihn entführen? Doch wer sollte schon Lösegeld für einen wie ihn zahlen?

Nein, er musste einen anderen Weg finden. Es sollte eine Überdosis von Medikamenten sein, entschied er. Wie bei seiner Schwester. Sie war jung gestorben, die Polizei hatte überall herumgeschnüffelt, konnte ihm aber nichts nachweisen. Schlimm war gewesen, was sie im Dorf über ihn geredet hatten. Sie waren ihm aus dem Weg gegangen, hatten ihn nicht mehr gegrüßt und völlig ignoriert. Der Bäcker, der Metzger und der Tante-Emma-Laden hatten ihm Hausverbot erteilt. Es war ihm nichts anderes übrig geblieben, als das Haus aufzugeben und wegzuziehen. Zurück auf die Insel, ins heimische Nest. Aber er würde es ihnen schon zeigen. Eines Tages würde er wiederkommen.

Er fuhr vor Schreck zusammen, als er bemerkte, dass der Tisch, an dem Mutter und Sohn gesessen hatten, nun leer war. Er kam hinter seinem Busch hervor, lief um die Terrasse herum – ah ja, da gingen sie langsam in Richtung Park, sie konnte ja mit ihren Gehhilfen nicht allzu schnell vorankommen.

Auf jeden Fall musste er sie im Auge behalten.

Kapitel 10

Benthien brauchte ein paar Sekunden, um Tristans Aussage zu verdauen. Ihm wirbelte der Kopf. Bei seinem Vater würde er so schnell wie möglich ein paar Erkundigungen einziehen müssen. Und wer war jetzt schon wieder Sigrid?

Er stellte Tristan diese Frage, der sich gerade an einem neuen Text versuchte. Langsam schien das bei ihm zu einer Manie zu werden.

»Eine berühmte Dichterin,
die sah mal einen Mord …«

»Tristan! Wer ist *Sigrid?* Und warum ist sie die Lieblingsfeindin deiner Oma?«

»Kennen Sie das? Diese Weiber? Sie herzen und küssen sich, liegen sich in den Armen und *Hätätä, Butzi Butzi Butzi, mein Liebes, ach Süße, wie gut du heute wieder aussiehst!*« – Tristan gab seiner Stimme einen übertrieben hohen, affektierten Klang –, »und sobald sie sich umdrehen, wird übereinander hergezogen. Sigrid ist angeblich eine langjährige Freundin von Oma Addi. Aber wahrscheinlich mehr noch von Opa Volker. Ich habe gesehen, wie sie sich von Oma mit Küsschen verabschiedet hat und, als sie draußen war, zum langen Labahn sagte: ›Die ist auch sowas von überflüssig. Wäre sie nicht da, wäre alles anders gekommen.‹ Nett, nicht?«

»Nachnamen«, verlangte Benthien. »Und wer, um Himmels willen, ist der ›lange Labahn‹?«

»Ein Lehrer, aber zum Glück nicht meiner, er ist nämlich ein alter Langeweiler. War auch ein Freund von Opa. Mit Vornamen heißt er, glaube ich, Klaus. Und Sigrid ist Sigrid Schulau. Oma weiß übrigens, was sie damals gesagt hat. Hat ihre Freundschaft aber irgendwie nicht gestört.« Er kniff die Augen zusammen. »Wissen Sie, wo Sie Auskünfte über die ganzen Leute und alle Inselgeschichten bekommen können? Bei Gonde. Die ist Archivarin und ein wandelndes Lexikon, sie weiß einfach *alles* – zum Beispiel, dass es Sylt seit ungefähr 900 Jahren gibt. Damals war es natürlich noch Teil des Festlandes. Sie schreibt eine Chronik, in mehreren Bänden. Wenn Sie was wissen wollen, gehen Sie zu ihr. Gonde Oldsen in Morsum.«

»Und woher kennst du sie?«, fragte Benthien fasziniert. Von einer Gonde Oldsen hatte er noch nie gehört.

»Vor zwei Jahren habe ich mal mit dem Laientheater angefangen. Gonde hat den Kurs geleitet. Die war echt gut. Als sie nicht mehr dabei war, habe ich auch aufgehört. Da wurde es dann irgendwie albern. Schnatternde Mädchen und so. Und ich hab jetzt auch was anderes zu tun.«

Fitzen erschien im Garten und winkte Benthien zu sich.

Er stand auf und gab Tristan die Hand. »War nett, mit dir zu reden. Wir setzen das ein andermal fort, okay? Und deine Gonde werde ich besuchen, ganz sicher!«

Tristan nickte und griff wieder zur Gitarre.

»Eine berühmte Dichterin,
die sah mal einen Mord …
Doch die … Gefahr erkannt' sie nicht,
da … da …«

Als Benthien am Küchenfenster vorbeiging, um zum Auto zu gelangen, wo Lilly und Fitzen schon auf ihn warteten, sah er Evi Melander am Tisch sitzen, vor sich eine Schüssel mit Nudeln und zwei Schnitzel auf einem Teller. Kalt inzwischen, vermutlich.

Sie hatte die Hände vors Gesicht geschlagen, und ihre Schultern zuckten.

»Er stümpert in einer Garage rum? Chemie und so?«, wiederholte Fitzen Benthiens Worte, als er ihnen auf der Rückfahrt nach List von dem Gespräch erzählte. »Vielleicht Extrakte ziehen und Alkaloide herstellen?«

»Du glaubst doch nicht wirklich, dass der Junge die beiden umgebracht hat?«, fragte Lilly entsetzt. »Nach dem, was du erzählst, John, würde ich ihn für hochbegabt halten. Ein Jammer, dass seine Eltern das nicht kapieren.«

»Eben, du sagst es, hochbegabt«, meinte Fitzen. »Und seine Ideen mit der ›Auslese‹ sind mehr als fragwürdig.«

»Tommy, er ist erst vierzehn«, sagte Benthien, »und sehr idealistisch. Ich frage mich, was es mit den beiden anderen Todesfällen auf sich hat, mit dieser Tante Ernestine und dieser Emily Matern. Dass sie starb, nachdem sie bei den Melanders einen Likör getrunken hat, ist schon sehr merkwürdig. Kannst du mal im Internet danach recherchieren, Fitzen? Denn Fallakten wird es dazu nicht geben, es wurde ja nicht ermittelt.«

»Frag doch einfach Ben«, meinte Lilly, während Fitzen, der mittig auf der Rückbank saß, seinen Laptop hochfuhr.

»Mein Vater ist auch überall dabei«, murmelte Benthien. »Komisch, dass er nie davon erzählt hat.«

»Ihr Tod muss nicht unbedingt mit einer Likörvergiftung zu tun haben«, wandte Lilly ein. »Sie war eben einfach alt.«

»Zweiundachtzig«, warf Fitzen ein, der offensichtlich einen Artikel gefunden hatte.

»Natürlich muss sie nicht an dem Likör gestorben sein, das weiß ich auch. Aber ist es nicht seltsam, dass im Dunstkreis der Melanders immer wieder etwas Schreckliches geschieht?«

»Dass sie einen Likör getrunken hat, steht hier nicht«, erzählte Fitzen. »Nur, dass sie im Januar auf einer Gedenkfeier bei den Melanders war und noch am selben Abend an einer Herzattacke starb. Und dann kommt ein langer Nachruf – was sie alles geleistet hat, in welchen Vereinen sie war, was für eine sozial engagierte Person sie war. Gearbeitet hat sie als Deutschlehrerin, zuletzt hat sie sich bei den Migranten engagiert und ihnen Deutsch beigebracht. Alle Welt ist voll des Lobes. Senil kann die also nicht gewesen sein.«

»Es muss ja auch nicht jeder alte Mensch zwangsläufig senil sein«, warf Lilly ein.

Benthien hatte inzwischen auf dem Melander-Hof gehalten. »Mal sehen, ob Birgit Timmermann noch was für uns hat.«

Dem schien so zu sein, denn die zurückhaltende junge Frau begrüßte die drei Kollegen für ihre Verhältnisse geradezu euphorisch. Sie hielt etwas Glitzerndes in der Hand, das sie anscheinend eben poliert hatte.

»Ich wollte euch gerade eine SMS schicken!«

»Was hast du da?«, fragte Lilly.

»Einen Ring«, sagte Birgit Timmermann feierlich. »Einen ganz besonderen, sehr alten Ring.«

Alle beugten sich über das schimmernde Schmuckstück, das man bereits vom Sand befreit hatte. Es war ein zierlicher Ring mit einer Goldplatte in der Mitte. Auf der Platte befand sich eine Gravur, die man aber nicht lesen konnte, da sie von Flecken überdeckt war. Auf der Schulter der Ringschiene waren am äußeren Bogen goldfarbene Rosen und Vergissmeinnicht angebracht, was dem Ring einen Hauch von Romantik verlieh.

»Seht mal!« Birgit drückte die kleine, ovale Platte in der Ringmitte nach oben, die sich als ein Deckel entpuppte. Darunter befand sich ein winziges Fach.

»Ein Giftring«, staunte Benthien.

»Nicht ganz«, sagte Birgit.

»Sind das da drin Haare?«, fragte Lilly.

»Es ist ein Erinnerungsring. Vielleicht auch ein Trauerring«, erklärte Birgit. »Um 1820, 1850 hatte man so etwas. Wenn die Tochter heiratete und aus dem Haus ging, schenkte sie den Eltern manchmal einen Ring mit ihren Haaren – oder eine Brosche oder einen Anhänger. Zur Erinnerung an ihre Kinderzeit. Auch wenn jemand gestorben war, ließ man sich ein Schmuckstück arbeiten, in dem eine Haarsträhne des geliebten Menschen aufbewahrt wurde. Hier haben wir zwei verschiedene Haare, die man kunstvoll zu winzigen Zöpfen geflochten und miteinander verschlungen hat. Schwarzes Haar und kupferfarbenes Haar. Wenn der Ring erst einmal richtig gesäubert wurde, werden wir auch die Inschrift lesen können.«

»Wo habt ihr ihn gefunden?«, fragte Lilly. »Liegt da vielleicht noch eine Leiche vergraben?«

»Wir vermuten Letzteres und werden weitersuchen«, sagte Birgit. In diesem Augenblick näherten sich zwei Männer und eine Frau, die sich als Angehörige des Amtes für Umwelt, Landschaft und Küste auswiesen und sich über die Grabungen in dem Naturschutzgebiet informieren wollten. Benthien verwies sie an die Staatsanwaltschaft Flensburg.

Ben war nicht zu Hause, und Benthien machte für alle einen schnellen Imbiss, den sie auf der Terrasse einnahmen. Es war drückend schwül geworden, die Sonne versank im Hochnebel und war kaum zu sehen. Immer noch wehte kein Wind. »Ich geh mal in meine Dichterkammer und zieh mir was anderes an«, sagte Fitzen stöhnend und verschwand nach oben.

»Warum heißt Fitzens Kabäuschen eigentlich Dichterkammer?«, erkundigte sich Lilly.

Benthien lachte. »Ich habe dir doch erzählt, dass ich als Kind einen Hund hatte, der Fiete hieß. Er war ein Schnauzer-Schäfer-Airdale-Mischling, ein herzensguter Kerl, aber er hatte die lästige Angewohnheit, sich vor den Besuchern, die er nicht mochte – erst recht, wenn sie einen Bart hatten –, aufzupflanzen und sie stundenlang anzubellen. Und die, die er mochte, sprang er an. Deswegen wurde der arme Kerl verbannt, wenn Besuch kam, und zwar in Fitzens Kammer. Ich habe ihm Gesellschaft geleistet, weil er sonst geheult hat, und mit ihm gespielt. Und wenn er müde war und ich mich gelangweilt habe, habe ich eben was an die Wand geschrieben, so was wie »Max geht mit Melli«, oder ich habe mir Spottnamen für Lehrer ausgedacht, oder mal einen Reim aufgeschrieben, als ich Verse für einen Kinderwettbewerb einschicken wollte. Mein Vater hat nie neu tapeziert, deswegen ist das jetzt die ›Dichterkammer‹. Früher war's mal eine Wäschekammer.«

»Deine frühen Werke muss ich mir unbedingt ansehen«, sagte Lilly mit einem Grinsen. »Wer weiß, was sie tiefenpsychologisch alles über dich verraten!«

Fitzen kam in Jeans-Bermudas, einem Tanktop und mit dem Laptop unter dem Arm zurück. Nachdem Benthien und Lilly seine Urlaubsbräune gebührend bewundert hatten, die sich jetzt in ihrer ganzen Pracht präsentierte, zeigte er ihnen den Artikel über Emily Matern, aus dem er im Auto vorgelesen hatte. Ein zweiter Artikel gab zudem ein kurzes Statement des Arztes Dr. Arnholt wieder, in dem er sich über Emilys Herzanfall und dann allgemein über Herzkrankheiten ausließ. »Er scheint überhaupt keine Zweifel an der Todesursache gehabt zu haben!«, schloss Fitzen.

»Ich hoffe, dein Vater kommt mal bald zurück, damit wir ihn über diese Gedenkfeier ausfragen können«, meinte Lilly.

»Die Gedenkfeier, nach der Emily Matern gestorben ist, war im Januar, vor sieben Monaten«, überlegte Benthien laut. »Und bis vorgestern ist nichts weiter geschehen.«

»Und dann gab's noch diese Tante Ernestine, die ins Dreschwerk gefallen ist«, beharrte Fitzen. »Das ist doch ein äußerst kurioser Unfall. Normalerweise gerät man mit einer Hand oder einem Fuß hinein, aber mit dem Kopf? Da muss man schon ein ungeheures Pech haben – oder jemand ordentlich nachhelfen. Mal sehen, ob ich darüber was im Netz finde.«

Während Fitzen die Suchmaschine aufrief, fragte Benthien Lilly, was sie von Evi Melander noch so alles über die Familie erfahren hatten, während er sich mit Tristan unterhalten hatte.

»Du hattest sie ja nach der Familienkonstellation gefragt. Sie ging dann die verschiedenen Mitglieder durch. Etienne ist selten auf der Insel, und wenn, provoziert er meistens seinen Bruder Théo mit seinen linken Ansichten – Théo ist natürlich streng konservativ. Evi Melander glaubt, es macht Etienne Spaß, seinen Bruder zu ärgern. Trotzdem mag sie ihn gut leiden, ebenso wie Justus und Marcel. Adeline wiederum hat etwas gegen Marcels Lebenspartner, diesen Moussa Aouba. Der scheint aber ganz nett zu sein, sogar Adeline bringt er zum Lachen, sagt Evi, und Nicky war ganz begeistert von ihm. Ihre Schwägerin Annette kann Evi Melander nicht leiden, weil sie zickig und egoistisch ist; Annette scheint bei niemandem wirklich beliebt zu sein, auch mit ihrer Mutter liegt sie andauernd im Clinch. Sie, also Annette, glaubt, ebenso wie Théo, als Kind besonders benachteiligt worden zu sein.« Lilly holte Luft und nippte an ihrem Longdrink. »Ich hatte den Eindruck, dass es in dieser Familie unzählige Streitpunkte gibt, doch nach außen demonstriert man Frieden und Harmonie. Außerdem zeigen die Melanders einen unbändigen Stolz auf die Familie und das, was sie geleistet hat, angefangen bei den frühesten Vorfahren. Besondere Verdienste habe sich der allseits angesehene Heinrich Melander erworben, indem er die Melander-Werke gegründet und damit etliche Insulaner in Lohn und Brot gebracht hat.«

»Über Tante Ernestine ist nichts zu finden«, sagte Fitzen enttäuscht.

»Zu der Zeit hat es ja auch noch kein Internet gegeben, mein Lieber. Justus und Adeline waren da noch Kinder«, bemerkte Benthien sanft. »Apropos Justus: Was hat sie über ihn gesagt?«

»Evi fürchtet, sein Einfluss auf Tristan wäre zu groß, er würde ihn zu ›manchem Unsinn‹ anstiften. Ich glaube, damit meint sie die Clownerien und Kinderfeste ... andererseits mag sie ihn wohl ganz gern, weil er, trotz seines Berufes als Jurist, lockerer ist als die Brüder. Offenbar weiß er das Leben zu genießen. Derzeit plant Justus einen privaten Golfplatz auf seinem Gelände mit einem Sternerestaurant.«

»Meine Güte, noch einen Golfplatz? Es gibt doch schon einen in Morsum!«

»Ja, er hat da so ein paar Ideen. Klein, aber fein soll er werden. Anscheinend haben die Melanders einige Ländereien dort in der Gegend. Die will er für den Golfplatz nutzen, von dem aus man einen idyllischen Blick aufs blaue Wattenmeer hätte.« Nach einer kurzen Pause fuhr Lilly fort: »Der Familie gehört dieses Gebiet, auf dem sich auch der Hof befindet, in dem Justus Melander wohnt, schon seit mehr als hundert Jahren, hat uns Evi berichtet. Ich könnte mir vorstellen, dass diese Tante Ernestine dort verunglückt ist, denn wozu braucht man in den Dünen einen Mähdrescher?«

»Es ist eine merkwürdige Familie«, sagte Fitzen, »in der immer wieder die schrecklichsten Unfälle passieren. Jetzt diese Vergiftung. Ein paar Monate früher stirbt eine Frau nur wenige Stunden, nachdem sie bei den Melanders zu Besuch war. Davor der Unfall mit dem Kohlendioxid. Tristans Schwester wird von einem Pferd zu Tode getreten. Eine Frau fällt ins Dreschwerk. Ein Junge stirbt am Strand.«

»Vergiss nicht den Mord am Kompagnon von Heinrich Melander!«, warf Lilly ein.

»Genau, das auch noch! Und noch dazu wird eine Kinderleiche in der Düne nahe dem Haus gefunden.« Fitzen kratzte sich am Kopf. »Kann das ein Zufall sein? So viel Pech in einer Familie, über Generationen hinweg?«

»Was glaubst du denn?«, fragte Benthien. »Eine Familie, die ihre Probleme mit Mord löst, aber es aussehen lässt wie Unfälle? Über Generationen hinweg? Eine Familie mit einem Mördergen? Das ist doch Unsinn. Du konstruierst Zusammenhänge, wo es keine gibt. Ich mache mir vielmehr Gedanken darüber, dass Adeline Melander mit dem Giftanschlag gemeint war, und ob man es wieder versuchen wird, aber vor allem: wie man es verhindern kann!«

»Glaubst du, dass es jemand aus der Familie war?«, fragte Lilly.

»Ja, das glaube ich noch am ehesten.«

»Wir müssten mehr über die Melanders wissen«, sagte Fitzen. »Dein Vater ist nicht da, also probieren wir es mit dem Internet.«

Benthien stellte schnell fest, dass es unzählige Erwähnungen der Familienmitglieder in Artikeln, Anzeigen, Pressemitteilungen und Interviews gab, von den Lokalnachrichten bis in die Landespolitik.

Daher teilten sie sich die Arbeit auf. Fitzen war für den Namen Melander allgemein zuständig und für Adeline und Annette. Lilly für Etienne, Marcel und Jacques, Benthien für Justus, Théo und Adelines Mann Volker Melander, der offensichtlich irgendwann den Namen seiner Frau angenommen hatte.

Die Firma Melander sparten sie erst einmal aus, die sollte später in Angriff genommen werden.

Doch zunächst suchte Benthien nach einer Sigrid Schulau, die, laut Tristan, gesagt haben sollte, dass Adeline überflüssig sei und alles anders gekommen wäre, wenn sie nicht existierte. Benthien nahm das nicht so ganz ernst, möglicherweise war es aus dem Zusammenhang gerissen, und Tristan hatte es falsch verstanden oder einen falschen Bezug hergestellt. Immerhin konnte es nicht schaden zu wissen, wer Sigrid Schulau war.

Er wurde schnell fündig. Sigrid Schulau hatte in der Tourist-Information gearbeitet, war aber kürzlich in Rente gegangen. In einem Artikel über ihre Verabschiedung fand er eine attraktive Frau mit langen dunkelblonden Haaren, die jünger wirkte als ihre zweiundsechzig Jahre. Er erfuhr, dass sie in Westerland lebte, nun häufiger reisen und mehr Zeit für ihre Hobbys aufwenden wolle. Die Familie Melander wurde nicht erwähnt.

In einem zweiten Artikel, der vor zwei Jahren erschienen war, las er, dass Sigrid Schulau im Sommer ein verletztes Robbenjunges am Strand gefunden und die Schutzstation Wattenmeer benachrichtigt hatte, die die junge Kegelrobbe in ihre Obhut nahm.

Sonst war nichts über Frau Schulau zu finden.

Nach zwei Stunden hatte Benthien die Nase voll und fühlte, wie er langsam Kopfschmerzen bekam von all den diversen Informationen, die in seinem Kopf umherschwirrten. Er hatte alle Seiten gespeichert und wollte sie am Montag nach Flensburg geben, an Mikke Jessen oder Annika Gerisch, die beiden jungen Kommissaranwärter, die die Berichte aufarbeiten und die relevanten Informationen sammeln sollten.

Inzwischen war es draußen so drückend und schwül geworden, dass sie ins Esszimmer an den großen Familientisch umgezogen waren, an dem schon so manche Konferenz stattgefunden hatte, zuletzt vor ein paar Monaten, als sie die Morde in der Pension Astarte untersuchten.

Lilly war in die Küche gegangen, um einen erfrischenden Imbiss vorzubereiten, als Tommy Fitzen offenbar eine Notiz entdeckt hatte, die interessanter zu sein schien als alles, was er bisher gefunden hatte.

»Hör mal zu, John«, sagte er. »Adeline Melander hat eine Autorin, die Gonde Oldsen heißt, ganz kürzlich erst wegen übler Nachrede verklagt, nämlich wegen ehrenrühriger Aussagen einen ihrer Vorfahren betreffend. Du, das ist kurios! Diese Frau hat einen Aufsatz oder Artikel über einen gewissen Haie Melander geschrieben und darin behauptet, dass er Leichenschmuggler war und Leichen verkauft hat. Dagegen ist Adeline Melander vorgegangen, aber es kam zu keinem Prozess, weil beide Seiten sich vorher geeinigt haben. – Haie Melander, das war doch der Deichgraf auf dem Rappen, dessen Porträt in der Melander'schen Ahnengalerie hängt! So um 1770. Die Autorin hat ihre Behauptung jedenfalls zurückgezogen und sich verpflichtet, diese ehrenrührige Behauptung nie wieder aufzustellen!« Fitzen schüttelte den Kopf. »Wen interessiert denn heute noch, was einer seiner Ahnen anno dunnemals getan hat? Das waren doch raue Zeiten damals, Schiffe wurden gekapert, die Besatzung getötet, fast jeder hier war ein Strandräuber. Wenn dieser Haie Leichen verkauft hat, *so what*?

Immerhin hat sie ja nicht behauptet, dass er sie auch alle auf dem Gewissen hatte.«

»Aber dafür, dass er Deichgraf war, war das schon ein starkes Stück«, meinte Benthien. »Dass Adeline diese Sache nicht verbreitet wissen wollte, kann ich schon verstehen, die Melanders sind eben ungeheuer stolz auf ihre Vorfahren und wollen keine Flecken auf der weißen Weste sehen. Aber diese Gonde Oldsen … Tristan hat mir von ihr erzählt. Die scheint eine Institution hier auf Sylt zu sein. Eine Inselchronistin. Wenn wir mehr über die Melanders wissen wollen, wäre sie sicher eine gute Quelle.«

Kapitel 11

Zwei Tage später, am Dienstag, war endlich das Laborergebnis da: Yvonne und ihr kleiner Sohn hatten Gift zu sich genommen, und zwar Taxin – das Gift der Eibe – zusammen mit Atropin, dem Gift der Tollkirsche. Letzteres war auch der Auslöser für Yvonnes Raserei gewesen, denn Atropin konnte in Überdosierung Delirien und Halluzinationen hervorrufen.

»Bei beiden, auch dem Kleinen, wurde Likör im Magen entdeckt«, berichtete Claudia Matthis. »In den Überresten der Likörflasche, den Flecken im Teppich und auch in dem Abdruck im Kühlschrank konnten wir diese Giftmischung feststellen.«

Obwohl Benthien so ein Ergebnis erwartet hatte, war er doch schockiert, ebenso seine Kollegen. »Wie kommt denn der Kleine dazu, Likör zu trinken?«, fragte Lilly verstört.

»Das Getränk soll sehr süß gewesen sein«, erklärte Benthien. »Fragt sich nun, ob Yvonne und ihr Sohn die unschuldigen Opfer eines Attentats waren, das eigentlich Adeline Melander galt.«

»Nach dem, was auf der Gedenkfeier für Jacques und seinen Vater passiert ist, würde ich das klar mit ›Ja‹ beantworten«, sagte Fitzen bestimmt. »Die Frage ist jetzt nur, sollte man Emily Matern exhumieren – was ich für unbedingt notwendig halte –, und wie lange müssen wir darauf warten, um endlich Klarheit zu haben?«

Lilly verzog das Gesicht. »Ich hasse Giftmorde. Ein solches Vorgehen ist so feige, so hinterhältig, und das Opfer ist zumeist absolut ahnungslos. Ich frage mich allerdings, warum ausgerechnet die harmlose Emily Matern sterben musste. Und wie konnte der Täter überhaupt sicher sein, die Richtige zu erwischen?«

»Hat er ja wohl auch nicht. Wir müssen doch annehmen, dass der Mörder auch schon damals Adeline Melander töten wollte!«, sagte Fitzen.

»Aber warum hat er dann so lange gewartet, bis er es wieder versucht hat?«, fragte Lilly ratlos.

Am Sonntagabend war es Benthien nicht mehr gelungen, seinen Vater zur Gedenkfeier zu befragen, an der Emily Matern teilgenommen hatte, weil Ben erst spät nach Hause kam und nach einem langen Strandspaziergang mit der neuen Bekannten und einem opulenten Abendessen todmüde war.

Am Montag mussten sie auch voller Ungeduld bis mittags warten, da Ben am Vormittag »Termine« hatte, wie er erklärte. Er wollte einen Verkäufer auf dem Festland aufsuchen, der über eBay ein Polyphon anbot. Als er dann enttäuscht und empört ohne das Gerät wieder zurückkam, musste er sich erst einmal beruhigen. »Da mache ich diese umständliche Fahrt, und dann setzt der mir ein Ding vor, das nicht nur hässlich aussieht – das Foto war stark geschönt –, sondern auch einen schauderhaften Klang hat! Nee, da muss ich jetzt wohl weitersuchen.«

»Aber nicht sofort!«, fuhr sein Sohn dazwischen. »Erst haben wir ein paar Fragen an dich!«

Benthien erzählte, was sie bisher erreicht hatten und dass nun der Verdacht bestehe, dass der Likör auch schon auf der Gedenkfeier vergiftet worden und Emily Matern daran gestorben sei.

Sein Vater war, wie Benthien es vorausgesehen hatte, empört und fassungslos und wies diese Vermutung weit von sich.

»Auf einer solchen Veranstaltung kann doch niemand vorher wissen, wer aus welchem Glas trinken wird. Die Idee ist völlig absurd, John! Wie soll das Gift denn dareingekommen sein? In der Flasche war es nicht, ich sah ja, wie Adeline daraus einschenkte, für sich und für Yvonne, und beiden ist nichts passiert!«

Benthien bat ihn zu erzählen, wie der Ablauf der Feier gewesen war. »Und versuche, dich so genau wie möglich zu erinnern!«, sagte er eindringlich.

Ben nickte. »Ich glaube, ich habe dir schon mal davon erzählt. Adeline hat zum Jahrestag des Todes ihres Mannes und ihres Sohnes Leute eingeladen, die mit ihnen befreundet waren … zum Gedenken an die Verstorbenen. Zu diesem Zweck hat sie uns auch zwei Familienfilme vorgeführt. Es ging um einen Geburtstag und einen Ausflug ins Watt. Ich hatte den Eindruck, Théo fand das alles ein bisschen peinlich.«

»Wer war denn noch alles auf dieser Feier?«, wollte Fitzen wissen.

»Die Familie oder zumindest ein Teil davon, Théo, Evi, Tristan, Adelines Tochter war auch kurz da, ging dann aber wieder. Dann Adelines Freundin Sigrid Schulau, ein Lehrer, Klaus Labahn, der oft mit Volker und mir gepokert hat, Emily Matern, alles Leute aus dem Literaturclub, und ich. Und Yvonne natürlich. Etienne war nicht da und Marcel nur ganz kurz.«

»Und ihr habt alle den selbstgebrauten Likör getrunken?«, fragte John.

Sein Vater kratzte sich am Kopf. »Nein, eben nicht. Es gab ein Büfett mit Getränken und eines mit kleinen Häppchen. Auf dem Getränkebüfett standen Champagner, Weine, Mineralwasser, ein Krug mit Saft. Und die Likörflasche und ein kleines Tablett mit acht oder neun Likörgläsern, in die Adeline frisch aus der Flasche eingeschenkt hatte. Dieses Tablett machte dann die Runde.«

»Und jetzt überlege mal genau, Vater, wer hat alles von dem Likör getrunken?«

»Vielleicht sollte man mich hypnotisieren, dann wüssten wir es genau.« Er schloss die Augen. »Ich habe mir ein Glas genommen, und Adeline natürlich auch. Sie war so stolz auf ihren Likör, deswegen mussten wir ihn ja alle probieren. Ich glaube, wir vom Literaturclub haben jeder ein Glas genommen, Adeline stand ja praktisch genau vor uns. Da hat keiner nein gesagt. Emily hat sich sogar noch mal nachschenken lassen. Sigrid hatte auch ein Gläschen in der Hand, nur Klaus Labahn wollte, soweit ich mich erinnere, lieber Bier trinken. Neben mir waren … warte mal, auf der einen Seite stand Emily und auf der anderen Seite Yvonne, auch sie nippte an dem Likör. Aber sie war ja auch als Schluckspecht bekannt. Dann lief der Kleine herbei und probierte in einem unbeobachteten Augenblick von einem der Gläser. Es schien ihm zu schmecken, war ja auch ziemlich süß, das Zeug. Sigrid bemerkte es zum Glück und nahm Nicky das Glas weg. Yvonne gab Nicky ein paar Klapse auf den Po, und Adeline ging ärgerlich dazwischen. Ach ja, und dann kam Tristan, und er hat zu unserer aller Überraschung die Situation gerettet. Er nahm ein neues Likörglas und goss von dem Saft etwas hinein, der auch rot war … ich glaube, es war Johannisbeersaft … und gab es dem Kleinen. Der war damit ganz zufrieden, und ich erinnere mich, dass ich von Tristans Taktgefühl beeindruckt war. Er hat sich wirklich vorbildlich benommen.«

»Und wie hat dir der Likör geschmeckt?«, fragte Lilly.

Ben zog eine Grimasse. »Nicht besonders, er war sehr süß, aber bitter im Abgang. Nach zwei Schluck habe ich das Gesöff diskret in einem Pflanzenkübel entsorgt.«

»Aber Emily Matern hat den Abend nicht überlebt ...«, bemerkte Fitzen nachdenklich.

Ben fuhr hoch. »Was willst du damit sagen?« Er schaute in die Runde. »Ihr wollt doch nicht etwa behaupten, dass an ihrem Tod was faul war? Sie war zweiundachtzig und hatte einen Herzinfarkt!«

»Wir sind noch am Überlegen, Vater«, sagte John. »Wie ging es dann weiter? Wie war überhaupt der Ablauf? Habt ihr den Likör ganz am Anfang serviert bekommen?«

Ben nickte. »Zur Begrüßung. Danach haben wir uns Häppchen genommen, und Théo hat die beiden Filme vorgeführt, alte Super-8-Filme. Ich hatte den Eindruck, dass er es nur sehr widerwillig tat, auf Wunsch seiner Mutter. Annette machte ein paar despektierliche Bemerkungen. Ich glaube, sie fanden es nicht angebracht, einer Horde von Fremden diese zum Teil etwas albernen Familienfilme vorzuführen. Wir hatten Jacques und seinen Vater ja schließlich nur als reifere Erwachsene gekannt.«

»Und dann?«

»Dann wurde Kaffee serviert, und wir aßen Kuchen und sprachen über die Verstorbenen. Annette verabschiedete sich und brach ziemlich abrupt auf, und ich ertappte mich dabei, dass ich überlegte, dasselbe zu tun.« Er runzelte die Stirn. »Ich glaube, zu dem Zeitpunkt habe ich Emily schon vermisst, sie saß plötzlich nicht mehr mit uns am Tisch. Ich fragte Evi, ob sie schon weg wäre, und sie antwortete, nein, sie habe sich nur kurz hinlegen wollen. Wegen Magenproblemen.«

»Aber gestorben ist sie dann zu Hause?«, forschte Lilly weiter.

»Evi hat sie, soweit ich weiß, nach Hause gefahren, weil es nicht besser wurde, und hat Emily geholfen, bequemere Kleidung anzuziehen«, erzählte Ben. »Dann meinte die alte Dame wohl, sie fühle sich etwas besser, und Evi kam zurück zur Party. Später hat Emily ihren alten Hausarzt angerufen, der sie seit vierzig Jahren behandelt hat – du weißt schon, John, Dr. Arnholt –, aber als er kam, lag sie tot auf dem Bett. Und jetzt sagt mir bitte nicht, dass jemand sie ermordet hat!« Ben blickte verunsichert um sich. »Dr. Arnholt ist ein gewissenhafter Arzt. Er meinte, ihr Tod sei keine Überraschung für ihn gewesen, sie hätte seit Langem ein schwaches Herz gehabt, das ihr zunehmend Probleme bereitet habe. Glaubt ihr denn wirklich, dass Emily vergiftet worden ist? Von wem denn? Außerdem, wenn es denn so war, konnte der Mörder gar nicht wissen, wer das Glas mit dem Gift nehmen würde – falls es im Likörglas war –, denn jeder hat sich vom Tablett bedient. Niemandem wurde ein bestimmtes Glas in die Hand gedrückt!«

»Bist du sicher?«, fragte Lilly eindringlich. »Jeder hat sein Glas freiwillig gewählt?«

Ben überlegte. »Ich glaube, am Anfang hat Emily sich ein Glas vom Tablett genommen, wie wir alle. Einfach irgendeines. Später hat ihr Adeline nachgeschenkt, weil der Likör ihr offenbar gut schmeckte, und zwar aus einer Flasche, die sie vom Büfett genommen hat.«

»Da könnte in der Zwischenzeit Gift reingetan worden sein«, überlegte Fitzen.

»Nein, kann es nicht!«, widersprach Ben. »Denn aus genau derselben Flasche hat sich Adeline eine Sekunde später selbst ein Glas eingeschenkt, und ihr ist schließlich nichts passiert!«

»Dann muss das Gift von Anfang an in einem der Gläser gewesen sein, die auf dem Tablett standen«, behauptete Fitzen stur.

»Aber wenn du jemanden umbringen willst« – Ben tat so, als

spräche er mit einem Idioten –, »dann liegt dir doch vermutlich daran, auch den Richtigen zu treffen, oder nicht?«

Fitzen nickte. »Ich weiß, worauf du hinauswillst. Niemand konnte wissen, wer den Giftcocktail nehmen würde. Das ist natürlich das Problem.«

»Wenn es wirklich so war, hättest auch du dieses spezielle Glas erwischen können, Vater!«, sagte Benthien, ganz weiß im Gesicht.

»Die Frage ist doch«, sagte Lilly, »sollte Emily das beabsichtigte Opfer sein, oder hatte man es schon damals auf Adeline abgesehen? Und wie hat der Täter das bewerkstelligt? Ist ihm nur einfach ein Fehler unterlaufen und es hat die Falsche erwischt?«

Der Dienstag begann grau und trüb. Benthien hatte Mühe, aus dem Bett zu kommen. Lilly lag schon wieder lesend neben ihm und vergnügte sich mit einem weiteren Agatha-Christie-Roman, diesmal war es *Das Böse unter der Sonne*. Sie schien die Bücher geradezu zu inhalieren. Benthien konnte es nicht begreifen.

»Wie kannst du Spaß an solchen Krimis haben, wenn wir gerade selbst an einem perfiden Mordfall arbeiten?«, erkundigte er sich.

Lilly legte das Buch weg und richtete sich auf. »Flucht in eine andere Welt vermutlich. Zuerst das Chaos und dann die Auflösung … die funktioniert immer im Krimi, und anschließend ist alles wieder in bester Ordnung. Zumindest in der guten alten Krimizeit.« Sie legte ihm die Hand auf die Schulter. »Das mit deinem Vater tut mir leid, John. Das war ein Schock für dich, das kann ich verstehen. Aber sieh es mal so: Er hatte Glück, er ist davongekommen. Allerdings«, fügte sie hinzu,

»würde ich ihn in nächster Zeit nicht mehr zu den Melanders lassen. Das scheint mir dort ein gefährlicher Ort zu sein!«

»Thyra hat eine Exhumierung von Emily Matern beantragt, und zwar so bald wie möglich. Und wir müssen in die Hufe kommen! Wir haben schon zu viel Zeit verloren. Was meinst du?« Er saß auf dem Bettrand, drehte sich aber jetzt zu Lilly um. »War Adeline das Opfer? Oder Yvonne? Wenn es jemand auf Adeline abgesehen hat, wird es verdammt schwierig werden. Einen Mord zu verhindern, ist so viel schwieriger, als einen aufzuklären.«

»Aber wenn wir den Mord an Yvonne und Nicky aufklären, haben wir den Täter, und Adeline ist gerettet!«

»Wenn wir nur wüssten, *wann* der Likör vergiftet wurde! Ehe Adeline nach Damp fuhr, und sie hatte einfach Glück, weil sie noch nicht davon getrunken hatte? Oder während ihrer Abwesenheit, und der Täter hat nicht damit gerechnet, dass ihre Schwiegertochter sich daran bedient – und wollte geduldig darauf warten, dass Adeline zurückkommt?«

Wieder klingelte das Telefon, und diesmal war es Stefano Rossi von der Spurensicherung. Er berichtete, dass auf der Likörflasche verwischte Fingerabdrücke von Adeline Melander waren, aber sehr klare von Yvonne Melander und Yaro Dhiaf. Sonst keine. »Das heißt«, führte er aus, »dass nach Adeline jemand mit Handschuhen oder mit einem Tuch zugange war und dadurch Adelines Fingerabdrücke zum Teil verwischt wurden. Auf den beiden Likörgläsern sind natürlich ebenfalls Fingerabdrücke, auf einem sind sie verwischt, auf dem anderen, das leer war und nur noch einen Bodensatz hatte, gibt es Abdrücke von zwei Personen. Wichtig ist auf jeden Fall, dass ihr Fingerabdrücke von allen Beteiligten nehmt! Wir haben so viele im Haus gefunden, aber keine sind registriert.«

»Mikke und Annika sollen das machen«, meinte Benthien, nachdem er aufgelegt hatte. »Jedenfalls von denen, die auf dem Festland wohnen. Also von Marcel, seinem Freund Moussa Aouba, Etienne und Yaro Dhiaf. Und dann müssen wir auch wissen, wann und wie oft jeder der Verdächtigen in den letzten – sagen wir, zwei Wochen –, im Haus Melander war.«

»Der Täter wird uns wohl kaum die Wahrheit erzählen!«

»Es ist nicht sehr wahrscheinlich, aber vielleicht lässt sich ja jemand ausschließen. Etienne zum Beispiel. Vor allem müssen wir von Adeline erfahren, wann sie zuletzt von dem Likör getrunken hat. Sie soll wohl gegen Abend hier sein.«

Fitzen und Lilly fuhren nach dem Frühstück nach Westerland in die Polizeistation, wo sie den angebotenen Verhörraum bezogen. Sie hatten alle Verdächtigen herbestellt, die auf der Insel wohnten, um sie zu befragen und um Abdrücke zu nehmen, auch wollten sie sie um Speichelproben bitten, was allerdings freiwillig war. Annette, Justus, Evi und Tristan waren bestellt worden, außerdem die Haushälterin Henny Preuss, Raffael Quest und ein paar Handwerker, die kürzlich im Haus gewesen waren.

Benthien fuhr zuerst zur Großen Düne, weil Birgit Timmermann ihm wieder einen Fund signalisiert hatte, anschließend wollte er die Inselchronistin Gonde Oldsen besuchen. Heute Abend, so hoffte er, würde er dann endlich mit Adeline und Théo Melander sprechen können.

Vor dem Grundstück der Melanders standen Zuschauer, darunter auch einige Touristen, die sich fragten, was dort vorging. Bisher war die Presse vertröstet worden, Informationen sollte es erst zum Schluss geben.

Das Gelände war mit einem Flatterband der Polizei abgesperrt worden, ebenso der Teil der Düne, an dem gearbeitet wurde. Sichtschutzwände verbargen das Grabungsfeld.

Birgit Timmermann kam Benthien entgegen. Sie hielt einen Schuh in der Hand. »Wieder haben wir einen Schuh gefunden«, sagte sie. »Es ist ein halbhoher Winterstiefel zum Knöpfen, wie man ihn zur Kaiserzeit getragen hat, weiches Leder mit Wollstoff, innen mit Kaninchenpelz gefüttert.«

»So so, zur Kaiserzeit«, sagte Benthien nachdenklich. »Sieht aus wie ein Damenschuh.«

Birgit bestätigte es.

»Also gibt es eine zweite Leiche in der Düne?«

»Sehr wahrscheinlich. Ich glaube sogar, wir sind ganz dicht dran. Übrigens, John, erinnerst du dich an den Schmuckanhänger, den wir bei dem Kind gefunden haben? Hier …«, sie hielt ihm ihr Handy mit einigen Fotos hin. »Interessant ist die Datierung des Porzellans.« Sie zeigte ihm ein Symbol, das aus zwei gekreuzten Schwertern bestand. Jedes Schwert hatte im unteren Bereich einen Querstrich, und zwischen den Schwertern gab es einen Punkt. »Der Punze nach ist es Meißner Porzellan, und zwar wurde es in der Zeit zwischen 1763 bis 1774 gefertigt.«

Benthien war sprachlos. »Woher weiß man das so genau?«

Birgit deutete auf den Punkt zwischen den beiden Kurschwertern. »Dieses Zeichen sagt es uns und auch die Gestaltung der Punze. Den Punkt zwischen den Schwertern hat man nur in diesem Zeitraum benutzt. Die Bekleidung des Kindes spricht ebenfalls für diese Zeit. Außerdem muss es aus wohlhabendem Hause gewesen sein, denn das Medaillon hatte schon damals einen hohen Wert. Es war sicher ein Geschenk.«

Benthien war beeindruckt. Er bat Birgit gerade, ihm die Fotos auf sein Handy zu schicken, als Arndt Schäfer vorfuhr und direkt in einen Wortwechsel mit einer älteren Frau geriet, die

Benthien auch schon aufgefallen war. Sie hielt sich als einzige Zivilperson innerhalb der Absperrung auf und knipste Fotos, allerdings aus einer gewissen Entfernung.

Schäfer ging auf sie zu. »Was machen Sie hier, Madame?«

»Ach, auf einmal so förmlich? Ich fotografiere, Arndt, das siehst du doch.«

»Unbefugten ist der Zutritt verboten!«

»Ich bin auch schon fertig«, sagte die alte Frau lächelnd, indem sie den sehr professionell aussehenden Fotoapparat in ihrer Tasche verstaute. »Wie geht's denn deinem Sohn? Gefällt es ihm in der Großstadt?«

Schäfer schien ein wenig aufzutauen. Er grinste schief. »Lukas findet die Unterhaltungsmöglichkeiten toll, wahrscheinlich auch das Nachtleben. Ich hoffe nur, dass er seine Lehre durchhält, Gonde.«

Benthien wurde hellhörig. Sollte diese ältere Dame etwa Gonde Oldsen sein, zu der er jetzt gerade fahren wollte? Er trat näher. »Entschuldigung, sind Sie Frau Oldsen? Die Inselchronistin?«

Sie lächelte ihn an. »Inselchronistin? Was für ein großes Wort. Aber ja, ich bin Gonde Oldsen.«

Sie gefiel ihm auf Anhieb: die ausgeprägten, braungebrannten Gesichtszüge, die aus vielen Falten bestanden, aber eine klare Kontur hatten, die lebhaften braunen Augen, die graubraunen Haare, die zu einem langen Zopf geflochten waren. Das hübsche, sommerliche Batikkleid, das gut zu ihrer rundlichen Figur passte.

Er erwiderte das Lächeln. »Tristan Melander hat mir von Ihnen erzählt und mir empfohlen, Sie einmal aufzusuchen, weil Sie, wie er sagte, so ziemlich alles über diese Insel wissen. Ich bin John Benthien von der Kripo in Flensburg.«

Sie tauschten einen Händedruck, und Gonde Oldsen meinte: »Ich bin mit dem Rad hier. Wenn Sie wollen, bringen Sie mich nach Hause, dann können wir reden.«

Gonde Oldsen wohnte in Morsum in einem winzigen Reetdachhaus. Sie ließ sich nicht davon abhalten, Kaffee zu kochen und ihn Benthien in einem großen Becher in einem kleinen, gemütlichen Zimmer zu servieren, das vollgestellt war mit runden Tischchen, einer Kommode, vielen Grünpflanzen und Bücherregalen, aus denen die abenteuerlich angeordneten Bücher wegen Überfüllung jeden Moment herauszupurzeln drohten. Ein anderes Regal war brechend voll mit losen Papieren und Ordnern. Draußen grollte schon wieder der Donner, und Regen drohte, so dass es sicherer war, im Haus zu bleiben.

»Was kann ich für Sie tun?«, fragte die alte Frau, die Anfang siebzig sein mochte, aber erstaunlich vital wirkte.

Benthien beschloss, ganz offen zu sein. Natürlich durfte er keine Polizei-Interna verraten, aber das, was demnächst sowieso in den Medien zu lesen sein würde, konnte er ihr auch jetzt schon anvertrauen. Natürlich wusste sie schon, was im Melander-Haus passiert war, wie wahrscheinlich jeder auf der Insel. Er erzählte ihr, was sie noch nicht wusste: dass in der Düne eine Kinderleiche gefunden worden war und eine zweite noch dort vermutet wurde.

»Die Kinderleiche stammt möglicherweise aus der Zeit um 1770, die andere Person scheint um die Jahrhundertwende zu Tode gekommen zu sein. Wissen Sie vielleicht von ungeklärten Vermisstenfällen oder anderen ungewöhnlichen Vorkommnissen aus jener Zeit?«

»Ich denke«, sagte die alte Frau mit ihrer erfrischend jungen Stimme, »ich sollte Ihnen zuerst etwas über mich erzählen, damit Sie das, was ich sage, richtig einschätzen können. Ich bin hier auf Sylt geboren und hatte schon als Kind eine Leidenschaft für alte Sagen und Geschichten von der Insel. Dazu hatte ich das Glück, einen Mann zu kennen, Enno Abel, der diese Leidenschaft, den Drang zu wissen und zu erfahren, ebenfalls besaß. Er und auch schon sein Vater und Großvater haben die Geschichten gesammelt, die hier auf Sylt geschehen sind, alte Aufzeichnungen, Briefe, Tagebücher, die sie auf den Dörfern, in alten Häusern, bei den alteingesessenen Familien gesucht, gesammelt und aufgekauft haben oder auch geschenkt bekamen. Vieles wurde auch mündlich überliefert, und sie schrieben es auf. Ich habe Enno oft besucht. Er saß in seinem kleinen Haus, in dem aus allen Truhen, Regalen und Schränken Berge von Papier quollen. Ich glaube, er wurde dieser ganzen Papierflut einfach nicht mehr Herr, und das Buch, das er über die Bewohner und Ereignisse von Sylt schreiben wollte, wurde nie geschrieben. Er selbst hat übrigens auch mal ein tragisches Erlebnis gehabt. Als er noch sehr jung war, verschwand seine Schwester Geseke spurlos. Sie ist nie wieder aufgetaucht, und man nimmt an, dass sie ertrunken ist. Ich weiß, dass diese Geschichte ihn nie losgelassen hat. Später hat er mir alle seine Dokumente vemacht, und ich hoffe, irgendwann genügend Zeit zu haben, um das alles durchzuarbeiten.

Später wohnte ich auf dem Festland bei Husum, wurde Bibliothekarin und dann Archivarin in Schloss Gottorf. Auch in dieser Zeit sammelte ich alte Geschichten und Anekdoten aus den Marschen und Kögen und besuchte viele Leute, die noch alte Dokumente besaßen.

Seit zehn Jahren lebe ich wieder auf Sylt im Ruhestand und versuche, Ennos Papiere chronologisch zu ordnen, was nicht so einfach ist, da nicht jedes Dokument datiert ist. Dreimal in der Woche kommt eine junge Frau, die mir dabei hilft und die Texte auch digitalisiert, zum Teil in Heimarbeit.«

Nach dieser langen Rede holte sie sich einen neuen Becher Kaffee und bot Benthien einen Cognac an, was dieser aber ablehnte. Er hatte dem Bericht von Frau Oldsen fasziniert zugehört und wünschte nur, er hätte die Zeit, sich länger und auch über andere Dinge als über die Familie Melander mit ihr zu unterhalten.

»Ich kenne übrigens Ihren Vater aus dem Literaturclub«, fügte Gonde Oldsen hinzu. »Manchmal mache ich dort eine Stippvisite und bespreche Bücher. Vor zwei Monaten ging es um das *Kind aus der Esterweger Dose* und den *Mann von Grauballe*. Beides Moorleichen.« Sie lachte leise. »Über einen Mangel an Aufmerksamkeit konnte ich mich nicht beklagen.«

Benthien ging es durch den Kopf, dass er öfter mit seinem Vater sprechen sollte. Wen kannte er eigentlich nicht auf Sylt?

Sie sprachen noch eine Weile über Bücher, dann kam Benthien auf Adeline und die Sache mit der Klage zu sprechen. Die alte Dame lachte wieder ihr leises, perlendes Lachen.

»Ich kenne Adeline gut, und eine Weile waren wir sogar befreundet«, sagte sie. »Allerdings hat unsere Freundschaft – oder *ihre* Freundschaft, sollte ich wohl sagen – meinen Artikel über Haie Melander nicht überlebt.«

»Sie hatten geschrieben, dass er mit Leichen gehandelt hat?«

Sie nickte lebhaft. »Und ich glaube immer noch, dass es wahr ist.«

»Wie kamen Sie darauf?«

»Damals, auf dem Festland, als ich auf den Dörfern nach alten Schriften suchte, fielen mir Briefe in die Hände vom Ende des 18. Jahrhunderts. Sie wurden in einer Kiste in einem uralten Schrank auf dem Dachboden gefunden. Sie stammten von einem Vorfahr der Familie, der um 1790 gelebt hatte und Apotheker war. Dieser Vorfahr namens Clemens Utkirk hat seine ganze geschäftliche und private Korrespondenz aufbewahrt. Das war ein Fest für mich, das können Sie sich wohl vorstellen, und die Leute waren froh, dass sie ihren alten Plunder loswurden.« Sie schenkte sich einen Cognac ein und nahm einen großen Schluck. »Sie auch?«

»Danke, aber immer noch nicht!«

»Ja, ja, die Sache mit dem Dienst. Jedenfalls, in den Briefen erwähnte dieser Clemens Utkirk mehrmals, dass er wieder eine Schiffsladung frischer Leichen erwartete, die der Sylter Deichgraf Haie Melander ihm wie üblich durch seine Knechte schicken würde. Er werde ihnen wieder fünfunddreißig Gulden pro Kopf auszahlen, um sie dann für achtundvierzig Gulden pro Nase weiterzuverkaufen. Auch einen Briefwechsel mit der Christian-Albrechts-Universität zu Kiel über dieses Thema habe ich gefunden. Übrigens, dreißig Gulden waren damals in etwa ein Monatslohn für Berufe der höheren Stände, also ein sehr guter Verdienst. Melander muss sich eine goldene Nase verdient haben, denn die Leichen, von denen hier die Rede ist, waren Schiffbrüchige, nehme ich an, die er von den Stränden aufgesammelt hat.

Damit schien mir die Tatsache, dass Haie Melander mit Leichen handelte, belegt, aber Adeline sah das anders und drohte, vor Gericht zu gehen.«

»Und Sie haben klein beigegeben?«

Sie zuckte die Achseln. »Ich habe kein Geld für einen Prozess. Und Adeline meint es ernst. Für sie ist das sozusagen eine Frage auf Leben und Tod. Eine Verunglimpfung eines ihrer Vorfahren ist für sie einfach undenkbar, offenbar befürchtet sie, dass die Familie Melander stark an Ansehen verlieren könnte.

Und da wir immerhin mal Freundinnen gewesen waren, habe ich nachgegeben.«

Auf Benthiens Handy ging ein Anruf ein. Als er sah, dass es Dr. Wagner war, ein junger Mitarbeiter von Dr. Radtke aus dem Gerichtsmedizinischen Institut in Kiel, entschuldigte er sich und nahm das Gespräch an.

»Es geht um das Kind aus der Düne«, sagte Wagner, nachdem sie sich begrüßt hatten. »Das genaue Alter kann ich Ihnen noch nicht sagen, dazu müssen wir noch die C-14-Datierung abwarten, aber eine Computertomographie haben wir bereits gemacht, da noch einige Weichteile des Thorax, also des Brustkorbs, vorhanden waren. Ein 3D-Scan der Knochen steht noch aus.«

»Können Sie mir das auch auf Deutsch erklären?«, fragte Benthien.

Wagner lachte. »Was ich sagen kann, ist, dass anhand des Knochenmaterials nicht zwingend darauf geschlossen werden muss, dass das Kind durch eine Gewalttat ums Leben kam. Wie gesagt, aufgrund der Knochen! In der Lunge haben wir Sand gefunden, was darauf hinweist, dass das Mädchen erstickt ist. Das kann durchaus ein Unfall gewesen sein, gerade der feine Dünensand ist gefährlich, denn wenn er nachrutscht, kann man sich nicht mehr allein daraus befreien.«

»Aber sie hatte doch ein großes Loch im Schädel, eine Fraktur?«

»Wir sind der Ansicht, dass die Schädelverletzung durch den Druck des auf dem Kopf lastenden Sandes verursacht wurde, was wiederum für einen Unfall spricht. In ein paar Tagen kann ich Ihnen weitere Informationen geben. Bis dahin: Grüezi miteinand!«

Wagner war kein Schweizer, aber durchaus ein Witzbold

mit sonnigem Gemüt, ganz das Gegenteil von seinem Chef, Dr. Radtke, dessen Anruf Benthien sehnlichst erwartete. Die Obduktionsergebnisse von Yvonne Melander und ihrem kleinen Sohn standen noch aus.

»Ich meine«, sagte Gonde Oldsen nachdenklich, nachdem das Telefongespräch beendet war, »dass ich irgendwo darüber gelesen habe, dass man etwa um die Zeit, in der dieses arme Kind ums Leben gekommen ist, in den 1770er Jahren, von einem vermissten Mädchen gesprochen hatte. Oder verwechsle ich das jetzt mit Ennos Schwester? Und da war wohl auch noch eine andere Frau, die plötzlich verschwand …«

Benthien ließ sie in Ruhe überlegen, bis sie offensichtlich zu einem Ergebnis gekommen war. »Doch, das war das Kind. Theda soundso. Ich müsste es nachlesen. Diese Geschichte gehört mit zu den frühesten Aufzeichnungen, die ich über Sylt habe, und Meret, die junge Frau, die mir hilft, sollte den Text schon digitalisiert haben. Wir gehen ja der Reihe nach vor.«

»Das wäre fantastisch«, sagte Benthien erfreut, »vielleicht können wir auf diese Weise den uralten Vermisstenfall aufklären. Und Sie sagten, da war noch eine zweite Frau, die plötzlich verschwunden ist? Hingen denn die beiden Fälle zusammen? Es muss um die Jahrhundertwende gewesen sein, auch das mit Ennos Schwester – ist das richtig?«

Im Stillen überlegte er, ob es wohl Ennos Schwester war, die sie demnächst aus dem Dünensand bergen würden.

»Da war noch eine Cousine der Melanders … oder hatte man sie adoptiert? Obwohl, vielleicht meine ich doch jemand anders.« Sie runzelte die Stirn, dachte nach. »Man verwechselt es so leicht mit anderen Geschichten. Aber nun weiß ich es: Die junge Frau, an die ich denke, ist nicht verschwunden, sondern nach Amerika ausgewandert. In den Staat New York. Sie war mit Wilhelm verlobt, einem Sohn von Heinrich Melander, aber das ging auseinander, und sie verließ die Insel. Das war kurz nachdem der Kompagnon, Thure Bassewitz, ermordet worden war. Ich glaube, man hat nie wieder von ihr gehört. Wilhelm hat dann jemand anders geheiratet. Aber es ist schon richtig, die ältere Schwester von Enno, Geseke, die ist auch um diese Zeit verschwunden. Er hat mir oft davon erzählt. Damals, als sie vermisst wurde, war er noch Schüler. Man hat sie nie gefunden und angenommen, sie wäre ertrunken.«

Benthien schwirrte langsam der Kopf von all den Geschichten, zumal es gar nicht so leicht war, sie zeitlich einzuordnen. Aber das musste er ja auch gar nicht. Er überlegte kurz, dann beschloss er, noch einmal in die Gegenwart zurückzukehren. »Kannten Sie auch Emily Matern?«

»Ich habe ein paarmal mit ihr gesprochen«, sagte die alte Frau, »sie engagierte sich ebenfalls sehr für den Literaturclub. Sie wissen, dass sie vor einigen Monaten verstorben ist?«

»Ja, an einem Herzleiden. Hatten Sie irgendwelche Zweifel an der Richtigkeit der Diagnose?«

Gonde Oldsen blickte ihn mit großen Augen an. »Ehrlich gesagt, darüber habe ich nie nachgedacht. Emily hatte immer Probleme mit dem Herzen.« Sie rückte auf ihrem Sessel herum. »Glauben Sie, ihr ist etwas … *zugestoßen*?«

»Sie starb, nachdem sie bei den Melanders war; dort hatte sie Likör und Kaffee getrunken und ein Stück Kuchen gegessen.«

Ihre Augen wurden immer größer. Unruhig schob sie ihren Kaffeebecher hin und her. »Ist das Ihr Ernst? Wollen Sie damit sagen, dass Emily vergiftet worden sein könnte?«

Benthien sah sie lange an, ohne etwas zu erwidern.

»Ich verstehe. Wird es eine Exhumierung geben?«

»Dazu kann ich Ihnen nichts sagen. Ich möchte Sie aber bitten, Frau Oldsen, grundsätzlich alles, was ich Ihnen mitteile, vertraulich zu behandeln.«

Sie blinzelte. »Selbstverständlich! Und natürlich auch das, was Sie mir nicht sagen!«

Benthien lächelte. »Henny Preuss, die Haushälterin, meint, dass ein Fluch auf der Familie Melander liegt«, tastete er sich weiter vor. »Diese ganzen Unfälle …«

»Sie sprechen von Svenja? Und von dem Unfall auf dem Sylt-Shuttle? Sie wollen mir doch nicht sagen, dass das *keine* Unfälle waren?«

Benthien hob beide Hände. »Davon bin ich weit entfernt. Ich meinte lediglich, dass die Familie Melander ungewöhnliches Pech im Lauf der letzten Jahrzehnte hatte.«

»Svenja war ein wildes kleines Ding. Sehr impulsiv. Und der arme Junge, ihr Bruder … er war dabei, wissen Sie? Er musste alles mitansehen und konnte ihr doch nicht helfen.«

»War sie sofort tot?«

»Ich glaube ja. Jedenfalls konnte ihr nicht mehr geholfen werden. Tristan hat später erzählt, dass sie in dem kleinen Wäldchen Cowboy und Indianer gespielt haben. Er war hinter ihr her, und sie sprang, ohne nach rechts und links zu sehen, von einer niedrigen Abbruchkante genau auf den Reitweg. Wegen der Bäume auf beiden Seiten hatte sie keinen Einblick in den Weg. Sie sprang dem Gaul direkt vor die Hufe.«

»Und wo waren die Eltern?«

»Die waren in Sichtweite, auf einem Pfad durch die Heide. Sie hatten Bekannte getroffen und waren stehen geblieben, um mit ihnen zu plaudern. Die Kinder fanden das langweilig und gingen in das Wäldchen, um zu spielen.«

»Ich glaube, Tristan hat es bis heute nicht überwunden.«

Die alte Dame nickte bekümmert. »Er war erst neun, der

arme Junge. Und die Serie geht weiter: Kurz nach der Gedenkfeier im Januar hatte seine Mutter eine Fehlgeburt im fünften Monat. Man sagt, dass Evi jetzt keine Kinder mehr bekommen kann.«

Kapitel 12

»Hatten Sie nicht schon das Vergnügen mit meinen Fingerabdrücken?«, fragte Raffael Quest auf dem Polizeirevier fröhlich. »Mein Erstkontakt mit den werten Ordnungshütern ist doch noch gar nicht so lange her.«

»Da hat man Sie mit dreißig Gramm Marihuana erwischt, eine Menge, die weit über den Eigenbedarf hinausgeht«, sagte Fitzen. »Und auch jetzt«, fügte er streng hinzu, »riechen Sie nach Haschisch!«

»Ist nicht verboten«, sagte Quest grinsend, während er leise auf seiner Gitarre klimperte, die er als Straßenmusiker meistens mit sich führte. »Ich fahre ja nicht Auto! Wollen Sie eine Leibesvisitation machen?« Er breitete die Arme aus.

»Hören Sie auf rumzukaspern«, brummte Fitzen unwillig. »Und lassen Sie das Klimpern!«

»Ich kann Ihnen auch eine Melodie spielen«, sagte Raffi entgegenkommend. »Wie wär's mit *Sweet Home Alabama*?«

Er sah zu Lilly hinüber, die hinter ihm am Schreibtisch saß und Eingaben in den Computer machte.

Fitzen sagte: »Das wollten Sie uns schon vor zwei Jahren auf Föhr vorspielen. Haben Sie kein anderes Repertoire, Mann?«

Quest spielte ein paar Akkorde und fing an zu singen. Seine Stimme, fand Fitzen, klang nicht übel. »Country roads, take me home, to the place I belong …«

»Klappe halten!«, knurrte Fitzen. »Sonst wirst du nie nach West Virginia kommen, Junge. Aber jetzt beantworte zur Abwechslung mal meine Frage, *Mister Raffael Quest* …«

»Raffi!«

»... meinetwegen auch Raffi. Wann waren Sie zuletzt im Melander-Haus?«

Quest lächelte sanft. »Sie sind ein bisschen vergesslich, was? Für Ihre jungen Jahre. Sie waren doch dabei! Das war vor einem, zwei oder auch drei Tagen ... Sie wissen doch, Zeit hat für mich keine Bedeutung, ich ...«

»Vorher, Menschenskind!«, donnerte Fitzen.

»Wann ich vor unserem Treffen zuletzt im Haus war?« Quest stützte die Ellenbogen auf den Schreibtisch und wühlte in seinen langen dunklen Locken. »Tja, wann war ich da? Ich glaube, es hat geregnet.« Er blickte auf. »Wann hat es zuletzt geregnet?«

Fitzen beugte sich vor. »Meinen Sie etwa schon wieder den Tag, als wir uns dort getroffen haben?« Seine Stimme klang drohend, und Quest beeilte sich, das richtigzustellen.

»Nein, ich meinte den Regen vorher. Ach, das war an dem Tag, als Addi in die Klinik musste, jetzt erinnere ich mich. Wir hatten am Vormittag noch eine Sitzung. Dann kam Sohnemann Etienne und holte Addi ab, um sie nach Damp zu fahren. Sonst hatte ja keiner Zeit, und ich habe im Moment keinen Führerschein. Der ist bei Ihren Kollegen.« Er grinste. »Also, Addi hat mir den Schlüssel gegeben, damit ich in der Zwischenzeit einziehen konnte. Aber fragen Sie mich nicht, an welchem Datum das war.« Stolz ob seiner geistigen Leistung blickte er um sich, und Fitzen tat so, als ob er applaudierte. Dann fragte er:

»Wissen Sie, dass Frau Melander gerne Likör trinkt und auch selber welchen braut?«

»Natürlich, sie hat mir erst kürzlich eine Flasche mitgegeben.«

»Haben Sie schon davon getrunken?«, fragte Lilly hastig.

Quest, der auf dem Stuhl fläzte, richtete sich ruckartig auf. »Nein! Ich habe den Likör meiner Mutter geschenkt ...«

»Rufen Sie sie an! Schnell, jetzt sofort! Sie soll den Likör keinesfalls öffnen, sondern sofort hierherbringen! Haben Sie das kapiert, Raffi?«

Quest klappte seinen Mund zu und langte nach dem Telefonhörer. Offenbar war die Flasche noch nicht geöffnet worden, und er erhielt von seiner Mutter die Zusage, dass sie sie umgehend zur Polizei bringen würde. Nach dem Gespräch war Raffael Quest einigermaßen verstört.

»Sie glauben doch nicht ...«, stotterte er. »Glauben Sie denn ... *Was* glauben Sie denn eigentlich?«

»Wir überprüfen routinemäßig alle Likörflaschen aus dem Haushalt von Frau Melander«, sagte Fitzen. »Wissen Sie, ob noch mehr verschenkt worden sind?«

»Keine Ahnung!«

»Wir müssen das unbedingt rausfinden«, sagte Lilly zu Fitzen.

»Können Sie sich daran erinnern, Raffi, ob Sie beide am Tag der Abreise ein Likörchen zusammen getrunken haben? Oder nur Addi allein?«

Quest schüttelte den Kopf. »Nein, ich glaube nicht. Aber ich bin mir nicht sicher. Addi hat zu jeder Gelegenheit und Tageszeit ein Likörchen getrunken.« Er wirkte noch immer erschrocken. »Soll das etwa heißen, dass Addi vergiftet werden sollte?«

»Wir wissen es nicht«, sagte Lilly. »Aber möglich wäre es.«

»Wie furchtbar! Wer macht denn so was?«

»Wir brauchen noch Ihre DNA«, sagte Fitzen und zückte ein Wattestäbchen.

Quest öffnete den Mund, dann schloss er ihn wieder. »Sie haben meine DNA doch schon. Auf Föhr, erinnern Sie sich nicht?«

»Stimmt, Sie sind bei den Benses eingebrochen und haben ein paar Lebensmittel mitgehen lassen …«

»Ich bin nicht eingebrochen, die Tür stand ganz einladend offen!«, protestierte Quest. »Und es war höchstens Mundraub! Ein paar Nudelpackungen, Reis und zwei Dosen Ananas. Das ist doch nicht weiter schlimm!«

Fitzen lachte. »Ihr Gemüt möchte ich haben. Das nächste Mal lassen Sie sich jedenfalls nicht mehr erwischen! Okay, dann können Sie jetzt gehen. Verlassen Sie aber nicht die Insel, Raffi Quest! Wie ist denn der Name Ihrer Mutter? Auch Quest?«

»Die Dame heißt Sigrid Schulau.« Er stand auf. »Na, dann mal Hi und Bye! Bis zum nächsten Mal. Wenn der Anlass nicht so traurig wäre, würde es mir ja direkt Spaß machen mit euch.« Er schnappte sich seine Gitarre, marschierte aus dem Büro und ließ draußen auf dem Flur bereits wieder seine »Country Roads« erklingen.

»Verdammt!«, sagte Lilly.

»Was?«

»Er hat keinen Führerschein! Das hat er doch eben selbst gesagt! Erinnerst du dich, wie er vor zwei Tagen zum Melander-Haus gelangt ist, als er umziehen wollte? Mit seinem VW-Bus!«

»Mist!«, schimpfte Fitzen. Er griff zum Telefonhörer und rief am Empfang an, damit die Kollegen Quest seine Autoschlüssel abnahmen.

»Adelines Lieblingsfeindin Sigrid Schulau ist Raffis Mutter«, bemerkte er, nachdem er aufgelegt hatte. »Hast du das mitgekriegt?«

»Aber natürlich! Da sie hierherkommt, können wir uns wenigstens den Weg zu ihr sparen.«

»Ein Unglück jagt das nächste, so scheint es jedenfalls«, sagte Benthien zu der alten Frau.

Diese nickte bestätigend. »Manche Familien haben einfach kein Glück, und das über Generationen hinweg. Das meinte Henny wohl mit dem Fluch. Obwohl die Familie Melander andererseits auch auf der Sonnenseite des Lebens steht. Sie genießt hohes Ansehen und hat sich große Verdienste erworben. Darauf ist Adeline unbändig stolz!«

Es klopfte draußen an der Tür, und wenige Augenblicke später rief jemand: »Juhu, ich bin's!«

»Komm rein, Justus«, rief Frau Oldsen.

Wenig später stand Justus Melander im Zimmer, leger gekleidet im Polohemd und hellblauen Jeans. Erst als Benthien die klatschnassen Haare und Kleidung des Mannes sah, registrierte er, dass es inzwischen wie aus Kübeln goss.

»Geh ins Bad und nimm dir ein Handtuch«, sagte Gonde Oldsen und deutete mit dem Kinn in Richtung Badezimmer.

»Er will ein paar Requisiten für die Theateraufführung abholen, die ich ihm herausgesucht habe«, sagte sie zu Benthien. Sie zeigte auf einen Wäschekorb, in dem ein paar alte Messinggegenstände, alte Töpfe und mit Spitzen versehene Nachthemden aus Leinen lagen sowie Küchenzubehör, wie es um die Jahrhundertwende in vielen Häusern zu finden war.

»Was für eine Theateraufführung?«, fragte Benthien.

»Wusstest du nicht … Wussten Sie nicht, dass Justus vor zwei Jahren eine Laienspielgruppe gegründet hat? Er wollte früher mal Schauspieler werden und macht das jetzt zu seinem Vergnügen. Das Stück hat er selbst geschrieben …«

»Es handelt sich um eine gar gruselige Schauergeschichte«, sagte Justus gutgelaunt, das Handtuch um den Hals geschlungen, während er Benthien die Hand reichte und Gonde Oldsen als Begrüßung über den Rücken strich, »angelehnt an ein Ereignis, das unsere Familie betraf.«

»Ich habe ihm von dem Mord erzählt«, warf Gonde ein.

Justus Melander rubbelte sich noch immer die Haare. »Vor gut hundert Jahren wurde der Kompagnon des Begründers der Melander-Werke – welcher mein Urgroßvater war – im Arbeitszimmer desselbigen meuchlings gemordet, und zwar von einem Arbeiter aus seinem Werk, Frerk Johannsen. Man hat ihn verurteilt, und ein Jahr später hing er an der Leine. Eine Liebesgeschichte gibt's natürlich auch, denn Romantik muss sein. Ich spiele übrigens unseren wackeren Urahn Heinrich.«

»Derjenige, der in Öl gemalt in der Halle des Eibenhauses hängt?«, fragte Benthien.

»Und derjenige, der als lebensgroße Statue dort steht, angetan mit seinen besten Alltagsklamotten. Alles original, versteht sich, umweht vom Odem der Mottenkugeln.« Justus lächelte. »War eine Idee meiner Schwester. Sie verehrt unseren Urgroßvater geradezu und hebt alles auf, was ihm gehörte, bis hin zu seinen Schnupftüchern und den langen, vergilbten Unterhosen.«

»Und dann hat Ihre Schwester nichts dagegen, dass Sie ein solches Stück aufführen? Mord in der geheiligten Familie?«

»Begeistert war sie nicht«, musste Justus zugeben, »aber da der Meuchelmörder nicht zu unseren Ahnen gehört, hat sie sich damit abgefunden. Und dann war sie doch recht stolz, dass daraus ein Theaterstück geworden ist.« Er zeigte auf den Korb. »Sind das die Sachen, Gonde, die du für uns rausgesucht hast?«

Gonde Oldsen nickte. »Falls du noch mehr Requisiten brauchst, sag mir Bescheid.«

Justus stand auf und klemmte sich den Korb unter den Arm. Er nickte Benthien freundlich zu. »Ich muss gehen, wir haben gleich Probe. Ich hoffe, dass mein Sohn Wilhelm, der faule Sack, endlich seinen Text draufhat, sonst begehe ich noch einen Sohnesmord. Danke, Gonde!« Ein Blick zu Benthien. »Soll ich Ihnen Karten besorgen? Es sind noch welche übrig. Die Aufführung ist in zehn Tagen!«

»Danke, aber ich glaube, mein Vater hat schon welche!«

Justus Melander winkte und war draußen. Durch die offene Tür sah Benthien, dass es noch immer in Strömen regnete, und nun zuckten auch Blitze über den Himmel.

»Er meinte natürlich den Darsteller des Wilhelm«, sagte Gonde, »er selbst hat keinen Sohn und ist auch nicht verheiratet.«

»Weil er den Damen aus dem Wege geht?«

Gonde lachte. »Das nun nicht gerade. Ich glaube, er ist bei den Damen sogar sehr beliebt, aber er scheint mir lange Beziehungsängste gehabt zu haben und hat auch mal eine große Enttäuschung erlebt. Allerdings wird es nun doch langsam was mit der Ehe: Er hat sich erst kürzlich verlobt. Mit einer Dame, die ebenfalls aus einer der ersten Sylter Familien stammt, einer Immobilien-Dynastie. Sie ist – man glaubt es bei so reichen Leuten ja kaum – sowohl sehr liebenswert als auch sehr sozial eingestellt. Ich wünsche den beiden wirklich alles Glück dieser Welt.«

»Sie kennen Justus Melander wohl ganz gut?«

»Ganz recht, ich war nicht nur mit Adeline, sondern auch mit ihrem Bruder befreundet, oder vielmehr, ich bin es noch. Justus wohnt nicht weit von hier, und wir laufen uns öfter über den Weg«, erlärte Gonde. »Sagen Sie, wollen wir uns nicht duzen? Mir fällt es immer schwer, die Menschen hier auf Sylt zu siezen. Kommt mir so vor, als sei das gegen die Natur.«

»Aber gern«, sagte Benthien lächelnd, »ich bin John!« Er

konnte sich gut vorstellen, mit dieser Frau, die voller Geschichten steckte, auch außerhalb seiner Ermittlungen zusammenzukommen.

»Ja, die Familie Melander ist breit aufgestellt«, kam Gonde wieder auf ihr ursprüngliches Thema zurück. »Vom Gastronom zum Politiker, von der Apothekerin über Rechtsanwälte bis zum Fabrikdirektor. Eine begabte Familie.«

»Und Tristan schreibt Bänkellieder über die Todesfälle auf Sylt und bei den Melanders«, warf Benthien ein. »Da fällt mir ein … gab es nicht auch mal eine Schriftstellerin in der Familie? Tristan reimte gerade an einem Vers über eine berühmte Dichterin, die einen Mord sah, als ich ihn gestern verließ.«

»Das muss wohl die Cousine oder Adoptivtochter gewesen sein, die Wilhelm, ihren Verlobten, verlassen hat und nach Amerika gegangen ist«, sagte Gonde nach einigen Überlegungen. »Ich muss mal sehen, ob ich irgendwo etwas über sie finde.«

»Hat sie denn tatsächlich den Mord an Thure Bassewitz mit angesehen?«, fragte Benthien ungläubig.

»Sie beobachtete anscheinend, wie der Mörder davonrannte. Daher wusste man, dass es Frerk Johannsen war. Übrigens leben noch Nachfahren von ihm hier auf der Insel, zumindest mehrere Urenkel, glaube ich.«

»Und hängt ihnen die ruchlose Tat immer noch an?«

»Überhaupt nicht. Einer der Urenkel von Johannsen hat einen Buchladen, ein anderer ist Handwerker in Klanxbüll. Den dritten kenne ich nicht, der ist erst kürzlich wieder hergezogen. Frerks Enkel behauptete übrigens sein Leben lang, dass sein Großvater den Mord nicht begangen hat.«

»Ich glaube, sowas ist für die Familie immer schwer zu verkraften.« Benthien stand auf und bedankte sich für die Bewirtung und die spannenden Geschichten.

»Wenn ich mehr weiß, melde ich mich wieder«, versprach Gonde. »Ich werde mal in meinen Unterlagen wühlen!«

»Ich würde sie an deiner Stelle irgendwo aufbewahren, wo sie sicher sind!«, schlug Benthien vor, indem er seinen Blick über die übervollen Regale gleiten ließ. »Sie sind von unschätzbarem Wert und sollten in einem feuerfesten Safe verstaut werden.«

»Ist längst in Arbeit«, sagte Gonde lächelnd. »Ein Panzerschrank steht im Anbau, und nachher kommt Meret, um mir beim Einräumen zu helfen. Ich bekam ihn von einem Freund, der ihn ausgemustert hat. Kürzlich wurde nämlich bei mir eingebrochen …«

Benthien horchte auf. »Ist was gestohlen worden?«

»Ich glaube nicht. Die Diebe wurden durch die Nachbarn gestört, die nach Hause kamen. Später hat man sie auf dem Festland festgenommen, sie sind ja auch in andere Häuser eingebrochen.«

Sie verabschiedeten sich. Der Regen hatte aufgehört, nur noch vereinzelt fuhren Blitze über den Himmel. Benthien machte sich während der ganzen Rückfahrt Sorgen um den Einbruch. Was war denn nur bei Gonde Oldsen zu holen?

Kapitel 13

Fasziniert beobachtete Lilly den Himmel, den das abziehende Gewitter wetterleuchtend in glühende Farben verwandelt hatte, lila, schwarz, purpur und schwefelgelb. Unter dieser dunklen Kuppel lagen die Stadt und – draußen am Horizont – das Meer, immer noch ruhig wie ein Spiegel, als sei es im Hitzedunst viel zu träge, um sich zu bewegen und Wellen zu produzieren. Hier, vom sechsten Stock aus einem der Westerländer Hochhäuser, konnte man einen wunderbaren Panoramablick genießen, und ein wenig beneidete sie Sigrid Schulau darum.

Nun hatten sie sie doch aufsuchen müssen, da sie nochmals angerufen und sich entschuldigt hatte. Sie konnte nicht kommen, da sich ihr bestellter Handwerker nun doch in letzter Minute entschlossen hatte, seinen Auftrag auszuführen, nachdem er zuerst abgesagt hatte. Er werkelte im Badezimmer herum, und Sigrid Schulau hatte Lilly und Fitzen freundlich empfangen und ihnen sogleich die Likörflasche von Adeline Melander ausgehändigt.

»Glauben Sie wirklich, dass der Likör vergiftet ist?«, fragte sie schockiert.

»Ehrlich gesagt, nein«, antwortete Lilly, »aber man kann nicht vorsichtig genug sein. Wir müssen das überprüfen.«

Sie beobachtete Fitzen, der sich mal wieder neugierig in der kleinen Zwei-Zimmer-Wohnung umsah und die Fotos an den Wänden betrachtete, von denen einige Landschaften zeigten, aber auch Raffael, den Sohn, in allen möglichen Altersstadien.

Lilly fiel ein Bild auf, das Raffi im Alter von ungefähr siebzehn Jahren zeigte. Rechts und links neben ihm waren seine Eltern zu sehen, und alle drei blickten vergnügt in die Kamera.

»Ihr Mann?«, fragte Fitzen, der das Bild ungeniert in die Hand nahm.

»Raffaels Vater«, erwiderte Sigrid Schulau zurückhaltend.

»Aber der Mann auf dem Foto ist doch Volker Melander, der verstorbene Mann von Adeline Melander, oder irre ich mich? Ich habe sein Bild auf Frau Melanders Nachttisch stehen sehen.«

Lilly beobachtete, wie die Röte in Frau Schulaus attraktives Gesicht stieg. Sie war eine elegante Frau mit blaugrünen Augen und langen dunkelblonden Haaren. Ihre zweiundsechzig Jahre sah man ihr nicht an. Der schicke enge Rock mit der asymmetrisch geknöpften Bluse betonte ihre schlanke Figur.

Nach Fitzens Bemerkung sank sie in einen Sessel, der zusammen mit einer Sitzgruppe aus weißem Kunstleder auf einem Podest am großen Panoramafenster stand. Fitzen setzte sich ebenfalls und gab Lilly einen Wink, das gleiche zu tun. Offensichtlich hatte er ein gemütliches Pläuschchen im Sinn.

Doch Sigrid Schulau wirkte nach dem ersten Schock kämpferisch.

»Was wollen Sie von mir?«

»Es ist nicht zu übersehen«, sagte Fitzen freundlich. »Die Augen, meine ich. Raffi hat die Augen der Melanders.«

»Ja und?«

»Was sagt denn Ihre Freundin Adeline dazu?«

Sigrid Schulau langte nach dem Tischfeuerzeug und zündete sich umständlich eine Zigarette an. »Das ist lange her, über siebenundzwanzig Jahre. Längst verjährt, sozusagen. Es war ein Ausrutscher, nach einer Strandparty. Nur ein einziges Mal. Adeline hat mir schon lange verziehen, sie hat sogar eine Vorliebe für Raffi. Da er ein sonniges Gemüt hat, ist er überall sehr beliebt. Im Augenblick wohnt er bei Adeline.«

»Also ist Volker Melander tatsächlich der Vater Ihres Sohnes?«

Lilly verstand nicht so ganz, weshalb Fitzen immer noch auf diesem Thema herumritt. Auch Frau Schulau wirkte irritiert.

»Ja, das habe ich doch gerade gesagt. Und es ist kein Geheimnis, Adeline weiß es längst.«

»Aber weder Sie noch Volker sind gebürtige Melanders. Woher hat Ihr Sohn dann seine für die Melander-Linie typischen Augen?«

Sigrid Schulau lächelte flüchtig. »In Volkers Adern floss durchaus Melanderblut, er war ein entfernter Vetter von Adeline. Sie heiratete ihn wohl hauptsächlich aus Gründen der Familienraison, damit alles in der Familie blieb. Oder so. Aber sie haben gut miteinander gelebt, das muss ich sagen.«

»Bis Sie kamen!«

»Oh nein, das war nur ein kleiner Zwischenfall – zu unbedeutend, um Adelines Seelenfrieden zu stören!« Sigrid Schulau nahm einen tiefen Zug aus ihrer Zigarette und inhalierte den Rauch tief. »Zumal Volker Reue zeigte. Aber man hat sich gut um mich und Raffi gekümmert, das muss ich sagen, ganz im Stil des alten Adels. Und jetzt gehört Raffi schon fast zur Familie.«

Lilly und Fitzen tauschten einen Blick.

»Was sagen Sie zu dem Mord an Yvonne Melander und ihrem kleinen Sohn?«, fragte Lilly. »Können Sie sich vorstellen, dass jemand ein Motiv hatte, die beiden umzubringen?«

»Ist es denn sicher, dass es kein Selbstmord war?«

»Ja, das ist sicher«, erwiderte Fitzen. »Die Flasche stammte aus Adelines Kühlschrank.« Er wartete ab und ließ seine Worte wirken.

Sigrid Schulau runzelte die Stirn. »Soll das heißen, dass der Giftanschlag eigentlich Adeline galt?«

»Wüssten Sie jemanden, der dafür in Frage käme?«, sagte Lilly.

»Nein … nein, natürlich nicht!« Sigrid Schulau starrte Lilly an. »Wer sollte Adeline denn umbringen wollen? Sie hat viele Freunde!«

»Wann waren Sie zuletzt im Melander-Haus?«

Schulau blinzelte und zog abermals an ihrer Zigarette. »Ein paar Tage vor Adelines Abfahrt. Ich habe ihr ein Buch vorbeigebracht, das sie mitnehmen wollte nach Damp. Einen Krimi. Adeline liebt nostalgische englische Krimis.«

»Können Sie sich noch an die Gedenkfeier für Volker und Jacques Melander im Januar erinnern?«, schaltete sich Fitzen ein.

Als Sigrid Schulau nickte, fuhr er fort: »Dort war auch eine gewisse Emily Matern zu Gast. Kannten Sie sie?«

»Natürlich, ich kannte sie aus dem Literaturclub. Sie war eine liebenswerte alte Dame. Volker mochte sie besonders, weil sie so klug und belesen war. Er hat sich immer gern mit ihr unterhalten.«

»Hatten Sie auch auf der Feier Kontakt mit ihr?«

»Ich habe mich ein bisschen um Emily gekümmert. Sie hatte sich ein paar Wochen vorher den Fuß verknackst und war immer noch unsicher auf den Beinen.«

»Wissen Sie, was sie auf dem Empfang gegessen und getrunken hat?«

Sigrid Schulau warf Lilly einen argwöhnischen Blick zu.

»Das ist ja eine seltsame Frage.« Sie hielt kurz inne, doch als niemand eine Erklärung abgab, fuhr sie fort: »Als Erstes tranken wir alle zur Begrüßung einen Likör. Nein, nicht alle«, verbesserte sie sich, »aber wir vom Literaturclub, bis auf Klaus, der trank Bier. Dann setzten wir uns an den Tisch, ich brachte Emily ein Stück Blaubeerkuchen, dazu trank sie heiße Schokolade mit einer Sahnehaube obendrauf. Ich fragte sie, ob ich einen Löffel Sahne für meinen Kaffee haben könnte. Nachdem wir die Filme angesehen hatten, schien es Emily schlechter zu gehen, und sie entschuldigte sich mit Magenproblemen, sie wollte sich hinlegen. Ich dachte noch, sie hätte wohl zu viel Sahne gegessen. Als ich wieder nach ihr sehen wollte – sie hatte sich in Adelines Zimmer aufs Bett gelegt –, hörte ich, dass Adelines Schwiegertochter sie gerade nach Hause fuhr.«

»Evi Melander?«, fragte Lilly.

Sigrid Schulau nickte. »Wir waren alle ganz entsetzt, als wir hörten, dass Emily noch am selben Abend starb. Aber dann fiel mir ein, dass scheinbare Magenprobleme bei Frauen auch ein Hinweis auf einen kommenden Herzinfarkt sein könnten, und ich dachte, dass wir unbedingt einen Arzt für Emily hätten rufen sollen. Wir haben das leider nicht ernst genug genommen.« Sie fuhr sich mit der Hand übers Gesicht. »Aber warum fragen Sie das alles? Emily ist doch nicht vergiftet worden?«

Fitzen ließ die Frage im Raum stehen. Er und Lilly nahmen die Likörflasche, verabschiedeten sich, und zurück blieb eine sichtlich verwirrte Sigrid Schulau.

»Raffi Quest ist also Volker Melanders Sohn, und Adeline weiß es«, sagte Lilly, als sie sich ans Steuer setzte. »Ob das heute wirklich keine Rolle mehr spielt? Ich habe da so meine Zweifel. Eine Kränkung über einen solchen Betrug sitzt oft tief.«

»Dann wäre es aber logischer, wenn man es auf die Schulau abgesehen hätte«, murmelte Fitzen und checkte sein Handy.

Im Friesenhaus fanden sie Benthien am großen Tisch im Esszimmer vor, wo er die Tastatur seines Laptops bearbeitete. Draußen war es so schwül, dass er es vorzog, im Haus zu arbeiten. Nicht so sein Vater. Lilly sah ihn an einem kleinen Tisch sitzen, den er am Rand von Johns Unterstand aufgebaut hatte. Auch er hämmerte in die Tasten.

»Was arbeitet denn dein Vater da so eifrig?«

Benthien lächelte. »Er sucht noch immer nach seinem Polyphon. Oder er schreibt einen unserer True-Crime-Fälle auf. Auf jeden Fall ist er schwer beschäftigt.«

»Ich glaube«, sagte Lilly, »die Sache mit dem vergifteten Likör auf der Gedenkfeier, den so ziemlich jeder hätte erwischen können, geht ihm doch sehr nahe. Er überspielt das nur ganz gut.«

»Nicht jeder hätte den Likör trinken können«, korrigierte Benthien. »Evi war zu der Zeit schwanger und trank keinen Alkohol. Tristan scheidet aus, und es ist allgemein bekannt, dass sein Vater strikt gegen Alkohol ist. Marcel kam erst später, als die Likörorgie vorbei war. Annette mag keinen Likör.« Als er ihre erstaunten Blicke sah, erklärte er: »Ich habe Evi Melander angerufen und eine kleine Umfrage gemacht.«

»Blieben also als Likörabnehmer Emily Matern, Sigrid Schulau, Adeline, Yvonne und dein Vater übrig, vielleicht auch Klaus Labahn, von dem man vorher nicht wusste, dass er nur Bier trinkt.«

»Mit Labahn müssten wir auch noch sprechen«, sagte Fitzen, »den kennen wir als einzigen noch nicht.«

»Wir kennen auch Adeline und Théo noch nicht«, berichtigte Lilly, »aber die wollen ja heute oder morgen kommen. Und mit Etienne und Marcel müssen wir noch sprechen.«

»Mikke und Annika sind auf dem Weg zu ihnen, sie fahren nachher nach Niebüll und Eiderstedt, um Fingerabdrücke und DNA zu nehmen. Was habt ihr herausgefunden?«

Fitzen fing an zu berichten. »Alle waren in den letzten zehn Tagen vor Adelines Abfahrt irgendwann mal im Melander-Haus. Evi, Tristan, Théo, Marcel; Etienne hat Adeline abgeholt, Annette hat ihr den Schmuck gebracht … übrigens, diese Dame hat uns eine dicke, fette Lüge aufgetischt! Der Schmuck, das Goldarmband und die Ohrringe, gehörten gar nicht Annette, sondern ihrer Mutter! Das weiß ich von Evi. Der Grund, weshalb Annette nach oben gehen wollte, als wir sie mit Justus in der Halle trafen, muss ein anderer gewesen sein. Ja, und auch Raffi und Sigrid Schulau waren vor und – in Raffis Fall – auch nach Adelines Abreise im Haus. Und, du ahnst es wahrscheinlich schon, Raffi ist Volker Melanders Sohn, das Ergebnis einer Partynacht am Strand! Sie hat es zugegeben, wahrscheinlich, weil sie so verblüfft war.«

»Ja, ich dachte mir schon so was«, sagte Benthien und streckte sich auf seinem Stuhl. »Er hat diese ebenholzfarbenen Melander-Augen. Und trotzdem sind Sigrid Schulau und Adeline nach wie vor gute Freundinnen?«

»Sie behauptet, es ist längst vergeben und vergessen.«

»Ich hatte auch einen interessanten Vormittag.« Benthien begann von seinem Besuch bei Gonde Oldsen zu erzählen, doch mittendrin klingelte sein Handy. Dr. Radtke war dran, der sich nach Benthiens Faxnummer erkundigen wollte. »Können Sie uns nicht schon mal am Telefon die wichtigsten Eckdaten nennen?«, fragte Benthien vorsichtig. »Möglichst in verständlichem Deutsch?«

Radtke brummte ein bisschen, doch dann ließ er sich doch dazu herab, seine Informationen mündlich zusammenzufassen. Lilly gab John ein Zeichen, dass er das Handy auf laut stellen sollte. »Taxol und Atropin – das Gift der Eibe und der Tollkirsche – ist ziemlich stümperhaft, aber dennoch effektiv zusammengebraut und in den Likör gemischt worden, wie Sie ja auch schon von der KTU wissen. In einer absolut tödlichen Menge. Schon ein paar Schlückchen haben genügt, um den Tod durch Herzstillstand herbeizuführen. Bei dem Kleinen muss es ganz schnell gegangen sein, bei seiner Mutter kann es ein, zwei Stunden gedauert haben. Es sieht so aus, als hätte sie selbst das Zimmer verwüstet, sie muss Wahnvorstellungen gehabt haben, Fieber, Tobsuchtsanfälle, Sehstörungen, mit Sicherheit war es eine ziemliche Quälerei. Sie ist wohl zuletzt die Treppe hinuntergelaufen und über die letzten Stufen gestürzt, was aber nicht zu ihrem Tod geführt hat, sondern lediglich eine kleine Hautabschürfung zur Folge hatte. Gestorben ist sie an Herzversagen. Beide, sie und das Kind, hatten Essensreste im Magen, wohl von einem frühen Abendessen, Hähnchen und Pommes frites sowie Kartoffelchips. Die Mutter hatte außerdem, noch wenig verdaut, Blätterteigteilchen mit Käsefüllung im Magen. Todeszeitpunkt des Kleinen: gegen halb eins. Seine Mutter starb ungefähr zur gleichen Zeit, maximal dreißig Minuten vorher.«

»Hatte sie irgendwelche Verletzungen?«

»Nein.«

»Geschlechtsverkehr kurz vor ihrem Tod?«

»Nein, dafür gibt es keine Anzeichen.«

»Mir kommt da so eine Idee«, sagte Lilly, nachdem Benthien das Gespräch beendet hatte. »Yvonne muss doch ziemlich getobt haben, nachdem Yaro Dhiaf das Haus verlassen hatte und die Giftwirkung eingetreten war …«

»Warte mal, Lilly«, unterbrach Benthien sie, »gehen wir das

Ganze doch mal der Reihe nach durch. Irgendwann, früh am Abend, isst sie zusammen mit Nicky Hähnchen und Pommes frites. Sie erwartet ihren Freund und hegt große Hoffnungen, ihn vielleicht doch wieder zurückerobern zu können. Daher steckt sie ihren Sohn früh ins Bett. Gegen halb acht trifft Dhiaf ein. Sie serviert ihm einen Imbiss aus diesen Blätterteigteilchen, dazu trinken sie Wein und reden über ihre Beziehung. Irgendwann taucht Nicky auf, der gehört hat, dass Yaro Dhiaf da ist und gern dabei sein möchte. Er bekommt noch ein paar Chips und wird zurück ins Bett geschickt. Ich kann mir vorstellen, dass Yvonne hofft, dass Dhiaf die Nacht bei ihr verbringt. Sie holt den Likör aus dem Kühlschrank der Schwiegermutter, doch aus dem gemütlichen Abend wird nichts, denn Dhiaf will gehen. Er verabschiedet sich, und Yvonne ist frustriert und schenkt sich einen Likör nach dem anderen ein, bis das Gift zu wirken beginnt.«

»Es ist ja auch wirklich diabolisch, gleich zwei Gifte zusammenzumixen«, erklärte Fitzen. »Ich frage mich aber, wie kam der Kleine an das Getränk?«

»Das wollte ich eben sagen«, schaltete sich Lilly wieder ein. »Ich denke mir das so: Er wird wach, als seine Mutter die Wahnvorstellungen hat und das Chaos im Zimmer anrichtet. Sie schreit und brüllt. Er kriegt Angst und versteckt sich unter der Decke, damit er nichts mehr hört. Dann kommt er auf die Idee, eine Mütze über die Ohren zu ziehen, und dann auch noch die Plüschkappe mit den Hasenohren. Und er zieht sich die Bärentatzen-Handschuhe an. Irgendwann wird es still, und der Kleine lauscht und horcht, ob er noch etwas hört. Er schleicht sich aus seinem Zimmer und schaut nach, was los ist. Das Wohnzimmer ist leer, aber verwüstet. Seine Mutter liegt zu dem Zeitpunkt schon unten an der Treppe, vielleicht ist sie bereits tot. Nicky sieht das Glas auf dem Tisch stehen, in dem noch ein Rest von dem verlockend rot aussehenden Likör ist. Er probiert den Likör, ein, zwei Schlucke reichen, dabei rutscht ihm das Glas aus der Hand, denn er trägt ja noch die Bärentatzen. Inzwischen hat er genug Gift intus, um daran zu sterben.«

»Ja, die Handschuhe hat er angezogen, um sich stärker zu fühlen, unverwundbar«, sagte Benthien nachdenklich. »Ich kann mir gut vorstellen, dass es so abgelaufen ist, das klingt schlüssig. Deshalb sind auch die Fingerabdrücke auf dem Glas so verwischt.«

»Wir sollten mal darüber nachdenken«, sagte Fitzen, »wer alles ein Motiv hat, Adeline zu töten – oder Yvonne. Yvonne war zwar nicht sonderlich beliebt, sie war eher ein Fremdkörper in der Familie Melander, aber ein Motiv, sie zu töten, hatte niemand, wie ich das sehe, dazu war sie viel zu unbedeutend.«

»Außer vielleicht ihr Freund Yaro Dhiaf«, warf Benthien ein. »Vorausgesetzt, er fürchtete den Ärger seines Vaters so sehr, dass er Yvonne lieber tötete, als vor ihn hinzutreten und seine Affäre zu beichten. Aber im Grunde kann ich mir das nicht vorstellen, seine Aussagen wirkten glaubwürdig.«

»Und außerdem sind wir uns doch inzwischen einig, dass Adeline das Opfer sein sollte«, sagte Lilly. »Da mögen sich ganze Scharen von Motiven auftun in der Familie, das müssen wir noch herausfinden. Ich habe das Gefühl, dass da keineswegs überall eitel Harmonie und Sonnenschein herrscht.«

»Frau Schulau und Raffi nicht zu vergessen«, meldete sich Fitzen. »Jedenfalls waren sie alle in den letzten zehn Tagen und teilweise auch nach Adelines Abreise im Haus. Möglicherweise müssen wir auch die Haushälterin in Betracht ziehen, auch wenn du das nicht gerne hörst, John. Aber sie hatte mit die beste Möglichkeit, den Likör zu vergiften. – He, hörst du überhaupt zu?«

Benthien, der gerade sein Handy gecheckt hatte, auf der eine SMS eingegangen war, blickte auf. »Nachricht von Stefano. Alle anderen bisher aus Adelines Küche beschlagnahmten Likörflaschen sind frei von Giften. Nur die angebrochene im Kühlschrank war betroffen. Auch alle Säfte, Weine und Mineralwässer aus Adelines und Yvonnes Haushalt sind in Ordnung«, berichtete er. »Und: Ja, natürlich müssen wir auch an Henny denken, da hast du recht, Tommy. Es wird nur schwer sein, verborgene Motive ans Tageslicht zu bringen. Und wer weiß, vielleicht war es ja auch jemand, an den wir noch gar nicht gedacht haben. In das Haus einzudringen und sich heimlich nach oben zu schleichen, scheint an diesem Ort ja nicht so schwer zu sein.«

»Vielleicht hat auch jemand Adeline die Flasche geschenkt?«, fragte sich Fitzen laut, doch gleich darauf berichtigte er sich. »Nein, das kann nicht sein, das Flaschenetikett war ja identisch mit dem der anderen Likörflaschen. Die hat sie selbst gemacht und auch selbst beschriftet.«

»Warst du eigentlich schon fertig mit deinem Bericht über das, was Frau Oldsen dir erzählt hat?«, fragte Lilly und wandte sich an John. »Du wurdest eben durch Radtkes Anruf unterbrochen.«

Doch noch ehe Benthien den Mund aufmachen konnte, kam wieder eine Störung, diesmal in Form eines Anrufs von Birgit Timmermann.

»Wir haben wieder eine Leiche gefunden«, sagte sie, »kommt ihr?«

ER

Diesmal war er ihr so nahe gekommen wie nie zuvor. Er hatte sogar ein paar Worte mit ihr gesprochen und auch eine Antwort erhalten – teilnahmslos zwar, uninteressiert, sie hatte ihn kaum wahrgenommen, aber immerhin.

Aufgestöbert hatte er sie im Wartebereich des Flurs der Station für Innere Medizin, wo sie darauf wartete, aufgerufen zu werden. Das hatte ihn etwas irritiert, denn sie war doch wegen ihrer Knie-OP im Krankenhaus. Was machte sie dann beim Internisten? Vielleicht hatte sie Herzprobleme? Er saß ihr schräg gegenüber, eine Zeitung in der Hand, damit er nicht auffiel. Dennoch beobachtete er sie verstohlen über den Rand hinweg. Sie hatte geweint, stellte er fest, und benutzte ständig ihr Taschentuch, um sich die Nase zu putzen oder die Tränen abzuwischen. Sie schien nervös zu sein, aber auch apathisch. Hin und wieder schloss sie für längere Zeit die Augen, allerdings wohl nicht, weil sie müde war. Sie war ganz auf sich selbst konzentriert, gefangen in ihrer inneren Welt, als gäbe es keine äußere. Fast wirkte sie erschrocken, wenn sie die Augen wieder öffnete, als müsste sie sich erst in ihrer Wirklichkeit zurechtfinden.

Als sie sich vorbeugte, um nach ihrem Wasserbecher zu greifen, der auf dem Boden stand, rutschte ihr ein Seidentuch, das sie vom Hals genommen hatte, vom Schoß. Er sprang auf und reichte es ihr. »Ein schönes Tuch«, sagte er, »es sollte nicht schmutzig werden.«

»Danke«, sagte sie gleichgültig, und ihr Blick glitt über ihn hinweg.

Als er sich wieder setzte, war er erleichtert. Welcher Teufel hatte ihn nur geritten, mit ihr zu sprechen? Sie sollte doch auf keinen Fall auf ihn aufmerksam werden! Zum Glück war ihre Umgebung ihr so gleichgültig, dass sie sie kaum wahrnahm. Er musste vorsichtiger sein, sich mehr beherrschen, sonst konnte er gleich aufgeben.

Er zog die aktuelle Tageszeitung hervor, versteckte sich dahinter, schnappte hin und wieder ein paar Wörter in den Überschriften auf. Daher brauchte er eine Weile, bis er den kleinen Artikel in der Zeitung entdeckte. In ihrem Haus auf Sylt, im Haus der Melanders, hatte man zwei Tote gefunden; die Todesursache war noch unklar. Nachdenklich betrachtete er sie. Wusste sie es noch nicht? Doch, mit Sicherheit wusste sie es, sie weinte doch um die Toten. Aber warum war sie nicht längst auf dem Weg nach Sylt? Nahm sie an, dass der Anschlag eigentlich ihr gegolten hatte? Hatte sie Angst? Er konnte nur hoffen, dass sie beide bald wieder zurück auf die Insel kamen, er war es leid, hier zu campieren, er wollte zurück in sein kleines Häuschen. Doch aufgeben kam nicht in Frage. Er würde diese Aufgabe zu Ende führen, einmal im Leben musste ihm doch etwas gelingen! Allerdings musste er aufpassen, auf Sylt noch viel mehr als hier, dass ihn die Polizei nicht erwischte. Er brauchte Zeit, um seine Strategie auszuarbeiten.

Kapitel 14

Am Fuß der Düne standen sie um etwas herum, das flach auf dem Boden lag. Zuerst sah Benthien nur vermoderten Stoff und einen Knöpfstiefel, der das Pendant zu dem war, den Birgit ihm vor ein paar Tagen gezeigt hatte. Die Leiche selbst war nicht so gut erhalten wie das Kind aus dem 18. Jahrhundert; die meisten Teile, hatte Birgit berichtet, waren skelettiert, doch Schädel und Haare schienen in gutem Zustand zu sein. Die Tote hatte langes kupferbraunes Haar gehabt, das wohl mit einer Spange am Hinterkopf gehalten worden war. Nun flutete es offen über den Sand, und die goldfarbene Spange lag mittendrin.

Die Frau war im Stil der Jahrhundertwende bekleidet. Sie trug einen Miederrock mit tiefen Taschen und eine Bluse mit einem Stehkragen aus Spitze. Ein großes Tuch oder Cape aus Wollstoff war um die Leiche geschlungen, und dazu hatte man sie in einem Teppich gut verpackt.

War es Mord? Oder hatte man die Leiche aus Kostengründen in der Düne begraben? Ging es hier um irgendeinen armen Schlucker, der nicht die Mittel gehabt hatte, Tochter oder Ehefrau ordentlich auf dem Friedhof zu bestatten? Benthien tippte auf Ersteres, obwohl auf den ersten Blick keine Verletzungen an den Knochen oder am Schädel zu erkennen waren. Er machte ein paar Fotos mit seinem Handy, bevor der offizielle Polizeifotograf eintraf.

»Ich frage mich, ob noch mehr Leichen in dieser Düne liegen«, sagte Fitzen, während er einen Zipfel des Umhangs anhob.

»Lass das!«, schimpfte Birgit Timmermann und gab ihm einen Klaps auf die Hand. »Auch wenn das kein aktueller Mordfall ist, wird er doch von uns kriminaltechnisch untersucht werden müssen!«

»Bist du wahnsinnig?« fragte Lilly, an Fitzen gerichtet, und das bezog sich auf seine letzte Bemerkung. »Ich hoffe doch nicht, dass das hier eine Lebensaufgabe für uns wird!«

»Wir haben Leichenspürhunde angefordert«, sagte die junge Kriminaltechnikerin. »Wenn hier noch mehr Leichen liegen, werden wir sie finden!«

Der nächste Tag begann wieder drückend heiß, und auf dem Autodach hätte man Spiegeleier braten können, als Benthien, Lilly und Fitzen nach Westerland fuhren, um mit Adeline Melander zu sprechen. Gestern am späten Abend war sie angekommen und gleich zu ihrer Tochter gefahren. Nun musste sie dringend befragt werden. Obwohl Benthien der Ansicht war, dass sie nicht zu dritt bei Adeline antreten sollten, hatten weder Lilly noch Fitzen zurückbleiben wollen, so dass er sie wohl oder übel mitnehmen musste.

In Annette Melanders Penthouse in Westerland flutete die Sonne herein. Benthien beobachtete die Frau, die teilnahmslos auf einem Stuhl an der Wand saß, dem Gesichtsausdruck und dem starren Blick nach in einen Kokon aus Trauer gehüllt, was sie sehr einsam wirken ließ. Die Hände hielt sie aneinandergekrallt im Schoß, ab und zu kratzte sie ihr Knie. Benthien machte das Geräusch auf dem Leinenstoff ihres Kleides ganz nervös.

Sie war sicher einmal sehr attraktiv gewesen. Ihre dunklen Augen waren immer noch ausdrucksvoll, ihre Hände schön geformt, was durch ihre dezenten Goldringe noch unterstrichen wurde. Um den Hals trug sie eine rotgoldene Panzerkette. Der klaren Kinnlinie hatte das Alter noch nichts anhaben können, und ihr dunkles Haar, das sie festgesteckt stolz auf dem Kopf trug, glänzte wie Ebenholz.

Der große Wohnraum in Annette Melanders Penthouse-Wohnung war reichlich bevölkert. Fitzen lief wie ein Tiger im Käfig vor der langen Fensterfront auf und ab. Neben Lilly und Annette saßen noch Théo und Marcel Melander Seite an Seite auf dem Sofa. Die beiden Brüder ähnelten sich stark, beide hatten eher weiche, runde Gesichter, dunkle Augen und auf die Seite gekämmte dunkle Haare, die bei Théo bereits graue Strähnchen zeigten. Man sah ihm auch das lange Sitzen am Schreibtisch und in Konferenzen an, er fing an, schwabbelig zu werden, und tat nichts dagegen.

Marcel hingegen war drahtig, schlank, mit der Vitalität eines Federballs. Zwei Grübchen in den Wangen ließen ihn freundlich, fast charmant erscheinen, während Théo missmutig wirkte. Die Falten zwischen Nase und Mund waren bei ihm tief eingegraben. Beide Brüder hatten ihre Mutter zurück auf die Insel begleitet.

Annette schien der Aufmarsch von Familie und Polizei in ihrer eleganten Wohnung mit Meeresblick nicht zu gefallen. Sie trug unvorteilhafte enge Jeans, ein T-Shirt, das ihre kleinen Pölsterchen um Bauch und Hüfte eher betonte als verhüllte, und einen langen, bunten Ohrhänger auf der Seite, wo ihre Haare kurz geschnitten waren. Ihre Pausbäckchen waren rot angelaufen, und ihr blumiges Parfüm duftete viel zu intensiv. Benthien wünschte sich, jemand möge das Fenster öffnen.

Lilly hatte gerade Bericht erstattet und den Melanders, so schonend es eben möglich war, mitgeteilt, dass man annehme, der Giftanschlag habe Adeline Melander gegolten. Théo und Annette hatten protestiert und es nicht wahrhaben wollen.

Annette war geradezu aggressiv geworden. Marcel hatte es vor Schreck die Sprache verschlagen, und Adeline hatte gar nicht reagiert. Sie wirkte wie eingefroren auf ihrem Stuhl. Benthien saß nicht bei der Gruppe um den Wohnzimmertisch, sondern hatte sich einen Stuhl herangezogen und neben Adelines Stuhl gestellt. War es Absicht, fragte er sich, dass sie sich von den anderen abgesondert hatte?

»Wie geht es Ihnen?«, fragte er leise. »Ich meine, im Hinblick auf Ihre OP und den Kreislauf? Geht es wieder?«

Sie wandte ihm den Kopf zu, das Starre in ihren Augen wurde weicher, sie brachte sogar ein flüchtiges Lächeln zustande. »Komisch, Sie sind der Erste, der mich das fragt. Danke, die Schmerzen im Knie sind erträglich, und ich habe neue Herzmittel bekommen. Es müsste jetzt gehen. Eine Physiotherapeutin wird jeden Tag zur Behandlung kommen. Können Sie mir schon sagen, wann ich wieder in mein Haus kann?«

Benthien dachte an die Leichen in den Dünen, von denen Adeline noch nichts wusste, und daran, dass die Leute von der KTU und die Leichenspürhunde noch wenigstens zwei Tage vor Ort sein würden. »Werden Sie dort jetzt ganz alleine wohnen?«

»Ich bin bei ihr, zumindest für die nächsten paar Wochen«, sagte Annette scharf.

»Ich habe ebenfalls vor, für die nächste Zeit nach Sylt zu ziehen«, ließ sich Marcel vernehmen. »Ich habe im Haus eine kleine Wohnung.«

Annettes kleine Knopfaugen funkelten. »Du fährst frühmorgens aufs Festland und kommst spätabends zurück«, fuhr sie ihren Bruder an. »Willst du nachts Mamas Händchen halten? Du auf der einen, Moussa auf der anderen Seite ihres Bettes?«

»Du bist, wie immer, entsetzlich geschmacklos«, sagte Marcel ohne erkennbare Emotion. »Ich werde meine Zeit auf dem Festland stark einschränken. Als Leiter der Melander-Werke kann ich mir das erlauben.« Er lächelte flüchtig, und seine Schwester presste die Lippen zusammen.

»Sie sehen«, sagte Théo Melander ironisch zu Benthien, »für unsere Mutter ist bestens gesorgt.«

»Und Henny ist ja auch noch im Haus«, fügte Marcel hinzu. »Sie wird zunächst den ganzen Tag da sein. Sigrid, Mutters Freundin, will ebenfalls öfter vorbeisehen.«

Adeline äußerte sich nicht zu dem Geplänkel; doch ihre Hand, in der sie ihren Gehstock hielt, klammerte sich fester um den Griff.

»Was wir dringend wissen müssten«, sagte Benthien zu Adeline Melander, »ist, wann Sie sich das letzte Mal aus dieser Likörflasche, die angebrochen im Kühlschrank stand, etwas ausgeschenkt haben. Können Sie sich daran erinnern?«

Es dauerte eine Weile, bis die alte Frau antwortete. »Das muss ein, zwei Tage vor meiner Abreise gewesen sein«, sagte sie tonlos. »Raffael war bei mir, wir hatten eine Sitzung.«

»Er malt sie für die Ahnengalerie«, sagte Annette höhnisch.

»Es geht ihm doch gut?«, fragte Adeline, ohne ihre Tochter zu beachten. »War er schon im Haus, als ... als ...«

»Nein«, sagte Fitzen, der langsam näher kam, »vorerst wohnt er noch nicht dort. Wir haben mit ihm gesprochen; er ist entsetzt, aber es geht ihm gut.«

»Stimmt«, sagte Théo, »Quest wohnt ja auch noch da. Da hast du ja genügend Gesellschaft, Mutter.«

»Vaters Bastard«, sagte Annette ohne besondere Betonung.

Benthien beobachtete, wie Marcel in einer schnellen Bewegung gegen ihren Fuß trat. Adeline, die Benthien ein bisschen an eine indianische Squaw erinnerte, verzog keine Miene.

»Sind Sie sicher, dass es ein bis zwei Tage vor Ihrer Abfahrt war, dass Sie von dem Likör getrunken haben?«, fragte Lilly. »Danach stand er im Kühlschrank?«

»Ich habe Raffi noch davon angeboten, wir haben gemeinsam ein Schlückchen getrunken.«

»Können wir uns irgendwo ungestört unterhalten?«, fragte Benthien. Er sah sich in dem offen gestalteten Penthouse um. Es gab nur einen einzigen Raum, den er auf hundertfünfzig Quadratmeter schätzte. Statt durch Wände war er durch Holzbalken und ein paar niedrige Ziegelmauern unterteilt.

Annette stand auf. »Ich weiß zwar nicht, weshalb Sie meine Mutter allein sprechen wollen, aber wir werden uns aufs Dach zurückziehen und die Aussicht genießen.« Sie nickte ihren Brüdern zu, und alle drei betraten die weitläufige Terrasse, die sich rund um Annettes Wohnung zog. Théo schloss die Terrassentür nachdrücklich hinter sich.

Lilly und Fitzen zogen sich ebenfalls Stühle heran, so dass sie nun in einem Halbkreis um Adeline Melander saßen. Benthien beobachtete, wie Angst in ihren Augen aufflackerte. Ihre Hand fuhr hoch zur Goldkette und zerrte nervös daran.

»Es tut mir leid«, ergriff Tommy Fitzen jetzt das Wort, »dass wir Sie das fragen müssen. Aber gibt es jemanden, der Sie nicht leiden kann? Der Ihnen feindlich gesinnt ist?«

Adeline schüttelte den Kopf. »Sie meinen, ob ich jemanden kenne, der mich vergiften will? Nein, das ist absurd! Ich habe doch niemandem etwas getan!«

Es war wohl sinnlos, nach Feinden in ihrer Familie zu fragen. Wenn da irgendjemand ein Motiv hatte, der Mutter, Großmutter oder Schwester den Tod zu wünschen, mussten sie das auf andere Weise herausfinden.

»Da war nichts in letzter Zeit, sagen wir, innerhalb des letzten Jahres, kein Ereignis, das dazu hätte führen können, dass jemand Ihnen etwas Böses will?«, drängte Fitzen. »Denn immerhin, der vergiftete Likör in Ihrem Kühlschrank ist eine nicht wegzuleugnende Tatsache!«

Adeline schloss die Augen, und ein paar Tränen quollen hervor. Benthien warf Fitzen einen Blick zu. Sei doch, wenn möglich, ein bisschen subtiler, sollte das heißen.

»Ich wüsste niemanden, der mich umbringen will«, sagte Adeline schlicht, doch ihre Lippen zitterten.

»Ist Ihnen in der letzten Zeit vielleicht etwas aufgefallen, was ungewöhnlich war?«, fragte Benthien leicht verzweifelt. »Besucher, seltsame Anrufe oder Briefe, merkwürdige Zufälle …« Er wusste selbst, dass es ziemlich hilflos klang, was er da sagte, und so wunderte es ihn nicht, dass Adeline nur leicht verwirrt den Kopf schüttelte.

»Können Sie mir sagen, wie … wie Nicky gestorben ist? Und Yvonne? Ging es schnell? Oder mussten sie lange leiden?« In ihrem Gesicht zuckte es, und sie legte schnell die Hand auf den Mund, als bereue sie bereits ihre Frage.

»Es ging schnell«, log Lilly, »sie starben beide an Herzversagen. Ich denke, Ihr Enkel wird kaum etwas gespürt haben. Er wurde schnell bewusstlos.«

Eine Weile sprach niemand.

Dann versuchte Fitzen es noch mal. »Es ist wichtig, Frau Melander. Bitte überlegen Sie! Gibt es jemanden, der Ihnen nahesteht, der Zugang zu Ihrem Haus hat, der Ihr Vertrauen genießt, der aber vielleicht irgendeinen Groll gegen Sie hegt? Der einen Vorteil daraus zieht, wenn Sie nicht mehr am Leben sind? Weil er vielleicht etwas erbt?«

»Wir wollen Sie doch schützen«, sagte Lilly, »und verhindern, dass ein weiterer Anschlag auf Sie verübt wird.«

»Sie verdächtigen meine Kinder?«, fragte Adeline, und ihr Kinn begann zu zittern.

»Nicht nur, auch enge Freunde oder Bekannte. Es muss jemand sein, dem Ihr Zuhause und auch Ihre Gewohnheiten vertraut sind, zum Beispiel Ihre Vorliebe für Likör.«

»Das weiß jeder, der mich nur ein bisschen kennt«, sagte die alte Frau abweisend. »Aber ich denke darüber nach, jetzt kann ich dazu nichts sagen. Ich werde Sie benachrichtigen, wenn mir etwas einfällt.«

Benthien tauschte einen Blick mit Lilly und Fitzen aus. Wie konnte man dieser Frau nur klarmachen, dass sie noch immer in Gefahr schwebte? Er überlegte, ob er die mutmaßliche Vergiftung von Emily Matern auf der Gedenkfeier ansprechen sollte. Würde Adeline das verkraften können? Wiederum, wenn es eine Exhumierung geben würde – und er hoffte, dass dies bald geschähe –, würde sie es ohnehin erfahren. Warum es ihr nicht schon jetzt schonend beibringen?

Er tat es, und die Reaktion war wie erwartet. Adeline Melander war wie betäubt und mochte es nicht glauben.

»Aber Emily … Emily war schon seit Langem herzkrank«, wandte sie ein, »niemand war überrascht, selbst Dr. Arnholt nicht.«

»Warten wir es einfach ab«, sagte Benthien diplomatisch, doch Fitzen, der der Sache offensichtlich ein für allemal auf den Grund gehen wollte, ließ nicht vom Thema ab.

»Können Sie sich noch an die Gedenkfeier erinnern? Können Sie uns sagen, wie das mit dem Likör ablief? Haben Sie die Gläser eingeschenkt und sie dann sofort jedem angeboten?«

Adeline starrte ihn an. Sie schwieg, offenbar versuchte sie, sich den Nachmittag ins Gedächtnis zurückzurufen. »Henny, Yvonne und ich machten die Vorbereitungen«, sagte sie schließlich. »Henny bestand darauf, die Kuchen selbst zu backen, und Yvonne trug die Sachen aus der Küche nach oben in meine Wohnung. Ich habe den Likör in die Gläser gefüllt – es müssen ungefähr zehn gewesen sein, es mag ja nicht jeder Likör –, habe sie auf ein Tablett gestellt und dann auf dem Büfett abgesetzt. Das war, als die Gäste gerade angekommen waren.« Wieder spielte sie an ihrer Kette. Benthien befürchtete, dass sie demnächst reißen würde.

»Wieviel Zeit verging zwischen dem Zeitpunkt, wo Sie das Tablett aufs Büfett stellten, und dem Anbieten des Likörs?«, fragte Lilly.

»Das weiß ich nicht genau, aber zehn Minuten können es schon gewesen sein. Verzeihen Sie, könnte mir vielleicht jemand ein Glas Wasser bringen?«

Benthien sah den Schweiß auf ihrer Stirn und wusste, dass sie nun bald abbrechen sollten. Aber eine Sache musste er noch wissen. »Darf ich mich erkundigen, Frau Melander, wie Sie Ihr Erbe verteilt haben? Entschuldigen Sie, aber das ist eine Frage, die wir in einem solchen Fall stellen müssen.«

»Ich verstehe«, sagte Adeline leise. »Aber Sie sind auf dem Holzweg. Alle meine Kinder erben zu gleichen Teilen. Henny bekommt auch etwas, sie ist seit zehn Jahren bei uns. Aber …« Verwirrt hielt sie inne. »Jetzt hat sich ja alles geändert, Nicky ist nicht mehr da, da muss ich …« Wieder liefen die Tränen, während sie ihr Wasser trank. »Jetzt muss ich ein neues Testament machen …« Sie ließ es wie eine Frage klingen und wirkte mehr denn je wie ein hilfloses Kind, das bei irgendjemandem, der nicht da war, Rat und Trost suchte.

Benthien machte den anderen ein Zeichen, dass er gehen wollte. »Glauben Sie mir«, sagte er zu Adeline, »wir werden alles tun, was wir können, um die Sache so schnell wie möglich aufzuklären. Rufen Sie mich jederzeit an, wenn Sie Hilfe brauchen oder Fragen haben.«

Er verließ sie nur widerwillig, da sie so verloren auf ihrem Stühlchen saß. Er hörte noch beim Hinausgehen, dass sie leise »Vielleicht war es ja doch ein Einbruch …« vor sich hin flüsterte.

Fitzen schüttelte den Kopf, doch Benthien meinte, alles sei besser für Adeline, als sich darüber den Kopf zu zerbrechen, welches ihrer Kinder oder Freunde wohl ihren Tod wünsche.

Er bedeutete den dreien draußen auf der Terrasse, wieder reinzukommen, und sagte der Tochter, dass ihre Mutter frühestens in zwei Tagen zurück in ihr Haus ziehen könne.

»Das hätten Sie ihr mal selbst sagen sollen«, erklärte Annette kühl, »ich kann nicht garantieren, dass sie es so lange bei mir aushält. Eine der herausragendsten Eigenschaften unserer Mutter ist nämlich ihre Unberechenbarkeit!«

Kapitel 15

Während der nächsten Tage hatte Benthien den Eindruck, dass die Ermittlungen zum Stillstand gekommen waren. Er war sich beinahe sicher, ebenso wie Lilly und Fitzen, dass die Gefahr für Adeline direkt aus ihrer Familie oder von ihren Freunden kam. Aber wie sollte man dem Täter die Tat nachweisen? Im Haus waren sie alle gewesen. Die Pflanzen und Gewächse, aus denen das Gift stammte, waren für jedermann zugänglich. Man brauchte nur rudimentäre chemische Kenntnisse, um daraus einen Giftcocktail zu mixen. Die Gelegenheit war da, die Mittel waren da, fehlte nur noch das Motiv. Und genau in diesem Punkt steckten sie in einer Sackgasse. Falls jemand aus der Familie in katastrophalen Geldschwierigkeiten war, mochte das ein Motiv sein. Aber wenn dem so war, hatten sie es zumindest noch nicht herausfinden können. Schulden hatten sie alle mehr oder weniger, aber selbst die hielten sich im Rahmen.

Es stand fest, dass Adeline rund eine halbe Million Euro zu vererben hatte, angelegt in Aktien und Fonds. Der Grundstock für dieses Vermögen waren eine Lebensversicherung von ihr selbst und ihrem verstorbenen Mann und ein paar glückliche Geldanlagen, die Volker Melander, der Rechtsanwalt für Familienrecht und außerdem Meditatior gewesen war, getätigt hatte. Mit Justus zusammen hatte er eine Kanzlei geführt. Dazu kam das Melander-Haus, das sicherlich ein paar Millionen wert war.

»Das wäre wohl für die meisten Menschen eine große Versuchung«, meinte Benthien.

»Selbst für Henny Preuss, die immerhin zehntausend Euro erbt«, stellte Lilly fest.

»Eine sehr großzügige Summe für eine Hausangestellte«, warf Fitzen ein. »Lediglich Raffi hat nichts zu erwarten, insofern fällt ein Geldmotiv bei ihm schon mal weg …«

»Falsch«, sagte Benthien. »Frau Melander hat mir gestern erzählt, als ich nochmals bei ihr war, dass sie Raffael Quest ebenfalls ›eine Kleinigkeit‹ vermachen werde, schließlich, meinte sie, ›war er Volkers Sohn. Wie ich zu seiner Mutter stehe, hat damit gar nichts zu tun.‹ Ihre Worte!«

»Ich gebe zu, Raffi hat's nötig«, sagte Fitzen. »Er hat Schulden beim Fiskus, und die sind rabiat, das weiß ich aus … na ja. Aber warum sollte er Addi umbringen, bevor sie diesen Nachtrag in ihr Testament einbringen kann? Das ist doch Unfug!«

»Vielleicht dachte er, sie hätte es schon getan?«, überlegte Lilly.

»Er kann es genauso gewesen sein wie jeder andere«, sagte Benthien verdrießlich, »aber wie können wir das nachweisen?«

»Nimm dir an Hercule Poirot ein Beispiel«, sagte Lilly scherzhaft. »Er ist der Meinung, dass er jedes Rätsel alleine durch Nachdenken lösen kann, vorausgesetzt, er ist im Besitz aller relevanten Fakten. Und die erhält er unter anderem dadurch, dass er mit den Verdächtigen spricht, sich ganz einfach mit ihnen unterhält. Er meint, die größte Gefahr für den Täter liegt immer im Gespräch. Er kann gar nicht anders, als unbewusst Dinge zu verraten, die er lieber für sich behalten hätte. Und das ist ja eine ganz banale Weisheit – nicht umsonst raten ja Anwälte ihren Mandanten, den Mund zu halten. Aber natürlich musst du dabei sehr sorgfältig vorgehen. Ordnung und Methode, merk dir das, mein Lieber, das sind die Stichwörter!«

»Poirots Weisheiten, liebe Lilly«, sagte Benthien, »sind schon längst in die Polizeiarbeit eingegangen. Abgesehen davon: Was ist denn mit euch beiden? Ihr gehört auch zum Team!«

»Wir sollten unbedingt Etienne hierherbestellen«, schlug Fitzen vor, den das Geplänkel wenig interessierte. »Bisher kennen ihn nur Mikke und Annika. Wir müssen uns ein Bild von ihm machen.«

Benthien konnte nur zustimmend mit dem Kopf nicken, denn Lilly war aufgestanden und massierte seinen Nacken. Er schloss die Augen und versuchte, sich zu entspannen.

In den letzten beiden Tagen nach Adelines Ankunft hatten sie immer wieder mit den verschiedenen Familienmitgliedern gesprochen, natürlich auch mit Adeline selbst. Benthien hatte ihr den Schmuck aus dem Kühlschrank zurückgegeben. Aus reiner Neugier hatte er in den Tupper-Behälter geschaut und festgestellt, dass sich darin kein besonders teurer Schmuck befand. Er fragte sich, warum Adeline gerade den im Kühlschrank verwahrt hatte. Sie besaß doch bestimmt hochwertigeren Schmuck. Ob er in einem Safe lag? Oder in einem Bankschließfach? Und warum befand sich der sehr kostbare Goldschmuck, der angeblich Annette gehörte, in Frau Melanders Nachttischschublade?

Er fragte vorsichtig nach und erfuhr, dass Adeline den Schlüssel zu einem in der Wand verborgenen Safe verloren oder verlegt hatte. Und den Goldschmuck hatte sie ihrer Tochter für eine Gala geliehen, die ihn danach zurückgebracht, dann aber, als ihre Mutter in Damp war, gemerkt hatte, dass sie ihn noch einmal brauchen könnte. Der Einfachheit halber hatte sie vor den Polizisten dann so getan, als handele es sich um ihren eigenen Schmuck.

»Meine Tochter hat den Hang zu glauben, was mir gehört, gehört automatisch auch ihr«, sagte Adeline, während sie durch den großen Raum des Penthauses lief und unkonzentriert in den Schubladen ihrer Tochter wühlte.

»Suchen Sie etwas?«, fragte Benthien.

»Meine Herztabletten … Sie sind in einer kleinen silbernen Dose von 1867 … «

»Ist es diese hier?« Benthien hatte die Pillendose auf einem Beistelltischchen entdeckt.

»Ich bin hier ständig am Suchen. Annette ist so eine Chaotin«, sagte Frau Melander etwas fahrig und warf sich eine Tablette in den Mund. Sie lächelte traurig. »Ich vermisse meinen Mann so sehr. Und Jacques natürlich auch. Soll ich Ihnen etwas verraten?« Sie beugte sich vor und berührte kurz Benthiens Hand. »Jacqui war mein Lieblingssohn. Aber psst …« Sie legte den Finger an die Lippen und fing an zu flüstern, obwohl sie beide allein in der Wohnung waren. »Das darf niemand wissen!« Wieder öffnete sie die Dose und griff nach einer Tablette.

»Sie haben doch schon eine …«, warnte Benthien, und Adeline spuckte die Tablette erschrocken wieder aus.

»Ich kann mich überhaupt nicht konzentrieren«, klagte sie, stand auf, holte eine Vase mit Blumen, die auf einer Kommode stand, und stellte sie auf den Beistelltisch. »Hier kommt sie viel mehr zur Geltung«, sagte sie lächelnd. Benthien hob den Seidenschal auf, den sie verloren hatte. »Ich liebe Blumen«, fuhr sie fort, »vor allem Herbstblumen wie Astern oder Chrysanthemen, auch wenn es Friedhofsblumen sind. Was macht das schon. Volker hat sie für mich gepflanzt, in unserem Garten, Anemonen, Astern, Mönchspfeffer, Herbstzeitlose … Unser Garten war immer wunderschön. Aber was wollte ich eigentlich sagen?« Sie lächelte wehmütig. »Ja, ich vermisse ihn sehr. Er hat immer alles gefunden, was ich verloren hatte. Er hatte so etwas wie ein Finder-Gen. Nun muss ich selbst suchen und finde gar nichts mehr.«

»Sie war ziemlich durch den Wind«, sagte Benthien zu Fitzen und Lilly, die immer noch sanft seinen Nacken knetete. »Und ich glaube nicht, dass ihre Tochter ihr eine große Hilfe ist.«

»Ist ihr jemand eingefallen, der ein Motiv haben könnte, sie zu vergiften?«, erkundigte sich Fitzen, der neidisch Lillys Massage und die entspannende Wirkung auf Benthien beobachtete.

»Nein, sie hat noch mal versichert, dass ihr kein einziger Mensch einfiele, der einen Groll gegen sie hegt. Noch nicht mal Gonde Oldsen. Mit der möchte sie sich übrigens gern versöhnen. Sie meint, die Freundschaft wäre ihr doch zu wertvoll, um sie einfach fallenzulassen.«

Benthien dachte immer noch darüber nach, wie er die Familie Melander in den Griff bekommen könnte, als die ersten Obduktionsergebnisse der Unbekannten aus der Düne eintrafen.

»Sie ist eindeutig ermordet worden«, teilte er Lilly und Fitzen beim Frühstück mit, nachdem ihn Dr. Wagner schon in aller Herrgottsfrühe aus dem Bett gejagt hatte. »Es gibt Spuren äußerer Gewaltanwendung. In der Schulter wurde eine Kugel gefunden. Am Hinterkopf hat sie eine Fraktur, einen Schädelbruch, und das Zungenbein ist gebrochen.«

»Das heißt, sie hat einige Verletzungen erlitten, aber letztendlich ist sie erwürgt worden«, sagte Fitzen.

»Wie war das noch mal?«, fragte Ben, der gerade mit einer frisch aufgefüllten Kaffeekanne auf die Terrasse trat. »Erwürgen und Erdrosseln sind doch zwei verschiedene Dinge, oder irre ich mich?«

»Vater!«, sagte Benthien, »Du weißt doch, dass wir über unsere Fälle nicht sprechen dürfen!«

»Ach was!« Ben machte eine wegwerfende Handbewegung. »Die Leiche, um die es geht, ist ja wahrscheinlich mehr als hundert Jahre alt. Was wollt ihr denn da noch ermitteln?«

Lilly entschloss sich, Bens Frage zu beantworten. »Erwürgen bedeutet, dass es ohne Hilfsmittel geschieht, mit der Hand oder dem Arm«, erklärte sie. »Dabei wird der Hals zusammengedrückt, und es bricht meistens das Zungenbein. Erdrosseln heißt, dass man ein Werkzeug dafür nimmt, einen Strick, einen Draht oder eine Stockschlinge. Dadurch wird die Blutzufuhr zum Gehirn unterbrochen und das Opfer erstickt langsam.«

Benthien goss sich noch einen Becher Kaffee ein. »Nachdem wir das nun geklärt haben, geht's weiter im Text!« Er blickte vielsagend zu seinem Vater hinüber.

»Ja, ja, ich gehe ja schon«, sagte der. »Ich glaube, ich habe ein geeignetes Polyphon gefunden – habe es gestern auf ›Beobachten‹ gesetzt. Mal sehen, ob es noch da ist. Danke, Lilly!« Er marschierte mit dem frisch aufgeladenen Laptop unter dem Arm und seinem Kaffeebecher in der Hand zum Tischchen, das er sich im Dünenunterstand bei den Steinen seines Sohnes eingerichtet hatte.

Benthien sah ihm liebevoll hinterher. Er fand es großartig, dass sein Vater sich immer zu beschäftigen wusste, und fragte sich, ob er selbst auch noch so wäre, wenn er erst mal in Bens Alter wäre. Und würde Lilly dann noch an seiner Seite sein?

Er verdrängte diesen Gedanken und versuchte, sich wieder auf den Fall zu konzentrieren. Oder besser gesagt, auf die drei Fälle. Er fragte sich, ob es einen kausalen Zusammenhang zwischen den historischen Leichen und dem aktuellen Mord gab, verneinte es aber für sich. Der Zeitabstand war viel zu groß, und der Mörder von damals lebte nicht mehr. Dennoch, es war ein seltsamer Zufall, dass man gerade dann in der großen Wanderdüne auf dem Mellanderschen Grundstück zwei Leichen fand, als im Haus zwei Menschen an Gift starben. Natürlich weigerte er sich, an ein Mördergen in der Familie zu glauben, wie Fitzen es so fantasievoll suggeriert hatte. Er war nicht der Meinung, dass es so etwas überhaupt gab. Trotzdem war das alles sehr merkwürdig …

»Der Ring, der in der Düne gefunden wurde, der mit dem kleinen Fach und den Haaren darin, gehörte ja wohl dem Opfer«, sagte Fitzen, während er sich Bens selbstgemachte Erdbeermarmelade aufs Brötchen strich. »Hat man den schon näher untersucht? Die Gravur? Man könnte auch eine DNA von den Haaren machen.«

»Und was versprichst du dir davon?«, fragte Lilly. »Wir haben doch kein Vergleichsmaterial. Außerdem weiß ich nicht, ob das bei so alten, telogenen Haaren überhaupt noch funktioniert …«

»Mittlerweile schon«, sagte Benthien. »Früher brauchte man noch die Haarwurzel, um die DNA zu bestimmen. Interessant wäre es allemal, denn vielleicht stellt sich eine Verbindung zu den Melanders heraus. Aber um deine Frage zu beantworten, Tommy, Gravurbestimmung und DNA sind in Arbeit. Übrigens, am Freitag findet die Exhumierung von Emily Materns Leiche statt. Ich bin mehr als gespannt!«

»Aber selbst, wenn das Ergebnis positiv wäre, hilft uns das nicht sehr viel weiter!«, unkte Fitzen.

In der Nacht zu Freitag erhielt Benthien einen alarmierenden Anruf von Justus Melander aus Morsum. Es war spät, gegen zwei Uhr, und er und Lilly lagen bereits im Bett, doch Lilly konnte sich von ihrem neuesten Agatha-Christie-Roman nicht trennen und las noch, während John intensiv über sein weiteres Vorgehen nachdachte. Was sollte man tun, ohne jeden Ermittlungsansatz? Wie konnte er am besten innerhalb der Familie und des Freundeskreises recherchieren? Er war sich beinahe sicher, dass einer der Gäste auf der Gedenkfeier das Gift in den Likör für Emily Matern gemischt hatte und jetzt auch für den Tod von Yvonne und Nicky verantwortlich war. Und damit gehörten zum engsten Kreis der Verdächtigen: alle Mitglieder der Familie Melander außer Etienne, der an beiden Tagen in seinem Restaurant gewesen war. Dazu Sigrid Schulau und der Lehrer Klaus Labahn, den er noch dringend sprechen musste, nur hatte man ihn bisher nicht erreichen können. Möglicherweise war er in Urlaub gefahren. Zumindest Raffael Quest war zu diesem Zeitpunkt aus der Sache draußen. Nach eigenen Angaben hatte Adeline ihn überhaupt erst im Frühsommer richtig kennengelernt, nachdem er nach Sylt gezogen war. Als Kind war er meist im Internat gewesen, und wenn er in den Ferien zu Hause war, hatte sie ihn höchstens zwischen Tür und Angel gesehen.

Quest war zwar ein reichlich zweifelhafter Zeitgenosse, aber ein Grund, warum er es auf Adeline abgesehen haben sollte, fiel Benthien auch nicht ein.

Als in der Nacht das Telefon klingelte, waren Lilly und John allein im Haus, da Ben an den Bodensee gefahren war, um sich ein vielversprechendes Polyphon anzusehen und noch ein paar Urlaubstage dranzuhängen, und Fitzen war für einen Tag und eine Nacht nach Flensburg gefahren. Er müsste seine Tochter mal wieder sehen, hatte er erklärt. Und Katharina natürlich auch.

Das Klingeln elektrisierte Benthien, auf einmal war er hellwach. War schon wieder etwas passiert? Er blieb nicht lange im Zweifel. Justus Melander teilte ihm mit, dass Gonde Oldsens Haus gerade lichterloh brenne. Feuerwehr, Polizei, Notarzt und ein Bagger wären vor Ort. Zehn Minuten später waren Benthien und Lilly angezogen und unterwegs nach Morsum, wo sie gut fünfundzwanzig Minuten später ankamen, da Benthien schneller gefahren war als erlaubt. Schon von Weitem sahen sie den Feuerschein und den glutroten Himmel.

Vor Ort erfuhren sie, dass die Feuerwehr nicht viel tun konnte, um das Haus zu retten, denn der gesamte Dachstuhl stand in Flammen. Auch der Nieselregen, der allmählich einsetzte, war keine große Hilfe. Während die Männer zu verhindern suchten, dass im Haus alles verbrannte, trug der Bagger das Reetdach Stück für Stück ab.

Einige Nachbarn und Schaulustige hatten sich versammelt, doch da sich ein beißender Qualm entwickelte, musste jeder, der kein Atemschutzgerät trug, einen großen Abstand halten. Benthien entdeckte Justus Melander, der auf ihn zukam und kleidungsmäßig ziemlich abgerissen aussah. Er trug eine sehr löchrige Jeans und ein zu großes T-Shirt, das er aus einem Altkleider-Container geklaubt haben könnte.

»Mein Hof liegt nicht weit von hier«, erklärte er, »und da ich noch letzte Hand an unser Theaterstück legen und eine Szene umschreiben musste, habe ich das Feuer schnell entdeckt und die Feuerwehr gerufen. Die wussten aber schon Bescheid«, setzte er hinzu. »Zum Glück ist Gonde auf dem Festland. Eine ehemalige Kollegin feiert in Schleswig ihren Geburtstag.«

Benthien atmete auf. Er hatte sich kaum getraut zu fragen, was mit Gonde Oldsen sei. Allerdings merkwürdig, dass ihr Haus gerade dann abbrannte, als sie nicht auf der Insel war. Und er wagte gar nicht sich vorzustellen, was da jetzt alles verbrannte, welche Verluste zu beklagen waren. Ein komischer Zufall, zumal er vor ein paar Tagen noch mit Gonde über die Möglichkeit eines Brandes gesprochen hatte.

»Sieh mal da!«, sagte Lilly und zupfte John am T-Shirt, doch als Benthien ihrem Blick folgte, entdeckte er nichts Auffälliges.

»Mir war so, als hätte ich eben Tristan in der Menge gesehen«, sagte Lilly erstaunt. »Doch jetzt ist er weg.«

»Fragen wir mal Melander.«

Justus wusste nichts von Tristans Anwesenheit. »Kann sein, dass er in seinem ›Labor‹ war«, antwortete er schulterzuckend. »Eine alte, ungenutzte Scheune auf meinem Grundstück. Er ist häufig da, weil seine Mutter ihm zu Hause kein Labor erlaubt. Soll ich mal nachsehen?«

»Ich komme mit, wenn Sie erlauben«, sagte Lilly.

»Ich werde mit dem Einsatzleiter sprechen«, kündigte Benthien an.

Dort erfuhr er, dass man zwar nicht wusste, was den Brand ausgelöst habe, aber im Reetdach waren einzelne Brandherde gefunden worden sowie Spuren von Brandbeschleuniger. »Würde mich sehr wundern, wenn das keine Brandstiftung gewesen wäre«, sagte der Gruppenführer mit sorgenvoller Miene. »Morgen kommt ein Gutachter, der wird uns mehr sagen können.«

»Passiert so etwas öfter hier auf Sylt?«

»Brandstiftung, meinen Sie?« Der Mann schüttelte den Kopf. »Vor zehn Jahren hatten wir mal eine Serie, doch der Täter wurde gefasst. Und dann im Hotel *Miramar* … aber auch da haben wir den Brandstifter. Dass private Reetdachhäuser abgefackelt werden, ist eigentlich sehr ungewöhnlich.«

Lilly kam zurück und berichtete, dass sie keine Spur von Tristan gefunden hatten. »In der Scheune war er nicht, die war verschlossen und dunkel. Der Schlüssel lag in einem großen Topf voller überhängender Fuchsien. Offenbar ist dieses Versteck allseits bekannt, sagte mir Justus.«

»Ihr wart also drin im Labor?«, fragte Benthien, als sie zurück zum Auto gingen. »Wie sieht's denn da aus?«

»Die Halle ist riesig und unübersichtlich. Tristan hat eine Menge Gerätschaften und Apparaturen auf verschiedenen Tischen stehen, aber als Chemie-Dummie kann ich nichts weiter dazu sagen. Sah jedenfalls aus wie in einem CSI-Labor. Er scheint sehr aktiv zu sein. Ein Panzerschrank war auch vorhanden, dazu einige Büroschränke und Schubladenelemente aus Metall. In einem Becken schwamm irgendwas Lebendiges, ich habe da nicht so genau hingeguckt. Mir kam es so vor, als wäre die Scheune ein zweites Zuhause für Tristan. Sogar übernachten kann er da, es liegt zumindest eine Matratze auf dem Boden mitsamt Kissen und Schlafsack.«

»Ich glaube, er muss sich ab und zu mal von seiner Familie erholen«, vermutete Benthien. Inzwischen waren sie wieder am Wagen angekommen und stiegen ein. Immer noch riss der Bagger große Teile aus dem brennenden Reetdach, die funkensprühend zu Boden fielen. Der Brandgeruch war ziemlich intensiv, und es schien, dass er mit etwas Chemischem angereichert war. Die Nacht war außerhalb des Feuerscheins sehr dunkel, und im Westen grollte schon wieder der Donner. »Wieso glaubst du eigentlich, in der Menge Tristan erkannt zu haben?«, fragte Benthien, als sie die Straße erreichten.

»An seinen Wuschelhaaren und an dem grauen T-Shirt, das er trug, als er uns die Knochen zeigte«, sagte Lilly. »Ich bin ziemlich sicher, dass er es war.« Nachdenklich fügte sie hinzu: »Ich finde, Tristan ist ein ziemlicher Einzelgänger, und es scheint sich niemand so richtig um ihn zu kümmern oder ihn zu verstehen. Seine Mutter schon gar nicht, und sein Vater hat wohl nicht viel Zeit oder Interesse für die Familie. Hauptsache, Tristan funktioniert und bringt einigermaßen gute Noten nach Hause. Lediglich sein Onkel Justus scheint zu erkennen, dass mehr in dem Jungen stecken könnte.«

»Das sehe ich genauso.«

»Justus' Verlobte war übrigens auch da. Scheint nett zu sein. Sie machte sich Gedanken darüber, was sie den Feuerwehrleuten anbieten könnte an Getränken, damit sie sich erfrischen können. Sie ist eine aparte Brünette mit einem bemerkenswert ausdrucksvollen Gesicht. Schöner Mund, lebhafte Augen, und Justus Melander scheint sehr verliebt in sie zu sein. Ihr Aufzug war für ein Mädchen aus reichem Haus übrigens sehr bescheiden. Kein Schmuck, keine Ringe, noch nicht mal Diamanten am Finger.« Lilly betrachtete ihre ringlosen Finger. »Wie bei mir. Ich mache mir nämlich nichts aus Diamanten, falls du das noch nicht weißt.«

Benthien grinste in sich hinein. »Wie froh kann ich mich schätzen, jemanden wie dich abgekriegt zu haben, Lilly. Du plünderst wenigstens nicht mein Bankkonto.«

»Nein. Meine Ansprüche gehen in eine andere Richtung.«

Sie lächelten sich an und fuhren schweigend durch die regnerische Nacht. Benthien beschloss, am nächsten Tag mit Tristan zu reden. Er hatte den Eindruck, dass der Junge sich noch am ehesten offen zu den Verhältnissen in seiner Familie äußern würde. Er musste einfach mehr über die Melanders wissen, denn unterschwellig gärte in dieser Familie etwas.

Kapitel 16

Adeline stand am Fenster und blickte auf die Heide, die in diesem Sommer reichlich vertrocknet war. Auch die Blumenbeete, die sich rund ums Haus zogen, waren in Mitleidenschaft gezogen. Henny war eben auch nicht mehr die Jüngste, da musste wohl mal ein Gärtner bestellt werden. Adeline hatte es bei Annette nicht mehr ausgehalten und war zurück in ihr Haus gezogen, zumindest für ein paar Stunden. Raffael wollte nachher kommen und an ihrem Porträt arbeiten. Er konnte wirklich hervorragend malen und zeichnen, immer traf er genau das gewisse Etwas, das einen Charakter ausmachte. Deshalb hatte Adeline sich auch dazu entschlossen, ihm einen Vorschlag zu machen, der ihn sicher begeistern würde. Dafür war sie bereit, gutes Geld zu zahlen. Als sie noch im Krankenhaus in Damp darüber nachgedacht hatte, hatte ihr diese Idee fast ein bisschen Lebenfreude wiedergegeben, einen Anflug von neuer Energie. Irgendetwas brauchte sie jetzt nach Nickys Tod, das ihrem Leben einen Sinn gab, sonst konnte sie sich ebenso gut neben ihn ins Grab legen. Und diese neue Idee hatte sie beflügelt, ihr neue Kraft gegeben. Sie wollte so bald wie möglich damit anfangen. Zum Glück hatte ihr Volker genügend Material hinterlassen, so dass sie aus dem Vollen schöpfen konnte. Und den Rest würde ihre Fantasie erledigen.

Immer noch blickte sie aus dem Fenster, um zu sehen, wann Henny endlich kam. Dabei bemerkte sie einen unscheinbaren Mann, der offensichtlich an ihrem Haus interessiert war. Er ging ein paarmal vor dem umzäunten Gelände auf und ab, sah mehrmals an der Fassade empor, und Adeline war sich nicht sicher, ob er sie nicht am Fenster gesehen hatte.

Gehörte er vielleicht zur Polizei? So sah er eigentlich nicht aus, obwohl sie nicht hätte sagen können, weshalb sie diesen Eindruck hatte. Vielleicht, weil er so unentschlossen wirkte, irgendwie schlaff, aber dennoch hartnäckig, wie von einer fixen Idee besessen. Außerdem kam er ihr vage bekannt vor, sie musste ihn schon mal gesehen haben. Als er nun ein Büchlein aus den Taschen seiner weiten Hose zog und etwas hineinschrieb, war sie sich nun doch sicher, dass er zur Polizei gehörte. Beruhigt ging sie in die Küche, um sich einen Kaffee zu brühen.

Da klingelte es unten an der Haustüre.

Benthien, der am Tag nach dem Brand beschlossen hatte, noch einmal mit Tristan zu reden, fand den Jungen im Garten seines Elternhauses, die Gitarre in der Hand. Man konnte fast den Eindruck haben, als wäre seit ihrem letzten Gespräch keine Zeit vergangen, als wäre er dort an der Hecke festgewachsen in einer Zeitschleife, die keine Veränderung zuließ.

»Eine berühmte Dichterin,
die sah mal einen Mord …
Der Täter würgte sie zu Tod,
da war sie fort, fort, fort.«

Immerhin, der Text zu seinem neuesten Vers hatte Fortschritte gemacht.

»Nachrichten verbreiten sich schnell, wie ich sehe«, sagte Benthien trocken und setzte sich wie letztes Mal auf den Findling. »Aber wie kommst du auf die Idee, dass sie einen Mord gesehen hat? Und dass sie eine berühmte Dichterin war – hast du das erfunden, damit es dramatischer klingt?«

»Ich habe nachgedacht, recherchiert«, sagte Tristan und unterstrich seine Worte mit sanften Gitarreklängen. »Und Gonde hat mir ein bisschen was erzählt …«

»Apropos Gonde«, meinte Benthien. »Hast du gehört, was gestern Nacht passiert ist?« Der Junge nickte. »Und warst du dort, meine Kollegin meinte nämlich, dich gesehen zu haben?«

Der Junge nickte wieder.

»Ich war da, weil ich noch in meinem Labor in der Scheune aufgeräumt habe, aber ich habe Sie nicht gesehen«, sagte der Junge und grinste ganz plötzlich. »Sonst hätte ich Sie nämlich gebeten, mich nach Hause zu fahren. Ich bin ganz schön nass geworden.«

»Du warst mit dem Rad unterwegs?«

Wieder nickte der Junge. »Es muss Brandstiftung gewesen sein«, meinte er dann. »Vor ein paar Wochen wurde schon mal bei ihr eingebrochen. Aber soweit ich weiß, wurde nichts gestohlen.«

Benthien betrachtete den Jungen aufmerksam. »Ist dir vor dem Brand etwas Ungewöhnliches aufgefallen – hast du vielleicht jemanden gesehen?«

»Keine Menschenseele. Aber meine Scheune hat auch nur ganz oben Fenster, unter dem Dach. Ich habe das Feuer erst bemerkt, als ich Rufe und Schreie hörte. Und dann die Sirene der Feuerwehr. Ich wollte gerade gehen.«

»Wusstest du, dass Gonde auf dem Festland war?«

»Ja, ich habe gehört, wie das jemand gesagt hat. Einer von denen, die da rumstanden. Mich hat gefreut, dass ihr nichts passiert ist, aber ich glaube, der Schock wird sie umhauen. In dem Haus ist ihr ganzes Leben verbrannt!«

Benthien freute es, dass der Junge gerade bewiesen hatte, dass er doch empathisch sein konnte.

Er überlegte, ob er Tristan noch weiter aushorchen sollte. Fair war das sicher nicht, aber es ging hier schließlich um Mord. Tristan war derjenige, der noch die wenigstens Skrupel hatte, Interna aus der Familie zu verraten. Aber er war auch derjenige, der sich am wenigsten Gedanken darüber machte. Sollte er das ausnutzen?

»Tristan, wenn du ganz ehrlich bist: Kannst du dir vorstellen, dass jemand ein Motiv haben könnte, deine Oma zu töten? Denn irgendjemand hat es versucht und stattdessen Nicky und Yvonne erwischt. Wer aus deiner Familie oder dem Umfeld der Familie wäre dazu imstande? Ich würde dich das nicht fragen, wenn es nicht wichtig wäre und wenn wir andere Ermittlungsansätze hätten.«

Der Junge schwieg eine Weile. »Könnte es nicht sein«, sagte er dann, »dass doch Yvonne gemeint war … dass der Mörder damit gerechnet hat, dass sie sich den Likör von Oma Addi holt? Denn das hat sie oft gemacht, ich meine, Sachen aus Omas Kühlschrank geschnorrt, Butter oder Aufschnitt, und sie hat Weinflaschen aus dem Keller abgeschleppt, damit sie dafür kein Geld ausgeben musste. Sie hatte ja nie Geld. Oma hatte deswegen oft Streit mit Yvonne.«

Benthien starrte Tristan erstaunt an. Das war ja ein ganz neuer Aspekt, der die Sache aber auch nicht gerade leichter machte. Konnte es wirklich so gewesen sein? Dann war der Likör natürlich erst nach Adelines Abreise vergiftet worden. Aber auch in diesem Fall, und das war das Problem, hatte fast jedermann Zugang zum Haus gehabt.

»Ich glaube, niemand von uns mochte Yvonne, aber einen Grund, sie umzubringen, hatte keiner, ich wüsste jedenfalls nicht, welchen. Sie war lästig, aber es musste ja niemand mit ihr zusammensein. Ich könnte mir höchstens ihren Freund vorstellen … Oder vielleicht hat sie jemanden erpresst.«

»Wen denn?«

»Meinen Alten vielleicht. Der hat eine Freundin in Kiel, und meine Mutter weiß nichts von ihr … glaube ich jedenfalls.«

Tristan hielt so abrupt inne, als ob ihm ein äußerst unangenehmer Gedanke gekommen wäre. »Aber«, er lachte etwas gezwungen, »mein Vater wäre völlig außerstande, so ein Gift zusammenzubrauen, der hat null Chemie-Kenntnisse.«

»Wer könnte noch ein Motiv haben? Auch in Bezug auf deine Oma?«, fragte Benthien sanft. Unmerklich beobachtete er Tristan. Zweifellos war dem Jungen eben irgendetwas in den Sinn gekommen, das er aber nicht verraten wollte.

»Tante Annette vielleicht. Die erzählt immer, dass ihr Konto überzogen und sie wegen ihrer Apotheke völlig überschuldet ist. Trotzdem kauft sie bergeweise Schmuck und teure Kleider. Sie wollte, dass Oma ihr Geld leiht oder für sie bürgt, aber das hat Oma nicht getan, und deshalb hatten sie vor ein paar Wochen einen Riesenknatsch. Und Sigrid kann Oma nicht leiden, tut aber so, als wäre sie ihre beste Freundin. Kurz vor Opas Tod hatte sie wieder angefangen, sich mit ihm zu treffen.«

»Trotzdem hat deine Oma sie zur Gedenkfeier eingeladen«, wandte Benthien ein.

Tristan grinste. »Oma hat lauter Leute eingeladen, die sie nicht leiden konnte. Ich habe gehört, wie sie das zu Henny sagte.«

»Warum denn das?«

Der Junge zuckte die Achseln. »Bei Oma weiß man nie so genau, woran man ist. Manchmal tut sie Dinge, da denke ich, dass sie langsam senil wird, aber im Nachhinein ergibt dann doch alles einen Sinn. Aber vielleicht ist das auch nur Zufall. Übrigens, Moussa hätte ein gutes Motiv, Oma umzubringen. Sie hat Onkel Marcel gesagt, sie würde ihn enterben, wenn er weiterhin mit Moussa zusammenlebt. Sie will, dass er ›normal‹ wird und heiratet und Kinder kriegt. Damit die Melanders nicht aussterben.« Er zog eine Grimasse. »Ich bin ja im Moment der einzige Enkel, und sie hat Angst, dass ich keinen würdigen Stammhalter abgebe, glaube ich.«

»Dann hätte dein Onkel Marcel aber auch ein Motiv.«

Doch Tristan machte einen Rückzieher. »Klar, hätte er – aber die beiden waren es nicht. Sie sind überhaupt nicht bösartig, sondern sehr nett. Ich mag sie jedenfalls.« Er lachte leise. »Haben Sie schon daran gedacht, dass auch ich ein gutes Motiv hätte? Wenn Oma nicht wäre, hätte ich viel eher eine Chance, in ein Internat zu kommen, das mich fördert.«

»Und deine Oma hat etwas dagegen?«, fragte Benthien überrascht und leicht schockiert.

Tristan nickte. »Solche Internate sind teuer, und mein Vater hat kein Geld dafür. Oder er will keins lockermachen. Oma könnte es bezahlen. Aber erstens hält sie eine solche Ausbildung für unnötig, und zweitens will sie, dass ich auf der Insel bleibe. Oma ist wie ein Schäferhund: Sie legt größten Wert darauf, dass die Herde zusammenbleibt.«

Aus dem Haus drangen laute Stimmen zu ihnen herüber. »Tante Annette«, sagte Tristan lakonisch. »Die wird immer sofort hysterisch. Keine Ahnung, was sie jetzt schon wieder will. Oh Gott, jetzt kommt sie her.«

Benthien drehte sich um und sah Annette Melander mit Stöckelschuhen über den Rasen stolpern. Ohne ihn zu beachten rief sie: »Tristan! Weißt du, wo Oma ist?«

Tristan sprang auf, hob, wie in einer Parodie, die Hand an

die Stirn, bückte sich und tat so, als suchte er hektisch hinter Büschen, Bäumen und in Blumenbeeten.

Annette verdrehte die Augen. »Dieser Bengel ist zu nichts zu gebrauchen«, murmelte sie. »Und die Polizei auch nicht!«, fuhr sie plötzlich auf Benthien los. »Oder wissen Sie, wo meine Mutter steckt?«

»Nein, ich …«

»Das sollten Sie aber! Herrgott, man hat einen Mordanschlag auf sie verübt, und Sie sitzen hier gemütlich im Garten und halten Klönschnack mit diesem Bengel! Was tun Sie eigentlich, um meine Mutter zu schützen?«

»Das frage ich mich allerdings auch!« Ihr Bruder Théo war hinzugekommen und musterte Benthien ärgerlich. »Meine Mutter ist in Lebensgefahr. Und jetzt ist sie verschwunden, und keiner weiß, wo sie steckt. Sie könnte entführt worden sein!«

Nachdem er Benthien angekeift hatte, fuhr er seine Schwester an: »Wieso hast du nicht besser auf Mutter aufgepasst? Wie kann sie überhaupt aus einer Penthouse-Wohnung verschwinden? Und wieso weißt du nichts darüber?«

»Hast du schon vergessen, dass ich auch mal arbeiten muss? Ich kann es mir nicht leisten, ständig mehrere Aushilfen zu bezahlen. Du hättest sie doch zu euch nehmen können!«

»Das wollte sie nicht, wie du sehr gut weißt, Annette.«

»Ja, und warum wohl nicht?«, höhnte Théos Schwester. »Weil bei euch ständig Zoff herrscht. Weil sie sich bei euch nicht wohlfühlt! Weil du und Evi sie ständig bevormundet. Weil …«

»Ach, halt die Klappe!« Théo wandte sich wutentbrannt an Benthien.

»Ich sage Ihnen, ich mache *Sie* persönlich dafür verantwortlich, wenn meiner Mutter etwas zugestoßen ist! Sie hätten sie schützen müssen! Sie hätten …«

Benthien unterbrach ihn abrupt. »Machen Sie, was Sie für richtig halten, nur bringt uns das im Moment nicht weiter.« Er wandte sich an Annette Melander. »Wann haben Sie Ihre Mutter zuletzt gesehen, und wann haben Sie festgestellt, dass sie weg ist?«

»Ich bin kurz vor neun zur Apotheke gegangen«, erwiderte die junge Frau gereizt. »Mutter war noch am Frühstücken. Als ich gegen Mittag zurückkam, so gegen eins, war sie nicht mehr da. Ich habe überall angerufen, aber keiner hat sie gesehen.«

»Man hätte die Züge, den Shuttle und die Röm-Fähre überwachen müssen, aber nun ist es zu spät«, giftete Théo und griff zum Handy.

»Den Flughafen hast du vergessen aufzuzählen«, sagte Tristan spöttisch. »Vielleicht ist Oma nach Alaska geflogen, weil es ihr hier zu heiß ist.«

»Du halt die Klappe!«

Tristan grinste. »Du wiederholst dich.«

Benthien konnte Théo gerade noch daran hindern, auf seinen Sohn loszugehen.

»Jetzt beruhigen wir uns alle erst einmal«, sagte er energisch. »Frau Melander, haben Sie Einbruchsspuren an Ihrem Apartment festgestellt?«

»Nein ...«

»Sind Sie sicher, dass Ihre Mutter Ihnen nicht eine Nachricht hinterlassen hat, wo sie hingegangen ist?«

»Nein ... ich meine ja, natürlich bin ich sicher!«

»Haben Sie Ihren AB abgehört?«

»Ich bin nicht blöd«, sagte Annette giftig.

»Hat sie ihre Sachen mitgenommen?«

»Meinen Sie, ihr Entführer hat sie mitsamt zwei Koffern und einer Reisetasche entführt? Natürlich sind die noch da!«

Théo, der ein paar Schritte zur Seite gegangen war, brüllte plötzlich ins Telefon, dass er es leid sei, ständig weiterverbunden zu werden, dass Arndt Schäfer gefälligst sofort zurückrufen solle, da seine Mutter verschwunden sei und die Kripo nichts unternehme.

Benthien überlegte sich, ob das alles nicht nur Show war. So unintelligent konnte selbst ein Politiker nicht sein, sich derart unkooperativ aufzuführen. Und mit seiner Schreierei kam er hier auch nicht weiter.

Benthien rief Fitzen an und bat ihn, im Melander-Haus anzurufen und, sollte sich niemand melden, sicherheitshalber dort vorbeizufahren. Vielleicht hatte Adeline ja doch trotz aller Vorbehalte und Warnungen ihr Haus aufgesucht … oder sie wollte nur etwas holen, das sie dringend benötigte.

»Haben Sie Ihre Mutter auch im Eibenhaus gesucht? Oder dort angerufen?«, fragte er Annette Melander, die daraufhin entsetzt die Augen aufriss.

»Natürlich nicht. Wieso sollte sie irgendwo hingehen, wo sie nicht sicher ist?«

Sie riss ihr Handy aus der Tasche ihrer Jeanshosen, doch Théo gab ihr ein Zeichen, er hatte die Nummer bereits gewählt.

Aber am anderen Ende meldete sich niemand.

ER

Zweifellos hatte sie ihn gesehen. Er war dumm gewesen, ungeschickt. Brachte er es noch nicht mal fertig, eine alte Frau zu beschatten? Und warum wohnte sie schon wieder im Eibenhaus, war sie lebensmüde? Er hätte sich das Haus zu gern näher angesehen. Es hatte immerhin einige Schwachstellen, durch die man ganz gut hineingelangen konnte, wenn man es geschickt anstellte. Allerdings hatte er nicht damit gerechnet, dass es schon wieder bewohnt war. Aber offensichtlich war sie allein im Haus. Er konnte weder einen Wagen noch ein Fahrrad auf dem Grundstück erkennen, noch einen anderen fahrbaren Untersatz. Sie war anscheinend mit dem Taxi gekommen.

Er grübelte über seinen nächsten Schachzug. Wie sollte er jetzt weiter vorgehen? Er musste sich etwas einfallen lassen, sonst flog er auf. Und das konnte er sich nicht leisten. Langsam ging er wieder zurück, tastete sich am Zaun entlang, öffnete das Törchen, ging auf den Eingang zu. Er setzte seine Sonnenbrille auf, dann zog er sein Basecap, das ihn vor der Sonne schützen sollte, tiefer in die Stirn.

Er ging zur Tür und klingelte.

Kapitel 17

Im Eibenhaus war niemand, es wirkte verlassen und roch nach Hitze und Staub. Benthien und Fitzen hatten als Einzige das Haus betreten, Théo und Annette protestierten zwar, mussten aber vorerst draußen bleiben.

Im Eingangsbereich deutete zunächst nichts darauf hin, dass Adeline hier gewesen war. Die Ahnen in der Halle, so kam es Benthien vor, stierten von den Wänden auf sie herab und schienen sie zu verspotten – er hatte den sonderbaren Eindruck, dass er ihre großen dunklen Augen im Nacken spüren konnte. Sonne und Wind zauberten ein bewegtes Muster auf die glänzenden Holzdielen, so dass es mit einiger Fantasie fast so aussah, als wäre die Puppe Heinrich Melander, die lebensgroß neben seinem Porträt stand, lebendig.

Auch oben war kein Mensch zu sehen. Der Holzboden knarrte, als sie durch die Zimmer gingen.

»Hier!«, sagte Fitzen, als sie Adelines Küche erreichten. »Da wollte jemand Kaffee machen!« Sie starrten auf die Kanne, die zur Hälfte mit Wasser gefüllt war, auf den Filter, der daneben lag, auf die geöffnete Kaffeepackung.

Sie gingen weiter. In Adelines Schlafzimmer stand eine große Strandtasche auf dem Bett. Zwei T-Shirts lagen darin und ein Spezialkissen für den Rücken. Ansonsten wirkte der Raum sauber und aufgeräumt.

»Sie war offensichtlich hier«, sagte Benthien. »Spuren eines Kampfes kann ich aber nicht feststellen. Vielleicht ist sie einfach nur einkaufen gegangen?«

»Bei Annette Melander würde ich nun auch nicht unbedingt wohnen wollen«, sagte Fitzen. »Wollen wir mal nachsehen, ob Raffi da ist?«

Sie gingen nach unten und öffneten das Zimmer von Raffael Quest, das nicht abgeschlossen war. Es war niemand da. Ansonsten herrschte eine extrem kreative Unordnung. Anscheinend hatte Raffi sein ganzes Hab und Gut auf Bett, Fußboden, Tischen und Sesseln ausgebreitet, nur den Schrank und die Kommode hatte er leer gelassen. Seine Gitarre war ebenfalls nicht da, so dass Benthien annahm, dass er mit ihr losgezogen war, um Straßenmusik zu machen.

»Ich denke, Adeline wird demnächst wiederkommen, sie war ja wohl dabei, die Strandtasche zu packen«, sagte Benthien, als sie das Haus verließen. »Ich kann mir nicht recht vorstellen, dass ein Täter, der durch Gift mordet – also hinterrücks und heimtückisch –, plötzlich zu einem gewalttätigen Überfall neigt oder dazu, am helllichten Tag eine Entführung zu inszenieren.«

Er hatte kaum zu Ende gesprochen, als Annette Melander auf ihn losschoss, die mit ihrem Bruder neben dem Wagen gewartet hatte. »Was ist? Haben Sie was gefunden?«

Benthien erklärte ihr, dass ihre Mutter im Haus gewesen war und er damit rechne, dass sie demnächst zurückkehren würde. »Vielleicht hat sie etwas eingekauft! Im Haus gibt es jedenfalls keine Hinweise auf eine Gewalttat.«

Annette warf ihm einen vielsagenden Blick zu, dann rauschte sie davon in Richtung Haustüre.

»Ihr Wort in Gottes Ohr«, murmelte Théo und folgte seiner Schwester.

»Was sollen wir mit ihr machen?«, fragte Fitzen ratlos. »Mit Adeline? Anbinden können wir sie ja nicht, und einen Aufpasser und Vorkoster in ihrer Wohnung zu etablieren ist auch nicht möglich. Außerdem, was ihr hier passieren kann, kann ihr auch in der Wohnung ihrer Tochter und praktisch überall passieren.«

»Schau mal da!« Benthien nickte in Richtung Straße.

Henny Preuss näherte sich dem Haus mit einem großen gefüllten Einkaufskorb, an ihrer Seite Adeline, die sich bei ihr eingehängt hatte. Mithilfe der Gehhilfe konnte sie einigermaßen laufen. Ab und zu verzog sie den Mund, als ob sie starke Schmerzen hätte. Die beiden marschierten wie eine kleine, einsame Prozession würdevoll an ihnen vorbei. Henny nickte Benthien zu, und Adeline sagte über die Schulter hinweg: »Kommen Sie doch bitte mit ins Haus. Ich muss mit Ihnen reden.«

»Nein!«, sagte Adeline nachdrücklich. »Ich bleibe hier!«

Annette war außer sich. »Mutter, du kannst hier nicht bleiben, du bist in Gefahr! Irgendein Irrer will dich umbringen, verstehst du das denn nicht?«

»Komm doch zu uns«, sagte Théo. »Bei uns bist du nicht allein, da hast du Evi und Tristan zur Gesellschaft, und ich bin in den nächsten beiden Wochen, solange die Ferien dauern, auch noch da. Wir könnten etwas unternehmen, mal wieder … als Familie zusammensein.« Seine Stimme, fand Benthien, klang geradezu sehnsüchtig.

Adeline presste die Lippen zusammen. »Ich bleibe hier! Raffael ist da, Henny hat gesagt, dass sie in den nächsten Wochen ganztägig im Haus sein wird, vielleicht schläft sie sogar hier, und Marcel kommt auch jeden Abend. Ich habe also genug Leute um mich herum, die auf mich aufpassen.« Ihr Blick suchte Benthien. »Meinen Sie nicht auch, dass das ausreicht?«

Benthien überlegte, ob er ihr sagen sollte, was ihm gerade durch den Kopf ging, und entschied sich dafür. Es hatte keinen Sinn, um den heißen Brei herumzureden. »Sie müssen sich dessen bewusst sein, Frau Melander, dass die Gefahr sozusagen von innen droht«, sagte er nachdrücklich. »Es war kein Fremder, der ins Haus schlich, um den Likör zu vergiften.«

»Was wollen Sie damit sagen?«, brauste Annette auf. »Etwa, dass *wir* unserer Mutter nach dem Leben trachten?« Sie war aufgestanden und baute sich drohend vor ihm auf. Ihr Bruder zog sie am Arm zurück.

»Setz dich!«, herrschte er sie an. »Bist du so blöd oder tust du nur so? Selbstverständlich hat die Polizei einen von uns im Visier. Wer sonst hätte die Gelegenheit gehabt, ihr vergifteten Likör in den Kühlschrank zu stellen?«

Adeline stand auf. »Ich würde gern mit Ihnen allein sprechen. Kommen Sie mit nach oben?« Sie sah Benthien und Fitzen bittend an. Als ihre Tochter aufbegehren wollte, brachte sie sie mit einer schlichten Handbewegung zum Schweigen.

Die Unterredung hatte im Wohnzimmer neben der Küche stattgefunden, das früher sicher mal »die gute Stube« gewesen war, damals, als das Haus noch ein richtiges Friesenhaus war, noch nicht umgebaut, noch nicht zu dem Monstrum vergrößert, das es jetzt war.

Vor der Treppe blieb Adeline stehen. »Vielleicht brauche ich demnächst einen Treppenlift«, sagte sie leise. »Aber was wäre das für eine Verschandelung!«

»Mit der richtigen Physiotherapie kommen Sie wieder auf die Beine«, sagte Benthien tröstend. Im Stillen dachte er, dass ja auch die Möglichkeit bestünde, ins Erdgeschoss zu ziehen, genug Platz war sicherlich vorhanden.

Schließlich saßen sie in einem etwas düsteren Raum im oberen Stock, der früher wohl als Bibliothek genutzt worden war. Beweise dafür waren hohe Regale voller Bücher, die teilweise etwas muffig rochen, dazu alte, geschnitzte, wuchtige Eichenmöbel und tiefe Ledersessel, Zeugen einer vergangenen Epoche. Hier wurden sie gepflegt und gewürdigt.

»Was wollen Sie uns mitteilen, Frau Melander?«, fragte Fitzen gespannt.

Adeline nestelte an dem farbenfrohen Seidentuch herum, das sie um den Hals geschlungen hatte. »Ich glaube, ich werde beobachtet. Heute Morgen habe ich einen Mann ums Haus lungern sehen. Er lief draußen am Zaun hin und her, blickte an der Fassade hoch, und dann klingelte es plötzlich. Ich war allein im Haus, Henny war noch nicht da. Sie wusste ja nicht, dass ich kommen wollte, erst, nachdem ich sie angerufen hatte. Aber da war sie auch sofort bereit, mir zu helfen. Ich wüsste wirklich nicht, was ich ohne Henny tun sollte. Sie ist so viel zuverlässiger als meine Kinder ...«

Sie hatte offenbar den Faden verloren.

»Sie haben doch nicht etwa aufgemacht?«, half Fitzen ihr.

»Doch, aber es dauerte etwas, bis ich unten an der Tür war«, sagte Adeline mit einem Funkeln in den Augen. »Ich lasse mich nicht ins Bockshorn jagen«, fügte sie kämpferisch hinzu. »Aber ich habe mich bewaffnet. Mit einem Golfschläger meines Mannes.«

Benthien stellte sich gerade die Szene vor, wie die über sechzigjährige, gehbehinderte Dame hinter der offenen Türe stand und den Golfschläger schwang. »Und wer war draußen?«, fragte er gespannt.

»Niemand. Ich war wohl zu langsam.«

»Sind Sie sicher, dass derjenige, der geklingelt hat, auch der Mann war, der das Haus beobachtet hat?«, fragte Fitzen.

»Absolut. Ich habe ja gesehen, wie er das Törchen öffnete und zur Haustüre ging.«

»Sie hätten auf keinen Fall auf das Klingeln reagieren dürfen«, tadelte Fitzen.

Adeline Melander hob das Kinn. »Glauben Sie nicht, dass ich mit einem Golfschläger nicht umgehen kann!«, sagte sie herausfordernd. »Ich mag keine Ungewissheit. Ich will wissen, woran ich bin. Und im Besenschrank verstecke ich mich bestimmt nicht. Aber, was ich Ihnen noch sagen wollte: Ich bin inzwischen ganz sicher, dass ich den Mann auch schon in Damp gesehen habe. Im Krankenhaus auf dem Flur, da saß er mir gegenüber. Kann sein, dass er mich schon seit einigen Tagen beobachtet.«

»Können Sie ihn beschreiben?«, fragte Benthien und holte sein Notizbuch hervor.

»Schwierig, weil er so unauffällig ist«, sagte Adeline. »Nicht sehr groß, nicht sehr kräftig. Hat ein Dutzendgesicht. Wie alt? So was kann ich schlecht schätzen. Vielleicht zwischen fünfzig und sechzig.«

Mehr war nicht aus ihr herauszubringen. Haare? Ja, hatte er gehabt, aber welche Farbe? Jedenfalls nicht schwarz und nicht weiß, sondern irgendwas dazwischen. Nein, ein Phantombild wäre schwierig, seine Gesichtszüge waren zu unbedeutend; irgendwie flossen sie so ineinander, dass man sie nicht beschreiben könne.

Benthien seufzte innerlich. Es war klar, dass sie mit dieser Beschreibung nicht viel anfangen konnten. Nachdenklich fuhr er sich übers Kinn. Ihm wäre es lieber gewesen, Frau Melander würde bei ihrem Sohn Théo wohnen, da wäre sie zumindest unter Aufsicht. Aber man konnte die alte Dame nicht zwingen. Und, wie er schon gesagt hatte, die Gefahr kam von innen, sie lauerte im Familienkreis. Wie sollte man da jemanden schützen? Er beschloss, dafür zu sorgen, dass mehrmals täglich eine Polizeistreife, möglichst auffällig mit einem stummen Blaulicht, am Melander-Haus vorfuhr und nach dem Rechten sah. Könnte ja sein, dass das einen potentiellen Täter abschreckte, auch wenn er nicht wirklich daran glaubte. Und auf unbegrenzte Zeit war diese Maßnahme ohnehin nicht möglich. Benthien erklärte dies Adeline und fügte hinzu, dass sie, was ihr Essen und Trinken anbelangte, ihren gesunden Menschenverstand sprechen lassen sollte – Nahrungsmittel, Flaschen und Getränke nicht offen und unbeaufsichtigt herumstehen lassen, möglichst selbst kochen und das Gekochte sofort verzehren, keine Reste im Kühlschrank aufbewahren.

»Wir werden einen Vorkosterservice für Addi ins Leben rufen, Henny und ich, oder wer sonst noch mitmachen will«, sagte eine fröhliche Stimme hinter ihnen, die unzweifelhaft zu Raffael Quest gehörte. »Und nachts werden Henny und Marcel oder auch ich abwechselnd in ihrer Wohnung schlafen. Ich glaube, hier ist sie wesentlich sicherer aufgehoben als irgendwo sonst.«

Benthien sah Adeline zum ersten Mal, seit er sie kannte, lächeln. Sie ergriff Quests Hand und drückte sie kurz.

»Klingt hervorragend«, sagte Fitzen, bevor sie sich verabschiedeten. Benthien versicherte Frau Melander, dass sie selbst und auch die Streife, die regelmäßig vorbeikäme, nach ihrem Beobachter Ausschau halten würden.

»Du hast einen Stalker, Addi?«, hörten sie Quest noch fragen, ehe sie das Haus verließen. »Warum weiß ich davon nichts?«

Unten war gerade Marcel vorgefahren, der mehrere Gepäckstücke aus dem Auto lud. Théo und Annette standen bei ihm und redeten auf ihn ein, doch er schien sie zu ignorieren. Als er Benthien und Fitzen erblickte, kam er auf sie zu und erkundigte sich nach dem neuesten Stand der Dinge. »Falls Sie mir überhaupt eine Auskunft geben dürfen«, fügte er etwas unsicher hinzu.

Fitzen lächelte. »Nein, dürfen wir nicht! Aber wir bleiben dran, das können Sie uns glauben!«

»Es sieht doch ganz gut aus«, stellte Benthien fest, als sie abfuhren. »Hier im Haus scheint Frau Melander wirklich sicherer zu sein als irgendwo sonst, da muss ich Quest recht geben.«

»Mehr können wir jedenfalls nicht tun.« Fitzen drückte aufs Gaspedal. »Aber was hältst du von diesem Kerl, der sie angeblich beobachtet? Hat sie den erfunden, um von ihrer Familie abzulenken?«

Benthien zuckte mit den Schultern. »Mit ihrer Beschreibung lässt sich jedenfalls nicht viel anfangen. Ich werde sie aber an Schäfer weitergeben, er soll seine Leute instruieren. Wenn es den Mann wirklich gibt und nicht nur in Frau Melanders Fantasie, werden wir ihn aufspüren. Allerdings ... könntest du recht haben und sie hat ihn sich ausgedacht, um uns abzulenken. Vielleicht hat sie bereits eine ziemlich genaue Vorstellung, wer für den Anschlag in Frage kommt.«

»Wenn das so ist«, stellte Fitzen düster fest, »will sie es uns aber offensichtlich nicht sagen.«

Zu Benthiens Überraschung hatte Lilly, die den ganzen Vormittag am PC gearbeitet hatte, einen Besucher, mit dem sie auf der Terrasse sprach. Es war ein junger Mann mit hellbraunem, lockigen Haar, einem energischen Kinn, das auch ein Dreitagebart nicht verdecken konnte, und den typischen dunklen Melander-Augen. Eine lange Narbe zog sich von seinem linken

Auge bis hinunter zum Kinn, was seinem guten Aussehen aber keinen Abbruch tat. Benthien war klar, dass es nur Etienne sein konnte, der jüngste Melander-Sohn, der bei St. Peter-Ording wohnte – und der Adeline vor vierzehn Tagen nach Damp gefahren hatte.

»Ich wollte nach unserer Mutter sehen«, sagte er, nachdem er Benthien und Fitzen begrüßt und sich vorgestellt hatte. »Aber zuerst war ich bei der Polizei in Westerland, bei einem Arndt Schäfer, der mich dann hierhergeschickt hat. Ihre Kollegin hat mir bereits einiges erzählt. Demnach steht es also fest, dass der Giftanschlag meiner Mutter galt?«

»Es sieht so aus«, sagte Benthien vorsichtig. »Aber wir ermitteln in alle Richtungen.«

»Und haben Sie schon jemanden in Verdacht?«

Benthien musste fast lachen über diese naive Frage – selbst wenn es einen Verdächtigen gäbe, würde er diese Information niemals während der laufenden Ermittlung preisgeben, und das sollte dem Mann eigentlich klar sein, wenn er nicht völlig unbedarft war.

Der Mann schien ihm ein offener, ehrlicher Mensch zu sein, der anscheinend nicht damit rechnete, manipuliert oder belogen zu werden. Konnte man so als Geschäftsmann überleben? Konnte Melander wirklich erwarten, eine ernsthafte Antwort auf seine Frage zu bekommen?

»Dazu können wir Ihnen leider nichts sagen«, antwortete Fitzen an Benthiens Stelle.

»Ich mache mir Sorgen um unsere Mutter«, sagte Etienne und kratzte an seiner Narbe. »Am liebsten wäre es mir, sie käme für ein paar Wochen zu uns nach Eiderstedt. Aber«, er lächelte, »Mutter kann sehr stur sein. Sie will unbedingt zu Hause bleiben. Glauben Sie denn, es besteht noch immer Lebensgefahr?«

Benthien beruhigte ihn und erzählte, welche Schutzmaßnahmen ergriffen wurden. Fitzen berichtete, was Adeline ihnen von dem Beobachter erzählt hatte. »Kennen Sie jemanden, auf den diese Beschreibung zutreffen könnte?«, schloss er seinen Bericht.

Etienne schüttelte den Kopf. »Nein, das sagt mir nichts. Mir kommt das alles vor wie in einem von Mutters Romanen, die sie immer liest. Warum sollte denn irgendjemand meine Mutter beobachten?«

Lilly, für die diese Geschichte ebenfalls neu war, denn ihre Kollegen hatten ja noch keine Gelegenheit gehabt, mit ihr zu sprechen, schien sich ebenfalls zu wundern.

»Herr Melander«, sagte sie ein wenig zögerlich, »kann es sein, dass Ihre Mutter … dass sie sich leicht etwas einbildet? Es kann vorkommen, dass sich ältere Leute verfolgt fühlen, dass sie mit zunehmendem Alter ein bisschen paranoid werden …«

»Ich weiß, was Sie meinen«, unterbrach sie der junge Mann, »aber so alt ist meine Mutter nun auch nicht, und sie ist weder senil noch dement. Und sie bildet sich auch nichts ein. Allerdings, Fantasie hat sie jede Menge.« Wieder lächelte er sein verhaltenes Lächeln. »Sie hat vor, ein Buch über unsere Familie zu schreiben, vor allem über Urgroßvater Heinrich. Von der Idee ist sie ganz besessen.« Seine Miene verdüsterte sich, und Benthien dachte, dass man so ziemlich jede Gefühlsregung vom Gesicht des jungen Mannes ablesen konnte. »Ich verstehe nicht, wieso jemand meiner Mutter etwas antun will. Wo kam denn diese vergiftete Likörflasche her, hat man das herausgefunden? War sie ein Geschenk? Von wem?«

Wieder betastete er seine Narbe, als würde sie ihn jucken. Es schien eine Manie von ihm zu sein. Benthien fragte sich im Stillen, woher die Narbe stammte.

»Es geht um einen Likör, den Ihre Mutter selbst hergestellt hat«, erklärte Fitzen. »Irgendjemand hat das Gift in die angebrochene Flasche geschüttet, und das muss in ihrem Haus geschehen sein.«

»Es kann nur jemand aus dem engsten Umfeld gewesen sein, jemand, der Zugang zum Haus hat«, ergänzte Benthien, der sich wunderte, dass die Familie Etienne offensichtlich noch gar nicht umfassend informiert hatte.

Der Schock verschlug dem jungen Mann die Sprache. »Aber … soll das heißen …« Er beugte sich über den Tisch. »Soll das heißen, dass *meine Familie* verdächtigt wird? Jemand von *uns*?«

Er schien das Ungeheuerliche nicht fassen zu können. Er schüttelte den Kopf. »Die Flasche muss jemand in Mutters Kühlschrank gestellt haben, jemand von außen, vielleicht die Handwerker, die kürzlich da waren …« Er brach ab, anscheinend erkannte er, wie absurd diese Vorstellung war.

»Jeder von Ihnen erbt eine Menge Geld, wenn Ihre Mutter stirbt, vor allem, wenn dann auch noch das Haus verkauft wird«, sagte Fitzen ungerührt.

Etienne starrte ihn an, öffnete den Mund, um etwas zu sagen, schloss ihn dann aber wieder. Er war blass geworden. »Das glaube ich nicht«, murmelte er vor sich hin. »Niemals glaube ich das. Niemand käme auf eine solche Idee …«

Er sprang auf. »Brauchen Sie mich noch? Ich würde jetzt gern zu meiner Mutter fahren.«

»Ziemlich naiv, der Junge«, kommentierte Fitzen, als Melander gegangen war.

»Er gehört, zusammen mit Marcel, noch zu den erfreulicheren Sprösslingen der guten Adeline«, bemerkte Lilly. »Aber ich habe Neuigkeiten für euch von der Rechtsmedizin.« Sie deutete auf ein paar Ausdrucke, die auf dem Terrassentisch lagen, beschwert mit einem großen Stein.

»Erzähl uns lieber, was drinsteht«, sagte Fitzen und legte seine Füße auf einen Stuhl.

»Warte, ich hole uns was zu trinken«, Benthien stand auf und brachte wenig später zwei Flaschen alkoholfreies Bier mit auf die Terrasse. Lilly, die kein Bier mochte, trank eiskalte Cola.

»Ihr Faulpelze«, sagte sie und langte nach den Ausdrucken.

»Es geht um die beiden Leichen in der Düne. Dr. Radtke ist sich jetzt ziemlich sicher, dass es sich bei dem kleinen Mädchen um einen Unfall handelte. Spuren von Fremdeinwirkung sind nicht festzustellen. Das Alter hat er auch herausgefunden: Sieben oder acht muss sie gewesen sein. Die forensische Odontologin schreibt, dass sie das Alter ziemlich zuverlässig aufgrund der Zähne bestimmen konnte. Die ersten Molaren, die zwischen dem sechsten und siebten Lebensjahr durchbrechen, waren bereits vorhanden, die seitlichen Schneidezähne aber noch nicht. Das bedeutet, sie war älter als sechs, aber nicht älter als acht Jahre.

Bei der Erwachsenenleiche handelt es sich um eine Frau zwischen zwanzig und dreißig Jahren, die noch kein Kind geboren hatte. Durch die Analyse der Radioaktivität in den Knochen wurde die Leichenliegezeit im Sand auf circa hundert Jahre bestimmt, wozu auch die Bekleidung passt. Wie wir schon wissen, ist auf die Frau geschossen worden, aber sie hat auch Kopfverletzungen, die stark geblutet haben müssen. Möglicherweise ist ihr Kopf gegen eine Wand oder auf den Boden geschlagen worden, und das Nasenbein ist gebrochen. Gestorben ist sie allerdings nicht durch die Kugel oder ihre Verletzung, sondern sie ist im Sand erstickt. Die Gravur auf dem Ring ist ebenfalls entschlüsselt: ›Für immer‹ steht dort, und darunter die Initialen ›W.M. ∞ C.H.B.‹ und ein Datum: 30. Januar 1914. Thyra bemüht sich gerade um eine Erlaubnis für die DNA-Bestimmung der Haare, die im Ring gefunden wurden. Sollte es eine Verbindung zu den Melanders geben, wären wir immerhin einen kleinen Schritt weiter.«

»Ich wollte, Gonde Oldsen wäre schon wieder zurück«, sagte Benthien, »sie hat Kenntnis von zwei jungen Frauen, die zu der fraglichen Zeit verschwunden sind. Eine von ihnen war mit Wilhelm Melander verlobt …«

»Dazu passen doch die Initialen«, warf Lilly ein.

»… und die andere verschwand ebenfalls in dieser Zeit; sie war eine Schwester des Inselchronisten, der Gonde seine Unterlagen vererbt hat. Ich befürchte nur, ihre ganzen Papiere sind verbrannt.«

»Das wäre wirklich eine Katastrophe«, sagte Fitzen und wackelte mit den Zehen. »Man kann nur hoffen, dass sie wenigstens versichert war.«

»Leute, wir müssen weitermachen«, sagte Benthien energisch, als sein Telefon läutete.

»Wir haben Brandbeschleuniger gefunden«, sagte Arndt Schäfer, ohne sich lange mit einer Begrüßung aufzuhalten. Er und seine Leute waren für den Brand in Morsum zuständig. »Ich denke, es spielt auch in euren Fall mit rein. Kannst du jetzt gleich nach Morsum kommen?«

Kapitel 18

Jetzt, im hellen Sonnenschein an einem freundlichen Nachmittag, konnte Lilly, die mit Benthien nach Morsum gefahren war, während Fitzen zu Hause weitere Recherchen machte, das Ausmaß des Brandes erst so richtig erkennen. Das Dach war nicht mehr vorhanden, einzelne Dachbalken stachen rußgeschwärzt in den harmlos blauen Himmel. Es roch beißend nach dem Feuer, nach verbranntem Holz und Chemikalien. Das Erdgeschoss war teilweise vom Brand verschont geblieben, doch verwüstet vom Löschwasser. Hier war von den Möbeln kaum noch etwas zu retten. Dennoch herrschte rege Betriebsamkeit. Zahlreiche Dorfbewohner holten feuchte Bücher und Dokumente aus dem Haus und packten sie zu Lillys Erstaunen eiligst in Gefrierbeutel. Selbst Benthien schien nicht zu wissen, warum sie das taten.

Justus Melander war auszumachen, der das Ganze organisierte, überwachte und dirigierte. Auch seine Verlobte arbeitete eifrig mit. Sie lagerte die nassen Bücher auf Schubkarren und brachte sie zu den Tischen, wo sie weiter versorgt wurden. Auch heute sah sie so gar nicht nach Schickimicki aus. Ihre Kleidung war einfach und zweckmäßig, Caprihose und T-Shirt. Eine Schönheit im herkömmlichen Sinn war sie nicht, dazu war der Mund zu breit, die Nase zu lang, aber sie hatte eine klare Stirn, ein flächiges Gesicht und warme braune Augen, die vor Liebe, Glück oder der Begeisterung, helfen zu können, strahlten. In Größe und Statur ähnelte sie Justus, selbst die gewellten, kinnlangen Haare mit dem Basecap hatten einen ähnlichen Stil wie seine. Dass sie aus einer der reichsten Familien Sylts kam, war ihr, fand Lilly, nicht anzusehen.

Gerade nahm ihr Justus die Schubkarre aus der Hand. »Die ist zu schwer für dich, Liebling«, sagte er und stellte sie ab, als er plötzlich Lilly und Benthien erblickte. Sichtlich erfreut kam er auf sie zu. »Darf ich Ihnen meine Verlobte vorstellen«, sagte er, »Sabrina Liebig.«

Die junge Frau begrüßte sie freundlich lächelnd und fächelte sich mit ihrem Basecap Luft zu.

»Ich bin beeindruckt«, sagte Benthien. »Was Sie hier alles auf die Beine gestellt haben. So viel Hilfsbereitschaft ...«

»Mir tut Gonde so leid«, sagte Frau Liebig mit angenehm klarer Stimme, »es muss schrecklich sein, sein Eigentum so plötzlich zu verlieren. Ich hoffe, wir können noch ein paar der Bücher retten. Sie müssen schnellstens eingefroren werden.«

»Man steckt sie in Gefrierfächer?«, fragte Lilly erstaunt.

»Ja, für circa eine Woche«, sagte Justus. »Dadurch wird der Zerfallsprozess gestoppt. Das Frosten entzieht dem Buch die Feuchtigkeit, sie geht direkt in den gasförmigen Zustand über.« Er grinste. »Diese Weisheit haben wir aus dem Internet! Sabrina hat gestern Nacht noch ein paar Recherchen angestellt und gesehen, dass man es damals beim Brand in der Anna-Amalia-Bibliothek in Weimar ebenso gemacht hat ...«

»Genau, man hat damals viele Bücher in Gefrierschränke gepackt. Jetzt hoffen wir, dass wir auf diese Weise einen Teil von Gondes Büchern und Papieren retten können. Ich weiß ja, wie sehr sie daran hängt. Es ist ihr Leben!«

»Sie kennen Gonde auch?«, fragte Lilly erstaunt. Sie wunderte sich immer wieder, wie eng das Netzwerk auf dieser Insel war.

»Seit meiner Kindheit«, sagte Sabrina und wischte sich die

schweißnassen Hände am Hosenboden ab. »Sie hat mal für meinen Vater gearbeitet.«

Justus strich ihr eine Locke aus der Stirn. »Sie hat dich verarztet, als du quasi vor ihrer Haustür mit dem Fahrrad gestürzt bist.«

»Ja, das auch«, sagte die junge Frau lachend. »Davon stammt meine Narbe am Kinn.« Sie fuhr mit dem Finger über die schmale Narbe, die sich weiß seitlich des Kinns hinzog, aber seltsamerweise kaum auffiel.

»Weiß Gonde schon, was hier passiert ist?«, fragte Benthien.

»Eine Nachbarin konnte sie erreichen. Sie ist auf dem Rückweg.« Sabrina Liebig machte einem alten Mann Platz, der gerade eine ganze Schubkarre voller Bücher über den Rasen schob. »Es war ein schlimmer Schock für sie, aber sie jammert und klagt nicht, das finde ich so bewundernswert. Sie ist eine taffe Frau, das war sie schon immer!«

»So wie du«, sagte Justus und legte den Arm um sie, was Sabrina sichtlich verlegen machte.

»Ich glaube, wir sollten weiterarbeiten«, schlug sie vor, »damit wir fertig sind, wenn Gonde kommt.«

Sie verabschiedeten sich von Lilly und Benthien und luden einen weiteren Packen zerstörter Folianten auf eine Schubkarre.

»Sie sind ein nettes Paar, finde ich«, sagte Lilly, »und sie scheinen sehr verliebt zu sein.«

Sie ergriff Johns Hand, ließ sie aber schnell wieder los, als sie Arndt Schäfer winken sah. Benthien bedachte sie mit einem spöttischen Lächeln, und Lilly streckte ihm die Zunge heraus.

Schäfer stand hundert Meter entfernt an einer großen Scheune, deren Tor offen stand. Lilly erschrak, als sie die Scheune erkannte. »Darin befindet sich Tristans Labor«, sagte sie leise zu Benthien. In der Nacht des Brandes hatte sie mit Justus kurz hineingeschaut. Noch etwas weiter weg war ein gepflegtes, langgestrecktes Friesenhaus zu sehen, das früher in erster Linie wohl landwirtschaftlichen Zwecken gedient hatte, jetzt aber zu einem schicken Wohnhaus umgebaut worden war. Satter grüner Rasen umgab das Haus, bunte Malvenblüten wuchsen bis zum Dach, und auf einer Terrasse aus Holzdielen befanden sich bequeme Rattanmöbel mit dicken weißen Polstern, über die sich eine gelb-weiße Markise spannte.

»Dort wohnt wohl Justus Melander?«, fragte Benthien, und Lilly bestätigte es.

Schäfer erwartete sie bereits ungeduldig am Eingang der Scheune. »Dimethylketon, oder einfacher gesagt, Aceton«, sagte er und deutete auf zwei Sprühflaschen, die auf dem Boden standen. »Die eine Flasche ist leer, die andere halbvoll. Inzwischen wissen wir, dass der Brand im Reetdach gelegt wurde. Das Reet wurde mittels Kerzen an mehreren Stellen angezündet. Und damit es gut brennt, hat man mit Aceton getränkte Lappen aufs Dach geworfen oder zwischen das Reet gesteckt. Sobald die Flammen die Lappen erreichten, gab es kleine Explosionen, und der Brand wurde weiter befeuert. Sehr effektiv. Aber es sind einige Lappen heruntergefallen, die wir gefunden haben.«

»War die Scheune denn verschlossen?«

»Ja, aber der Schlüssel liegt in diesem Blumentopf.« Er deutete auf die üppig blühende Fuchsie, die auch Lilly schon erwähnt hatte.

»Hast du diese beiden Flaschen in der Scheune gesehen, als du gestern hier warst?«, fragte Benthien.

»Ich habe mir das auch schon überlegt, aber ich kann mich beim besten Willen nicht daran erinnern. Du musst bedenken, es war dunkel, und wir haben nur nachgesehen, ob Tristan da war, wir haben keine Festbeleuchtung angemacht.«

»Mann, was ist denn hier los?«

Tristan war gerade angekommen. Er stieg von seinem E-Bike und lehnte es an die Außenwand. Misstrauisch blickte er von einem zum anderen. »Warum ist die Scheune offen?«

Schäfer deutete auf die Flaschen mit Aceton. »Sind das deine?«

Der Junge nickte. »Brauche ich zum Reinigen und Verdünnen.«

»Damit ist das Reetdach gestern Nacht angesteckt worden.«

Benthien beobachtete, wie Tristan erst blass wurde und ihm dann eine brennende Röte ins Gesicht stieg. Er schien Schwierigkeiten zu haben, Worte zu finden. »Aber … aber ich habe mit dem Brand nichts zu tun, das schwöre ich!«

»Du warst aber gestern Abend vor Ort!«

»Ich habe den Brand erst bemerkt, als er schon in vollem Gange war. Ich war in der Scheune und habe ein paar Experimente gemacht. Gesehen habe ich nichts und niemanden, logisch, aus den Fenstern kann man ja nicht rausgucken!«

Tristan schien sehr aufgeregt zu sein, versuchte aber, sich zu beherrschen. Arndt Schäfer tütete die beiden Acetonflaschen ein. Er befragte den Jungen ausführlich zum gestrigen Abend, wann er gekommen, wann er gegangen war, was genau er gemacht hatte. Mit wem er gesprochen oder telefoniert hatte. Tristan sagte aus, dass er insgesamt fünf Stunden dagewesen sei, bis kurz nach zwei, als das Haus schon brannte, dann wäre er frustriert nach Hause gefahren, weil er nicht weitergekommen sei. Gesehen und gesprochen habe er niemanden, auch nicht seinen Onkel, weil er ganz auf seine Arbeit konzentriert gewesen sei.

Benthien, der ihn genau beobachtete, hatte den Eindruck,

dass der Junge etwas verschwieg – oder dass ihn etwas beunruhigte, doch er wollte offensichtlich nicht mit der Sprache herausrücken. Als wenig später der Bus der Kriminaltechniker auf das Grundstück fuhr, spiegelte sich Entsetzen, fast Panik in seinen Zügen.

Birgit Timmermann, trotz der Hitze blass wie immer, und zwei weitere Kollegen sprangen heraus. Timmermann kam auf Benthien zu. »Wir sollten uns hier eine Wohnung mieten, so oft, wie wir jetzt auf der Insel sind«, sagte sie scherzhaft.

Schäfer deutete auf das offen stehende Scheunentor. »Hier geht's lang!«

Tristan verfolgte die Techniker im weißen Schutzanzug mit misstrauischen Blicken. »Was machen die da? In meiner Scheune?«

Benthien beobachtete ihn aufmerksam. Lilly sagte leichthin: »Die nehmen jetzt dein Labor auseinander, Tristan. Das müssen sie, nachdem die Aceton-Flaschen bei dir gefunden wurden.«

»Aber … aber ich habe damit nichts zu tun!«

Er wusste wohl selbst, dass sein Einspruch keine Bedeutung hatte. Er ging zur Scheunentür und blieb dort stehen, schaute hilflos zu, wie die Techniker das Unterste zuoberst kehrten. In jeden Winkel wurde geschaut, jede Schublade aufgezogen, jeder Flascheninhalt wurde begutachtet. Jede Substanz, die auf die Schnelle nicht geklärt werden konnte, wurde eingetütet. Als Birgit Timmermann eine dunkle Plastikflasche in die Hand bekam, auf der handschriftlich vermerkt war, dass sie destilliertes Wasser enthielt, beobachtete Benthien, wie Tristan erst blass und dann rot wurde. Nervöse Flecken bildeten sich an seinem Hals.

»Da ist nur Wasser drin, steht doch drauf!«, sagte er mit rauer Stimme.

Sie öffnete den Verschluss, warf mit zusammengekniffenem

Auge ein Blick in die Flasche und schnüffelte daran. »Seit wann ist Wasser schwarz?«

Benthien begutachtete sie ebenfalls. Als er einen Finger benetzen wollte, um daran zu lecken, kam Bewegung in den Jungen. »Nein! Tun Sie das nicht!«

Benthien warf Tristan einen Blick zu, dann gab er die Flasche an Birgit zurück, und auch sie wanderte in einen Beweismittelbeutel.

»Tristan«, sagte er, »willst du uns nicht einfach sagen, was das ist? Wir kriegen es ja doch raus.«

Tristan ging ein paar Schritte und setzte sich ins Gras. Er schien fix und fertig zu sein.

»Es ist ein Versuchsobjekt«, sagte er trotzig. »Aber das ist meine Sache, verstanden? Ich habe noch nie jemand anderem davon gegeben.« Er ließ den Kopf hängen. »Nur … ich glaube« – seine Stimme wurde leiser –, »ich glaube, da war jemand dran. Die Flasche war voller, als ich sie das letzte Mal sah.«

»Tristan!«, sagte Benthien eindringlich, »*was* ist da drin?«

Lilly legte ihm die Hand auf die Schulter. »Du kannst uns vertrauen, Tristan!«

Der Junge blickte auf. »Werden Sie es meinen Eltern verraten?«

»Das kann ich dir nicht versprechen«, sagte Benthien. »Wenn möglich, informieren wir sie nicht. Aber du musst uns die Wahrheit sagen. Und jetzt raus mit der Sprache: Was ist in der Flasche?«

»Tollkirschenextrakt«, brummte Tristan mürrisch. »Den brauche ich für Experimente.«

Benthien und Lilly tauschten einen vielsagenden Blick.

»Und welche Experimente führst du damit genau durch?«, fragte Lilly und versuchte, ihren Schrecken zu unterdrücken.

Tristan schwieg.

»Etwa Drogen? Du experimentierst mit Drogen?«, fragte Benthien. »Ich hätte dich für klüger gehalten.« Er zog an dem Lederband, das Tristan um den Hals hatte. »Gehört das auch zu deinen Experimenten? Zeig mir mal, was daran hängt.«

»Nein!«

Der Junge fuhr mit der Hand zum Magen und hielt durch das T-Shirt etwas fest. Benthien wunderte sich, dass das Band so lang sein sollte. Andererseits – irgendetwas war daran befestigt, das sich durch den dünnen Stoff abzeichnete. Die Form war unregelmäßig, asymmetrisch.

»Ich wette, es ist ein Teil der Wurzel einer Tollkirsche«, sagte Birgit Timmermann, die hinzugetreten war. »Wurzeln aller Größen hängen nämlich auch an den Wänden im Labor.«

Tristan sprang auf, schwang sich auf sein Fahrrad und fuhr wie gehetzt davon.

»Wisst ihr, was es bedeutet, wenn man eine Wurzel der Tollkirsche als Fetisch oder Amulett trägt?«, fragte Birgit. »Sie gilt als Zauberwurzel, als etwas, das einem die Anerkennung und Liebe der Mitmenschen einbringt …«

»Wir sollten ihm nachfahren, ihn jetzt nicht allein lassen«, sagte Lilly, und Benthien war klar, dass sie Tristan meinte. »Weißt du, warum er abgehauen ist? Nicht wegen des Giftes, oder zumindest nicht in erster Linie deswegen. Er ist aus Scham abgehauen. Wegen dieser angeblichen Zauberwurzel, die ihm Liebe und Anerkennung bringen soll … Er will vor uns nicht als Loser dastehen, als jemand, der so etwas braucht.«

»Ja, und der als ›Wissenschaftler‹ an einen solchen Hokuspokus glaubt«, sagte Benthien nickend. »Trotzdem sollten wir mit ihm so schnell wie möglich sprechen, sobald feststeht, dass sein Tollkirschenextrakt dieselbe Zusammensetzung hat wie das Gift in der Likörflasche. – Geht's dir nicht gut?«, setzte er besorgt hinzu, als ihm auffiel, dass Lilly ziemlich rot im Gesicht war und schwitzte.

»Ich setz mich mal kurz ins Auto«, sagte Lilly, doch im Wagen war es entschieden zu heiß.

Sabrina Liebig, die Lilly und Benthien beobachtet hatte, kam näher. »Möchten Sie nicht auf einen Drink und einen kleinen Imbiss mit zu uns kommen? Ich glaube, wir sind alle ein bisschen erschöpft von der Hitze.«

Lillys wegen sagte Benthien zu, obwohl es nicht seine Gewohnheit war, sich von Zeugen – oder gar von Verdächtigen – bewirten zu lassen.

Wenig später saßen sie auf der Terrasse sehr angenehm im Schatten, denn Justus hatte neben der Markise auch die drei großen Sonnenschirme aufgespannt. Vom Meer kam eine leichte Brise. Sabrina servierte Melonenscheiben, einen grünen Salat mit Joghurt, Zitronenwasser und kühlen Orangensaft. Lilly schien sich langsam wieder zu erholen, aber auch Sabrina wirkte erschöpft und ein wenig angeschlagen.

»Solch einen heißen Sommer habe ich auf Sylt lange nicht erlebt«, sagte Sabrina und fächelte sich Luft zu. »Aber ich war ja auch lange nicht hier.«

»Haben Sie auf dem Festland gelebt?«, erkundigte sich Lilly.

»Ja, nicht weit von hier, in Flensburg. Nach meiner Ehe. Ich war dort im Hotelmanagement tätig, nachdem ich zuerst Kunstgeschichte studiert hatte. Archäologie hätte mich auch interessiert.«

»Haben Sie wegen Ihres Vaters umgesattelt?«

»Na ja, mein zweiter Traum war, einmal ein eigenes Hotel oder Restaurant zu führen. Und jetzt«, sie drückte lächelnd die Hand ihres Verlobten, »ist es hoffentlich bald so weit.«

Benthien erinnerte sich an Justus' Plan, einen Golfplatz mit Sternerestaurant zu eröffnen.

»Sie kennen sich schon länger?«, fragte Lilly.

»Wir haben uns vor einem Jahr beim Ringreiten kennengelernt und verliebt«, erklärte Justus mit strahlenden Augen. »Ich habe gar nicht mehr damit gerechnet, noch eine Frau zu finden, mit der ich zusammenleben möchte.«

»Ja, wir haben all unseren Mut zusammengenommen …«, sagte Sabrina. Sie verstummte, und ihr Lächeln wurde blasser.

»Dein Vater kommt«, sagte Justus leise.

»Ich habe ihn hergebeten wegen einer Wohnung für Gonde«, informierte Sabrina Benthien und Lilly. »Ich hoffe, er hat etwas für sie, wo sie vorläufig bleiben kann.«

Benthien kannte Dr. Liebig vom Sehen. Er war groß, massiv, wirkte leutselig und hatte einen fast schmerzhaften Händedruck. Bekleidet war er mit einer grauen Businesshose, einem hellblauen Hemd mit dunkelblauer Krawatte, allerdings, der Hitze geschuldet, keinem Jackett. Seinen zukünftigen Schwiegersohn begrüßte er mit einem Schulterklopfen. Er hatte eine dicke Mappe dabei, die er auf den Tisch legte. Vermutlich, dachte Benthien, mit einem Angebot an Ferienwohnungen.

Man machte noch ein paar Minuten Konversation, dann verabschiedeten Benthien und Lilly sich und stiegen ins brüllend heiße Auto, das sich trotz des Schattenparkplatzes aufgeheitzt hatte. Als Erstes stellte Benthien die Klimaanlage an, dann fuhren sie zurück nach List.

»Häschen«, sagte Théo zärtlich, »das geht aber jetzt nicht, wie du sehr gut weißt. Wir müssen die Wahlen noch abwarten.«

Er befand sich in Kiel, seinem beruflichen Wirkungskreis, in einer Wohnung im siebten Stock. Er lag mit seiner Freundin Sylvie, die im Berufsleben seine Sekretärin war, nackt im Bett.

Sylvie, blond, angenehm mollig und einige Jahre jünger als Théo, rutschte ein wenig höher, wobei sie das Deckbett mit sich zog, und zündete sich eine Zigarette an.

»Irgendwann musst du dich entscheiden, mein Lieber«, sagte sie und inhalierte tief, »ewig warte ich nicht auf dich. Seit zwei Jahren erfindest du Ausreden, warum du es deiner Frau nicht sagen und warum du sie nicht verlassen kannst. Das muss jetzt mal ein Ende haben …«

»Wir müssen die Wahlen abwarten!«, sagte Théo fest. »Ich kann mir vorher keinen Skandal erlauben. Wenn ich dann erst im Amt bin, ist das anders.«

»Aha! Dann spielt ein Skandal also keine Rolle mehr? Was sollte mich denn davon abhalten, zu deiner Frau zu gehen und ihr von uns zu erzählen?«

»Die Vernunft, mein Schatz!«

Das Gespräch drehte sich im Kreis, und das nicht zum ersten Mal. Théo seufzte innerlich. Warum machten Frauen das Leben immer so kompliziert? Sylvie hatte es doch gut; sie sah ihn weitaus häufiger als seine eigene Frau, sie waren, solange er in Kiel war, fast Tag und Nacht zusammen. Und er war sehr viel häufiger in Kiel als auf Sylt bei seiner Familie! Jetzt waren Ferien, dennoch hatte er eine Cessna gechartert und war Sylvie zuliebe nach Kiel geflogen, nur um sie für einige Stunden zu sehen. Dazu musste er sich für Evi eine monströse Lügengeschichte ausdenken von einem Geheimtreffen der Parteispitze, um eine Strategie für den kommenden Wahlkampf auszutüfteln. Geradezu kindisch, aber wenn Evi ausrastete und nicht mehr mitspielte, war sein angestrebtes Ministeramt in Gefahr, vielleicht sogar seine gesamte Karriere. Das konnte er sich nicht leisten. Davon abgesehen, fand er die Situation ganz erfreulich, so wie sie war. Sylvie in Kiel und seine Familie auf Sylt, damit hatte er sich gut eingerichtet, und so konnte es, wenn es nach ihm ginge, auch bleiben.

Allerdings war da noch seine Mutter. Woher sie von seiner Beziehung zu Sylvie wusste, war ihm allerdings ein Rätsel. Vielleicht hatte sie den Klatsch im Parteibüro irgendwie mitbekommen? Oder er war ihr hinterbracht worden. Seine Mutter mischte sich gern mal in Dinge ein, die sie nichts angingen, besonders, wenn es um die Familie ging. Sie war natürlich ganz und gar dagegen, dass er diese Beziehung weiter aufrecht erhielt, sie hatte ihm kürzlich sogar mit Enterbung gedroht, wenn er sich von Evi trennen würde. »Das gehört sich nicht«, hatte sie gesagt, »wen man einmal geheiratet hat, bei dem bleibt man, in guten wie in schlechten Zeiten. Evi ist imstande, in aller Öffentlichkeit schmutzige Wäsche zu waschen, das dulde ich auf keinen Fall. Denk daran, was du unserer Familie schuldig bist!«

Als hätte sie seine Gedanken erraten, sagte Sylvie jetzt: »Du weißt ja, dass deine Mutter mir Geld angeboten hat, wenn ich mich von dir trenne – zwanzigtausend Euro!« Sie lachte. »Vielleicht kitzle ich noch ein bisschen mehr aus ihr heraus, wenn ich ihr verrate, dass ich die Pille abgesetzt habe!«

Théo zuckte zusammen. »Das hast du nicht!«

»Noch nicht.« Sie drückte die Zigarette aus. »Aber ich bin dabei, es mir zu überlegen, mein Lieber.«

Die Diskussion ging wieder von vorne los.

Dennoch, die Idee, mit Sylvie ein Kind zu haben, klang auch für ihn verlockend. Irgendwann würde es so weit sein, nur jetzt war ein denkbar schlechter Zeitpunkt. Zuerst, darüber war sich Théo im Klaren, war Sylvie für ihn nur ein Zeitvertreib gewesen. Jeden Abend nach der Arbeit allein in Kiel, niemand, mit dem er ein privates Wort reden konnte, das hatte ihm aufs Gemüt geschlagen. Und Sylvie, die er im Landtag kennengelernt hatte, war heiter und mitfühlend, klug und einfühlsam gewesen, mit einer gehörigen Portion eines gewissen bissigen Humors, den er schätzte. Ihm hatte auch gefallen, dass sie seinen Annäherungsversuchen nicht sofort nachgegeben hatte.

Das, was ein netter Zeitvertreib für einen einsamen Mann hätte sein sollen, wurde, zumindest für ihn, ganz unerwartet zur großen Liebe. Sylvie beherrschte inzwischen alle seine Gedanken. Wenn er sie einige Tage nicht sah, wurde die Sehnsucht nach ihr so groß, dass es überall weh tat. In Gedanken war er immer bei ihr, sprach mit ihr, lachte mit ihr, fühlte, wenn er die Augen zumachte, ihre seidige Haut, und es war ihm, als hinge ihr besonderer Duft im Raum.

Mit Evi verband ihn außer ein paar allgemeinen, prosaischen Interessen nichts mehr. Der Tod seiner Tochter Svenja, den er mit ansehen musste, hatte ihn, zumindest damals, jeglichen Gefühls beraubt. Von da an hatte er eine höchst merkwürdige Distanz zu sich selbst; er sah sich agieren, reden, funktionieren, als ginge es um einen Fremden. Erst Sylvie hatte ihm die Freude am Leben zurückgegeben.

Und was war mit Tristan? Er spürte, dass sein Sohn ihn ablehnte, ihn vielleicht sogar hasste, doch er hatte keine Ahnung, warum. Irgendetwas war schiefgelaufen im Lauf der Jahre, dabei hatten sie sich einmal so gut verstanden. Er erinnerte sich an wilde Spiele im Garten und am Strand, an Freude und Ausgelassenheit, an ganz viel Vertrautheit, doch irgendwann war das alles auf der Strecke geblieben. War es die Pubertät? Oder hatte er seinen Sohn enttäuscht? Er beschloss, noch einmal einen Versuch zu unternehmen, mit Tristan zu reden, offen und ehrlich und ohne Vorbehalte. Denn Tristan zu verlieren war das Schlimmste, was er sich vorstellen konnte.

Ebenso, wie Sylvie zu verlieren.

Und für Sylvie musste er nun eine Lösung finden. Nach einigem Nachdenken machte er ihr den Vorschlag, nach Sylt zu kommen, eine kleine Wohnung zu mieten, solange die Ferien dauerten, dann wäre sie in seiner Nähe, und sie könnten sich fast täglich sehen.

Es schien, als würde diese Idee Sylvie zufriedenstellen. Doch dann fing sie noch einmal von vorne an.

»Vielleicht sollte ich mal mit deiner Mutter reden, sie kennt mich ja noch nicht persönlich. Deine Frau kümmert sich schließlich überhaupt nicht um deine Karriere, sie ist ein Hausmütterchen und will auch gar nichts anderes sein. Ich bin anders. Ich könnte dich fördern, dir helfen, ich bin ehrgeizig und kenne mich in der politischen Landschaft gut aus. Deine Mutter will ebenfalls, dass du vorankommst. Insofern haben wir beide etwas gemeinsam, da müsste ihr doch einleuchten, dass du mit mir wesentlich besser fährst als …«

»Lass meine Mutter aus dem Spiel!«, sagte Théo heftig. »Die hat im Moment ganz andere Sorgen. Ich habe es dir doch erzählt.«

»Ja, Yvonnes Freund hat sie und Adelines kleinen Enkel vergiftet«, sagte Sylvie und zündete sich eine neue Zigarette an, »wahrscheinlich aus Eifersucht. Habe ich jedenfalls so gehört …« Wieder unterbrach Théo sie. »Du bist nicht auf dem neuesten Stand. Meine Mutter sollte vergiftet werden, nicht Yvonne. Das sagt jedenfalls die Polizei. Deswegen halte dich bitte von ihr fern und belästige sie nicht. Das führt zu nichts!« Er produzierte ein kurzes, künstliches Lachen, als wäre das Folgende ein Witz: »Vielleicht enterbt sie mich sonst doch noch, verstehst du, meine Mutter kann sehr radikal sein. Also bitte, Liebling, reiß dich zusammen. Komm, wenn du jetzt auf Sylt bist, weder Evi noch meiner Mutter zu nahe. Das kann nur in einer Katastrophe enden!«

Ängstlich beobachtete er sie. War die Aussage bei ihr angekommen? Er kam sich vor, als balancierte er am Rande eines Abgrunds.

Sylvie antwortete nicht. Sie nahm einen langen Zug aus ihrer Zigarette und schaute verträumt aus dem Fenster, auf grüne Baumwipfel unter dem harmlos blauen Himmel. Und Théo fragte sich verzweifelt, wie er ihr seine prekäre Situation nur verständlich machen könnte.

Kapitel 19

Benthien beschloss, Tristan so lange in Ruhe zu lassen, bis die KTU ihm Ergebnisse geliefert hätte. Er war ja ein kluger Junge. Vielleicht entschloss er sich von selbst zu reden. Auf jeden Fall musste festgestellt werden, ob die Zusammensetzung des Tollkirschenextrakts dem Giftgemisch entsprach, an dem Yvonne und Nicky gestorben waren. Ansonsten stand die Exhumierung der Leiche von Emily Matern an; die Staatsanwaltschaft hatte grünes Licht gegeben. Neben Benthien, Lilly und Fitzen waren zugegen: Thyra Kortum, Emily Materns Hausarzt Dr. Arnholt, ein älterer Mann mit schütterem rotblondem Haar, und Dr. Radtke von der Gerichtsmedizin sowie ein chemischer Sachverständiger, der anwesend sein musste, da man eine Vergiftung vermutete. Allerdings war das reine Formsache.

Es war heiß auf dem Dünenfriedhof, die Sonne brannte unbarmherzig vom wolkenlosen Himmel herab. Alle schwitzten und wischten sich verstohlen Stirn und Nacken. Das Öffnen des Grabes erwies sich als schwierig und langwierig, da ein schwerer Findlingsstein darauf ruhte. Man hatte ein weißes Zelt über dem Grab errichtet, als der Sarg gehoben wurde. Er wurde geöffnet, und die Leiche der alten Frau Matern, eingehüllt in ihr bestes Spitzennachthemd, kam zum Vorschein. Benthien fand, dass sie erstaunlich gut erhalten war, immerhin lag sie seit über sechs Monaten hier im leichten Dünensand.

Dr. Radtke und der chemische Sachverständige begutachteten den Leichnam, doch von außen war nichts Auffälliges zu sehen. Und dann ging alles sehr schnell. Der noch gut intakte Sarg wurde wieder geschlossen, in den Wagen geladen und zum Flughafen gebracht, denn exhumierte Leichen, das wusste Benthien, mussten so schnell wie möglich in die Gerichtsmedizin gelangen. Umso schneller, je wärmer die Umgebungstemperatur war. Er wusste auch, dass verwertbare Weichteil- und Organbefunde auch nach vielen Monaten noch erhoben werden konnten, und diese Leiche sah vom Erhaltungszustand sehr vielversprechend aus, so dass er zuversichtlich war.

Im Anschluss an die Exhumierung begleitete ihn Thyra ins Friesenhaus und forderte einen ausführlichen Bericht über alle Ergebnisse, die bisher vorlagen. Benthien, Lilly und Fitzen informierten sie abwechselnd, im Schatten sitzend und versorgt mit kalten Getränken.

Sehr zufrieden schien Thyra danach nicht zu sein.

»Die Ermittlungslage ist schwierig«, sagte Benthien zu ihrer Verteidigung. »Man kann niemanden ausschließen, und jeder hatte die Gelegenheit. Nur das nachzuweisen ist das Problem.«

»Was ist denn mit diesem Jungen, Tristan? Wie alt ist er, vierzehn? Und er hat schon ein eigenes Labor, in dem er unbeaufsichtigt herumfuhrwerkt?«

»Auch da müssen wir erst die Untersuchungsergebnisse abwarten«, sagte Lilly. »Soviel wir wissen, hat er kein Motiv, seine Großmutter umzubringen.«

»Kann es sein, dass das Ganze ein Unfall war?«, überlegte Thyra. »Seine Oma hat ihn besucht und geglaubt, dass das Saft ist? Und gedacht, dass er gut zu ihrem Likör passt?«

»Das ist unwahrscheinlich«, sagte Fitzen. »Tristan hatte ja nur eine Flasche davon – zumindest wurde nur eine gefunden. Sie hätte also einen Teil in einen anderen Behälter abfüllen müssen, und das hätte Tristan auf jeden Fall mitbekommen.«

»Aber sagte er nicht, dass er glaubt, jemand habe von seinem Tollkirschenextrakt etwas abgefüllt?«, überlegte Lilly.

»Das kann eine Schutzbehauptung gewesen sein«, warf Fitzen ein. »Er könnte seiner Oma auch erzählt haben, dass das Saft ist. Und gut zum Likör passt.«

»Ich werde versuchen, die Wahrheit aus ihm herauszubekommen«, versprach Benthien.

Am nächsten Tag, Samstag, war Fitzen wieder in Flensburg bei Katharina und Jenny, wollte aber am Sonntag zurückkommen. Benthien suchte den ganzen Tag nach Tristan, telefonierte mit seinen Eltern, mit seiner Großmutter, mit Justus Melander, aber der Junge blieb unauffindbar.

»Er wird sich irgendwo am Strand herumtreiben«, sagte Evi Melander müde. »Da kann er stundenlang ganz allein rumhängen. Ich finde das sehr ungesund.«

Benthien fragte nach der Handynummer und bekam sie auch, aber das Gerät war abgeschaltet. Er hinterließ eine Nachricht, dass Tristan sich melden solle.

Gerade als Benthien anfing, sich zu wundern, wo sein Vater eigentlich steckte und wann er wohl wiederauftauchen würde, fuhr Ben den Wagen unten am Fuß der Düne in die Garage. Seine Einkaufstour am Bodensee hatte er beendet, und der Kofferraum schien voll zu sein, jedenfalls brauchte er Hilfe beim Tragen.

»Habe drei tolle Sachen mitgebracht«, verkündete er strahlend. »Das Polyphon, eine große Tischlampe aus den 30er Jahren mit Opalglas und eine Plattenkamera, die rund hundert Jahre auf dem Buckel hat«, meinte er. »Ist doch ein großartiger

Partygag, wenn ich unter das schwarze Tuch krieche und Fotos von den Leutchen mache, die dann für fünf Minuten denselben Gesichtsausdruck beibehalten müssen.«

»Ein Renner für jede Party!«, stimmte ihm John zu.

Ben verschwand im Wohnzimmer, um vom Festnetztelefon einen Rundumschlag zu machen, indem er jedem Teilnehmer seiner Party von seinen erfolgreichen Einkäufen berichtete.

Benthien setzte sich auf die Terrasse an den Laptop, um weitere Recherchen zur Familie Melander zu machen, wurde aber durch einen Besuch von Gonde Oldsen unterbrochen.

Sie sah unter ihrer Bräune blass und eingefallen aus, der Schock wegen des Brandes stand ihr noch ins Gesicht geschrieben. Benthien stellte ihr Lilly vor, die Gonde interessiert betrachtete.

»Es ist ein merkwürdiges Zusammentreffen, John«, begann die alte Frau, »da reden wir über die Möglichkeit eines Brandes, und ein paar Tage später liegt mein Haus in Schutt und Asche. Arndt sagt, es war Brandstiftung. Aber weißt du was? Der größte Teil der alten Schriften und Dokumente ist gerettet worden. Vieles war schon bei Meret im Haus, weil sie es einscannen und abschreiben wollte, und einen Teil hatte ich bereits in den Stahlschrank gepackt. Es ist unglaublich, aber manchmal fügen sich die Dinge ganz wundersam! Und dass die Nachbarn und Justus und Sabrina mir so viel geholfen haben, sogar ihre Freizeit geopfert haben, das vergesse ich ihnen nie.«

Benthien atmete erleichtert auf. Nun bestand doch noch die Möglichkeit, bei der Durchsicht der Unterlagen vielleicht das Rätsel um die Tote in der Düne zu lösen. Gonde versprach, sich so schnell wie möglich mit den Papieren zu beschäftigen. Da diese Straftat schon so lange zurücklag, sah Benthien keinen Anlass, Untersuchungsergebnisse zu verschweigen. Er teilte

Gonde daher mit, wie die Frau in der Düne gestorben war, und zeigte ihr auch ein Foto des Rings und der Inschrift, den sie gefunden hatten und der höchstwahrscheinlich ihr gehört hatte.

»*W. M.* könnte für Wilhelm Melander stehen, dann wäre die Tote seine Verlobte gewesen, von der es hieß, sie sei nach Amerika ausgewandert«, sagte Gonde aufgeregt.

»Das wirft aber ein böses Licht auf die Familie Melander«, warf Lilly ein.

»Allerdings! Aber was könnte der Grund gewesen sein, sie umzubringen?«

»Ich denke, dass es mit dem Mord an Thure Bassewitz, dem Kompagnon, zusammenhängen könnte«, sagte Benthien. »Vielleicht hat sie etwas gesehen, was sie nicht sehen durfte.«

»Aber wie sollen wir das heute noch herausfinden?«, fragte Lilly.

»Ich sehe schon, die Ermittlungen nehmen Fahrt auf«, meinte Gonde mit einem Lächeln und erhob sich. »Dann will ich euch mal nicht länger bei der Arbeit stören …«

»Wo willst du hin?«, fragte Benthien. »Hast du eine Unterkunft?«

»Ich kann für zwei, drei Tage bei Meret unterkommen. Justus hat es mir auch angeboten, aber Sabrina ist ja auch da, und ich möchte das junge Glück nicht stören. Sabrina hat mir aber versprochen, dass sie oder ihr Vater mir eine günstige Wohnung besorgen können.«

»Was auf Sylt gar nicht so leicht sein dürfte«, ließ sich Ben vernehmen, der auf die Terrasse trat und Gonde begrüßte, die er vom Literaturclub kannte. »Gerade jetzt zur Hauptsaison wird doch noch der letzte Kuh- und Schweinestall an gut zahlende Gäste vermietet.«

Gonde lächelte etwas gezwungen. »Ich denke, Sabrina findet

schon etwas. Sie ist ein liebes Kind, sehr sozial eingestellt. Ich kenne sie schon, seit sie klein war.«

»Ja, sie erzählte von dem Fahrradunfall«, sagte Lilly.

»Sie hat's nicht leicht gehabt im Leben, obwohl sie aus einer schwerreichen Familie kommt«, sagte Gonde. »Deshalb bin ich auch so froh, dass sie Justus gefunden hat.«

Benthien und Lilly hielten ein hoffnungsvolles Schweigen aufrecht, womit sie erfolgreich waren, denn Gonde erzählte weiter. »Sabrinas Ehe war eine Katastrophe, der Kerl hat sie schon in der Hochzeitsnacht betrogen. Später kam dann heraus, dass er seit Jahren eine Beziehung hatte – und die auch nicht aufgab für seine Ehe. Seine Geliebte war mit auf die Insel gezogen, er hatte sie ganz in der Nähe untergebracht.«

»Er wird Sabrina nur wegen ihres Geldes geheiratet haben«, vermutete Lilly.

Gonde nickte. »Nur deshalb! Das ist so oft die Gefahr bei Kindern von reichen Leuten. Aber Sabrina hat ihn geliebt, und nach der Scheidung ging es ihr wirklich schlecht. Deshalb bin ich so froh, dass sie und Justus sich nun gefunden haben. Sie ist wirklich ein liebes Kind, ganz anders als ihre Geschwister! Und dass sie die Rettungsaktion für meine Bücher ins Leben gerufen hat, das werde ich ihr nie vergessen …«

Benthien bemerkte, dass sie Tränen in den Augen hatte.

Während Ben Gonde ins Haus führte, um ihr gnadenlos seine neuen Besitztümer vorzuführen, und dann alles über den Brand wissen wollte, drängte es Benthien, mit Lilly an den Strand zu gehen in der Hoffnung, dort endlich Tristan zu finden. Über sein Handy war er immer noch nicht zu erreichen.

Am Sonntag war Fitzen wieder zurück. Er erzählte, dass Katharina eifrig nach einem Haus suchte, dessen Miete bezahlbar war. »Am liebsten am Wasser«, sagte er, »mit Blick auf die Förde. Wozu leben wir in einem Feriengebiet, wenn wir selbst nichts davon haben?«

»Fördeblick ist teuer«, sagte Lilly, »selbst hier oben.« Dabei warf sie John einen Blick zu, der aber nur sphinxartig lächelte und sich nicht weiter dazu äußerte.

Ben erschien auf der Terrasse und verkündete, dass er jetzt Gonde abholen würde.

»Wieso abholen?«, fragte Benthien verwirrt. »Wozu?«

»Ich habe ihr gestern vorgeschlagen, für eine Weile bei uns zu wohnen, bis sie was anderes hat«, erläuterte Ben.

Sein Sohn staunte. »Nett, dass du uns auch schon darüber informierst!«

»Hast du was dagegen?«

Benthien überlegte und entschied zu seiner eigenen Überraschung, dass er nicht nur nichts dagegen hatte, sondern dass er sich gut vorstellen konnte, mit der umgänglichen Gonde unter einem Dach zu leben. Zumindest zeitweise. »Aber wo soll sie denn wohnen? Wir haben doch gar kein freies Zimmer mehr?«

»Die Dachkammer«, sagte Ben, und John fing an zu lachen.

»Die, die so vollgestopft ist, dass man von der Türschwelle aus die Sachen hineinwerfen muss, die man darin aufbewahren will?«

»Genau die«, sagte Ben vergnügt. »Ich habe sie ihr gezeigt, und wir haben beschlossen, den Krempel in den Keller umzuschichten. Vielleicht werfe ich das eine oder andere sogar weg. Außerdem hat Gonde mir versprochen, ein paar Rezepte für meinen Foodblog beizusteuern.«

»Ich dachte, der ist tot?«, bemerkte Lilly amüsiert.

»Der war nie tot«, protestierte Ben, »er hat nur pausiert.«

Nachdem Ben abgezogen war, ging Lilly in die Küche, um einen Kuchen zu backen, der nicht gebacken werden musste.

Fitzen fragte, ob Benthien und Lilly etwas von Tristan gehört hatten, aber John verneinte, obwohl sie am Vortag stundenlang nach ihm gesucht hatten.

»Die Geschichte mit der Tollkirschenwurzel, die Tristan als Amulett getragen hat, ist inzwischen in der Familie herum, und Tristans Mutter meint, er versteckt sich jetzt, weil er sich schämt. Weil seine geheimen Wünsche – Anerkennung zu bekommen, Zuneigung – jetzt offen zutage treten und er sich bloßgestellt fühlt. Evi Melander meint, er hat auf der Insel so seine geheimen Verstecke, da schmollt er jetzt, aber er wird auch wieder auftauchen. Ansonsten müssen wir gezielt nach ihm suchen, aber das wird eine Mammutaufgabe werden.«

»Du denkst doch nicht an eine Fahndung?«

Benthien starrte Fitzen an. »Mein Gott, er ist doch kein Schwerverbrecher! Und er wird auch nicht die Insel verlassen. Wo soll er denn hin? Ich frage mich, wer von Tristans Familie seine Scheune kennt und weiß, was er da so treibt. Auf jeden Fall wären Tristans Experimente – der Giftextrakt – eine perfekte Quelle für unseren Giftmischer.«

»Wenn er denn davon weiß«, meinte Fitzen.

Benthien seufzte. »Genau das gilt es herauszufinden.«

Er zog einen Block hervor und konzentrierte sich aufs Schreiben, während sich sein Kollege auf einer Sonnenliege ausstreckte.

»So lässt es sich leben«, sagte Fitzen, wohlig seufzend. »Wenn der erfrischende Nordseewind dir die Hühneraugen küsst, die Dünengräser einem zuwinken und das Meer blaue Kapriolen schlägt ...«

»Du solltest Romane schreiben«, brummelte Benthien. Er

starrte in die Luft, beobachtete träge ein Kaninchen, das irgendwas im Gras mümmelte, und registrierte, wie ein Stück weit entfernt Sandfontänen in die Luft flogen. Eine plötzliche, lokal stark begrenzte Windhose? Oder doch eher ein unsichtbarer Hund, der im Dünensand buddelte? Er schrieb etwas in sein Notizbuch, dann starrte er aufs Meer, auf die gegenüberliegende dänische Küste, auf eine dicke Frau, die ohne Oberteil quer durch die Dünen lief. Fitzen hatte sie auch gesehen, und irgendwie schien sie ihn zum Niesen zu bringen.

»Was schreibst du da eigentlich?«, fragte er zwischen zwei Niesanfällen. »Was zu unserem Fall? Ich denke, wir sollten abwarten, bis wir am Montag wissen, ob die alte Frau ebenfalls vergiftet wurde.«

Benthien war so abgelenkt, dass er vergaß zu antworten. Doch dann gab er sich einen Ruck.

»Tommy, was reimt sich auf Bernstein?«

Fitzen holte tief Luft. »Mein, dein, Verein, Rhein, allein, Schrain, Kathrein, Steißbein, Bahrain …«

»Das passt alles nicht«, sagte Benthien, der frustriert am Bleistift kaute.

»Worum geht's denn überhaupt?«

»Lilly hat doch im August Geburtstag, und ich will ihr ein Gedicht schenken, aber ein gescheites, sie soll nicht gerade vor Lachen platzen … Grins nicht so blöd, ich meine es ernst!«

»Was hast du denn bisher verzapft?«

»*Deine Augen, golden wie Bernstein …*«

»Und? War's das etwa schon?«

»Ich fang doch gerade erst an!«

»Und schon weißt du nicht mehr weiter? Warte mal: *Deine Augen, golden wie Bernstein, oh Liebste mein, und schon muss ich nicht mehr alleine sein … was hab ich für ein Schwein!*«

Fitzen lachte so sehr über seine Reimerei, dass Benthien nicht anders konnte, als über den Unsinn mitzulachen.

Resigniert warf er den Bleistift hin. »Ich lass es wohl besser bleiben. Außerdem will ich ja nicht nur ihr Äußeres loben, das hält sie sonst noch für sexistisch.«

»Mach doch was, was sich nicht reimt. Schreib ihr – ganz altmodisch – einen romantischen Liebesbrief. Mit getrockneten Blümchen. Aber pass auf, dass keine Ameisen dabei sind! Oder dichte einen Bänkel- oder Minnesong, Tristan wird dich da sicher gerne beraten …« Fitzen fing schon wieder an zu lachen. »Oder warte, wie wär's denn damit:

In Flensburg gab es ein Mägdelein,
das wollte ihren Chef wohl frei'n.
Sie hat ihn betört,
sie hat ihn beschwört,
mit ihren Augen aus Be-e-ernstein …

Oh mein Gott, das ist ja fast schon ein Limerick! Ich wusste gar nicht, dass ich so was kann!«

Benthien strich nachdrücklich seine eben geschriebene Textzeile aus. »Ein Limerick muss eine Pointe in der letzten Zeile haben. Sehr hilfreich bist du nicht gerade, Tommy!«

Beide verstummten, als Lilly auf der Bildfläche erschien, und Benthien versuchte, möglichst unauffällig das Blatt vom Block zu reißen, es unter dem Tisch zu falten und in seine Hosentasche zu stecken, was ihm natürlich nicht unbemerkt gelang. Sowohl Lilly als auch Fitzen starrten ihn an. Doch Lilly beschloss anscheinend, darüber hinwegzusehen.

Der Rest des Tages verlief harmonisch, mit Gonde, die Geschichten aus dem alten Sylt erzählte, Lillys erfrischendem

Himbeer-Schoko-Frischkäsekuchen, und Ben, der sein Polyphon mit den Lochplatten vorführte und versuchte, den altertümlichen Photoapparat zum Laufen zu bringen.

Nur Benthien war ab und zu etwas geistesabwesend.

Kapitel 20

»Nun steht es fest: Auch Emily Matern wurde vergiftet, allerdings nur mit Taxin, dem Gift der Eibe.« Mit dieser Nachricht kam Fitzen am Montag in die Küche, wo Benthien und Lilly gerade dabei waren, ein paar Sandwiches für den Mittagsimbiss zuzubereiten.

Benthien zog die Augenbrauen hoch. »Warum hat die KTU nicht mich angerufen?«

»Hat sie, und ich habe mir erlaubt, an dein Handy zu gehen. Musst es halt mitnehmen, Johnny-Boy, und nicht liegenlassen.«

»Unfassbar«, sagte Lilly. »Da war der Giftmischer tatsächlich schon im Januar aktiv. Aber warum Emily Matern? Oder sollte der Anschlag Adeline gelten, und das Glas mit dem Gift geriet aus Versehen in Emilys Hände?«

»Vielleicht ist da jemand unterwegs, der einen Hass auf alte Leute hat?«, überlegte Fitzen.

»Wir müssten Adeline genauer überprüfen, vielleicht mit ihrem Arzt sprechen«, sagte Lilly. »Möglicherweise ist sie krank oder gebrechlich, und die Familie hat Angst, die Pflegekosten, die auf sie zukommen, könnten aus dem Ruder laufen.«

»Hat Emily Matern eigentlich noch Angehörige?« Fitzen schnappte sich ein Stück Wurst.

Benthien schüttelte den Kopf. »Sie hatte niemanden mehr, nur Freunde, keine Familie.«

»Es ist und bleibt ein Rätsel.«

»Merkwürdig ist, dass Emily Matern nicht mit einem Tollkirschenextrakt vergiftet wurde, wie Yvonne und Nicky, sondern nur mit Taxin«, sagte Lilly. »Hat der Täter danach sein Vorgehen geändert? Aber warum? Es kann ja kaum sein, dass wir es mit zwei verschiedenen Tätern zu tun haben.«

»Wohl kaum!« Benthien klatschte energisch ein paar Tomatenscheiben auf sein Käsebrot. »Die Frage ist, wie gehen wir weiter vor?«

»Der Täter im Fall Emily als auch im Fall Adeline beziehungsweise Yvonne muss jemand sein, der auf dieser Gedenkfeier war«, sagte Lilly. »Und das waren: Tristan, Evi, Théo, Annette, Marcel, Justus, Sigrid Schulau, Henny Preuss, Klaus Labahn und Adeline und Yvonne …«

»Den kleinen Nicky hast du vergessen!«, sagte Fitzen sarkastisch.

Lilly warf ihm einen gereizten Blick zu. »Deinen Vater, John, lasse ich mal außen vor. Nicht dabei waren Etienne und Marcels Lebensgefährte Moussa Aouba und Yvonnes Freund Yaro Dhiaf.«

»Die Frage ist trotzdem, ob wir sie ausschließen können«, warf Benthien ein. »Es scheint mir zwar sehr wahrscheinlich, dass es sich in beiden Fällen um ein und denselben Täter handelt, aber mit hundertprozentiger Sicherheit können wir nicht davon ausgehen.«

»Auf jeden Fall, da sind wir uns doch einig, muss der Mörder von Emily Matern auf der Feier gewesen sein, oder nicht?«, insistierte Lilly. »Wie sollte er denn im Voraus dieses eine Glas Likör vergiftet haben, und eben nur dieses eine?«

»Das versteht sich von selbst«, stimmte Benthien ihr zu.

»Und was machen wir jetzt?«, fragte Fitzen, während sie das Tablett mit den Sandwiches ins Zimmer trugen. Da der Tag trüb, grau und schwül war, hatten sie ihre Einsatzzentrale an den großen Esstisch verlagert. Gonde und Benthiens Vater waren immer noch am Ausräumen der Dachkammer, daher konnten sie hier in Ruhe arbeiten.

Fitzen beantwortete seine Frage auch gleich selbst: »Wir müssen wie die Trüffelschweine in ihrem Leben herumbuddeln, angefangen beim ersten Schluck Muttermilch, und außerdem mit ihnen reden, reden, reden. Wir müssen sie wirklich nerven, möglichst jeder von uns einzeln, kann ja sein, dass ihnen im Stress irgendwas rausrutscht. Und Mikke und Annika sollten wir auch einspannen, die haben eine ganz neue Sicht auf die Leute. Möglicherweise verrät sich der Mörder – irgendwann.«

Alle drei blickten ziemlich frustriert vor sich hin. Fitzens Szenario hörte sich nicht gerade verlockend an.

»Von Adelines Stalker haben wir noch nichts Neues?«, fragte Lilly, obwohl sie es eigentlich besser wusste. Wenn ja, hätten sie es längst erfahren.

»Der ist doch nur ein Hirngespinst«, grummelte Fitzen.

»Schade, dass Adeline ihn nicht genauer beschreiben kann«, sagte Lilly. »Sonst hätten wir ein Phantombild von ihm anfertigen können.«

Ein Anruf kam herein, es war Stefano von der KTU.

»Vielleicht kann ich euch ein bisschen aufmuntern, Leute. Es geht um die Frauenleiche aus der Düne. Wir haben im Futterstoff ihres Rocks einen Brief gefunden, den sie dort offensichtlich versteckt hatte.«

Benthiens Miene hellte sich auf. »Und was steht darin?«

Stefano zögerte. »Tja, das ist das Problem. Die Schrift ist so verblasst, dass man sie nicht lesen kann. Außerdem müssen wir jemanden finden, der deutsche Kurrentschrift lesen kann! Aber«, fügte er tröstend hinzu, »Birgit kennt da einen Experten, und mit speziellen Lichtquellen oder per Photoshop und vielleicht auch noch mit ein paar Hausmittelchen können wir die Schrift sichtbar machen. Ich bin da ganz zuversichtlich.«

»Warum ruft er uns an, bevor sie das Zeug bearbeitet haben?«, brummte Benthien, nachdem er aufgelegt und seinen Mitstreitern Stefanos Meldung weitergegeben hatte. »Wir haben jetzt drei Morde aufzuklären, davon einer, der vor hundert Jahren stattfand. Und nirgendwo ein Hinweis, Indizien oder Beweise.«

Die Stimmung war so trüb wie das Wetter draußen. Benthien schnappte sich das Handy und ging damit auf die Terrasse. Er rief Mikke in Flensburg an, um ihn zu briefen. »Ich weiß, ihr habt die Leute zum Teil schon gecheckt, aber jetzt brauche ich den gesamten Hintergrund, den ganzen Lebenslauf, von der Schule an. Eltern, Wohnorte, Werdegang, Ausbildung, etwaige Vorstrafen, Personenstand, wie oft verheiratet, wo in Urlaub, Bankauskünfte, Schulden, Bekannte, Freunde, Hobbys, Macken, fixe Ideen, Lieblingsessen, Lieblingsfarbe, eben alles.« Er listete die Namen auf, was Mikke ein herzzerreißendes Stöhnen entlockte.

»Ihr müsst euch beeilen«, goss er dann noch Öl ins Feuer. »Die Lage scheint mir hier ziemlich brisant zu sein. Und vor allem, gib mir alle zwei, drei Stunden einen Bericht!«

Benthien war klar, dass auch Mikke und Annika nur zwei Hände hatten. Wie sollten sie gleichzeitig den Background checken und außerdem die Leute befragen? Zu dumm, dass zwei der wichtigsten Mitarbeiter, Leon Kessler und Juri Rabanus, noch im Urlaub waren. Vielleicht konnte er zwei Kollegen der Westerländer Kripo einspannen.

Schweißgebadet ging er zurück ins Zimmer. Die hohe Luftfeuchtigkeit draußen machte ihm zu schaffen.

»Tja, dann müssen wir mal los«, sagte er, als sein Handy erneut klingelte. Ein Blick aufs Display verriet ihm, dass es Adeline war, der er seine Handynummer gegeben hatte. Sie war so aufgeregt, dass er zuerst gar nicht verstand, was sie ihm sagen wollte. Alles, was er begriff, war, dass sie eine Puppe gefunden hatte.

»Wir kommen sofort zu Ihnen«, sagte er schließlich.

Er verständigte sich mit Fitzen, dass er Annette Melander aufsuchen und mit ihr sprechen sollte, während er selbst mit Lilly zu Adeline fuhr.

»Und worüber soll ich mit ihr reden?«, fragte Fitzen.

»Frag sie über ihr Leben aus, über ihre Beziehungen, das Verhältnis zu ihrer Mutter, ihren Geschwistern, über das, was auf der Gedenkfeier geschah, lass sie einfach reden und höre zu. Achte auf Widersprüche. Komm immer wieder auf dieselben Punkte zurück, nerve sie, sie ist ja sowieso eine ziemlich renitente Person, sehr emotional. Für uns kann das nur hilfreich sein.«

Fitzen grinste. »Ich werde ›Guter Cop, böser Cop‹ mit ihr spielen, beides in einer Person. Mal bedauere ich sie, mal bin ich aggressiv oder drohe ihr, dann schmeichle ich ihr wieder. Ich glaube, auf diese Weise kann man sie ganz gut bearbeiten.«

Benthien klopfte seinem Freund auf die Schulter. »Du machst das schon, Tommy. Andere Leute zu drangsalieren, dafür bist du einfach der Richtige!«

Raffael Quest öffnete ihnen bereits die Tür, noch bevor Lilly geklingelt hatte. Ausnahmsweise grinste er einmal nicht. »Addi ist völlig hinüber«, berichtete er aufgeregt. »Und ich auch. Wir hatten gerade eine Sitzung, als wir ihre Wohnungstür zuknallen hörten. Anscheinend war jemand reingekommen, und ihm (oder ihr) war die Tür aus der Hand gerutscht oder der Wind hatte sie zugeknallt, die Fenster waren nämlich alle auf. Addi dachte natürlich, dass Henny aus der Küche kommt, um ihr etwas zu sagen, oder jemand von der Familie. Aber es kam niemand. Nach einer Weile stand sie auf, um nachzugucken. Und dann hat sie plötzlich ganz fürchterlich geschrien …«

Er machte eine Pause, um Luft zu holen, doch da hörte man Frau Melander schon vom oberen Treppenabsatz her rufen.

Adeline zitterte am ganzen Leib. »Dieses Ding habe ich vorhin in der Küche gefunden, neben der Kaffeemaschine. Irgendjemand war hier drin und hat sie dort abgelegt.«

Das »Ding« war eine kleine Puppe aus lehmfarbener Knetmasse. Auf dem Kopf befanden sich einige schwarze Haare, die in die Masse gedrückt worden waren und wie ein Schleier über den Puppenrücken hingen. Die Puppe hatte ein braunes Glasauge, das Lilly an ein Plüschtier erinnerte, doch anstatt des zweiten Auges war ein Kreuz oder X in die Masse geritzt und mit schwarzem Filzstift gefärbt worden. Dasselbe galt für den Mund – er bestand aus eingeritzten Zeichen und einem langen Querstrich, so dass es aussah, als wäre er zugenäht.

Die Puppe trug eine Art Spitzenkleid. Bei näherem Hinsehen entpuppte es sich als ein Spitzenhandschuh, dessen mittlere Finger um den Hals der Puppe gebunden waren, als wollten sie sie würgen. Reste von rotgefärbten Fingernägeln waren in die weiche Masse hineingetrieben worden. Im Oberkörper steckte ein kurzes Küchenmesser, das zum Kartoffelschälen gedacht war.

»Sehen Sie hier«, sagte Adeline und drehte das Gebilde mit spitzen Fingern um. Auf dem Hinterkopf, unter den langen Haaren, war ein kleines Porträtfoto von Adeline befestigt worden.

»Eine Voodoo-Puppe«, sagte Benthien perplex.

»Mit meinem Foto, meinem Haar und meinen Fingernägeln«, sagte Adeline fast tonlos. Unwillkürlich sah Lilly auf Adelines Hände. Sie waren kurz geschnitten und in einem dezenten Braunton lackiert.

»Komm, Addi, du musst dich hinsetzen!«, sagte Raffael Quest und führte die alte Frau in ein Zimmer, das man früher vielleicht als Boudoir oder Damenzimmer bezeichnet hätte. Adeline ließ sich wie vernichtet in einen Sessel fallen und atmete schwer. Obwohl sie mittelgroß war, wirkte sie jetzt ganz klein, angstvoll und zerbrechlich wie ein Kind, dachte Lilly. Offenbar war sie nicht fähig, irgendetwas zu sagen.

»Wer war alles im Haus, als es passierte?«, fragte Benthien Raffael Quest.

Der fuhr sich durch seine wirren dunklen Locken. »Nur wir beide, Addi und ich, und Henny. Sie war in der Küche beim Kochen und hat nichts bemerkt.«

»Mein Sohn Marcel ist in Niebüll im Werk«, sagte Adeline leise.

»Er kommt erst gegen Abend«, ergänzte Quest.

»Wie viel Zeit ist denn vergangen zwischen dem Zeitpunkt, als die Tür knallte, und dem, als Sie nachschauen gingen?«, fragte Lilly. »Hätte in diesem Zeitrahmen jemand verschwinden können? Gesehen haben Sie ja wohl niemanden mehr?«

Adeline schüttelte den Kopf. »Ich habe niemanden gesehen oder gehört. Ich bin erst nach ein paar Sekunden aufgestanden, weil ich ja dachte, da kommt jetzt jemand. Dann habe ich meine Gehhilfen aufgenommen, die am Boden lagen, und bis ich im Flur war … na ja, das hat ein Weilchen gedauert.«

Lilly fragte sich, warum der viel flinkere Raffael nicht nachgesehen hatte. Aber klar war jetzt auch, warum die Voodoo-Puppe in der Küche lag. Sie war der erste Raum neben der Eingangstüre und daher von jemandem, der von außen kam, am schnellsten zu erreichen. Allerdings kam ihr das ganze Vorgehen reichlich kindisch vor. Aber vielleicht erfüllte es seinen Zweck. Adeline jedenfalls schien eingeschüchtert und schockiert zu sein. Trotzdem tat sie ihr nicht leid, und Lilly fragte sich, warum. Sie konnte diese Frau einfach nicht so richtig greifen. Sie war eingesponnen in ihre Trauer und wirkte grau und leblos, bis auf die wenigen Augenblicke, in denen die Emotionen durchkamen. Aber die schienen eher aus Ärger und Aggressionen zu bestehen. Vielleicht war sie ein ganz anderer Mensch, wenn sie nicht trauerte, farbiger und mehr den Menschen zugewandt, überlegte Lilly.

»Wer hasst mich so, dass er mir den Tod wünscht?«, flüsterte Adeline mit einem Blick auf das Messer, das in dem absurden Geschöpf steckte.

»Haben Sie eine Idee?«, fragte Benthien.

Ihre dunklen Augen schossen Blitze. »Natürlich nicht! Sonst würde ich es Ihnen doch sagen. Haben Sie den Mann schon erwischt, der mich verfolgt?«

Raffael Quest griff nach ihrer Hand. »Ich kann in der Nacht in deiner Wohnung schlafen, Addi«, schlug er vor. »Wenn's sein muss, vor der Tür!«

»Haben Sie ihn inzwischen wieder gesehen?«, fragte Lilly, doch Adeline schüttelte den Kopf. Sie klammerte sich an Raffael.

»Ich bin so froh, dass du da bist!«

»Können Sie sich erklären, Frau Melander«, fragte Benthien, »wie die Person, die die Puppe hergestellt hat, an die Schnipsel von Ihren Fingernägeln gekommen ist? Sind es überhaupt Ihre?«

»Vor drei Tagen habe ich mir zwei Fingernägel eingerissen

und dann auch die restlichen Nägel abgeknipst. Die muss wohl jemand eingesammelt haben. Oh Gott!« Sie schlug die Hände vors Gesicht und schluchzte leise.

»Und wo hast du die Nägelreste hingetan, Addi?«, fragte Raffael Quest, bevor noch Benthien diese Frage stellen konnte.

»In den Abfalleimer im Bad. Da müssten sie eigentlich immer noch liegen. Ich leere ihn ja nicht jeden Tag aus!«

Quest sprang auf und holte den Eimer. Neben Wattresten und Papiertaschentüchern waren auch ein leerer Kosmetiktiegel und eine ausgedrückte Zahnpastatube darin, aber kein einziger Nagelschnipsel.

Als sie das Haus verließen und mit der eingetüteten Voodoo-Puppe in den Wagen stiegen, sagte Lilly: »Irgendwie fällt es mir schwer, das hier ernst zu nehmen. Es kommt mir vor wie ein kindischer Streich. Geht es dir nicht auch so?«

Benthien saß da und schaute übers Lenkrad in die kahle Dünenlandschaft, über der tief der graue Himmel hing. »Mir ist es egal, aus welchen Motiven heraus man ihr diese Puppe in die Küche gelegt hat. Ich hoffe einfach, sie bringt uns ein Stück weiter, was Fingerabdrücke und genetische Spuren angeht. Es müsste doch mit dem Teufel zugehen, wenn da keine wären.«

»Und wieder waren alle im Haus in den letzten Tagen, Freunde, Familie, jeder äußerst besorgt um Adeline«, sinnierte Lilly. »Und irgendjemand hat sich klammheimlich ins Bad geschlichen und die Fingernagelreste aus dem Abfalleimer geklaubt.«

»Und die Haare aus ihrer Bürste«, ergänzte Benthien, der gerade den Inselrundfahrtbus überholte. »Man will ihr eindeutig Angst machen und scheut vor keinem Mittel zurück.«

»Vielleicht hat auch der angebliche Stalker nur dieses Ziel«, überlegte Lilly. »Vielleicht ist er gekauft, und Adeline *sollte* ihn bemerken. Aber weißt du, John, auch wenn das alles nach Kindergarten aussieht, dahinter steckt etwas sehr Böses. Zumindest habe ich diesen Eindruck.«

Fitzen war noch nicht wieder zu Hause, er kam erst eine Stunde später und legte Benthien eine Quittung auf den Tisch.

»Du warst mit Annette essen?«, fragte Benthien empört. »Und hast sie auch noch eingeladen? In so ein teures Restaurant?«

»Aber es hat sich gelohnt«, antwortete Fitzen, der sich gerade mit Lachs und Seezunge den Bauch vollgeschlagen hatte. »Weil sie zugänglicher war als sonst, habe ich mich dazu entschlossen, nur den guten Cop raushängen zu lassen. Mit dem Ergebnis, dass sie sich dazu herabgelassen hat, mit mir zu flirten. Und ich habe einiges aus ihr herausgekitzelt. Wisst ihr, dass sie zweimal verlobt war? Und jedes Mal hat Adeline in ihrer fahrigen Art die Sache hintertrieben, weil ihr die Männer nicht gefielen. Sie meinte, die passten nicht in die geheiligte Familie.«

»Wie soll sie das denn gemacht haben?«, fragte Lilly verwundert.

Fitzen schenkte sich einen Kaffee ein. »Sie hat anscheinend Geschichten aus Annettes Kindheit erzählt, in denen ihre Tochter nicht gut wegkam. Annette meinte, sie hätte sogar welche erfunden. Jedenfalls stellte Adeline ihre Tochter als zänkisch, rechthaberisch und extrem eigensinnig dar, und als jemand, der anderen auf hinterlistige Art böse Streiche spielt. Ich fand das natürlich ganz spannend und habe nachgefragt, und Annette, die auch nicht gerade die hellste Kerze auf der Torte ist, erzählte mir so einiges von sich und bestätigte damit – wahrscheinlich unbeabsichtigt – den Wahrheitsgehalt dieser Geschichten.

Zum Beispiel hat sie als Kind ihre Geschwister verpetzt, weil sie der Liebling der Eltern sein wollte. Sie argwöhnte immer, dass ihre Geschwister ihr vorgezogen wurden. Dass ihre zwei Verlobungen in die Brüche gingen, lastet sie jedenfalls ihrer Mutter an. Sie glaubt übrigens, dass am ehesten ihr Bruder Théo für den Giftcocktail in Frage kommt. Oder Tristan, da ist sie sich nicht sicher.«

»Wieso Tristan?«, fragte Benthien.

»Sie meint, in seinem Labor – in dem sie, laut eigener Aussage, noch nie war – hätte er alle Möglichkeiten, und er hätte auch am ehesten die Kenntnisse, ihn zusammenzubrauen. Sie hat mir so einiges über ihn erzählt. Offenbar hat er ihr ein paar Streiche gespielt. In einer feinen Gesellschaft, bei einer Wohltätigkeitsveranstaltung in einem Edelrestaurant, hat er ihr ein Pupskissen unter ihr Stuhlkissen gelegt. Die Geräusche, sagt sie, waren äußerst peinlich, zumal sie gerade dann stattfanden, als die Kellner das Essen servierten und es relativ still am Tisch war.

Und kürzlich sollte sie für Evi, die sich für Naturkosmetik interessiert, eine Creme zusammenrühren. Tristan war am Abend da, nachdem die Apotheke schon zu war, um sie abzuholen. Während sie dabei war, die Creme zu mischen, hielt sich Tristan auch vorne im Laden auf, was Annette gar nicht gefiel. Sie sagt, sie habe ihn untersucht, als er ging, ob er auch nichts habe mitgehen lassen. Am nächsten Morgen, als die ersten Kunden kamen, hat sie entdeckt, dass er in etlichen Apothekenschubladen Springteufel in Form einer Schlange platziert hatte, die ihr ins Gesicht sprangen, als sie die Schubladen öffnete. Sie wäre zu Tode erschrocken gewesen, und ihre Kunden auch.

Seiner Mutter hat er einen lebensgroßen Halloween-Arm aus dem Kofferraum gehängt, so dass es aussah, als läge da jemand drin. Der Hand hatte er einen Handschuh angezogen.

Mehrere Autofahrer, die hinter ihr fuhren, haben die Polizei alarmiert. Der Witz aber war, das geschah nicht etwa zu Halloween, sondern im letzten Sommer.«

Benthien konnte nicht anders, er musste schallend lachen, als er sich die Szene vorstellte. Unglaublich, was für ein Kindskopf Tristan sein konnte!

»Tommy, du musst nicht alles glauben, was diese Frau erzählt!«, meinte Lilly. »Wie soll er das denn gemacht haben, ohne dass seine Mutter das merkte?«

»Er hatte den Arm in einer Tüte im Kofferraum und fuhr natürlich im Wagen mit. Dann hat er sie irgendwo anhalten lassen, weil ihm angeblich schlecht war. Evi blieb im Wagen sitzen, und Tristan hat hinten den Arm arrangiert. Glaubst du, ich bin blöd? Oder naiv? Sie mag ihn übrigens ganz und gar nicht … Tristan, meine ich. Ihre Schwägerin Evi auch nicht, die redet nur Müll, meint Annette. Die Brüder, die sie am wenigsten sieht, nämlich Etienne und Marcel, findet sie noch am nettesten. Was sie aber nicht davon abgehalten hat, mir zu erzählen, dass Etienne seine Mutter um ein Darlehen für Renovierungsarbeiten an seinem Gasthof bat, das er aber nicht bekam. Adeline will, dass er in dem Restaurantbetrieb, den Justus auf seinem neuen Golfplatz plant, die Küche übernimmt und dann wieder auf der Insel wohnt. Doch Etienne wiederum möchte sein eigener Herr sein im eigenen Betrieb.« Fitzen holte Luft. »Ihr könnt euch also nicht beklagen, dass ich Annette nicht zum Reden gebracht hätte, sie quasselte wie ein Buch. Am Schluss wollte sie wissen, ob wir uns privat wiedersehen würden. Sie lud mich nach dem Essen sogar auf einen Absacker in ihr Penthouse ein. Ich sagte ihr, ich hätte zwei Frauen und fünf Kinder zwischen eins und sechs, wie die Orgelpfeifen. Daraufhin sprach sie kein Wort mehr mit mir.«

Benthien grinste, und Lilly schlug vor, Fitzen jetzt immer allein zu den Befragungen der Verdächtigen zu schicken, weil er offenbar ein natürliches Talent dafür hätte.

»Vorausgesetzt, sie tragen Röcke«, sagte Benthien lachend. »Tommy, du kannst eigentlich gleich bei Evi Melander und Sigrid Schulau weitermachen.

Fitzen, der die Neckereien würdevoll überhörte, sagte: »Sie hat übrigens auch noch erzählt, dass Théo eine Geliebte in Kiel hat und dass ihre Mutter darüber sehr erzürnt wäre. Und dass sie Justus' Verlobte nicht mag.«

»Warum nicht?«

»Sie ist ihr zu umgänglich und lässt sich mit der niederen Klasse ein. Adeline setzt auf alteingesessenen, bodenständigen Adel, der bereits seit Jahrhunderten auf der Insel ist, und will, dass man sich auch danach benimmt.«

Tristan nahm das Amulett, das seit fast einem Jahr um seinen Hals hing, dieses Wurzelholz der Tollkirsche, und schleuderte es ins Meer. Nützte ja doch nichts. Er war den Esoterikern, den Quacksalbern und Sozialromantikern auf den Leim gegangen. Wie blöd war er eigentlich? In diesem Leben würde ihn niemand mehr lieben, da konnte er sich noch so viele Wurzeln um den Hals hängen.

Am nächsten Morgen klingelte bereits um kurz nach fünf das Telefon. Als Benthien sich meldete, noch halb im Schlaf, hatte er Hennys Stimme im Ohr, schrill, verzweifelt, völlig außer sich.

»Adeline ist die Treppe hinabgestürzt. Ich glaube, sie ist tot! Du musst sofort herkommen, John!«

Kapitel 21

Benthien bot sich ein groteskes Bild, als er in die Halle des Eibenhauses kam. Außerdem erinnerte ihn die Szenerie stark an das erste Mal, da er das Haus betreten hatte. Wieder lag eine Person leblos am Fuß der Treppe. Offenbar hatte sie einen Stock benutzt, der ihr beim Sturz aus der Hand gefallen war und drei Meter von ihr entfernt lag. Neben ihr und vor den Stufen stand die lebensgroße Statue von Heinrich Melander. Mit einem leichten Grusel registrierte Benthien, dass der Blick Melanders auf seine Urenkelin Adeline gerichtet schien, die zu seinen Füßen lag, ein ausdrucksvoller Blick, doch ohne Sympathie noch Mitleid.

»Sie ist schon ganz kalt«, sagte Henny weinend. Die Haushälterin kniete in einem überdimensionierten alten, schäbigen Bademantel neben Adeline. Auch Raffael Quest, nur mit einer kurzen Schlafanzughose bekleidet, war gerade gekommen, ebenso wie Marcel Melander und ein sehr großer, dunkelhäutiger Mann mit kurzen Rastalocken, die lustig in alle vier Himmelsrichtungen standen. Benthien hielt ihn für Moussa Aouba, Marcels Lebensgefährten. Beide waren bereits vollständig bekleidet.

»Sie ist nicht tot, Henny«, sagte Marcel, der eben den Puls seiner Mutter gefühlt hatte. »Aber der Puls ist sehr schwach.«

»Das ist richtig«, bestätigte Fitzen, der neben Adeline hockte und ihr einen Finger an die Halsschlagader gelegt hatte. »Der Puls schlägt schwach, aber regelmäßig, sie ist nur stark unterkühlt. Kann jemand mal eine Decke bringen?«

In diesem Augenblick betrat der herbeigerufene Arzt die Halle. Benthien, der Dr. Arnholt kannte, einen kleinen, weißhaarigen Mann Ende sechzig, nickte ihm stumm zu.

»Es wäre schön, wenn jeder, der hier unnötig rumsteht, mir aus dem Weg ginge«, sagte Dr. Arnholt beißend, während er zu seiner Patientin eilte. Marcel und sein Freund schoben eilig die schwere Statue aus dem Weg, die anderen traten zögernd in den Hintergrund.

»Bist du dir sicher, dass sie noch lebt?«, fragte Lilly Fitzen leise.

»Hast du schon mal einen Toten mit Puls und pochender Halsschlagader gesehen?«, flüsterte Fitzen zurück. Er wirkte übermüdet und leicht aggressiv.

Wenig später bestätigte Dr. Arnholt Fitzens Diagnose.

Die Sanitäter, die inzwischen eingetroffen waren, hüllten Adeline vorsichtig in eine Rettungsfolie und betteten sie auf die Trage, um sie zur Untersuchung in die Nordseeklinik zu bringen. Falls nötig, würde sie von dort aus nach Kiel in die Uniklinik geflogen werden. Adeline stöhnte leise, als sie hinausgetragen wurde, und streckte reflexartig die Hand nach ihrem Sohn aus. Marcel ergriff sie, murmelte irgendwas Beruhigendes und begleitete sie nach draußen.

Moussa Aouba räumte die Heinrich-Statue wieder an ihren Platz. Dann näherte er sich den Beamten, stellte sich vor und gab jedem die Hand. Seine weißen Zähne blitzten auf, als er die drei anlächelte. Er sah gut aus; sein ausdrucksvolles Gesicht mit den ausgeprägten Wangenknochen und den dunklen Augen wirkte intelligent und souverän. Benthien erinnerte sich daran, gehört zu haben, dass er in Flensburg Wirtschaftswissenschaften studierte.

»Ich möchte Sie alle gleich vernehmen, mit Ihnen, Herr

Aouba, fangen wir an, da Sie bereits angezogen sind. Die anderen machen sich bitte fertig und kommen dann in Frau Melanders Wohnung.« Er wandte sich an Fitzen. »Tommy, fahr du doch mit Marcel Melander ins Krankenhaus und sieh zu, dass du so bald wie möglich mit Frau Melander sprechen kannst. Wir treffen uns dann wieder bei mir.«

Fitzen verließ das Haus, und Benthien und Lilly gingen in Begleitung von Aouba nach oben.

Benthien beschloss, das Damenzimmer zu nehmen, in dem sie schon einmal mit Adeline gesprochen hatten. Es war nicht allzu düster, die Möbel waren nicht allzu klobig, und man konnte sich ganz gemütlich um einen zierlichen runden Tisch setzen, der mit kleinen, runden, chintzbezogenen Sesseln bestückt war. Außerdem befanden sich im Zimmer ein schöner, alter englischer Schreibtisch und ein hoher Sekretär aus glänzendem Kirschbaumholz. Zwei niedrige Regale bargen hinter Glasscheiben Unterhaltungsliteratur und Bildbände.

Moussa Aouba setzte sich und wartete ruhig und gelassen darauf, dass die Befragung begann. Seine Miene wirkte trotz des Schocks am frühen Morgen heiter. Ein Mann, der in sich ruhte, dachte Benthien, den so leicht nichts aus der Fassung brachte … vielleicht, weil er schon so viel Schlimmes erlebt hatte?

»Erzählen Sie«, sagte Lilly, »was ist passiert? Wie sind Sie auf Frau Melander aufmerksam geworden?«

»Frau Preuss hat sie am Fuß der Treppe liegen sehen. Wir, Marcel und ich, hörten sie schreien und sind dann rausgelaufen in die Halle.«

Er sprach ein hervorragendes, akzentfreies Deutsch. Offensichtlich war er schon längere Zeit in Deutschland. Benthien erinnerte sich, dass Moussa Aouba mit Yaro Dhiaf befreundet war.

»Um wie viel Uhr war das, und was geschah dann?«, fragte Benthien.

»Es war kurz vor fünf. Wir wollten gerade frühstücken und um sechs Uhr losfahren nach Niebüll. Daher«, Aouba lächelte und zeigte fast alle seine weißen Zähne, »waren wir bereits angezogen. Wie lange Adeline dort schon lag, wissen wir nicht. Ihre Hand fühlte sich sehr kalt an.«

»War sie ohnmächtig, als Sie sie fanden?«, fragte Benthien.

Moussa Aouba nickte. »Sie war nicht ansprechbar. Marcel hat dann gleich nach dem Arzt telefoniert, und Henny rief bei Ihnen an. Wir waren uns nicht sicher, ob ... ob ...« Er geriet ins Stottern.

»Sie dachten, bei dem Sturz könnte jemand nachgeholfen haben?«, fragte Lilly und tauschte einen Blick mit Benthien.

»Na ja, vielleicht ist das albern, aber wegen der Voodoo-Puppe ... Ich habe schon erlebt, dass so was Unglück bringt.«

»Haben Sie in der Nacht irgendwelche Geräusche im Haus gehört?«

Moussa Aouba fuhr sich über seinen Haarschopf. »Gar nichts. Ich schlafe aber auch wie ein Stein. Allerdings sagte Marcel, dass er auch nichts gehört habe, und Marcel hat einen leichten Schlaf.«

Lilly meinte: »Aber allein schon das Verschieben der schweren Statue muss einen Mordslärm gemacht haben, und Marcels Wohnung liegt doch neben der Halle.«

»Übrigens war das eine besonders bösartige Vorgehensweise«, schaltete sich Benthien ein, »diese Figur genau vor den Treppenaufgang zu stellen.«

»Die Figur zu verschieben macht keine Geräusche«, klärte Aouba sie auf, »sie ist mit Filz unterlegt.«

»Wer war heute Nacht alles im Haus?«, wollte Lilly wissen.

»Nur wir fünf.«

»Und wer von Ihnen hat bei Frau Melander in der Wohnung übernachtet?«

»Niemand. Sie wollte das nicht. Marcel war darüber sehr verärgert. Aber sie versicherte uns, dass sie sich einschließen würde. Ich habe ihr noch gestern einen stabilen Riegel besorgt und innen an der Wohnungstür angebracht, so dass niemand, auch wenn er einen Schlüssel hat, ungebeten oder unbemerkt eindringen kann. Auch nicht über die Hintertür, denn auch die hat einen Riegel. Wenn sich jemand daran zu schaffen macht, würde man es im ganzen Haus hören. Ich kann mir das alles überhaupt nicht erklären.«

Benthien sprang auf und ging zur Eingangstüre, Lilly und Aouba folgten ihm. Auf den ersten Blick war zu sehen, dass es keinerlei Einbruchsspuren an der Tür gab.

»Der Riegel kann nicht vorgeschoben worden sein!«, sagte Benthien.

Irgendwo klopfte es.

»Das ist hinten an der Treppe«, sagte Moussa Aouba. Er rannte durch den Flur, links um die Ecke, dann gelangten sie an eine Tür, die mit einem Riegel verschlossen war. Aouba schob den Riegel zurück und öffnete die Tür. Auf der Treppe stand Raffael Quest mit einem Tablett, auf dem Tassen und eine Kaffeekanne standen. Hinter ihm wartete Henny Preuss.

»Hier war offenbar der Riegel vorgeschoben«, stellte Aouba verwirrt fest.

»Aber die Haustüre unten war offen, als ich vorhin Adeline fand«, sagte Henny. »Dabei weiß ich genau, dass ich sie, bevor ich ins Bett ging, abgeschlossen habe.«

»Wollen Sie damit sagen«, fragte Lilly entsetzt, »dass jeder, der die Klinke runterdrückte, ins Haus gelangen konnte?«

Henny nickte. »Ich kann es mir nicht erklären. Irgendjemand muss sie wieder aufgeschlossen haben!«

Ihr Blick streifte Quest, der gerade Kaffee einschenkte, und Moussa Aouba. Beide jungen Männer protestierten und bestritten, die Haustüre entsichert zu haben. »Und Marcel hat die Türe natürlich auch nicht aufgeschlossen«, fügte Aouba hinzu.

»Dann muss es jemand von außen gewesen sein«, folgerte Benthien. Er sah Aouba an. »Ausgerechnet die Tür unten besaß keinen Riegel?«

»Adeline wollte nicht, dass Moussa einen anbringt«, sagte Henny. »Sie wollte, dass Familienmitglieder, die einen Schlüssel haben, jederzeit ins Haus können. Oder Dr. Arnholt. Der hat auch einen, seitdem Adeline im Februar einen Kreislaufkollaps hatte.«

»Ich frage mich überhaupt, was Frau Melander anscheinend mitten in der Nacht da unten wollte. Und warum sie nicht den kürzeren Weg über die kleine Treppe nahm, falls sie in die Küche gehen wollte«, sagte Lilly, und Benthien erinnerte sie daran, dass sie doch selbst eine Küche hatte und gar nicht nach unten gehen musste.

»Kam es oft vor, dass Frau Melander nachts aufstand?«, wandte er sich fragend an Henny Preuss. »Sie ist doch nicht etwa Schlafwandlerin?«

»Nein, das ist sie nicht«, bestätigte die Haushälterin. »Aber Adeline ist ein Nachtmensch, manchmal hat sie Lust, sich etwas zu essen zu holen, und wenn sie nichts in ihrem Kühlschrank findet, was sie lockt, geht sie auch nach unten in die Küche.«

In Moussa Aoubas Hosentasche klingelte das Handy. »Marcel«, sagte er und meldete sich. Offenbar hörte er keine schlechten Nachrichten, denn seine Miene hellte sich auf.

»Sie haben sie untersucht und geröntgt, aber außer ein paar blauen Flecken ist ihr nichts passiert«, erzählte er. »Nur ihr operiertes Knie tut ihr weh. Sie wollen sie noch ein, zwei Tage im Krankenhaus behalten.«

Da Benthien vorerst keine Fragen mehr hatte, löste sich die kleine Gesellschaft auf.

Lilly wirkte sehr nachdenklich, als sie zum Auto gingen. Sie setzte sich hinters Steuer, fuhr aber nicht gleich los, sondern betrachtete geistesabwesend die hohe Düne, deren Sand weiß wie Schnee in der Sonne leuchtete.

»Was beunruhigt dich, Liebes?«, fragte Benthien und strich ihr eine Haarsträhne aus dem Gesicht.

»Glaubst du, dass der Sturz ein Unfall war, John?«

»Schwer zu sagen.«

Lilly schwieg. Dann sagte sie: »Es gibt da einige Dinge, die ich nicht verstehe, die widersprüchlich sind. Warum ging Adeline nach unten? Warum über die große Treppe, die kleine ist doch näher an ihrem Schlafzimmer, und von dort kommt sie direkt in die untere Küche. Wieso hat niemand etwas gehört? Sie muss doch wohl geschrien haben, als sie fiel. Hat man sie mit Gewalt aus der Wohnung geholt, an die Treppe gestellt und ihr einen Stoß gegeben? Und warum stand die Statue am Fuß der Treppe? Wer hat sie dort hingestellt und warum? Wieso war der Riegel an ihrer Tür nicht vorgeschoben? Hat jemand geklopft, dem sie vertraute, und sie hat selbst die Tür geöffnet? Wieso war die Haustüre nicht abgeschlossen? Wenn jemand sich mit seinem Schlüssel Einlass verschafft hat, warum hat er dann nicht wieder hinter sich abgeschlossen?«

»Vielleicht will uns jemand absichtlich verwirren und legt falsche Spuren?«

»Und hat derjenige gedacht, Adeline wäre tot? Und erlebt jetzt demnächst eine ganz böse Überraschung?«

Immer noch fuhr Lilly nicht los, sondern starrte stirnrunzelnd vor sich hin. »Ich muss noch mal ins Haus, John, was nachsehen.« Sie stieg aus, und Benthien folgte ihr. Wieder war die Tür nicht abgeschlossen, doch in der Halle trafen sie auf Aouba, der mit einem Werkzeugkasten hantierte.

»Ob sie es will oder nicht, ich werde jetzt einen Riegel anbringen«, sagte er, »auch am Nebeneingang an der Küche. Dann kann auch tagsüber niemand rein, ohne zu klingeln.«

Lilly stieg die breite Treppe hinauf zur Galerie. Oben am Treppenabsatz, am Geländer, ging sie in die Hocke. »Ein Nagel!«, sagte sie. »Und ein zweiter auf der anderen Seite. Ich hab's mir doch gedacht! Perfekt, um eine unsichtbare Schnur zu spannen, so was wie einen Bilderdraht.« Sie schnüffelte. »Riechst du das? Es riecht nach Farbe. Jemand hat die beiden Nägel braun angestrichen, damit sie nicht auffallen und farblich zum Holz passen.«

»Und das muss erst kürzlich passiert sein«, ergänzte Benthien, der die Nägel abtastete. »Es riecht noch immer nach Farbe.«

»Es war ein Anschlag auf ihr Leben«, sagte Lilly mit gedämpfter Stimme, damit Aouba sie nicht verstand. »Ebenso simpel wie effektiv. Irgend jemand aus ihrem engsten Umkreis muss sie ganz fürchterlich hassen.«

»Und doch sind wir bisher auf kein überzeugendes Motiv für diesen Hass gestoßen«, sagte Benthien etwas später, als sie wieder im Auto saßen. »Ich bin, ehrlich gesagt, ratlos. Vielleicht sollte man Frau Melander wegschicken von der Insel, an einen geheimen Ort, den außer der Polizei niemand kennt.«

»Wie ich Adeline einschätze«, sagte Lilly, »wird sie dagegen sein.«

Fitzen fühlte sich nicht besonders wohl, allein mit Adeline im Zimmer. Sie war wach und geistig voll da, aber noch sehr erschöpft von der Computertomographie und dem Röntgen. Marcel gegenüber, der sie zu den Untersuchungen begleitet hatte, schien sie distanziert zu sein, jedenfalls sprach sie kaum mit ihm. Offenbar hatten Mutter und Sohn am gestrigen Abend eine heftige Auseinandersetzung gehabt; Adeline hatte ihm vorgeworfen, dass er seinen Freund mit nach Sylt gebracht hatte. Fitzen hatte mitbekommen, dass sie, als Marcel sie im Rollstuhl in eins der Wartezimmer brachte, verlangt hatte, dass Aouba umgehend nach Niebüll zurückkehren sollte. Angesichts der anderen wartenden Patienten hatte Marcel nichts darauf erwidert, und die ungute Stimmung zwischen ihnen wucherte wie ein böses Geschwür.

Als Adeline in ihr Zimmer zurückgebracht wurde, hatte Marcel Fitzen erklärt, er würde draußen warten, so lange er seine Mutter befragte. Fitzen war es recht gewesen, Marcel hätte nur gestört und die Atmosphäre vergiftet. Jetzt betrachtete er verstohlen die alte Dame, die mit zwei Wärmflaschen im Bett lag, die Decke hochgezogen, die langen dunklen Haare wie ein Fächer auf dem Kissen ausgebreitet. Er hatte sie bisher nur aufgesteckt gesehen, wie ein rundes Vogelnest mitten auf dem Kopf und ringsum mit Haarnadeln festgesteckt.

Sie hielt die Augen geschlossen, doch er wusste, dass sie wach war. Ihre rechte Hand fuhr unruhig auf der Decke hin und her.

Als Fitzen überlegte, wie er anfangen sollte, fühlte er plötzlich ihren Blick auf sich ruhen. Zu seiner Überraschung hatte sie die Augen aufgeschlagen und lächelte.

»Tut mir leid, dass ich Ihnen so viel Arbeit mache.«

Fitzen starrte sie an. War das ihr Ernst? Er beobachtete, wie sich ihr Ausdruck änderte, und begriff, dass sie eine Frau war, die, so fahrig sie auch manchmal wirken mochte, sich eisern beherrschen konnte. Doch jetzt, als ihr die Geschehnisse der Nacht wieder ins Gedächtnis kamen, wurden ihre Augen groß und ängstlich.

»Wie geht es Ihnen, Frau Melander?«, fragte Fitzen sanft.

»Schmerzen«, antwortete sie etwas atemlos, »im Knie und im Rücken. Aber der Doktor hat mir eine Spritze gegeben. Es wird sicher gleich besser werden.«

Fitzen lächelte. »Darf ich Ihnen ein paar Fragen stellen?«

»Natürlich! Wir sollten diese blöde Geschichte doch möglichst bald hinter uns bringen.«

»Ich frage mich, warum Sie gestern Nacht nach unten gegangen sind?«

»Ja, das ist eine gute Frage.« Adeline blickte etwas verwirrt drein. »Ich glaube, mir war heiß, als ich wach wurde, und ich hatte einen trockenen Mund. Ich wollte einen Fruchtjoghurt essen, aber ich hatte oben keinen mehr. Da wollte ich unten im Kühlschrank nachsehen … Henny hat immer so was da.«

»Können Sie sich erinnern, um wie viel Uhr das ungefähr war?«

Sie krauste die Stirn. »Ich habe nicht auf die Uhr gesehen, aber es war wohl kurz vorm Hellwerden, meinem Gefühl nach. Und ich hatte was ganz Verrücktes geträumt. Von unserer Düne, aus deren Sand sich plötzlich eine Schafherde hervorbuddelte. Sie liefen auf mich zu und bedrohten mich. Und alle hatten sie so böse, teuflische Gesichter …« Sie schien dem Klang ihrer Worte zu lauschen, dann sagte sie entschuldigend: »Genauer weiß ich es leider nicht.«

»Und was geschah dann?«

»Ich nahm meinen Stock und ging zur Treppe …«

»Warum gerade diese Treppe? Warum nicht die kleine, die näher an Ihrem Schlafzimmer liegt?«

»Die große Treppe hat flache Stufen, die ich besser gehen kann.«

Das leuchtete Fitzen ein. »Und was geschah dann? Haben Sie etwas gesehen oder gehört?«

Sie dachte einen Augenblick nach, dann schüttelte sie den Kopf. »Es war alles still. Ich fühlte mich sicher, weil ja mein Sohn im Haus war und Raffael und Henny. Und alles war abgesperrt.«

Fitzen öffnete schon den Mund, um Einspruch zu erheben, doch dann entschied er sich, sie erst einmal erzählen zu lassen. Außerdem fiel ihm auf, dass sie Aouba nicht erwähnt hatte. Er mit seiner kraftvollen Statur war wohl am ehesten geeignet, es mit einem Gegner aufzunehmen. Nur – wie sah es aus, wenn dieser Gegner zur Familie gehörte?

Adeline zupfte nervös am Bettzeug herum. Die Sonne, die durch die heruntergelassene Jalousie schien, malte Schattenstreifen auf die weiße Bettdecke. Im Zimmer war es angenehm kühl.

»Und dann … stieg ich die Treppe hinunter.«

»Doch nicht im Dunkeln?«

»Nein, in der Halle lassen wir immer ein kleines Nachtlicht brennen. Es steht neben oder vielmehr hinter dem Treppenaufgang, auf einem Tischchen an der Wand. Die Halle war trotzdem ziemlich düster, voller Schatten. Ich war schon halb unten, als mir auffiel, dass da unten jemand stand.«

»Die Heinrich-Statue?«

»Das muss sie wohl gewesen sein«, sagte Adeline vage und malte wieder Kreise auf die Bettdecke, »aber ich dachte, es wäre ein Mann. Ich bin zu Tode erschrocken!«

»Und dann?«

Ihr Blick ruhte auf einem gerahmten Kunstdruck von Max Liebermann, der zwei Reiter am Meer zeigte. Fitzen bemerkte erstaunt, dass Tränen in ihre Augen traten. Für einen Augenblick war sie abgelenkt, offenbar in einer anderen Zeit, in einem anderen Leben.

»Früher«, sagte sie sinnend, »früher bin ich fast jeden Tag am Meer entlang geritten, auf meinem Trakehner Tillmann.« Ein kleines Lächeln stahl sich in ihr Gesicht. »Tillmann, so hießen viele unserer Pferde. Schon Haie Melander, ein Vorfahr aus dem 18. Jahrhundert, der Deichgraf war, besaß ein Pferd namens Tillmann. Das waren gute Zeiten, damals.«

Sprach sie von Haies Zeiten oder von ihrer Zeit, als sie jung war? Fitzen zügelte seine Ungeduld. Er fühlte, dass es besser war, die alte Frau gewähren zu lassen. Sie hatte es nötig, friedlichen Gedanken nachzuhängen, sozusagen als Pflaster für ihre Seele.

»Ich habe Haies Bild gesehen, bei Ihnen in der Halle«, sagte Fitzen. »Er wirkt wie ein stolzer Wikinger auf seinem Pferd. Ich frage mich allerdings, wie seine Kinder zu den schwarzen Haaren und den dunklen Augen kamen. Sie haben so gar nichts von ihrem Vater.«

»Die dunklen Farben haben wir alle von Aliyah, Haies zweiter Frau. Sie kam aus Indien oder Pakistan. Soviel ich weiß, hat er sie von einem Schiff gerettet, das in Seenot geriet. Sie ist dann auf der Insel geblieben, erst als Magd und Kinderschwester, dann als seine Frau. Haies erste Frau und seine beiden Söhne sind bei einem Unwetter auf See geblieben, als ihr Boot kenterte. Sie haben jemanden auf Amrum besucht und sind auf dem Rückweg im Hörnumtief in einen Sturm geraten und ertrunken. Das war schlimm für ihn, und er hat sehr darunter gelitten.«

Obwohl Fitzen wusste, wie wichtig den Melanders die Verdienste ihrer Vorfahren waren, verblüffte es ihn, dass Adelines Wissen um die Historie ihrer Familie so weit zurückreichte.

»Es ist unglaublich, dass diese Linie immer noch durchschlägt, finden Sie nicht?«, sagte Adeline stolz. »Haies und Aliyahs Sohn Tade war mein Urgroßvater ... Sogar Nicky hat noch ihre großen, feurigen Augen.«

Adeline sagte das so stolz und feierlich, dass Fitzen innerlich lächeln musste. Doch der Gedanke an ihren kleinen Enkel machte sie wieder traurig, und sie suchte nach einem Taschentuch.

»Wie weit können Sie Ihre Familiengeschichte eigentlich zurückverfolgen?«, fragte Fitzen, um sie abzulenken.

»Mein Mann hatte großes Interesse daran. Er gehörte ja auch zur Familie, er war ein entfernter Vetter von mir. Als er pensioniert war, hat er den Großteil seiner Zeit der Ahnenforschung gewidmet. Schon im Mittelalter gab es hier auf dieser Scholle Melanders, damals war Sylt noch gar keine Insel – wussten Sie das? Wir haben einen Hug Melander gefunden, der 1294 gestorben ist ... allerdings haben wir nie herausbekommen, wann er geboren wurde. Von Beruf war er Lebzelter. Wissen Sie, was das ist?«

Fitzen verneinte. Er hatte den Eindruck, dass Adeline noch stundenlang von ihrer Familie erzählen könnte, sie blühte förmlich auf und vergaß dabei die unschöne Wirklichkeit. Doch er hatte wenig Zeit, John würde ihm den Kopf abreißen, wenn er ewig wegbliebe. Wohl oder übel musste er sie langsam wieder in die Gegenwart zurückführen.

»Ein Lebzelter«, sagte Adeline mit glühenden Wangen und rutschte im Bett ein Stück höher, »war jemand, der mit Honig arbeitete, der damit Handel trieb oder ihn verwertete ...«

»Großartig, wie man heute, gut siebenhundert Jahre später, noch so was rausfinden kann!« Es musste beruhigend sein, dachte Fitzen, so ein Glied in der Kette zu sein, Teil einer Familie, die schon so lange auf der Insel ansässig war. Man wusste, wo man stand, zu wem man gehörte. Doch nun musste er Adeline dringend wieder in die Gegenwart zurückführen. »Lassen Sie uns noch mal auf Ihren Treppensturz zurückkommen, Frau Melander …«

»Nach Hug gibt es leider eine Lücke über fünfhundert Jahre in der Familienchronik, bis wir dann auf den Deichgraf Haie gestoßen sind …« Sie unterbrach sich abrupt und betrachtete Fitzen aus verschleierten Augen, als hätte sie jetzt erst gehört, was er gesagt hatte. »Ach ja, der Treppensturz. Ich glaube nicht, dass ich Ihnen noch viel dazu sagen kann.«

Fitzen wiederholte seine Frage von eben. »Haben Sie jemanden gesehen, ein Geräusch gehört? Es hat Sie ja jemand gestoßen, der muss doch hinter oder neben Ihnen gewesen sein?«

Adeline runzelte die Stirn. »Hat mich jemand gestoßen? Ich weiß es nicht. Ich kann mich nicht daran erinnern. Nur, dass ich plötzlich fiel.« Sie schüttelte den Kopf. »Wenn mich jemand gestoßen hat, muss es dieser Aouba gewesen sein. Er mag mich nicht, weil ich gegen seine Beziehung mit meinem Sohn bin. Früher war er doch auch in ein Mädchen verliebt … ich meine Marcel! Warum kann er nicht ein nettes Mädchen heiraten? Verstehen *Sie* das?«

Fitzen hütete sich, darauf zu antworten. Eine Frage hatte er noch. »Irgendjemand hat in den letzten Tagen zwei Nägel oben am Treppenabsatz eingeschlagen. Können Sie sich erinnern, ein Hämmern gehört zu haben? Oder haben Sie jemanden dabei beobachtet?«

»Beobachtet, nein«, sagte Adeline verwirrt. »Aber mein Sohn hängt gerade Bilder auf, und sein … dieser Aouba hat gestern ein Regal zusammengebaut, da war den ganzen Tag Lärm im Haus. Ich habe nicht weiter darauf geachtet.«

Fitzen wirkte leicht verzweifelt, weil offenbar nichts sie weiterbrachte, sah aber ein, dass er aus Adeline im Augenblick nicht viel mehr herausbekommen würde, und verabschiedete sich.

Draußen wartete Marcel auf ihn. Sein rundes Gesicht wirkte grau und eingefallen, offensichtlich grämte er sich wirklich um seine Mutter. »Ich begreife nicht, dass ich gar nichts gehört habe«, sagte er fassungslos. »Ich habe eigentlich einen sehr leichten Schlaf, schon das kleinste Geräusch kann mich aufwecken … und so ein Federgewicht ist meine Mutter ja nun auch nicht!«

»Ihr Freund hat jetzt Riegel an den Außentüren angebracht«, sagte Fitzen. »Sie müssen nur darauf achten, dass sie auch benutzt werden, am besten auch tagsüber, so dass man zumindest einen Überblick hat, wer alles ins Haus gelangt!«

»Sagen Sie das mal meiner Mutter!«, erklärte Marcel düster. »Sie hat es nicht gern, wenn man ihr Ratschläge gibt!«

»Selbst Ihre Mutter müsste inzwischen begriffen haben, dass man es ernsthaft auf sie abgesehen hat!«

»Ich weiß, dass es niemand von uns war, die wir im Haus geschlafen haben«, sagte Marcel. »Also muss doch jemand ins Haus eingedrungen sein, der einen Schlüssel hat! Und genau das kann ich nicht fassen! Da kommt jemand ins Haus, holt Mutter aus ihrem Bett, bringt sie zur Treppe und stößt sie hinunter? Das ist doch der reinste Albtraum!«

»Ganz so war es nicht.« Fitzen berichtete in Kurzfassung, was er von Adeline Melander erfahren hatte. »Ich stimme Ihnen zu, dass derjenige, der ins Haus kam, einen Schlüssel gehabt haben muss. Aber können Sie ausschließen, dass es Menschen außerhalb Ihrer Familie gibt, die einen Schlüssel zum Haus besitzen? Oder die Gelegenheit hatten, einen nachmachen zu lassen?«

Wie er vorhergesehen hatte, konnte Marcel diese Möglichkeit natürlich nicht ausschließen.

ER

Irgendetwas war passiert. Im Haus waren laute Schreie zu hören, eine Kakophonie von Stimmen, ein Wagen fuhr vor, drei Leute stiegen aus und liefen ins Haus, ein Kombi mit Arztschild auf dem Armaturenbrett folgte auf dem Fuß, und dann kam der Rettungswagen.

Der Beobachter, der durch das wehende Dünengras linste, mal mit, mal ohne Fernglas, war wie elektrisiert.

Was war da nur passiert?

Irgendwann trug man jemanden auf der Trage in den Rettungswagen. Er sah durchs Fernglas. Es war Adeline. Was war ihr passiert? War sie krank? Hatte sie einen Unfall gehabt? Er versuchte, näher an das Geschehen heranzukommen, er schlich sich an den Hecken der Kamtschatkarosen entlang, stolperte über ein Heidebüschel, versteckte sich zwischen den wuchernden Eiben, doch ganz schnell war alles vorbei. Erst fuhr der Rettungswagen davon, dann Dr. Arnholt, dann einer ihrer Söhne, und zwar derjenige, der in Niebüll das Melander-Werk leitete. Er kannte ihn aus einem Buch über »Alte Sylter Familien«, in dem den Melanders zwei lange Kapitel gewidmet waren. Ihn begleitete einer der Polizisten.

Er zog sein Notizbuch hervor und notierte sich, was er gesehen hatte.

Dann überlegte er, wie er weiter vorgehen sollte. In der Nordseeklinik würde er keine Auskunft bekommen. Vielleicht die Nachbarn? Oder – jetzt kam ihm ein ganz kühner Gedanke – sollte er, wenn die Polizisten endlich weg wären, einfach klingeln und sich für einen Reporter ausgeben? Jemand, der ein Interview mit Adeline machen wollte? Die Haushälterin, eine freundliche Frau, würde ihm sicher Auskunft geben, was mit Adeline geschehen war.

Und diesmal würde er nicht wieder weglaufen wie letztes Mal, nachdem ihn nach dem Klingeln der Mut verlassen hatte. Da hatte er dann zu Hause gesessen und mal wieder mit sich gehadert. Er war feige, er traute sich nichts, er würde es nie lernen, es nie zu etwas bringen. Danach hatte er sich ins Bett gelegt und versucht zu schlafen. Schlaf brachte ihm Trost, und die Zeit verging. Aber wiederum war das nicht der Sinn des Lebens, er wollte etwas leisten, wollte Anerkennung.

Da, nun fuhren sie weg, und sein Herz klopfte heftiger, während er sich der Tür näherte. Er klingelte. Schneller als gedacht wurde die Tür aufgerissen. Ein riesiger, dunkelhäutiger Mann mit schwarzen Rastalocken stand vor ihm, und ein zweiter Mann, kleiner zwar, aber ebenso wild gelockt, näherte sich.

Beide starrten ihn an.

»Was wollen Sie hier?«, fragte der Kleinere.

Der Schreck, hier im Haus plötzlich zwei Männer vorzufinden, mit denen er nicht gerechnet hatte, ließ ihn ganz kleinlaut werden. Trotzdem versuchte er, sich zusammenzureißen.

»Ich bin freischaffender Journalist und habe einen Termin mit Frau Melander …«

Weiter kam er nicht. Während ihn der große Rasta-Mensch zähnebleckend angrinste, rückte ihm der andere so dicht auf die Pelle, dass er zurückweichen musste. Zuletzt gab ihm der Schwarzgelockte einen Schubs. Er stolperte ziemlich plötzlich über ein Heidebüschel und setzte sich auf den Hosenboden.

»Frau Melander gibt keine Interviews«, sagte der Grobian. »Lassen Sie sich bloß nie wieder hier blicken, Freundchen!«

Er machte, dass er wegkam. Zu Hause legte er sich ins Bett, doch an Schlaf war nicht zu denken. Gedanken zuckten durch sein Hirn, in denen Messer, Säbel, ein Strick und eine Garrotte eine Rolle spielten.

Kapitel 22

»Hier steckst du also, mein Freund!« Benthien ließ sich neben Tristan in den Sand fallen.

»Wie haben Sie mich gefunden?«, fragte der Junge mehr entsetzt als erstaunt.

»Ich habe ein bisschen rumtelefoniert und erfahren, dass dies hier einer deiner Lieblingsplätze ist. Du weißt, dass ich dich dringend sprechen will!«

Der Ort, an dem Benthien Tristan entdeckt hatte, war eine Dünenmulde in den Randdünen am Ellenbogen, am Weststrand von List. Er saß da und klimperte auf seiner Gitarre. Auf Benthien wirkte er verlassen, ganz auf sich bezogen, als wären Menschen für ihn nur ein notwendiges Übel. Obwohl Tristan im ersten Moment erschrocken schien, auf jemanden zu treffen, der etwas von ihm wollte, war er doch auch auf eine schüchterne Art erfreut, Benthien zu sehen.

Er sagte nichts, schlug nur ein paar Akkorde an. Der Strand war an dieser Stelle so gut wie leer; weit weg war nur ein Pärchen zu sehen, das gerade eine Strandmuschel aufstellte.

»Hat dir schon jemand erzählt, was mit deiner Oma passiert ist?«, fragte Benthien.

Der Junge verneinte, und Benthien berichtete von dem Treppensturz. »Es war aber nicht so schlimm, wie es sich anhört. Sie hat nur ein paar blaue Flecken und Schmerzen am Knie.«

Tristans Reaktion irritierte Benthien. Er starrte verwirrt vor sich hin, stellte aber nur eine einzige Frage: »War jemand im Haus, der da nicht hingehörte? Hat Oma was gesagt?«

»Nein«, sagte Benthien, der vor Kurzem mit Fitzen telefoniert hatte und daher auf dem Laufenden war. »Wer sollte denn dagewesen sein, deiner Meinung nach?«

Tristan schlug mit der Hand durch die Luft. »Niemand!«, sagte er unwirsch.

»Ich habe heute noch etwas erfahren.« Benthien beobachtete den Jungen scharf. »Das Aceton aus deiner Scheune ist genau die Flüssigkeit, die den Dachstuhlbrand von Gondes Haus angefacht und beschleunigt hat. Und mit dem Tollkirschenextrakt aus deiner Flasche wurden Yvonne und Nicky vergiftet. Allerdings hat irgendjemand noch Taxin hinzugefügt! Was sagst du dazu?«

Offenbar nichts, denn Tristan hatte es die Sprache verschlagen. Unter seiner gesunden Sommerbräune war er aschfahl geworden. Völlig verstört starrte er Benthien an. »D… das ist nicht möglich!« stotterte er schließlich. Seine Stimme klang heiser und wollte ihm kaum gehorchen.

Benthien schwieg, und Tristan klammerte sich an seiner Gitarre fest.

Sigrid Schulau betrachtete ihren Sohn, der nun schon das zweite Stück Kuchen mampfte, mit gemischten Gefühlen. Sie liebte ihn durchaus, schon deshalb, weil er Volkers Sohn war. Sie hatte damals gehofft, Volker würde Adeline verlassen und sich zu ihr bekennen … doch Volker war ein anständiger Mensch, er verließ keine Frau mit fünf Kindern, das hätte sie wissen müssen. Aber er hatte sie immer unterstützt, er hatte sich um Raffi gekümmert, um sein Wohlergehen, seine Ausbildung, und er hatte dafür gesorgt, dass, nachdem die Affäre bekannt geworden war, Adeline sich nicht gegen sie und Raffi stellte.

Merkwürdig war, dass Adelines Freundschaft zu ihr auf die Dauer nicht darunter gelitten hatte. Sigrid hatte sich oft den Kopf darüber zerbrochen, warum das so war. Vielleicht, weil sie Raffi ins Internat geschickt hatte und Adeline somit seine Existenz verdrängen konnte? Aber nun war er auf der Insel und schien sich mit Adeline gut zu verstehen, die beiden hatten sich sogar angefreundet. Warum?, fragte sie sich. Raffi hatte ihr in den letzten Jahren durchaus Sorgen gemacht. Er hielt keine Berufsausbildung durch, lebte in den Tag hinein, hatte ständig Geldsorgen, konnte sich aber sein Cannabis leisten. Sicher, er war zumeist ein liebenswerter Kerl, gutmütig und hilfsbereit, doch er konnte auch ausrasten, wenn man es gar nicht erwartete. Vor Jahren hatte er sie in der Küche während einer Auseinandersetzung mit einem Messer bedroht. Seitdem hatte er sich zusammengerissen, vielleicht war er ausgeglichener geworden, oder er tat zumindest so. Immerhin war Sigrid froh, dass er nicht mehr bei ihr wohnte. Bei Adeline hatte er mehr Möglichkeiten, sich zu entfalten.

Während sie Raffi am Kaffeetisch beobachtete, fiel ihr mal wieder schmerzlich auf, wie sehr er Volker glich, eigentlich mehr als jeder andere von Volkers Söhnen. Die Augen- und Mundpartie, die Form der Nase, die Art, wie er auf charmante Art schief lächelte, was ihm einen Anflug von Schüchternheit gab – das alles war Volker, wie er leibte und lebte. Wieder einmal fuhr ihr ein schmerzhafter Stich ins Herz. Kurz vor Volkers tragischem Tod hatten sie sich wieder einander angenähert, waren ein-, zweimal in der Woche essen gegangen, hatten gute Gespräche gehabt. Sein plötzlicher Tod hatte sie wie ein Schlag ins Gesicht getroffen.

»Mam, hörst du mir überhaupt zu?«

Sie fuhr zusammen, als Raffis Stimme, die bis dahin ein angenehm monotones Hintergrundgeräusch für sie gewesen war, plötzlich in ihre Gedanken eindrang wie ein Messer in weiche Butter.

»Addi hat mich vorhin angerufen! Es geht ihr nicht gut. Sie hat Schmerzen, und sie hat natürlich Angst. Derjenige, der sie überfallen hat, kann schließlich auch in ihr Krankenzimmer eindringen. Und dann ist sie geliefert!«

»Unsinn. Sie werden ihr einen Polizisten vor die Tür setzen.«

»Der muss vielleicht auch mal wohin? Oder holt sich einen Kaffee? Oder pennt ein? Ich werde nachher mal hinfahren!«

Sigrid betrachtete ihren Sohn mit gesteigerter Aufmerksamkeit. »Warum hast du eigentlich so ein großes Interesse an Adeline?«

Raffi nahm sich noch ein Stück Kuchen. »Ich weiß, du kannst sie nicht leiden. Aber wie Addi habe ich mir eine Oma immer vorgestellt. Meine andere Großmutter, deine Mutter, war hart und streng, das weißt du genau! Und sie mochte mich nicht besonders, jedenfalls wollte sie mich immer anders haben, als ich war. Addi ist lieb, und sie schätzt, was ich für sie tue. Wir sind jetzt dabei, ein gemeinsames Projekt zu entwickeln …«

»Ich weiß, dass du sie malst! Das hast du mir schon hundert Mal erzählt, Raffi.«

»Das meine ich nicht! Addi hat vor, eine Familiengeschichte zu schreiben, angefangen bei Haie Melander, aber auch mit Anmerkungen zu früheren Vorfahren, und ich werde den Text illustrieren! Ist das nicht 'ne tolle Idee? Es ist eine Sylt-Chronik der etwas anderen Art.«

Sigrid musste lachen. So was sah Adeline ähnlich! Sie fragte sich, ob diese Frau überhaupt je etwas anderes im Kopf hatte als ihre so glorreiche Familie, die offenbar ihr ganzer Lebensinhalt war. Sogar ihren Mann hatte sie angestachelt, in die Ahnenforschung einzusteigen. Allerdings hatte sich Volker, nachdem er in Pension gegangen war und nach einer Beschäftigung suchte, auch seinerseits dafür begeistert und eifrig nach weiteren Vorfahren und ihren Geschichten gesucht. Sie hatte oft mit ihm über seine Arbeit gesprochen. Ganz glücklich hatte er ihr von Hug Melander erzählt, einem Vorfahren aus dem 13. Jahrhundert, den er in irgendwelchen Chroniken ganz zufällig aufgestöbert hatte. Aber auch an der neueren Familiengeschichte war er interessiert gewesen, vor allem Heinrich, der Firmengründer, hatte ihn fasziniert.

Und jetzt wollte Adeline praktisch in seine Fußstapfen treten? Mit Raffi als Illustrator?

Auf einmal erfasste sie ein Schwindel. Sie hatte die Macht, alldem ein Ende zu bereiten. Alles, was sie zu tun hatte, war, einen Brief zu schreiben, vielleicht auch zwei. Anonym zunächst, aber sie würde zu dem stehen, was darin stand, wenn es denn notwendig sein sollte. Und dann sollte Adeline mal sehen, wo sie bliebe! Was sie zu sagen hatte, würde wie ein Sturm über die Insel fegen.

Eigentlich unfassbar, dass sie so lange gewartet hatte.

Unfassbar, dass sie all diese Dinge, die düsteren Gedanken so lange in ihrem Herzen bewegt hatte, ohne etwas zu unternehmen. Gut, sie war sich nicht sicher gewesen, das war sie auch heute noch nicht. Aber sie hätte einen Anstoß geben können. Sie hätte …

Sigrid fuhr zusammen, als Raffis Handy dudelte und eine Nachricht anzeigte.

Er sprang auf. »Adeline schreibt gerade, dass sie das Krankenhaus verlässt. Unglaublich! Sie ist so eigensinnig wie ein Maulesel! Mam, hast du noch ein paar Kuchenstücke übrig, die ich ihr mitbringen kann?«

Sobald er gegangen war, setzte sich Sigrid an ihren Schreibsekretär, holte Briefpapier und einen Umschlag hervor und begann, mit verstellter Schrift und in Druckbuchstaben zu schreiben.

Der Brief war kurz.

Er enthielt nur vier Sätze.

Adressiert war er an Hauptkommissar John Benthien, denn ihm traute Sigrid mehr zu als der hiesigen Polizei.

»Eigentlich sollte ich dich mitnehmen auf die Polizeistation und dich dort verhören, und zwar in Anwesenheit deines Vaters oder deiner Mutter«, sagte Benthien streng, während sie am Strand entlangwanderten. Benthien hatte seine Hand schwer auf Tristans Schulter gelegt. So spürte er jede Regung in diesem mageren Jungenkörper. »Und das werden wir wahrscheinlich auch tun müssen«, fuhr er fort. »Dies hier ist noch eine Art privates Gespräch, Tristan, und auch nur, weil du noch so jung bist. Aber ich verlange eine Erklärung von dir!«

»Ich habe Gondes Haus nicht in Brand gesteckt! Warum sollte ich das tun? Ich mag Gonde doch, sie war immer sehr anständig zu mir. *Sie* hält mich nicht für zurückgeblieben!«

»Und was ist mit dem Tollkirschenextrakt?«

»Woher weiß man denn, dass das tödliche Extrakt von mir stammt?«, murmelte Tristan vor sich hin, mit gesenktem Kopf, als würden ihn die Muscheln und Austerschalen, die er in den auslaufenden Wellen entdeckte, mehr als alles andere interessieren.

»Du weißt genau, warum wir das wissen! Die Zusammensetzung ist die gleiche. Ein Chemiker kann das herausfinden, das ist doch nichts Neues für dich! Hast du die Giftanschläge auf deine Oma und Frau Matern begangen, Tristan?«

»Fuck, nein, natürlich nicht!«

Er war stehen geblieben und blitzte Benthien wütend an. Mit dem nackten Fuß schlug er nach einer Welle. Seine Jeans war bereits bis übers Knie durchnässt.

»Hast du mit jemandem darüber gesprochen, dass du mit Tollkirschen herumexperimentierst?«

»Nein! Mit niemandem!«

»Es wusste also keiner davon? Keine einzige Menschenseele weit und breit?«

Er sah, wie Tristan zögerte. Benthien tat etwas, das seine Oma manchmal getan hatte – er allerdings nie –, wenn sie sein Gesicht sehen wollte, das er vor ihr verbarg. Er legte zwei Finger unter Tristans Kinn und hob seinen Kopf an. Er bemerkte die verräterische Röte im Gesicht des Jungen.

Tristan trat einen Schritt zurück. Er wirkte trotzig.

»Na, was ist?«

»Kann sein, dass mal jemand in meinem Labor war. Und die Flaschen gesehen hat. Ich hab die ja nicht versteckt!«

Nun ging er mit weit ausgreifenden Schritten an Benthien vorbei und wirbelte das Wasser auf.

»Wer war bei dir im Labor?«

»Onkel Justus. Der wohnt ja da. Wir reden ab und zu. Und Sabrina bringt mir manchmal was zu essen oder was Kaltes zu trinken vorbei.«

»War außer den beiden noch jemand bei dir?«

»Oma und meine Eltern.«

»Alle drei zusammen?«

»Nee, jeder für sich allein.«

»Wann war das?«

Der Junge zuckte mit den Schultern. »Letzten Winter, dieses Frühjahr … Mama wollte sehen, was ihr Bübchen da so treibt, und all die Gläser, Kolben, Trichter, Kühler, Bunsenbrenner, Spitzflaschen …« Er lachte höhnisch. »Was sie sah, gefiel ihr gar nicht. Sie meinte, ich sollte mich mit schöneren Dingen beschäftigen. Und sie hat Angst, dass ich mich in die Luft sprengen könnte. Die Frau hat doch von nichts eine Ahnung!«

»Und dein Vater?«

»Der hat mir 'ne Predigt gehalten. Dass das alles Krampf wäre, was ich da mache. Sinnlos. Zeitverschwendung. Und dass ich mich um die Schule kümmern sollte. Das sagt gerade der Richtige! Ich weiß doch, dass er in der Schule ein elender Versager war.«

Benthien stöhnte leise. Warum musste man dem Jungen alles aus der Nase ziehen? »Und was hat deine Oma bei dir gemacht?«

»Sie war eigentlich bei Gonde. Wegen ihres blöden Streits. Als ob das heute noch jemanden interessiert, ob Haie mit Leichen gehandelt hat oder nicht! Wenn er es gemacht hätte, wäre das doch eine geile Sache, richtig cool, finden Sie nicht? Schließlich hat er sie ja nicht ermordet! Darüber sollte Onkel Justus mal ein Bühnenstück machen. Jedenfalls, sie hat dann nachgesehen, ob ich im Labor bin, und ist reinmarschiert und hat sich alles angeguckt.«

»Auch die Flasche mit dem Tollkirschenextrakt?«

»Sie wollte sie ausgießen!«, sagte Tristan aufgebracht. »Ich konnte sie gerade noch daran hindern!«

Benthien blieb stehen und hielt den Jungen am Arm fest. »Tristan, erzähl mir doch mal, warum du den Extrakt überhaupt hergestellt hast. Was für Experimente wolltest du damit machen?«

Für einen kurzen Augenblick sah es so aus, als würde Tristan reden, doch dann überlegte er es sich anders.

»Ich wollte jedenfalls niemanden damit umbringen«, sagte er, und es klang endgültig. »Das müssen Sie mir einfach glauben. Außerdem bin ich mir meiner Verantwortung bewusst. Mehr sage ich nicht dazu, denn alles andere ist meine Privatsache.«

»Dein Extrakt wurde dazu verwendet, Yvonne und Nicky zu töten, Tristan!«

Tristan kniete sich in den Sand und schlug die Hände vors Gesicht. Langsam wiegte er sich hin und her. »Aber nicht von mir, verdammt noch mal!«

»Wir müssen mit Adeline reden«, sagte Benthien, als er wieder zurück im Friesenhaus war. »Ich habe sie angerufen, aber sie hat das Krankenhaus schon wieder verlassen. Zu Hause ist sie aber auch nicht. Ich habe auf ihre Mailbox gesprochen und hoffe, sie ruft bald zurück.«

»Sie muss dringend zu dem Tollkirschenextrakt befragt werden«, brummte Fitzen, der an seinem Laptop arbeitete.

»Da kommen Mikke und Annika.« Lilly deutete nach unten auf das kleine Sträßchen, das zu Benthiens Düne führte. Die beiden jungen Mitarbeiter, die in den letzten Tagen hart gearbeitet hatten, stiegen gerade aus Mikkes Privatwagen, einem alten Fiat Punto.

Annika sah sich um, blickte hoch, entdeckte Benthien, Fitzen und Lilly auf der Terrasse und winkte.

»Sie sehen wie Erstsemester aus mit ihren Kappen«, meinte Lilly lächelnd, »niemand würde sie für Angehörige der Kripo halten.«

Beide trugen Jeans, T-Shirts und Basecaps; Annika Gerisch hatte ihre langen, dunklen Haare zum Pferdeschwanz gebunden und wie immer malerischen Ethno-Schmuck in den Ohren, Mikke Jessen trug seine rotbraunen Locken inzwischen raspelkurz, was, wie Benthien wusste, ihm ordentlich Ärger mit seiner Freundin Sanne eingebracht hatte. Unter den Arm hielt er eine Aktentasche geklemmt.

»Habt ihr was Kaltes zu trinken?«, sagte Mikke als Erstes, als sie oben waren, und ließ sich auf einen Stuhl sinken.

Beide bekamen Gläser, und Benthien schenkte ihnen gekühltes Mineralwasser ein.

»Nachher gibt's Eis«, versprach Fitzen.

»Aber erst eure Berichte«, sagte Lilly.

»Fangen wir mit dem kürzesten an«, sagte Annika und zog ihr T-Shirt aus. Darunter kam ein luftiges grünes Top zum Vorschein, das gut zu ihrer gebräunten Haut passte. »Wir waren auf Eiderstedt und haben Etienne befragt, ebenso wie Freunde von ihm, Gäste und Kumpels. Und seine Lebensgefährtin. Sein Laden läuft gut, er hat ein Darlehen, das er regelmäßig und zuverlässig bedient. Die Bank ist jedenfalls zufrieden mit ihm. Was er anfasst, wird zum Erfolg, so zum Beispiel seine Austerntage oder ›Delikates aus dem Watt‹, Gerichte, in denen er zum Beispiel Queller verarbeitet.«

»Bringt der Queller uns irgendwie weiter?«, brummte Fitzen.

»Jetzt lass sie doch mal zu Ende reden«, warf Benthien ein.

»Ihr wolltet doch jedes Detail wissen, Leute, von den Schulnoten bis zum bevorzugten Schnupfenmittel und der Marke der Unterhosen!«, protestierte Mikke und wuchtete einen ganzen Stapel Papiere auf den Tisch. »Hier – alles ausgedruckt und zudem noch auf eurem PC. Aber wie ich euch kenne, habt ihr da noch gar nicht reingeschaut!«

»Nee, wir wollten auf euch warten«, sagte Fitzen grinsend.

»Kann ich jetzt weitermachen?«, fragte Annika. »Etienne ist jedenfalls unauffällig, allseits beliebt, fair zu seinen Mitarbeitern, großzügig in Gelddingen. Nur Heiraten will er vorerst nicht und seine Freundin auch nicht, das wiederum gefällt seiner Mutter nicht. Da gibt's hin und wieder mal Knatsch. Und sein Onkel Justus will ihn in etwa einem Jahr als Küchenchef für sein Restaurant haben, das bis dahin fertig sein soll. Einen Stern hat Etienne ja schon, deshalb ist er interessant für Justus. Aber Etienne ist nicht interessiert, er will unabhängig sein und auf Eiderstedt bleiben.«

»Kommen wir zu Justus Melander«, sagte Mikke und breitete seine Papiere aus.

»Er hat sich vor zwei Monaten verlobt, worüber seine Schwester Adeline nicht besonders glücklich ist …«

»Die findet aber auch überall ein Haar in der Suppe!«, meinte Lilly kopfschüttelnd.

»Die Familien sind wohl nicht so ganz kompatibel«, erklärte Mikke grinsend. »Irgendeiner der Liebig-Vorfahren hat anscheinend einen der Melander-Altvorderen beleidigt oder so. Genaueres weiß man nicht beziehungsweise konnten wir nicht herausfinden. Seitdem sind sie sich alle nicht so besonders grün. Aber wirklich dagegen ist Adeline auch nicht, schließlich gehören auch die Liebigs zur Crème de la Crème auf Sylt. Sie sind buchstäblich steinreich, viel mehr als die Melanders, die eher durch Leistung fürs Gemeinwesen punkten konnten. Die Familie Liebig besitzt etliche Häuser, hunderte Ferienwohnungen, mehrere Ausflugsschiffe und Anteile an ein paar Kreuzfahrtschiffen, die über die sieben Weltmeere schippern. Sabrina Liebig will nun ebenfalls Karriere machen. Ein Golfplatz mit Sternerestaurant steht auf ihrem Programm.«

»Das wissen wir bereits«, sagte Fitzen.

Mikke wirkte ein wenig geknickt. »Wir können schließlich nur das rausfinden, was da ist, nichts anderes«, meinte er.

Lilly ging in die Küche, um zur Erfrischung Eis zu holen. Als sie zurückkam, sagte sie lachend zu Benthien: »Dein Vater und Gonde sind schwer mit Kochen und Diskutieren beschäftigt. Ben will was mit Queller machen für seinen Foodblog und denkt an Deichlamm, aber Gonde meint, dazu gehört unbedingt Scholle. Ben ist das insgesamt aber zu salzig. Außerdem streiten sie über Kroketten. Gonde will sie nur mit Kartoffeln machen, Ben mit Kartoffeln und Meerettich. Geh also bloß nicht in die Küche, da kommst du nur unter die Räder!«

»Wie kann man denn jetzt an heißes Essen denken?«, stöhnte Fitzen und löffelte sein Eis.

»Wir sollten mal woanders hingehen«, sagte Mikke mit rollenden Augen, »wenn wir gleich fertig sind.«

Benthien stutzte zuerst, doch dann verstand er das Augenrollen als Wink in Richtung Gonde, die er hinter den Fenstern umhergehen sah. Offenbar suchte sie im Bücherregal nach einem Kochbuch. Er runzelte die Stirn. Wollte Mikke nicht, dass Gonde ihren Ermittlungsergebnissen lauschte, oder hatten er und Annika etwas Verdächtiges über sie herausgefunden?

Evi saß am Küchentisch, das Gesicht in den Händen, und starrte vor sich hin. Er war wieder weg, aber sie fragte sich schon gar nicht mehr, wo er war. Sicherlich bei einer Frau. Wenn sie sich nicht weiter selbst belügen wollte, musste sie es zugeben: Ihre Ehe bestand nur noch auf dem Papier. Théo brauchte sie, vor allem für die Öffentlichkeit, deshalb hatte er noch nicht die Scheidung eingereicht. Eine nach außen hin intakte Ehe war nützlich für seine Karriere, und Eskapaden konnte er sich nicht leisten. Die Frage war nur, ob sie dabei mitmachen wollte.

Sie wischte sich zornig die aufkommenden Tränen aus den Augen. Die Frage, die sie sich stellen musste, war doch: Wer liebte sie eigentlich? Gab es irgend jemanden, dem sie wichtig war? Ihr Sohn sprach kaum mit ihr, ihrem Mann war es höchst gleichgültig, wie es ihr ging oder was sie fühlte, Hauptsache, sie funktionierte und war für die Familie immer verfügbar wie ein nützliches Haustier. Ihre Eltern waren tot, ihre Schwester lebte in Kanada, und sie schrieben sich zweimal im Jahr, an Weihnachten und zu den Geburtstagen. Und für Théos Familie war sie kaum mehr als ein lästiges Anhängsel: Annette verachtete sie, aus welchem Grund auch immer, Adeline kritisierte sie ständig und wusste alles besser, nur Justus gab sich den Anschein, sie ernst zu nehmen. Sie mochte auch Marcel und Etienne gut leiden, mit ihnen zu reden machte ihr Spaß, allerdings sah sie die beiden nur sehr selten. Und eine Freundin auf der Insel, der sie sich anvertrauen konnte, hatte sie nicht, nur Bekannte, die gierig auf Neuigkeiten aus der Melander-Sippe waren.

Sie stellte sich mal wieder die Frage nach dem Sinn ihres Lebens. Seit Kurzem überlegte sie ernsthaft, einfach wegzugehen, was ganz Neues anzufangen. Vielleicht als Stewardess auf einem Kreuzfahrtschiff, schließlich hatte sie eine Ausbildung zur Restaurantfachfrau. Sie lächelte unter Tränen. Das geschähe ihnen recht! Plötzlich war das nützliche Haustier weg, wie vom Erdboden verschluckt, und niemand wusste wohin. Sollte sie es wagen? Es war verlockend! Doch im Grunde ihres Herzens wusste Evi, dass sie so etwas nie tun würde. Eine so kühne Entscheidung zu treffen, gegen den Strom zu schwimmen, ganz auf sich gestellt zu sein, das würde sie sich nicht zutrauen, dazu fehlte ihr der Mut.

Wieder flossen die Tränen.

Diesmal, weil sie sich selbst verachtete.

Sie las noch mal die E-Mail durch, die Er ihr geschrieben

hatte. Wie immer unter seinem Chatnamen Graf von Monte Christo. In den nächsten Tagen, so teilte er ihr mit, würde er auf Sylt sein. Ob sie sich dann sehen könnten?

Evi war hin- und hergerissen. Sollte sie es tun?

Kapitel 23

Das Meer war weg, und die nackten Füße sanken angenehm in den weichen Wattboden ein. »Wenn ich schon hier an der Nordsee bin, möchte ich auch ein bisschen Meer und Strand erleben«, hatte Mikke gesagt, und Benthien konnte ihn gut verstehen. Zumal es immer noch sehr heiß war und am Strand ein erfrischendes Lüftchen wehte. Deswegen waren sie nach dem Eisessen zur nahen Wattseite gegangen und ein gutes Stück ins Watt hinein in Richtung Dänemark, dessen Küste im Dunst zu sehen war.

»Warum wolltest du vorhin nicht reden, als Gonde Oldsen in der Nähe war?«, fragte Benthien den jungen Kollegen.

»Wir haben etwas herausgefunden«, antwortete Annika an Mikkes Stelle, »was allerdings auch ein merkwürdiger Zufall sein kann. Gonde hat ungefähr zwei Jahre in Dänemark gelebt, in einem Tausend-Seelen-Ort nicht weit von Tondern. In dem Dorf ist in dieser Zeit ebenfalls ein Haus abgebrannt. Später ist Gonde Oldsen wieder nach Deutschland zurückgezogen und hat in Schuby gelebt, und auch dort hat es gebrannt. In beiden Fällen hatte man Verdacht auf Brandstiftung, aber letztendlich ließ es sich nicht nachweisen.«

»Wollt ihr damit sagen, dass Gonde eine Brandstifterin ist?«, fragte Lilly abweisend. »Als ihr eigenes Haus in Flammen aufging, war sie jedenfalls nachweislich nicht auf Sylt.«

»Nein, sie war in Schleswig beim Geburtstag einer ehemaligen Kollegin«, sagte Mikke. »Dort hat sie aber nicht übernachtet.«

»Wo hat sie dann übernachtet?«

»Das konnten wir leider nicht herausfinden.«

Benthien überlegte. Er würde Gonde ganz einfach danach fragen, als ausgebildeter Profiler war er auf ihre Reaktion gespannt. Mit Sicherheit hatte sie nicht ihr eigenes Haus angesteckt. Das mit den Hausbränden in ihrer Nähe konnte Zufall sein. Oder nicht? War sie damals je unter Verdacht geraten? Er beschloss, Mikke noch einmal darauf anzusetzen.

Er beobachtete, wie Annika einige Austernschalen aufhob. Dabei fiel ihm das Sklavenarmband auf, das sie über dem Handrücken trug und das in der Sonne glitzerte. Es war eins der feineren, mit nur einer dünnen Goldkette zwischen dem Ring und dem zierlichen Armband. Die sechs grünen Steine wirkten sehr attraktiv auf dem braunen Handrücken. Könnte das auch etwas für Lilly sein, für ihren Geburtstag, überlegte er, zusätzlich zu seiner anderen Überraschung, an der er noch arbeitete? Benthien fand, dass Lilly die schönsten Hände besaß, die er je gesehen hatte. Aber wiederum, Lilly trug wenig bis gar keinen Schmuck, würde ihr so ein spezielles Armband überhaupt gefallen?

Auch Fitzen sammelte schöne, in allen Farben schillernde Austernschalen, die für seine Tochter Jenny gedacht waren. Nicht weit von hier wurde die Sylter Royal gezüchtet; es war die einzige Austernzucht in Deutschland, die in alle Welt verkaufte, daher waren hier im Watt besonders viele Gehäuse in allen Größen zu finden.

»Jenny sollte sie mit farblosem Lack anmalen, dann verlieren sie ihren Schimmer nicht«, empfahl Lilly, die Fitzens Ausbeute begutachtete.

Annika fragte, was es mit den Figuren weiter unten in der Blidselbucht auf sich habe, die mitten im Meer standen, und

Benthien erklärte ihr, dass dies die berühmten »Seekühe« wären, Gebilde aus Holz und Beton, an denen im Zweiten Weltkrieg Piloten der Luftwaffe den genauen Bombenzielwurf trainiert hatten.

Fitzen grinste. »Aber die Seekühe haben, wie du siehst, sämtliche Bombardements überlebt, und jetzt sind sie eine Attraktion.«

Mikke lief ganz traumverloren durch das seichte Wasser, das Gesicht der Sonne zugewandt.

Viel zu früh drängte Benthien zum Rückzug nach dieser kleinen Auszeit, aber lange Pausen konnten sie sich nicht leisten.

Die Terrasse lag im Schatten, so dass das Sitzen dort jetzt angenehmer war. In der Mitte des Tisches war ein Zettel mit einem Stein fixiert, auf dem Ben mitteilte, dass er und Gonde einkaufen waren und außerdem wilden Queller suchen wollten – und dass sich alle auf ein warmes Abendessen gefasst machen sollten.

»Ich weiß nicht, ob ich Queller mag«, jammerte Fitzen.

»Ich hoffe, er macht die Fotos nicht mit seiner neuen Plattenkamera, dann werden wir nämlich vor vollen Tellern verhungern«, monierte Benthien.

Er erreichte Adeline Melander bei einem erneuten Versuch in der Wohnung ihrer Tochter, wo offensichtlich ein Familientreffen stattfand. Er kündigte an, dass er sie morgen früh in ihrem Haus aufsuchen werde und sehr hoffe, sie dann auch dort anzutreffen. Ihre Frage, ob sie den Stalker gesichtet hätten, verneinte er.

»Falls es den überhaupt gibt«, meinte Fitzen zum wiederholten Mal, nachdem Benthien berichtet hatte. »Niemand außer Adeline hat ihn je gesehen.«

Mikke und Annika wandten sich wieder ihren Berichten zu.

»Brisant ist, finde ich jedenfalls, dass Marcel Melander bereits einen Hochzeitstermin hat«, sagte Mikke, »im September will er seinen Lebensgefährten heiraten. Seine Mutter weiß aber noch nichts davon und wäre, nach allem, was wir gehört haben, fuchsteufelswild, wenn sie es wüsste. Es war sogar die Rede davon, dass sie ihn dann enterben würde. Bisher denkt sie noch, dass Moussa Aouba nach seinem Studium in den Senegal zurückkehrt.«

»Könnte das nicht ein gutes Mordmotov sein?«, fragte Annika.

»Ich halte Marcel nicht für einen kaltblütigen Mörder«, meinte Fitzen. »Dazu ist er zu weich. Im Affekt vielleicht, aber mit Gift?«

»Seid ihr sicher, dass er es ernst meint mit seinen Heiratsabsichten?«, fragte Lilly.

Mikke nickte. »Wie gesagt, der Termin steht bereits, und die Location und eine Musikband hat er ebenfalls schon fest gebucht.«

»Kommen wir zu Théo und Evi Melander«, sagte Annika.

Mikke wedelte wieder mit seinen Papieren. »Théo hat seit zwei Jahren ein Verhältnis mit seiner Sekretärin, in Kiel haben sie sich ein kleines Liebesnest eingerichtet. Nach unseren Informanten soll es ihm ernst sein mit der Beziehung, und seine Mutter weiß wohl davon und ist reichlich angepisst – sorry! Aber offenbar ist das immer wieder ein Streitthema zwischen Mutter und Sohn. Für Adeline ist eine Scheidung undenkbar.«

»Er hat seine Mutter vor Kurzem um einen Kredit gebeten«, ergänzte Annika. »Aber weil die vermutete, dass er das Geld für seine Geliebte haben will, hat er ihn nicht bekommen – auch nicht von seiner Bank, denn sein Konto ist weit übers Limit überzogen. Hat mir einer der Banker im Vertrauen erzählt.«

»Wofür braucht er so viel Geld?«, fragte sich Benthien laut.

»Keine Ahnung«, sagte Mikke. »Aber ihr werdet kaum glauben, was wir über Annette herausgefunden haben! Wie es aussieht, wird sie seit Kurzem erpresst. Ihr Konto sieht noch schlimmer aus als das ihres Bruders, weil sie jeden Monat kurz nach dem Ersten eintausend Euro in bar abhebt, neben ihren sonstigen Ausgaben und Abhebungen. Und wisst ihr, warum?«

Lilly tat ihm den Gefallen. »Warum?«

»Darkrooms«, sagte Mikke feierlich. »Die Dame besucht Darkroom-Partys. Ihr wisst schon, Sex im Dunkeln, in ihrem Fall für Heteros, ohne Tabus, alles ist erlaubt, was gefällt.«

»Woher wisst ihr das?«, fragte Lilly.

»Hat uns ein Vögelchen geflüstert«, sagte Mikke grinsend.

»Eine ihrer Mitarbeiterinnen«, ergänzte Annika.

»Krass!«, meinte Fitzen. »Das hätte ich ihr nicht zugetraut!«

»Klar, an ihrem Undercut erkennt man sie auch im Dunkeln«, sagte Benthien und musste sich ein Grinsen verkneifen.

»Weiß Adeline davon? Und wisst ihr, wer Annette erpresst?«, fragte Lilly.

»Wir haben keinen Hinweis darauf, dass Adeline es weiß«, warf Annika ein. »Und auf den Konten, die wir überprüft haben, die der Familienmitglieder, gibt es keine regelmäßigen Einzahlungen. Wiederum kann sie demjenigen das Geld auch in bar überreicht haben.«

»Krass«, wiederholte Fitzen. »Besonders die Idee, dass es jemand aus ihrer Familie ist, der sie erpresst. Der müsste dann ja auch auf den Darkroom-Partys gewesen sein!«

»Nicht unbedingt. Er kann sie auch beobachtet oder ganz zufällig gesehen haben, wie sie in besagtes Etablissement ging, oder eine E-Mail gelesen, oder jemand hat es ihm einfach erzählt«, zählte Benthien die Möglichkeiten auf.

Es entstand eine kurze Pause, in der sie alle über die neuesten Erkenntnisse nachdachten und versuchten, sie einzuordnen. »Das Aceton und der Tollkirschenextrakt stammen ja vermutlich aus Tristans Scheune«, griff Annika den Faden schließlich wieder auf. »Was sagt Tristan denn dazu?«

»Er kann es sich nicht erklären«, sagte Benthien. »Allerdings ist der Schlüssel zur Scheune auch nicht gerade schwer zugänglich. Selbst jemand, der nichts von dem Versteck weiß, könnte ihn finden, er steckt nämlich in einem Blumentopf.«

»Ich frage deswegen, weil wir uns auch die Akten über den Reiterunfall von Svenja Melander, Tristans kleiner Schwester, angesehen haben. Da war Tristan ja dabei; die Kinder spielten in einem kleinen Wäldchen, das neben dem Reitweg lag. So wie es aussieht, war es ein Unfall. Svenja war unaufmerksam, sie wollte Tristan, der mit ihr Fangen spielte, entkommen und sprang auf den Weg, gerade als ein Reiter vorbeikam – direkt vor sein Pferd.«

»Ja?«, fragte Benthien sehr aufmerksam, als sie eine Pause einlegte. »Was schließt ihr daraus?«

»Wir haben uns überlegt«, sagte Mikke, »dass Svenja auch von Tristan gestoßen worden sein könnte … Eifersucht auf die verwöhnte Jüngste, man kennt das ja.«

Für einen Augenblick herrschte entsetzte Stille.

»Aber die Eltern waren dabei, sie haben es mitangesehen«, sagte Lilly endlich.

»Das spricht nicht dagegen«, wandte Mikke ein. »Sie schützen vielleicht ihren Sohn.«

Wieder kehrte Stille ein am Tisch. Benthien, der zwar auch schon an diese Möglichkeit gedacht, sie aber schnell wieder verworfen hatte, sann erneut darüber nach. Tristan ein kaltblütiger Mörder? Das passte so gar nicht zu ihm. Im Fall von Svenja wäre das Motiv eventuell Eifersucht auf die jüngere Schwester gewesen, aber im Fall seiner Großmutter? Weil sie dagegen war, dass er ins Internat geht? Weil sie dafür kein Geld geben wollte und nach ihrem Tod Geld in Hülle und Fülle da sein würde? Nein, so etwas traute er Tristan nicht zu, das sagte ihm einfach seine Menschenkenntnis. Und warum hätte er auch Emily Matern umbringen sollen? Und warum Verse über diese Morde und den Unfall dichten? Das sah doch eher danach aus, als wollte der Junge die Dinge auf diese Weise verarbeiten, indem er Verse reimte, die das Große, Unfassbare klein machten, in die Welt der Bänkellieder verwies und er so besser damit umgehen konnte. Er hatte den Unfall seiner Schwester mitangesehen, als er neun Jahre alt war, und musste traumatisiert gewesen sein. Vielleicht fühlte er sich schuldig, weil er sie gejagt hatte und sie vor ihm weggelaufen war und damit jede Vorsicht außer Acht gelassen hatte. Hatte sich überhaupt jemals ein Kinderpsychologe mit ihm befasst? Benthien nahm sich vor, die Eltern baldmöglichst danach zu fragen.

Nach dem Essen, das trotz des Quellers sehr gut genießbar war und nicht mit der Plattenkamera, sondern zügig mit dem Handy fotografiert wurde, fuhren Mikke und Annika nach Flensburg zurück, standen aber weiterhin auf Abruf bereit.

Ben hatte sich mit einem Liegestuhl in die Dünen verzogen, genoss die späte Sonne und schmökerte in seinem kalifornischen Kochbuch, auf der Suche nach weiteren, möglichst exotischen Rezepten, die er variieren konnte.

Gonde, die drinnen am großen Esstisch Unmengen von Ausdrucken sortiert hatte, kam mit einigen der Papiere auf die Terrasse und setzte sich zu John, Lilly und Tommy.

Benthien deutete auf die Ausdrucke, und Gonde nickte lächelnd.

»Fast alle Unterlagen über Sylt sind erhalten geblieben, da Meret sie zum Einscannen mit nach Hause genommen hatte. Andere hatte sie schon digitalisiert. Verbrannt sind Unterlagen aus Schloss Gottorf – die ich aber wiederbekommen kann – und meine Berichte über Ausgrabungen in Schottland. Aber auch davon sind Kopien im Umlauf. Alles, was mir Enno Abel hinterlassen hat, war im Panzerschrank, so dass der Verlust nicht ganz so schmerzhaft ist – abgesehen von den Büchern, die verbrannt sind.«

»Waren Sie denn wenigstens versichert?«, fragte Fitzen nicht ohne Hintergedanken.

Gonde lächelte. »Vor zwei Jahren habe ich meine Versicherung angepasst. Früher waren Reetdächer sehr teuer zu versichern, aber das hat sich zum Glück geändert. Sonst hätte ich es mir nicht leisten können.«

Benthien warf Fitzen einen Blick zu, der besagte, dass er ab jetzt den Mund halten solle. Er würde Gonde morgen fragen, wo sie die Nacht des Brandes verbracht hatte, aber nicht im Zusammenhang mit dem Thema Versicherung.

Er erkundigte sich, warum sie die Papiere mit auf die Terrasse gebracht hatte. Soweit er es erkennen konnte, ging es um Kopien von sehr alten Dokumenten, die größtenteils bedeckt waren mit einer dünnen, ausgeprägten Schrift mit langen Bögen und Schleifen. Er war sich nicht sicher, ob er sie würde lesen können.

»Hier ist die Rede von der Großen Düne, in der ihr die beiden Toten gefunden habt«, sagte Gonde und klopfte auf den Stapel. »Ich habe dir ja erzählt, John, dass sich schon seit Jahrhunderten Geschichten um sie ranken. Sie galt als verrufen, verhext, gefährlich, aber sie zog die jungen Burschen unwiderstehlich an. Es war eine Art Mutprobe, in der Nacht hinzugehen und sich eine Zeitlang dort aufzuhalten. Hier habe ich eine Abhandlung über die Düne gefunden, die aus dem 18. Jahrhundert stammt. Sehr interessant! Als sie geschrieben wurde, war gerade ein kleines Mädchen verschwunden, das zuletzt in der Nähe der Düne gesehen wurde. Sie hieß Theda Dreyer, und ihr Vater war Kommandeur auf einem Grönlandfahrer. Die Familie war recht wohlhabend.«

»Ist sie das Kind, das wir gefunden haben?«, fragte Fitzen ungläubig.

Gonde nickte. »Das muss sie sein. Es gibt eine Vermisstenmeldung, in der das Meißner Amulett beschrieben wurde. Und hier«, sie zog ein anderes Dokument hervor, » sind die Porträts der Eltern und der Kleinen abgebildet. Daher können wir auch sicher sein, dass es sich bei dem Kind aus der Düne um Theda handelt. John hat mir ja gestern Fotos vom Amulett und den Porträts gezeigt.«

Benthien konnte es nicht fassen! Da hatten sie dank Gondes Hilfe und Sachwissen einen Fall gelöst, der über zweihundertvierzig Jahre unaufgeklärt geblieben war! Die Porträts der Eltern Dreyer waren ohne jeden Zweifel die gleichen, die auch im Amulett gefunden worden waren. Das Mädchen glich seiner Mutter, es hatte dieselben zarten Züge, dieselben weißblonden, flaumigen Haare. Benthien spürte plötzlich einen heftigen Schmerz. Da hatten die Eltern nun ihr Leben zu Ende gelebt, über Jahre hinweg, ohne je zu erfahren, was mit ihrer kleinen Tochter geschehen war. Was für eine Tragödie!

Dennoch glaubte er noch immer nicht an den Fluch der Düne. Solcher Aberglaube war ihm fremd. Von der Düne selbst ging nichts Böses aus, böse waren die Menschen. Wenn denn alles stimmte, was man sich erzählte. Vielleicht hatte Haie ja tatsächlich mit Leichen gehandelt, und es war in seinem Interesse gewesen, die Spukgeschichten um die Düne zu nähren? Es wäre immerhin eine Erklärung für all die Gerüchte.

Sie erörterten diese Idee, bis Gonde, die in ihren Papieren gewühlt hatte, lächelnd fragte, ob sie eine kleine Geistergeschichte hören wollten, die sich um die Düne drehte.

Ben, dem es inzwischen zu dunkel geworden war zum Lesen, kam auch an den Tisch, und Benthien holte zwei Windlichter und zündete die Kerzen an. Sie beleuchteten Gondes Gesicht, das verklärt und weise wirkte wie das einer Schamanin – so kam es ihm jedenfalls vor.

»Die Geschichte soll aus dem Jahr 1794 stammen«, begann Gonde zu erzählen, »und sie hat auch am Rande mit den Melanders zu tun. Damals gab es noch die Hexenverfolgung in Deutschland. Auf Sylt lebte eine Frau, die Freya hieß. Sie war Mitte dreißig und muss sehr schön gewesen sein, mit milchfarbener Haut, langen schwarzen Locken und Augen, hell wie Opale. Sie war eine arme Witwe, ihr Mann war auf See geblieben, trotzdem klagte sie nicht und schien einigermaßen auszukommen, im Gegensatz zu anderen verwitweten Frauen, die sehen mussten, dass sie und ihre Kinder nicht verhungerten. Das brachte Freya viel Neid ein, außerdem fragte man sich, wovon sie überhaupt lebte.

Freya war bekannt dafür, dass sie viel Gutes tat. Sie besuchte Alte und Kranke und brachte ihnen kleine Geschenke, Obst oder eine Brühe – und manchmal auch Kräuter, aus denen sie ihnen einen Trank braute. Viele fühlten sich anschließend gestärkt und voller Leben, Krankheiten besserten sich und heilten, aber es gab auch Menschen, die kurz nach Freyas Besuch starben. – Wenn ihr mich fragt«, sagte Gonde, jetzt nicht mehr mit ihrer singenden Erzählstimme, »war das nichts Außergewöhnliches, diese Leute wären sicherlich auch ohne Freyas Besuch zu diesem Zeitpunkt gestorben, einfach, weil sie sehr krank waren, aber da man zu jener Zeit von Medizin wenig wusste, lastete man es Freya an. Irgendwann kochte das Gerücht hoch, sie wäre mit bösen Zauberern und mächtigen Dämonen im Bunde, kurz: sie wäre eine Hexe und würde Unglück über die Menschen und das Dorf bringen. Ein Beweis dafür war, dass sie scheinbar von nichts als der frischen Nordseeluft lebte, denn ein Einkommen hatte sie offensichtlich nicht. Und irgendjemand, der im Hintergrund blieb, schien dieses Gerücht noch zu befeuern.

Eines Tages wollte man sie holen, ihr den Prozess machen und sie als Hexe auf dem Scheiterhaufen verbrennen, doch Freya war verschwunden. Man suchte überall nach ihr. Oke, ein einfältiger alter Mann mit kindlichem Gemüt, der als der Dorftrottel galt und oftmals in Reimen sprach, fand sie schließlich.«

»Lassen Sie mich raten, er entdeckte sie bei der Großen Düne?«, sagte Fitzen ein wenig ironisch.

Gonde warf ihm einen tadelnden Blick zu, weil er sie unterbrochen hatte. »Er erblickte zwei Hände, die aus dem Dünensand ragten und sich gen Himmel reckten. Freya trug stets selbstgemachte Ringe aus Muscheln und Silberdraht, die sie auch gern verschenkte, und er behauptete, er habe sie an den Händen und ihren Ringen erkannt. Er grub wohl noch ein bisschen im Sand, aber es war ihm nicht möglich, sie vollends auszugraben, dazu war er zu schwach. Er lief zum nächstgelegenen

Haus, das der Melanders, aber dort öffnete niemand. Daraufhin alarmierte er das halbe Dorf, und es fanden sich schließlich ein paar mutige Männer, die der Sache nachgehen wollten. Doch als sie bei der Düne ankamen, waren Freyas Hände nicht mehr zu sehen und erst recht keine Leiche, so viel Oke und die Männer auch suchten und so tief sie auch gruben.«

Gonde holte tief Atem. »Und das war's. Oke wurde immer verrückter, Freya blieb für immer verschwunden, und die Düne galt einmal mehr als verflucht.«

»Hat man angenommen, Oke hätte sie getötet?«, wollte Lilly wissen.

»Oh nein, Oke galt zwar als verrückt, aber auch als absolut harmlos und liebenswert. Nein, man flüsterte hinter vorgehaltener Hand, dass Haie Melanders zweite Frau ihre Hand im Spiel habe, da sie zweifellos eifersüchtig auf Freya war. Ihr Mann Haie war nämlich ein ziemlicher Schwerenöter und mochte Freya gut leiden, und das wiederum gefiel seiner Frau ganz und gar nicht. Beweisen ließ sich allerdings nichts.«

»Und wieder fiel ein schlechtes Licht auf die Melanders«, sagte Benthien.

»Ich glaube, man nahm das nicht wirklich ernst«, wandte Gonde ein. »Man ging einfach zur Tagesordnung über und dachte nicht mehr an Freya, das Leben war schließlich hart genug. Nur Oke kam nicht darüber hinweg. Man sagt, er murmelte ständig so etwas wie ›*Hände, Hände im Gelände*‹ und ›*Blanke Knochen, kalt' Gebein, morgen wird der Tod dich frei'n!*‹ vor sich hin, er war kaum noch zu beruhigen. Armer alter Mann. Er ist bald darauf gestorben, wie übrigens ein Großteil der Männer, die nach Freyas Leiche gegraben hatten – was man natürlich der Düne anlastete.«

»Märchen, Mythen, Sagen, Legenden, die gab es schon immer hier auf den Inseln, je grausamer und gruseliger, desto besser«, stellte Ben fest. »Damit konnte man sich an langen Abenden in den Friesenstuben die Zeit vertreiben und ängstliche Gemüter erschrecken. Nur seltsam, dass hier auf Sylt diese Düne seit jeher im Fokus steht.«

»Und das zu Recht«, sagte Lilly. »Immerhin haben wir zwei Leichen im Sand gefunden.«

»Möglicherweise nicht die einzigen«, unkte Gonde. »Zwei junge Frauen sind gut hundertzwanzig Jahre später im Umkreis der Düne verschwunden, nämlich Geseke Abel, die Schwester von Enno Abel, und Carola Borgwart, die mit Heinrichs Sohn Wilhelm verlobt war.«

»Und eine von ihnen«, sagte Fitzen, »ist unsere erwachsene Dünenleiche, sehr wahrscheinlich Carola, die Dichterin.«

Fitzen fand, dass es noch viel zu früh war zum Schlafengehen. Er telefonierte kurz mit Katharina, die ihm erzählte, dass sie vielleicht ein bezahlbares Haus zum Mieten gefunden habe. Zwar nicht mit Blick aufs Wasser, aber im Grünen zwischen Flensburg und Glücksburg. »Kannst du mir Bilder schicken?«, verlangte Tommy, doch Katharina hatte ihr Handy nicht dabeigehabt.

»Du Nase!«, meinte er verdrossen, war aber versöhnt, als sie versprach, morgen noch mal hinzufahren.

Danach riss er das Fenster in seiner kleinen Kammer auf und betrachtete das Meer, das silbern unter einer fahlen Mondsichel leuchtete. Langsam kam die Flut herein. Als er Gitarrenklänge aus den Dünen hörte, musste er an Tristan denken. Konnte er ein Mörder sein? Dieser vierzehnjährige Junge? Ausgeschlossen war es nicht, aber ebenso wie John glaubte er nicht daran. Oder wollte nicht daran glauben.

Nebenan hörte er Gonde hin und her gehen, auch sie war zu wach, um zu schlafen. Fitzen dachte darüber nach, wie er sich fühlen würde, wenn ein Großteil der Sachen verbrannt wäre, die ihn ein Leben lang begleitet hatten. Alte Stücke wie sein großes Gummihuhn, der zerschlissene Teddybär, die Briefe seines Vaters, die quiekende ferngesteuerte Maus, die so echt aussah, als er sie auf das Kaffeekränzchen seiner Mutter losgelassen hatte, oder die Milchzähne seiner Tochter Jenny … Es hätte ihm sehr weh getan, all diese Dinge zu verlieren, verband er doch lieb gewordene Erinnerungen mit ihnen. Und Gonde hatte sicher auch solche Sachen besessen. Sie tat ihm leid, und er bewunderte, wie gelassen sie diese traurige Erfahrung wegsteckte. Aber vielleicht verbarg sie ihre Gefühle auch nur, mit Rücksicht auf ihre Gastgeber?

Als sein Blick auf die bekritzelte Wand der Dichterkammer fiel, spürte Fitzen das Bedürfnis, sich hier ebenfalls zu verewigen. *Tommy was living here under the roof, in July of a hot summer*, malte er auf die Wand, *longing for Jenny and Kathi*. Warum er das auf Englisch schrieb, wusste er selbst nicht so genau. Danach malte er ein großes Herz und beschriftete es: *Lilly liebt John*, und darunter: *John liebt …*

»Was machst du da?«, fragte Benthien, der plötzlich neben ihm stand.

Lilly, schrieb Fitzen zu Ende, dann wandte er sich Benthien zu. »Das tust du doch, oder nicht? Ich meine, du liebst sie.«

Benthien ließ sich auf den einzigen Stuhl fallen, der in dem Zimmerchen stand. Er seufzte. »Was ist schon Liebe, Tommy? Nur Chemie oder eine Art Seelenverwandtschaft? Ist sie Eigennutz und Selbstbestätigung? Resultiert sie aus der Angst, alleine zu sein?«

»Hör auf, den großen Philosophen raushängen zu lassen«,

sagte Fitzen streng. »Nimm die Dinge, wie sie kommen, und stell keine dummen Fragen. Ich mache das nie, denn es bringt überhaupt nichts!«

Er baute sich vor seinem Freund auf, den Stift noch immer in der Hand, mit dem er auf Benthien deutete. »Freust du dich, wenn du Lilly siehst? Na los, antworte!«

»Ja …«

»Freust du dich mehr als über jeden anderen Menschen, wenn du sie siehst? Und hör auf, erst noch lange darüber nachzudenken!«

»Ja …«

»Würdest du sie aus einem brennenden Haus retten, ohne zu überlegen, ob du selbst dabei draufgehst?«

»Ja!«

»Willst du bis an dein Lebensende mit allen euren Runzeln und Falten mit ihr …«

»Hör auf, du Küchen-Psychologe, und sieh dir mal lieber das hier an!«

Benthien reichte Fitzen ein Blatt.

»Was ist das? Soll das Lillys Geburtstagsgeschenk sein?«

Benthien fing an zu kippeln. »Ich glaube, Lilly steht nicht so auf sentimentale Komplimente wie das mit den Bernsteinaugen … aber wenn man sie zum Lachen bringt, kann man punkten. Als du letztens deinen doofen Limerick zusammengereimt hast …«

»Der war doch gut!«

»… kam ich auf die Idee, so was Ähnliches zu machen, nur etwas pointierter. Lilly liebt Limericks. Wie findest du ihn?«

Der stolze Verfasser las noch einmal laut vor:

»Ein vornehmer Herr aus Bad Wiessee,
dem tat von der Liebe das Herze so weh.
Aus dem Hotel, vom vierten Stock
sprang er hinunter, at five o'clock,
einer Dame präzis' in den Tee.«

»Ja, ich habe es ja eben gelesen«, meinte Fitzen grinsend und ließ sich aufs Bett fallen. »Lilly wird es wahrscheinlich mögen. Du solltest es mit Füller und Schönschrift auf Büttenpapier schreiben und in einen Barockrahmen stecken …« Das Lachen überwältigte ihn, und er konnte kaum weitersprechen: »Lilly wird sich zwar freuen, aber ist es das Einzige, was du ihr schenkst? Vielleicht solltest du dann aber schreiben: der Dame Lilly präzis' in den Tee! Dann hätte es wenigstens einen Bezug zu ihr.«

Fitzen konnte nicht mehr, er musste fast heulen vor Lachen, aber John war natürlich irritiert.

»Findest du es so schlecht?«

»Nein, überhaupt nicht! Aber ein einsamer kleiner Vers ist vielleicht ein bisschen wenig für einen ganzen Geburtstag, auch wenn er einen ideellen Wert hat!«

»Das bleibt doch nicht der einzige Vers! Da kommen noch etliche hinzu!« Er fuhr sich durch die Haare, so dass sie steil in die Luft standen. »Ich weiß nur nicht, wann ich das machen soll. Und wo, ohne dass Lilly es merkt.«

Fitzen sprang vom Bett und hieb Benthien die Hand auf die Schulter. »Ich kann dir gern meine Dichterkammer anbieten! Selbstgemachte Limericks als Geschenk sind eine gute Sache, Johnny-Boy, und dürften ziemlich einzigartig sein! Allein, dass du so was aus dir rausquetschen kannst« … Fitzen musste aufpassen, dass er nicht wieder anfing zu lachen, … »zeigt eindeutig, dass du Lilly liebst. Damit ist für mich jeder Zweifel ausgeräumt, mein Alter!«

Als Benthien aus dem Badezimmer kam, lag Lilly bequem in die Kissen gekuschelt und hatte schon wieder ein Buch vor der Nase. Diesmal war es *Morphium*, natürlich von Agatha Christie.

»Eigentlich wollte ich ja langsam mal schlafen«, sagte er.

Lilly blätterte eine Seite um. »Warum tust du's nicht?«

»Weil ich vorher das Fenster aufmachen will, und dazu muss das Licht aus sein … oder soll ich das ganze Nachtgetier reinlassen?«

»Bloß nicht!«, kreischte Lilly, die, wie John festgestellt hatte, nicht nur Angst vor Spinnen hatte, sondern auch vor Nachtfaltern, Libellen und Grashüpfern – vorausgesetzt, sie waren mit ihr gemeinsam in einem Zimmer. Da konnte seine ansonsten doch sehr selbstbewusste Lilly auf die Stufe eines kleinen Kindes zurückfallen, sich an ihn klammern und mit ängstlicher Stimme rufen: »Los, mach es weg!«

John lächelte, die Hand am Fenstergriff. »Aber ich kann auch noch zehn Minuten warten!«

Lilly legte das Buch auf den Nachttisch und löschte das Licht. »Nein, mach das Fenster auf. Es ist ja schon spät.«

Die jetzt angenehm kühle Nachtluft erfüllte das Zimmer. Als Benthien wieder im Bett lag, sagte Lilly nachdenklich: »Adeline hat in etwa dieselben Agatha-Christie-Bücher in ihrem kleinen Regal stehen wie du, darunter auch einige, die ich in letzter Zeit gelesen habe.«

»Sie hat mir erzählt, dass sie Krimis liebt, besonders solche aus den 1920er und 1930er Jahren.« Benthien betrachtete sie forschend. »Was beschäftigt dich, Lilly?«

»In *Das Böse unter der Sonne* bastelt jemand eine Voodoo-

Puppe. In *Der ballspielende Hund* erkennt Poirot an einem Treppenabsatz anhand zweier neu eingeschlagener Nägel, die farblich passend lackiert wurden, dass hier möglicherweise ein Mord geplant war, der wie ein Unfall aussehen sollte. Nämlich indem man ein unsichtbares Seil, vielleicht Bilderdraht, zwischen den Nägeln spannt, das man nachher wieder wegnimmt. Übrigens, kommt dir ein solches Vorgehen nicht auch äußerst merkwürdig vor? In einem Roman funktioniert das vielleicht, aber im wirklichen Leben?«

»Darüber wollte ich gerade mit dir sprechen.« Benthien räusperte sich. »Stell dir vor, du willst jemanden umbringen, indem du es wie einen Treppensturz aussehen lässt. Du spannst also einen Bilderdraht zwischen zwei Nägeln, in der Hoffnung, dein Opfer stolpert zur rechten Zeit darüber und stürzt die Treppe hinunter. Und das in einem Haus voller Leute! Und dann musst du noch darauf warten, dass dein Opfer nachts wach wird, genau diesen Treppenabsatz ansteuert und – aus welchem Grund auch immer – nach unten geht. Und natürlich soll möglichst niemand anderes darüber stürzen. Ist das plausibel? Wohl kaum. Allein das Timing wäre schon sehr schwierig.«

»Wenn überhaupt, dann ist es nur machbar für jemanden, der in diesem Haus wohnt, bestimmt nicht für einen Außenstehenden, der sich zudem mitten in der Nacht ins Haus schleichen müsste, um vor Ort zu sein«, bestätigte Lilly.

»Die Frage ist auch, warum hat man die Nägel nicht entfernt?«

»Weil wir sie finden sollten!« Lilly klopfte ihr Kissen zurecht. »Und dann bin ich noch auf den Roman *Nikotin* gestoßen … Unfassbar! Adeline scheint ihre Ideen wirklich diesen Romanen entnommen zu haben!«

»*Nikotin*?« Benthien runzelte die Stirn. »Gibt's da nicht auch eine Szene, die zu unserem Fall passt? Ich glaube, ich erinnere mich schwach. Da werden zwei Menschen mit einer Nikotinlösung im Cocktail vergiftet.«

»Richtig«, bestätigte Lilly. »Das erste Opfer, ein harmloser alter Pfarrer, bekommt auf einer Einladung, lange vor dem zweiten Mord, einen Cocktail angeboten, der mit Gift versetzt wurde. Er stirbt. Man untersucht den Mord, findet aber niemanden, der ein Motiv haben könnte. Die Ermittlungen geraten in eine Sackgasse. Am Ende kommt heraus, dass das erste Giftattentat, das dem Pfarrer galt, so etwas wie eine Generalprobe war. Der Täter wollte einfach nur sehen, ob es funktioniert!« Sie rückte ein Stück näher an John heran. »Findest du nicht, dass das ein reichlich seltsames Zusammentreffen ist?«

Er starrte sie an. »Es sieht so aus, als hätte Adeline selbst ihre Hände dabei ganz kräftig im Spiel!«

»Sie oder jemand anders, der die Romane ebenfalls kennt! Ist das so abwegig? Oder hältst du es für Zufall?«

»Es wäre reichlich riskant.«

»Aber doch nur, wenn einer der Ermittler den Inhalt dieser Bücher kennt und noch genau im Kopf hat! Du hast sie vor Jahren gelesen – hättest du dich noch an die Szenen erinnert, oder überhaupt in diese Richtung gedacht?«

Benthien atmete tief durch. »Das ist komplett verrückt! Aber wir könnten es Adeline gegenüber ansprechen …«

»Lass mich das machen«, sagte Lilly schnell. »Es müsste wie eine zwanglose kleine Unterhaltung aussehen, und am besten findet es in dem Zimmer statt, in dem das besagte Regal steht.«

»Okay, machen wir es so.« Benthien puffte sein Kissen, bis es ihm bequem erschien, und ließ sich in die Federn fallen. Er stutzte. »Lilly! Was machst du da?«

»Erinnerst du dich nicht an Gondes Geschichte?« Und mit einem gruselig düsteren Unterton fuhr sie fort: *»Hände, Hände im Gelände!«*

»Aber ich will schlafen!«

Lilly lachte leise und fuhr ihm durchs Haar. »Aber ich doch auch …«

Kapitel 24

»Ich habe dich vorhin mit Gonde reden sehen«, sagte Lilly zu Benthien, als sie am nächsten Vormittag zum Melander-Haus fuhren. »Hast du sie gefragt, wo sie in der Nacht des Brandes war?«

»Sie sagt, sie wollte nach der Geburtstagsfeier bei ihrer Kollegin noch einen Bekannten auf dem Festland besuchen und bei ihm übernachten – ihre Freundin hätte sowieso keinen Platz gehabt. Aber er hatte wohl das Datum verwechselt und war nicht zu Hause. Sie hat dann in ihrem Auto geschlafen. Am nächsten Tag ist sie nach Flensburg gefahren, um einzukaufen. Unterwegs hat sie von dem Brand erfahren.«

»Glaubst du ihr?«

»Warum nicht? Aber Annika wird es überprüfen. Ich meine die Geschichte mit dem Bekannten, der nicht da war.«

Das Handy klingelte. Es war Arndt Schäfer von der Kripo in Westerland, und seine Stimme klang triumphierend. »Wir sind in der Brandsache einen Schritt weiter«, verkündete er. »In Gondes Mülltonne, die in einem Verschlag am Haus stand und die nur zum Teil verbrannt ist, haben wir Überreste einer Plastikflasche gefunden, in der Aceton war. Sie ist identisch mit den Flaschen aus Tristans Scheune. Und, jetzt kommt's: Es wurden neue, identifizierbare Fingerabdrücke am Flaschengriff gefunden! Sie gehören Adeline Melander. Wahrscheinlich hatte sie gehofft, es würde alles vollständig verbrennen. Aber ein Brand ist eben unberechenbar.« Er machte eine kurze Pause. »Wollte dir nur sagen, ich fahre jetzt zu ihr und …«

Lilly warf Benthien einen Blick zu und schüttelte heftig und mit entsprechender Mimik den Kopf. »Wir sind sowieso gleich bei Frau Melander, Arndt«, sagte sie. »Es gibt eventuell auch in unserem Mordfall Verdachtsmomente gegen sie. Was hältst du davon: Wir sprechen mit ihr, und danach bringen wir sie dir aufs Revier? Das schüchtert sie zusätzlich ein, und es wäre ganz in unserem Interesse und sicher auch in deinem!«

»Einverstanden. Ich erwarte sie dann hier in Westerland!«

»In ungefähr einer Stunde, Arndt. Hast du was dagegen, wenn wir die Fingerabdrücke ihr gegenüber schon mal erwähnen?«

»Wenn's gerade ins Konzept passt, meinetwegen. Hauptsache, ihr setzt sie gehörig unter Druck.«

Lilly, die sich ein gewisses Szenario ausgedacht hatte, besprach ihr Vorgehen mit Benthien, der den Wagen inzwischen auf dem Melander-Hof ausrollen ließ.

Nachdem sie geklingelt hatten, öffnete ihnen Adeline selbst die Tür. Sie trug eine graue Leinenhose, eine schwarze Tunika und einen farbenfrohen Seidenschal um den Hals. Ihr Gesicht war gerötet und ihre Augen funkelten, offensichtlich hatte sie sich gerade mit jemandem gestritten. Im Hintergrund schloss sich eine Tür.

»Ärger?«, fragte Benthien.

»Kommen Sie rein!«, sagte sie rau.

Adeline schloss hinter ihnen die Tür und schob den Riegel vor, blieb aber in der Halle stehen. »Was kann ich heute für Sie tun?«

Lilly überhörte den gereizten Tonfall und lächelte sie freundlich an. »Wir müssten noch mal mit Ihnen und mit Henny sprechen. Darf ich mit Ihnen nach oben gehen? Mein Kollege kommt gleich nach.«

John hatte mit der Haushälterin nichts Wichtiges zu bereden, aber er wollte Lilly die Gelegenheit geben, allein mit Adeline zu sprechen. Oben in der Wohnung ging Lilly wie zufällig in das Damenzimmer, in dem Adeline sich von Raffi porträtieren ließ und in dem auch das Bücherregal mit den Kriminalromanen stand. Zuerst bewunderte sie das fast fertige Bild.

»Ja, das hat Raffi gut gemacht«, sagte Adeline, die sich schwer auf ihren Stock stützte. »Das Talent hat er von seinem Vater geerbt. Volker hat früher als junger Mann Kunst studiert und sehr schöne Zeichnungen angefertigt.«

Lilly wunderte sich, dass Adeline die Tatsache, dass ihr Mann einen unehelichen Sohn hatte, so ganz beiläufig ansprach, doch sie äußerte sich nicht weiter dazu. Stattdessen ging sie zu dem Regal, in dem die Kriminalromane standen. Obendrauf lagen mehrere Briefe, die wohl heute mit der Post gekommen waren, denn sie waren noch nicht geöffnet worden.

»Sie mögen die Autoren der 20er und 30er Jahre«, stellte Lilly im Plauderton fest. »Dorothy Sayers, Agatha Christie, Patricia Wentworth, Carr, Chesterton ... lauter feine Krimiautoren. Oder war Ihr Mann der Krimifan?«

»Volker las sie auch gern, aber ich liebe Krimis, besonders wenn ich nachts nicht schlafen kann.« Adeline ließ sich vorsichtig in einem Sessel nieder und streckte das operierte Bein aus.

»Geht mir genauso!«, stimmte Lilly ihr zu. Sie zog den Roman *Der ballspielende Hund* heraus. »Diesen hier mochte ich besonders. Schon wegen des Hundes. Es wird so niedlich beschrieben, wie er mit dem Ball spielt ...«

Adeline lächelte. »Mögen Sie Hunde? Ich hatte bis vor Kurzem einen, er hieß Billy, nicht Bob wie in dem Buch, aber er war auch ein Foxterrier. Sehr anhänglich, aber auch eigensinnig.«

»Und er ist gestorben?«, fragte Lilly mitfühlend.

»An Ostern. Er wurde überfahren, als wir in Urlaub waren.« Sie lächelte traurig. »Ich habe ihm oft einen Ball die Treppe hinuntergeworfen, genau wie in dem Buch …«

»Wollen Sie jetzt keinen Hund mehr?«, fragte Lilly schnell, damit Adeline mit ihren Gedanken nicht allzu lange bei dem Buch verweilte.

»Doch, ich werde mir wohl wieder einen anschaffen, jetzt, wo auch Nicky nicht mehr da ist.«

Lilly ließ die alte Frau weiterreden, über die Hunde, die früher in der Familie lebten, während sie vor dem Bücherregal stand. Sie zog ein weiteres Buch heraus. »*Das Böse unter der Sonne* … Ich glaube, ich kenne es noch unter dem Titel *Rätsel um Arlena*. Wurde das Buch nicht mit Diana Rigg verfilmt?«

»Sie spielte die Arlena und Peter Ustinov den Poirot. Ich fand es schade, dass der Film nicht an der englischen Südküste spielte wie im Buch. Das hätte eine ganz andere Atmosphäre ergeben.«

Lilly lenkte das Gespräch geschickt auf Buchverfilmungen und Kriminalromane anderer Autoren, bis sie vorgab, den Krimi *Nikotin* im Regal entdeckt zu haben. »Was für ein komischer Titel«, meinte sie harmlos und blätterte in dem Buch. »Ist es spannend? Ich habe ja noch nie gehört, dass jemand mit Zigaretten umgebracht wird.«

»Es geht hier nicht um Zigaretten«, sagte Adeline eifrig. »Nikotin ist ein flüssiges Gift, das von Sir Charles Cartwright …«

Sie unterbrach sich abrupt und nestelte an ihrem Seidenschal, als wäre es ihr zu warm geworden.

In diesem Augenblick betrat, wie ein Schauspieler auf sein Stichwort, Benthien das Zimmer. Lilly vermutete, dass er im Flur ihr Gespräch mitangehört hatte.

»Ich habe gerade unten mit Henny gesprochen«, sagte er, »aber sie konnte Ihren Stalker leider nicht beschreiben. Haben Sie ihn in den letzten Tagen noch einmal gesehen?«

Guter Ablenkungsversuch, dachte Lilly. Adeline sollte auf keinen Fall den Verdacht haben, zu viel verraten zu haben – zum Beispiel, wie gut sie die besagten Romane kannte.

»Nein«, sagte Adeline und riss sich den Schal vom Hals. »Aber Henny kann Ihnen nichts sagen, sie hat den Mann nie gesehen.«

»Darf ich fragen, was Sie gestern Abend für eine Familienkonferenz hatten? Ging es um Ihre Tochter Annette?«

Adeline runzelte ärgerlich die Stirn und fing an, die Fransen an ihrer Tunika zu verknoten. Lilly fragte sich, ob sie inzwischen von Annettes Eskapaden in den Darkrooms dieser Insel erfahren hatte. Aber dem schien nicht so zu sein. Adeline, die zunächst wissen wollte, warum das die Polizei etwas anginge, gestand dann, dass sie über Marcels bevorstehende Hochzeit gesprochen hatten. »Er war nicht davon abzubringen«, sagte sie ärgerlich. »Egal, was wir sagten. Und mein Sohn Théo kehrte den liberalen Politiker hervor, der alles versteht und alles verzeiht, was einfach nur verlogen ist. Ich weiß, dass er in Wirklichkeit ganz anders denkt. Evi äußerte sich mal wieder nicht, nur meine Tochter Annette war auf meiner Seite.«

Das ist ja genau die Richtige, dachte Lilly.

»Aber Marcel«, fuhr Adeline fort, »ist unbelehrbar.«

»Hatten Sie deshalb vorhin mit ihm Streit? Finden Sie nicht, dass Moussa Aouba ein ganz angenehmer Mensch ist?«

»Aber er ist ein Mann! Ich hätte gerne noch ein paar Enkel. Wir hatten immer viele Kinder in der Familie.«

Adeline hatte ganz rote Backen, anscheinend erhitzte sie dieses Thema immer wieder von Neuem.

Benthien wechselte das Thema. »In der Mülltonne von Gonde Oldsen ist eine Acetonflasche gefunden worden, die nicht vollständig verbrannt ist«, sagte er und warf Lilly einen vielsagenden Blick zu. »An dieser Flasche wurden Ihre Fingerabdrücke gefunden, Frau Melander. Was sagen Sie dazu?«

Lilly und auch John beobachteten ihre Reaktion genau, doch es kam nicht allzu viel dabei heraus. Sie wurde weder rot noch blass und zuckte auch nicht zusammen. Sie sagte nur ganz arglos: »Aber ich habe keine solche Flasche da reingeworfen. Ich war schon lange nicht mehr bei Gonde. Was ist Aceton überhaupt?«

»Damit wurde der Brand gelegt«, äußerte sich Benthien vielsagend.

Adeline sah von ihrer Fransentätigkeit auf. »Hat man den Brandstifter endlich gefunden?« Sie machte eine Pause, schien erst jetzt die tiefere Bedeutung zu erkennen. »Sie glauben doch nicht, dass *ich* den Brand gelegt habe?« Sie stieß ein kurzes, unfrohes Lachen aus. »Wie soll ich denn dahin gekommen sein? Mit meinem Knie? Und warum sollte ich so etwas tun?«

»Wie erklären Sie sich dann Ihre Fingerabdrücke auf der verbrannten Flasche, die man gefunden hat?«

»Ich war bei Tristan. Er hat solche Flaschen in seiner Scheune stehen, die habe ich wohl mal angefasst, als ich ihn besucht habe. Hat Tristan Ihnen nicht davon erzählt? Ich habe auch andere Sachen in der Scheune angefasst. Das heißt doch nichts!«

»Tristan hat mir erzählt, dass Sie seinen Tollkirschenextrakt ausgießen wollten«, sagte Benthien.

»Natürlich!« Adeline wäre wohl vom Sessel aufgesprungen, wenn sie gekonnt hätte. »Würden Sie Ihrem Enkel erlauben, solches Gift herzustellen und auch noch aufzubewahren? Ich meine, wenn Sie Enkel hätten, aber Sie sind wohl noch zu jung dafür … Ich meine, ich wollte nicht, dass Tristan so was herstellt und da stehen hat, weil es gefährlich ist, deshalb habe ich versucht … aber Tristan ist völlig uneinsichtig. Sie glauben doch nicht … *Sie glauben doch nicht*, dass *er* mit Nickys Tod etwas zu tun hat?«

Nun stand sie doch auf und blieb leicht schwankend neben dem Sessel stehen. »Sollte ich einen Anwalt für Tristan besorgen?«

»Eher einen für Sie selbst«, sagte Benthien ernst. »Gleich kommt ein Polizeiwagen, der Sie zu Hauptkommissar Schäfer nach Westerland bringt. Er will wegen des Brandes mit Ihnen sprechen!«

»Der hat doch nicht alle Tassen im Schrank!« Adeline schien sprachlos zu sein.

Es klopfte, und Henny kam herein. Sie war grau im Gesicht. »Tut mir leid, aber ich muss mich entschuldigen«, sagte sie zu Adeline, »ich würde gern nach Hause gehen. Ich fürchte, ich habe die Grippe. Die wirkliche Grippe, meine ich. Influenza.«

»Wie bitte, jetzt im Sommer?« Hilflos sah Adeline zwischen Lilly, Benthien und Henny hin und her. Sie schien am Ende ihrer Kräfte zu sein.

Wenig später saßen Lilly und John wieder im Auto und besprachen, was sie eben gehört hatten.

»Sie scheint völlig fertig zu sein«, sagte Lilly. »Damit hat sie nicht gerechnet.«

Benthien starrte aus dem Fenster. »Fandest du sie nicht reichlich naiv, als ich ihre Fingerabdrücke auf der Flasche erwähnte? Gespielt naiv? Sie wusste doch sofort, worauf ich hinauswollte! Ich habe den Eindruck, sie ist eine ganz gute Schauspielerin, auch wenn es auf den ersten Blick nicht so aussieht. Manchmal bemüht sie sich, etwas naiv und dümmlich zu wirken. Nur dass sie dabei nicht konsequent genug ist. Meinst du nicht?«

»Ich weiß es nicht.«

Lilly zog sich die Schuhe aus, denn im Auto war es viel zu warm. Sie öffnete das Fenster, und ein angenehmer Windhauch spielte in ihren Haaren. »Als ich über die Krimis sprach, wirkte sie auch nicht gerade wie ein ertappter Straftäter. Klar ist aber auch, dass sie die Bücher gut kennt – sie wusste sogar den Namen des Hundes und von welcher Rasse er war. Und dann … Konntest du uns eigentlich zuhören, John?«

»Teilweise. Zuerst war ich ja bei Henny unten.«

»Hat sie was Wichtiges gesagt?«

»Nur, dass Adeline und Marcel vorhin einen heftigen Streit hatten. Sie hat ihm wohl wieder mal mit Enterbung gedroht. Und davor war Annette bei Frau Melander. Auch da gab es eine heftige Auseinandersetzung, aber Henny hat nicht alles mitbekommen, weil sie sich oben in Adelines Wohnung aufhielten. Jedenfalls hat Annette zuletzt wütend das Haus verlassen.«

»Und was *hat* Henny mitbekommen?«

Benthien trommelte auf das Lenkrad und sah angespannt in die Ferne.

»Sie glaubt, dass Annette ihre Mutter wieder einmal um Geld gebeten hat.«

»Arme Adeline«, sagte Lilly. »Langsam tut sie mir fast leid. Überall hat sie Ärger und Kummer. Théo hat eine Geliebte, Marcel will einen Mann heiraten, jeder erwartet Geld von ihr, und ein Stalker ist hinter ihr her. Und sie hat ihren geliebten Enkel verloren.«

»Sie tut dir leid? Ich denke, du verdächtigst sie, den Treppensturz inszeniert zu haben? Von allem anderen ganz zu schweigen.«

»Ich weiß es einfach nicht. Aber mein Verdacht hat sich durchaus bestätigt. Das war schon komisch. Kurz bevor du kamst, sprachen wir über das Nikotin-Buch, das sie übrigens sehr gut kennt. Ganz plötzlich unterbrach sie sich, als wenn sie plötzlich erfasst hätte, worauf ich hinauswollte, und eine Falle witterte. Es war gut, dass du sie dann abgelenkt hast.«

Benthien trommelte wieder, bis Lilly eine Hand auf seine tanzenden Finger legte. Da klingelte das Handy, und Fitzen meldete, dass ein »hochinteressanter Brief« gekommen sei. Mehr zu sagen war er nicht bereit. »Kommt einfach her, dann seht ihr es selbst!«

»Volker und Jacques sind KEINES natürlichen Todes gestorben!
Ich weiß es, denn ich habe ADELINE gesehen!
Sonst war niemand da.
Die Ermittlungen müssen unbedingt wiederaufgenommen werden!«

Ein weißes Blatt, mit dem Computer in der oberen Hälfte beschrieben, quer gefaltet. Normalpapier, normaler länglicher Geschäftsumschlag ohne Fenster, selbstklebend, nicht gefüttert. Auffällige Sondermarke. Klebeetikett mit Benthiens Name und korrekter Adresse, aber ohne Absender. Aufgegeben gestern Morgen in Westerland.

»Interessant ist diese Sondermarke mit Eisbär Knut auf dem Brief«, sagte Lilly. »Die ist ziemlich alt, eine Wohlfahrtsmarke, 55 plus 25 Cent. Ich erinnere mich, dass ich sie vor Jahren meinem Vater geschenkt habe, der hat eine Schwäche für Eisbären.«

»Eisbär Knut!«, sagte Benthien überrascht. »*Natur weltweit bewahren* … Ich erinnere mich an die Marke. Mein Vater hat sie seiner Cousine in die USA geschickt, die war ganz wild darauf. Vielleicht ist das eine Chance für uns! Wer besitzt denn heute noch diese Briefmarke?«

Lilly kniff ein Auge zusammen, um die winzige Jahreszahl zu entziffern. »Von 2008! Was will uns der anonyme Briefschreiber damit sagen? Frankiert seinen Brief mit einer uralten Sondermarke? Sehr merkwürdig!«

»Und wie hilft uns das weiter?«, knurrte Fitzen. »Sollen wir eine Anzeige aufgeben? *Wer ist im Besitz von alten Knut-Sondermarken*? Und was soll das überhaupt? Warum muss dieser alte Fall wieder aufgewärmt werden? Warum hat dieser Mensch den Brief nicht schon verschickt, als die Sache noch aktuell war? Und warum schickt er ihn an dich, John, und nicht an die Polizei in Westerland?«

»Ruhig, ruhig, Brauner«, sagte Benthien. »Kein Mensch kann dir diese Fragen beantworten. Der Brief muss in die KTU. Aber zuerst werde ich ihn fotografieren. Und du, Tommy, bringst ihn zu Arndt. Es war schließlich sein Fall. Ich gehe davon aus, dass der Absender im Umkreis der Melanders gesucht werden muss.«

»Ich glaube kaum, dass Schäfer ohne neue Erkenntnisse und nur aufgrund eines anonymen Briefes den Fall wieder aufrollen wird«, meinte Lilly skeptisch. »Dafür müsste der unbekannte Schreiber schon aus seiner Deckung kommen.«

»Aber was soll diese Zeile heißen: *Sonst war niemand da*? Wo ›da‹?«, schnaubte Fitzen. »Im Melander-Haus? Wurden dort die Fischkisten eingeladen? Doch wohl kaum. Ich wollte wirklich, diese anonymen Idioten würden sich nicht immer so vage ausdrücken!«

»Fahr einfach!«, sagte Benthien und drückte ihm den eingetüteten Brief in die Hand.

»Ich werde Schäfer ausquetschen, das kannst du mir glauben!« Mit dieser Drohung war Fitzen verschwunden.

Lilly lächelte. »Mir tut Schäfer leid. Fitzen wird wie ein besessener Terrier an seinen Fußknöcheln hängen, bis er hat, was er will. Aber weißt du was, John? Adeline muss den gleichen Brief bekommen haben! Ich habe ihre Post auf dem Regal liegen sehen, noch ungeöffnet, und obenauf lag auch so ein Brief mit dieser Knut-Marke! Anscheinend will man ihr unbedingt Angst einjagen.«

Ben erschien auf der Terrasse und hatte seine ganz eigenen Probleme. Feierlich legte er eine Rolle Ziegenkäse, kleine Chilis, eine Packung mit geschnittenem Salat, eine Dose Ananas und eine Dose Mandarinen auf den Tisch. »Ihr müsst mir mal helfen! Ich will für meinen Foodblog Mini-Mäuse aus Hackfleisch im Ofen backen – so eine Art Fingerfood –, und ihr Bauch soll eine kleine Füllung bekommen. Was würdet ihr dafür nehmen?«

»Alles!«, sagte Lilly und betrachtete die Zutaten fachmännisch. »Ich würde Ziegenkäse mit Chili kombinieren – aber nicht zu viel Chili! – und ein bisschen Salat mit ein oder zwei Mandarinchen und Ananasstücken …«

»Ich dachte daran, die Mandarinen und den Ananas zu pfeffern, um der Süße etwas entgegenzuwirken …«

»Sehr gut, so würde ich es auch machen. Aber ich denke, den Salat kann man dann auch weglassen.«

Ben packte seine Sachen wieder zusammen. »Danke, Lilly! Du hast mir sehr geholfen! Ich überlege mir jetzt noch, was es als Beilage dazu gibt, und wahrscheinlich werde ich noch ein bisschen Sauce in die Mäuse füllen, damit sie nicht zu trocken werden. Das probieren wir dann nachher aus! Als Snack für zwischendurch.«

»Womit haben wir es verdient, meines Vaters Versuchskaninchen zu sein?«, jammerte Benthien, doch Lilly meinte – nicht ganz im Ernst –, er solle sich schämen.

»Willst du einen Vater haben, der den ganzen Tag über der Zeitung einnickt und auf die Regierung schimpft? Sei froh, dass Ben so ist, wie er ist!«

»Er könnte eigentlich auch Hängebauchschweine statt der Mäuse machen«, überlegte Benthien. »In deren Bäuche passt mehr rein.«

ER

Er blickte auf seinen Bruder Emil, der in dem kleinen Zimmer nervös auf und ab tigerte. Er begriff nicht ganz, was Emil so sehr beschäftigte. Sie hatten sich jahrelang nicht gesehen. Erst als er nicht mehr weiterwusste, hatte er ihn um Hilfe gebeten. Und Emil hatte ihm geholfen – widerwillig. Er hatte ihm eine Hütte zum Wohnen zur Verfügung gestellt, eigentlich nicht mehr als eine kleine Gartenlaube ganz hinten auf dem Grundstück. Und Geld hatte sich Emil das auch kosten lassen, das immerhin. Er hatte nämlich ein Badezimmer angebaut, wahrscheinlich, damit er ihm nicht ständig beim Duschen über den Weg lief. In einer Ecke des einzigen Raums gab es eine Pantry-Küche, eingebaut in einem Schrank mit Abzug nach draußen. Nein, er konnte bestimmt nicht klagen. Es war großzügig gewesen von seinem Bruder, und er war ihm dankbar. Er hätte gewünscht, Emil auch menschlich wieder näherzukommen, aber das war nicht geschehen. Warum, wusste er nicht. Es gab so vieles, was sie verband. Früher waren sie die engsten Freunde gewesen, doch das Leben hatte sie auseinandergebracht. Er war des Berufs wegen aufs Festland gezogen und hatte bei seiner Schwester gewohnt, die sich bei Südermarsch ein kleines Häuschen hatte leisten können. Emil war hier auf Sylt Buchhändler geworden und hatte nach dem Tod der Eltern das Häuschen der Familie bewohnt, nachdem er die Geschwister ausbezahlt hatte. Aber schon damals war ihre Beziehung nicht mehr so innig wie einst, vielleicht, weil Emil geheiratet hatte. Die Besuche wurden immer spärlicher und blieben irgendwann ganz aus. Auch die Telefonate wurden seltener. Dafür hatte er sich wenigstens mit seiner Schwester immer gut verstanden. Martina hatte ihm so etwas wie Heimat geboten.

»Hast du Martina umgebracht?«

Er war so in Gedanken versunken, dass die Stimme seines Bruders wie aus weiter Ferne zu ihm drang und einige Zeit brauchte, um die Strecke zu überwinden.

Er starrte Emil an, er konnte es nicht fassen. »Was? Du auch? Mein eigener Bruder? Nach all den Jahren fragst du mich das?«

Emil blieb endlich stehen. »Was soll das heißen?«

Er trug eine edle Lederweste, das Hemd spannte sich über dem runden Bauch. Wohlstandsfett hatte sein Bruder angesetzt, aber sein Hirn war auch vermüllt.

»Was heißt, was soll das heißen? Das müsste ich dich fragen! Traust du mir so was zu?«

Emil zuckte mit den Schultern in der edlen Nappalederweste, sagte aber nichts.

»Martina hat Selbstmord begangen, das weißt du genau. Weil der Kerl sie kurz vor der Hochzeit hat sitzen lassen!« Doch gleich darauf revidierte er seine Aussage. »Vielleicht war's auch ein Versehen, das konnte man nie feststellen. Sie nahm jedenfalls zu viel Schlaftabletten und Schmerzmittel wegen ihrer Arthrose und weil es ihr ohnehin nicht gut ging, und an dem Abend hatte sie auch noch Wein getrunken. Ich habe sie morgens tot im Bett gefunden. Es war Herzversagen. Sie starb an gebrochenem Herzen! Warum hätte ich sie umbringen sollen? Ich habe Martina geliebt! Sie war der einzige Mensch, den ich hatte!«

Emil warf ihm nur einen skeptischen Blick zu. Warum glaubte er ihm nicht? Was hatte er an sich, dass ihm niemand

Vertrauen schenkte? Dazu hatte er doch nie einen Grund geliefert.

Der Laptop, der auf dem Tisch am Fenster stand, auf seinem einzigen Tisch, gab einen Laut von sich. Emil hatte ihn aus Versehen aus dem Ruhezustand gerufen. Er starrte auf den Monitor, drehte den Laptop zu ihm hin.

»Was ist das, zum Donnerwetter? Was hast du mit Adeline zu tun? Wozu hortest du so viele Fotos auf deinem Laptop?« Er trat auf ihn zu. »Lass bloß die Finger von ihr, ich warne dich!«

Kapitel 25

Gerade, als die Hack-Mäuse auf den Tisch kamen – Ben war von den Mäusen nicht abzubringen gewesen –, klingelte Johns Handy. Es war Raffael Quest, und er war so aufgeregt, dass er sich beim Reden fast verschluckte.

Wenig später waren Benthien, Lilly und Fitzen auf dem Weg zum Auto, heftig kauend, denn jeder hatte sich noch schnell ein, zwei von Bens Mäusen in den Mund gestopft. Die mit dem Chili-Käse und einer Käsesauce, fand Benthien, waren richtig gut geworden. Sein Vater hatte versprochen, sie wieder aufzuwärmen, wenn sie zurück wären.

Vor dem Melander-Haus stand bereits ein Streifenwagen. Arndt Schäfer war da, ebenso Adeline und Raffael Quest. Offenbar hatte sich das Drama in der Küche abgespielt, beim Mittagessen. Adeline war blass unter der Bräune und saß kraftlos auf ihrem Stuhl. Schäfer lümmelte am Fenster herum und wirkte so, als ob ihn das alles anödete. Adelines Porträt stand auf der Küchenanrichte und war mit roten Spritzern übersät. Raffi sprang auf, als sie kamen.

»Endlich! Beinahe hätte es uns beide erwischt!«

»Was genau ist passiert?«, fragte Benthien.

»Es ist das Pesto«, sagte Adeline tonlos. »Ich habe es selbst gemacht, und beinahe hätte Raffi es gegessen. Ich konnte gerade noch seinen Arm mit der Gabel wegschlagen.«

Sie nickte in Richtung Ölbild, das offensichtlich kurz vor dem Essen fertiggeworden war und aus einem unerfindlichen Grund jetzt hier unten stand.

Auf dem Tisch standen ein geöffnetes Deckelglas mit rotem Pesto und zwei Teller mit Spaghetti, auf beiden Nudelportionen war das Pesto verteilt. Adeline erzählte, dass sie es aus getrockneten Tomaten, Basilikum, Öl, Knoblauch, Parmesan und Pinienkernen selbst zusammengemixt, das Glas beschriftet und durch ein selbstklebendes Papierband gesichert habe.

»Es hätte nicht beschädigt sein dürfen«, sagte Adeline. »Ich habe es im letzten Augenblick bemerkt, da hatte Raffi schon fast den Löffel mit Nudeln und Pesto im Mund.«

»Und jetzt ist das Bild versaut«, sagte Raffi, als wäre das das Wichtigste.

»Aber dachten Sie denn nicht, Herr Quest hätte das Glas geöffnet?«, fragte Lilly verwundert. »Beim Drehen des Deckels musste das Papierband doch reißen.«

»Es war aber schon zerrissen, als ich den Deckel öffnete«, versicherte Quest. »Es stand hinten im Kühlschrank, und ich dachte, es wäre schon benutzt worden. Deshalb habe ich es auf den Tisch gestellt.«

»Raffi hat gekocht und den Tisch gedeckt«, erklärte Adeline.

»Woran haben Sie denn gemerkt, dass mit dem Pesto etwas nicht stimmt?«, wollte Benthien wissen.

»An der Farbe und der Konsistenz«, sagte Adeline. »Es war zu flüssig, und es waren dunkle Partikel darin, die nicht reingehörten. Ich muss das wissen, ich habe es doch selbst hergestellt!«

Schäfer rührte sich. Er griff nach dem Glas und steckte es in einen Beweismittelbeutel. »Das wird jetzt untersucht, dann werden wir weitersehen. Wollen Sie Polizeischutz heute Nacht? Dann stellen wir einen Streifenwagen aufs Gelände.«

Die alte Frau schüttelte den Kopf. »Das ist nicht nötig. Ich habe ja ein paar starke Männer im Haus!«

»Eine Frage noch«, sagte Lilly, nachdem Schäfer gegangen war. »Wie lange stand das Glas schon im Kühlschrank?«

»Nur ein paar Tage, ich habe es erst kürzlich gemacht!«

»Passen Sie auf, was Sie essen!«, erinnerte Fitzen sie noch einmal eindringlich. »Lassen Sie nichts offen rumstehen, und heben Sie nichts auf. Werfen Sie angebrochene Getränke weg. Wenn Sie sich Kaffee oder Tee machen, lassen Sie Kanne und Tasse nicht unbeaufsichtigt stehen. Und passen Sie auf …«

»Ich habe schon verstanden«, sagte Adeline und legte Fitzen die Hand auf den Arm. »Sehen Sie, auch diesmal ist es ihm ja nicht gelungen …«

»Ihm?«, fragte Benthien.

Adeline zuckte mit den Schultern. »Ich habe keinen speziellen Verdacht. Aber jemand aus meiner Familie … nein, daran kann ich nicht glauben! Es muss der Stalker sein.«

»Sie glaubt nicht wirklich an den Stalker«, sagte Lilly, als sie wieder draußen waren. Ihr Magen knurrte. Sie dachte an die Käse-Mäuse. Und an eine saftige Pasta. Sollte in Adelines Pesto wirklich Gift nachgewiesen werden, überlegte Lilly, wäre das tatsächlich ein besonders raffinierter und boshafter Anschlag, denn er hätte jeden treffen können.

»Nein, sie tut nur so«, stimmte Fitzen zu.

»Aber wen, zum Teufel, schützt sie?«, fragte Benthien. »Tristan? Annette? Marcel?«

»Habt ihr nicht mitgekriegt, was Adeline für dummes Zeug geredet hat? Völlig unlogisch«, sagte Fitzen. »Laut ihrer Aussage hat sie erst im letzten Moment bemerkt, dass der Sicherheitsstreifen auf dem Glas zerrissen war, und daraus geschlossen, dass jemand daran rumgefummelt hat – also sinngemäß. Aber das ist doch Bullshit! Sie muss doch davon ausgegangen sein, dass Raffi das Glas geöffnet hat, denn er hatte ja schon Pesto auf seine Nudeln gehäuft. Versteht ihr? Die Tatsache, dass das Glas geöffnet und der Streifen zerrissen war, *kann* sie nicht auf die Idee gebracht haben, dass jemand Fremdes daran manipuliert hat! Sie *wusste*, dass Gift drin war, und sie wollte Raffi vom Essen abhalten, deswegen hat sie ja auch seinen Arm zur Seite geschlagen. Aber damit hat sie sich verraten!«

»Du glaubst, sie selbst hat das Zeug vergiftet?«, fragte Lilly. »Aber warum? Und warum ›entdeckt‹ sie es dann rechtzeitig – nur um uns zu beweisen, dass sie wieder einmal vergiftet werden sollte? Das hätte aber auch in die Hose gehen können!«

»Wir haben noch nicht herausgefunden, was sie im Schilde führt«, sagte Fitzen, »aber irgendwas ist da im Busch, so wahr ich meine Läuse piepen höre!«

Sie gingen zu Arndt Schäfer, der mit dem Pestoglas gerade in seinen Wagen steigen wollte. »Bevor du fährst, erzählst du uns noch, was bei deiner Vernehmung von Frau Melander rausgekommen ist?«, erkundigte sich Lilly.

»Nichts!«, sagte Arndt kurz. »Sie behauptet, ihre Fingerabdrücke müssten an die Flasche gekommen sein, als sie Tristan in seiner Scheune besucht hat. Tristan sagt, das ist Monate her, es könnte *vielleicht* im letzten Herbst gewesen sein. Adeline behauptet, es war dieses Jahr im Frühsommer. Unwahrscheinlich ist beides. Tristan hat die Flaschen seitdem benutzt. Adelines Fingerabdrücke auf der Flasche sind aber neueren Datums.«

»Man könnte ihre Sommerkleidung auf Aceton-Flecken untersuchen«, schlug Benthien vor.

»Der Durchsuchungsbeschluss ist in Arbeit«, knurrte Schäfer. »Aber die Techniker sind sich nicht schlüssig, ob das Aceton nicht rausgegangen ist, falls die Sachen gewaschen wurden. Sollte es sich um dunkle Kleidung handeln, hätten wir Glück, denn dann hätte das Aceton den Stoff verätzt, und man würde es sehen.«

»Vielleicht ist das entsprechende Kleidungsstück auch längst entsorgt worden«, meinte Benthien.

Schäfer warf ihm einen Blick zu. »Du sagst es! Wir brauchen schon eine Riesenportion Glück, um ihr etwas nachweisen zu können.«

Lilly hörte zwar, was gesprochen wurde, hatte sich aber inzwischen der Garage genähert, die, wie sie bemerkte, offen stand. Die Garage lag etwas abseits des Hauses, hatte ebenfalls ein Reetdach und kein Garagentor, sondern hölzerne Flügeltüren, von denen eine nur angelehnt war. Lilly öffnete sie. Innen war Platz für zwei Autos. Ein grüner Mini Cabrio stand darin, der zweite Platz war leer. Das Cabrio war sehr sauber, sogar die Reifen, und etwas mit Staub bedeckt. Es schien länger nicht mehr gefahren worden zu sein. Im Hintergrund war ein Mofa zu sehen. Schon auf den ersten Blick erkannte Lilly, dass die Reifen sehr schmutzig waren. Aufgeregt winkte sie den Kollegen. »Seht euch das mal an!«

»Ein City Cruiser, und er ist kürzlich noch gefahren worden«, stellte Fitzen fachmännisch fest. »Da klebt noch jede Menge Dreck und Lehm im Reifenprofil.«

Arndt Schäfer war bereits dabei, Proben zu nehmen und einzutüten.

»Brauchst du dazu nicht einen Durchsuchungsbefehl, Arndt?« Adeline stand vor der Garage und blitzte Schäfer wütend an.

»In diesem Fall nicht«, erwiderte Schäfer. »Außerdem heißt es Beschluss, nicht Befehl!«

Er ging lässig an ihr vorbei, nickte den Kollegen zu, stieg ins Auto und fuhr davon.

»Habt ihr das mitgekriegt?«, sagte Lilly auf der Rückfahrt. »Adeline hat den anonymen Brief, den sie bekommen hat, mit keinem Wort erwähnt!«

Am Nachmittag rief Benthien Schäfer in der Dienststelle in Westerland an. Die Beweismittel, ebenso wie der anonyme Brief, waren bereits zur Untersuchung auf dem Weg aufs Festland. »Vor morgen werden wir natürlich keine Ergebnisse haben, wenn überhaupt«, sagte Schäfer mit einem Seufzer, »aber der Durchsuchungsbeschluss ist gerade gekommen. Jetzt können wir Adelines Kleidung sichten und beschlagnahmen. Bin schon wieder auf dem Weg zu ihr.«

»Komm doch auf dem Rückweg bei uns vorbei«, erwiderte Benthien, und Schäfer versprach es.

Als Benthien kalte Getränke aus der Küche holen wollte und die Tür öffnete, zuckte er erschrocken zurück.

»Raus!«, knurrte sein Vater. Er stand inmitten von Dampfwolken am Herd und rührte gleich in mehreren Töpfen und Pfannen. Benthien schätzte, dass hier eine Temperatur von wenigstens vierzig Grad und eine Luftfeuchtigkeit von mindestens neunzig Prozent herrschte. Und man konnte sich nur auf einem Raum von einem halben Meter frei bewegen, da zahlreiche Töpfe und Schüsseln wegen Platzmangels auf dem Fußboden abgestellt worden waren.

»Was, um Himmels willen, machst du da?«

»Dips«, sagte Ben kurz angebunden. »Und jetzt raus mit dir! Ich muss nachdenken!«

Benthien bahnte sich einen Weg zum Kühlschrank, indem er leise und vorsichtig über die Hindernisse stieg, schnappte sich ein paar Wasserflaschen und war wieder draußen, ehe Ben noch weiter lamentieren konnte.

»Hat er dich auch rausgeschmissen?«, fragte Gonde teilnahmsvoll, die am großen Esstisch über ihrem Laptop und etlichen Papieren saß. »Er ist auf einmal ganz besessen von seinen Dips.«

Draußen auf der Terrasse diskutierten Lilly und Fitzen über Adeline. Vor allem darüber, ob man mit einem operierten und lädierten Knie Mofa fahren kann.

»Jedenfalls besser als mit einem Auto mit Knüppelschaltung«, sagte Lilly. »Mit einem Automatikwagen ginge es vielleicht. Und das Mofa ist geradezu ideal, jedenfalls für eine kurze Fahrtstrecke.«

»Das Mofa könnte auch jemand anders gefahren haben«, sagte Benthien und verteilte die Flaschen, »zum Beispiel Quest.«

»Es gehört aber Adeline«, sagte Fitzen. »Genauso wie der Mini. Ich habe das eben gecheckt. Ansonsten ist nur noch ein Porsche da, den Marcel fährt. In den kann sich Adeline mit ihrem Knie bestimmt nicht reinquetschen.«

»Die Frage ist«, sagte Lilly mit gedämpfter Stimme, da sie offensichtlich von Gonde – die bei offener Tür im Zimmer saß – nicht gehört werden wollte, »ob Adeline nur verdächtig ist, den Brand gelegt zu haben, oder ob sie auch mit den Giftanschlägen zu tun hat? Wollte sie ihre Schwiegertochter töten, weil Yvonne mit dem geliebten Enkel nach Tunesien auswandern wollte? Sollte es so aussehen, als sollte sie selbst das Opfer sein? Das würde auch ihre merkwürdige Sorglosigkeit gegenüber einem neuen Giftanschlag erklären.«

»Und die Erfindung des Stalkers, um uns abzulenken«, stimmte Fitzen zu. »Aber was ist mit dem vergifteten Pesto?«

»Das hat sie selbst vergiftet«, sagte Lilly. »Sie befürchtete, dass wir ihr zu nahe kommen. Besonders, nachdem sie auch wegen des Brands in Verdacht geraten war. Vielleicht hat sie so etwas schon vorbereitet für einen solchen Fall.«

»Beinahe hätte es Raffi Quest erwischt«, sagte Benthien.

Lilly schüttelte den Kopf. »Ich glaube nicht, dass dieses Pesto die ganzen letzten Tage im Kühlschrank gestanden hat. Sie hat das präparierte Glas wohl heute erst reingestellt, nachdem Henny gegangen war. Und als Raffael den ersten Bissen zu sich nehmen wollte, hat sie plötzlich ›entdeckt‹, dass mit dem Pesto etwas nicht stimmt. Ich kann mir gut vorstellen, dass das alles inszeniert war, genauso wie die Voodoo-Puppe und der Treppensturz.«

»Und warum das alles? Nur, um ein paar Nebelkerzen zu werfen?«, fragte Fitzen.

»Weil sie unseren Verdacht zerstreuen und unsere Annahme festigen will, dass der Giftanschlag ihr galt«, sagte Benthien.

»Vielleicht haben die Bücher den Ausschlag gegeben«, unterbrach ihn Lilly. »Zuerst, als ich damit anfing, war sie ja noch völlig arglos und hat sich ganz normal mit mir unterhalten. Doch dann, als von dem Gift im Cocktail die Rede war, hat sie sich mittendrin unterbrochen … in dem Augenblick, das habe ich deutlich gespürt, wurde sie argwöhnisch! Ich frage mich, warum, wenn wir uns nur über ein Hobby unterhielten? Da wurde mir schlagartig klar, dass ich auf der richtigen Fährte war! Sie hatte den Verdacht, dass ich sie im Visier hatte, und ist zu Tode erschrocken. Und kurz darauf kam das Pesto ins Spiel …«

Sie unterbrach sich, weil Gonde auf die Terrasse kam. »Störe ich?«, fragte sie schüchtern.

Benthien lächelte sie an. »Wir können kurz eine Pause machen.« Sein Blick heftete sich auf einen Stapel Papiere, den sie in der Hand hielt. »Willst du uns was zeigen?«

»Es hat etwas mit den Vermissten zu tun«, sagte Gonde und setzte sich an den runden Tisch. »Ihr glaubt ja, dass ihr eine von ihnen in der Düne gefunden habt.«

»Wir haben einen Ring gefunden mit den Initialen W.M und C.H.B. und dem Datum vom 30. Januar 1914, außerdem sind da Haare in der Ringschiene, die wir …« Lilly hörte auf zu reden, da Gonde ziemlich heftig auf ihre Information reagierte.

»Wilhelm Melander und Carola Borgwart«, sagte Gonde atemlos. »Am 30. Januar 1914 haben sie sich verlobt. Der Ring muss definitiv von Carola sein! Hier, seht euch das an!« Sie schob ein Blatt über den Tisch, das einen alten Zeitungsausschnitt mit einer zweigeteilten Verlobungsanzeige zeigte. Links stand:

Die Verlobung meiner Tochter Carola Henriette Borgwart
mit Herrn Diplomkaufmann Wilhelm Melander
beehre ich mich anzuzeigen.
Johanna Melander, verw. Borgwart, geb. Melchor

Und auf der rechten Seite war zu lesen:

Die Verlobung meines Sohnes Wilhelm mit Fräulein
Carola Borgwart möchte ich hiermit bekanntgeben.
Heinrich Melander, Unternehmer
List, am 30. Januar 1914

»Die Zeitung«, sagte Gonde, »stammt aus Ennos Archiv. Meret hat alles eingescannt, was sich auf Bewohner und Ereignisse von Sylt bezieht, darunter alle Anzeigen und Zeitungsartikel. Sie hat sie nach Jahren geordnet, nicht nach Stichwörtern. Ich bin noch auf der Suche nach den Vermisstenmeldungen. Denn Carola und Geseke, Ennos Schwester, sind ja ungefähr zur gleichen Zeit verschwunden. Ich denke, da könnte ein Zusammenhang bestehen.«

Benthien spendete reichlich Lob für den Fund, Gonde ging wieder an ihren Laptop zurück, und Fitzen meinte, die DNA-Analyse der Haare könnten sie sich ja nun wohl sparen.

»Die ist schon in Arbeit, Tommy!«, sagte Benthien. »Aber mit diesem Wissen sind wir jetzt ein Stück weiter.«

»Ob die Leiche des zweiten vermissten Mädchens auch noch in der Düne liegt?«, überlegte Lilly.

Benthien sah sie voller Entsetzen an. »Irgendwann muss mal Schluss sein. Wir können doch nicht auf einen vagen Verdacht die ganze Düne umgraben!«

»Was höre ich da, ihr wollt weiter in der Düne buddeln?« Arndt Schäfer betrat die Terrasse. »Dann werdet ihr aber mächtig Ärger mit den Naturschützern bekommen!«

»Ja, das würde mich nicht wundern.« Fitzen grinste. »Habt ihr was gefunden?«

Schäfer ließ sich am Tisch nieder, und ein breites Lächeln verzog sein Gesicht. »Da Adeline nicht wusste, wonach wir suchen, haben wir die Kleidung, die sie am Tag und in der Brandnacht trug, bei ihr im Schrank gefunden! Hose und T-Shirt. Beides zu unserem Glück dunkelblau. Die Flecken sind schwer zu erkennen, aber sie sind da, und wir werden beweisen können, dass es Aceton ist!«

Benthien übernahm den Part, Wasser ins Feuer der Begeisterung zu schütten. »Ein gerichtsfester Beweis ist das aber noch nicht, Arndt. Adeline könnte sagen, sie habe das Aceton bei ihrem Besuch in Tristans Scheune abbekommen, und jemand anderer habe das Mofa gefahren, falls die Bodenproben aus den Reifen mit denen am Brandort übereinstimmen.«

Doch Schäfer ließ sich nicht aus der Ruhe bringen. »Wir werden jemanden finden, der sie auf der Fahrt mit dem Mofa gesehen hat. Da bin ich ganz zuversichtlich.«

»Was ist mit dem anonymen Brief? Nehmt ihr die Untersuchung wieder auf? Meinst du, da ist was dran?«, fragte Lilly.

»Sollte Adeline den Mord an ihrer Schwiegertochter begangen haben«, sagte Fitzen, »wäre es ja nicht ganz absurd anzunehmen, dass auch die Kohlendioxidvergiftung von Volker und Jacques kein Unfall war. Vielleicht pflegt sie Probleme auf diese Weise zu lösen.«

Schäfer fuhr sich mit der Hand übers Gesicht. »Adeline hatte keinen Grund, ihren Mann umzubringen, und schon gar nicht ihren geliebten Sohn.«

»Es war aber doch nicht vorgesehen, dass Jacques mit nach Eiderstedt fuhr«, sagte Benthien. »Falls Adeline wirklich hinter diesen ganzen Vorkommnissen steckt, hat sie bereits einen hohen Preis für ihre Taten bezahlt – denn es hat ja immer auch die Falschen getroffen, nämlich Sohn und Enkelkind!«

»Was genau ist denn damals vorgefallen? Kann Adeline überhaupt die Hand mit im Spiel gehabt haben?«, wollte Lilly von Schäfer wissen, der in diesem Fall ermittelt hatte.

»Volker Melander wollte seinem Sohn Fisch und Meeresfrüchte bringen, unter anderem Austern, die Sylter Royal. Die und den Fisch hatte er bei einem befreundeten Fischhändler gekauft. Alles war in Styroporkisten verpackt, zusammen mit Trockeneis. Er hat dann zu Hause noch mal Halt gemacht, um seinen Sohn Jacques aufzunehmen, der Etiennes neue Freundin kennenlernen wollte. Volkers Wagen stand ungefähr zehn Minuten in der Garage. Adeline sagte aus, dass sie zu dieser Zeit einkaufen war. Auf dem Weg nach Westerland, das haben wir ermittelt, ist der Wagen von ein paar Leuten, die Volker kannten, gesehen worden. Vor Kampen hat er ein Mal kurz angehalten, um mit einem Bekannten zu sprechen. In Westerland war er noch auf der Post, um ein Paket aufzugeben, und Jacques kaufte Briefmarken. Alle, die den Wagen auf Sylt gesehen haben, sagten aus, dass die beiden Seitenfenster geöffnet waren. Demnach war die Klimaanlage aus, da Volker, wenn er sie einschaltete, grundsätzlich die Fenster schloss.

Als der Wagen auf dem Sylt-Shuttle in Niebüll ankam, fiel er sofort dadurch auf, dass es aus ihm qualmte. Volker und Jacques saßen tot auf den Vordersitzen, sie waren am Kohlendioxid erstickt. Es hatte zum großen Teil den Sauerstoff in der Luft verdrängt. Die Fenster waren zu, und die Klimaanlage lief auf niedriger Stufe. Wir haben dann festgestellt, dass zwei der Styropordeckel nicht richtig in der Nut saßen, also verschoben waren, und somit Kohlendioxid austreten konnte. Sie waren auch nicht gesichert worden, was für einen Transport im Auto dringend notwendig gewesen wäre.«

»Heißt das, jeder hätte diesen Mord – wenn es denn einer war – begehen können, indem er einem der Deckel einfach einen kleinen Schubs gab, damit er aus der Verankerung geriet?«, fragte Benthien entgeistert.

»So ungefähr«, sagte Schäfer, »es war jedenfalls primitiv einfach. Wir nahmen damals natürlich an, dass die Deckel während der Fahrt verrutscht waren, was aber, genau genommen, technisch schwierig ist, da sie üblicherweise ziemlich fest sitzen.«

»Also kann es sein, dass sie manipuliert wurden, zum Beispiel, als der Wagen vor dem Postamt stand?«, fragte Fitzen.

»Das kann man nicht ausschließen«, gab Schäfer zu. »Zwei der Kisten standen auf der Rückbank, zwei im Kofferraum. Alle waren mit Malerfilz abgedeckt, der locker über den Kisten lag, so dass eine undichte Stelle Volker und Jacques nicht unbedingt auffallen musste. Zumal Kohlendioxid vollkommen geruchlos ist.«

»Was für eine hinterhältige Art, jemanden zu töten«, sagte Lilly. »Würdest du das Adeline zutrauen? Und was für einen Grund hätte sie gehabt, ihren Mann umzubringen?«

»Wer kann schon hinter die Kulissen einer Ehe blicken?«, erwiderte Schäfer. »Vielleicht war Adeline ihren Mann ganz einfach leid, vielleicht hat er die Zahnpastatube nie zugeschraubt, hat geschnarcht, im Stehen gepinkelt, Adeline beschimpft – vielleicht hatte er irgendwas an sich, das sie nach vierzig Jahren Ehe keine Sekunde mehr ertragen konnte. Wer weiß das schon? Von außen wirkte jedenfalls alles perfekt, aber das war von Adeline auch nicht anders zu erwarten. Die Fassade wahren, das war ihr immer wichtig und ist es noch immer.« … sonst reden ja die Leut.«

»Wie kann man nur so zynisch sein«, bemerkte Benthien und schüttelte grinsend den Kopf.

»Wie kann man nur so naiv sein«, konterte Schäfer und zwinkerte. »Nach fünfzehn Jahren bei der Kripo musst du doch schon alles erlebt haben!«

»Das Problem ist«, sagte Fitzen, der das Geplänkel ignorierte, »ihr werdet Adeline nie etwas nachweisen können! Nicht nach zwei Jahren!«

Schäfer schnaubte. »Das befürchte ich auch. Vielleicht, wenn der anonyme Briefschreiber, der angeblich was gesehen hat, eine Aussage machen würde … Aber auch dann wäre es schwierig. Vielleicht kann ich Adeline unter Druck setzen, und sie gesteht, aber das bezweifle ich. Spätestens übermorgen kommt der Haftbefehl wegen Brandstiftung, falls die Flecken etwas erbringen. Habt ihr denn Beweise dafür, dass Adeline auch für die Giftanschläge verantwortlich ist?«

Ehe Benthien antworten konnte, traf der nächste Besucher ein. Es war Raffael Quest.

»Adeline schickt mich«, verkündete er. »Hier.« Er legte ein Din-A4-Blatt mit einer Zeichnung auf den Tisch. »Das ist ihr Stalker. Sie hat versucht, ihn so gut wie möglich zu beschreiben.«

Alle beugten sich über das Blatt. Quest hatte seine Sache gut gemacht, das Bild wirkte fast so realistisch wie ein Foto. Nur die Augenpartie war etwas verschwommen, was aber, wie Quest erklärte, an Adelines undeutlichen Angaben lag.

Schäfer schüttelte als Erster den Kopf. »Kenne ich nicht! Aber das heißt ja nichts.« Er stand auf. »Leute, ich muss weiter. Ich halte euch auf dem Laufenden!«

Benthien ging ins Haus, schickte die Zeichnung per Fax an die Westerländer Kripo und holte seinen Vater aus der Küche, damit er sich den Stalker ansah. Ben schüttelte nur stumm den Kopf und stapfte zurück zu seinen Dips.

»Wie kommt es, dass Frau Melander sich plötzlich so gut erinnert, Quest?«, fragte Fitzen. »Vor ein paar Tagen war ihre Beschreibung noch sehr unzureichend gewesen.«

»Sie hat von ihm geträumt«, erklärte Raffi feierlich. »Nein wirklich, im Ernst: Sie sagt, sein Gesicht ist ihr im Traum erschienen, in allen Einzelheiten! Sie meint, sie müsste es unbewusst abgespeichert haben, als sie ihn gesehen hat. Habt ihr mal ein Blatt Papier? Und einen Bleistift?«

Lilly reichte ihm einen Block hinüber, Fitzen holte einen Stift, dann begann Quest zu zeichnen. Mit wenigen Strichen war der Unbekannte aufs Blatt gebannt, diesmal aber in voller Körpergröße. Er trug eine weit sitzende Cordhose und dazu ein zerknittertes, kurzärmeliges Hemd mit kleinen Karos, das an einer Seite aus der Hose hing. Am Gürtel hatte er eine ovale Bauchtasche befestigt. In der Hand hielt er einen kleinen Block und einen Stift. Zuletzt notierte Quest die Farben: die Hose rostbraun, die Hemdkaros in hellen Blautönen, die Gürteltasche schwarz.

Benthien staunte nicht schlecht, und Fitzen lachte geringschätzig.

»Tolle Zeichnung, wirklich. Da muss ja eine richtige Erleuchtung über Adeline gekommen sein, so ganz plötzlich im Traum!«

»Ihr glaubt doch nicht wirklich, Addi hat das alles erfunden?«, fragte Raffael Quest empört.

»Nein, das hat sie nicht.« Gonde war auf die Terrasse getreten und betrachtete die beiden Zeichnungen. »Diesen Mann, diese Gesichtszüge kenne ich.« Sie nahm das Porträt in die Hand und kniff die Augen zusammen. »Ich weiß nur nicht genau, woher. Aber sie ähneln jemandem, den ich kenne!«

Kapitel 26

Ben servierte als kleinen Probier-Snack Putenbruststreifen mit fünf verschiedenen Dips, drei kalt, zwei warm. Er erntete großes Lob und war hochzufrieden.

Danach half ihm Gonde beim Abwaschen, Fitzen verzog sich zu einem kleinen Verdauungspäuschen in den Liegestuhl, und Benthien wollte zwei alte Damen aufsuchen, die mit Emily Matern befreundet gewesen und erst jetzt aus dem Urlaub zurückgekehrt waren. »Ich kann mir nicht vorstellen, dass diese Vergiftung eine Generalprobe für den eigentlichen Giftanschlag sein sollte«, sagte er zu Lilly. »Agatha Christie hin oder her. So etwas gibt es einfach nicht im wirklichen Leben. Die beiden Frauen waren eng mit Emily Matern befreundet. Vielleicht haben sie ja wichtige Informationen für uns, ohne es zu wissen. Kommst du mit?«

Lilly schüttelte den Kopf. »Du wirst es wohl nicht gern hören, aber ich muss noch einen Roman von Agatha Christie auslesen: *Morphium.* Auch dieses Buch steht in Adelines Regal. Da wird Gift auf eine Fischpaste gestrichen, jemand isst davon und stirbt. Verstehst du? Drei Personen setzen sich hin, essen ein paar Sandwiches, eine von ihnen überlebt das nicht. Ein ähnliches Szenario wie heute Mittag, nur dass Adeline das kontaminierte Glas noch rechtzeitig ›entdeckt‹ hat.«

»Aber es wäre doch im höchsten Grade kindisch, seine Mordpläne einem Kriminalroman zu entnehmen!«

Lilly zuckte mit den Schultern. »Ja, vermutlich. Trotzdem will ich noch mal zu Adeline fahren und mit ihr sprechen.

Auch über den Stalker. Möglich, dass ihr noch etwas einfällt, nachdem er ihr im Traum erschienen ist. Wenn er Gonde bekannt vorkommt, die so viele Leute hier auf der Insel kennt, dann muss Adeline ihn doch auch kennen?«

Fitzen lachte spöttisch. »Lilly, du glaubst doch nicht im Ernst an diesen Traum? Kaum sieht sich Adeline in Gefahr, weil Schäfer ihr auf die Pelle rückt, tischt sie uns wieder die Geschichte mit dem Stalker auf, diesmal sogar mit einer genauen Beschreibung. Ich glaube ihr kein Wort!«

Benthien fuhr los, und Lilly lieh sich Bens Fahrrad und radelte zum Melander-Haus. Auf der Straße war wenig Verkehr, offenbar waren Touristen wie Sylter erschöpft von der Sonne und der permanenten Hitze und blieben zu Hause. Im Westen braute sich schon wieder ein Gewitter zusammen. Und ein steifer Wind war aufgekommen, der von der Seite blies und sie ein paarmal fast vom Rad geweht hätte.

Auf dem Gelände der Melanders war es so still, dass es völlig ausgestorben schien. Marcels Porsche war nicht da, auch Raffis Bus war nicht zu sehen. (Sollte er mit dem schon wieder unterwegs sein?) Doch der Mini und das Mofa standen noch genau wie heute Morgen in der Garage.

Lilly klingelte, aber die Klingel hallte offenbar durch ein menschenleeres Haus. Wo war Adeline? Wo waren ihre Aufpasser? War sie mit Raffi weggefahren? Er hatte allerdings nichts davon gesagt. Lilly beschloss, einen kleinen Rundgang über das Gelände zu machen. Vielleicht würde die Dame des Hauses ja bald zurückkommen.

Der Abend war noch jung, und eigentlich hätte es heller sein müssen. Doch mächtige dunkelviolettgraue bis schwarze Wolkenmassen hingen am Himmel, hin und wieder dämonisch umrahmt von schwefelgelbem Licht, als handele es sich um eine morbide Bühnendekoration. Der Wind frischte in Böen von erheblicher Stärke auf, war aber angenehm bei der Hitze. Lilly konnte sich nicht erinnern, jemals so viele Gewitter auf Sylt erlebt zu haben. Normalerweise gab es davon nur wenige auf den Nordseeinseln, doch in diesem heißen Sommer war es anders. In der Ferne, vielleicht über den Halligen, grollte schon der Donner.

Das Haus wirkte düster, was wohl auch an den hohen, zerzausten Eiben lag, die wie stumme Wächter die Westseite des Hauses beschatteten.

Lilly ging hinüber zu dem kleinen, achteckigen Pavillon, der etwas erhöht auf einem Podest in der Heide stand. Sie wollte ein Gefühl für diesen Ort bekommen, für die Familie, die hier lebte und so viele Schicksalsschläge hatte hinnehmen müssen. Waren die Melanders einfach eine Familie wie jede andere auch, nur mit ungewöhnlich viel Pech – oder waren sie ein Clan, der sich seine eigenen Regeln und Gesetze schuf?

Lilly betrat den Pavillon. Er war, schätzte sie, mindestens hundertzwanzig Jahre alt. Nur wohlhabende Familien mit viel Personal und viel Freizeit hatten sich damals so ein kleines Lusthäuschen leisten können. Heute blätterte die ehemals weiße Farbe ab, und der Pavillon lag verlassen da, wie ein vergessenes Kleinod. Lilly fand ihn ganz romantisch mit seinen durchbrochenen Ziergittern, die aussahen wie aus Spitze geklöppelt, und dem Blick zwischen zwei Graudünen hindurch aufs Meer. Sicher hatte man hier früher Kaffee getrunken, den Sonnenuntergang beobachtet, sich an heißen Tagen Luft zugefächelt, gelacht, geflirtet – Männer mit Hosenträgern, weichen Kragen und aufgerollten Ärmeln, die Zigarre im Mund, Mädchen und Frauen in langen weißen Kleidern, mit Umlegetüchern aus Spitze und sommerlich luftigen Hüten.

Jetzt wirkte alles etwas unordentlich, ein zerbrochener Becher lag auf dem Boden, eine Thermoskanne war unter den Tisch gerollt, welkes Laub bedeckte den Boden. Lilly überlegte, ob Strandwanderer hier manchmal ein nächtliches Gelage feierten, als Mutprobe sozusagen, mit einem unheilvollen Kribbeln im Bauch?

Nicht weit vom Pavillon lag die Große Düne. Unter den schwarzen Wolken wirkte der weiße Sand fahl, der Strandhafer wehte im Wind. Auch der leichte, trockene, obenauf liegende Sand wurde beständig nach Westen getrieben. Lilly, die ebenso wie John nicht abergläubisch war, musste an Gondes Geschichte denken und blickte verstohlen um sich. Keine Menschenseele weit und breit, was natürlich auch daran lag, dass sie sich auf einem Privatgrundstück und im Naturschutzgebiet befand. Das Wohnhaus lag einige hundert Meter entfernt und wirkte düster hinter den wild wehenden Eiben und unter den tiefstehenden Wolken.

Nirgendwo brannte Licht.

Hände, Hände im Gelände, fuhr es Lilly durch den Kopf, und fast genoss sie es, sich zu gruseln – natürlich vor allem, weil sie nicht an die alten Schauergeschichten glaubte.

Blanke Knochen, kalt' Gebein, morgen wird der Tod dich frei'n!

Sie näherte sich dem Dünenrand, setzte sich und ließ den kühlen, feinen Nordseesand durch ihre Finger rinnen. Eigentlich sollte sie machen, dass sie wegkam, unter irgendein Dach, denn bald würde das Unwetter losbrechen. Das Grollen des Donners rollte wie Geschützdonner übers Meer, und am westlichen Himmel schossen Blitze zur Erde wie ein Schwarm entfesselter Sternschnuppen. Doch Lilly war in einer eigenartigen Stimmung, sonderbar losgelöst, ganz in ihre Gedanken versunken. Als gäbe es kein Morgen mehr, keine Ermittlungen, kein

Hier und Jetzt. Keine Zwänge, keine Uhrzeit, keine Aufgaben. Hatte die Düne sie bereits verhext? Wer wusste schon, welche Geheimnisse sie barg. Worüber sie hinweggewandert war, was sie alles unter sich begraben hatte im Lauf der Jahrhunderte. Denn sie war uralt, diese Düne. Alt wie die See. Aus dem Meer geboren, glitt sie über Land, bis sie im Osten wieder im Meer versinken würde, alle Zeiten hinter sich lassend. Vorausgesetzt, es gelang dem Menschen nicht, sie aufzuhalten und mit Gräsern festzubinden. Aber noch war es nicht so weit. Noch durfte sie wandern. Lilly liebkoste den feinen Sand, ließ ihn durch ihre Hände gleiten wie Seide, zog Linien und Furchen, schrieb Johns Namen in das weiße Geriesel.

Als ihr Blick etwas weiter schweifte, stockte ihr der Atem. *Hände, Hände im Gelände?* Das konnte doch nicht wahr sein! Sie blinzelte heftig und wusste doch sofort, dass es wahr sein musste, denn sie träumte ja nicht.

Der Wind wehte feine Sandkörner über eine Hand hinweg, die sich aus der fahlweißen Düne gen Himmel streckte.

Entsetzt sprang Lilly auf, entfernte sich ein, zwei Meter, doch es half nichts, sie musste zurück, musste sich diese Hand genauer ansehen, es war schließlich ihr Beruf.

Lange konnten die Hand und alles, was noch dazu gehörte, nicht in der Düne gelegen haben. Lilly betrachtete sie genau, von Verwesung keine Spur. Sie war blau geädert, kurze Finger, aber fein geformt, mit ausgeprägten Gelenkknochen, die Haut war von hunderten Sonnenstunden bronzefarben gefärbt, wie mit Gold überhaucht.

Und das Schlimme war, sie wusste genau, zu wem sie gehörte. Heute Morgen erst hatte sie sie gesehen. Da spielte diese Hand mit den Fransen einer Tunika, war beweglich gewesen und voller Leben.

Benthien traute seinen Augen nicht. Draußen auf der Terrasse lag Fitzen immer noch im Liegestuhl, mit etwas Weißem auf dem Gesicht und etlichen Gurkenscheiben.

Er zog die Schuhe aus und schlich sich auf nackten Füßen lautlos zum Liegestuhl, beugte sich über Fitzen und machte »BUUHH!«.

Fitzen fuhr so schnell in die Höhe, dass Benthien das Gurkengesicht an den Kopf bekommen hätte, wenn er sich nicht gerade noch in Sicherheit hätte bringen können.

»Bist du des Wahnsinns?«, krächzte Fitzen, während ihm die Gurkenscheiben aus dem Gesicht sprangen. »Ich hätte einen Herzinfarkt kriegen können!«

»Er hat einen Sonnenbrand«, erklärte Ben, der an der Terrassentür aufgetaucht war. »Kalter Quark und Gurke tun da Wunder.«

Benthien grinste spöttisch. »Ich wusste gar nicht, dass du jetzt auch noch Kosmetikexperte bist. Planst du etwa schon wieder einen neuen Blog?«

»Dösbaddel«, brummte Ben. »Wasch dir lieber die Hände, ich habe noch einen Snack für euch, sobald Lilly zurück ist.«

Fitzen schimpfte noch immer und wischte sich mit dem Küchenpapier, das neben der Liege stand, das Gesicht ab.

Wieder einmal klingelte Benthiens Handy. Es war Lilly, und was sie zu sagen hatte, ließ ihn erstarren.

»Adeline Melander liegt tot in der Großen Düne«, sagte er zu Fitzen. »Mach, dass du den Quark aus dem Gesicht bekommst. Wir müssen los!«

Der Wind hatte erneut an Stärke zugelegt, Wolken rasten über den dunklen Himmel, und die ersten Regentropfen pladderten auf die Windschutzscheibe. Benthien und Fitzen saßen im

Auto und sprachen kein Wort. Zu sehr hatte sie die Nachricht von Adelines Tod erschüttert. Hatten sie die Gefahr für ihr Leben derart unterschätzt? Waren sie auf einer völlig falschen Fährte gewesen?

»Vielleicht irrt sich Lilly«, meinte Fitzen. »Sie hat schließlich nur eine Hand gesehen.«

Benthien erwiderte nichts; er wusste, dass Fitzen selbst nicht an das glaubte, was er sagte.

Sie entdeckten Lilly sofort, sie saß zusammen mit Tristan auf den Treppenstufen vor dem Haus. Sonst war noch niemand gekommen; der Rechtsmediziner und die Kriminaltechniker würden per Hubschrauber vom Festland eintreffen.

Lilly zog Benthien beiseite. Sie erklärte ihm mit unterdrückter Stimme, dass sie aus der Garage eine Abdeckplane geholt und über die vermutliche Fundstelle der Leiche gelegt und sie mit Steinen beschwert hatte. »Ich habe Tristan erzählt, was mit seiner Großmutter geschehen ist, aber sehen sollte er sie, oder vielmehr ihre Hand, natürlich nicht.«

»Warum ist er überhaupt hier?«

»Er hat seinen Vater weichgekocht wegen eines Internatbesuches, aber Geldgeber wäre Adeline gewesen – sein Vater kann sich das wohl nicht leisten –, deshalb wollte Tristan noch einmal mit ihr sprechen, um sie umzustimmen.«

»Und jetzt steht einem Internatbesuch wohl nichts mehr im Wege«, sagte Fitzen sarkastisch, der herangekommen war und Lillys Worte gehört hatte.

»Wieso hast du Quark im Gesicht?«, fragte Lilly verblüfft und deutete auf seine Koteletten, die weiß umrahmt waren. Kurz darauf fuhren zwei Streifenwagen vor, einer davon mit Arndt Schäfer an Bord, sowie ein Polizeibus mit Materialien. Benthien bedeutete Tristan, zu bleiben, wo er war, dann ging er zusammen mit den Kollegen in Richtung Düne. Doch er kam noch einmal zurück. »Hast du schon jemanden von der Familie benachrichtigt, Tristan?«

Der Junge schüttelte den Kopf.

»Dann tu es auch nicht!«, sagte Benthien eindringlich. »Das ist Sache der Polizei. Bleib aber hier, wir müssen nachher noch mit dir reden. – Alles klar? Geht's einigermaßen?«

Tristan nickte. Er schien ziemlich durcheinander zu sein. Benthien widerstand der Versuchung, ihm wie einem kleinen Kind über den Kopf zu streichen.

Zwei Beamte der Schutzpolizei bauten ein Zelt über dem Ort auf, an dem die Leiche vermutlich lag. Inzwischen war noch ein Stück von ihrem Arm zu sehen. Dass es nur noch nieselte, erleichterte den Beamten die Arbeit.

Arndt Schäfer betrachtete den Fundort am Schräghang der Düne fachmännisch. »Sie scheint ein Stück mit dem Sand nach unten gerutscht zu sein. Außerdem glaube ich, dass sie ursprünglich gar nicht im Sand vergraben war. War es heute nicht schon vor dem Unwetter ziemlich windig?«

Lilly und die Beamten bestätigten das, und Benthien meinte: »Du glaubst, der Sand hat sie zugedeckt?«

»Könnte ich mir vorstellen. Vielleicht hat man sie einfach nur hier abgelegt.«

Natürlich juckte es Benthien und sicher auch seine Kollegen in den Fingern, den Sand zu entfernen und sich die Leiche anzusehen, aber das war Sache der Kriminaltechniker, die hoffentlich bald eintreffen würden.

Er ließ die Kollegen an der Düne zurück und ging zum Haus hinüber, doch Tristan war nirgends zu sehen. Allerdings stand sein Fahrrad noch da, also musste der Junge in der Nähe sein – vielleicht im Haus? Hatte er einen Schlüssel?

Benthien drückte auf die Klinke, und die Tür schwang auf; die große Halle mit den Ahnenbildern lag düster und leer vor ihm. Er drückte auf den Lichtschalter und rief nach Tristan, erhielt aber keine Antwort. Schnell suchte er die Küche ab, die »gute Stube« daneben, Quests Zimmer, das offen und genauso unordentlich war wie beim letzten Besuch, zwei weitere unbenutzte Zimmer und einen langgestreckten Raum, der jetzt leer und offensichtlich früher ein Lager gewesen war.

Die Wohnung von Marcel und Moussa Aouba war abgeschlossen.

Benthien ging nach oben. Die Tür zu Adelines Wohnung stand offen, und er hörte ein leises Scharren. »Tristan?«

Er ging den Gang entlang, blieb dann aber wie angewurzelt stehen. Tristan stand in Heinrich Melanders ehemaligem Arbeitszimmer an dem antiken Palisander-Schreibtisch und hielt eine Pistole in der Hand. Da der Lauf in Richtung Benthien gerichtet war, wich dieser zurück und schlich sich seitlich durch die Tür.

»Tristan!«

Der Junge zuckte zusammen und legte die Pistole auf den Tisch, der mit Papieren übersät war.

»Ich habe sie hier gefunden!«, sagte er verwundert, wie jemand, der selbst nicht glaubt, was er sagt. »Aber Oma kann damit nicht erschossen worden sein. Sehen Sie?« Er nahm die Pistole wieder auf und streckte sie Benthien hin. »Daraus ist seit Ewigkeiten nicht mehr geschossen worden.«

»Tristan! Leg das Ding auf den Schreibtisch und hör auf, damit rumzufuchteln!«

Mit einem Schritt war Benthien am Tisch, nahm einen Bleistift und steckte ihn durch den Abzugsring. Konnte ja sein, dass außer Tristans Fingerabdrücken noch weitere verwertbare frische Abdrücke auf der Waffe zu finden waren. Er sah nun, dass es sich um eine P. 08 handelte, eine alte Pistole der Wehrmacht, wie es sie vor und im Ersten Weltkrieg gab. Zweifellos antik, außerdem war sie, dem Gewicht nach zu schließen, nicht geladen. Der Lauf hatte seit Ewigkeiten keine Kugel mehr gesehen.

»Kannst du mal in der Küche nachsehen, Tristan, ob Frischhaltebeutel oder Gefrierbeutel da sind, und sie mir bringen?«

Als Tristan zurückkam, tütete Benthien die Waffe ein.

»Sie lag offen auf dem Schreibtisch«, wiederholte der Junge. Benthien schickte ihn nach unten, er sollte in der Küche auf ihn warten. Dann sah er sich flüchtig in allen weiteren Zimmern um. Nirgendwo war etwas in Unordnung, nichts wies darauf hin, dass Adeline in ihrer Wohnung getötet worden war. Auch Blut war keins zu sehen.

Wie war der Mörder an sie herangekommen? Wieder dachte Benthien, dass er Adeline gut gekannt haben musste. Und sie hatte offenbar keine Angst vor ihm gehabt. Oder hatte er sie gezwungen, mit ihm nach draußen zu gehen?

In der Küche saß Tristan am Tisch und zappelte mit den Beinen. »Meine Mutter ist weg«, sagte er tonlos. »Auf dem Festland, vielleicht bei einer Freundin. Aber ich glaube, dass sie in Wirklichkeit bei einem Kerl ist. Und wahrscheinlich kommt sie nicht wieder. Nie.«

Benthien setzte sich, er ließ das erst einmal sacken. »Woher weißt du das? Hast du sie angerufen?«

Tristan schüttelte den Kopf. »Sie hat einen Zettel hingelegt. Auch deswegen bin ich zur Oma. Ich dachte, vielleicht …«

»Du dachtest, sie könnte das wieder in Ordnung bringen?«

Der Junge schwieg. Dann sagte er: »Und nun ist sie tot. Was soll jetzt aus uns werden?«

»Weiß dein Vater schon, dass deine Mutter fort ist?«

»Es interessiert ihn nicht sehr. Ich glaube, er ist bei seiner Freundin. Die ist nämlich gerade auf Sylt.«

Auf einmal wusste Benthien ganz sicher, dass Tristan Adeline nicht getötet hatte und auch sonst niemanden. Er war ein hilfloses, verlassenes Kind, das nach Heimat suchte, nach einem Fixpunkt, der ihm Halt gab. Interessant, dass er den bei seiner Großmutter gesucht hatte, bei allen Vorbehalten.

»Hast du hier jemanden gesehen, seit du da bist, Tristan?«

»Nur Ihre Kollegin.«

»Oder auf dem Weg hierher, jemanden, der aus dieser Richtung kam und den du kanntest?«

»Nein, niemanden.«

»Wann hast du deine Oma zuletzt gesehen oder gesprochen? Hast du ihr gesagt, dass du kommst?« Benthien stand auf und brachte Tristan ein Glas Leitungswasser. Der Junge trank es in einem Zug leer.

»Nein, habe ich nicht. Gesehen habe ich Oma zuletzt gestern Abend, beim Familienrat. Da ging es um Marcels Hochzeit, und jeder hatte Krach mit jedem. Nur Tante Annette war auf einmal auf Omas Seite.«

»Weißt du, wo Marcel ist? Oder Raffael?«

»Raffi wollte nach Amrum, seine Freundin besuchen, und Marcel ... keine Ahnung. Vielleicht ist er mit Moussa nach Niebüll zurück. Er hatte einen Riesenkrach mit Oma.«

Das werden wir alles überprüfen müssen, dachte Benthien. Doch zuerst musste Tristan untergebracht werden. Irgendwo, wo er sich wohl fühlte. Doch wer käme dafür in Frage? Raffael und Marcel vielleicht, doch die waren nicht da. Justus? Er machte Tristan diesen Vorschlag, doch der Junge lehnte ab. »Die turteln doch ständig nur rum, da wär ich im Weg«, erklärte er. »Warum kann ich nicht bei Ihnen und Gonde ...?«

Das hieße, überlegte Benthien, Tristan im Friesenhaus unterzubringen. Doch das käme höchstens für eine kurze Zeit, vielleicht für eine Nacht, in Frage. Und Tristans Vater müsste sein Einverständnis geben.

Er sah, wie Tristans Gesicht aufleuchtete, als er zustimmte. »Also gut. Eine Streife bringt dich hin, und ich werde die nötigen Anrufe tätigen. Wir haben bestimmt noch eine Weile hier zu tun, aber du kannst über Nacht bei uns bleiben, wenn du willst. Allerdings haben wir nur noch auf dem Sofa Platz. Und Morgen sehen wir dann weiter. Ist das okay für dich?«

Tristan nickte, und Benthien brachte ihn hinaus zu einem Kollegen, der ihn fahren würde. Der Junge kam ihm auf einmal viel jünger vor als seine vierzehn Jahre.

Benthien holte sein Handy hervor und rief Ben an, um ihn auf den unerwarteten Besuch vorzubereiten. Danach ging er noch einmal nach oben. Auf dem Schreibtisch ihres Mannes, den Adeline anscheinend selbst benutzt hatte, lagen ein Haufen Papiere herum, als habe sie jemand systematisch durchwühlt. Einige der losen Blätter waren in einen Papierkorb geworfen worden. Dort entdeckte er auch den Briefumschlag mit der Knut-Briefmarke und die Teile eines zerrissenen Briefes. Hatte also Adeline denselben anonymen Brief bekommen wie er! Benthien schichtete das alles zu einem Stapel, warf es in einen leeren Karton und nahm ihn mit nach unten.

Kapitel 27

»Sie hat eine Menge blauer Flecken an den Armen und ein großes Hämatom im Nacken«, erklärte Dr. Radtke gerade, als Benthien wieder bei der Düne ankam.

Auch die Kriminaltechniker waren inzwischen eingetroffen. Zwei waren an der Düne zugange, zwei im Pavillon. Benthien fragte sich, ob Adeline dort zu Tode gekommen war.

»Aber was war die Todesursache?«, fragte Fitzen.

»Sie ist erstickt. Der Täter hat ihren Kopf in den Sand gedrückt, bis sie keine Luft mehr bekam, daher auch das Hämatom im Nacken. Dann hat er sie aus irgendeinem Grunde umgedreht und ihr die Augen geschlossen. Danach hat er sie liegenlassen.«

»Sie wurde nicht im Sand vergraben?«

Claudia Matthis von der Spurensicherung kam hinzu. »Nein, der heftige Wind, der vor dem Gewitter aufkam, hat die Leiche mit Sand bedeckt. Unglaublich, wie schnell das geht.«

»Seit wann ist sie schon tot?«, fragte Benthien.

Dr. Radtke, der sich nur selten vor der Obduktion festlegte, war diesmal überraschend auskunftsfreudig. »Die Leichenstarre ist nur mäßig ausgeprägt, so dass man sagen kann, dass der Tod vor etwa drei bis fünf Stunden eingetreten ist, also zwischen fünfzehn und siebzehn Uhr. Das müsste ungefähr hinkommen. Aber morgen weiß ich mehr!«

Die Leiche wurde in den Zinksarg gelegt, dann fuhr der Rechtsmediziner mit dem Sarg in Richtung Flughafen davon. Benthien überließ den Technikern das Feld, die nun gegen die

Zeit arbeiten mussten, denn bis zur Dunkelheit war es nicht mehr weit. Einer der Techniker stellte bereits Lampen auf.

Benthien ging zu Stefano, der im Pavillon beschäftigt war. »Glaubt ihr, dass sich Adeline und ihr Mörder hier aufgehalten haben?«, erkundigte er sich.

»Wir haben einen Spiral-Collegeblock gefunden, den Frau Melander für ihre Notizen und Texte benutzt hat; der Wind hat ihn hinter diesen Stuhl geweht. Ebenso einen Tintenschreiber in den Bodenritzen. Ein zerbrochener Becher und eine Thermoskanne, in der noch etwas Kaffee war, lagen auf dem Boden. Und dieses hier. Weißt du, ob sie so eine Kette trug?« Er zeigte Benthien die Glieder einer Panzerkette, die er inzwischen eingetütet hatte.

Benthien erkannte sie wieder. Adeline hatte sie jedes Mal getragen, wenn er sie gesehen hatte. »Du meinst, jemand hat sie ihr vom Hals gerissen?«

»Sie selbst oder jemand anders.« Akribisch pinselte er die bröckelnde Balustrade des Pavillons ein. »Holz ist keine gute Oberfläche, um Fingerabdrücke zu nehmen«, erklärte er. »Aber dieses hier war lackiert, vielleicht klappt's ja doch.«

Benthien betrachtete zwei Rattanstühle und einen schmalen Bistrotisch, Möbel, die wohl schon länger da standen. Sie waren staubig gewesen, aber stellenweise war der Staub, absichtlich oder unabsichtlich, weggewischt worden. Er hoffte sehr, dass Stefano da noch fündig werden würde. »Seht ihr euch nachher noch die Wohnung an? Ich glaube zwar nicht, dass Frau Melander schon dort angegriffen wurde, aber genauer hinzusehen kann nicht schaden. Die Papiere, die auf dem Schreibtisch lagen, habe ich schon mal an mich genommen!«

Stefano nickte nur und pinselte eifrig weiter.

Zu Hause aßen sie zu Abend, doch die Stimmung war bedrückt, und es wurde wenig gesprochen. Da es schon wieder regnete, zogen sich John, Lilly und Tommy ins Esszimmer zurück und schlossen die Türe. Tristan, der auf keinen Fall nach Hause wollte, spielte mit Gonde und Ben Trivial Pursuit. Tristans Vater hatte Benthien immer noch nicht erreicht, das Handy schien ausgeschaltet zu sein. Bei Evi ging nur die Mailbox ran, und auf dem Festnetz im Haus meldete sich niemand. Doch Tristan tat, als ginge ihn das alles nichts an, und konzentrierte sich ganz auf das Spiel. Gonde betrachtete ihn besorgt.

Im Esszimmer sah sich Lilly die Papiere an, die Benthien aus Adelines Arbeitszimmer mitgebracht hatte. Fitzen telefonierte mit Mikke in Flensburg und machte sich Notizen. Dann legte er auf.

»Arndt hat inzwischen mit Etienne telefoniert und Annette aufgesucht, die richtiggehend aggressiv wurde und nur schwer davon abzuhalten war, sofort zum Melander-Haus zu rasen«, berichtete er. »Was sie da wollte, weiß kein Mensch. Théo und Marcel sind nicht aufzutreiben. Justus hat er auch besucht, er ist mit seiner Verlobten zu Hause und war, wie Arndt sagte, noch am ehesten betroffen. Wo Evi steckt, weiß niemand. Justus hat versprochen, Théo aufzutreiben, der soll ihre Freundinnen durchtelefonieren. Irgendwo muss sie ja sein. Mikke und Annika haben mit Etienne gesprochen. Er war den ganzen Tag im Restaurant, das können seine Angestellten bezeugen. Sigrid Schulau hat kein Alibi, sie war zu Hause und hat ihre Wäsche gemacht. Raffi ist tatsächlich um siebzehn Uhr mit der *Adler Express* nach Amrum gedampft und ist immer noch dort – klar, er kommt da ja nicht vor morgen früh weg. Er war, sagt Mikke, schwer schockiert und sprachlos.«

»Was hat er vor siebzehn Uhr gemacht?«, unterbrach ihn Benthien. »Bevor und nachdem er bei uns war?«

»Er ist mit Adeline essen gegangen, ihre Spaghetti waren durch das Pesto ja ungenießbar geworden …«

»Wie bitte?« Lilly war völlig perplex. »Sie entdecken Gift im Pesto, kommen so gerade mal davon, und dann gehen sie *essen?*«

»Ja, am Lister Hafen. Ich kann nur wiedergeben, was Mikke gesagt hat, Leute! Danach waren sie wieder im Haus, Adeline hat mit Raffi über ihr ›Buch‹ gesprochen, also über das erste Kapitel, weiter ist sie ja noch nicht gekommen …«

»Welches Buch?«, fragte Lilly irritiert.

»Dieses hier!« Benthien zeigte auf ein paar ausgedruckte Seiten, einen Teil der Papiere, die er aus dem Arbeitszimmer mitgebracht hatte. »Sie wollte doch die Geschichte ihrer Familie aufschreiben, eine Art Chronik, und Quest sollte sie illustrieren. Ich nehme an, das meinte er. Hier hat sie mit dem ersten Kapitel angefangen.«

Fitzen nickte. »Adeline hat dann ein Nickerchen gemacht, ist im Traum ihrem Stalker wiederbegegnet, hat ihn Raffi beschrieben, und der hat ihn gezeichnet. Danach war er bei uns, und dann ist er nach Hörnum gefahren, um das Schiff zu kriegen.

So weit Raffi.

Justus war in seinem Büro. Er hat mit Sabrina in einem Bistro in der Friedrichstraße zu Mittag gegessen. Danach haben sie sich getrennt, und er war bei einem Juwelier, wo er nach einem Schmuckstück für seine Verlobte Ausschau gehalten hat. Dann war er noch bei einem weiteren Juwelier. Danach hatte er ein Gespräch mit einem Mandanten, was seine Sekretärin bestätigt. Kurz nach achtzehn Uhr traf er zu Hause in Morsum ein, was wiederum Frau Liebig bestätigt.« Fitzen nahm einen Schluck von seinem alkoholfreien Bier. »Weiter im Text: Kommen wir zu Annette. Die hielt sich in ihrer Apotheke auf, was eine Angestellte bestätigen kann, aber zwischendurch war sie etwa eine Stunde lang im Supermarkt einkaufen. Eine Quittung hat sie nicht, weil sie solchen Quatsch nicht braucht, das vermüllt nur ihre Einkaufstasche, sagt sie. Aber, sie bietet immerhin an, die frischen Lebensmittel in ihrem Kühlschrank zu besichtigen.«

»Kein gutes Alibi«, meinte Lilly.

»Nein, keines ist wirklich so ganz überzeugend«, meinte Benthien.

»Justus, der natürlich genau wusste, worauf Mikke hinauswollte, hat ihn freundlicherweise darüber informiert, dass sich gegenüber dem Bistro, in dem er gegessen hat, eine Apotheke – nicht die seiner Schwester – und ein Geldautomat befinden, die Überwachungskameras haben. Und davon gäbe es mehrere in der Friedrichstraße. Und beim Besuch der Juweliere könnte man ihn wohl auch begutachten.«

Benthien stieß einen tiefen Luftstrom aus. »Das wird eine Sisyphusarbeit werden.«

»Also war Adeline ungefähr ab drei oder Viertel nach drei allein im Haus«, fasste Lilly zusammen. »Raffael Quest war kurz vor halb vier mit seiner Zeichnung bei uns. Er hätte auf dem Weg nach Hörnum Adeline umbringen können, denn das hat sicher nicht allzu lange gedauert.«

»Oder bevor er zu uns kam«, sagte Benthien. »Aber immer wieder stellt sich die Frage nach dem Motiv!«

»Raffi kann sehr impulsiv sein«, meinte Fitzen. »Vielleicht war es ein Versehen? Er geht ihr an den Kragen, plötzlich ist sie tot, und er legt sie auf der Düne ab. Dann macht er, dass er so schnell wie möglich wegkommt.«

»Er hätte aber auch aufs Festland fahren können«, wandte Benthien ein.

»Dass der Täter ihr die Augen geschlossen hat, ist ungewöhnlich«, überlegte Lilly. »Das könnte darauf hindeuten, dass er ihr nahestand.«

Benthien räusperte sich. »Wenn es denn der Täter war!«

»Du meinst, jemand anders ist vorbeigekommen und hat ihre Augen geschlossen?«, fragte Fitzen. »Warum hat der dann nicht den Leichenfund gemeldet?«

»Der Stalker«, sagte Lilly. »Was, wenn er Adeline gar nicht bedroht hat, sondern in sie verliebt war? Sie war ja durchaus eine imponierende Persönlichkeit. Er findet ihre Leiche, ist außer sich vor Schmerz und schließt ihr die Augen.«

»Und warum meldet er sich nicht bei der Polizei?«, wollte Fitzen wissen.

»Keine Ahnung. Weil er Angst hat, verdächtigt zu werden?«

»Ich denke, wir denken, dass es gar keinen Stalker gibt?«, wandte Benthien ein.

Bis in die Nacht hinein versuchten sie, die Aussagen auf einen Punkt zu bringen und einen Zeitplan für den Nachmittag zu erstellen. Benthien beschäftigte sich mit den Papieren, die er aus dem Arbeitszimmer mitgenommen hatte.

Evi und Théo waren weiterhin nicht zu erreichen.

Am nächsten Morgen saßen alle noch beim Frühstück, als Tristans Vater auf die Terrasse gestapft kam. Sein Gesicht erhellte sich nicht, als er seinen Sohn sah.

Tristan blaffte ihn an. »Wo hast du die ganze Zeit gesteckt?«

Théo öffnete schon den Mund, um seinem Sohn entsprechend zu antworten, doch dann fielen seine Züge förmlich in sich zusammen, und er ließ sich auf einen Stuhl fallen.

Benthien warf seinem Vater einen Blick zu. Ben verstand und verschwand mit Gonde im Haus.

»Haben Sie meine Frau gefunden?«, fragte Théo mit völlig kraftloser Stimme.

»Weißt du nicht, dass Oma tot ist?«, fuhr Tristan ihn an.

Théo legte seinem Sohn die Hand auf die Schulter, doch Tristan entzog sich der Berührung, sprang vom Stuhl und setzte sich mit gekreuzten Beinen etwas abseits in den Dünensand.

»Leider müssen wir auch Sie das fragen«, sagte Benthien. »Wo waren Sie gestern zwischen fünfzehn und neunzehn Uhr?«

»In dem Zeitraum ist meine Mutter gestorben?« Der Mann schwitzte stark und wischte sich über die breite Stirn. »Da war ich in … äh, in Westerland, in einer Ferienwohnung.«

»Sie haben dort jemanden besucht?«, fragte Fitzen. Seine Hintergedanken konnte man ihm förmlich ansehen.

»Äh … nein … ja … jedenfalls habe ich Zeugen«, stotterte der Mann.

»Seine Geliebte«, warf Tristan ein.

»Halt den Mund …« Er fing kraftvoll an, doch das letzte Wort endete fast in einem Flüstern. Offenbar sagte er es aus reiner Gewohnheit.

»Wer war bei Ihnen? Und würden Sie uns bitte den genauen Ablauf des Nachmittags schildern?«

Benthien war klar, dass er Tristan eigentlich wegschicken müsste. Wiederum schien der Junge seinen Vater zu impulsiven Äußerungen geradezu anzustacheln, so dass es durchaus hilfreich sein konnte, ihn dazubehalten. Er beschloss, über seine Vorbehalte vorerst großzügig hinwegzusehen.

Lilly bot Théo eine Tasse Kaffee an, die er dankbar annahm. Er schien froh zu sein, eine Beschäftigung für seine Hände gefunden zu haben.

»Jetzt hatten Sie ja reiflich Zeit zum Überlegen«, sagte Fitzen sarkastisch, nachdem Théo vorsichtig zwei Schluck getrunken hatte.

Der Mann warf ihm einen Blick zu. »Es stimmt, ich war mit meiner Freundin zusammen. Sie hat hier vorübergehend eine Ferienwohnung gemietet«, sagte er und schien sich tatsächlich zu schämen, zumindest vor seinem Sohn.

»Sie waren die ganze Zeit mit ihr zusammen?«, fragte Lilly.

»Ich fuhr gegen zwei Uhr in die Wohnung, vorher hatte ich ein Treffen mit einem Kollegen aus dem Landtag und anschließend ein Essen. Wir sprachen über die kommende Wahl. Dann fuhr ich zu Sylvie – Sylvia Zieleke –, und wir gingen an den Strand. Gegen halb vier waren wir zurück in ihrer Ferienwohnung, gegen vier hatte sie einen Termin bei einer Kosmetikerin. Ich blieb in der Wohnung und las Zeitung. Auf der Terrasse. Da wird mich sicher irgendjemand gesehen haben. Gegen halb acht sind wir zum Essen gegangen.«

Lilly fragte: »Wie lange waren Sie allein in der Wohnung?«

Théo überlegte. »Ungefähr eineinhalb Stunden. Dann kam Sylvia zurück. Sie wird es Ihnen genauer sagen können.«

»Und was taten Sie in der Zeit, bis Sie zum Essen gingen?«, wollte Benthien wissen.

»Vögeln«, sagte Tristan.

Benthien hätte nie gedacht, dass er es jemals erleben würde, einen Politiker rot werden zu sehen, doch dem Mann stieg ein flammendes Rot vom Hals hinauf ins Gesicht. Wieder nahm er Zuflucht zu seinem Kaffee, doch seine Hände zitterten.

»Wir waren in der Wohnung«, murmelte er. »Sylvie kann das bestätigen.«

Benthien sprach den klassischen Satz: »Wir werden das überprüfen. Seit wann wissen Sie, dass Ihre Frau verschwunden ist?«

Der Mann atmete auf, in sein Gesicht, das erst rot, dann wieder blass geworden war, kam ein bisschen Farbe. »Als ich beim Mittagessen war, schickte sie mir eine SMS. Hier«, er holte sein Handy hervor, »sehen Sie selbst.« Mit einem Blick zu seinem Sohn las er laut vor: »Bin auf dem Festland. Weiß nicht, wann und ob ich zurückkomme.« Er blickte auf. »Sie werden meine Frau doch nicht verdächtigen? Das wäre ja absurd.«

Tristan lachte spöttisch. »Sie verdächtigen eher dich! Oder Sylvia Zicke!«

Jetzt entschloss sich Benthien doch zu handeln und bat den Jungen, sich ins Haus zu verziehen.

Doch Tristan weigerte sich. »Es geht hier um meine Mutter, das geht mich auch etwas an!«, sagte er trotzig.

»Sie hat einen Koffer mitgenommen«, berichtete Théo, »ebenso ihre Handtasche, Handy, Adressbuch und den Laptop. Ich habe heute Morgen herumtelefoniert, so weit ich eben die Namen und Telefonnummern ihrer Bekannten auf Sylt kenne, aber niemand hat etwas von ihr gehört.«

»Hat sie Freunde oder Familie auf dem Festland, bei denen sie sein könnte?«, fragte Lilly.

»Da gibt es niemanden mehr außer einer Cousine, zu der sie aber keinen Kontakt hat. Wo die wohnt, weiß ich nicht, irgendwo im Sauerland. Freunde auf dem Festland hat Evi meines Wissens nicht. Nur noch eine Schwester in Kanada. Aber da wird sie ja wohl kaum hin sein!«

»Wir müssen Ihre Frau finden«, sagte Benthien. »Und Sie werden uns dabei helfen, so gut Sie können. Denken Sie noch mal darüber nach, wo sie sein könnte. Wir werden auch eine Handyortung veranlassen.«

»Glauben Sie denn wirklich, sie hat meine Mutter getötet?«, fragte Théo verstört. »Dazu wäre sie nie in der Lage gewesen!«

»Hätte sie denn ein Motiv gehabt?«, fragte Fitzen zurück.

»Absolut nicht! Kann ich jetzt gehen? Kommst du, Tristan?«

»Mit dem gehe ich nirgendwohin!«, sagte Tristan in die blaue Luft hinein, stand auf und schlenderte in Richtung Wattenmeer davon.

»Lassen wir Tristan für den Moment in Ruhe«, sagte Lilly, nachdem sich Théo widerstrebend verabschiedet hatte. »Seine ganze Welt bricht gerade zusammen, das muss er erst mal verkraften.«

Fitzen beobachtete, wie Théo am Fuß der Düne in seinen Wagen stieg. »Er musste sich nackig machen vor seinem Sohn, das hat ihm nicht gefallen!«, meinte er grinsend. Und zu Benthien: »Glauben wir ihm sein Alibi?«

»Ich rufe Mikke und Annika an«, sagte Benthien seufzend. »Werden wir eben wieder mal Alibis überprüfen müssen.«

»Was ist eigentlich bei deiner Befragung gestern rausgekommen?«, wollte Lilly wissen. »Bei den Freundinnen von Emily Matern?«

»Nichts! Emily war eine Heilige, mit jedem gut Freund, den sie im Leben traf, gütig, hilfsbereit, eben eine Seele von Mensch. Die beiden waren extrem geschockt, als sie hörten, Emily sei vergiftet worden. Die eine allerdings meinte, dass Adeline auf sie eifersüchtig war, weil Emily sich mit ihrem Mann gut verstanden und viel mit ihm unternommen hat – eifersüchtig nicht im sexuellen Sinn, natürlich, sondern weil er sehr intensiv mit ihr über seine Familienforschung gesprochen hat. Und damit kommen wir zu einem hochinteressanten Thema, nämlich der Ahnenforschung, die Volker Melander nach seiner Pensionierung betrieben hat. Ich habe gestern Abend noch ein bisschen in den Papieren gelesen und bin auf etwas gestoßen. Ich bin noch nicht fertig; seine Recherchen, Anmerkungen und Notizen, die teilweise in einer wahren Sauklaue geschrieben wurden, muss ich noch durchforsten, aber mir scheint, er war dabei, ein Verbrechen aufzudecken, vielleicht sogar zwei …«

»Ein Verbrechen innerhalb der Familie?«, fragte Fitzen gespannt. »Hat die Pistole etwas damit zu tun, die du gefunden hast?«

Benthien nickte. »Möglich, dass sie damals zum Einsatz kam. Zumindest vermutete Volker Melander das.«

»Du meinst, damit wurde unsere Tote aus der Düne erschossen?«, fragte Lilly. »Bei der es sich ja vermutlich um Carola Borgwart handelt?«

»Dann muss es Heinrich himself oder sein Sohn gewesen sein!«, sagte Fitzen begeistert. »Oha, das dürfte Adeline aber gar nicht gefallen haben!«

Lilly nippte an ihrem Kaffee. »Und das könnte bedeuten, dass den Mord am Kompagnon von Heinrich nicht derjenige begangen hat, den man dafür gehängt hat – dieser Frerk Johannsen –, sondern jemand aus der Melander-Familie. Wenn Volker durch seine Recherchen dahintergekommen ist und mit seiner Frau darüber gesprochen hat, dann hätte ich nicht gerne in seiner Haut gesteckt!«

»Und wenig später war er tot«, rief Fitzen.

»Hey, nicht so schnell mit den jungen Pferden«, mahnte Benthien. »Eure Fantasie geht mit euch durch. Für all das gibt es im Moment keine Beweise. Vielleicht finde ich noch welche, wie gesagt, ich bin noch nicht durch mit den Papieren. Aber ich frage mich, warum Adeline sie auf dem Schreibtisch ausgebreitet hatte. Sie wollte ja nun ganz bestimmt nicht, dass irgendjemand sie sieht. Und ich frage mich auch, wo sie vorher gewesen waren. Beim Durchsuchen der Wohnung haben wir sie ja nicht gefunden.«

»Es wurde doch nicht jeder Papierfetzen angesehen und gelesen«, wandte Lilly ein.

»Sie lagen in einem Geheimfach, ebenso wie die Waffe«, behauptete Fitzen. »Ich habe es gleich gesagt, solche alten Möbel haben Geheimfächer, aber du glaubst mir ja nicht! Wir sollten danach suchen, vielleicht liegt noch mehr drin. Irgendwie muss Volker ja auf die Idee gekommen sein, dass die Familie in den Mord involviert war.«

»Ich würde liebend gern einen hundert Jahre alten Meuchelmord aufklären«, seufzte Benthien, »aber dazu haben wir jetzt keine Zeit. Wir müssen uns mit unserem aktuellen Mordfall befassen!«

Er rief auf seinem Laptop das inzwischen eingescannte Phantombild auf. »Ich glaube, am wichtigsten ist, dass wir diesen Mann ausfindig machen. Allerdings werden wir kaum die Erlaubnis bekommen, sein Bild zu veröffentlichen ... Wahrscheinlich muss irgendein armer Teufel von Tür zu Tür, von Bank zu Supermarkt latschen und das Bild vorzeigen und ...«

»Was bringt das, wenn es ihn gar nicht gibt? Wenn er eine Erfindung von Adeline war?«, unterbrach ihn Fitzen entsetzt.

Tristan kam langsam auf die Terrasse zurück. Benthien bemerkte, dass das Phantombild auf dem Laptop sein Interesse weckte.

»Wer ist das?«, fragte Tristan aufgeregt.

Fitzen lachte. »Das ist die Frage des Tages!«

»Ich habe ihn gesehen!«, rief Tristan. »Gestern, als ich zur Oma fuhr. Da kam er mir entgegen. Auf der Straße. Auf einem Mofa. Er hatte genau das an, was er da auf dem Bild anhat! So'n zerknittertes kariertes Hemd und so olle Hosen.«

»Ja«, sagte Fitzen, »aber sah er auch so aus wie hier auf dem Bild? Sein Gesicht, meine ich? *Das* ist wesentlich!«

»Na klar, das war der Kerl! Er sah aus wie ein ersäufter Kater. Völlig erledigt. Ich hab mich noch gefragt, ob er von Oma kommt und ob die ihn so zusammengefaltet hat. Das kann sie ja sehr gut. Ich hatte echt den Eindruck, dass er aus unserer Einfahrt kam!«

ER

Er konnte es nicht fassen. Er war schon wieder in einen ungeklärten Todesfall verwickelt – wie bei seiner Schwester! Oder besser gesagt, er würde es sein, wenn sie ihm auf die Schliche kämen. Schon wieder hatte er eine Leiche entdeckt. Alles, wirklich alles wiederholte sich im Leben. Und wahrscheinlich hätte er den Mord an Adeline sogar verhindern können, wenn er mehr Mut gezeigt hätte, wenn er nicht so ein jämmerlicher Feigling gewesen wäre! Aber das war er schon immer gewesen, ein Mensch ohne Rückgrat, keine Eier, keinen Arsch in der Hose, wie sein Bruder Emil sagen würde.

Wimmernd zog er sich die Bettdecke über den Kopf. Es war später Vormittag, die Sonne schien, und noch immer versteckte er sich im Bett. Er musste unbedingt mit jemandem reden, aber natürlich nicht mit der Polizei. Trotzdem, mit wem er auch sprach, er würde offenlegen müssen, was er dort zu suchen gehabt hatte. Müsste Fragen beantworten: Warum er nicht eingegriffen hatte. Warum er Adeline nicht geholfen hatte. Doch es war so schnell gegangen, und er war zu weit weg gewesen. Er hatte ja nur erahnen können, was geschah, und selbst das nicht einmal richtig. Jedenfalls war er total geschockt gewesen, als er Adeline entdeckt hatte, die dunklen Augen weit offen gen Himmel gerichtet, blicklos, seelenlos, nie mehr imstande, etwas zu sehen. Da war der Angreifer bereits verschwunden gewesen, hatte sich, so schnell es ging, aus dem Staub gemacht. Er hatte ja noch nicht mal erkennen können, ob es ein Mann oder eine Frau war. Auf jeden Fall hatte er – oder sie – ein Basecap auf dem Kopf gehabt. Aber hatte das heutzutage nicht jeder? Vielleicht war es ein Raubüberfall gewesen? Nein, das war absurd, so etwas passierte hier nicht, schon gar nicht im Dünengelände, das ein verbotenes Gelände war. Außerdem war dem Angriff ein Gespräch, oder besser ein Streit, im Pavillon vorausgegangen. Doch er war zu weit weg gewesen, um etwas verstehen zu können.

Er drehte sich auf die andere Seite und schlug aufs Kissen. Irgendetwas beunruhigte ihn, irgendein Gedanke, der nicht klar zum Vorschein kommen wollte. Als er die Szenerie beobachtet hatte, war es ihm zunächst nicht so erschienen, als könnte Adeline in Gefahr sein.

Und dann war es plötzlich geschehen, und er war außer sich gewesen. Vor Entsetzen. Vor Angst. Vor Überraschung.

Warum hatte er nicht um Adeline gebangt? Darüber sollte er mal nachdenken, es musste einen Grund dafür geben. Vielleicht, weil ihm die Gestalt neben Adeline bekannt vorgekommen war? Irgendetwas an ihr, die Haltung, die Körpersprache, der Gang?

Arthur Curland schloss die Augen. Aber nicht, um noch eine Runde zu schlafen.

Kapitel 28

»Wenn du den Mann gesehen hast, als du am Eibenhaus ankamst«, sagte Lilly, »kann er nichts mit dem Mord zu tun haben. Ich war ja vor dir da und habe deine Oma tot aufgefunden ... und ich habe keinen Menschen auf dem Grundstück gesehen, auch keinen Motorroller!«

»Als ich beim ersten Mal da war ...«, meinte Tristan geduldig. »Das war so kurz nach drei.«

»Junge, warum muss man dir alles aus der Nase ziehen«, sagte Benthien tadelnd. »Warum sagst du nicht gleich, dass du zweimal bei deiner Oma warst?«

»Weil ich beim ersten Mal niemand gesehen habe. Ich dachte, Oma wäre weggegangen. Da bin ich zurück nach Kampen und habe einen Kumpel besucht. Und später habe ich gedacht, ich versuche es noch mal. Es war mir wichtig, mit ihr zu reden, wegen dem Internat!«

»Und beim ersten Besuch hast du diesen Typ gesehen?«

Tristan nickte.

»Und auf dem Gelände sonst niemanden?«

»Sag ich doch!«

»Und weißt du, wer dieser Typ ist?«

»Nein. Obwohl ... ein bisschen bekannt kommt er mir schon vor, aber ich weiß nicht woher.«

Er sann noch eine Zeitlang erfolglos darüber nach. Dann kündigte er an, er wolle nach Hause fahren, um sich seine Gitarre zu holen, zum Mittagessen wäre er aber wieder da.

Benthien runzelte die Stirn. »Wir müssen eine Lösung für

Tristan finden, ewig kann er nicht hierbleiben«, sagte er nach Tristans Abgang.

Lilly stand auf. »Machen wir also unsere Befragung, es hilft ja nichts. Aber allzu viele Häuser, aus denen man einen Einblick in das Grundstück hat, gibt es nicht. Vielleicht hat jemand einen Besucher bemerkt, zum Beispiel unseren Unbekannten.«

»Könnte aber auch sein, dass sich der Besucher zu Fuß vom Weststrand aus genähert hat«, meinte Fitzen und griff sich eine Banane als Proviant für den Weg. »Dann hat ihn wahrscheinlich niemand gesehen, was der Herr aller Dinge verhüten möge. Ich liebe mal wieder meinen Beruf!«

Gerade als sie aufbrechen wollten, rief Stefano an. »Hab was für euch«, rief er fröhlich ins Telefon, und Benthien stellte sein Handy laut. »Die Pistole, diese alte P. 08, ist 1904 hergestellt worden, aber seit hundert Jahren wurde damit nicht mehr geschossen.«

»Das kann er doch gar nicht wissen«, murmelte Fitzen.

»Doch, kann ich«, sagte Stefano, der Fitzens Stimme gehört hatte. »Denn ich habe eine Kugel, die mit Sicherheit aus diesem Lauf stammt. Nämlich die, die wir aus eurer Dünenleiche geholt haben. Sie steckte zwischen zwei Rippen. Die Riefen, die wir am Geschoss ausmachen konnten, passen perfekt zum Lauf dieser alten Waffe.« Stefano schnaufte. »Damit habt ihr die Tatwaffe, jetzt müsst ihr nur noch den Mörder finden. Kleiner Tipp von mir: Er dürfte über hundert Jahre alt sein!« Er lachte. »Und ich habe noch ein Bonbon für euch: Die männlichen Haare aus dem Fingerring gehören definitiv zu einem Melander, die DNA stimmt weitestgehend überein. Der Kollege, der die Untersuchung gemacht hat, hat zwar Zeter und Mordio geschrien, weil es viel aufwändiger ist, DNA von telogenem Haar zu bestimmen als von lebendem. Aber durch eine relativ neue

Methode werden zwei Multiplexe für die Polymerasekettenreaktion vereinigt und …«

»Stefano!«, rief Benthien genervt.

»Jedenfalls, es hat geklappt, und einer der Ahnen der heutigen Melanders hat sein Haar, nämlich das schwarze, in diesem Ring verewigt. Das ist mal sicher. Das rötlich braune weibliche Haar wiederum hat keine verwandschaftliche Beziehung zu den Melanders. Capice? Ich hoffe, ich habe euch weitergeholfen.«

»Hast du!«, rief Fitzen. »Was ist mit dem Brief, den ihr in der Kleidung gefunden habt? Der mit der verblassten Schrift?«

»Ist noch in Arbeit«, informierte sie Stefano. »Und noch ein Ergebnis zu dem Brand, ich habe es eben an Arndt Schäfer gefaxt, aber ihr sollt natürlich auch nicht leer ausgehen: Die Bodenprobe aus den Mofa-Reifen ist absolut identisch mit der Zusammensetzung der Erde am Brandhaus. Ihr habt da wirklich einen Glückstreffer gelandet, Leute! Denn dort, in dieser Gegend, wurde kürzlich eine Sensation gefunden, eine Pflanzenart, die so selten ist, dass sie bisher in ganz Schleswig-Holstein nicht nachgewiesen werden konnte, nämlich das Sumpf-Johanniskraut, lateinisch Hypericon helodes. Doch jetzt wurde sie auf Sylt entdeckt, in Morsum und bei einem Dünentümpel in Hörnum! Und in der Erde, die wir aus Adelines Reifen gepuhlt haben, waren Blütenrückstände des Sumpf-Johanniskrauts. Ergo, das Mofa war vor Ort! Und überall am Mofa sind ausschließlich Adelines Fingerabdrücke. Tommy, wenn du wieder in Flensburg bist, trinken wir'n Bierchen zusammen, okay?«

»Machen wir!«, schrie Fitzen, und Benthien drückte das Gespräch weg.

»Da sind die zwei Richtigen zusammen«, murmelte er.

Lilly gab ihm einen sanften Stoß in die Rippen. »Tu doch

nicht so! Ich habe auch dich schon zusammen mit Stefano und Fitzen im ›Hansemann‹ Bierchen trinken sehen!«

Als sie weg waren, marschierte Benthien unruhig von der Terrasse zu seinem Unterstand und wieder zurück, hin und her, unzählige Male, denn im Gehen konnte er am besten denken. Er hatte das Gefühl, tausend Puzzleteile schwirrten in und um seinen Kopf, wichtige und unwichtige, und je eher er die richtige Bewertung für jedes Teil fand, um so schneller rutschte es an seinen Platz oder konnte aussortiert werden.

Vor allem war wichtig, dass die Puzzleteile dem richtigen Verbrechen zugeordnet wurden. Die Delikte, die er zu untersuchen hatte – und genau auf diese wollte er sich hier konzentrieren –, waren der Mord an Yvonne und ihrem kleinen Sohn sowie der Mord an Adeline. Alles andere musste erst einmal außen vor bleiben. Vor allem musste Adelines Rolle untersucht werden, was umso schwieriger war, als sie jetzt selbst ermordet worden war.

Hatten sie sich in ihr getäuscht? War sie von Anfang an tatsächlich nur ein Opfer gewesen? Oder war sie Täterin und dann selbst zum Opfer geworden? Gab es einen oder zwei Täter? Hatte sie schon früher gemordet, hatte sie ihren Mann umgebracht und später Emily Matern? Aber warum? Und wie konnte er es beweisen? War es überhaupt möglich, dass eine Frau, die aus einer angesehenen Familie stammte, eine behütete, gutbürgerliche Kindheit genossen hatte, die voll integriert war in die Gesellschaft, beliebt, anerkannt, gut sozialisiert, eine Mutter von fünf Kindern – war es möglich, dass eine solche Frau eine mehrfache Mörderin war? Die Antwort lag auf der Hand: Natürlich war es möglich, wenn auch, seinen bisherigen Erfahrungen nach, nicht sehr wahrscheinlich.

Doch was hatte sie angetrieben?

Die Idee, ihre Schwiegertochter umzubringen und sich selbst als Opfer hinzustellen, war ja gar nicht so schlecht. Zumal es ihr da sehr zupass kam, dass sie wegen ihrer Knie-OP nach Damp musste. Um die Mär, dass sie selbst das Opfer sein sollte, weiterzuführen, hatte Adeline den Treppensturz inszeniert, die Voodoo-Puppe gebastelt und das Pesto vergiftet. Alles in allem ein bisschen zu viel Drama, fand Benthien, das hätte ihm auffallen müssen. Die Sache mit dem Pesto hatte sie inszeniert, als sie merkte, dass es brenzlig für sie wurde. Das Gespräch über die Agatha-Christie-Romane, aus denen sie ihre Ideen hergenommen hatte, hatte sie verängstigt, dazu kamen die Untersuchungen im Fall der Brandstiftung. Hatte sie irgendwo Hilfe gesucht, Unterstützung? Und war an ihren Mörder geraten? Aber warum hatte man sie ermordet? Hatte nun doch der Stalker zugeschlagen? Oder hatte Adeline ihn nur erfunden, um von sich abzulenken? Ihr wiederaufgefrischtes Gedächtnis nach einem angeblichen Traum war schon sehr unglaubwürdig. Steckte Quest mit ihr unter einer Decke? Und wieder die Frage: Warum? Sprangen irgendwelche Vorteile für ihn dabei heraus? Hatte er an diesem Nachmittag Krach mit Adeline gehabt, sie im Affekt getötet, den angeblichen Stalker gezeichnet und war dann nach Amrum gefahren, um sich ein Alibi zu verschaffen? Steckte er in Adelines Machenschaften mit drin, hatten die beiden vor ihren Spaghetti-Tellern und dem Pesto-Glas ein kleines Dramolett aufgeführt, bei dem die Polizei und die Ermittler die Zuschauer sein sollten?

Fragen über Fragen.

Benthien setzte sich an den Terrassentisch und sah noch einmal alle Fotos durch, die er auf seinem Handy gespeichert hatte. Dabei kam ihm eine Idee. Kinder mochten im Allgemeinen Tiere, und der Hype um Eisbär Knut war legendär gewesen. Warum sollte er nicht als Erstes Tristan fragen?

Fitzen parkte auf dem Melander-Grundstück, das verlassen schien, selbst die Garage war geschlossen. Auf ihr Klingeln antwortete wie erwartet niemand.

»Was machen wir eigentlich hier?«, wollte Lilly wissen. »Zum Befragen ist ja niemand da!«

Fitzen holte den Schlüssel aus seiner Jeans und schloss auf. Lilly folgte ihm widerwillig. »Mensch, Tommy, was soll das?«

»Kleiner Abstecher«, sagte Fitzen. »Ich will nur mal sehen, ob wir ein Geheimfach finden. Vielleicht liegt da noch was drin, was wir gebrauchen können.«

»Auch wenn ich mich wiederhole: Erstens weißt du gar nicht, ob eins vorhanden ist, und zweitens hat das rein gar nichts mit dem Mord an Adeline zu tun«, sagte Lilly streng. »Du kommst mir vor wie eine der Figuren aus einem Enid-Blyton-Roman …«

»Ja, das ist eben das Kind in mir«, flachste Fitzen und ritzte das Polizeisiegel an Adelines Wohnungstür auf. »Du kannst ja schon mal mit den Befragungen anfangen.«

»Das könnte dir so passen! Nein, ich werde dir auf die Finger sehen!« Lilly folgte ihm. Die Wohnung roch bereits verlassen, nach Staub, aufgestauter Sonnenhitze und einer gewissen Muffigkeit, die manche der alten Möbel ausstrahlten.

»Angenommen, Heinrich oder sein Sohn Wilhelm haben Carola Borgwart damals erschossen. Da stellt sich doch die Frage: Warum? Carolas Aussage hatte Frerk Johannsen belastet, denn sie sagte ja, dass sie ihn auf der Straße habe weglaufen sehen, kurz nachdem sie ein Geräusch gehört und den Kompagnon Thure Bassewitz tot aufgefunden habe. Was, wenn das nicht stimmt? Hat sie absichtlich eine falsche Aussage gemacht und wollte sie revidieren? Wusste sie, dass Heinrich oder sein Sohn Bassewitz getötet haben? Oder hat sie im guten Glauben ausgesagt und ist später dahintergekommen, dass alles ganz anders war?«

»Und du glaubst, in irgendwelchen alten Geheimfächern wirst du Antworten auf diese Fragen finden?« Lilly schüttelte den Kopf. »Die hätte man doch längst gefunden und den Inhalt entsorgt!«

»Ich habe keine Ruhe, ehe ich nicht nachgesehen habe«, sagte Fitzen eigensinnig und machte sich ans Werk, indem er aus dem großen Palisander-Schreibtisch im ehemaligen Arbeitszimmer sämtliche Schubladen herauszog. Er leerte sie aus, drehte sie um und kroch unter den Schreibtisch, wobei er sich den Kopf stieß.

»Streu das Zeug doch nicht so in die Gegend!«, sagte Lilly und sortierte den Bürokram wieder in die Schubladen.

»Ich habe gestern Abend, während ihr zwei schon im Bett wart, noch lange mit Gonde gesprochen und alles über den Mordfall an Bassewitz gelesen, was sie gefunden und rausgesucht hat«, sagte Fitzen, ohne auf Lillys Tadel einzugehen. »Sie hat angefangen, alles schön sorgfältig nach Themen in Schnellheftern und Klarsichthüllen zu sortieren. Handschriftliches von diesem Insel-Archivar, diesem Enno Abel, vergilbte Zeitungensartikel, sogar eine Kopie aus einer alten Sylt-Chronik. Ganz schön spannend, sage ich dir. – Au!« Er arbeitete sich unter dem Schreibtisch hervor. »Hier scheint kein Geheimfach zu sein. Vielleicht in einer dieser Säulen?« Er bemühte sich, die schwarzen Balustersäulen rechts und links zu bewegen, um zu sehen, ob sie sich abdrehen ließen, allerdings vergeblich.

»Und welche Erkenntnisse hast du gewonnen?«, fragte Lilly.

»Dass damals wahrscheinlich ein Justizirrtum stattfand, dass Frerk Johannsen nicht der Mörder war …«

»Aber er war vor Ort!«

»Das wurde gesagt, aber stimmt es auch?«, meinte Fitzen.

Lilly hatte in einem der Bücherregale ein Familienalbum mit uralten sepiafarbenen Fotos entdeckt, die hundert oder hundertzwanzig Jahre alt sein mussten. Einige Fotos waren in einem Atelier aufgenommen worden; man hatte sie auf steifen Karton aufgezogen, und sie zeigten ebenso steif aussehende Menschen in ihrem Sonntagsstaat, wie sie neben einem Tischchen oder einer Palme standen und angestrengt in die Kamera lächelten.

»Sieh mal, hier ist Carola Borgwart zu sehen!«, sagte Lilly aufgeregt. »Mein Gott, die Haare! Sie sind genauso lang und lockig, wie wir sie an der Leiche gesehen haben!« Ein kalter Schauer lief ihr über den Rücken. Wie viele Jahre hatten diese Haare im Sand überdauert?

Tommy sah ihr über die Schulter. Eines der Fotos zeigte eine junge Frau, die an dem Schreibtisch saß, der heute im Nebenzimmer stand. Ein richtiger Damenschreibtisch, nicht so wuchtig wie der in Heinrichs Arbeitszimmer, aber praktisch und hochwertig mit dem grünen Lederbezug auf der Schreibplatte. Carola hatte sich zum Fotografen umgedreht und lächelte strahlend in die Kamera. Sie hielt einen Füllfederhalter in der Hand, und vor ihr auf dem Tisch lag eine Art Kladde, in der sie wohl gerade geschrieben hatte. Auf einem anderen Foto aus dicker Pappe stand sie neben einem ernst aussehenden jungen Mann, Wilhelm, dem man seine Ähnlichkeit mit seinem Vater ansah. Er trug einen dunklen, eleganten Anzug und Carola ein langes Kleid mit Spitzenbesatz. Lilly fand, dass sie nett aussah, nicht herausragend schön, aber sympathisch und intelligent.

»Schau mal, wie sie sich bei ihm einhängt. Es scheint ein offizielles Verlobungsfoto zu sein.«

Die nächsten Seiten zeigten weitere Fotos von der Verlobung, die offenbar in großem Stil gefeiert worden war. Auch Thure Bassewitz, das spätere Mordopfer, war dabei gewesen, wie man an der Beschriftung allerdings mehr erraten als lesen konnte. Daneben gab es weitere Privatfotos, alle aus der Zeit kurz nach der Jahrhundertwende: Carola, Wilhelm und sein Bruder Carl als Jugendliche, wie sie über die Düne tobten, im Pavillon feierten, am Strand badeten oder mit Flöten unterm Weihnachtsbaum standen, während Heinrich am Klavier saß.

»Sieht alles nach einer unbeschwerten Kindheit aus«, stellte Lilly fest. »Wo gehst du hin?«

»Ich will mir den Damenschreibtisch ansehen!«

Lilly schlug ein weiteres Album auf und blätterte darin. Wieder Schwarz-Weiß-Fotos, diesmal aus den 30er Jahren. Fast dieselben Motive wie aus dem ersten Album, nur zwanzig Jahre später. Heinrich in seinen späten Siebzigern war zu erkennen, immer noch groß, ungebeugt, mit durchdringendem Blick unter buschigen schwarzen Augenbrauen, die einen pikanten Gegensatz zu seinem weißen Haar bildeten. Sein Sohn Wilhelm, jetzt Ende vierzig, war ergraut, hatte aber noch kleine Kinder. Offenbar hatte er spät geheiratet. Auf einem Familienfoto waren er und seine Frau zusammen mit ihrem Nachwuchs zu sehen, einem Jungen und drei Mädchen. Die Namen, fand Lilly, waren ungewöhnlich: Enna-Leni hieß die Ehefrau, eine schüchtern aussehende Brünette, Tjark, Jalin, Lükka und Reintje die Kinder. Sie überlegte, dass Wilhelm wohl der Großvater von Adeline und Justus gewesen sein musste, und fand es bestätigt, als sie hinten im Buch eine sorgsam ausgearbeitete und mehrfach zusammengelegte Ahnentafel in Form eines

Baumes fand. Tjark war der Vater der beiden. Er hatte bis 2004 gelebt. Überrascht stellte Lilly fest, dass Wilhelm erst 1979 gestorben war, mit zweiundneunzig Jahren. Adeline musste ihn noch gut gekannt haben, denn sie war siebenundzwanzig gewesen, als er starb. Schade, dass man sie nicht mehr befragen konnte.

Aus dem Nebenzimmer hörte sie einen Schrei. Er klang wie »Ha!« oder »Hach!«, und dann kam »Heureka!«. Kein Zweifel, Fitzen hatte etwas gefunden.

Sie eilte hinüber. Fitzen kroch gerade unter dem Schreibtisch hervor, umgeben von Papieren, einer Kladde, einem Schnellhefter und einem kleinen, versilberten Handspiegel.

»Wusste ich es doch!«, sagte er stolz und ein wenig erhitzt. »Unsere Ahnen hatten eben eine Vorliebe für Geheimfächer. Schade eigentlich, dass sie aus der Mode gekommen sind. Dieses hier«, fuhr er fort, »war besonders raffiniert. Siehst du, dass der Schreibtisch hinten, zwischen den Schubladenelementen, eine Rückwand hat? Das ist ungewöhnlich. Und auf dem vorderen Teil der Rückwand hat man hölzerne Zierleisten angebracht. Weißt du, warum man so etwas tun sollte?«

»Ja, warum?«, fragte Lilly ungeduldig.

»Setz dich auf den Boden!« Fitzen klopfte einladend auf den Teppich, und Lilly tat ihm den Gefallen. »Und jetzt guck mal!«

An der inneren Rückwand war nichts Ungewöhnliches zu sehen. Allerdings lief im unteren Bereich, ungefähr zwanzig Zentimeter über dem Boden, eine aufgesetzte Zierleiste waagrecht über die Holzwand, ebenso an den Seiten und am oberen Abschluss.

»Die Leisten«, sagte Fitzen, »bilden also ein Viereck. Und warum hat man das gemacht?«

»Um ein Geheimfach zu kaschieren?«

»Kluges Kind. Sieh her!« Er kroch wieder unter den Schreibtisch, legte sich lang auf den Boden und fingerte an der unteren Zierleiste herum. »Hier in der Mitte der Leiste ist eine Einbuchtung, die man aber nicht sieht, weil die Leiste sie verdeckt. Legst du den Finger darunter und drückst, aktivierst du eine Feder, und die öffnet dieses ziemlich große Fach.«

Lilly sah, wie ein Teil der Rückwand nach vorne klappte und Fächer sichtbar wurden, ähnlich wie in einem Sekretär, nur größer. Offenbar war die gesamte mittlere Rückwand des Schreibtisches als Geheimfach konzipiert worden. Jetzt waren die Fächer leer, weil Fitzen den Inhalt bereits rausgenommen hatte.

»Wetten, dass die alten Melanders und wahrscheinlich auch Adeline nichts von dem Geheimfach wussten?«

»Aber woher weißt du so viel darüber?«, fragte Lilly.

»Mein Onkel war Kunstschreiner und Restaurator«, erklärte Fitzen. »Er hat mir viel über Möbel beigebracht. Als Kind war ich oft in seiner Werkstatt, hab alte Schränke und Truhen untersucht und zugesehen, wie er gearbeitet hat.«

Lilly nahm den Schnellhefter zur Hand, der Papiere enthielt, die mit einer fast unleserlichen Schrift bedeckt waren. »Aber dieses Ding kann doch nicht aus Carola Borgwarts Zeit stammen?«, sagte sie irritiert. »Damals gab es noch keine Schnellhefter! Wo hast du den her?«

»Der war tatsächlich auch in diesem Geheimfach! Aber von Carola ist er nicht. Die unleserliche Schrift in dem Hefter stammt von Volker. Das bedeutet, er hat das Geheimfach entdeckt und die Papiere darin versteckt. Warum wohl? Das ist jetzt die große Frage. Wir werden diese Sauklaue nun auch noch dechiffrieren müssen.«

»Fantastisch! Wäre dies ein Kriminalroman«, sagte Lilly,

legte sich lang auf den Teppich und fixierte das Bücherregal mit den Krimis, »könnte man eine solche Szene gar nicht schreiben, weil sie viel zu unglaubwürdig wäre.«

»Wieso?«

»Na ja, du faselst etwas von Geheimfächern, wir kommen hierher, und prompt finden wir eins. Und darin sind Papiere von Carola und von Volker, die sie offensichtlich verstecken wollten. Welch ein großartiger Zufall!«

»Wir wissen ja noch gar nicht, ob sie uns weiterbringen. Das Dumme ist, dass wir zuerst jemanden brauchen, der das entziffern kann. Oder kannst du Carolas Sütterlin-Schrift lesen?«

Lilly blätterte in der Kladde. »Nein. Manche Wörter kann man erraten, aber es dürfte schwierig sein. Gonde könnte uns vielleicht dabei helfen.« Sie stand auf. »Aber jetzt müssen wir los; John reißt uns den Kopf ab, wenn wir ewig wegbleiben.«

Lilly wunderte sich, dass Fitzen den Handspiegel mit einem Taschentuch anfasste und in einen Beweismittelbeutel legte, sagte aber nichts.

Sie brachten die Sachen in einem Karton im Kofferraum unter und überlegten gerade, wie sie die Befragung aufteilen sollten, als eine junge Frau in Latzhose mit einem Kinderwagen auf sie zukam.

»Sind Sie von der Polizei und ermitteln hier?«, fragte sie. Sie erzählte, dass sie ganz in der Nähe wohne und Adeline gut gekannt habe. »Wir haben immer im Supermarkt ein Schwätzchen gehalten«, sagte sie fröhlich. »Komischerweise haben wir uns immer dort getroffen. Dass sie jetzt tot ist, kann ich kaum fassen. Sie war so lebendig und hatte so viele Pläne!«

»Haben Sie gestern Nachmittag zufällig jemanden gesehen, der hier auf den Hof wollte?«, fragte Fitzen. »Oder hier auf dem Gelände ein Auto stehen sehen?«

»Ja, deswegen bin ich ja zu Ihnen gekommen. Diese Frau hat mich fast angefahren. Sie war äußerst rücksichtlos.«

»Welche Frau?«, fragte Lilly. »Und wann war das?«

»Sie fuhr einen alten Ford Mustang GT Convertible, ein Cabrio, in Schwarz.« Sie lächelte, als sie die erstaunten Blicke bemerkte. »Mein Vater ist ein Auto-Freak, er hat mindestens schon dreißig Autos in seinem Leben besessen, darunter auch genau so einen Mustang. Das Modell ist mir also vertraut. Also, diese Frau fuhr so rasant auf das Grundstück, dass sie mir fast über die Füße gefahren wäre. Ich habe ihr noch hinterhergeschrien und überlegt, ihr die Leviten zu lesen, aber dann dachte ich: Was soll's, das gibt nur Ärger.«

Fitzen zeigte ihr ein paar Fotos auf dem Handy. »War es eine von denen?«

Doch die junge Frau erkannte weder Sigrid Schulau noch Annette oder Evi Melander. »Nein, von denen war es keine. Sie hatte lange blonde Haare und war noch unter dreißig, würde ich schätzen. Der Wagen hatte übrigens ein Kieler Kennzeichen, aber mehr als die ersten beiden Buchstaben habe ich nicht gesehen.«

»Haben Sie gesehen, was die Frau gemacht hat? Wurde sie von Adeline empfangen? Öffnete ihr sonst jemand die Tür?«, fragte Lilly.

»Sie klingelte, aber es öffnete niemand. Sie ging dann ums Haus herum, danach habe ich sie nicht mehr gesehen.«

Nachdem die junge Mutter ihnen noch erzählt hatte, dass die Frau gegen vier Uhr am Nachmittag aufgetaucht war und ihren Namen und die Adresse genannt hatte, wollte sie sich verabschieden. Fitzen zeigte ihr als Letztes noch Quests Phantombild, doch auch diesen Mann hatte die junge Frau noch nie gesehen.

»Aufgrund des Wagens werden wir die Mustang-Fahrerin schnell ermitteln«, tröstete sich Fitzen, nachdem sie wieder allein waren.

»Eigentlich ist doch schon klar, wer diese Frau ist«, sagte Lilly.

Und richtig, eine Nachfrage in Flensburg ergab, dass die Halterin des Wagens in Kiel wohnte und es sich um eine gewisse Sylvia Zieleke handelte – die Geliebte von Théo Melander.

Kapitel 29

Tristan saß auf einem Dünengipfel gegenüber von Benthiens Unterstand, in dem der Steinkopf noch immer auf seine Vollendung wartete. Ab und zu klimperte er auf seiner Gitarre. Benthien ging zu ihm hin, um zu prüfen, ob sein Geistesblitz von eben etwas taugte.

Er zog das Handy aus der Tasche, auf dem sich ein Foto der Knut-Briefmarke befand, und zeigte es dem Jungen.

»Sagt dir dieses Foto etwas, Tristan, oder vielmehr: diese Briefmarke?«

Tristans düstere Miene erhellte sich. »Eisbär Knut! Oh Mann, der war cool! Wir haben ihn im Zoo Berlin besucht. Der war echt witzig! Er hat mit seinem Publikum Ball gespielt!« Tristan hob den Kopf, »Ein toller Bär! Der Ball war natürlich zerbissen und sah aus wie ein Frisbee. Er hat jedes Mal sorgfältig das Wasser rausgetreten, wenn er ihn aus dem Graben geholt hat. Dann nahm er den Friesbee-Ball ins Maul, hat Schwung geholt und den Ball über den Wassergraben zu den Zuschauern geschleudert.« Er lachte. »Und die haben sich darum gekloppt, wer ihn zurückwerfen durfte!«

Benthien sah, wie seine Augen leuchteten. Vielleicht hatte der Junge früher doch einmal eine ganz glückliche Kindheit gehabt … als die Welt noch in Ordnung war.

»Warst du mit deinen Eltern dort?«

»Mit Oma und meiner Mutter. Svenja gab's damals noch nicht.«

»Und erinnerst du dich vielleicht auch an diese Briefmarke?«

»Oma hat mir zehn Stück davon zum Geburtstag geschenkt. Und einen Knut aus Plüsch.« Er krauste die Stirn. »Den hab ich sogar noch.«

»Die Briefmarken auch?«

»Kann sein. In meinem Album vielleicht. Warum fragen Sie?«

Benthien machte ein geheimnisvolles Gesicht. »Kann ich dir nicht sagen. Aber es ist wichtig. Deine Oma hat also die Marken für dich gekauft?«

»Nein, ihre Freundin Sigrid hat sie ihr gegeben, für meinen Geburtstag. Sie hat mich dann später gefragt, wie sie mir gefallen haben. Damals habe ich Briefmarken mit Tiermotiven gesammelt.« Er zog eine Grimasse. »Jetzt natürlich nicht mehr.«

»Sie stammen von Sigrid Schulau, die Marken? Bist du dir sicher?«

»Aber klaro, Mann, ich hab doch kein Alzheimer. Erfahre ich jetzt, was es mit der Marke auf sich hat?«

Benthien grinste ihn an. »Nein, mein Lieber! Aber vielen Dank für die Auskunft! Könntest du nach Hause fahren und das Album holen?«

»Jetzt?«

»Ja, jetzt!«

»Erfahre ich dann das Geheimnis der Briefmarke?«

»Irgendwann, das verspreche ich dir, werde ich es dir erzählen«, gelobte Benthien feierlich.

Als Tristan zurückkehrte und sich alle zehn Marken noch vollzählig in seinem Album befanden, gab es für Benthien keinen Zweifel, wo er jetzt hingehen musste.

Sigrid Schulau zuckte zusammen, als es an der Tür klingelte. Ihre Nerven waren auch nicht mehr die besten. Ob es Raffi war?

Sie erwartete niemanden, aber sie war neugierig, und die Decke fiel ihr auf den Kopf. Sie ging zur Tür und öffnete.

Ein Mann stand vor ihr, groß, braungebrannt, mit klaren blauen Augen und Haaren, die aussahen, als hätte er erst kürzlich ganz selbstvergessen darin gewühlt. Charakternase und sensibler Mund, niemand, den man von der Bettkante stoßen würde.

Aber was hatte er bei ihr zu suchen?

»John Benthien von der Kripo in Flensburg«, sagte er mit angenehm ruhiger Stimme und hielt ihr seinen Ausweis vor die Nase. »Ich glaube, Sie haben bereits zwei meiner Kollegen kennengelernt.«

»Richtig. Sie warnten mich vor vergiftetem Likör. Kommen Sie rein!«

»Ist Ihr Sohn schon von Amrum zurück?«, fragte er, nachdem sie ihm auf der weißen Sitzgruppe Platz angeboten hatte.

Sie war enttäuscht. War er nur gekommen, um mit Raffi zu sprechen? »Er wird erst gegen Abend da sein.«

Sie bot ihm Kaffee, Cola und Mineralwasser an, doch er wollte nichts davon.

»Ich bin wegen einer Briefmarke hier«, sagte er und lächelte sie an. »Eisbär Knut, eine Sondermarke. *Natur weltweit bewahren*. Erinnern Sie sich? Sie gaben sie Adeline für Tristans Geburtstag.«

Sie erwiderte das Lächeln und angelte sich eine Zigarette aus einer Messingdose, die auf dem Tisch stand. Er lehnte ab, fast hatte sie es sich gedacht. Er war sicherlich kein Raucher.

»Ich erinnere mich, aber das ist sehr lange her«, sagte sie und gab sich selbst Feuer.

»Dennoch haben Sie erst kürzlich zwei von diesen Marken auf zwei Umschläge geklebt.«

Sie schob das Kinn vor, zog an der Zigarette und stieß den Rauch in die Luft, wo er vom geöffneten Fenster angezogen wurde. Draußen hing der blaue Himmel über der Stadt, und weit entfernt glitzerte das Meer. Ihr gefiel, was er sagte. Teufel noch mal, er konnte es nicht wissen, er riet, er bluffte, aber sie mochte dieses Spiel. Schweigend und lächelnd sah sie ihn an, es abzustreiten wäre ihr gar nicht in den Sinn gekommen. »Ich schreibe gerne Briefe.«

»Aber manchmal vergessen Sie, Ihren Namen drunterzusetzen!«

Sie nahm einen tiefen Zug aus ihrer Zigarette. »Das kommt vor.«

Er beugte sich nach vorn über den Tisch, seine blauen Augen schärften sich, als er sie ansah. »›*Volker und Jacques sind KEINES natürlichen Todes gestorben! Ich weiß es, denn ich habe ADELINE gesehen! Sonst war niemand da. Die Ermittlungen müssen unbedingt wiederaufgenommen werden!*‹ So weit die Aussage … mit reichlich vielen Ausrufezeichen!«

Sie zwinkerte spöttisch. »Alle Achtung. Sie haben meinen armseligen kleinen Text auswendig gelernt.«

»Was haben Sie damit gemeint? Und warum kommen Sie erst jetzt damit heraus?« Sein Blick wurde hart.

Sie zog ein paarmal an der Zigarette, lehnte sich zurück, legte einen Arm über die Sessellehne. Sie blickte dem Rauch hinterher.

»Sie sehen, ich streite nichts ab«, sagte Sigrid. »Und warum ich mich nicht eher gemeldet habe? Es wurde ja als Unfall deklariert. Sehen Sie, ich habe Volker geliebt. Gerade in den letzten Monaten ist er für mich wieder zu einem guten, engen Freund geworden. In den Jahren zuvor hatten wir wenig Kontakt. Nach seinem Tod war ich völlig niedergeschlagen, wie betäubt. Nachgedacht über den Unfall habe ich nicht, ich habe ihn einfach so hingenommen. Aber irgendwann fing ich doch an, mir Gedanken zu machen. Über Adeline. Und über das, was Volker mir zuletzt am Telefon gesagt hatte. Es waren allerdings nur ein paar Andeutungen.« Sie streifte die Zigarettenasche ab. »Aber die hatten es in sich. Allerdings habe ich sie zuerst gar nicht so ernst genommen. Volker hatte über Wochen eine Gesichtsneuralgie gehabt, Nervenschmerzen. Er war ganz verzweifelt, weil es nicht besser wurde. Damals ist er mit fast jedem in Streit geraten, obwohl das sonst gar nicht seine Art war. So auch mit Adeline. Mich hat er angerufen, um sich auszuheulen.« Wieder nahm sie einen tiefen Zug und inhalierte den Rauch.

Ihr Gegenüber fragte ungeduldig: »Was für Andeutungen?«

»Er hat doch diese Ahnenforschung betrieben, das war sein großes Hobby im Ruhestand. Aber irgendwann, kurz vor seinem Tod, schien er mir ziemlich verstört zu sein. Ich fragte ihn natürlich, was los sei. Zuerst sagte er, das könne er mir nicht erzählen. In späteren Telefonaten sagte er, dass vor langer Zeit ein Mord als Unfall durchgegangen wäre und dass nicht alles so gewesen wäre, wie es aussah. Er hatte den Eindruck, dass er etwas tun müsse.« Sie führte die Zigarette wieder zum Mund. »Wissen Sie, er quälte sich sehr, nicht nur körperlich. Ich hatte das Gefühl, dass ihn etwas völlig aus der Bahn geworfen hatte. In den Tagen vor seiner geplanten Fahrt nach Eiderstedt ging es ihm wieder besser, zumindest körperlich. Nach seiner Rückkehr wollten wir uns treffen. Aber dazu kam es ja nicht mehr. Ich glaube, da wollte er mir alles erzählen.« Sie inhalierte einen Mundvoll Rauch und ließ ihn langsam entweichen.

»Ich sagte ja, irgendwann fing ich an nachzudenken. Er war so verstört, weil er glaubte, dass dieser Mordfall, von dem er sprach, etwas mit Adeline zu tun hatte.«

»Was für ein Mordfall soll das denn gewesen sein?«

»Das Einzige, was mir da im Zusammenhang mit Adeline einfällt, ist diese Sache mit ihrer Tante. Aber damals war sie noch ein Teenager.«

»Diese Tante Ernestine, die kopfüber ins Dreschwerk des Mähdreschers fiel?«

Sigrid nahm die Zigarette aus dem Mund und beschrieb einen Bogen in der Luft. »Genau die. Adeline war ja dabei, als es geschah. Sie und ihre Tante wurden von einem Bauern, der in der Nähe war, gesehen. Er erzählte später, dass die beiden einen heftigen Streit hatten. Allerdings sagte er nicht, dass er auch Justus gesehen hätte.«

»Justus Melander, Adelines Bruder?«

»So wie ich Volker verstanden habe, als er mir später von der Sache erzählte, hatte Justus ihm gesagt, dass Adeline am Tod ihrer Tante Ernestine schuld wäre. Allerdings waren er und Justus da beide ziemlich angetüdert gewesen, und Volker war sich nicht sicher, ob er Justus richtig verstanden hatte. Ich fand das damals ziemlich unglaubwürdig. Aber wenig später war Volker tot!«

»Lebt der Bauer noch?«

Sie nickte. »Ernst Lachner. Ich habe mit ihm gesprochen. Er ist heute dreiundachtzig, aber geistig fitter als mancher Zwanzigjährige.«

»Ich brauche die Adresse«, sagte Benthien. »Kommen wir zu dem Unfall mit dem Trockeneis. Was meinten Sie damit, als Sie schrieben: ›Ich weiß es, denn ich habe ADELINE gesehen‹? Wollen Sie sagen, Sie haben Adeline in einer kompromittierenden Situation gesehen?«

Sigrid drückte ihre Zigarette so heftig aus, als wäre sie eine Küchenschabe, die sie vernichten wollte. »Ich wusste es zuerst nicht. Ich meine, ich wusste gar nicht, was genau ich gesehen hatte.« Himmel, jetzt fingen ihre Nerven an zu flattern. Sie versteckte ihre zitternden Hände unter dem Tisch. Doch dann griff sie zur nächsten Zigarette.

»Ich wusste, dass Volker an diesem Tag nach Eiderstedt zu seinem Sohn fahren wollte. Er traf sich oft mit Etienne, wenn er Sorgen hatte und reden wollte. Zu ihm hatte er ein besonderes Vertrauensverhältnis. Rein zufällig sah ich seinen Wagen vor dem Postamt stehen. Volker befand sich wohl im Gebäude. Vor dem Auto, das leer war, entdeckte ich Adeline. Aber damals dachte ich mir natürlich nichts dabei.«

»Was hat sie getan?«, fragte der Kommissar gespannt.

»Sie stand an der Beifahrerseite, und die hintere Tür war offen. Sie beugte sich ins Auto, nur für ein paar Sekunden. Dann warf sie die Tür zu und ging davon, verschwand in der nächsten Seitenstraße.«

»Nehmen Sie an, Adeline hat zu dem Zeitpunkt die Kisten manipuliert, zum Beispiel die Deckel verschoben?«

»Scheint mir plausibel zu sein. Ihr Verhalten fand ich jedenfalls merkwürdig. Was hatte sie am Wagen zu suchen? Später leugnete sie heftig, am Wagen gewesen zu sein. Sie meinte, ich müsste mich getäuscht haben. Ich bitte Sie!«

»Und Sie sind sich sicher, dass Adeline nicht wusste, dass ihr Sohn Jacques seinen Vater begleitete?«

»Aber ja. Jacques hatte sich erst zuletzt dazu entschlossen.« Sigrid nahm wieder einen tiefen Zug und inhalierte den Rauch, als wäre er reinstes Aerosol. Irgendwie beruhigte es sie.

»Warum«, fragte der Kommissar erneut, »kommen Sie erst jetzt damit heraus? Jetzt, wo Adeline tot ist?«

»Als ich den Brief abschickte, lebte sie noch«, antwortete Sigrid ruhig. »Ich habe auch ihr einen geschickt. Ich wollte, dass sie Angst bekam. Todesangst.« Sie stand auf und stellte sich ans offene Fenster, blickte über die Stadt, über die niedrigen Häuser, die Spielzeugautos tief unter ihr, hinein in einen unermesslich großen, weiten, blauen Himmel. Am Horizont grüßte das Meer.

»Manchmal, wenn ich hier stehe, habe ich das Gefühl, ich müsste mich aufs Fensterbrett schwingen und wie eine Möwe davonfliegen, hinein in dieses endlose Blau«, sagte sie, als er neben sie trat. Sie lachte leise. »Vielleicht werde ich es eines Tages tun. Die Versuchung ist groß.«

Sie spürte seinen besorgten Blick. »Nein, keine Sorge, so meine ich es nicht. Aber haben Sie nicht auch manchmal das Gefühl, einfach losfliegen zu wollen, sich von allem zu lösen, was das Leben schwer macht?«

»Wer hat das nicht?«, antwortete er nach einer Weile. »Aber das beantwortet meine Frage nicht.«

»Wir hatten auch mal gute Zeiten«, sagte Sigrid. »Schöne Zeiten, Volker, Adeline und ich. Das ist lange her. Ich dachte, jetzt ist der Augenblick gekommen, die Dinge zu bereinigen. Jetzt, wo die Kripo Flensburg da ist, hatte ich das Gefühl, gehört zu werden – dass jemand da ist, der meinen Worten Glauben schenken würde.«

Er nickte, und sie schrieb ihm Name und Adresse des Bauern auf.

Kurz bevor er ging, zeigte er ihr die Phantomzeichnung auf seinem Handy. Sigrid erkannte den charakteristischen Strich ihres Sohnes.

»Wissen Sie, wer das ist?«

Sie berührte sanft seine Hand, als sie das Handy in einem anderen Winkel ausrichtete.

»Nein … oder doch? Das könnte Emil sein … allerdings, etwas ist anders … Vielleicht sieht es ihm nur irgendwie ähnlich.«

»Emil?«

»Der Buchhändler, hier um die Ecke«, sagte Sigrid. »Schade, dass Sie schon gehen.«

Er schenkte ihr ein Lächeln zum Abschied. »Wir werden uns ganz bestimmt wiedersehen.«

Nachdem die junge Frau weitergegangen war, stand Fitzen sinnend da und starrte in die Gegend. Lilly war irritiert. Sie wedelte mit der Hand vor seinem Gesicht herum. »Hallo, ist jemand da? Sollten wir nicht mal weitermachen?«

Er blickte sie abwesend an. »Hast du eine Lupe bei dir?«

Lilly lachte. »Aber selbstverständlich! Ich trage immer Lupen mit mir herum!«

Fitzen machte kehrt und ging zum Haus zurück. Zum zweiten Mal schloss er die Türe auf. Lilly folgte ihm.

»Was ist denn mit dir los? Ist heute der Tag deiner Alleingänge? Kannst du mir mal sagen, was das soll, Tommy?«

»Bin gleich wieder da!«

Er lief die Treppe hinauf und kam kurz darauf mit einer großen Lupe in der Hand wieder zurück. »Ich wusste doch, dass oben eine in der Schreibtischschublade lag!«

»Und was willst du jetzt damit?«

Er ging zur Heinrich-Statue, die im Dämmerlicht im Hintergrund der großen Halle stand, und zog ihr den großen Siegelring vom hölzernen Finger. Dann brachte er ihn in die benachbarte Küche, in der weit bessere Lichtverhältnisse herrschten als in der Halle. Adelines bekleckertes Ölbild stand nicht mehr auf der Anrichte, wahrscheinlich verwahrte Stefano es an einem sicheren Ort.

»Ich hab da so eine Idee«, sagte Fitzen und zückte die Lupe.

Lilly beugte sich über den Ring. Er war ungewöhnlich groß.

Auf einer blauen Platte, die vielleicht aus Emaille war, prankte das bekannte Friesenwappen mit dem halben Adler, Grütztopf, Krone und dem Friesenmotto LEWWER DUAD ÜS SLAAV – lieber tot als Sklave. Rund um das Wappen war in goldenen Buchstaben der Name Heinrich Melander eingraviert.

Fitzen kroch geradezu in die Lupe hinein, und Lilly wunderte sich. »Fitzen! Was suchst du da?«

Er richtete sich auf. »John sagt doch immer, wir sollen kreativ denken, auch das scheinbar Unmögliche für möglich halten und selbst die verrücktesten Zufälle in unsere Berechnungen miteinbeziehen. Und genau das habe ich gerade getan! Pass mal auf: Was, wenn der olle Heinrich Carola Borgwart eigenhändig umgebracht hat? Dabei ist Blut geflossen, wie wir wissen. Könnte doch sein, dass es auf seinen Ring gespritzt ist. Vielleicht sind noch Reste darauf zu finden!«

»Nach hundert Jahren? Niemals!«, meinte Lilly zweifelnd.

Fitzen zuckte die Achseln. »Warum nicht? Vielleicht waren es winzige Spritzer, die er gar nicht bemerkt hat. Oder er hat ihn nur unzureichend abgewischt. Das Wappen besteht aus so vielen Ritzen, Ecken und Erhebungen, da kann leicht was übersehen werden. Schadet doch nichts, wenn er untersucht wird. Und da ich gerade dabei bin …«

Er verließ die Küche, und Lilly amüsierte sich mal wieder über Fitzen. Er war so eifrig wie ein kleiner Junge. Was hatte er jetzt wieder vor? Als sie in die Halle kam, konnte sie nicht anders, sie musste lachen. Die Heinrich-Statue war obenherum bereits bis auf das Unterhemd entkleidet worden, jetzt machte sich Fitzen an den Beinkleidern zu schaffen. »Bin mal gespannt, ob er eine Unterhose anhat«, keuchte er. »Kannst du mir mal helfen? Das Ding ist verflixt schwer.«

»Du bist verrückt!«, entfuhr es ihr, während sie die Statue am

Kopf festhielt, wobei die Perücke herunterrutschte. »Wer sagt denn, dass, wenn es überhaupt Heinrich war, der Carola Borgwart getötet hat, er dabei diese Sachen trug?«

»Niemand, deswegen ist es ja so spannend. Warte, ich schreibe schnell noch eine Quittung aus, dann sind wir hier fertig.«

»John wird dir den Kopf abreißen, und wenn nicht er, dann spätestens Thyra!«, stellte Lilly genüsslich fest. Aber sie wusste auch, dass es Fitzen nicht das Geringste ausmachen würde.

Benthien verließ Sigrid Schulau in dem Gefühl, einen kleinen Schritt weitergekommen zu sein, und schritt aus in Richtung Buchladen. Die Frage war, wie weit konnte er ihr trauen? Er nahm gar nicht mal an, dass sie bewusst log, aber ihr Hass auf Adeline konnte sie dazu führen, ihre Beobachtungen falsch zu interpretieren. Dass Adeline am Auto ihres Mannes in Westerland gesehen worden war, war sicherlich merkwürdig, hatte aber keinerlei Beweiskraft. Andererseits, was hatte sie dort zu suchen gehabt? Und warum hatte sie nicht die Rückkehr ihres Mannes aus dem Postgebäude abgewartet? Wiederum, wenn sie die Kisten manipulieren wollte, hätte sie das unbeobachtet auch zu Hause tun können, direkt vor der Abfahrt. Benthien nahm allerdings an, dass sie zu diesem Zeitpunkt nicht zu Hause gewesen war, denn sonst hätte sie ja mitbekommen, dass ihr Sohn mitfuhr. Oder machte er da einen Denkfehler? Er beschloss, die Überlegungen zu Adeline erst einmal hintanzustellen und den Buchhändler Emil Curland – der Name stand groß über dem Laden – nach dem Phantombild zu befragen.

Die Buchhandlung war klein und eng, und der Mann, den er für Emil Curland hielt, stand auf einer hohen Leiter und werkelte in einem der oberen Regale herum. Ansonsten war niemand im Laden.

Der Buchhändler blickte auf Benthien herab. »Wie kann ich Ihnen helfen?«

Wieder einmal hielt Benthien einem Menschen das Phantomfoto entgegen. Curland kletterte die Leiter hinunter. Er war ein unauffälliger Mann, klein, Ende fünfzig, graue Haare, graue Augen, mit kugelrunden, metallgefassten Brillengläsern. Eine Ähnlichkeit mit dem Mann auf dem Phantombild konnte Benthien nicht feststellen.

Curlands Augen wurden größer, als er das Bild sah, und sein Blick saugte sich an dem Foto fest.

»Wo haben Sie das her?«

Benthien, der es versäumt hatte, sich vorzustellen, holte dies nach. »Kennen Sie den Mann?«, schob er hinterher.

»Das ist mein Bruder«, sagte Curland. »Hat er was angestellt?«

Benthien steckte das Handy weg. »Können wir uns irgendwo in Ruhe unterhalten?«

Curland warf ihm einen Blick zu, ging zur Tür, hängte das Geschlossen-Schild an den Glaseinsatz und deutete auf einen unordentlichen Bistrotisch im Hintergrund des Ladens, auf dem neben Stapeln von Büchern die Reste eines zweiten Frühstücks standen.

»Möchten Sie Kaffee?«

Curland selbst goss sich einen ein, nachdem Benthien verneint hatte, und setzte sich. Benthien räumte Bücher und eine Jacke vom zweiten Stuhl und nahm ebenfalls Platz.

»Erzählen Sie mir von Ihrem Bruder. Wo lebt er, und warum denken Sie, er hätte etwas angestellt?«

»Wenn die Polizei nach ihm fragt? Was soll ich sonst denken?« Er fuhr sich über den gepflegten Kinnbart. »Er wohnt seit einiger Zeit bei mir, auf meinem Grundstück. Er ist Frührentner. Was hat er denn ausgefressen?«

Benthien wich der Frage aus. »Kennt Ihr Bruder die Familie Melander? Adeline Melander?«

Emil Curland rutschte unruhig auf seinem Stuhl herum. »Wer kennt die Familie Melander nicht? Aber …«

»Wissen Sie, dass Frau Melander tot ist? Sie wurde gestern Abend ermordet aufgefunden.«

Emil Curland erschrak sichtlich. »Aber …«, stotterte er, »was hat mein Bruder denn damit zu tun?«

Benthien hatte den Eindruck, dass Curland ihm etwas verschwieg. Er war nicht so ahnungslos, wie er tat.

»Wussten Sie es?«, drängte er.

»Dass Frau Melander tot ist? Ja, das hat sich gestern schnell herumgesprochen. Aber es hieß, es wäre ein Unfall gewesen?«

Benthien machte es Spaß, den Mann zappeln zu lassen. Zumal er mit irgendwas hinter dem Berg hielt. »Können Sie mir Ihre Adresse geben? Ich muss dringend mit Ihrem Bruder sprechen. Wie heißt er eigentlich?«

»Arthur.« Der Mann nannte seine Adresse im Norden von Westerland. »Er wohnt im Gartenhaus, wir haben es umgebaut als Gästezimmer. Wollen Sie mir nicht sagen, worum es geht?«

»Tut mir leid, ich muss zuerst mit Ihrem Bruder sprechen. Und ich möchte Sie bitten, ihn *nicht* anzurufen!«, sagte Benthien eindringlich. »Er hat nichts ausgefressen, aber ich will ihn überraschen. Ich hoffe, Sie haben mich verstanden?«

Curland nickte irritiert.

»Noch eine Frage. Wann haben Sie ihn zuletzt gesehen?«

»Gestern, in der Hütte. Da war er fix und fertig.«

Aus dem Wagen rief Benthien in Flensburg an. Mikke und Annika waren unterwegs, um Alibis zu überprüfen, aber Juri Rabanus war mit seiner kleinen Tochter aus dem Urlaub zurück und bereit zur Arbeit. Benthien, der es eilig hatte, bat ihn nur kurz, die Brüder Curland zu überprüfen, vor allem Arthur. »Ich habe das Gefühl, mit dem war mal irgendwas«, sprach er in die Freisprechanlage, während er die Nordseeklinik passierte. »Wir reden dann später.«

Er bog in den Grenzweg ein und hielt vor einem kleinen Backsteinhaus. Höflicherweise klingelte er, bevor er den hinteren Garten betrat, doch niemand öffnete. Daher ging er in Richtung Gartenhäuschen, das von Eibenhecken – schon wieder Eiben! – umgeben war und trotz des Sonnenscheins sehr schattig wirkte. Er klopfte, dabei öffnete sich die Tür, die nicht richtig zugezogen war.

»Herr Curland?«

Als keine Antwort erfolgte, trat Benthien ein und fiel sozusagen ohne Umwege mitten ins Zimmer. Ein ungemachtes Bett, Kleidungsstücke auf allen Stühlen, ein Esstisch mit Laptop im Ruhezustand. Benthien erweckte ihn zum Leben und entdeckte sofort zahlreiche Bilder von Adeline. Er klickte sich durch die Dateien, bis er auf Fotos vom gestrigen Nachmittag stieß. Das Eibenhaus, Heideland, schemenhafte Figuren im Pavillon, nicht genau zu erkennen, die Große Düne, Adeline im Sand. Eindeutig tot, aber noch nicht zugedeckt vom Sand.

Herrgott, dieser Mann hatte die tote Frau fotografiert, er war vor Ort gewesen! Aber wo steckte er jetzt? Benthien telefonierte, um eine Personenfahndung einzuleiten. Er warf noch einen Blick ins Bad, dann ging er nach vorne zu dem kleinen Backsteinhaus. Dort gab es keine Gardinen, und er sah in jedes Fenster. Doch offensichtlich war wirklich niemand im Haus. Auch das Mofa, von dem Tristan gesprochen hatte, war nicht da.

Arthur Curland war ausgeflogen. Oder abgehauen.

Evi Melander stand am schmuddeligen Fenster ihres kleinen Pensionszimmers und starrte auf die Elbe. In der Ferne sah sie ein großes Containerschiff, das zielstrebig den Hafen ansteuerte. Es war ein düsterer Tag voller Hochnebel, die Sonne erschien nur hin und wieder geisterhaft hinter dem Grauschleier am Himmel.

Seit gestern war Evi in Hamburg. Sie konnte immer noch nicht fassen, dass sie es getan hatte. Und völlig umsonst. Ihr »Graf von Monte Christo« hatte nun doch nicht nach Sylt kommen können, daher hatte sie sich kurzfristig entschlossen, ihn in Hamburg zu treffen. Und gleichzeitig auszuloten, wie es mit einem Job für sie aussah. Heute Morgen war sie schon früh beim Arbeitsamt gewesen und hatte relativ kurzfristig einen Termin bei einem großen Unternehmen erhalten, das Kreuzfahrten auf der ganzen Welt durchführte. Zweiundzwanzig Tage an Bord, zweiundzwanzig Tage frei. Evi hatte sich gefreut. Auf diese Weise konnte sie neue Horizonte erobern, ohne gleich ihre Familie aufzugeben. Doch das Gespräch war enttäuschend gewesen, da sie sich anhören musste, dass sie trotz ihrer Ausbildung nicht qualifiziert genug war. Selbst als Kellnerin nicht, was sie ja aber auch gar nicht werden wollte. Einen Job in einem Modeladen oder einem Kiosk hätte man ihr anbieten können. Unvermittelt hatte der junge Mann, mit dem sie gesprochen hatte, das Gespräch auf Englisch weitergeführt, dann auf Französisch. Evi beherrschte beide Sprachen, aber nicht so routiniert und fließend, wie es gewünscht wurde. Sie hatte sich sehr unwohl gefühlt und angefangen zu stottern. Der junge Mann mit den handgearbeiteten Schuhen und der Armani-Krawatte hatte sie mitleidig angesehen und sie schließlich hinauskomplimentiert.

Und auch gestern Abend, mit ihrem »Graf von Monte Christo«, auf den sie herzklopfend in einem schicken Restaurant zehn Minuten warten musste, hatte es eine große Enttäuschung gegeben. Sie hatte ihn bei einem Chat kennengelernt, danach war der Kontakt privater und intensiver geworden, und sie hatte gehofft, in ihm einen feinfühligen, sensiblen Mann getroffen zu haben, der sich gewandt ausdrücken konnte und sich für sie interessierte. Und dann hatte er sich als Langweiler entpuppt. Einer, der endlose Monologe über sich selbst, sein Leben und seine wenig attraktiven Hobbys aus sich herausfließen ließ. Allein zwanzig Minuten hatte er über einen Angelwettbewerb an der Schlei gesprochen und ihr jeden einzelnen Fisch beschrieben, den er gefangen hatte. Außerdem war er auf dem Foto, das er ihr geschickt hatte, mindestens fünfzehn Jahre jünger gewesen, noch mit vollem Haar und schmalem Gesicht, nicht so feist wie jetzt. Mit seiner Größe hatte er auch geschummelt. Sie hatten gut gegessen, und jeder hatte für sich bezahlt. Danach waren sie noch in eine Weinbar gegangen, doch dann hatten sie sich höflich verabschiedet, und jeder war seiner Wege gegangen, in dem Wissen, man würde sich nicht wiedersehen. Evi hatte ihre kleine Pension aufgesucht und sich wenigstens auf ihr Bewerbungsgespräch am nächsten Tag gefreut, doch auch das war ein Flop gewesen.

Zumal jetzt nicht die richtige Zeit für eine Bewerbung war, denn die Saison war in vollem Gange.

Evi hatte mal wieder das Gefühl, alles falsch gemacht zu haben, völlig überflüssig zu sein. Sie drückte die Nase ans Fenster und blickte auf den lebendigen Fluss, die Lebensader einer ganzen Region. Hier tobte das Leben, hier geschah jeden Tag etwas Neues, alles war im Wandel. Und auf Sylt lebte sie in einem Vakuum, die Tage tröpfelten gleichförmig dahin, es gab kaum Herausforderungen für sie.

Was sollte sie tun?

Wenn Tristan doch etwas zugänglicher wäre. Sie fühlte, dass er sie brauchte, aber irgendwie fanden sie keinen Draht zueinander. Irgendwas machte sie falsch. Sie nahm sich vor, in Zukunft mehr auf ihn einzugehen, ohne ihn gleich zu kritisieren. Einfach erst mal zuhören und sich bemühen, nicht voreingenommen zu sein.

Sie grub ihr Handy aus der Reisetasche, das sie ganz unten unter der Abdeckung versteckt hatte. Sie hatte zumindest vorübergehend keinen Kontakt mehr zu der Welt gewollt, die sie verlassen hatte. Furchtsam entsperrte sie es jetzt und sah, dass sechs Nachrichten eingegangen waren. Zuerst eine ärgerliche SMS von ihrem Mann, als Antwort auf ihre Nachricht: *Bist du verrückt geworden? Komm sofort zurück!*

Dann Tristan: *Wo steckst du? Weißt du nicht, dass Oma tot ist?*

Evi erschrak, sie traute ihren Augen nicht. Machte Tristan mal wieder einen seiner makabren Scherze? Aber dieser ging entschieden zu weit! Doch es war kein Spaß, es war bitterer Ernst. Das erkannte sie, als sie die nächsten Textnachrichten las. Ihre Schwiegermutter war ermordet worden, war erstickt worden im Sand der Düne.

Wie in Trance stand sie auf, legte ihre Sachen in die Reisetasche, ging wie eine Marionette hinunter ins Foyer und bezahlte. Es half nichts, sie musste zurück nach Sylt. Tristans wegen. Er brauchte jetzt ihre Hilfe, nun musste sie für ihn da sein. Alles andere würde sie sich nicht verzeihen. Ihr Ausflug ins wirbelnde Leben außerhalb der Insel hatte sein Ende gefunden.

Kapitel 30

Wieder einmal saßen sie am großen Esstisch beisammen. Die Papierstapel auf dem Tisch hatten noch zugenommen, denn inzwischen lagen dort auch die Papiere aus Carola Borgwarts Geheimfach, die Gonde für sie entziffern wollte. Benthien war sehr überrascht darüber gewesen, was Fitzen aus dem Melander-Haus mitgebracht hatte. Das war mal wieder typisch Fitzen. Die Idee, Heinrichs Kleidung und den Ring auf Blutspritzer untersuchen zu lassen, war eine Schnapsidee, wie er sie öfter mal hatte, und wenn sie die Erlaubnis für eine forensische Untersuchung bekamen, warum nicht? Probieren konnte man es ja. Aber es wäre geradezu eine Sensation, wenn sie den hundert Jahre alten Mord an Carola Borgwart – und vielleicht auch den an Thure Bassewitz – nach so langer Zeit noch aufklären könnten! Trotzdem hatten die aktuellen Mordfälle natürlich Vorrang.

Benthien ging seine Notizen noch einmal durch. Inzwischen hatte er auch mit Marcel gesprochen, der am Nachmittag, als seine Mutter starb, mit seinem Lebensgefährten Moussa Aouba in verschiedenen Gasthäusern und Restaurants vorgesprochen hatte, um eine passende Location für den Junggesellenabschied zu finden. Sein Handy hatte er nach dem Krach mit seiner Mutter ausgeschaltet, er wollte, wie er sagte, für den Rest des Tages seine Ruhe haben. Übernachtet hatten er und Aouba in ihrer Wohnung in Niebüll, so dass er erst am nächsten Morgen vom Tod seiner Mutter erfahren hatte.

Evi Melander war am Nachmittag da gewesen, um ihren

Sohn abzuholen, der sich nun doch dazu durchgerungen hatte, mit ihr nach Hause zu gehen. Ihr Alibi für den gestrigen Tag musste noch überprüft werden, aber Benthien hatte kaum Zweifel daran, dass es stimmte. Damit war sie außer Verdacht.

Es standen noch die Logdaten der Handys der Verdächtigen aus, und auch das Festnetz des Melander-Hauses sollten Mikke und Annika checken. Hatte jemand angerufen? Hatte Adeline vor ihrem Tod noch telefoniert? Mit ihrem Handy jedenfalls nicht, so viel wussten sie schon. Hatte man den Mord geplant? War es Totschlag, Mord im Affekt oder ein nicht vorhergesehenes Debakel? Bereute der Täter seine Tat? In Gedanken ging er immer wieder die möglichen Verdächtigen und ihre Motive durch und kam zu keinem Entschluss. Sicherlich, Geld hatten sie alle gebraucht, aber war Geld das Motiv für den Mord? Er hatte Adelines Anwalt kontaktiert, der ihm ohne Vorbehalte den Inhalt von Adelines Testament mitgeteilt hatte: Das Anlagevermögen, Bargeld und Schmuck wurde unter allen vier Kindern und dem Enkel verteilt. Zehntausend Euro sollten jeweils Raffael Quest und Henny Preuss bekommen. Haus und Grundstücke durften nicht verkauft werden, sondern mussten im Familienbesitz bleiben. Man musste sich also arrangieren. Das, dachte Benthien, hatte schon zu so manch einer Auseinandersetzung geführt, die sich jahrelang hinzog. Aber vielleicht konnte sich die Familie Melander ja einig werden.

Im Augenblick wartete er auf Théo und seine Freundin Sylvia Zieleke. Sie war, abgesehen von Tristan und Arthur Curland, bisher die Einzige, von der sie bestimmt wussten, dass sie am Nachmittag am Melander-Haus war. Ihre Aussage über einen Besuch bei der Kosmetikerin war demnach eine Lüge gewesen. Allerdings hatte auch Théo die Polizei belogen. Er hatte nicht zeitunglesend auf der Terrasse gesessen, wie behauptet, sondern er war gegen halb vier am Bahnhof von Westerland von der Überwachungskamera gefilmt worden. Dies war eine der ersten Anlaufstellen der Polizei Westerland gewesen, und sie war fündig geworden. Wo aber war er nach dem Tanken hingefahren? Offensichtlich in Richtung Norden. Benthien hoffte, bald mehr darüber zu erfahren.

Gonde war eifrig dabei, Carola Borgwarts Notizen aus dem Geheimfach des Schreibtisches aus der altdeutschen Kurrent-Schrift – anders als Fitzen zunächst angenommen hatte, handelte es sich nicht um Sütterlin – zu transkribieren. Sie war, dachte Benthien, eifrig bemüht, Dienstleistungen anzubieten im Austausch zur Benthien'schen Gastfreundlichkeit. Allerdings würde ihr Aufenthalt wohl nicht mehr allzu lange dauern, da Justus Melander offenbar eine bezahlbare Wohnung für sie gefunden hatte. Benthien tat es leid, er hätte sie gern noch länger im Haus behalten. Insgeheim dachte er sogar, sie wäre gar keine so schlechte Gefährtin für seinen Vater. Der war gerade mit der neuen Bekannten aus Pirmasens in Westerland unterwegs.

Lilly hatte sich die Fotoalben vorgenommen, außerdem las sie Adelines Aufzeichnungen über ihre Familie und versuchte, sich in Volker Melanders Sauklaue hineinzudenken.

Fitzen war damit beschäftigt, Carola Borgwarts Fingerabdrücke zu konservieren. Er untersuchte akribisch den kleinen Handspiegel, aber auch ihre Notizen, ehe er sie Gonde überließ. Benthien war sich zwar nicht im Klaren darüber, wozu das gut war, aber manchmal, wenn sich Fitzen im »Terrier-jagt-den-Fuchs-Modus« befand, war es besser und weit weniger anstrengend, ihn gewähren zu lassen.

Da Benthien es im Zimmer zu stickig fand, ging er auf die Terrasse, wo er unruhig hin und her wanderte. Immer noch hatte er keinen blassen Schimmer, wer Adeline ermordet hatte. Und wie weit war sie selbst in diese ganzen Vorkommnisse verwickelt? Ihm drängte sich immer mehr die Überzeugung auf, dass Adelines Tod in Zusammenhang stand mit ihrer Verstrickung in die noch ungeklärten Mordfälle. Er versuchte, einmal zusammenzufassen, was sie bisher über Adelines Aktivitäten herausgefunden hatten:

Da war zunächst die Brandstiftung. Die konnte man Adeline wohl am ehesten nachweisen: die Aceton-Flecken auf ihrer Kleidung, ihr Fingerabdruck auf der Flasche, die Erdanhaftungen an den Mofa-Reifen. Die Gelegenheit, an den Brandbeschleuniger zu gelangen, war ebenfalls gegeben. Und das Motiv? Benthien konnte es kaum nachvollziehen, aber offenbar hatte Adeline Gondes großen Schatz, die Dokumente aus dem Sylt-Archiv, die sie von Enno Abel geerbt hatte, vernichten wollen … aus dem einfachen Grund, dass ihre Familie darin schlecht wegkam. Haie hatte man als Leichenhändler hingestellt, und Adelines verehrter Heinrich war mit einem Mordfall in Zusammenhang gebracht worden. Zweifel an seiner Integrität waren aufgekommen. Vielleicht, überlegte Benthien, fürchtete sie, dass in den noch nicht durchgesehenen Unterlagen weitere Geheimnisse schlummerten, dass darin irgendetwas über den sonderbaren Todesfall ihrer Tante Ernestine zu lesen war? Und wollte einfach mal Tabula rasa machen, einfach alles vernichten, was ihre Familie – vielleicht auch sie selbst – kompromittieren könnte?

Wie auch immer, der Brand, entschied Benthien, war Adeline nachzuweisen.

Im Prinzip auch der Mord an Yvonne und Nicky. Hier war das Motiv viel eindeutiger: Sie wollte den geliebten Enkel behalten und ihn Yvonnes Einfluss entziehen. Adeline selbst hatte ein Alibi – sie musste sich in Damp einer Knieoperation unterziehen –, und man konnte es so hindrehen, als hätte der Anschlag ihr selbst gegolten. Perfekt!

Doch dann ging etwas schief, denn auch Nicky trank von dem Likör. Wieder hatte seine Mutter nicht ordentlich auf ihn aufgepasst! Adeline musste fast übergeschnappt sein vor Schmerz, doch sie hatte sich eisern beherrscht. War ihr wieder ein Mord misslungen? Wie schon zwei Jahre zuvor, als sie nur ihren Mann töten wollte, aber auch ihren geliebten Sohn verloren hatte?

Hier, fand Benthien, war die Sachlage nicht so eindeutig. Da gab es noch Klärungsbedarf. Das Motiv konnte doch nur sein, dass Volker Melander bei seinen Recherchen etwas Negatives über die Familie herausgefunden hatte, entweder, was Heinrich betraf, oder den Todesfall der Tante. Oder beides? War das, was Volker möglicherweise gefunden hatte, so schlimm gewesen, dass er wegen dieses Wissens sterben musste? Und wie weit konnte man Sigrid Schulau überhaupt vertrauen? Die beste Freundin Adelines war sie ja nun nicht gerade gewesen.

Benthien sah durch die Fensterscheibe ins Esszimmer. Lilly war noch immer mit Volkers Aufzeichnungen beschäftigt, die allerdings mager ausgefallen waren, wie er bemerkt hatte, als er sie überflogen hatte. Volker hatte vor allem Stichworte notiert. Irgendwo, dachte Benthien, musste es wohl noch weitere Aufzeichnungen geben. Oder hatte Adeline sie schon entsorgt? Offenbar war sie ja an dem Tag, als sie starb, dabei gewesen, die Unterlagen ihres Mannes durchzusehen. Und diejenigen auszusortieren, die nicht in falsche Hände geraten sollten. Er rief Stefano an, doch der versicherte, dass er den Abfall gründlich durchsucht habe, sogar in den Aktenvernichter habe er geguckt, der im Arbeitszimmer stand, aber keine weiteren Papiere gefunden. Möglicherweise waren also noch alle relevanten Unterlagen vorhanden, da der Tod Adeline zuvorgekommen war.

Gerade, als Benthien zu Lilly gehen wollte, kam sie zu ihm auf die Terrasse. »Was machst du hier?«

Er lächelte sie an. »Ich denke über Adeline nach. Sie hat den Brand gelegt, das ist sicher, aber hat sie auch ihre Schwiegertochter, ihren Mann, ihren Sohn und Emily Matern ermordet? Was mich dabei nicht zufriedenstellt, ist, dass wir nach wie vor hauptsächlich nur Vermutungen oder bestenfalls Indizien haben. Das ist alles nicht sehr verlässlich!«

Lilly nickte. »Darüber habe ich auch nachgedacht. Mich stört, dass wir in Adelines Wohnung keinen Hinweis auf Gift gefunden haben. Sie muss es doch irgendwo gelagert und versteckt haben! Seitdem denke ich die ganze Zeit darüber nach, wo es sein könnte. Ich würde gern noch einmal einen Blick in das Haus werfen, denn bisher haben wir uns eher auf die Dokumente und den Papierkram konzentriert …«

»Die Kriminaltechniker haben doch alles, was nach Lebensmittel aussah, mitgenommen und untersucht?«

»Aber was ist mit den Kellern? Wurden die durchsucht? Die Bodenräume? Abstellkammern? Kleidertaschen? Alte Handtaschen oder Koffer?«

Benthien rollte die Augen. »Lilly«, sagte er entsetzt, »das ist nicht dein Ernst! Dazu brauchen wir ja Wochen in diesem großen Haus!«

»Wozu brauchen wir Wochen?«, fragte Fitzen, der plötzlich auf der Terrasse auftauchte.

Lilly erzählte es ihm. Fitzen klopfte ihr anerkennend auf die Schulter. »Tolle Idee! Da hätten wir eher drauf kommen können. Klar, irgendwo muss sie es versteckt haben. Aber bevor wir gehen, muss ich euch noch von meinem Fund berichten!

Auf dem Spiegel sind sehr klare Fingerabdrücke zu finden. Dieselben Abdrücke sind auch auf der Kladde aus Carola Borgwarts Geheimfach – und, was glaubt ihr, wo noch?«

»Du wirst es uns sicher gleich erzählen, Tommy!«, sagte Benthien trocken.

»Auf Heinrichs Krawatte! Und auf seinen ledernen Rockaufschlägen!«

Er strahlte übers ganze Gesicht, und Benthien fiel es schwer, einen Wermutstropfen in Fitzens Freudenbecher zu gießen. »Das beweist gar nichts, und das weißt du auch, Tommy! Hat sie ihm eben mal die Krawatte oder das Jackett gerichtet. Sie war ja sozusagen seine Schwiegertochter. Das ist doch kein Beweis dafür, dass er sie umgebracht hat!«

»Aber es ist ein Schritt in die richtige Richtung. Ich habe eben mit Thyra telefoniert. Sie hat ein bisschen geknurrt, aber sie ist einverstanden, dass Heinrichs Kleidung und der Ring forensisch untersucht werden. Eben weil feststeht, dass die Kugel, die Carola getötet hat, aus der alten Waffe stammt, die wir gefunden haben. Was sagst du jetzt?«

Benthien war überrascht, aber er freute sich auch für Fitzen. »Gratuliere, mein Alter! Das wäre eine Sensation, wenn dieser historische Mordfall doch noch aufgeklärt werden würde, und das ist dann dein Verdienst!«

»Wenn Tristan die Waffe nicht gefunden hätte, hätte Tommy sie auf jeden Fall erschnüffelt«, bestätigte Lilly.

»Genau, ich bin das perfekte Trüffelschwein«, spottete Fitzen mit einem Hauch von Selbstironie. »Gehen wir jetzt? Ihr werdet mich brauchen!«

Benthien zögerte. »Théo Melander und seine Freundin Sylvia Zieleke sind im Anmarsch … Was hat Thyra noch gesagt? Wollte sie nicht auch mit mir sprechen?«

»Doch, aber ich habe ihr gesagt, John hat auf der Terrasse gerade das Denken angefangen, da wollen wir ihn doch nicht stören. Aber sie ist knurrig. Sie meinte, zur nächsten Obduktion gehst du selbst, und wenn du aus Timbuktu anreisen musst. Sie ist es leid, sich ständig aufgeschnittene Leichen anzusehen! Außerdem meint sie, dass wir mal langsam in die Puschen kommen sollten. Sie gibt uns noch genau eine Woche für die Aufklärung der aktuellen Mordfälle. Sie meint, das ist eindeutig eine Familiensache, und der Mörder müsste leicht zu finden sein, weil er uns wahrscheinlich die ganze Zeit vor den Füßen herumtrollt! Und wahrscheinlich hängt alles mit allem zusammen, angefangen beim alten Heinrich …«

»Das hat sie alles gesagt?«, fragte Benthien misstrauisch. »Das erfindest du doch jetzt!«

Fitzen hielt ihm das Handy hin. »Ruf sie an!«

»Hört auf zu streiten und lasst uns endlich gehen«, mischte sich Lilly ein. »Théo und seine Freundin können wir auch zum Melander-Haus bestellen. Los jetzt!«

Wieder erwartete sie ein leeres Haus, als sie die große Halle betraten. Die Bewohner waren aushäusig. Henny lag wohl noch mit Grippe im Bett, Marcel und Raffael Quest waren offenbar anderweitig beschäftigt. In der guten Stube neben der Küche schlug eine Uhr sechs klangvolle Schläge. Die Vorfahren der Melanders sahen mit ernsten Blicken auf sie herab. Die entkleidete Heinrich-Figur hatte man verschämt in einer dunklen Ecke hinter der Treppe untergebracht. Trotz der Hitze draußen war es hier drinnen kühl, und Lilly fröstelte. Das Haus wirkte verlassen, als wäre derjenige, der ihm seine Seele verschrieben hatte, ausgezogen. Und so war es ja auch. Für Adeline war dieses Haus – diese Familie – die Welt gewesen, der Grund für ihre

Existenz, ihre raison d'être. Sie hatte das Haus geliebt, und das Haus hatte sie wiedergeliebt und als seine Herrin anerkannt. Nun hatte es seine Seele verloren, war auf einmal vergreist, schon roch es muffig, nach Staub und Tod und Vergängnis.

Die alten Melanders drehten sich in ihren Gräbern um.

So empfand es Lilly, aber sie hütete sich, es laut zu äußern. John hätte es wahrscheinlich verstanden, aber Fitzen hätte sich wohl nur lustig gemacht über solche Gedanken.

Er nahm die Treppe in wenigen Sätzen nach oben, Lilly und Benthien folgten langsamer.

»Weißt du, wie man hier auf den Dachboden kommt?«, fragte Lilly.

»Ganz hinten in Adelines Wohnung gibt es eine Tapetentür«, sagte Fitzen, der schon dabei war, die Tür zur Wohnung von Adeline zu öffnen. Der Aufgang zum Boden war nicht leicht zu finden, da er zwar nicht verborgen, aber doch sehr unscheinbar war, maskiert durch eine blaugrundige Tapete mit wunderschön altmodischem Rosenmuster im Stil der Renaissance. Die Tür führte sie auf eine kurze Holztreppe und durch eine weitere, sehr niedrige Tür auf den Dachboden.

Lilly hielt den Atem an. Der Raum war riesengroß, fast unübersehbar, da er sich über die gesamte Fläche des Hauses erstreckte. Zum großen Teil war er leer und staubig, aber in einigen Ecken türmten sich Möbel, altes Spielzeug, standen Schränke, Truhen und Koffer, lagerten Verpackungsmaterial, Stoffballen, ausrangierte Küchenutensilien, Fahrräder und sonstige Utensilien, die in ihrem vorletzten Stadium angekommen waren – dem vor der endgültigen Entrümpelung. Aber dieses Stadium, dachte Lilly etwas sarkastisch, schien bei den Melanders Jahrzehnte anzudauern.

Fitzen stürzte sich zuerst auf die alten, stabilen Schränke der

Gründerzeit, für die so mancher Antiquitätenhändler seine Seele hergegeben hätte. Sie waren voller Kleidungsstücke und stanken nach Mottenkugeln. Fitzen zog jedes einzelne Teil heraus und griff in die Taschen, und auch Lilly besah sich fasziniert die Mode von vor fünfzig, siebzig, hundert und mehr Jahren. Alles war da, Matrosenanzüge für Kinder, Kleider mit Wespentaillen, Gehröcke, Hängerchen der 20er Jahre, Marlenehosen, Petticoats.

»Haben die je was weggeworfen?«, fragte Lilly völlig erstarrt. »Der reinste Theaterfundus!«

Fitzen stand etwas ratlos vor den geöffneten Schränken. Lilly deutete auf eine ganze Galerie von Koffern und hob einen von ihnen an. »Schwer. Ich glaube, hier haben wir wochenlang zu tun, wenn wir das alles durchforsten!«

»Aber es wäre ein gutes Versteck für eine Giftflasche«, meinte Benthien.

»Der ganze verdammte Dachboden wäre ein gutes Versteck«, knurrte Fitzen. »Ich denke, wir müssen uns Verstärkung holen, sonst krauchen wir noch im Dezember hier herum!«

Lilly stöhnte ob dieser Aussicht, außerdem war es heiß und stickig hier oben, denn die Sonne schien durch die westlich gelegenen Fenster und heizte den Dachboden auf. Es roch nach altem Holz, Staub und dem allgegenwärtigen Mottenpulver. Und nach vertrockneten Insekten, und die eine oder andere Mäuseleiche mochte auch darunter sein.

»Hier brummt etwas«, sagte Benthien plötzlich, und alle lauschten.

Fitzen wischte sich den Schweiß von der Stirn. »Dort drüben!« Das Brummen schien von einer Innenwand zu kommen. Dort waren in einer Ecke etliche leere Kartons gestapelt, und zwar auf einem und um einen großen Behälter herum, der sich als eine vorsintflutliche Kühltruhe entpuppte. Sie war eher viereckig als länglich und hatte dickwandige, gewölbte Wände. Seltsam war, dass sie noch funktionierte und eingeschaltet war.

Benthien stieß die Kartons beiseite, und Lilly betrachtete die Truhe mit gemischten Gefühlen, darunter Spannung, die Vorahnung auf ein Drama und ein leichter Anflug von Angst.

Fitzen riss den Deckel hoch, und Lilly atmete auf. Auf den ersten Blick zumindest war das drin, was man in Kühltruhen üblicherweise vermutet: Gefrorenes, das zum Verzehr bestimmt war. In diesem Fall waren es eine Schweinehälfte und große Stücke von verschiedenem Wildfleisch, allerdings bereits vor drei, vier Jahren eingefroren und damit wohl nicht mehr essbar. Dazwischen steckten kleine viereckige Tupper-Dosen mit Kräutern, die viel jüngeren Datums waren, nämlich aus diesem Jahr. Offenbar handelte es sich hier um selbstgefertigte Kräutermischungen. Fitzen, das selbsternannte Trüffelschwein, stürzte sich zielgerichtet auf eine Dose, die sich insofern von den anderen unterschied, als die Bezeichnung »Lebertran« darauf stand, ohne Datum.

»Welcher Idiot friert denn Lebertran ein?« Fitzen riss den Deckel ab. »Und sieht so Lebertran aus? Ist der nicht gelb oder goldfarben?«

Benthien schnüffelte. »Riecht auch gar nicht nach Lebertran!«

Alle drei betrachteten den Doseninhalt. Er sah aus wie gefrorenes Brombeereis mit winzigen dunkleren Partikeln darin. Als Fitzen ein Taschenmesser aus der Hosentasche zog und etwas von der Oberfläche abkratzen wollte, um es zu probieren, stieß Benthien seine Hand weg. »Bist du wahnsinnig? Das kommt schön in die KTU! Willst du dich noch einmal vergiften?«

Lilly wusste natürlich, dass er auf einen Fall anspielte, der vor einiger Zeit hier auf Sylt Fitzen fast das Leben gekostet hätte. Sie fand es ebenfalls unverantwortlich, von der Substanz zu probieren, doch Fitzen spielte den Helden und meinte, eine winzige Kostprobe könne ihm nicht schaden, selbst wenn es Tollkirsche sein sollte – aber Benthien nahm ihm die Dose aus der Hand und verschloss sie wieder.

»Kommt nicht in Frage!«

Unten hupte es anhaltend. Théo Melander und seine Freundin Sylvia Zieleke waren eingetroffen.

Sie verließen den heißen Dachboden, und Benthien verstaute den Gefrierbecher erst einmal in Adelines Kühlschrank. Dort, in Adelines Wohnung, lief ihnen auch Théo über den Weg, der die Beamten bereits gesucht hatte.

Lilly fand, dass er schlecht aussah. Sein eher fleischiges, rundes Gesicht wirkte eingefallen und blass, die Mund-Nasen-Falten hatten sich noch weiter vertieft. Ein Augenlid hörte nicht auf zu zucken. Er schien nervös zu sein.

»Sind Sie noch immer nicht fertig damit, das Haus auf den Kopf zu stellen?«, murrte er.

»Kommen Sie mit in die Küche!«, sagte Benthien. »Sie sollten sich hier überhaupt nicht aufhalten.«

»In meinem eigenen Haus nicht?«

»Es ist noch nicht freigegeben, zumindest nicht hier oben.«

Fitzen hielt Benthien vor der Küche zurück. Lilly hörte, wie er John den Vorschlag machte, nach Flensburg zu fahren und die Dose Stefano höchstpersönlich zu bringen. Morgen Mittag wollte er wieder zurück sein.

»Wohnt Katharina wieder bei ihrer Mutter in Leck?«, fragte Benthien.

»Nein«, sagte Fitzen strahlend, »sie und Jenny wohnen jetzt

bei mir. Nur ist die Wohnung zu klein für uns drei. Aber sie hat vielleicht schon etwas gefunden, ein Haus zwischen Flensburg und Glücksburg. Leider nicht mit Fördeblick, aber im Grünen.«

Benthien gab ihm einen Klaps. »Meinetwegen fahr! Aber morgen Mittag bist du zurück!«

»Ich bin ja gespannt, ob es diesmal klappt, ich würde es ihm wünschen«, sagte Lilly, als sie die Küche betraten. Théo hatte die Kaffeemaschine angeschmissen, und ein betörender Duft nach feinem Arabica-Kaffee erfüllte den Raum. Die blonde Sylvia saß mit aufgestützten Ellenbogen am Tisch und kaute Kaugummi.

Da die beiden noch gar nicht wussten, warum die Ermittler sie sprechen wollten, sahen sie gespannt zu Benthien. Théo verteilte Tassen, brachte Milch und Zucker auf den Tisch und schenkte den Kaffee ein, bevor er sich hinsetzte. Seine Freundin bediente sich selbst mit reichlich Süßstoff; sie machte einen gelangweilten Eindruck, als wüsste sie nicht recht, warum sie eigentlich hier war.

Lilly stellte fest, dass Théos Augen gerötet waren und er tiefe Augenringe hatte. Trauerte er wirklich um seine Mutter? Oder um seine verkorkste Ehe? Um Tristan, zu dem er langsam, aber sicher den Kontakt verlor? Um eine Familie, die auseinanderfiel, in der sich jeder selbst der Nächste war?

Er blieb stumm, rührte nur die Milch in seinem Kaffee herum, als gelte es, eine exquisite Sauce zusammenzurühren.

Sylvia Zieleke ergriff als Erste das Wort. »Was können wir denn diesmal für die Polizei tun?«, fragte sie, und ihre dünnen Goldreifen klirrten, als sie mit erhobenen Ellenbogen die Kaffeetasse an den Mund führte, nachdem sie ihren Kaugummi auf der Untertasse abgelegt hatte.

»Wir haben erfahren, dass Sie gestern Nachmittag gegen vier Uhr hier auf dem Gelände waren«, begann Lilly. Ein Blick nach draußen sagte ihr, dass man auch heute mit dem Mustang hierhergekommen war. »Sie waren also nicht, wie Sie sagten, bei der Kosmetikerin. Warum diese Lüge?«

Frau Zieleke blieb gelassen, und an Théo Melanders Reaktion erkannte Lilly, dass dies keine Neuigkeit für ihn war. Hatte er es von Anfang an gewusst? War er Sylvia hinterhergefahren? Wenn, dann hatte es zumindest hier niemand bemerkt.

Sylvia Zieleke stellte die Tasse nieder. »Ich habe es nicht erwähnt, weil ich nur kurz hier war. Adeline war nicht da, und ich habe nichts beobachtet und niemanden gesehen.«

»Aber warum haben Sie uns das verschwiegen?«, beharrte Benthien. Er wandte sich an Théo, ohne auf eine Antwort zu warten. »Und Sie haben ebenfalls nicht die Wahrheit gesagt! Sie saßen nicht auf der Terrasse, sondern sind Frau Zieleke hinterhergefahren. Warum?«

Lilly war klar, dass John bluffte. Er wusste nicht, dass Théo seiner Freundin gefolgt war, er nahm es nur an. Es war ein Mittel, um Théo Melander zum Reden zu bringen.

Und es verunsicherte Théo sichtlich. Er zögerte mit der Antwort und schien nicht zu wissen, wie er reagieren sollte. John nutzte seinen Vorteil und fragte weiter, ohne den beiden Zeit zum Überlegen zu lassen.

»Was wollten Sie bei Ihrer Mutter – sie wieder um Geld angehen?«

Sylvia Zieleke kramte in ihrer Tasche nach Zigaretten, doch Benthien griff zu Lillys Erstaunen sofort ein.

»Hier ist Rauchverbot«, sagte er kurz. »Würden Sie beide jetzt meine Frage beantworten?«

Zieleke warf ihre blonden Haare nach hinten. »Wie ich

schon sagte: Ich war hier, aber nur kurz. Ich habe geklingelt, aber niemand hat aufgemacht. Da bin ich wieder gefahren.«

»Was nicht erklärt, was Sie eigentlich hier wollten.«

Zieleke nippte an ihrer Kaffeetasse. Sie wirkte entschlossener und härter, als sie sagte: »Frau Melander hatte mir zwanzigtausend Euro geboten, wenn ich Théo verlasse. Ich gedachte, darüber mit ihr zu verhandeln.«

Lilly staunte. War das ihr Ernst?

»Sie hatten also vor, Ihre Beziehung aufzugeben?«, fragte Benthien.

»Nein, ich wollte nur so tun als ob.«

»Sie wollten Frau Melander reinlegen«, stellte Lilly fest. Sie warf Théo einen Blick zu. Neu schien ihm dieses Geständnis nicht zu sein. Er versuchte redlich, sein Pokerface beizubehalten, was ihm aber nicht ganz gelang. Offenbar hatte er das Reden inzwischen seiner Freundin überlassen. Lilly wunderte das nicht. Sie hielt ihn für moralisch feige, einer, der sich hinter den Rockschößen einer Frau versteckte.

Sylvia Zielecke warf den Kopf nach hinten. »Frau Melander hatte es sich selbst zuzuschreiben. Ihr Ansinnen, mich auszuzahlen – so etwas nenne ich ein ›unmoralisches Angebot‹. Unfair und menschenverachtend. Ich …«

»Sie wollten also Geld aus ihr herausholen«, unterbrach Benthien sie. Er wandte sich an Théo, der zusammengesunken am Tisch saß. »War das auch in Ihrem Sinne?«

»Ich war nicht da«, murmelte Théo.

Benthien betrachtete ihn verächtlich.

Seine Freundin legte ihre Hand auf die ihres Liebhabers. »Gib es zu, Liebling, sie werden es ja doch herausbekommen. Er fuhr hinter mir her«, sagte sie dann, an Benthien gewandt. »Théo wusste, warum ich Adeline aufgesucht habe, und wollte mir beistehen. Wir haben uns hier getroffen, aber da hatte ich schon festgestellt, dass niemand im Haus war. Théo hat mich dann überredet, wieder zu fahren. Er hat sich sowieso nicht wohlgefühlt bei diesem Deal.«

»Der ja kein Deal war, denn Sie wollten Ihre Mutter reinlegen!«, sagte Benthien, diesmal direkt an Théo gewandt.

Der starrte auf den Tisch.

»Ich glaube nicht, dass Ihnen das gut bekommen wäre, so wie ich Ihre Mutter kennengelernt habe«, fuhr Benthien fort. »Aber gut, das ist Ihre Sache.« Er beugte sich vor. »Sind Sie sich im Klaren darüber, dass der Mörder Ihrer Mutter da wahrscheinlich schon auf dem Gelände war? Im Haus oder im Pavillon? Haben Sie irgendeinen Menschen auf dem Grundstück gesehen oder etwas gehört?«

Théo blickte auf, sichtlich erschrocken und verstört, und auch Sylvia Zieleke wirkte kleinlaut. »Ich bin einmal ums Haus gegangen, habe aber niemanden gesehen«, sagte sie.

»Im Haus war niemand«, murmelte Théo. »Ich habe gerufen, bin auch nach oben gegangen und habe dort nach meiner Mutter gerufen, aber es rührte sich nichts. Überall Totenstille, das Haus war mit Sicherheit leer. Dann«, er schluckte krampfhaft, »bekam ich auf einmal … Gewissensbisse … « Er warf Benthien einen Blick zu. »Sie haben natürlich recht. Mir wurde klar, dass wir meine Mutter nicht so behandeln konnten. Deswegen machte ich, dass ich wegkam. Im Garten traf ich Sylvie, und wir fuhren ab. Das ist alles, was ich Ihnen dazu sagen kann.«

Er verbarg das Gesicht in den Händen.

Echte Gefühle oder Pose?, fragte sich Lilly. Sie tippte auf Letzteres.

»Wussten Sie zu dem Zeitpunkt, was mittags geschehen war?«, fragte sie. »Die Sache mit dem Pesto?«

»Mit welchem Pesto?«, fragte Sylvia Zieleke. Théo nahm die Hände vom Gesicht.

Lilly konnte es nicht fassen. Offenbar wussten die beiden nichts von dem vergifteten Pesto. Hatten Sie denn keinen Kontakt zu den anderen Familienmitgliedern? War jetzt jeder auf sich allein gestellt, losgelöst vom Familienverband, ein Einzelkämpfer um den Nachlass von Adeline?

»Ich hatte das Handy abgestellt«, gestand Théo. »Ich wollte mich nicht mit Evi auseinandersetzen, nicht zum jetzigen Zeitpunkt. Ich habe nur hin und wieder geguckt, ob Nachrichten eingegangen sind.«

»Aber Sie wissen, dass Ihre Frau wieder aufgetaucht ist?«, fragte Lilly.

Er nickte. »Ich bin froh darüber. Tristan braucht ein geregeltes Zuhause.«

»Können wir jetzt gehen?«, fragte Sylvia Zieleke. »Ich versichere Ihnen, wir haben Adeline nicht getötet. Und niemanden, keine Menschenseele, auf diesem Grundstück gesehen oder gehört.«

»Ist sie um diese Zeit gestorben?«, fragte Théo. »Zwischen vier und halb fünf?«

Benthien nickte. »Das ist gut möglich.«

»Und wir waren ganz in der Nähe?«, flüsterte der Mann mit weiß gewordenen Lippen.

Er stand auf. »Was war denn nun mit dem Pesto?«, fragte er.

Benthien erzählte es ihm, und wieder einmal wirkte Théo wie vom Donner gerührt. »Es wird ein Giftanschlag auf meine Mutter verübt, und wenig später ist sie tot?«, fragte er entgeistert. »Und Sie stehen hier herum und befragen in aller Seelenruhe *mich*?«

»Machen Sie, dass Sie wegkommen«, sagte Benthien, »aber halten Sie sich zur Verfügung!«

»Er sitzt schon wieder auf dem hohen Ross«, sagte Lilly, nachdem die beiden gegangen waren. »Ein seltsames Paar. Glaubst du ihnen?«

»Eigentlich ja«, sagte Benthien. »Obwohl sie uns theoretisch die Hucke volllügen könnten.«

»Wenn doch nur die KTU ein wenig schneller arbeiten würde!«, meinte Lilly. »Lass uns mal zum Pavillon gehen, vielleicht inspiriert uns das.«

Lilly war sich im Klaren darüber, dass der Pavillon gründlich untersucht worden war, nachdem man Adelines zerrissene Kette zwischen den Bodendielen gefunden hatte. Aber sie wollte noch einmal Adelines vermutlich letzte Minuten miterleben, wollte das sehen, was sie gesehen hatte. Warum, überlegte sie sich, fand das letzte Gefecht ausgerechnet hier statt? Warum nicht im Haus? War Adelines Mörder eine Person, die doch nicht zu ihrer Familie gehörte? Jemand, der hier eher zufällig vorbeigekommen war? War es ein geplanter Mord oder ein Totschlag im Affekt? Und was hatte Adeline hier überhaupt gewollt? Hatte sie nur ruhig sitzen und an ihrer Familienchronik schreiben wollen und war von ihrem Mörder überrascht worden?

Leider beantwortete der Pavillon keine dieser Fragen. Er lag ruhig da in der Abendsonne, alle Ritzen zwischen den Planken waren gesäubert, alle Teile von der Spurensicherung abgepinselt.

»Ich muss sagen, ich war selten so ratlos wie jetzt«, seufzte Benthien und legte den Arm um Lilly, als sie zum Wagen zurückgingen. Gerade als sie einsteigen wollten, kam ein Cabriolet über den Kies gefegt und hielt mit knirschenden Reifen vor Benthiens altem Citroën XM. Annette und Marcel Melander stiegen aus.

Annette schien bereits wieder auf dem Kriegspfad zu sein.

»Wann können wir endlich ins Haus?«, fuhr sie Benthien und Lilly an. »Tun Sie eigentlich irgendetwas, um den Mörder meiner Mutter zu finden?«

Kapitel 31

Benthien betrachtete Annette Melander ohne große Sympathie – ihren ungeschickt geschnittenen Undercut, die langen Ohrgehänge, die ausgefranste Jeans, das pinke Shirt, das ihre Wohlstandsröllchen unvorteilhaft zur Geltung brachte, ihre Ausstrahlung, die, seit er sie kannte, eine Mischung aus Aggressivität und Unzufriedenheit verriet. Marcel dagegen wirkte sanft und freundlich, wenn auch ziemlich niedergeschlagen. Offenbar trauerte er wirklich um seine Mutter.

»Ich muss ins Haus«, sagte Annette und versuchte, Benthien beiseitezuschieben, was ihr allerdings nicht gelang. Sie stampfte ärgerlich mit dem Fuß auf. »Lassen Sie mich jetzt durch?«

»Sie müssen warten, bis wir das Haus freigeben«, sagte Benthien freundlich, als spräche er mit einem begriffsstutzigen Kind. »Was wollen Sie denn überhaupt hier?«

Marcel schaltete sich ein. »Ich möchte kurz in meine Wohnung, ein paar Sachen holen«, sagte er. »Ich hoffe, das ist möglich?«

»Die unteren Räume sind zugänglich«, erwiderte Lilly.

Der Mann lächelte traurig. »Vielen Dank.«

Er betrat die Halle und ging zu seiner Wohnung rechts von der Treppe. Annette fegte hinter ihm ins Haus und begann, die Treppe hochzusteigen. Benthien musste fast lachen über so viel Renitenz. Er holte sie ein und hielt sie am Arm fest.

»Sie scheinen was an den Ohren zu haben«, sagte er freundlich. »Würden Sie bitte wieder runterkommen? Die Wohnung Ihrer Mutter ist versiegelt und bleibt es vorerst auch!«

»Sie hat teuren Schmuck in der Wohnung liegen!«, fauchte Annette. »Den kann ich nicht in einem leerstehenden Haus lassen!«

»Der Schmuck liegt im Bankschließfach«, sagte Marcel, der wieder in der Halle auftauchte. »Ich habe dir gleich gesagt, dass du ihn nicht holen kannst.«

»Der Schmuck gehört zum Erbe und wird vorerst bleiben, wo er ist«, sagte Benthien entschieden. »Und jetzt kommen Sie bitte wieder nach unten!«

Es blieb ihr nichts anderes übrig. In der Halle entdeckte sie die entkleidete Heinrich-Statue. Sie stieß einen Schrei aus. »Was ist denn hier passiert? Wo ist der Siegelring? Und die Kleidung?«

Benthien lag auf der Zunge zu sagen »Wir haben sie geklaut«, aber er tat es natürlich nicht.

»Die sind zur Untersuchung in der KTU«, entgegnete Lilly an seiner Stelle. Ihr Ton klang leicht provozierend, und sie tauschte mit ihm einen Blick, auf dessen Grund ein kleines Lächeln lag.

Annette reagierte wie erwartet, nämlich mit Protest. Benthien ließ sie reden. Marcel kam wieder mit einem kleinen Handkoffer, den er inzwischen gepackt hatte. Er reichte Benthien einen Zettel. »Hier habe ich meine Hoteladresse notiert.«

»Sei doch nicht albern«, fuhr ihn Annette an. »Du kannst bei mir schlafen, und meinetwegen auch Moussa, wenn's sein muss!«

»Danke, aber wir gehen lieber ins Hotel. Wird ja nicht für lange sein, oder?«

Die Frage galt den Beamten, und Benthien schüttelte den Kopf. »Ein bis zwei Tage, schätze ich.«

»Haben Sie schon irgendwelche Pläne mit dem Haus?«, fragte Lilly.

»Es wird verkauft«, antwortete Annette kurz angebunden. Mit kritischem Blick, schon ganz die stolze Besitzerin, schlenderte sie an den Ahnenbildern vorbei, als argwöhnte sie, die ermittelnden Beamten hätten Ölpartikel davon abgekratzt. »Es wird sicher ein paar Millionen bringen.«

Da wirst du morgen aber eine böse Überraschung erleben, dachte Benthien nicht ohne Schadenfreude, denn Adeline hatte ja bestimmt, dass das Haus im Familienbesitz bleiben müsse.

»Es ist ein Jammer mit diesen Häusern, die hier auf der Insel vererbt werden«, sagte er später, als er mit Lilly auf der Rückfahrt war. »Wenn es mehrere Erben gibt, müssen sie verkauft werden, damit alle ausgezahlt werden können. Erworben werden sie meistens von Nicht-Insulanern, die sie nur wenige Male im Jahr als Ferienhäuser nutzen. Die Sylter können sich ihre eigene Insel nicht mehr leisten und müssen aufs Festland, während die Häuser leerstehen.«

»Aber was machen die Melanders, wenn derjenige oder diejenigen, die im Haus wohnen werden, die anderen Geschwister nicht auszahlen können?«, fragte Lilly.

»Keine Ahnung. Das müssen sie selbst ausklamüsern. Da wünsche ich ihnen viel Spaß! Dem Familienfrieden wird das bestimmt nicht guttun.«

»Wo fährst du eigentlich so zielstrebig hin?«, fragte Lilly, nachdem sie am Benthien'schen Haus vorbeigerauscht waren.

»Nach Morsum. Weißt du, dass morgen der Tag ist, an dem das Theaterstück aufgeführt werden soll, das Justus geschrieben und inszeniert hat? Über den Mord an Thure Bassewitz?«

»Bist du sicher, dass das stattfindet?«

»Falls wir ihn sehen, können wir ihn ja fragen. Ich wollte eigentlich noch am Kliff spazierengehen. Wir rasen die ganze

Zeit von A nach B nach C, ich glaube, wir sollten uns mal ein bisschen entspannen. Und Gondes neue Wohnung wollte ich mir ansehen, die soll ganz in der Nähe von Justus' Haus sein. Dann können wir Gonde gleich davon erzählen.«

Ein Seitenblick verriet ihm, dass Lilly sich auf dem Sitz zusammengekuschelt hatte, die Beine unter sich gezogen, und verträumt in die Gegend sah. Offenbar war sie mit ihren Gedanken weit weg.

»Dass Tommy jetzt wieder mit Katharina zusammen ist, gefällt mir richtig gut«, sagte sie. »Sie passt besser zu ihm als Ulli. Was ich bewundernswert finde, ist, dass Tommy nie seinen Optimismus verliert. Egal, wie viele Enttäuschungen und Niederlagen er mit Frauen auch erlebt, er fängt doch immer wieder frohgemut von vorne an. Toll!«

John überlegte, ob Lilly im Grunde ihn meinte. Wollte sie damit etwa sagen, dass er sich nicht genügend um ihre Beziehung kümmerte? Dass er voreingenommen war? Zu zögerlich, zu defensiv?

»Sie haben offenbar ein schönes Haus gefunden«, sagte Lilly, »und Tommy ist ganz wild darauf umzuziehen. Ist ja auch für Jenny schöner, wenn sie einen Garten haben.«

John schwieg, und Lilly fuhr fort: »Ich könnte mir auch gut vorstellen, mit dir zusammenzuziehen, John. Jeder in einer Wohnung für sich, das ist so lästig, findest du nicht? Oder hast du Angst, deinen Vater allein zu lassen?«

Nein, davor hatte er keine Angst. Zumal sein Vater auch ständig davon redete, dass sie zusammenziehen sollten. »Gib endlich Butter bei die Fische«, war ein Spruch, den er in letzter Zeit häufig hörte. Er wusste selbst nicht, was ihn zögern ließ. Lilly war ganz anders als Karin, seine Ex, die ihn ständig unter Druck gesetzt hatte. Sie war einfühlsamer, liebevoller, weniger hart und selbstbezogen. Dennoch, die Erfahrungen mit Karin saßen ihm noch in den Knochen, auch wenn er es selbst gar nicht wahrhaben wollte. War er deshalb so vorsichtig? Manchmal wünschte er sich Fitzens sonnigen Optimismus, seine Unkompliziertheit, sein Vertrauen. Andererseits war ihm klar, dass er sich einen Ruck geben musste, wenn er seine Beziehung auf Dauer nicht gefährden wollte.

»Weißt du«, sagte Lilly, »wir müssten uns einfach mal im harten Alltag zusammenraufen, denke ich. Wir gehen noch viel zu aufmerksam miteinander um. Lach nicht, das ist so! Ich muss einfach deine alltäglichen Defizite und Fehler kennenlernen und überlegen, ob ich auf Dauer damit leben kann … die Zahnpastatube, die offen bleibt, die Fernsehzeitschrift, die du ständig vom Sessel auf den Boden wirfst und nicht aufhebst, wenn du aufstehst, die Türen, die du nie hinter dir zumachst, deine Schals, die immer auf der Arbeitsplatte in der Küche liegen bleiben und fusseln, die Jeans, die nach dem Ausziehen auf dem Boden liegen bleibt, und morgens steigst du genauso wieder rein …«

»Redest du von mir?«, fragte John erstaunt.

Lilly lachte. »Von wem denn sonst? Und umgekehrt musst du sehen, ob meine Macken alltagstauglich sind!«

»Die da wären?«, unterbrach John sie.

»Du wirst ab und zu ein schweres Buch auf dem Fußboden liegen sehen, das du dann aufheben musst …«

»Und warum liegt es da?«

»Weil irgendein totes Viehzeug darunter ist, eine Spinne oder ein Käfer. Ich werfe das Buch auf sie, aber ich kann es nicht aufheben. – Ich kann mir die Leichen des Viehzeugs nicht ansehen«, setzte Lilly trotzig hinzu. »Du bist dann derjenige, der es wegräumen muss!«

Benthien konnte nicht anders, er musste lachen. Lilly konnte manchmal so herrlich absurd sein! »Der Erlenweg!«, sagte er. »Wenn dort eine Wohnung frei wird, mit großen Fenstern und Balkon und Blick auf die Hafenspitze …«

»Du willst doch nicht etwa warten, bis wir da eine Wohnung finden?«, fragte Lilly entsetzt. »Bis dahin sind wir längst pensioniert, haben lauter Zipperlein, und die Zähne fallen dir beim Essen aus!«

»Wieso gerade mir? Aber mit einem Loft am Hafen könnte ich mich auch anfreunden. Beim Einschlafen aufs Wasser zu sehen und die Schiffe zu beobachten, das würde mir gefallen.«

»Wem nicht«, seufzte Lilly, »aber du hast die Latte verdammt hochgelegt, mein Lieber. Da haben wir auf jeden Fall noch Klärungsbedarf.«

Benthien streichelte flüchtig Lillys Knie. »Wenn wir zurück sind, schauen wir uns mal den Wohnungsmarkt an, okay? Sieh mal, drüben auf dem Festland gibt es schon wieder ein Gewitter!«

Wie häufig, wenn sie ein paar private Worte sprachen, wurden sie vom Klingeln des Telefons unterbrochen. Diesmal war es Mikke. »Also, um es mal vorwegzunehmen«, sprudelte Mikke los, »niemand, außer Evi und Etienne Melander, hat ein hieb- und stichfestes Alibi. Frau Melander hat am Nachmittag gegen halb drei in ihrer Pension in Hamburg eingecheckt, die Wirtin hat sie nach dem Foto wiedererkannt. Daher kann sie an diesem Nachmittag nicht auf Sylt gewesen sein.

Marcel und sein Freund Aouba waren bei drei Wirten und haben über ein Angebot für den Junggesellenabschied verhandelt, aber zwischendurch hätten sie durchaus ins Melander-Haus fahren können. Allerdings waren sie eher im Süden der Insel unterwegs. Da könnte die Zeit doch knapp geworden sein.

Annette Melander hat uns einen Bären aufgebunden! In ihrer Apotheke war sie nicht, aber einkaufen wahrscheinlich auch nicht. Sie wurde von keiner Überwachungskamera gesichtet. Sie hat mir am Telefon – wahrscheinlich, um mich zu ärgern – eine ganze Liste runtergerattert, was sie alles eingekauft hat, darunter auch schwarze Avocados. Aber damit hat sie ein Eigentor geschossen. Ich habe im Supermarkt nachgefragt, an diesem Nachmittag waren keine schwarzen Avocados geliefert worden! Die Kunden hatten sich schon beschwert. Und die Supermarkt-Kamera hat die Melander auch nicht aufgezeichnet! In der Apotheke ist sie erst gegen halb sechs wieder aufgetaucht, da war sie immerhin zwei Stunden weg gewesen.«

»Nicht sehr intelligent, uns anzulügen«, warf Benthien ein.

»Sabrina Liebig war mit ihrem Verlobten in der Friedrichstraße gegen zwölf Uhr zum Essen verabredet«, fuhr Mikke fort, »dafür haben wir tatsächlich Beweise. Danach ist Frau Liebig nach Hause nach Morsum gefahren und hat Marmelade eingekocht. Den ganzen Nachmittag. Eine Nachbarin soll sie gesehen und kurz mit ihr gesprochen haben.

Justus Melander war tatsächlich vor dem Mandantengespräch bei einem Juwelier, der kann das bestätigen. Nach seiner Aussage war er noch bei zwei anderen Juwelieren, darüber haben wir aber noch keine Bestätigung. Gegen zwei hatte er einen Mandanten, und gegen sechzehn Uhr war er nochmal kurz im Büro, um für den nächsten Tag einen Termin vozubereiten. Dann hat er seinen Wagen von der Werkstatt abgeholt und ist nach Hause gefahren. Ob dieses Alibi besteht oder zu große Lücken hat, muss sich erst noch rausstellen.

Etienne Melander wiederum hat ein perfektes Alibi, der war auf Eiderstedt in seinem Restaurant. Das können etliche Angestellte bezeugen.«

»Gut gemacht, Mikke«, sagte Benthien und ließ den Wagen auf dem Parkplatz in der Nähe des Kliffs ausrollen. »Habt ihr auch schon etwas über Arthur Curland gefunden? Und seinen Bruder?«

»Das hat Juri gemacht, warte mal«, sagte Mikke, und Benthien hörte die Tastatur klappern. »Juri ist schon weg, er hat dir eine Mail geschickt, aber ich kann es dir auch sagen. Beide sind bisher polizeilich noch nie in Erscheinung getreten. Noch nicht mal eine Verkehrsübertretung, keine Punkte in Flensburg. Arthur hat lange Zeit am Rande von Leck gelebt, zusammen mit seiner Schwester Martina. Er war dort Buchhalter in einer Großmetzgerei. Die Schwester hatte einen Laden für Kinderbekleidung. Vor ein paar Jahren hat er sie morgens tot in ihrem Bett gefunden. Ob es ein Unfall, ein Versehen oder Selbstmord war, konnte man letztendlich nicht herausfinden. Sie hatte Schlafmittel, Schmerzmittel und Alkohol im Blut, aber es gab keinen Abschiedsbrief.« Mikke holte tief Atem. »Das Tragische war, dass sie heiraten wollte – ziemlich spät in ihrem Leben, mit achtundvierzig –, aber dann wurde sie verlassen, ihr Verlobter hat per SMS mit ihr Schluss gemacht. Arthur Curland hat bei der Polizei ausgesagt, der Kerl hätte ihr das Herz gebrochen.«

»War Curland denn verdächtig?«

»Nicht wirklich, es gab ja kein Motiv. Im Gegenteil, er schien sehr unter ihrem Tod gelitten zu haben. Später hat er das Häuschen verkauft, ist nach Neumünster gezogen und hat dort gearbeitet, bis man ihm kündigte – die Firma musste Insolvenz anmelden. Er ging in Frührente und zog wieder nach Sylt. – Mehr hat Juri nicht rausfinden können.«

»Klingt alles ganz harmlos«, sagte Lilly etwas ratlos, nachdem das Gespräch beendet war. »Aber was hatte Curland dann mit Adeline zu tun? – Wen rufst du an?«

»Seinen Bruder!«

Emil Curland meldete sich sofort. Er war bestürzt, als er hörte, dass nach seinem Bruder gefahndet wurde, konnte aber auch nicht weiterhelfen. Er wusste nicht, wo Arthur steckte, versprach aber, sich zu kümmern und auch selbst Nachforschungen anzustellen.

»Sie können mir helfen, indem Sie mir eine Frage beantworten«, sagte Benthien. »Inwieweit kannten Sie und Ihr Bruder persönlich die Familie Melander? Vor allem Adeline Melander?«

Er hörte, wie Curland nach Luft schnappte. Er stotterte etwas, als er antwortete, natürlich kenne man die Familie Melander, wäre allerdings nicht besonders vertraut mit ihr. »Ich gehe ab und an in die Apotheke, die Annette Melander führt, und Justus Melander war auch schon mal bei mir im Buchladen. Adeline Melander habe ich bei verschiedenen Veranstaltungen gesehen, aber nie persönlich mit ihr gesprochen. Dass Arthur sie kannte – außer vom Namen her –, glaube ich nicht. Er ist schüchtern und lebt eher zurückgezogen …« Emil Curland war sichtlich durcheinander, offenbar fragte er sich, worauf Benthien hinauswollte.

Benthien beendete das Gespräch, ohne ihn aufzuklären.

»Wo kann der Kerl sein?«, fragte Lilly, als sie auf dem Parkplatz am Kliff aus dem Wagen stiegen. »Ich denke, wir wären ein ganzes Stück weiter, wenn wir mit ihm sprechen könnten.«

»Er könnte den Mörder gesehen haben, da er ganz offensichtlich vor Ort war«, sagte Benthien. »Er hat Adeline sogar fotografiert, wie sie tot im Dünensand lag.«

»Oder er ist selbst der Täter.« Lilly schob ihre Hand in die von John. »Vielleicht hat er auch bei seiner Überwachung den Täter gesehen und denkt nun an eine Erpressung… Vielleicht ist ihm sogar was passiert …«

Der Himmel über dem Kliff führte ein Spektakel auf. Über dem Festland hingen schwarze Wolken, ab und zu zuckten Blitze über den Himmel, der sich über Sylt langsam pink, rosa und pflaumenblau verfärbte. Wolkenfetzen segelten dramatisch durch die Farbenpracht. Das flache Wasser des Wattenmeeres strahlte in seidigem Blau.

Benthien drückte Lillys Hand. Auf einmal war er ganz unbeschwert, so völlig ohne Grund. Er hatte noch viel zu tun, er musste einen Mörder finden, musste seinen Fall abschließen, aber im Augenblick fühlte er sich völlig losgelöst.

Dieses wunderbare Gefühl hielt an, bis er den Mann am Wasser entdeckte, der ihnen den Rücken zukehrte und kleine flache Steinchen über die Wellen tanzen ließ.

Lilly löste sich von ihm, und in diesem Augenblick drehte sich der Mann um, und Benthien erkannte ihn. Er lächelte, doch das Lächeln fiel ihm sichtlich schwer. Benthien fand, dass Justus Melander sich verändert hatte, seitdem er ihn das letzte Mal gesehen hatte. Seine Bräune war fahl geworden, die Gesichtshaut schlaffer. Sein welliges Haar wirkte wild und ungekämmt, als habe er es in den letzten verzweifelten Stunden ausgiebig gerauft.

Benthien konnte nicht anders, er und Lilly mussten stehen bleiben und Melander kondolieren.

Er nickte trübe. »Nie hätte ich gedacht, dass meine Schwester vor mir gehen würde. Sie war so … so präsent, sie war einfach immer da, wenn man sie brauchte; sie sagte, wo's langgeht. Eben die große Schwester! Jetzt fühle ich mich ein bisschen wie ein Kind, das sein Dach über dem Kopf verloren hat und plötzlich in Sturm und Regen ganz allein dasteht.«

Sein Blick war ziellos in die Ferne gerichtet, als suche er einen bestimmten Fixpunkt am Horizont.

Während sie zusammen am Kliff entlangschlenderten, das wie so oft an schönen Abenden in allen Farben leuchtete, überlegte Benthien, inwieweit die Gerüchte, dass Adeline in mehrere Morde verwickelt war und nahe dran war, verhaftet zu werden, ihren Bruder bereits erreicht hatten. Hatte er Kontakt zu Arndt Schäfer gehabt?

Vorsichtig tastete er sich vor. »Darf ich Ihnen ein paar Fragen stellen? Wann haben Sie Ihre Schwester zum letzten Mal gesehen?«

»Am Tag vor ihrem Tod, bei dem Familientreffen in Annettes Wohnung. Wenn ich gewusst hätte, dass es nur darum ging, Widerstand gegen Marcels Heirat mit Aouba zu organisieren, wäre ich nicht gekommen. Meinetwegen kann er doch heiraten, wen er will, das juckt mich nicht.«

»Ihre Schwester hat das anders gesehen«, warf Lilly ein.

»Meine Schwester war ein lieber Mensch, aber sie konnte manchmal auch sehr beschränkt sein. Heute ist das doch kein Thema mehr! Zum Glück haben wir auch über Tristans Zukunft gesprochen, sonst wäre der Abend für mich reine Zeitverschwendung gewesen. Ich war ja immer dafür, dass er endlich auf ein Internat kommt, wo er gefördert wird, aber seinem Vater war das zu teuer, und Adeline sah die Notwendigkeit nicht ein. So nach dem Motto: Was für uns gereicht hat, ist auch für meinen Enkel gut genug.«

»Tristan erzählte mir kürzlich, dass sein Vater anfing umzudenken«, sagte Benthien.

»Ja, zum Glück, nachdem Théo die Finanzierung als gesichert ansah. Ich hatte vorgeschlagen, einen Teil der Kosten zu übernehmen, und meine Schwester überlegte noch, ob sie den anderen Teil beisteuern sollte.«

»Tristan ist gestern Nachmittag zu seiner Oma gefahren, um

sicherzustellen, dass sie dabei blieb«, sagte Lilly. »Aber da war sie schon tot. Zum Glück hat er sie nicht gesehen.«

Justus blieb überrascht stehen. »Tristan war gestern bei ihr? Um Himmels willen!«

»Wie gesagt, er hat sie nicht gesehen. Vom Haus aus kann man die Stelle an der Düne nicht sehen.«

Benthien blieb ebenfalls stehen und wandte sich an Justus. »Wussten Sie, dass gestern Mittag vergiftetes Pesto im Kühlschrank gefunden wurde? Ihre Schwester und Raffael Quest hätten beinahe davon gegessen. Und nur wenige Stunden später war Ihre Schwester tot!«

Justus starrte ihn verstört an. »Tristan hat es mir vorhin erzählt. Ich bin noch immer ganz sprachlos. Was geht hier vor? Wer steckt dahinter? Warum hat man es auf Adeline abgesehen? Und warum zwei so unterschiedliche Methoden, zuerst der vergiftete Likör, und dann wird sie im Sand erstickt? Können Sie sich einen Reim darauf machen?«

»Im Augenblick noch nicht«, gab Benthien zu. Dies, fand er, war nicht der richtige Zeitpunkt, den Verdacht, der gegen Adeline bestand, mit ihrem Bruder zu diskutieren. Man musste den Mann nicht mehr leiden lassen als unbedingt nötig.

Justus stopfte die Hände in die Taschen seiner Jeans und ging stumm weiter. Ein Schwarm Austernfischer erhob sich lärmend in den Himmel und flog seine Formation, eine beeindruckende Wolke in Schwarz, Weiß und Rot. Drüben, jenseits des Wattenmeeres, zuckten noch immer die Blitze.

Lilly hob einen Stein auf, einen Hühnergott, und steckte ihn in die Tasche. Benthien freute sich für sie. Lilly sammelte Hühnergötter, jene Steine mit einem durchgehenden Loch, die Glück bringen sollten. Sie tauschten einen Blick aus, lächelnd, und ihm wurde warm ums Herz.

»Dieses Theaterstück über Heinrich, das Sie geschrieben haben, wird das trotzdem stattfinden?«, setzte Lilly das Gespräch fort. »Morgen sollte doch die Aufführung sein?«

Wieder blieb Justus stehen. Seine dunklen Augen waren bitter vor Schmerz. »Natürlich spielen wir«, sagte er. »Auch wenn es mich umbringt. Adeline hätte es so gewollt.« Ein etwas verunglücktes Grinsen schlich sich auf sein Gesicht. »Ich weiß, das sagt man üblicherweise, wenn man selbst unbedingt etwas will …«

»In Ihrem Fall, denke ich, ist es tatsächlich so«, stimmte ihm Benthien zu. »Adeline wäre sicher stolz gewesen auf Sie und auf das Bühnenstück!«

»Ich hätte gerne ihr Porträt, das Raffi gemalt hat, mit zu der Aufführung gebracht, zum Gedenken an meine Schwester – wir wollen eine kleine Feier veranstalten, eine kurze Rede –, aber es ist ja leider durch die Flecken verdorben, daher müssen wir uns wohl mit einem Foto begnügen.« Er wandte sich an Benthien und Lilly. »Werden Sie auch da sein? Ich kann gerne für Sie Karten an der Kasse hinterlegen.«

»Vielen Dank, aber wir bezahlen sie natürlich. Mein Vater freut sich schon darauf und Gonde natürlich auch. Sind denn mehrere Aufführungen geplant?«

Langsam gingen sie weiter. Der Wind verstärkte sich, der Donner über dem Festland war deutlicher zu hören. Der Sand des Kliffs glühte im Schein der Sonne rot, bronzefarben und golden. Justus fuhr sich durch die Haare, so dass sie noch mehr in alle Richtungen standen. »Wahrscheinlich schon, aber dafür gibt es noch keine Termine. Da fällt mir ein: Wäre es möglich, dass ich morgen kurz ins Eibenhaus gehe? Auf dem Dachboden sind noch Kleidungsstücke aus der Zeit um die Jahrhundertwende, davon könnten wir einige gebrauchen.«

Benthien warf Lilly einen Blick zu. »Kein Problem, allerdings würde jemand von uns mitkommen.«

Justus wirkte überrascht, schien aber einverstanden zu sein. »Ich bin ganz froh, dass morgen schon die Aufführung ist«, sagte er, als sie wieder nach oben stiegen. »Sie lenkt mich ab, und das Wissen, etwas zu tun, das Adeline gefallen hätte, ist tröstlich.«

»Das kann ich gut verstehen«, sagte Lilly. »Mir ginge es wohl auch so.«

Benthien entschloss sich, nun doch über Schäfers Ermittlungen in der Brandsache und seinen Verdacht gegen Adeline zu sprechen. Ob Justus davon wusste? Erwähnt hatte er es bisher mit keinem Wort.

Sobald John davon anfing, merkte er, dass der Mann sehr wohl Kenntnis von der Sachlage hatte. Sein Gesicht färbte sich dunkel, das Blut stieg ihm in die Wangen und betonte seine Bräune unter dem fast ungesunden Grauschimmer der Haut. »Schäfer ist ein Stümper«, sagte Justus leise, »ein Idiot, das weiß jeder hier auf der Insel. Und faul und inkompetent noch dazu. Wenn er meint, eine Fährte zu haben, beißt er sich daran fest, ohne noch in irgendeine andere Richtung zu ermitteln. Arme Gonde. Ich bezweifle sehr, dass die Brandstiftung je aufgeklärt wird. Dazu ist Schäfer einfach zu dumm!«

Benthien staunte über die heftige Reaktion, doch Justus erklärte, warum Adeline seiner Meinung nach den Brand auf keinen Fall gelegt haben könnte. »Sie hat kein Motiv, denn sie hatte sich mit Gonde ja wieder versöhnt, und jeder von uns weiß, dass Gonde ihr Wort hält! Außerdem konnte Adeline mit ihrem Knie nicht fahren, schon gar nicht so eine weite Strecke mitten in der Nacht. Die Bodenproben, die Fingerabdrücke … pah! Alles reine Zufälle, für die nun irgendeine

Erklärung gefunden werden soll. Ich werde Schäfer jedenfalls verklagen, sollte er diese Anschuldigungen noch einmal wiederholen!«

Benthien entschied sich, das nicht weiter zu kommentieren. Der gute Ruf seiner Schwester schien Justus doch sehr am Herzen zu liegen. Die Gerüchte in Bezug auf Ernestine wollte er gar nicht erst erwähnen – zumindest zum jetzigen Zeitpunkt nicht –, doch Lilly schien anderer Ansicht zu sein. Wieder warf er ihr einen Blick zu, der als Warnung gedacht war, doch Lilly ignorierte ihn.

Théo legte drei gefaltete T-Shirts in seine Reisetasche, dazu Unterwäsche, zwei kurze Hosen, ein angeschmuddeltes Oberhemd. Den Anzug würde er in den Kleidersack stecken. Sylvie beobachtete ihn aufmerksam, sagte aber nichts. Dennoch machte ihr Blick ihn nervös. Er schloss die Tasche und ging ins Badezimmer, um seinen Kulturbeutel zu packen.

Sylvie folgte ihm.

»Du hast nicht vor, dich scheiden zu lassen.« Es war eine Feststellung, und ihre Stimme klang ausdruckslos.

Er warf ihr einen genervten Blick zu. »Wie oft soll ich es dir noch sagen, Sylvie. Vor der Landtagswahl geht da nichts, das musst du doch verstehen.«

»Deine Frau verlässt dich und kommt nur zurück, weil deine Mutter ermordet wurde, und du hast nichts Besseres zu tun, als sofort wieder bei ihr unterzukriechen? Nein, das verstehe ich nicht!«

»Dann lass es eben!« Er schloss den Kulturbeutel, hielt einen Augenblick inne, und sein Blick wurde weich. Er versuchte, Sylvie in den Arm zu nehmen, aber sie stieß ihn zurück.

Er sagte mit einem Seufzen: »Du hast so lange gewartet,

Liebling, da werden wir doch auch noch die nächsten Wochen überstehen! Du bist doch sonst so geduldig gewesen …«

Er ließ den Satz vielversprechend in der Luft hängen, aber er machte keinen Eindruck auf Sylvie.

»Deine Mutter lebt nicht mehr, und das tut mir leid für dich«, fuhr sie fort. Immer noch war ihre Stimme seltsam neutral. »Aber damit ist ein wesentliches Hindernis für unsere Beziehung verschwunden. Und deine Frau weiß längst Bescheid. Warum stehst du nicht zu mir? Nur wegen der Leute und damit du keine Wähler verschreckst? Das ist erbärmlich, Schatz, wirklich erbärmlich! Du würdest auch bei den Wählern viel sympathischer rüberkommen, wenn du zu mir stehen würdest!«

Das bezweifelte Théo, aber es hatte wenig Sinn, endlos mit ihr zu diskutieren. Dennoch versuchte er es weiter mit Argumenten.

»Meine Mutter ist noch nicht unter der Erde, da muss ich zu meiner Familie stehen. Begreif das doch, Sylvie. Es geht doch nur um eine ganz kurze Zeit. Tristan wird auf ein Internat gehen, und Evi wollte sich sowieso selbstständig machen. Sie träumt davon, auf einem Kreuzfahrtschiff anzuheuern …«

»Na, dann ist doch alles paletti!«

Théo atmete tief ein. »Es geht um ein paar Wochen, vielleicht um zwei, drei Monate …«

»Ja, ja, bis die Wahlen vorbei sind! Hör auf, immer dasselbe herzubeten! Erst kommen die Wahlen, dann wird über die Kabinettsbildung diskutiert. Wahrscheinlich braucht ihr einen Koalitionspartner, dann wird noch mal endlos diskutiert, und darüber vergeht der Winter, und es wird Frühjahr. Und jede Wette, dann bist du immer noch bei deiner Frau.« Ihre Stimme färbte sich dunkel, wurde leise, lauernd, gefährlich. »Du solltest dir ganz andere Sorgen machen, mein Lieber! Was ist, wenn deine Mutter öffentlich als Brandstifterin dasteht? Wie wird sich das wohl auf deinen Wahlerfolg auswirken?«

Théo fuhr herum. »Red nicht so ein dummes Zeug! Es liegen nur Indizienbeweise gegen meine Mutter vor, die nichts besagen. Adeline soll einen Brand gelegt haben? Das ist doch lächerlich! Und jetzt, wo sie nicht mehr lebt … das wäre ja geradezu üble Nachrede, wenn diese Geschichte öffentlich wird! Das wird die Polizei nicht wagen! Ich werde mit Schäfer reden und …«

»Hast du sie deshalb umgebracht?« Sylvie sprach noch immer völlig emotionslos, als spräche sie übers Wetter. »Damit ihre kriminellen Machenschaften nicht ausgerechnet im Wahlkampf ans Licht kommen? Dann wäre es nämlich vorbei mit dem strahlenden Sieger, der Lichtgestalt der Partei!«

Théo starrte sie an. Er konnte nicht fassen, was er eben gehört hatte.

»Du warst gestern *nicht* direkt hinter mir, Théo«, fuhr Sylvie fort. »Ich habe dich auf der Rückfahrt überhaupt nicht gesehen!«

»Mein Wagen sprang nicht gleich an«, sagte Théo mit weißen Lippen. »Und als ich auf die Straße einbiegen wollte, musste ich erst diese Hochzeitsgesellschaft vorbeilassen, das weißt du sehr gut. Was soll das, Sylvie? Was bezweckst du damit?«

Seine Freundin trat auf ihn zu und sah ihm direkt in die Augen. »Du warst erst eine halbe Stunde nach mir zurück. Hattest du Streit mit deiner Mutter und hast sie im Sand erstickt? Ich nehme nicht an, dass es geplant war … Wir beide wissen, wie impulsiv du sein kannst. Aber *wenn* du es warst, dann will ich es wissen!«

Théo setzte sich mit weichen Knien auf den nächstbesten Sessel. Er konnte Sylvie nur stumm anstarren. »Ich kam etwas später als du, das ist richtig, weil ich unterwegs Lüttwitz getroffen habe, den kann ich nicht übergehen, wenn er mit mir reden möchte. Er gehört zur Sylter Wählergemeinschaft, und …«

»Na klar, ihr habt euch aus dem Auto heraus unterhalten, ein kleiner Klönschnack mitten auf der Straße!«

»Ich habe in Kampen angehalten und bin ausgestiegen, du kannst ihn ja anrufen und fragen!«

Sie starrten sich an. Théo war wütend, sein Herz schlug mit harten Schlägen, und er fühlte, wie sein Blutdruck stieg. »Wenn du mir ernsthaft zutraust, meine Mutter ermordet zu haben«, sagte er mit steifen Lippen und griff nach seiner Tasche, »dann kannst du mich mal, du blöde Kuh!«

Er verließ das Haus, und erst draußen im Wagen fiel ihm ein, dass er seinen Anzug vergessen hatte. Doch das war ihm jetzt auch egal. Er blickte noch einmal zurück, von Sylvie war nichts zu sehen. Er drückte aufs Gaspedal.

Spätestens am nächsten Tag, da war er sich sicher, würde sie ihn anrufen.

Kapitel 32

Lilly begann ihre Nachforschungen, indem sie Justus ganz harmlos fragte, wie es gekommen war, dass er und Adeline eine Zeitlang nicht im Eibenhaus, sondern hier auf dem Hof in Morsum gelebt hatten. Justus schien über den Themenwechsel erleichtert zu sein. Er erzählte, dass einer ihrer Vorfahren – Tade, ein Sohn vom Deichgrafen Haie – im 18. Jahrhundert Hof und Land in Morsum erworben hatte, weil das Eibenhaus zwar landschaftlich reizvoll lag, aber man dort natürlich keine Landwirtschaft betreiben konnte. Damit die Familie sich selbst versorgen konnte, wurde immer auch der Hof bewirtschaftet.

»Tante Ernestine kam zu uns, als meine Mutter nach der Geburt unseres kleinen Bruders gestorben war«, berichtete Justus. »Auch das Kind starb kurz darauf, und mein Vater hat das nie so richtig verwunden. Ernestine war eine taffe, etwas spröde Frau, die arbeiten konnte wie ein Mann und ihren Lebensinhalt eher darin sah, den Bauernhof zu bewirtschaften, als uns Kinder zu erziehen.« Er lachte leise. »Ich kann mich erinnern, dass sie mit dem Arm häufig bis zur Schulter in einer Kuh steckte, weil sie sehen wollte, wie das Kälbchen lag; das hat mich immer sehr fasziniert. Sie brachte etliche Kälber zur Welt, versorgte die Lämmer, war fast Tag und Nacht auf den Beinen. Der Stall und die Tiere waren ihr Leben. Meinem Vater war es recht. Als Kinder lebten wir etliche Jahre auf dem Hof in Morsum. Hier gefiel es mir auch besser als in den Dünen. Wie meine Tante mochte ich die Pferde und Schafe und Ziegen; ich liebte die Kartoffelfeuer im Herbst und die wilden Spiele der

Jungensbande zwischen den Heuballen. Allerdings war Ernestine auch sehr streng und konsequent. Gefühle spielten für sie keine große Rolle, dafür hatte sie einfach keine Zeit.«

»Ihnen fehlte die Nestwärme?«, warf Lilly ein.

»Ich glaube schon. Damals war ich fünf, sechs, sieben Jahre alt Jahre alt.« Ein Schatten glitt über sein Gesicht, und er sprach nicht mehr weiter.

Lilly überlegte, ob Justus an Ernestines rätselhaften Tod dachte. Sie bemerkte, dass John sie noch einmal warnen wollte, an diesem Punkt weiterzubohren, doch als ein Mensch mit einem klaren Gespür für Stimmungen wechselte sie schon von sich aus das Thema und kam auf Wilhelm zu sprechen, Adelines und Justus' Großvater.

»Ich bin kürzlich auf Ihren Stammbaum gestoßen und habe festgestellt, dass Sie Heinrichs Sohn Wilhelm noch gekannt haben müssen. Er wurde ja zweiundneunzig. Können Sie sich noch an ihn erinnern?«

Ein Lächeln spielte um Justus' Mundwinkel. »Ach ja, Wilhelm. Ein unglaublich sturer Hund, streng und konsequent! Aber eine Persönlichkeit. Mein Vater ist nie gut mit ihm ausgekommen, denn Wilhelm hatte die Vorstellung, Kinder müssten erzogen werden wie eine Kompanie Soldaten. Man durfte sie sehen, aber nicht hören. Zum Glück wohnte er im Eibenhaus, nicht bei uns in Morsum. Die Zankereien zwischen ihm und meinem Vater sind legendär. Ebenso Wilhelms Wutanfälle. Als Kinder haben wir uns hinter den Türen versteckt und immer ganz fasziniert zugehört. Man sagt, Heinrich soll ganz genauso gewesen sein. Aufbrausend und jähzornig.«

»Also kein liebender Großvater, der Geschichten erzählt«, sagte Benthien.

»Oh doch, das konnte Wilhelm auch, wenn er gut drauf

war!«, entgegnete Justus. »Er hat uns viel aus seiner Kindheit erzählt und wie es da so zuging. In der Schule arbeitete man damals noch mit dem Rohrstock. Das hat er gerne erwähnt, wenn wir seiner Meinung nach zu frech geworden waren.«

»Hat er auch von Carola Borgwart gesprochen, seiner Verlobten?«, fragte Lilly und berührte den Stein in ihrer Hosentasche.

»Nein, nie, das Thema war tabu. Ebenso der Tod seines Bruders Carl im Ersten Weltkrieg oder die Sache mit Thure Bassewitz. Wenn wir ihn danach fragten, reagierte er gar nicht. Ich glaube, es gab vieles in seinem Leben, von dem er nicht sprach.« Justus hob eine Feder auf, die im Gras steckte. »Sehen Sie mal, die Feder eines Säbelschnäblers. Findet man selten. Sabrina wird sich freuen. Sie sammelt Vogelfedern.« Er steckte sie in die Gesäßtasche seiner Jeans. »Haben Sie Lust, noch auf einen Drink mit reinzukommen?«

»Wir wollten uns noch gern Gondes neue Wohnung ansehen, zumindest von außen«, sagte Benthien, »und ihr berichten.«

»Sie wird ihr sicher gefallen«, meinte Justus. »Sabrina hat sie ihr besorgt, es ist eins der Ferienhäuser ihres Vaters. Die Leute, die jetzt noch drin wohnen, ziehen aufs Festland.«

»Da wird sich Gonde sehr freuen«, vermutete Lilly. »Besonders, weil sie in einer Gegend bleibt, die ihr vertraut ist. Aber kann sie sich das auch leisten?«

Justus lächelte warm. »Dafür wird Sabrina schon sorgen, glauben Sie mir. Sie mag die alte Frau sehr.«

Nachdem sie die Wohnung von außen besichtigt hatten, die Sabrina Liebig für Gonde vorgesehen hatte – die gut gepflegte Hälfte eines älteren Reetdachhauses mit einem Blick auf Felder und Weiden –, folgten Lilly und John Justus' Einladung, bei ihm noch einen kleinen Absacker zu trinken.

»Ich kann nur hoffen, dass unsere Nachbarin, die vorhin rüberkam, inzwischen wieder zu Hause ist«, sagte er mit einer kleinen Grimasse. »Sie ist ja ganz nett, aber furchtbar geschwätzig, und Sabrina bringt es nicht fertig, sie wegzuschicken. Deswegen mein Drang vorhin spazieren zu gehen.«

Wie sich herausstellte, war die Nachbarin weg, und Justus' Verlobte, die ein romantisch anmutendes Sommerkleid trug, in dem sie, wie Lilly fand, jung und verletzlich wirkte, begrüßte sie und John sichtlich erfreut. Da es allmählich kühler wurde, setzten sie sich bei weit geöffneten Terrassentüren in das gemütliche Wohnzimmer. Sabrina stellte zwei große Windlichter auf den Tisch, und Justus zündete auf der Terrasse ein paar Fackeln an. Als er dann noch die Getränke brachte, fruchtige Longdrinks mit wenig Alkohol, wurde es gemütlich. Doch Lilly war klar, dass sie nicht nur privat hier waren. Dies hier war Arbeit, und sie mussten immer noch drei aktuelle Morde aufklären. Und keiner von beiden, weder Justus Melander noch Sabrina Liebig, hatten für den gestrigen Nachmittag ein verlässliches Alibi.

Gerührt beobachtete sie, wie Sabrina verstohlen versuchte, Justus' verwuschelte Haare zu glätten, ganz wie eine junge Mutter, deren Kind einen guten Eindruck machen soll. Dabei war Justus mindestens fünfzehn Jahre älter als Sabrina.

John lobte Gondes neue Wohnung und das Engagement der beiden.

»Ich habe noch eine besondere Überraschung für Gonde«, sagte Sabrina strahlend. »Vorhin sind sie gekommen – die Möbel.« Sie warf Justus einen Blick zu. »Sie sind wunderschön geworden. Obwohl Manni so wenig Zeit hatte, hat er gute Arbeit geleistet.« Sie wandte sich an Lilly und John. »Wir haben einen Schrank und Gondes Schreibtisch restaurieren lassen – beide waren nicht verbrannt, sondern hatten nur einen Wasserschaden. Gonde glaubt, dass sie auf dem Sperrmüll gelandet sind. Sie soll, wenn sie hier einzieht, von diesen beiden alten Möbelstücken empfangen werden.«

»Eine großartige Idee«, sagte John. »Wie kommt es, dass Sie sich so für Gonde einsetzen?«

»Sabrina leidet unter einem unheilbaren Helfer-Syndrom«, sagte Justus lachend, wurde aber schnell wieder ernst. »Es ist nur einfach so«, fuhr er fort und nahm einen großen Schluck von seinem Getränk, »dass Gonde sie sehr unterstützt hat, als … als …« Er geriet ins Stocken, offenbar war ihm nicht klar, ob es in Sabrinas Sinn war, wenn er weitersprach.

»Man kann fast sagen, sie hat mir das Leben gerettet«, sagte die junge Frau ruhig. »Nach meiner missglückten Ehe habe ich gearbeitet wie verrückt, ohne Pause oder Ruhezeiten, und irgendwann wurde ich krank. Aber auch das habe ich ignoriert. Gonde, die mich in Flensburg besuchte, hat dann irgendwann den Krankenwagen gerufen und mich ins Klinikum gebracht. Da stellte sich heraus, dass ich eine Hirnhautentzündung hatte und gerade noch rechtzeitig gekommen war. Das, was wir jetzt für sie tun, ist eine Selbstverständlichkeit. Und ich freu mich schon auf das Gesicht, das sie machen wird.«

»Sie war einfach dein guter Schutzengel in einer Zeit, in der du niemanden hattest«, sagte Justus und drückte ihre Hand.

»Haben Sie die Pläne für Ihren Golfplatz schon weiter entwickelt?«, fragte Benthien.

»Wie es aussieht, scheint nichts daraus zu werden«, sagte Justus betrübt, »die bürokratischen Hürden sind einfach zu hoch. Aber«, er warf Sabrina einen strahlenden Blick zu, »wir werden aus dem Eibenhof wahrscheinlich ein Edelrestaurant machen.«

»Ja, mit Etienne als Koch«, ergänzte Sabrina.

»Verkaufen dürfen Sie das Haus ja nicht!«, warf Lilly ein.

»Nein, das hat Annette schwer getroffen«, sagte Justus. »Sie ist förmlich ausgeflippt bei der Testamentsvorlesung. Ich glaube, sie hat vor, das Testament anzufechten. Was natürlich kompletter Unsinn ist. Aber Annette war noch niemals das, was man als vernünftig bezeichnen könnte.«

Kapitel 33

And I know from your eyes,
and I know from your smile
that tonight will be fine,
will be fine, will be fine, will be fine …
for a while …

Benthien lauschte, die Kopfhörer auf den Ohren, dem Lied von Leonard Cohen, während er an einem neuen Limerick für Lilly bastelte. Es war schon spät in der Nacht, und Lilly lag im Bett und schlief fest. Er hatte sich mit einem großen linierten Heft aus dem Schlafzimmer geschlichen und war in die im Augenblick unbesetzte Dichterkammer gegangen. Fitzen war über Nacht in Flensburg. Mit einem großen Atlas auf den Knien versuchte Benthien, Reime zu schmieden, die in der letzten Zeile möglichst auf eine Pointe hinausliefen. Er hatte sich überlegt, Episoden aus Lillys Kindheit aufzugreifen, wie zum Beispiel die, als man Lilly ein paar Minuten mit einem Stück Schokolade im frisch renovierten Wohnzimmer allein gelassen hatte. Lilly, die offenbar schon immer ein kreativer Kopf gewesen war, gefiel die neue Tapete nicht, daher hatte sie sie mit ihren Schokoladenfingern eifrig mit braunen Kreisen und Kringeln verziert.

Lilly, ein Kind aus der Heide,
hatte am Malen viel Freude.

Aber wie sollte jetzt der dritte Reim in der letzten Zeile aussehen? Die Reimfolge war ja aa-bb-a. Der Reim musste zu Heide und Freude passen. Schwierig!

Oder vielleicht so:
Kreativ Malen mit Schokolade,
Lilly war sich für nichts zu schade.
Sie verzierte die Wand …

Tja, und jetzt? Immer fehlte ihm der letzte Reim. Irgendwas mit Gnade? Wade? Made? Und was reimte sich auf Wand? Und irgendwie musste das ja auch noch eine sinnvolle Geschichte ergeben!

Es war verzwickter, als er gedacht hatte. Bald war Lillys Geburtstag, und er hatte bisher einfach zu wenig Zeit gehabt, sich ihrem Geschenk zu widmen. Falls er die Limericks nicht zu seiner Zufriedenheit zu Ende führen konnte – was höchst ärgerlich wäre –, müsste er ihr irgendetwas Profanes kaufen, und das wollte er nicht, es sei denn zusätzlich. Vielleicht ein aquarelliertes Halstuch mit dazu farblich passendem Ring oder eine Handtasche. Geizig war er nicht, allerdings war es mit Lilly schwierig: Was andere Frauen heiß begehrten, war ihr oft schlicht egal. Diamantringe zum Beispiel. Schuhe. Oder Düfte. Und Shoppen gehen langweilte sie, außer es drehte sich um Nahrungsmittel.

I listen all night for your steps on the stair.
And I know from your eyes,
and I know from your smile,
that tonight …

Ach, warum war immer die Zeit so knapp! Er würde jetzt viel lieber mit Lilly im Bett liegen, ihren ruhigen Atemzügen lauschen, ihren frischen Duft schnuppern und ab und zu mit den Fingern durch ihr Haar spazieren, was so süß war, da sie sich dann gekitzelt fühlte und nach ihm schlug, aber nicht aufwachte.

Statt dessen musste er jetzt dichten! Und in ein paar Mordfällen ermitteln! Immerhin spürte er, dass sie dicht vor der Aufklärung standen. Irgendetwas rumorte seit Kurzem in seinem Kopf, aber er konnte es nicht recht greifen. Er hoffte, dass ihm die Kenntnisse der KTU, die morgen eintreffen mussten, weiterhelfen würden.

Er stand auf, löschte das Licht und öffnete das Fenster, um Luft in die stickige Bude zu lassen. Draußen murmelten irgendwelche Wasservögel, die sich auf dem stillen Meer im Schlaf wiegten – Eiderenten? Brandgänse? –, und in den Dünen sangen die Zikaden ihre Liebeslieder.

Die Mondsichel, deren Schein auf sein Blatt fiel, spendete zwar genügend Licht, aber John konnte sich nur schlecht auf seine Reime konzentrieren.

That tonight will be fine, will be fine, will be fine …

Wer hatte ein Motiv, Adeline Melander zu töten? Die ganze Sippschaft, weil alle ihr Geld wollten? Sicherlich hätte jeder, oder fast jeder, seinen Finger gehoben und laut »Hier« gerufen, wenn sie angekündigt hätte, rundum einen Geldsegen zu verteilen, aber hatte man sie deshalb getötet? Oder gab es einen ganz anderen Grund? Vielleicht wäre es aber besser, sich nicht so vehement auf diese Gedanken zu konzentrieren. Manchmal gelang es ihm, sein Unterbewusstsein für sich arbeiten zu lassen, das dann plötzlich mit einer Lösung daherkam, an die er vorher nie gedacht hätte.

… and she's moving her body so brave and so free …

Nein, verdammt, jetzt musste er sich auf seinen Limerick konzentrieren! Nicht auf dieses Liebeslied, und nicht auf seinen Fall.

Wie wäre es denn damit:

Lustiges Malen mit Schokolade,
Lilly war sich für nichts zu schade.

Sie verzierte die Wand
mit Nougat und Schmand,
ein Festschmaus für Mäuschen und Made!

Klang seltsam, aber warum nicht? Es reimte sich jedenfalls und war zweifellos ein Limerick. Ein Bild spukte dabei in seinem Kopf herum …

Und dann, ganz plötzlich, als er den Limerick gerade beiseitelegen wollte, fiel der Groschen.

John sah auf seine Uhr. Zehn vor eins. Konnte er jetzt noch telefonieren? Raffi Quest nahm es bestimmt nicht krumm, selbst wenn er ihn jetzt weckte. Aber auch das war ihm letztendlich egal.

Eine Stunde später hatte John fast alle Verdächtigen durchtelefoniert. Einige waren noch wach gewesen und hatten den Anruf gelassen entgegengenommen, andere hatten sich empört, aus dem Schlaf gerissen zu werden, oder waren angetrunken gewesen. Tristan hatte vor dem Computer gehangen und nach passenden Internaten gesucht. Annette hatte zweimal aufgelegt, bis sie ihm beim dritten Anruf damit drohte, eine Dienstaufsichtsbeschwerde gegen ihn anzustrengen. Doch seine Antwort hatte er auch von ihr bekommen.

… that tonight will be fine, will be fine, will be fine, will be fine …

for a while.

Ganz sicher war Benthien sich noch nicht, doch er war einen großen Schritt weitergekommen. Nun musste man eben sehen, was der nächste Tag noch an zusätzlichen Beweisen brachte. Leise schloss er die Tür zur Dichterkammer, leise öffnete er die Schlafzimmertür, leise legte er sich ins Bett. Lilly reagierte auf seine Nähe, indem sie dichter an ihn heranrückte, und John ließ seine Finger sachte durch ihr Haar wandern.

Am nächsten Morgen besuchte Benthien als Erstes den Bauern, der damals Ernestines Unfall zumindest am Rande mitbekommen hatte.

Ernst Lachner wohnte inzwischen auf dem Altenteil, seinen Hof hatte er den Kindern übergeben. Benthien fand ihn im Garten, wo der alte Mann gerade seinen Frühschoppen genoss, an einer Zigarre paffte und gemütlich die Zeitung las. Er besaß noch volles weißes Haar, unglaublich buschige Augenbrauen und einen verschmitzten Blick. Rasiert hatte er sich seit mindestens drei Tagen nicht, doch mit seinem bunten, gebügelten Hemd und der blauen Cordhose mit modischen Hosenträgern wirkte er sehr gepflegt.

Wortlos schenkte er Bier in ein Glas und schob es zu Benthien hinüber, und der nahm es in dem Geiste, wie es gegeben wurde, und trank es in großen Schlucken. Alles andere hätte ihn vor dem alten Mann wie ein Weichei dastehen lassen.

»Habe Sie noch nie gesehen«, begann Lachner nach einigen Minuten des Stillschweigens das Gespräch, währenddessen er Benthien akribisch gemustert hatte.

»Weil ich nicht von der hiesigen Kripo bin, sondern aus Flensburg, von der Mordkommission«, gab Benthien zurück. »Aber Sie kennen meinen Vater, Benjamin Carl Benthien.«

»Ein Lump, wie er im Buche steht!«, nickte Lachner lächelnd. »Der Stinkbüdel hat mir 1947 meine gesamten Ostereier weggeklaut. Mit sechs Jahren war der schon ein reinrassiger Gauner! Und zwei Jahre später hat er mich in List ins Hafenbecken geschmissen.«

»Inzwischen ist er nicht mehr kriminell, dafür sorge ich schon«, versicherte ihm Benthien grinsend.

Sanft führte er das Gespräch auf den Unfall mit Ernestine. Lachner hatte damals nicht direkt mitbekommen, wie die Frau ins Dreschwerk fiel, weil er ein Stück entfernt und auf der anderen Seite des Mähdreschers gewesen war. »Aber ich weiß, dass die beiden sich gestritten haben, Ernestine und die Deern, das weiß ich. Das konnte man hören. Die junge Melander war überhaupt ganz bannig stur und renitent, die hat nur das getan, was sie wollte. Mit der hat es Ernestine schwer gehabt. Und plötzlich gab es ein Geschrei, ein Heulen, ein metallisches Kreischen, und dann seh ich auf einmal den Kleinen, wie er auf meinen Hof zurennt. Dort bricht er zusammen, er muss wohl alles mit angesehen haben. Der arme Kerl. Er hat nie darüber gesprochen. Kein einziges Wort.«

»Ist Ihnen jemals der Gedanke gekommen, dass Adeline ihre Tante geschubst hat? Dass es kein Unfall, sondern Absicht war?«

Der alte Mann zog eine Grimasse, paffte an der Zigarre, trank einen großen Schluck aus seinem Glas. Er wiegte den Kopf hin und her.

»Damals nicht. Aber als ich mir das durch den Kopp hab gehen lassen, und wenn man bedenkt, wie leicht sie den Tod der Tante genommen hat, ja, da kamen mir schon so ein paar komische Gedanken. Besonders tat mir der Kleine leid. Er hat was ganz Schreckliches gesehen, und damals gab's ja solche Psychofritzen noch nicht, wo man die Kinder hingeschickt hat. Der musste da ganz allein durch. Ist aber trotzdem was aus ihm geworden, alle Achtung! Der hat sich durchgeboxt!«

Mehr war aus Lachner nicht rauszukriegen.

Auf der Rückfahrt sagte sich Benthien, dass die Sache hier an diesem Punkt abgeschlossen sein musste. Restlos zu klären war sie nicht mehr. Auch nicht, was Justus eigentlich gesehen hatte. Möglicherweise, wenn er tatsächlich Zeuge der Bluttat geworden war, hatte er alles verdrängt. Und das musste man ruhen lassen, zumal eine Aufklärung nun überhaupt nichts mehr brachte.

Lilly war aufgeregt. Sie hatte während Johns Abwesenheit noch einmal die alten Fotoalben durchgesehen und ein Bild entdeckt, das für den Fall Carola Borgwart von Belang war. Sie überlegte, ob sie John anrufen sollte, befürchtete aber, sie würde ihn bei seinem Gespräch mit Ernst Lachner stören. Deshalb löste sie das alte Foto aus dem Album, legte es auf den Esstisch und klebte einen gelben Post-it-Zettel darauf mit einer kurzen Notiz. Sie hatte so etwas schon öfter erlebt bei ihren Fällen. Irgendwann kam der Zeitpunkt, da rollten Beweise, nach denen man lange mühsam gesucht hatte, plötzlich wie am Fließband, die Puzzleteile fielen an ihren Platz, und der Kreis schloss sich.

John würde sich freuen! Leider hatte sie keine Zeit mehr, auf ihn zu warten, da sie mit Justus und Sabrina beim Melander-Haus verabredet war. Als sie etwas verspätet dort ankam, warteten die beiden bereits auf sie. Nach einer freundlichen Begrüßung betraten sie gemeinsam das Haus. Lilly öffnete Adelines versiegelte Wohnung und führte die beiden auf den Dachboden. Sabrina, die offenbar noch nie hier gewesen war, machte große Augen, als sie die zahlreichen historischen Kleidungsstücke in den Schränken und Truhen entdeckte. Dann fing sie an zu lachen.

»Liebling, das sind ja ganz wunderbare Sachen, aber wir hätten ein bisschen früher daran denken sollen. Das ganze Theater wird nach Mief und Mottenkugeln stinken!«

Justus machte ein belämmertes Gesicht. »Vielleicht nützt es was, wenn wir sie ein paar Stunden an die frische Luft hängen? Oder in eine Schnellreinigung geben?«

»Das bezweifle ich doch sehr«, meinte Sabrina, holte aber ihr

Handy hervor und rief jemanden an, den sie offensichtlich gut kannte und der eine Reinigung besaß. Anscheinend sagte er zu, ihr zu helfen, denn sie berichtete, dass die Sachen bis zum Abend gereinigt sein würden. »Wir müssen uns nur ein bisschen beeilen. Und zur Generalprobe heute Nachmittag werden sie natürlich noch nicht fertig sein!«

»Spielen Sie auch mit?«, fragte Lilly erstaunt.

»Sie spielt die Verlobte von Wilhelm«, sagte Justus stolz, während er einen grauen Gehrock aus dem Schrank zog und begutachtete. »Ob der Mirko passt? Mirko spielt Wilhelm, meinen Sohn«, fügte er für Lilly hinzu.

»Wenn nicht, wird er wahrscheinlich dir passen«, überlegte Sabrina, als Justus auf einmal aufschrie. Lilly, die auf der Gefriertruhe saß, kam eilends herbei und betrachtete Justus' blutende Hand.

»Verdammt, in der Tasche war ein Messer!«

»Im Gehrock?«, fragte Lilly perplex.

»Und ich habe voll hineingelangt!« Er sah Lilly bittend an. »Würden Sie mir das Verbandszeug holen? Es ist unten in Adelines Badezimmer im Apothekerschränkchen.«

»Ich gehe schon«, sagte Sabrina und lief davon.

»Du wirst es nicht finden!«, rief Justus hinter ihr her, doch die junge Frau war bereits außer Hörweite.

Lilly wickelte provisorisch einen Schal, den sie aus einer der Truhen zog, um die stark blutende Wunde. »Hoffentlich muss es nicht genäht werden!«

Justus zog eine Grimasse, dann grinste er kläglich. »Scheint ein Naturgesetz zu sein, dass vor einer Aufführung alles schiefgeht, was nur schiefgehen kann. Aber wir lassen uns davon nicht beeindrucken, das wird jetzt durchgezogen!«

Als Sabrina zurückkam und geschickt den Verband anlegte,

stellte sich heraus, dass es nur eine nicht sehr tiefe Fleischwunde war, schmerzhaft zwar, aber nicht gefährlich.

»Das Messer scheint einwandfrei sauber zu sein«, sagte Lilly und drehte es in den Händen, »fast wie neu. Dabei ist es ein altes Rasiermesser. Aber es wurde anscheinend nie benutzt.«

»Wir werden nachher zum Arzt fahren und dir eine Tetanusspritze geben lassen«, sagte Sabrina energisch, doch ihr Verlobter protestierte und betonte mehrmals, dass er einen Impfschutz habe.

Sabrina zwinkerte Lilly zu. »Er hat Angst vor Spritzen«, flüsterte sie.

Die Kleiderauswahl ging weiter. Sabrina suchte für ihre Rolle als Carola Borgwart einen Tüllrock aus, mehrere Blusen, einen Chemisette-Kragen, ein Paar fingerlose Handschuhe aus Spitze, ein Unterkleid aus Elsässer Köper und einen viktorianischen Rock mit einem Cul de Paris, den ihr Justus allerdings wieder lachend aus der Hand nahm. »Wir sind im Jahre 1914, da gab es in Deutschland diese Kleidung nicht«, sagte er und hängte den Rock zurück in den Schrank. »Außerdem denke ich, haben wir genug.«

Doch Sabrina, die sich kaum von den Sachen losreißen konnte, zog einen weiteren sehr eleganten Gehrock mit feinen Nadelstreifen aus dem Schrank und hielt ihn Justus vor die Brust. »Probier ihn mal an!«

Justus warf Lilly einen Blick zu, doch dann gehorchte er zähneknirschend. Der Rock saß perfekt, und Sabrina war begeistert. »Den könntest du an deinem Ehrentag im September tragen. Nehmen wir ihn mit?«

Justus machte geltend, dass die Zeit drängte. Sie packten die Kleidungsstücke zusammen und verließen den Dachboden. Lilly versiegelte Adelines Wohnung wieder.

»Schade, dass meine Schwägerin die Aufführung nicht mehr miterlebt«, sagte Sabrina, als sie ins Auto stiegen. »Sie hätte sich so sehr darüber gefreut, auch, dass wir diese alte Kleidung mit in die Geschichte einbringen.« Sie wandte sich an Lilly. »Sehen wir Sie heute Nachmittag zur Generalprobe?«

»Wir kommen heute Abend«, sagte Lilly ausweichend. »Dass wir heute Nachmittag Zeit haben, glaube ich eigentlich nicht. Aber alles Gute für Sie beide und toi, toi, toi!«

»Übrigens, haben Sie den Stalker schon gefunden?«, erkundigte sich Justus.

»Es wird inzwischen deutschlandweit nach ihm gefahndet!«

»Glauben Sie, er hat Adeline getötet?«, fragte Sabrina.

»Es ist möglich, aber noch wissen wir es nicht.«

Lilly sah ihnen hinterher, Sabrina winkte aus dem Fenster, drehte sich um und lächelte ihr offenes, unbeschwertes Lächeln.

Dass sie ganz dicht an Arthur Curland dran waren, hatte Lilly den beiden natürlich nicht verraten.

Kapitel 34

Schon auf der Rückfahrt im Auto nahm Benthien zahlreiche Anrufe entgegen, unter anderem auch von Emil Curland und Arndt Schäfer. Vor allem telefonierte er lange mit Stefano von der KTU, der ihm mitteilte, dass sich in dem mit Lebertran bezeichneten Gefäß tatsächlich eine gefrorene Mischung aus Tollkirsche und Taxin befand, die absolut tödlich war. Sie entsprach in der Zusammensetzung der Substanz, die Yvonne und Nicky mit dem Likör zu sich genommen hatten. Außerdem hatte er in Adelines Browserverlauf Hinweise auf verschiedene Webseiten gefunden, auf denen erklärt wurde, wie man einen Extrakt aus Eibennadeln herstellt. Mit solch einem Extrakt, der das Gift Taxol enthielt, war Emily vergiftet worden. Damit war der letzte Baustein einer Beweiskette gefunden, die Adeline mit den Morden in Verbindung brachte.

»Was den Mord an Adeline Melander angeht, so konnten wir im Pavillon und an den dort gefundenen Gegenständen zwar verschiedene Fingerabdrücke ausmachen, besonders natürlich die von Adeline, aber sonst von niemandem aus ihrem Umfeld. Auch an ihrer Kette fand wir nur ihre eigenen Abdrücke.«

»Und an ihr selbst, gab es da irgendwelche fremde DNA?«

»Nein, leider nicht.«Benthien legte stirnrunzelnd auf. Mit handfesten Beweisen sah es im Augenblick noch düster aus.

Kurz danach trafen Mikke und Annika, die schon früh in Flensburg aufgebrochen waren, im Friesenhaus ein. Sie stöhnten allerdings sehr, als sie hörten, was sie tun sollten.

»Wenn wir die Bänder und Festplatten der Überwachungskameras von Westerland alle durchsehen müssen, brauchen wir Tage dafür«, sagte Mikke verdrossen.

»Es geht ja nur um einen Zeitraum von zwei Stunden«, tröstete Benthien die Kollegen. »Das ist auch in kurzer Zeit machbar, und vielleicht schickt uns Schäfer noch ein paar Leute, die euch unterstützen. Habt bitte ein besonderes Auge auf Annette Melander. Versucht rauszufinden, was sie wirklich in den zwei Stunden getan hat, als sie nicht in ihrer Apotheke war. Hier habt ihr eine sehr gute Aufnahme von ihr.« Er legte das Bild auf den Tisch. Es war ein Foto von einem Sportevent vor zwei Monaten, und Annette war dort deutlich in Großaufnahme unter den Zuschauern zu sehen. Offenbar feuerte sie Justus an, der bei dem Halbmarathon als Läufer teilnahm. Auch Tristan war auf dem Bild.

Ansonsten herrschte rege Geschäftigkeit.

Klaus Labahn, einer der Teilnehmer der »Giftparty« im Melander-Haus, auf der Emily Matern den Tod fand, war endlich aus dem Urlaub zurück und hatte sich bei der Polizei in Westerland gemeldet. Lilly besuchte ihn in Tinnum, um ihn zu befragen.

Fitzen ließ zu Benthiens Verdruss auf sich warten und war nicht zu erreichen. Benthien hinterließ ihm eine Nachricht, dass er seinen Hintern schnellstmöglich in Richtung Sylt in Bewegung setzen sollte.

Gonde, die im Esszimmer noch immer sehr fleißig die verschiedenen Schriftstücke bearbeitete, war ein ganzes Stück weitergekommen. Sie legte Benthien einige ausgedruckte Seiten vor. »Das ist der Text aus Carolas Kladde. Jedenfalls das, was sie zuletzt geschrieben hat – zwei Tage vor ihrem Tod. Alles andere bezieht sich nicht auf den Mord an Thure Bassewitz, das sind

Gedichte und Essays, Texte, die mit ihrer Dichterei zusammenhängen. Und hier«, sie zeigte ihm ein paar andere Ausdrucke, »sind die Seiten aus dem Schnellhefter von Volker Melander. Er scheint sie vor Adeline versteckt zu haben.«

Benthien strahlte sie an. »Ich bin beeindruckt, Gonde. Tolle Arbeit! Fantastisch, was du geleistet hast! Ich danke dir.«

»Da nicht für«, sagte Gonde verlegen.

Fitzen tauchte gegen Mittag, rechtzeitig zum Essen, im Friesenhaus auf.

Benthien runzelte die Stirn. »Warum kommst du so spät zurück, mein Freund? Hast du Uhr und Handy verloren?«

»Tut mir leid, wir haben uns ein bisschen vertan mit der Zeit. Zuerst haben wir den Mietvertrag unterschrieben, und dann mussten wir noch ein bisschen trainieren. Die Zeit rennt einem ja davon.« Fitzen setzte seinen Welpenblick auf.

»Trainieren? Du und Katharina? Wofür?«, fragte Lilly.

»Ihr *trainiert* mitten am Tag? Während der Arbeitszeit?« Benthiens Stirnrunzeln vertiefte sich.

Fitzen grinste. »Was hast du nur für schmutzige Gedanken, Johnny-Boy! Nein, in zwei Monaten ist die Auswahl in Deutschland, da werden die Paare ausgesucht, die zur Weltmeisterschaft nach Finnland fahren dürfen, und da müssen wir unbedingt dabei sein, das verstehst du doch? Ich musste Katharina erst mal stundenlang bequatschen, da überhaupt mitzumachen. Sie sagte, sie hätte keine Lust, wie ein Kartoffelsack über meinem Rücken zu hängen. Und dann müssen wir auch immer einsame Wege suchen, meistens im dunklen, dunklen Wald, damit uns keine blöden Gaffer filmen!«

»Tommy! Wovon redest du eigentlich?«, rief Lilly.

Doch niemand beantwortete ihre Frage. Benthien stöhnte

und schüttelte den Kopf. »Oh Mann, Fitzen, das ist nicht gut für deine Bandscheiben, das habe ich dir schon mal gesagt! Lass den Quatsch!«

»Katharina wiegt 59 Kilo, das geht ja noch. Allerdings habe ich ihr geraten, noch ein bisschen abzunehmen. Aber das will sie nicht, da bleibt sie stur! Außerdem ist das kein Quatsch. Es macht irre viel Spaß. Und verkleiden kann man sich auch dabei!«

»Ja, du Kindskopf, und anschließend gibt's ein Besäufnis in Sonkajärvi! Ich weiß es, ich war ja dabei! Warum wirfst du nicht Baumstämme oder spielst nackt Rugby, das macht doch auch Spaß!«

»Klärt mich mal endlich jemand auf von euch beiden?«, fragte Lilly wütend.

»Fitzen will Weltmeister im Frauentragen werden«, sagte Benthien, und offensichtlich meinte er es ernst. »Vor ein paar Jahren hat er es schon mal versucht und wurde Vierundfünfzigster …«

»Neunundzwanzigster!«

»Oder so«, meinte Benthien »Mich wollte er auch überreden mitzumachen, ich war aber nur als Zuschauer dabei, und nur, weil ich mal nach Finnland wollte.«

»Und jetzt könntest du mit Lilly teilnehmen! Obwohl«, Fitzen musterte Lilly kritisch, »ein paar Pfündchen müsste sie abnehmen.«

Lilly war empört. »Glaubst du wirklich, *ich* will wie ein alter Kartoffelsack über Johns Rücken hängen? Seid ihr wahnsinnig?«

»Es ist absolut geil!«, schwärmte Fitzen. »Man läuft eine Distanz von 253,5 Metern, über Stock und Stein und durch einen Wassergraben. Wie man die Frau trägt, bleibt einem selbst überlassen. Ihr solltet wirklich mitmachen!«

»Darüber können wir ein anderes Mal reden. Ich möchte, dass du nach dem Essen Mikke und Annika bei der Durchsicht der Videobänder hilfst, dann seid ihr schneller durch.«

Fitzen zog eine Grimasse. »Und du und Lilly?«

»Wir haben etwas anderes vor! Tja, mein Lieber, wer zu spät kommt … Du kennst das ja!«

Am Nachmittag fanden sich Benthien und Lilly am Aufführungsort des Schauerstücks zur Generalprobe ein, das den wenig spektakulären Titel *Ein Mann, ein Mord, ein Mädchen* trug.

»Die haben sich nicht lumpen lassen«, stellte Lilly fest. »Eine Aufführung im Haus am Kliff, mit hoher Fensterfront und einem Traumblick auf die Nordsee, das macht was her!«

Sie betraten das Foyer, wo sie auf Sabrina trafen, die sorgfältig gestaltete Theaterprogramme auslegte. Sie begrüßte John und Lilly mit einem Lächeln. Noch trug sie kein Kostüm, sondern ein buntes Sommerkleid. Im Hintergrund war eine Catering-Firma an einem langen Tisch zugange, und unendlich viele Leute liefen hin und her.

»Schon aufgeregt?«, fragte Lilly. »Werden die Kostüme vom Dachboden denn fertig werden?«

»Sie sollen in ein bis zwei Stunden hier eintreffen. Aber die meisten Darsteller haben ihre Kostüme schon an. Und aufgeregt – na ja, ich verdränge das noch. Aber spätestens auf der Bühne wird es mich einholen. Ich hoffe nur, ich vergesse den Text nicht!«

Die Besucher strömten so zahlreich herein, als wäre es schon die Abendvorstellung. Viele kannten Sabrina und begrüßten sie, bis sie hinter die Bühne floh. Man setzte sich. Ein aufgeregtes Raunen erfüllte den Saal, bis endlich der Vorhang aufging und ein luxuriöses Wohnzimmer zeigte. Carola und Wilhelm hatten ihren ersten Auftritt, einen kurzen Dialog, der in eine kleine, schüchterne Liebesszene mündete. Man schrieb den Sommer 1914. Vom kommenden Krieg war auch die Rede.

Benthien blickte sich um. Er bemerkte Arndt Schäfer im Hintergrund, der ihm zunickte. Doch den Mann, dessentwegen sie gekommen waren, den sah er nicht. War er so unscheinbar, dass er nicht auffiel?

Das Bühnenstück nahm seinen Lauf. Justus, immer noch in Freizeitkleidung, war dennoch imponierend als Heinrich, ebenso der Schauspieler, der Thure Bassewitz darstellte. Beide lieferten sich pointierte Dialoge. Der Schauspieler, der Frerk Johannsen spielte, trug bereits sein Kostüm, eine Arbeiterhose, ein dunkles Hemd und die berühmte karierte Schlägermütze, an der Carola ihn erkannt haben wollte, als er weglief.

Als die Szene kam, in der ein Dorfgendarm Frerk mit den Worten festhielt: »Haben wir dich endlich, du verruchter Meuchelmörder!« und man die Stille im Saal mit Händen greifen konnte, sprang ein einzelner Mann auf und lief bis vor die Bühne.

»Das ist eine Lüge, eine Verleumdung!«, rief er mit lauter, aber ein wenig zittriger Stimme. »Frerk Johannsen war nicht der Mörder! Er muss rehabilitiert werden! Er wurde gehängt für etwas, das er nicht getan hat, und das wissen Sie, Justus Melander, ganz genau! Der Mörder war nämlich einer der Ihren!«

Er hatte noch nicht ganz zu Ende gesprochen, als Schäfer mit einem uniformierten Beamten an den Mann herantrat und ihn freundlich, aber energisch bat, sie hinauszubegleiten.

Der unscheinbare Mann versuchte noch zu protestieren, gab aber schnell auf und ging wie ein begossener Pudel mit den beiden Beamten hinaus. Dutzende Köpfe drehten sich nach ihm um, und ein aufgeregtes Zischen ging durch den Saal. Ein paar Zuschauer lachten.

Auf der Bühne hatte das Stück kurz gestockt, doch dann wurde ohne einen Kommentar von Justus weitergespielt bis zum blutigen Ende, das zeigte, wie Frerk zum Schafott geführt wurde. Heinrich hielt einen kurzen Monolog über die Gerechtigkeit, und Carola und Wilhelm grüßten strahlend als Verlobte (obwohl die Verlobung in Wahrheit schon früher stattgefunden hatte). Aber für Justus schien sie ein krönender Abschluss zu sein.

Das Publikum applaudierte begeistert, und Benthien und Lilly machten sich davon, um Arthur Curland auf der Polizeistation in Westerland zu befragen, wo er bereits auf sie wartete.

Curland machte ein saures Gesicht, als sie ihn in dem kleinen Verhörzimmer, in das man ihn gesteckt hatte, aufsuchten.

»Was habe ich denn mit der Polizei zu tun, sogar mit der von Flensburg?«, maulte er. »Warum informiert man mich nicht?«

»Die Fragen stellen wir!«, sagte Benthien nicht unfreundlich. »Aber zunächst einmal interessiert es mich, warum Sie eben Frerk Johannsen verteidigt haben. Was wissen Sie über ihn?«

Curlands Augen leuchteten auf. »Er war mein Urgroßvater«, sagte er schlicht. »Seine Tochter, Elsie Curland, geborene Johannsen, war meine Großmutter, die ich über fünfundzwanzig Jahre lang kannte. Sie hat uns viel von ihm erzählt. Sie war elf, als er verhaftet wurde, und hat alles hautnah mitbekommen. Sie hat uns immer erzählt, dass dieses Drama wie ein Schatten über ihrer ganzen Kindheit lag – und der ihrer Schwester. Ihre Mutter hat sich nie davon erholt.«

»Und woher wissen *Sie*, dass Frerk unschuldig war?«

»Weil er sich zur Zeit des Mordes zu Hause aufhielt und seiner Frau geholfen hat, die Wäsche zu legen! Meine Oma war dabei und konnte es bestätigen. Und glauben Sie mir, sie hat nicht gelogen. Ich weiß das. Aber einer armen Arbeiterfamilie hat man natürlich nicht geglaubt. Dafür aber den hohen Herrschaften aus dem Melander-Clan!«

»Haben Sie deswegen Adeline Melander gestalkt?«, fragte Lilly.

»Ich habe *was?*« Curland blickte völlig entsetzt drein. »Ich habe Adeline doch nicht gestalkt, um Gottes willen! Ich habe sie beobachtet!«

»Warum?«, fragte Benthien schlicht.

Curland holte tief Luft, ehe er langsam sagte: »Das ist schwierig zu beantworten.«

»Tun Sie's einfach!«

Heraus kam eine ziemlich verwickelte Geschichte. Zuerst beklagte der Mann sein – in seinen Augen – unnützes und einsames Leben sowie seinen langweiligen Job, den er zudem vor ein paar Jahren verloren hatte. Dann war ihm die Idee gekommen, endlich mal etwas Großes, Eigenes im Leben zu leisten, nämlich, einen Krimi zu schreiben. »Ja, ich weiß«, sagte er und sah aus wie jemand, der sich schämte, »heutzutage denkt jeder, er kann schreiben, das ist fast schon zum Volkssport geworden. Aber ich habe große Vorbilder. Ich war schon immer ein Fan von Dashiell Hammett und Raymond Chandler. So schreiben zu können wäre mein Traum. Ich habe auch ganz viele Geschichten im Kopf, aber wenn es dann ans Schreiben geht, tja, dann funktioniert es einfach nicht. Nach vierzig, fünfzig Seiten kommt da einfach nichts mehr.« Er klopfte sich gegen die Stirn und sah auf einmal ganz traurig aus.

Benthien trommelte ungeduldig mit den Fingern auf dem Tisch.

Curland fuhr eilig fort: »Deshalb kam ich auf die Idee, jemanden zu beobachten, wie Privatdetektive es tun. Hammett war ja auch mal Privatdetektiv gewesen. Ich habe gehofft, dass es mich inspiriert. Und weil die Familie Melander schon immer in meinem Kopf herumgespukt hat, schon wegen ihrer schillernden Vergangenheit, habe ich mir Adeline ausgesucht. Die Männer sind ja eher langweilig, und Annette steht den ganzen Tag nur in ihrer Apotheke – zum Beobachten war Adeline daher ideal, sie unternimmt viel, ist eine Dame der Gesellschaft … und vielleicht passierte ja mal etwas … Aber ich wollte sie natürlich auf keinen Fall erschrecken! Ich habe alles aufgeschrieben, was sie getan hat – meine Eindrücke, ihr Aussehen, ihre Mimik und Gestik. Die Menschen, die sie traf. Die Art, wie sie spricht. Und wenn sie irgendwo war, wo ich nicht mit rein konnte – in einer Veranstaltung beispielsweise –, habe ich an meinen Geschichten gearbeitet.«

Benthien hütete sich zu fragen, ob Curlands schriftstellerische Ambitionen Früchte getragen hatten, vielmehr interessierte ihn jetzt in diesem Augenblick, was der Mann gesehen hatte. Er war unter Zeitdruck und wollte weiterkommen. In erster Linie wichtig war ihm der Nachmittag an Adelines Todestag, an dem Curland von Tristan auf dem Melander-Gelände gesehen worden war. Er fragte ihn, was er damals dort getan und was er gesehen hatte. Vor allen Dingen wollte er eine Erklärung für die Fotos, die Curland von der toten Adeline in der Düne geschossen hatte.

Zum Glück dachte Curland gar nicht daran, seine Anwesenheit am Tatort zu leugnen.

»Ich habe es gesehen«, sagte er ganz ruhig. »Natürlich ohne zu wissen, was ich überhaupt sah. Zuerst dachte ich, es wäre nur ein harmloser Streit, wie er in jeder Familie vorkommt. Leider war ich zu weit weg, um zu erkennen, wer da bei ihr war. Aber mittlerweile bin ich sicher, es zu wissen.«

Benthien und Lilly zuckten zusammen.

»Und wer war es?«, fragte Lilly gespannt.

Curland begann zu erzählen.

Am Spätnachmittag machten sich Gonde und Benthiens Vater für das große Ereignis im neuen Wenningstedter Kurhaus fertig. Fitzen interessierte sich nicht dafür, und Mikke und Annika waren, nachdem sie ihre Berichte abgeliefert hatten, wieder auf dem Rückweg nach Flensburg.

Benthien hatte beschlossen, nun doch nicht die Aufführung zu besuchen. Er plante etwas, das er so noch nie zuvor getan hatte, und das bedurfte einiger Vorbereitungen. Doch zuerst musste Fitzen informiert werden. Lilly erzählte ihm von den Gesprächen mit Klaus Labahn und Arthur Curland.

»Woher wusstet ihr denn, dass er in der Aufführung sein würde?«, fragte Fitzen.

»Sein Bruder hat uns informiert«, erklärte Benthien. »Curland war auf dem Festland; manchmal, sagt er, muss er lange Strecken fahren, besonders, wenn er seelisch angeschlagen ist. Diesmal ist er mit seinem Moped bis ans Skagerrak gefahren. Aber dann hat er seinen Bruder angerufen und mitgeteilt, dass er zurückkommt, und der hat uns benachrichtigt. Und jetzt lasst uns mal unser Vorgehen und unsere Strategie besprechen.«

»Hercule Poirot«, sagte Lilly, nachdem das morgige Programm nach langer Diskussion endlich feststand.

»Wie bitte?« Benthien zog eine Augenbraue hoch.

Lilly lächelte. »Hercule Poirot macht es so. Er versammelt am Schluss alle Verdächtigen und entlarvt den Mörder. Und genau dasselbe hast du jetzt vor. Agatha Christie zieht sich irgendwie wie ein roter Faden durch unseren Fall.«

Benthien betrachtete Lilly zweifelnd, entschloss sich dann aber, das nicht zu kommentieren. Offensichtlich wollte sie ihn mal wieder aufziehen mit ihrem ewigen Poirot. Er beauftragte Fitzen damit, am nächsten Morgen alle Beteiligten anzurufen und für fünfzehn Uhr ins Melander-Haus zu bestellen. »Sag ihnen, das ist eine polizeiliche Maßnahme. Jeder hat pünktlich da zu sein!«

»Und was machst du?«

»Ich werde mich morgen Vormittag mit Tristan treffen.« Er zog eine Grimasse. »Und Schäfer muss ich die Leviten lesen! Er hat sich absolut unprofessionell verhalten; ich weiß auch nicht, was in den gefahren ist! Aber jetzt« – er deutete auf den Laptop und die Papierstapel auf dem Tisch – »werden wir noch einmal den ganzen Kram durcharbeiten müssen. Vergesst nicht, wir müssen das alles im Kopf parat haben!«

Kapitel 35

Die gute Stube lag hinter der Küche und war ein großer Raum in L-Form. Im kurzen Teil des L stand ein gewaltiger Esstisch, an dem mindestens vierzehn Personen Platz fanden. Im größeren und breiteren Teil des Raumes befanden sich ein fast mannshoher Kamin, ein uraltes schwarzes Klavier mit zwei verschnörkelten Messingleuchtern, zwei Sofas und etliche Sessel. Dazu ein Sofatisch und zwei kleine Beistelltische.

Der Raum war bereits reichlich bevölkert. Eingeladen oder vielmehr aufgefordert, um Punkt fünfzehn Uhr im Melander-Haus zu erscheinen, waren die Brüder Théo, Marcel und Etienne, außerdem Annette, Evi und Tristan, Justus, der auch Sabrina mitgebracht hatte, und als Außenstehende Raffael Quest und Sigrid Schulau. Auf Sylvia Zieleke hatte Benthien Evis wegen verzichtet. Die grippegeplagte Henny war trotz ihrer Krankheit gekommen, weil sie offenbar dachte, als Haushälterin die Gäste versorgen zu müssen, doch Sabrina und Etienne hatten ihr die Arbeit abgenommen. Nun saß sie auf einem Stuhl an der Wand. Ihr Gesicht war gerötet, und Benthien hoffte, dass sie kein Fieber hatte. Er schlug Lilly vor, sich neben Henny zu setzen und ein wenig auf sie achtzugeben. Sie erwiderte sein Lächeln und streichelte verstohlen seine Hand. Als Benthien aufblickte, bemerkte er, dass Annette sie beide mit einem anzüglichen Grinsen bedachte.

Marcel und Etienne trugen weitere Stühle vom Esstisch herbei, denn die vorhandenen Sitzgelegenheiten reichten vermutlich nicht für alle aus. Sabrina hatte zusammen mit Justus und

Etienne Kaffee serviert, hatte Wasserflaschen und Gläser auf die Tische gestellt und Butter- und Friesenkekse in kleine Schälchen verteilt.

Es herrschte eine nervöse Stimmung, aus der sich eine gewisse Unterströmung herausfiltern ließ, die aus Anspannung, Angst und auch einer gewissen Überheblichkeit bestand, zumindest bei einigen der Anwesenden. Benthien selbst war ebenfalls nervös. Er hatte ein Konzept ausgearbeitet, eine Strategie, der er zu folgen hatte, um erfolgreich zu sein. Und er musste insgeheim zugeben, dass er so etwas noch nie gemacht hatte, es war auch nicht gerade üblich in Polizeikreisen. Aber er hatte sehr wenig gegen den Täter in der Hand, praktisch nur Indizien, und wenn er ihn hier schon überrumpeln und zu einem Geständnis bringen würde, hätte er viel erreicht.

Nachdem sich auch Thyra niedergelassen hatte, Fitzen einen Stuhl geholt und sich verkehrt herum daraufgesetzt hatte, die Arme über der Lehne verschränkt, konnte es losgehen.

Benthien wollte gerade anfangen, als Annette ihm zuvorkam.

»Ist Arndt Schäfer, also die Polizei von Westerland, bei dieser außerordentlichen Sitzung nicht dabei?«, fragte sie spöttisch.

»Sehen Sie ihn irgendwo?«, konterte Fitzen.

»Ist das nicht gegen die Regeln?«

Benthien war klar, dass Annette ihn irritieren und aus dem Konzept bringen wollte.

»Ruhe jetzt«, sagte er. »Alle, die noch stehen, setzen sich bitte hin. Zuerst möchte ich Ihnen Frau Oberstaatsanwalt Dr. Thyra Kortum vorstellen.« Thyra nickte freundlich lächelnd in die Runde, und Benthien wollte gerade fortfahren, als schon wieder Annette das Wort ergriff.

»Mir kommt das alles reichlich suspekt vor, Herr *Hauptkom-*

missar. Was soll das hier werden? Eine Befragung? Ein Kreuzverhör? Eine Inquisition? Wollen Sie uns gegeneinander ausspielen? Sind Sie hier, um jemanden zu verhaften? Wo ist denn dieser Curland, der Stalker meiner Mutter? Sie haben ihn doch gestern festgenommen! Was ist mit ihm? Justus! Du bist Anwalt, sag doch mal was!«

»Alles, was ich sage, ist: Halt den Mund, Annette!« Justus saß eng neben Sabrina in einer Sofacke, beide hatten die Hände ineinander verschränkt. Er warf seiner Nichte einen genervten Blick zu.

Auch Théo wirkte verärgert. »Lasst uns um Gottes willen anfangen, sonst sitzen wir morgen früh noch hier! Ich habe nicht ewig Zeit!«

Tristan, der vor dem Klavier saß, unterstrich die Worte seines Vaters mit einem ironisch gemeinten Akkord.

Allmählich wurde es so still, dass man ein Staubkorn hätte fallen hören können. Benthien wartete noch eine halbe Minute, dann entschied er, dass der richtige Augenblick gekommen war.

»Wir sind heute hier, weil wir einige Neuigkeiten, einige Erkenntnisse für Sie haben, die Sie erfahren sollten«, begann er. »Anstatt sie jedem einzeln mitzuteilen, ist diese Zusammenkunft die einfachere Lösung.«

»Wissen Sie endlich, wer Nicky und Yvonne umgebracht hat? Und unsere Mutter?«, fragte Etienne, der in sich zusammengesunken neben Marcel auf dem Sofa saß und unendlich erschöpft wirkte.

Benthien ging auf diese Frage nicht ein. »Drei Menschen wurden ermordet. Yvonne Melander, ihr Sohn Nicky und Adeline Melander. Uns stellte sich zunächst die Frage: Wer besaß ein Motiv, Yvonne Melander zu töten?«

»Ihr Freund Yaro Dhiaf natürlich«, sagte Annette. »Er wollte, soviel ich weiß, mit ihr Schluss machen.«

»Yaro Dhiaf hatte sich bereits von Yvonne getrennt. Er hatte keinen Grund, seine Freundin umzubringen, und schon gar nicht ihren Sohn.« Benthien ließ den Blick über die Anwesenden schweifen, die wiederum ihn erwartungsvoll ansahen. »Auch Sie – jeder von Ihnen – besaß kein wirkliches Motiv, Yvonne zu töten. Die Einzige, die einen plausiblen Grund dafür hatte, war Ihre Mutter, Ihre Schwester, Ihre Schwiegermutter ... Adeline Melander. Sie mochte ihre Schwiegertochter nicht, und sie liebte ihren Enkel Nicky über alle Maßen. Sie wollte, dass er bei ihr aufwächst, hier auf Sylt ... und keinesfalls in Tunesien.«

»Das ist Unsinn«, ließ sich Théo vernehmen. »Es hat sich doch herausgestellt, dass der Giftanschlag meiner Mutter galt! Yvonne hatte sich nur mal wieder aus ihrem Kühlschrank bedient, wie sie es häufig tat. Sie hat oft bei meiner Mutter schmarotzt. Jemand wollte meine Mutter vergiften, und Yvonne und Nicky hat es zufällig getroffen.«

»Warum sprichst du eigentlich ständig von *deiner* Mutter?«, erkundigte sich Annette aggressiv.

Benthien warf Théo einen Blick zu, der daraufhin von einer Erwiderung absah und verärgert zur Seite blickte.

»Wir kamen zu dem Schluss, dass es sich hier tatsächlich um ein Versehen handelte, dass der Giftanschlag Adeline galt, da ja die Flasche mit dem Gift in ihrem Kühlschrank gefunden wurde. – Ich werde«, fügte er hinzu, »Frau Melander in meinem Bericht ab jetzt als Adeline bezeichnen, des besseren Verständnisses wegen, da sich diese Bezeichnung auch auf zwei weitere Personen in diesem Raum beziehen könnte.«

»Machen Sie weiter«, knurrte Théo. »Und erzählen Sie uns mal etwas, das wir noch nicht wissen!«

Benthien warf Fitzen einen Blick zu, der Wachablösung signalisierte. Er griff nach seinem Wasserglas, während Fitzen aufstand, seinen Stuhl umdrehte und wieder Platz nahm.

»Was uns von Anfang an ein wenig irritierte, war, dass Adeline die Gefahr, die ihr drohte, nicht besonders ernst zu nehmen schien«, sagte Fitzen und legte den rechten Fuß auf seinem Knie ab. »Zumal sich dann herausstellte, dass es auch einen Stalker gab, zumindest jemanden, der sie pausenlos beobachtete. Dazu erhielt sie eine Drohung in Form einer lächerlich ausstaffierten Voodoo-Puppe, und irgendjemand drang in der Nacht ins Haus ein und manipulierte die Treppe oder schubste sie hinunter. Zumindest sollte es so aussehen. Zum Glück verletzte sich Adeline nicht schwer.«

»Was heißt: Es sollte so aussehen?«, erkundigte sich Justus.

Annette blökte: »Mir gefällt es nicht, dass Sie meine Mutter ständig als Adeline bezeichnen!«

Fitzen ignorierte den Einwurf. »Auf der Voodoo-Puppe fanden wir nur DNA-Spuren von Adeline. Auf der Treppe, oben am Absatz, waren zwei Nägel eingeschlagen und lackiert worden, an denen offenbar am Abend oder in der Nacht transparenter Bilderdraht gespannt worden war. Wir fanden jedoch keine Hinweise, dass jemand im Haus gewesen war, der dort nicht hätte sein dürfen. Es stellte sich heraus, dass Adeline nur geringfügig verletzt war, gerade so, als ob ein Schutzengel über sie gewacht hätte.«

»Soll das heißen, dass ihr das alles gar nicht ernst genommen habt? Auch nicht das vergiftete Pesto? Oder den Stalker? Glaubt ihr wirklich, Addi hat das alles nur inszeniert?« Es war das Erste, was Raffael Quest von sich gab, seitdem er das Zimmer betreten hatte. Bis dahin hatte er auf seinem Stuhl an der Wand nur dumpf vor sich hingestiert. »Ich war doch dabei, als ihre Wohnungstür aufging oder vielmehr zuknallte, und als Addi dann in die Küche ging, fand sie die Puppe. Sie war die ganze Zeit bei mir! Wie soll sie da ihre Wohnungstür manipuliert haben?«

»Es war heiß, und Türen und Fenster standen auf, da war es zu erwarten, dass Türen durch den Luftzug zuknallen. Und genau das ist passiert.«

Fitzen nickte Raffael Quest zu, und Benthien nahm wieder das Wort. »Hinzu kam dann ein weiteres Ereignis: Jemand hatte Gonde Oldsens Haus in Brand gesteckt.«

»Soll das etwa auch auf das Konto unserer Mutter gehen?« Etienne knibbelte nervös an seiner Narbe herum.

Benthien sah sich um. »Wissen Sie wirklich nicht, dass Kommissar Schäfer bereits einen Haftbefehl gegen Ihre Mutter in der Tasche hatte? Es gab genug Beweise gegen sie. Aceton-Flecken auf der Kleidung, die sie an jenem Tag getragen hatte, obwohl sie versucht hatte, sie durch Waschen zu entfernen, ihre Fingerabdrücke an einer der Aceton-Flaschen, die in Gonde Oldsens Abfalleimer lag, aber nicht vollständig verbrannt war, und eindeutige Erdanhaftungen in den Reifenprofilen des City Cruisers Ihrer Mutter, die ihrer DNA nach nur vom Brandort stammen konnten.«

»Meine Schwester ist nicht ihr City Cruiser«, sagte Justus. »Den hätte auch jeder andere fahren können. Die Garage stand meistens offen.«

»Abgesehen davon, dass sie mit ihrem Knie gar nicht fahren konnte«, ergänzte Marcel empört. »Und warum, um Himmels willen, sollte sie Frau Oldsens Haus angezündet haben?«

»Darauf komme ich noch zu sprechen«, sagte Benthien. »Fest steht, es gab einen Haftbefehl gegen Adeline wegen Brandstiftung. Fest steht auch, dass unsere Überzeugung, dass Adeline kein Opfer, sondern Täterin war, immer größer wurde. Dazu kam die Tatsache, dass auch Emily Matern hier im Eibenhaus vergiftet wurde. Sie ist nicht an einem Herzinfarkt gestorben, sondern wurde mit Taxin vergiftet. Es befand sich in ihrem Likörglas. Das hat sich nach der Exhumierung ergeben. Taxin befand sich auch zusammen mit einem Tollkirschenextrakt in der Likörflasche, aus der Yvonne und Nicky getrunken haben.«

Benthien konnte nicht mehr weitersprechen, da fast jeder aufsprang und auf ihn einredete. Théo schrie, dass diese Aussagen Konsequenzen haben müssten. Annette bedrängte Justus mit immer lauter werdender Stimme, endlich etwas zu unternehmen. »Er kann doch nicht einfach so was behaupten, und du Weichei sitzt da und tust nichts!«, rief sie zum wiederholten Mal. Marcel lief durchs Zimmer und hob verschiedene Gegenstände auf, nur um sie dann wieder fallen zu lassen. Raffael war aufgesprungen und brüllte etwas, das keiner verstand. Tristan machte dem allen ein Ende, indem er auf das Klavier eindrosch und einen schnellen Lauf folgen ließ.

Daraufhin herrschte empörte, atemlose Stille.

Ehe der Lärm von neuem losbrach, ergriff die Oberstaatsanwältin das Wort.

»Nach unserer Erkenntnis hat Adeline Yvonne und Niclas Melander, Emily Matern und mit großer Wahrscheinlichkeit auch ihren Mann Volker, ihren Sohn Jacques und ihre Tante Ernestine getötet«, sagte sie gelassen, doch mit eisiger Betonung. »Und sie war verantwortlich für die Brandstiftung. Das zu hören ist ein Schock für Sie, das kann ich gut verstehen. Aber bitte tun Sie uns und sich selbst den Gefallen und hören Sie zu, was Hauptkommisar Benthien Ihnen zu sagen hat. Er erfindet hier ja keine Märchen. Und dadurch, dass Sie alle den Kopf in den Sand stecken, kommen wir auch nicht weiter. Also bitte!«

Sie nickte Benthien zu.

»Aber den Stalker gab es«, flüsterte Raffael Quest in die neu entstandene schockierte Stille hinein, und alle Blicke wandten sich ihm zu, wahrscheinlich, weil es so unerträglich war, Benthien oder die Oberstaatsanwältin anzusehen.

»Richtig, den gab es, und auf ihn komme ich auch noch zu sprechen«, sagte Benthien, und damit kehrte tatsächlich so etwas wie Ruhe ein. Allerdings eine Ruhe, die fragwürdig und sehr fragil war.

»Fangen wir von vorne an, und beleuchten wir die Dinge nun aus Adelines Sicht. Adeline vergiftet den Likör, stellt ihn in den Kühlschrank und fährt nach Damp. Dass niemand von ihrer Familie außer Yvonne an den Likör gehen würde, weiß sie, diese Gefahr besteht also nicht.

»Mein Sohn hätte von dem Likör trinken können«, sagte Sigrid Schulau mit brüchiger Stimme.

Benthien warf ihr einen Blick zu, dann sprach er weiter: »Die tragische Komponente, dass auch ihr kleiner Enkel, dessentwegen Adeline die Tat ja überhaupt begeht, vom Likör trinkt und stirbt, kann sie jedoch nicht voraussehen … oder doch, eigentlich hätte sie es gekonnt, denn auch bei ihrer Gedenkfeier im Januar hat er von dem verlockend süßen Getränk probiert. Aber Adeline ist kein sehr weitsichtiger Mensch, auch sonst im Leben nicht. Sie weiß, was sie will, und sie wird es durchsetzen, skrupellos, mit eisernem Willen, allein von ihren Emotionen geleitet. Sie will nicht, dass Tristan die Insel verlässt und auf ein Internat geht? Nun, dann gibt sie eben kein Geld dafür. Sie bietet Sylvia Zieleke, die in ihren Augen die Ehe ihres Sohnes Théo zerstört, zwanzigtausend Euro an, damit sie Théo verlässt. Marcel lebt in einer homosexuellen Partnerschaft und plant sogar eine Ehe? Adeline droht, ihn vom Erbe auszuschließen. Yvonne will mit Adelines geliebtem Enkel nach Tunesien auswandern? Yvonne wird, da sie unbelehrbar ist, für dieses Vorhaben bezahlen! Die Familie geht Adeline über alles, die muss zusammenbleiben, auf sie darf kein Makel fallen. Selbstverständlich auch nicht auf ihre Vorfahren, auf die sie sehr stolz ist. Adeline identifiziert sich selbst und alles, was sie im Leben hat und ist, über ihre Familie.

Das ist ihr Problem.

Und dann kommt jemand, mit dem sie sogar noch befreundet ist, auf die Idee, zu behaupten, einer der erlauchten Melander-Vorfahren aus dem 18. Jahrhundert wäre ein Mann, der Schiffbrüchige aufsammelte und die Toten für viel Geld an Ärzte, Quacksalber und Universitäten verkaufte. Der Deichgraf Haie Melander, ein Leichenhändler? Adeline droht mit einem Verfahren und hat Erfolg: Die Freundin, Gonde Oldsen, geschichtlich interessiert, besonders an der Sylter Inselhistorie, gibt nach und zieht diese Behauptung zurück. Adeline hat vorerst die Oberhand behalten. Aber kann man wissen, was sonst noch so alles in ihren Archiven schlummert? Vielleicht haben die Melanders ja noch mehr Dreck am Stecken? Adeline beschließt, kein Risiko einzugehen und das Haus von Gonde Oldsen mit allem Inventar einfach abzufackeln. Da sie gerade eine Knie-OP hatte, schließt sie völlig aus, dass sie in Verdacht geraten könnte. Wusste sie, dass Gonde Oldsen in der Brandnacht auf dem Festland war? Hat sie diesen Zeitpunkt ausgesucht, weil sie denn doch nicht Gondes Tod beabsichtigte? Wir wissen es nicht, aber es ist möglich.«

Er machte eine kurze Pause und trank einen Schluck. Tristan unterstrich Benthiens Worte mit einem schnellen Lauf auf dem Klavier. Ehe es noch jemand verhindern konnte, sprang Théo von seinem Sitz, eilte zu dem Instrument und hätte seinem

Sohn den Deckel auf die Finger geknallt, wenn Tristan nicht blitzschnell reagiert und den Deckel abgefangen hätte.

»Ich bitte um Ruhe!«, sagte Thyra mit ihrer immer noch eisigen, glasklaren Stimme, die Benthien nur ganz selten zu hören bekam. »Alle setzen sich wieder und bleiben gefälligst auf ihren Plätzen!«

Benthien beobachtete, wie Annette aufmucken wollte, doch offensichtlich flößte ihr Thyras natürliche Autorität und Stimmlage Respekt ein, und sie traute sich ganz einfach nicht. Thyras scharfe blaue Augen korrespondierten hervorragend mit ihrem ebenso royalblauen Kostüm, so dass sie trotz ihrer bequemen Sitzhaltung wie eine kühle, unangreifbare Eisskulptur wirkte inmitten der hitzigen Aufgeladenheit des Zimmers.

Ein Blick zu Lilly sagte ihm, dass sie besorgt an Hennys Seite wachte, die zusammengesunken auf ihrem Stühlchen saß. Sie würde einschreiten, falls Henny zusammenbrechen sollte.

Fitzen hatte den Stuhl wieder umgedreht und stützte sich auf die Rückenlehne. Er wirkte entspannt, hatte aber jeden im Blick. Er kam Benthien vor wie die Katze vor dem Mauseloch.

Théo setzte sich wieder, und Benthien sprach weiter. »Kommen wir nun zu dem angeblichen Unfall mit dem Trockeneis. Warum sind wir der Meinung, dass es kein Unfall war? Welches Motiv sollte Adeline haben, ihren Mann zu töten? Ich werde es Ihnen erklären. Volker Melander war dahintergekommen, dass Adeline, als Jugendliche, ihre Tante Ernestine getötet hatte. Ob vorsätzlich und mit Absicht, ist nicht bekannt. Wir wissen, dass Volker sein Wissen von Justus Melander hatte, der damals als kleiner Junge dabei gewesen war. Nach Volkers eigener Aussage hatte Justus ihm diese Geschichte anvertraut, als sie einmal an einem feuchtfröhlichen Abend beisammensaßen. Danach war allerdings nie wieder die Rede davon.«

Gemurmel wurde laut, Rufe, Protest.

»Das ist völlig frei erfunden«, protestierte Justus, der wie erschlagen auf dem Sofa saß.

»Ist es nicht!«, ließ sich Sigrid Schulau vernehmen. »Volker hat es mir selbst erzählt.«

»Ich habe heute Morgen mit Klaus Labahn gesprochen, der nach seinem Urlaub wieder zurück auf der Insel ist«, ergiff jetzt Lilly das Wort, und alle Köpfe drehten sich zu ihr. »Er war, wie Sie ja wahrscheinlich wissen, ein sehr guter Freund von Herrn Melander. Er hat mir erzählt, dass Volker auch ihm die Geschichte anvertraut hat. Volker hatte seine Frau aufgefordert, ihm die Wahrheit zu erzählen, nicht, weil er sie ausposaunen wollte, sondern weil es für ihn wichtig war, zu wissen, was damals passiert war. Doch Adeline stritt alles vehement ab, sie behauptete sogar, sie wäre erst nach dem Unglück von Bauer Lachner hinzugerufen worden – was definitiv nicht stimmt –, und es kam zu einem großen Krach. In der Nacht wurde Adeline krank, sie hatte einen starken Infekt mit hohem Fieber. Anscheinend beschäftigte der Streit mit Volker sie noch während ihrer Fieberträume, denn sie sprach sogar im Schlaf davon. Volker sagte, sie habe gewimmert und immer wieder gesagt – halb im Schlaf, halb benommen: *Ich habe sie gestoßen, ich habe sie gestoßen.* Als er fragte, wen sie gestoßen habe, antwortete sie: *Tante Ernestine*. Darauf fragte er: In das Dreschwerk? Und sie antwortete: *Da war so viel Blut!*

Volker war so verstört, dass er am nächsten Tag seinem Freund davon erzählte mit der Bitte, es keinem weiterzuerzählen. Was Klaus Labahn auch bis heute nicht getan hat. Volker selbst aber hat mit Adeline, nachdem es ihr wieder besser ging, noch einmal über den Vorfall gesprochen. Und er hat ihr noch etwas gesagt, er war ja auch als Ahnenforscher tätig gewesen.

Als solcher hatte er Unterlagen gewälzt, und als Rechtsanwalt war er es ihm möglich gewesen, an die alten Gerichtsakten über den Fall Thure Bassewitz zu kommen, die er sorgfältig durchgeackert hatte, mitsamt allen Zeugenaussagen. Dabei kam er zu dem Schluss, dass Frerk Johannsen Bassewitz nicht getötet hatte, dass er unschuldig war.«

»Was erzählen Sie uns hier für Märchen?«, begehrte Théo auf. »Haben Sie eine Séance abgehalten und sind mit dem Geist meines Vaters in Verbindung getreten?«

Tristan, wohl in Anspielung auf das Wort »Séance«, spielte eine träumerische kleine Melodie, mit der er die Worte seines Vaters ins Lächerliche ziehen wollte.

»Ganz so umständlich war es nicht«, schaltete sich Fitzen jetzt ein. »Er hat natürlich etliche Unterlagen angefertigt über seine Ahnenforschung und was dabei herauskam. Zwar ist das alles zum Teil nur in Stichworten ausgeführt und in einer Sauklaue geschrieben, aber Frau Oldsen hat mehrere Stunden daran gesessen und das Wichtigste herausgefiltert. Die Ergebnisse sind eindeutig: Frerk Johannsen ist es nicht gewesen. Carola Borgwart, die Zeugin, muss sich geirrt haben. Wir haben auch noch ein anderes Beweisstück, das für diese Version spricht.«

»Wollen Sie damit sagen, dass unsere Familie etwas mit diesem Mordfall zu tun hatte?«, fragte Etienne entsetzt. »Dass dieser Irre gestern recht hatte? Sie sind ja komplett verrückt!«

»Wusstest du nicht, Etienne, dass die Melanders eine Sippe von Verbrechern sind?«, sagte Théo, spottend vor Wut. »Mindestens ein Mörder in jeder Generation! Wahrscheinlich hat der alte Heinrich seinen Kompagnon getötet und Carola gleich hinterher.«

Fitzen nickte. »Genauso war es. Ob er oder einer seiner

Söhne Bassewitz getötet hat – es hieß, es gab Unstimmigkeiten in der Manufaktur, Heinrich wollte auf Blechspielzeug umstellen, und Bassewitz war wegen des aufkommenden Krieges strikt dagegen –, wir wissen es nicht, aber es ist ziemlich sicher, dass es nicht Frerk war. Er hat ein Alibi, er war zur Zeit des Mordes bei seiner Frau, aber das hat ihr natürlich niemand geglaubt. Und dann, kurz vor dem Hinrichtungstermin, wurde Carola Borgwart getötet, von der danach irgendjemand das Gerücht streute, sie habe Wilhelm verlassen und sei nach Amerika ausgewandert. Carola Borgwarts Leiche wurde vor Kurzem in der Großen Düne, also quasi auf Ihrem Grundstück gefunden. Todesursache war eine Schussverletzung. Doch vorher hat man ihren Kopf irgendwo gegengeschlagen, und zusätzlich wurde sie gewürgt.«

»Sicher auch von Heinrich«, höhnte Théo.

»Das wird jetzt neu für Sie sein«, sagte Benthien, »aber wir haben die alte Armeepistole, die Tristan gefunden und mir gegeben hat, untersuchen lassen, und es hat sich herausgestellt, dass die Kugel, die zwischen Carola Borgwarts Rippen steckte, aus genau dieser Waffe stammte.«

Tristan spielte etwas Trauriges, Elegisches auf dem Klavier, und sein Vater fuhr wie von der Tarantel gestochen von seinem Sitz.

»Raus hier!«, brüllte er in Richtung Benthien. »Ich höre mir diesen Schwachsinn nicht länger an. Raus hier, verdammt noch mal!«

Thyra setzte ihre Kaffeetasse, aus der sie gerade trinken wollte, ab. »Sie haben es immer noch nicht begriffen«, sagte sie. »Es liegt nicht in Ihrer Macht, Herr Melander, hier jemanden rauszuwerfen. Wir sind gerade dabei, drei Mordfälle aufzuklären und den Täter zu benennen. Sie werden uns wohl oder übel bis zum Ende anhören müssen. Bis dahin verlässt niemand diesen Raum. Also setzen Sie sich bitte wieder hin!«

»Natürlich kann man nicht bis ins Letzte rekonstruieren, was damals geschah«, fuhr Fitzen fort, als hätte es keine Unterbrechung gegeben. »Vielleicht war es so: Carola Borgwart erkannte, dass sie Frerk Johannsen zu Unrecht beschuldigt hatte. Wir wissen, dass sie zur Polizei gehen wollte. Heinrich erfährt es, es kommt zu einem Streit, in dessen Verlauf er Carola packt, schüttelt, den Kopf gegen die Wand schlägt und sie, außer sich vor Wut, würgt. Wilhelm eilt hinzu, die Pistole in der Hand. Vielleicht will er Carola helfen. Er schießt – möglicherweise in die Luft, um seinen Vater von Carola abzuhalten. Oder will er auf seinen Vater schießen? Carola gerät in die Schusslinie und wird getötet … denn der Schuss traf sie von hinten in den Rücken. Es waren also mit großer Wahrscheinlichkeit zwei Menschen am Werk. Wollte Wilhelm Carola töten oder Heinrich, oder sollte es nur ein Warnschuss sein? Wir wissen es nicht. Vielleicht war es auch umgekehrt, und Wilhelm war der ursprüngliche Angreifer. Aber abgesehen davon, die Schädelverletzung war ebenso tödlich wie der Schuss.«

»Woher wissen wir denn, dass Carola zur Polizei gehen wollte?«, fragte Etienne.

An Fitzens Stelle antwortete Benthien, indem er ein Blatt Papier zum Vorschein brachte und auseinanderfaltete. Er hielt es hoch. »Dies ist die Kopie eines Briefes von Carola Borgwart an ihre Freundin Geseke Abel. Ihre Mörder, die sie in der Düne vergruben, haben ihn übersehen, da sie ihn in ihrer Unterwäsche versteckt hatte. Durch die Jahre in der Düne war die Schrift fast vollständig verblasst, konnte aber von unseren Technikern zum Teil wiederhergestellt werden. Ich werde Ihnen einige der Fragmente vorlesen, sie sind sehr aufschlussreich.«

Es folgte eine kurze Pause, und die Stille im Raum war fast mit Händen zu greifen.

»Ich mache uns einen Kaffee«, sagte Gonde fröhlich und verschwand in der Küche, nachdem sie wieder im Friesenhaus angekommen waren. Ben zog sein Basecap vom Kopf und warf sich erschöpft in einen Sessel. So eine Hausbesichtigung war doch anstrengend, zumal es draußen noch immer sehr heiß war. Gerade war er mit Gonde nach Morsum gefahren, damit sie ihr neues Heim besichtigen konnte. Das ältere Ehepaar, das noch darin wohnte, hatte eingewilligt, ihnen die Wohnung – oder vielmehr die Haushälfte – zu zeigen, und Gonde war begeistert gewesen. Sie hatte drei Zimmer, Küche und Bad, einen Balkon und einen Gartenanteil. Die Miete war erschwinglich, für Sylt sogar erstaunlich niedrig. Ben wusste, dass das alles auf Sabrina zurückzuführen war, die sich sehr für Gonde eingesetzt hatte. Ihre beiden restaurierten Möbel, die inzwischen gekommen waren und mit denen man in zwei Wochen ihren Einzug feiern wollte, waren bei Justus in der Garage untergebracht worden, so dass Gonde sie nicht vorzeitig zu sehen bekam.

Ben lehnte sich zurück und schloss die Augen. Er dachte an John, Lilly und Fitzen. Würde alles so gelingen, wie John sich das vorgestellt hatte? Es war ein Kraftakt, ein Szenario, das einer eigenen Dramaturgie bedurfte und das John in seiner Polizeikarriere so noch nie durchgezogen hatte. Und das Ergebnis würde Schmerz und Tränen bringen.

»Bist du müde, willst du dich hinlegen?«, fragte Gonde besorgt, als sie mit dem Kaffeetablett hereinkam.

Ben richtete sich auf. »Nein. Wollen wir hier drinbleiben? Hier ist es kühler als draußen.«

Während sie Kaffee tranken und selbstgebackene, noch lauwarme Pförtchen aßen, überlegte Gonde, wie sie die Zimmer einrichten würde. Ben hatte ihr ein paar Möbel und Hausrat zugesagt, ebenso Meret und Sabrina und ein paar Nachbarn, so dass sie ganz zuversichtlich war.

»Am Ende hast du mehr, als du gebrauchen kannst«, sagte Ben schmunzelnd.

Das Festnetztelefon klingelte. Er meldete sich, doch am anderen Ende war niemand. Oder doch? Er hatte nicht gehört, dass jemand aufgelegt hätte. Ein paarmal sagte er »Hallo?« oder »Ist da jemand?«, nannte zweimal seinen Namen, hatte aber den Eindruck, dass die Leitung immer noch offen war. Ganz leise meinte er, einen Menschen atmen zu hören. Er wollte grade achselzuckend auflegen, als ein Wort sein Ohr traf, ein geflüstertes Wort, ein nostalgisches Wort, sehr leise und kaum verständlich gesprochen, ein Wort aus einer längst vergangenen Zeit, das er seit fast sechzig Jahren nicht mehr gehört hatte. Und das er vielleicht auch jetzt nicht gehört hatte! Wahrscheinlich hatte er gesponnen, hatte akustische Halluzinationen durch die Hitze, durch seine Erschöpfung.

Er ließ den Hörer fallen, als hätte er sich an ihm verbrannt.

»Was ist los?«, fragte Gonde, offenbar alarmiert über seinen Gesichtsausdruck.

Ben riss sich zusammen. »Nichts. Eine falsche Verbindung. Die Leute könnten sich ja wenigstens entschuldigen.«

Gondes forschender Blick ruhte auf ihm. »Irgendetwas hat dich erschreckt.«

Ben zwang sich zu einem Lächeln. »Ganz bestimmt nicht. Sollen wir mal überlegen, was wir zum Abendessen machen? Wie wäre es damit?« Er schob ein aufgeschlagenes Kochbuch zu ihr über den Tisch, mit dem er sich schon vor ihrer Abfahrt beschäftigt hatte.

Gonde betrachtete die Abbildung, dann musste sie lachen. »Sieht ja grauenvoll aus! Ich freue mich schon darauf, Johns Gesicht zu sehen, wenn er das auf seinem Teller liegen sieht!«

»Okay, dann machen wir es! Aber ich würde das Rezept gern ein bisschen verändern. Was meinst du dazu …«

Er erläuterte ihr seine Ideen ungeachtet der Tatsache, dass Gonde die Augen verdrehte und fassungslos den Kopf schüttelte.

Kapitel 36

Benthien begann, aus Carola Borgwarts wiederhergestelltem Brief vorzulesen:

»*… Geseke … gehe zur Polizei, obwohl Onno … nicht gerade der integerste … alter Saufkopp. Ich kann es nicht mit meinem Gewissen … vereinbaren*, wird das wohl heißen. *… getäuscht, Frerk war es nicht. … Konsequenzen … aber sonst … ich kann es nicht. Vielleicht … die Insel verlassen. Kommst du mit mir, ich bitte … dich* – könnte das letzte Wort heißen.

So weit der Brief. Sie hatte ihn bei sich, als sie ermordet wurde. Und kurz darauf verschwand auch ihre Freundin Geseke Abel. Übrigens, Onno Gerke war der Dorfpolizist von List. Er hatte keinen besonders guten Ruf.«

»Was wollen Sie damit sagen?«, fragte Annette aufgebracht. »Dass diese Geseke auch von Heinrich oder Wilhelm umgebracht wurde? Und dass Gerke mit ihnen unter einer Decke steckte?«

»Tatsache ist: Carola Borgwart wollte zur Polizei gehen. Sie zweifelte inzwischen daran, dass Frerk Johannsen der Täter war. Tatsache ist auch, dass sie dies ihrer Freundin mitteilte. Kurz darauf sind sowohl Carola wie auch Geseke verschwunden und nie wieder aufgetaucht.«

»Für mich ist das nicht schlüssig.« Justus' Stimme klang so rau, als könnte sie jederzeit bröckeln und in tausend Teile zerbrechen. »Selbst wenn wir davon ausgehen, dass Carola Zweifel hatte und zur Polizei gehen wollte – was ihr Brief für mich nicht eindeutig belegt –, war doch niemand dabei, als sie erschossen wurde, der bezeugen kann, dass es Wilhelm und/oder Heinrich waren.«

Fitzen räusperte sich. Benthien wusste, jetzt kam seine große Stunde. »Wir haben Heinrichs Ring, den mit dem Friesenwappen, untersucht, ebenso seine Kleidung. Zwischen den Ecken und Kanten des Wappens und des Schriftzuges hat man Blutanhaftungen entdeckt, für das Auge kaum sichtbar. Trotzdem war eine DNA-Untersuchung mit viel Mühe machbar, und es stellte sich heraus, dass es Carolas Blut war. Einzelne Blutpartikel fanden wir auch im Gewebe des Tweedjacketts von Heinrich.«

Fitzen entnahm einem Umschlag, den er vor sich auf den Tisch gelegt hatte, ein Foto. Es war ein altes Schwarz-Weiß-Foto von einer Festlichkeit im Eibenhaus, das Lilly vor Kurzem entdeckt hatte. Darauf war ein Mann zu sehen, der auf einem kleinen Podest stand und eine Rede hielt. Vor ihm stand und saß das Publikum, ungefähr dreißig Leute, mitten drin ein Brautpaar. Datiert und beschriftet war das Foto mit »Ilses Hochzeit, 2. Juni 1912«. Da zwischen dem Redner und seinen Zuhörern ein paar Meter Abstand lagen, konnte man den Teppich sehr gut erkennen. Offenbar war der Ort der Festivität die »gute Stube« im Eibenhaus, und nun blickte jeder unwillkürlich auf den Boden. Doch heute lag hier natürlich ein anderer Teppich.

Fitzen musste innerlich fast schon schmunzeln über die kollektive Reaktion seiner Zuhörer. Er zog ein zweites, neues Foto aus dem Umschlag und hielt es hoch. »Dies ist der Teppich, in den man die Leiche aus der Düne eingewickelt hat. Unschwer zu erkennen, dass der Teppich dasselbe Muster hat wie der auf dem Foto der Hochzeitsgesellschaft, also aller Logik nach auch derselbe Teppich sein wird.

Fassen wir also zusammen: Heinrich oder Wilhelm, vielleicht auch Carl, haben den Kompagnon Thure Bassewitz erschlagen. Carola Borgwart glaubte, Frerk Johannsen fliehen zu sehen, hat aber später ihren Irrtum erkannt und war natürlich entsetzt darüber, zu einem Fehlurteil beigetragen zu haben …«

»Und woher wissen wir das nun wieder?«, fragte Théo sarkastisch.

»Carolas Schreibtisch besaß ein Geheimfach, in dem sie die Dinge versteckte, die niemand sehen sollte.«

»Und dieses Geheimfach haben Sie gefunden?«, fragte Justus, der ziemlich verstört wirkte.

»Das haben wir gefunden!«, bestätigte Fitzen. »Und darin eine Kladde, in der Carola die ganze Geschichte, so wie sie sie erlebt hat, aufgeschrieben hatte, aber ebenso die Zweifel, die ihr dann schließlich kamen. Sie glaubte, Frerk an seiner Figur und seiner Mütze wiedererkannt zu haben, musste dann aber später feststellen, dass es ein zweites Exemplar dieser Mütze gab. Sie gehörte einem jungen Rabauken, der öfter in Schlägereien verwickelt war und kurz auch in der Melander-Manufaktur gearbeitet und überall Schulden hatte. Er war zu der fraglichen Zeit in der Gegend gewesen, ihn hatte sie wohl auf der Straße gesehen, aber er besaß ein hieb- und stichfestes Alibi.«

Théo schüttelte den Kopf. »Bullshit! Für mich ist das überhaupt nicht schlüssig …«

»Lassen Sie mich doch einfach zu Ende reden!«, schnauzte Fitzen. »Carola war also noch im Zweifel, ob sie sich nicht getäuscht hatte, als sie einen Streit zwischen Heinrich und Wilhelm mitbekam, die wohl dachten, das Haus wäre leer. Daher sprachen sie ganz offen über den Mord an Bassewitz, und Carola hörte jedes Wort mit. Sie platzte ins Zimmer und stellte die beiden zur Rede, ohne auch nur zu ahnen, dass sie sich damit als Mitwisserin in größte Gefahr begab. Aber andererseits, diese

Menschen waren ihr vertraut; sie kannte sie ihr halbes Leben lang. Sie kam gar nicht auf die Idee, dass man ihr etwas antun könnte.

Zum Glück schrieb sie alles nieder und verstaute ihre Kladde in ihrem Geheimfach.«

Er hielt ein kopiertes Blatt hoch, das mit sauber geschriebenen Buchstaben in der deutschen Kurrent-Schrift bedeckt war. »Dieser Bericht wurde am 21. Januar 1915 geschrieben – sie hat das Datum vermerkt –, und ab dem 23. Januar galt Geseke Abel, Carolas Freundin, als vermisst. Und von Carola hieß es, sie sei nach Amerika ausgewandert. Nur, dass das komischerweise niemand mitbekommen hat!«

Sabrina, die noch immer Justus' Handgelenk umklammerte, stieß einen leisen Seufzer aus. »Was war denn mit Carolas Mutter? Was für eine Rolle hat sie in dem Drama gespielt?«

»Carolas Mutter ist ein halbes Jahr zuvor verstorben, als …«

»Wahrscheinlich auch von Heinrich ermordet!«, warf Théo ein.

»… als sie unter eine Kutsche geriet, deren Pferde durchgingen«, sagte Fitzen.

»Sind Sie absolut sicher, dass es ein Unfall war?« Théos Sarkasmus war nicht zu überhören.

Thyra warf ihm einen Blick zu, der ihn zum Verstummen brachte.

Tristan ließ eine wilde Dysharmonie hören, die alle zusammenzucken ließ.

Théo sprang auf. »Mein Sohn muss doch nicht dabei sein?«, schnauzte er Benthien an. Dann, an seinen Sohn gewandt: »Du verlässt augenblicklich den Raum! Dein Verhalten ist nicht akzeptabel!«

»Ruhe!«, donnerte Benthien. »Tristan bleibt hier! Und alle

setzen sich wieder! Frau Melander, das gilt auch für Sie!« Annette war aufgesprungen, sah sich hilflos um und ließ sich zurück auf ihren Sessel fallen.

»Kommen wir zurück zu Adeline«, sagte Benthien. »Adeline musste feststellen, dass ihr Mann Volker ihr misstraute, dass er absolut davon überzeugt war, dass sie ihre Tante Ernestine umgebracht hatte. Das Motiv? Sie fühlte sich von ihrer Tante gegängelt und bevormundet, sie musste zu hart arbeiten, sich um den Haushalt kümmern, auf dem Feld und bei den Tieren helfen, sie hatte zu wenig Zeit für sich selbst. Dazu kam, dass Volker geradezu besessen war von dem Mordfall Bassewitz und von dem Verschwinden der beiden Mädchen. Er suchte sogar die Familie von Frerk Johannsen auf und sprach mit dem Urenkel von Frerk und ließ sich wieder und wieder die Geschichten erzählen, die Emil Curland von seiner Mutter und Großmutter gehört hatte.

Volker war durchaus bereit, Adeline gegenüber loyal zu sein und, obwohl er zutiefst schockiert war, über den Fall Ernestine zu schweigen, aber er war nicht dazu bereit, die Schuld der Familie Melander, den Bassewitz-Fall betreffend, unter den Teppich zu kehren.

Deshalb musste er sterben. Möglich, dass sich auch sein Verhältnis zu seiner Frau inzwischen stark verschlechtert hatte. Volker war ja ein integrer Mann. Adeline musste befürchten, dass das Thema Ernestine für immer zwischen ihnen stehen würde.

Vielleicht hätte sie auch bei ihrem Mann schon Gift eingesetzt, aber dann ergab sich die Möglichkeit mit dem Trockeneis. Möglich, dass sie in der Zeitung von ähnlichen Fällen gelesen hatte … Auf jeden Fall ergiff sie die Gelegenheit, als sie sich bot. Tragisch war, dass sich ihr Sohn Jacques in letzter Minute dazu entschlossen hatte, mitzufahren. Henny«, Benthien wandte sich an die Haushälterin, »erzähl doch bitte, was du meiner Kollegin vorhin berichtet hast. Was geschah, als Adeline aus Westerland zurückkehrte – an dem Tag, als Volker nach Eiderstedt fuhr?«

Henny Preuss fuhr hoch wie aus einem bösen Traum. Hektische rote Flecken bildeten sich auf ihren Wangen, auf Hals und Dekolleté. »Adeline kam in die Küche«, sagte sie tonlos. »Packte die Sachen aus, die sie eingekauft hatte. Sie war gut drauf und summte vor sich hin. Überlegte, ob sie einen Kuchen backen sollte. Dann entdeckte sie den Zettel, den Jacques ihr geschrieben hatte. Er lag auf dem Küchentisch.« Sie verstummte und wischte sich über die Augen. Lilly streichelte sie an der Schulter und sagte leise etwas zu ihr.

»Was stand auf dem Zettel?«, fragte Benthien behutsam.

»Jacques schrieb, dass er mitgefahren wäre nach Eiderstedt. Er wollte die Gelegenheit nutzen, Etienne zu sehen und seine neue Freundin kennenzulernen.«

»Und wie hat Adeline reagiert?«

Henny entfuhr ein Schluchzen. »Sie … sie war plötzlich wie aus Eis, wie gefroren. Sie stand zwei Minuten da, ohne sich zu bewegen, ohne ein Wort zu sagen, den Zettel in der Hand, und starrte vor sich hin. Ich bekam es richtig mit der Angst zu tun. Dann fing ihre Hand an zu zittern, wie ich es noch nie gesehen hatte, immer mehr und mehr, und dann … dann fiel sie einfach um. Stürzte wie ein gefällter Baum zu Boden. Ich dachte, sie wäre tot.« Henny hielt sich die Hand vor den Mund, als wollte sie die fatalen Sätze, die Adeline so bloßstellten, wieder zurückstopfen.

»Wie Sie ja alle wissen, wurde Adeline ins Krankenhaus gebracht, wo sie dann die Nachricht vom Tod ihres Mannes und ihres Sohnes erhielt«, fuhr Benthien fort. Er sah in die Runde und blickte in die Gesichter seiner Zuhörer – manche angstvoll, andere wütend und einige vor Schock erstarrt.

»Muss ich mehr dazu sagen? Kann Schuld deutlicher zutage treten? Wohl kaum. Fassen wir zusammen: Offenbar hatte Adeline im Lauf ihres Lebens die Erfahrung gemacht, dass Mord eine einfache Lösung all ihrer Probleme war und dass man damit davonkommen konnte.«

»Aber warum hat sie auch Emily Matern vergiftet?«, meldete sich Evi zu Wort. Es war das erste, was sie sagte, seitdem sie sich in ihre Sofaecke gesetzt hatte, in der sie aufrecht saß wie eine hindrapierte Puppe.

»Es war eine Art Generalprobe«, sagte Fitzen. »Sie wollte sehen, ob der Giftcocktail tatsächlich tödlich wirkte. Aber es sollte nicht speziell Emily Matern treffen, nur irgendeinen der Menschen, die von den Cocktails tranken, also Emily, Frau Schulau, Klaus Labahn – der dann allerdings Bier bevorzugte – und Ben Benthien, der Vater meines Kollegen. Und wenn sie Glück gehabt hätte, hätte es damals schon ihre Schwiegertochter getroffen. In dem Fall«, fügte er hinzu, »wäre Adeline vielleicht sogar davongekommen.«

»Adeline sagte mal, die meisten Leute, die sie zur Gedenkfeier eingeladen hatte, hätte sie nicht leiden können«, ließ sich Sigrid Schulau vernehmen. »Vielleicht, weil sie alle eher Volkers Freunde waren als ihre eigenen.«

»Gibt es irgendwelche Beweise, dass meine Mutter im Besitz des Giftes war? Wo hatte sie es her?«, fragte Marcel, dessen Gesicht jede Farbe verloren hatte.

»Sie hat sich im Internet kundig gemacht, wie sie aus den Eibennadeln einen flüssigen Extrakt herstellen kann. Er enthielt das Gift Taxin, an dem Frau Matern dann gestorben ist. Später, bei Yvonne, hat sie ihren Giftcocktail noch mit Tollkirschenextrakt angereichert.«

»Sie hatte ihn von mir, aus meinem Schuppen«, sagte Tristan. »Ich habe ihn für … für ein paar chemische Experimente gebraucht. Sie muss etwas davon abgefüllt haben, als ich mal nicht da war.«

Evi kreischte auf vor Schreck, und Théo setzte wieder zu einem Protest an, doch beide verstummten, als Benthien die Hand hob.

»Wir haben das Gift, das sie verwendet hat, oben auf dem Dachboden gefunden«, sagte er, »in der Gefriertruhe. In einem Tuppergefäß, auf dem ›Lebertran‹ stand.«

Er holte tief Luft, denn jetzt kam der schwierigste Teil. Ein Mörder musste überführt werden, der sich mitten unter ihnen befand, und für einen Mord angeklagt werden, der erst wenige Tage alt war.

»Kommen wir zu dem Nachmittag, an dem Adeline starb.«

Ein Raunen ging durch den Raum, und kaum einer wusste, wohin er seine Augen richten sollte.

»Sie wollen doch nicht wirklich sagen, dass es einer von uns war?«, erkundigte sich Etienne, und Benthien dachte mal wieder, wie naiv dieser Junge doch war. Weshalb waren sie wohl alle hier versammelt?

»Jeder von uns hat doch ein Alibi?«

»Die einen mehr, die anderen weniger«, sagte Benthien und nahm einen Schluck von seinem inzwischen erkalteten Kaffee.

»Wir wissen«, fuhr er dann fort, »dass drei Menschen an jenem Nachmittag, als Adeline ermordet wurde, am Eibenhaus waren: Tristan, sein Vater und Frau Zieleke. Darauf komme ich gleich zu sprechen. Herr Quest« – Raffi zuckte zusammen, offenbar hatte er nicht erwartet, so plötzlich angesprochen zu werden – »erzählen Sie uns bitte, was geschah, nachdem wir nach der Pestogeschichte gegangen waren. Wie ist der Nachmittag verlaufen?«

Raffael Quest sammelte sich, warf seiner Mutter einen Blick zu, dann begann er zu sprechen. »Addi hatte Hunger, weil wir ja nichts gegessen hatten wegen des vergifteten Pestos, deshalb habe ich uns einen Imbiss am Hafen geholt. Danach hat sie sich hingelegt und geschlafen. Ich habe mit einer Freundin telefoniert, um ihr zu sagen, dass ich am Nachmittag nach Amrum kommen würde. In der *Blauen Maus* war Live-Musik, und da wollten wir hin. Als Adeline wach wurde, war sie ganz aufgeregt, weil sie von ihrem Stalker geträumt hatte. Sie sagte, sie könne ihn jetzt beschreiben. Ich habe ihn dann gezeichnet, aber das wissen Sie ja. Wir haben noch ein bisschen über ihr Buch gesprochen – sie wollte die Familiengeschichte aufschreiben, wollte praktisch die Arbeit von Volker fortführen«, fügte er unsicher hinzu, offenbar bedenkend, was er inzwischen erfahren hatte. »Als ich ging, so Viertel vor drei, saß Addi mit einem großen Heft und einer Kanne Kaffee im Pavillon, wahrscheinlich, weil dort ein angenehmes Lüftchen wehte.«

»Und weil sie natürlich wusste, dass ihr keine Gefahr drohte. Sie gingen also kurz vor drei und waren um Viertel nach drei bei uns«, griff nun Fitzen ein. »Sie haben uns die Zeichnung von dem Stalker gezeigt. Was haben Sie danach gemacht?«

Raffi blinzelte irritiert. »Das wissen Sie doch. Gegen halb vier bin ich gegangen und mit dem Linienbus nach Hörnum gefahren und dort gegen fünf in die *Adler Express* gestiegen. Gegen sechs war ich auf Amrum.«

»Sie waren zwischendurch nicht noch einmal kurz im Eibenhaus?«

»Natürlich nicht! Dann hätte ich die *Adler Express* verpasst und wäre an diesem Tag nicht mehr nach Amrum gekommen! Habt ihr Jungs das denn nicht überprüft?«

Benthien unterdrückte ein Lächeln. »Doch, haben wir. Kein Grund, sich aufzuregen.« Er wandte sich wieder an die Allgemeinheit. »Adeline starb zwischen fünfzehn und siebzehn Uhr. Gegen achtzehn Uhr, nachdem meine Kollegin die Leiche gefunden hatte, tauchte Tristan auf seinem Fahrrad auf. Er wollte seine Oma wegen des Internats sprechen, wollte sich vergewissern, dass sie ihre Meinung nicht geändert hatte.« Er drehte sich zu Tristan um. »Nicht erzählt hat er uns, dass er am frühen Nachmittag, kurz nach Viertel nach drei, schon einmal bei seiner Oma war! Das kam erst heraus, als er den angeblichen Stalker auf Raffael Quests Phantombild als denjenigen wiedererkannte, der ihm zu dieser Zeit auf der Straße entgegengekommen sein sollte. Dein Fehler war, Tristan, dass du dich mit dieser Aussage selbst verraten hast – nämlich deine Anwesenheit im Eibenhaus! Und das war keine so gute Idee.«

Evi sprang auf. »Was wollen Sie damit sagen?«

»Ich will damit sagen, dass Adeline bereits kurz nach drei gestorben ist, und zwar genau zu dem Zeitpunkt, als Tristan das erste Mal im Eibenhaus war.«

»Ich habe Oma nicht gesehen, sonst wäre ich ja kein zweites Mal hingefahren.« Tristan schlug mit der Faust aufs Klavier. »Und ich habe Oma nicht umgebracht, falls Sie das behaupten wollen! Warum sollte ich das tun?«

»Weil sie ihre Zusage, deinen Aufenthalt in einem Internat zu finanzieren, nach reiflicher Überlegung wieder zurückgenommen hat! Es kam zu einem Streit im Pavillon, bei dem du die Beherrschung verloren hast und handgreiflich wurdest. Du hast ihr in deiner Wut die Kette vom Hals gerissen, Tristan, das können wir beweisen, denn wir haben deine Fingerabdrücke auf den Kettengliedern gefunden! Deine Oma bekam Angst, sie lief davon, du hast sie verfolgt, zu Fall gebracht und mit dem Gesicht in den Sand gedrückt …«

Benthien konnte nicht weitersprechen, da der Tumult zu groß wurde. Evi hatte Tristan fast gewaltsam in die Arme gerissen und sprach auf ihn ein, Théo schrie Tristan an, er solle den Mund halten und kein Wort mehr sagen, dann fuhr er Justus an, der wie gelähmt auf dem Sofa saß. Es fehlte nicht viel, und Théo wäre handgreiflich geworden. »Kannst du vielleicht auch mal was anderes tun, als wie ein Ölgötze dazusitzen?«, brüllte er. »Schließlich bist du Rechtsanwalt, Herrgott noch mal!«

In die Stille hinein, die plötzlich entstanden war, sagte Tristan mit klarer Stimme: »Ich habe Oma Addi nicht umgebracht, ich habe sie ja gar nicht gesehen. Und im Pavillon war ich auch nicht! Also werdet hier nicht hysterisch.« Er befreite sich aus dem Griff seiner Mutter und setzte sich wieder auf die Klavierbank.

»Ein weiterer Grund, warum du mit deiner Oma in Streit geraten bist«, fuhr Benthien ungerührt fort, »war die Tatsache, dass sie sich an deiner Giftmixtur bedient hatte – für ihren Mord an Yvonne. Ich glaube nämlich nicht, Tristan, dass du ihr das Zeug bewusst und freiwillig gegeben hast. Aber du wusstest, was sie damit angestellt hatte, und wolltest sie zur Rede stellen, und dann ist das Ganze eskaliert und …«

»Das ist gequirlte Scheiße!«, rief Tristan, und Théo brüllte: »Halt endlich den Mund!«

Thyra hob die Hand. »Alle setzen sich wieder«, sagte sie eisig. »Wer das nächste Mal aufsteht oder herumbrüllt, verlässt diesen Raum zusammen mit einem uniformierten Kollegen. Dies ist kein Kindertheater! Hauptkommissar Benthien ist dabei, einen

Mord aufzuklären, und ich möchte doch sehr bitten, ihn ausreden zu lassen!«

»Mein Sohn ist kein Mörder!«, sagte Evi weinend. Ansonsten war es still, bis auch Henny anfing zu schluchzen.

»Lassen Sie mich weitermachen«, sagte Benthien und warf Tristan einen Blick zu, der wie ein Häufchen Elend auf der Klavierbank saß. »Du hast sie mit dem Kopf in den Sand gedrückt, möglicherweise nicht in der Absicht, sie zu töten, aber du hast mehr Kraft in deinen Armen, als du glaubst, und plötzlich war deine Oma tot. So war es doch, oder nicht?«

Tristan wechselte einen Blick mit Benthien, dann sah er hinüber zu seinem Vater und zog eine Grimasse, die aussah, als wollte er anfangen zu weinen. Doch er fing sich wieder und sagte: »Für den ganzen Mist haben Sie keine Beweise, schließlich war niemand dabei und hat zugeguckt. Ich bin …«

»Wir haben deine Fingerabdrücke auf der zerrissenen Kette deiner Oma, vergiss das nicht!«

»Die können schon früher darauf gekommen sein! Außerdem bin ich nicht der Einzige, der vor Ort war. Ich weiß, dass auch die Zicke bei Oma Addi war, weil ich nämlich gestern ein Telefongespräch von meinem Vater mit der Zicke belauscht habe!«

Spätestens jetzt war Benthien klar, dass die Sache nicht so lief, wie er es sich gedacht oder gewünscht hätte. Aber er musste weitermachen, denn noch gab es eine, wenn auch geringfügige, Chance.

Er nahm Théo ins Visier. Dann sagte er: »Tristan hat recht. Gegen vier Uhr fuhr Ihre Freundin Sylvia Zieleke – entgegen ihrer ersten falschen Aussage – zum Eibenhaus, weil sie mit Adeline sprechen wollte. Sie sind ihr gefolgt, was Sie uns auch erst einmal verschwiegen haben. Ihrer Aussage nach war das

Haus leer. Wir fragten uns natürlich, wie wahrscheinlich es war, dass sie nicht auch im Pavillon nachgesehen haben?«

»Das kann ich Ihnen sagen«, schnappte Théo. »Wir haben dort nicht nachgesehen, weil sich meine Mutter ungern im Pavillon aufhielt! Außerdem war sie in einer Gefahrensituation, es gab diesen Stalker, die Voodoo-Puppe, man musste jederzeit mit einem Anschlag auf ihr Leben rechnen. Da setzt man sich doch nicht in einen einsam gelegenen Pavillon, weitab vom Haus?«

»Was wollten Sie an diesem Nachmittag eigentlich von Ihrer Mutter?«, fragte Fitzen.

Théo schwieg.

»Wer ist Sylvia Zieleke?«, erkundigte sich Etienne.

»Frau Zieleke ist sowohl die Sekretärin als auch die Geliebte deines Bruders, seit – glaube ich – zwei Jahren. Stimmt doch, Théo, oder nicht?« Es war Evi, die Etiennes Frage beantwortete. »Adeline hat ihr zwanzigtausend Euro geboten, damit sie Théo verlässt, aber das hat sie abgelehnt ... bis vorgestern. Ich glaube, Frau Zieleke wollte sehen, ob bei Adeline nicht doch noch etwas mehr zu holen war. Du musst bedenken, Théo hat drei Haushalte zu versorgen: unseren in Kampen, seine kleine Einzimmerwohnung in Kiel und die Wohnung von Frau Zieleke. Da braucht man natürlich Geld und hat keine Mittel mehr für das Internat des eigenen Sohnes. Allerdings, soweit ich weiß, hatte sie trotz allem nicht die Absicht, Théo zu verlassen. Das Geld wollte sie aber dennoch einstecken, Adeline konnte sie ja schlecht verklagen!« Sie wandte sich an Théo. »Hat Frau Zieleke Adeline umgebracht, weil sie kein Geld mehr herausrücken wollte? Denn dass es Tristan war, glaubt ja wohl kein Mensch! Wie wäre es, wenn du mal für deinen Sohn einstehen würdest?«

»Du … du … du verflixte …« Théo brach ab, weil es ihm buchstäblich die Sprache verschlagen hatte.

»Natürlich war es die Zicke«, bestätigte Tristan und unterstrich seine Aussage mit einem hämmernden Akkord. Benthien hielt die Zeit für gekommen, einzugreifen.

»Frau Zieleke hat tatsächlich kein Alibi, aber Sie, Herr Melander, haben auch keines! Angeblich sind Sie und Ihre Freundin zur gleichen Zeit am Eibenhaus abgefahren, aber Sie trafen erst gut zwanzig Minuten später als Frau Zieleke an der Ferienwohnung in Westerland ein …«

»Weil ich, wie Sie sehr gut wissen, unterwegs einen Bekannten getroffen habe, nämlich Hajo Lüttwitz von der Sylter Wählergemeinschaft. Er hat Ihnen doch mein Alibi bestätigt, oder nicht?«

»Das hat nichts zu sagen«, machte Fitzen jetzt geltend. »Für den Mord brauchte es nur wenige Minuten. Dazu reichte die Zeit auf jeden Fall aus. Überhaupt wurden uns ein Haufen Lügen aufgetischt. Auch von Ihnen, Annette Melander! Denn Sie haben an diesem Nachmittag keineswegs im Supermarkt eingekauft!«

Annette, die mit keinem Angriff gerechnet hatte, fuhr zusammen und blickte empört auf Fitzen.

»Was soll das?«, fragte sie wütend. »Bin ich jetzt an der Reihe? Wollen Sie hier einen nach dem anderen durchgehen, so à la *Ich und du, Müllers Kuh*? Wissen Sie überhaupt *irgendetwas*? Oder probieren Sie es einfach bei jedem, in der Hoffnung, der Täter wird sich schon früher oder später verraten? Sie sind ein Schaumschläger, nichts anderes, ein …«

»Jürgen Lemberg«, sagte Fitzen, und Annette erstarrte.

»Jürgen Lemberg«, wiederholte Fitzen, »hat praktischerweise eine Ferienwohnung ganz in der Nähe Ihrer Apotheke.

Wir haben mit ihm gesprochen. Er bestätigte uns, dass Sie für ein Schäferstündchen bei ihm waren. Woher wir das wissen? Glücklicherweise gibt es gegenüber Ihrer Apotheke ein Bistro und eine Bankfiliale, und beide haben Kameras, die auch Sie erfasst haben, als Sie das Nachbarhaus betraten. Ein paar unserer Kollegen und meine Wenigkeit haben Fleißarbeiten gemacht und so ungefähr sämtliche Kamerafilme von diesem Nachmittag aus der Westerländer Innenstadt überprüft. Durch reinen Zufall konnten wir auch Sie auf einem dieser Filme entdecken.«

Benthien beobachtete Annette. Sie war anfangs ziemlich erschrocken, als Fitzen den Namen ihres Liebhabers erwähnte, doch inzwischen trug sie ein überlegenes Lächeln zur Schau.

»Na gut«, sagte sie, »ich wollte ihn nicht mit hineinziehen. Aber immerhin habe ich durch Herrn Lemberg ein hieb- und stichfestes Alibi. Wenn ich bei ihm war, kann ich nicht gleichzeitig meine Mutter getötet haben, das müsstet doch sogar ihr Bullen kapieren.«

Sie hatte schon wieder Oberwasser, doch Fitzen, dem man ansah, dass er sich ärgerte, gab ihr noch einen kleinen Dämpfer mit auf den Weg, indem er ihr eine harmlose Frage stellte.

»Haben Sie Herrn Lemberg auf einer Ihrer ominösen Darkroom-Partys kennengelernt, die Sie häufiger besuchen, wie wir festgestellt haben?«

Unter dem Kreuzfeuer der Blicke wurde sogar Annette rot. Sie schnappte nach Luft, suchte vergeblich nach einer Erwiderung, fand keine, stand auf und rannte aus dem Raum. Ihr Publikum sah betreten vor sich hin, Raffael grinste in sich hinein.

Da man auf Annette verzichten konnte, bestand Benthien nicht darauf, sie zurückzuholen.

Wieder war es Théo, der Politiker, der sich mit seiner passiven Rolle nicht so ganz abfinden mochte. »Und jetzt?«, fragte er aggressiv. »Nachdem Sie uns alle bloßgestellt haben, wie geht es jetzt weiter?«

»Jetzt«, sagte Benthien, »werde ich den Mörder Ihrer Mutter benennen.«

Jemand stöhnte, und Henny schlug die Hände vors Gesicht. Marcel und Etienne, die nebeneinander auf dem Sofa saßen, schienen in einen katatonischen Zustand verfallen zu sein. Evi hatte die Augen geschlossen und wiegte sich vor und zurück, und Sigrid Schulau fixierte Benthien, hielt seinem Blick aber nicht stand und begutachtete ihre Fingernägel.

Tristan hockte noch immer vor dem Klavier.

»Dann benennen Sie mal«, sagte Théo sarkastisch. »Aber bitte nicht wieder meinen Sohn oder mich. Das langweilt allmählich.«

Thyra warf ihm einen Blick zu, der besagte, dass sie mit ihrer Geduld langsam am Ende wäre.

Benthien fühlte sich, als liefe er über einen zugefrorenen See, bei dem er nicht sicher war, ob die Eisdecke halten würde. Bisher war seine Strategie, den Täter durch die Beschuldigung Tristans zu schocken, nicht aufgegangen. Nun hatte er, außer ein paar Indizien, nicht mehr allzuviel gegen ihn in der Hand. Umso wichtiger war es, ihn zu einem Geständnis zu bringen.

»Bis vorgestern«, sagte er, ohne sich von Théo beirren zu lassen, »hatte ich keine Ahnung, wer Adeline getötet haben könnte. Doch dann machte der Mörder einen Fehler. Er erwähnte etwas, das er nicht wissen konnte, oder präziser gesagt: etwas, das er nur wissen konnte, wenn er an dem Nachmittag, an dem Adeline zu Tode kam, im Haus gewesen wäre. Seinem Alibi nach war er das aber nicht. Doch in diesem Augenblick wusste ich, wer der Täter war. Ich telefonierte noch in derselben Nacht herum, wie Sie ja alle wissen, um herauszufinden, ob ihm jemand dieses Detail mitgeteilt haben könnte. Aber wie sich herausstellte, hatte außer einer einzigen Person niemand davon Kenntnis. Und die, nämlich Raffael Quest, hatte es ihm nicht mitgeteilt. Der Täter konnte es demnach nur wissen, wenn er es mit eigenen Augen vor Ort gesehen hatte.

Also fingen wir an, das Alibi erneut zu überprüfen, und es erwies sich als keineswegs so solide, wie es zuerst ausgesehen hatte. Zumal sich herausstellte, dass sein Handy zum relevanten Zeitpunkt in List eingeloggt war. Die Frage war jetzt, wie war der Täter ins Eibenhaus gekommen? Sein Wagen stand bis nach 17 Uhr in einer Werkstatt, weil mit der Kupplung etwas nicht stimmte.«

Aus den Augenwinkeln nahm Benthien eine Bewegung wahr. Er fuhr fort: »Wir sprachen mit Busfahrern und Taxileuten und wurden fündig. Gegen 16 Uhr war unser Mann in List in einen Linienbus gestiegen und zurück nach Westerland gefahren. Der Fahrer hat ihn eindeutig erkannt. Blieb noch die Frage zu klären, wie war er hingekommen?«

Benthien war sich im Klaren darüber, dass Tristan ihn entsetzt anstarrte. Er hatte durchaus ein schlechtes Gewissen, denn er hatte den Jungen benutzt, hatte ihn durch eine geschickte Manipulation im Glauben gelassen, dass er es auf einen ganz anderen Täter, nämlich Sylvia Zieleke, abgesehen hatte. Nur deshalb hatte Tristan seine Zusage zu dem kleinen Spielchen gegeben, das sie soeben abgezogen hatten und bei dem Benthien ihn als Täter in den Fokus rückte. Dennoch, es war notwendig gewesen, auch wenn es nicht den erhofften Erfolg gebracht hatte. Er würde Tristan noch einiges erklären müssen.

Benthien sprach weiter: »Er war ins Eibenhaus gelangt, weil ihn jemand dorhin gefahren oder vielmehr mitgenommen hatte. Einer seiner Mandanten. War es nicht so, Herr Melander?«

»Mich haben Sie in jener Nacht nicht angerufen«, sagte Justus. Er sah aus, als wäre er aus einem wirren Angsttraum erwacht, der ihn plötzlich aus der einen in die nächste Welt katapultierte, die aber nicht minder furchteinflößend war.

Benthien ging darauf ein. »Hätten Sie denn eine Erklärung gehabt, woher Sie von den Pestoflecken auf Adelines Porträt wussten?«

»Von was? Welche Pestoflecken ... ach so, die ...« Justus sah ihn an, als spräche er chinesisch. Benthien versuchte es noch einmal, doch Thyra kam ihm zuvor.

»Herr Melander«, sagte sie nicht unfreundlich, »wir werden Sie wegen eines Kapitalverbrechens zum Nachteil Ihrer Schwester Adeline Melander jetzt in Gewahrsam nehmen. Haben Sie das verstanden?«

»Ich habe Adeline nicht umgebracht!« Justus brachte das in etwa demselben Tonfall vor, in dem man sagen würde: »Ich glaube, ich habe meinen Schirm vergessen.«

Benthien atmete tief ein. »Als wir Ihr Alibi nachprüften, Herr Melander, sind wir auf gravierende Lücken gestoßen. Sie waren lediglich bei einem einzigen Juwelier, und ihr Aufenthalt in Ihrem Büro war nur kurz. Dann haben wir Ihren Mandanten Herrn Niemeyer befragt, der uns erzählte, dass Sie ihn gebeten hätten, Sie nach List mitzunehmen. Das tat er, und er setzte Sie kurz vor drei Uhr am Eibenhaus ab. Da war Raffael Quest gerade zu uns aufgebrochen. Wollen Sie uns erzählen, was dann passiert ist?«

Justus zwang sich zu einem Lächeln.

»Entschuldigung, den Besuch bei Adeline hatte ich ganz vergessen.« Er unterbrach sich. »Oder nein, ich will ehrlich sein:

Ich habe den Besuch nicht erwähnt, weil ich befürchtete, Sie würden mich dann verdächtigen. Ziemlich feige, ich weiß. Jedenfalls, ich habe meiner Schwester ein paar Papiere aus dem Büro gebracht, die sie haben wollte. Unterlagen zu ihrem Testament. Sie wollte ein neues Testament machen. Doch als ich ging, das kann ich Ihnen versichern, war sie noch quicklebendig und guter Dinge. Ihr Mörder muss nach mir gekommen sein.«

Unruhe entstand im Raum, doch Benthien wusste, dass Justus bluffte.

»Sie sind aus folgendem Grund zu Adeline gegangen«, sagte er ruhig. »Sie waren zutiefst beunruhigt darüber, dass Adeline der Brandstiftung beschuldigt werden sollte. Dass das so war, wussten Sie durch Kommissar Schäfer, mit dem Sie gut bekannt sind. Sie wussten, was gegen Ihre Schwester vorlag. Doch Schäfer teilte Ihnen noch etwas anderes mit.«

Benthien runzelte die Stirn. Er hätte die Sache gern unter den Tisch fallen lassen, denn Schäfer hatte sich absolut unprofessionell verhalten, indem er Justus gegenüber angedeutet hatte, dass Adeline inzwischen auch im Mordfall Yvonne und Nicolas Melander als Hauptverdächtige galt. Dies würde noch Gegenstand einer internen Untersuchung werden. Immerhin hatte er das heute Morgen eingestanden, so dass er Benthien damit im Grunde geholfen hatte, die Anklage gegen Justus Melander zu zementieren. Denn nun trat auch das Motiv klar zutage.

»Schäfer deutete Ihnen gegenüber an, dass wir Adeline verdächtigten, Yvonne und Nicky vergiftet zu haben. Das war der Grund, weshalb Sie zu ihr gefahren sind. Was ist dann dort passiert, im Eibenhaus? Vermutlich haben Sie Ihre Schwester zuerst im Haus gesucht, dabei sahen Sie das befleckte Porträt in der Küche. Dann fanden Sie Ihre Schwester im Pavillon. Sie stellten sie zur Rede, und es kam zu einem Streit. Wahrscheinlich hat Ihnen Adeline letztendlich erzählt, was sie getan hatte, denn sie hielt Sie natürlich für einen Verbündeten, sie forderte Loyalität von Ihnen, Treue, unverbrüchliche Verbundenheit mit der Familie. Sie hatten sie ja schon damals nicht verraten, als sie Ernestine in das Dreschwerk stieß. Sie wusste, dass Sie sie auch jetzt nicht verraten würden. Und das hatten Sie auch nicht vor! Andererseits durfte Adeline nicht unter Anklage gestellt werden, es hätte Ihre ganze strahlende Zukunft und die ihrer zukünftigen Frau unwiderruflich zerstört, zumindest auf dieser Insel. Und zumindest nach Ihrer Meinung. Sie, der Bruder einer Mehrfachmörderin? Ehrenbürger von Morsum? Ehemann einer reichen Erbin, Schwiegersohn eines Insel-Magnaten, dessen Familie hoch angesehen und ebenso wie die Melanders seit ewigen Zeiten hier ansässig ist? Sie selbst ein renommierter Anwalt? Das alles wäre mit einem Schlag vorbei gewesen, Adeline hätte diese Vision mit ihren Taten unwiderruflich zerstört. Adeline, die sechs Menschenleben auf dem Gewissen hatte. Die nach Belieben mordete, wenn sie es opportun fand! Nein, das durfte niemals, niemals an die Öffentlichkeit dringen! Das Renommee Ihrer Familie, das gute Ansehen, das Jahrhunderte zurückreichte, das musste erhalten bleiben. Und das war nur gewährleistet, wenn Adeline nicht mehr am Leben war. So wie Sie Schäfer verstanden hatten, gab es noch keine beweiskräftigen Unterlagen über Adeline, sondern lediglich Vermutungen und Verdächtigungen. Sie hatten, nachdem Sie Adeline im Sand erstickt hatten, vor, ihre Wohnung zu durchsuchen und alle Beweise für ihre Schuld zu vernichten. Hat sie Ihnen verraten, wo sie das Gift aufbewahrte? Oben in der Gefriertruhe? War das der Grund, weshalb Sie dringend auf den Dachboden wollten? War das der Grund, weshalb Sie sich selbst mit einem mitgebrachten Messer verletzten, in der Hoffnung, dass meine Kollegin Verbandszeug für Sie holte und Sie in dieser Zeit das Tuppergefäß mit der Aufschrift ›Lebertran‹ an sich nehmen konnten? Ich kann Ihnen versichern, das war zu dieser Zeit längst in unserem Besitz. Zusammen mit allen anderen Beweisen. Denn Sie hatten das Pech, dass Sie nicht mehr tun konnten, was Sie sich vorgenommen hatten, da Tristan angeradelt kam, der seine Oma sprechen wollte. Sie mussten machen, dass Sie möglichst ungesehen von dort wegkamen!«

»Haben Sie denn gerichtsfeste Beweise gegen Justus?« Sabrina hatte die ganze Zeit dagesessen, beide Hände vor das Gesicht geschlagen wie ein kleines Kind, das glaubt, nicht gesehen zu werden, wenn es selbst nichts sieht. Jetzt war sie zurück in der Wirklichkeit und stellte diese Frage, offenbar ohne jede Hoffnung, dass sie zu ihrer Zufriedenheit beantwortet werden würde.

Sie tat Benthien unendlich leid.

»Die Aussage von Herrn Niemeyer, die Aussage des Busfahrers, mit dem Herr Melander zurückfuhr, die Aussage eines Zeugen. Aber erst Justus Melanders Wissen über die Flecken auf Adelines Porträt brachten mich auf die richtige Spur. Außer ihm selbst, Adeline und Raffael Quest wusste nämlich niemand davon. Doch einen Tag nach Adelines Tod hat er wörtlich zu mir gesagt, als er von der Aufführung sprach: *Ich hätte gerne ihr Porträt mit zu der Aufführung gebracht, zum Gedenken an meine Schwester, aber es ist ja leider verdorben durch die Pestoflecken, daher müssen wir uns wohl mit einem Foto begnügen …*

Und damit haben Sie sich leider verraten, Herr Melander – denn, wie gesagt, konnten Sie das nur wissen, wenn Sie an jenem Nachmittag im Eibenhaus waren. Außerdem haben wir einen Augenzeugen des Streits im Pavillon zwischen Ihnen und Adeline.«

Benthien wusste, gerade diese letzte Aussage war sein stärkster Trumpf. Wenn der nicht stach, war die Chance gering, Justus zu einem Geständnis zu bringen.

Fitzen öffnete die Tür zur Halle, und Arthur Curland betrat etwas linkisch den Raum, gefolgt von Annette, die sich stumm wieder auf ihren Platz setzte.

Man hörte ein Japsen in der Runde, ein Stöhnen und einen Ausruf von Théo: »Ausgerechnet der!«

Benthien begrüßte den Mann mit einem Nicken, und Fitzen bot ihm einen Stuhl an. Benthien forderte ihn auf: »Erzählen Sie, was Sie an jenem Nachmittag gesehen haben!«

Curland räusperte sich, dann sagte er mit belegter Stimme: »Ich war ein Stück weg, in den Dünen, und habe beobachtet, wie Ade... wie Frau Melander im Pavillon saß und schrieb.«

»Wieso kamen Sie überhaupt dazu, meine Mutter zu beobachten, Sie Dreckskerl?«, schnauzte ihn Marcel an.

»Ruhe!«, donnerte Fitzen, »Das ist hier jetzt nicht die Frage. Lassen Sie den Mann in Ruhe erzählen, keiner unterbricht mehr!«

»Ich habe auch gefilmt«, bekannte Curland mit leiser Stimme, »war aber ziemlich weit weg. Ich fragte mich, ob Frau Melander Briefe schrieb oder Tagebuch. Plötzlich tauchte ein Mann auf. Er kam mir vage bekannt vor, aber ich wusste nicht genau, wo ich ihn hinstecken sollte. Schließlich dachte ich, es wäre einer ihrer Söhne.« Er räusperte sich wieder. »Frau Melander hat ihn zuerst ganz freundlich begrüßt. Er setzte sich zu ihr, und ich hatte den Eindruck, er redete auf sie ein. Sie war ... sie war irgendwie defensiv, als wollte sie nicht hören, was er sagte.

Doch schließlich wurde sie zugänglicher, und dann fing sie an zu erzählen, ziemlich lebhaft, mit vielen Gesten. Er unterbrach sie oft, aber sie sprach immer weiter, wurde hitziger, und dann kam es zu einem Streit. Der Mann sprang auf, und ich hatte den Eindruck, er machte ihr heftige Vorwürfe. – Entschuldigung, aber könnte ich vielleicht ein Glas Wasser haben?«

Fitzen reichte ihm ein Glas, und Curland sprach weiter: »Ich versuchte näher heranzukommen und bewegte mich auch auf den Pavillon zu, aber ich musste aufpassen, dass ich nicht gesehen wurde. Immer wieder hatte ich Büsche, Sträucher und kleinere Dünen vor mir, denn ich musste ja in Deckung bleiben. Dadurch habe ich manches verpasst. Der Mann wurde immer erregter. Irgendwann ist Frau Melander auch aufgesprungen, und die beiden schrien sich an. Sie fasste sich an ihren Hals und zerrte an ihrer Kette, die dabei auseinanderriss. Plötzlich griff Frau Melander nach ihrem Heft, in dem sie vorher geschrieben hatte, und warf es dem Mann ins Gesicht. Dann rannte sie davon, aus dem Pavillon und in Richtung Haus. Der Mann lief ihr hinterher. Danach habe ich beide nicht mehr gesehen.«

Curland nahm sein Glas und trank es in einem Zug leer.

»Warum haben Sie meiner Mutter nicht geholfen?«, fragte Etienne.

»Wie konnte ich denn?«, sagte Curland verwundert. »Erstens war ich zu weit weg, zweitens dachte ich, es ginge dabei um eine familiäre Auseinandersetzung. Ich konnte doch nicht wissen, dass … dass …« Er verschluckte sich und musste husten. »Ich bin dann langsam in Richtung Düne und Haus gelaufen und sah Adeline … Frau Melander da liegen, den Kopf im Sand. Ich dachte, sie wäre ohnmächtig, und habe sie angesprochen, habe sie umgedreht … doch sie war tot, ihre Augen waren gebrochen. Ich schaute mich um, sah aber niemanden mehr. Ich schloss ihr die Augen, und dann … dann machte ich, dass ich wegkam. Es war so unheimlich …«

»Wissen Sie, wen von unserer Familie Sie bei meiner Mutter gesehen haben?«, fragte Annette in beinahe manierlichem Ton.

Curland zeigte auf Justus Melander. »Ihn habe ich gesehen. Er hatte ein Basecap auf – dasselbe übrigens, das er auch gestern bei der Generalprobe trug. Außerdem habe ich ihn an der Figur, am Gang und an seiner Haltung erkannt. Auf meinem Film ist das alles zu sehen.«

Benthien gab Fitzen ein Zeichen, und er führte Curland hinaus.

Tristan sprang auf und verließ ebenfalls den Raum.

Niemand sprach, die Stille war fast mit Händen zu greifen. Justus starrte vor sich hin, als wäre er jenseits aller Worte, aller Erklärungen. Er wirkte unendlich erschöpft. Sabrina klammerte sich mit beiden Händen an einen seiner Arme und beobachtete ihn so besorgt, so intensiv, als hätte eben ein Arzt die Diagnose einer tödlichen Krankheit gestellt.

»Warum hast du es getan?«, flüsterte sie. »Glaubst du wirklich, Liebling, die Sylter hätten dich für die Taten deiner Schwester in Sippenhaftung genommen? Glaubst du, ich würde dich nicht mehr lieben, wenn ich gewusst hätte, was Adeline getan hat?«

Justus sagte, ohne sie anzusehen: »Wie hätte ich dir denn eine Ehe bieten können mit einem Verfemten, einem Verachteten, dem Bruder einer mehrfachen Mörderin? Die Leute sollten dir doch nicht aus dem Weg gehen! Ich wollte doch, dass du es gut hast mit mir! Ich wollte dir ein schönes Leben bieten. Ich wollte, dass deine zweite Ehe ein Erfolg wird! Ich wollte doch nur, dass wir glücklich werden.«

Er holte ein Taschentuch hervor und wischte Sabrina zärtlich die Tränen vom Gesicht.

Justus wurde abgeführt und zur Polizei in Westerland gebracht, von dort sollte er noch am Abend in die JVA Flensburg überführt werden. Benthien hielt Ausschau nach Tristan, doch der war verschwunden.

»Er nimmt es mir übel«, sagte er im Auto zu Lilly. »Er war ganz begeistert, als ich mit ihm unser Vorgehen besprach …«

»Er dachte, Sylvia Zieleke hätte Adeline getötet?«

»Ich habe ihm zu keinem Zeitpunkt etwas in der Richtung gesagt. Aber ich vermute, er nahm es an, als er erfuhr, dass sie und sein Vater im Eibenhaus waren. Er war jedenfalls ganz versessen darauf, den zu Unrecht Verdächtigten zu spielen.«

»Weil er hoffte, dass sein Vater doch eher die Wahrheit sagen würde, als zuzulassen, dass sein Sohn verhaftet wird?«

Benthien nickte. »Ich bezweifle, dass er auch dabei geholfen hätte, Justus zu überführen. Das macht ihm jetzt schwer zu schaffen. Ich werde morgen mit ihm reden müssen.«

Sie beobachteten, wie Sabrina in einen Streifenwagen stieg, der sie nach Hause bringen würde.

»Sie tut mir wahnsinnig leid«, sagte Lilly. »Im Grunde genommen war es so sinnlos und dumm, was Justus getan hat. Und überflüssig.«

Beinahe hätte Benthien gelacht und gesagt, dass Mord immer sinnlos, dumm und überflüssig sei, aber er wusste natürlich, wie Lilly es meinte.

»Ich bin mir immer noch nicht im Klaren darüber, ob er schon mit Mordgedanken nach List fuhr oder ob er Adeline in höchster Wut, aus einem Impuls heraus, im Sand erstickt hat. Manchmal ist Mord – oder eben Totschlag – auch eine Sache des Gemütszustandes. Vielleicht hat er nur einfach die Beherrschung verloren. Aber das müssen zum Glück andere entscheiden.«

Benthien fuhr los, hinter Fitzen und Thyra her, die noch am Abend nach Flensburg zurückkehren wollten. Er und Lilly würden über Nacht noch auf Sylt bleiben.

Als er unten am Fuß der Düne den Wagen abstellte, umarmte Lilly ihn plötzlich heftig. »Das hast du großartig gemacht«, sagte sie leise. »Ich weiß, wie schwer die letzten Stunden für dich waren, aber du hast es wunderbar hingekriegt. Wenn Justus nicht gestanden hätte, hätte ein guter Anwalt ihn da noch raushauen können.«

»Warten wir's ab«, sagte John lächelnd und erwiderte ihren Kuss.

Kapitel 37

Sie aßen früh, weil Tommy und Thyra ihren Zug noch erreichen mussten. Fitzen zog es nach Hause zu Frau und Kind, während Lilly und John noch eine Nacht im Friesenhaus verbringen wollten.

Bens Dinner war natürlich für seinen Foodblog gedacht. Stolz präsentierte er zusammen mit Gonde seine Kreation, und John erlitt einen Schock. Das, was er auf den Tellern liegen sah, glich einem alten, schmutzigen, zu lange gebrauchten Putzlappen, farblich irgendwo zwischen Grau und Braun angesiedelt, mit einzelnen hässlichen Flecken auf der Oberfläche, als wenn Benzin darüber ausgelaufen wäre.

»Oh, sehr lecker!«, sagte Thyra, die schon am Rand geknabbert hatte. Benthien starrte sie an. Offensichtlich meinte sie es ernst.

»Ein doppelter, gefüllter Pfannkuchen aus Buchweizenteig«, erklärte Ben. »Gefüllt mit Babyspinat, Ei, Knoblauch, etwas Sahne, Schafskäse, Chili, Kurkumin, Pfeffer und, der Clou, kleinen Mandarinchen aus der Dose, aber ohne den Saft natürlich.«

»Toll gemacht«, lobte Lilly, »die Mandarinen geben der Sache den saftigen Geschmack, ohne dass es süß schmeckt. Aber, Ben, du hättest nicht so viele Chilikerne einarbeiten sollen. Das ist höllisch scharf!«

Genau das hatte John, der sich gerade einen großen Bissen in den Mund geschoben hatte, auch bemerkt. Er sprang so heftig auf, dass sein Stuhl umfiel, und raste in die Küche.

»Kein Wasser!«, hörte er seinen Vater hinter sich herrufen. »Du musst Öl trinken, hörst du?«

Öl, das fehlte ihm gerade noch! Er kam mit einer eiskalten Cola zurück, und Ben schüttelte den Kopf.

»Ganz falsch, Junge! Capsaicin ist nicht wasserlöslich, Wasser oder Cola helfen da gar nichts, sondern verteilen die Schärfe nur in Mund und Rachen! Nur Fett wirkt dagegen, Öl oder Butter. Aber meinetwegen trink Cola, wenn du weiter leiden willst.«

»Nicht zu fassen, was du alles weißt!«

Benthien eilte erneut in die Küche, kam mit dem Buttergefäß zurück und lutschte mit angeekeltem Gesicht die Butter.

Thyra aß still und stetig vor sich hin, ebenso Fitzen. Lilly sortierte sorgfältig die Kerne aus den einzelnen Bissen, die sie in den Mund steckte. Gonde stocherte nur mit spitzer Gabel auf ihrem Teller herum und aß fast nichts. Die Verhaftung von Justus und die Vorstellung, was er getan hatte, schienen ihr schwer im Magen zu liegen. Auch sein Vater machte auf Benthien einen merkwürdig geistesabwesenden Eindruck.

»Die Optik ist noch verbesserungswürdig, Ben, ich würde eine essbare Blüte in die Mitte setzen. Aber der Geschmack ist erstklassig«, meinte Fitzen und nahm sich einen zweiten Pfannkuchen.

»Gehen wir noch an den Strand?« fragte Lilly nach dem Essen. »Ein bisschen Bewegung würde uns guttun.«

In diesem Augenblick klingelte Benthiens Handy – wie so oft, wenn sie gemeinsam etwas unternehmen wollten. Das Display meldete Arndt Schäfer als Anrufer.

»Was wollte er?«, fragte Lilly, nachdem John aufgelegt hatte.

»Annette hat eine Anzeige gemacht gegen eine ihrer Mitarbeiterinnen. Sie hat herausgefunden, dass sie es war, die sie erpresst hat. Anscheinend hat sie mal ein Telefongespräch mitangehört, das Annette mit einem ihrer Darkroom-Lovers geführt hatte. Wollen wir jetzt gehen?«

Als sie an der Küche vorbeikamen, hörten sie mal wieder eine Auseinandersetzung zwischen Ben und Gonde. Natürlich ging es um Rezepte für den Foodblog.

»Wenn die beiden schon wieder streiten können«, meinte Benthien, »sind sie wohl übers Gröbste hinweg.«

»Zumindest trösten sie sich mit Rezepten«, stimmte ihm Lilly zu.

»Wasabi!«, sagte Ben gerade hartnäckig. »Blumenkohl schmeckt viel zu lasch, da muss Würze dran und Schärfe!«

»Aber mit Wasabi erschlägst du den Blumenkohl«, entgegnete Gonde ebenso energisch.

»Dann nehmen wir eben Porree!« Ben war durchaus zu Kompromissen bereit.

»Porree und Wasabi? Um Himmels willen!«

»Ich weiß nicht, warum du mir ständig jede Idee und jede Komposition ausreden willst, Gonde!«

»Vielleicht, weil sie nicht zusammenpassen?«

»Da könnte doch was laufen zwischen Gonde und deinem Vater, meinst du nicht?«, fragte Lilly, nachdem sie draußen waren.

»Im Streiten sind sie jedenfalls Weltmeister«, stimmte John ihr zu.

Sie fuhren an den Lister Weststrand und wanderten in Richtung Ellenbogen. Irgendwann warfen sie ihre Kleider ab – die Badeklamotten trugen sie schon darunter – und stürzten sich in die grünen Wellen, genossen die Kühle nach einem langen, heißen Tag, küssten sich und schluckten tapfer das salzige

Meerwasser, das sie bei ihren spielerischen Raufereien immer wieder überspülte.

Danach lagen sie im Sand. Sie sprachen nicht viel, waren aber sehr beschäftigt.

Endlich sagte Lilly lachend: »Komm, lass uns gehen, sonst wird das hier noch eine Szene aus *Verdammt in alle Ewigkeit!*«

»Du meinst, die Szene, wo Deborah Kerr schön und lasziv im Sand liegt – so wie du! – und Burt Lancaster sich mit seinem tollen Body über sie beugt – so wie ich – und sie küsst?«

»Genau die meine ich … geh weg!«

Es dauerte eine Weile, bis Lilly aufspringen und weglaufen konnte, doch John verfolgte sie. Sie ließ sich wieder einfangen, und die Szene ging von vorne los.

»Wir müssen nach Hause«, sagte Lilly schließlich atemlos. »Holst du unsere Sachen, falls sie noch da sind? Ich weiß nicht, was Ben sagen würde, wenn wir nur in nassen Badeklamotten nach Hause kämen und alles andere verloren hätten.«

»Der soll nur schön weiter mit Gonde streiten. Das lenkt sie wenigstens ab. Sie war ja völlig am Boden zerstört, die Arme.«

John zog Lilly schwungvoll hoch und wischte ihr den Sand von Schultern und Armen. Dann gingen sie langsam zu ihrem Kleiderhaufen zurück, der einsam am Strand lag.

»Ja, das war sie«, sagte Lilly. »Ich kann sie auch verstehen, es muss ein Riesenschock für sie gewesen sein. Im Grunde tun mir alle ein bisschen leid – Gonde, Sabrina, Tristan, der jemanden verliert, den er als Vorbild ansah, ja, und auch Justus. Wirklich böse und skrupellos war nur Adeline. Und damit muss die Familie nun fertigwerden.«

John bückte sich und klaubte etwas aus dem Schlick. »Schau mal, noch ein Glücksstein.«

»Nein, das ist kein Hühnergott, das Loch geht nicht durch.«

Lilly schleuderte den Stein ins Wasser. John schubste sie, und wieder warfen sie sich dem Meer in die Arme, schwammen, lachten, tauchten sich gegenseitig unter, wälzten sich im Schlamm, spritzten Wasserfontänen in die Luft. Sie waren ganz allein am Strand. Lilly griff, als sie aus dem Wasser kam, nach einem kleinen Stock und schrieb »John und Lilly« in den Sand, doch noch ehe sie ein Herz drumherum malen konnte, kam eine Welle, die weiter den Strand hochlief als alle vorherigen, und zerstörte ihr Werk.

Lilly hoffte natürlich, dass noch ganz viel zurückbliebe von ihrer Liebe, dass sie beide eine Reise in die Zukunft antreten würden wie zwei Sternschnuppen, die über den Himmel zogen, bis sie gemeinsam verglühten. Diese romantische Vorstellung gefiel ihr, und sie hätte diesen Gedanken gern noch weiter ausgeführt, doch sie hatte nicht mit dem hinterhältigen Überfall ihres Liebsten gerechnet, der sie umwarf wie einen Hund, hinein in den warmen Sand, und alles andere im Sinn hatte, als sie ihrer Meditation zu überlassen.

Später saßen Lilly und John auf der Terrasse. Die Sonne war untergegangen; die Venus, der Abendstern, leuchtete so hell und nah am Himmel, als könnte man ihn wie eine Butterblume pflücken. Ben und Gonde waren in ihren Zimmern verschwunden. Aus den Nachbargärten hörte man ab und zu noch Stimmen, Lachen, ein Kind weinte. Man sah niemanden, das verhinderten die Dünenformationen, die hohen Gräser und die wildwachsenden Hecken der Kamtschatkarosen, doch der leichte Wind trug die Geräusche überall hin. Eine Frau ganz in der Nähe sagte mit klarer Stimme: »Der verflixte Hund hat schon wieder gekotzt.« Zwei Terrassen in der nächsten Umgebung waren offenbar mit Fackeln bestückt, man erkannte ab und zu ihren flackernden Schein. Leuchtkäfer flogen durch die Nacht, und die Zikaden zirpten. Lilly sah sich argwöhnisch um, ob sie ihr auch nicht zu nahe kamen.

»Schade«, sagte sie und streichelte Johns Knie, »dein Kopf bleibt jetzt erst mal unvollendet. Aber du solltest unbedingt weiter daran arbeiten. Am nächsten Wochenende … Da kommen wir wieder, okay?«

Benthien musterte sie versonnen. »Ich habe eine bessere Idee: Wir sollten doch am Frauentragen teilnehmen und nach Finnland fahren. Ich könnte dich am Strand entlang tragen, Lilly. Pass auf, es ist ganz einfach: Du hängst auf meinem Rücken, Kopf nach unten, die Beine grätschst du um meinen Hals. Deine Arme führst du um meinen Brustkorb herum nach vorn und hältst dich dabei an deinen Füßen fest. Nur runterfallen darfst du natürlich nicht. Am Strand kann man das gut trainieren. Aber Fitzen hat recht, du solltest ein paar Kilo …«

Er musste aufhören, da Lilly einen Angriff startete und ihm Mund und Nase zuhielt. »Irgendwie sind dir die scharfen Pfannkuchen – oder die Unmengen an Butter – vorhin nicht bekommen«, sagte sie. »Sollen wir nach oben gehen? Die Treppe darfst du mich gerne rauftragen!«

Oben stand das Fenster offen, und eine inzwischen leicht verschleierte Mondsichel sandte ihr Licht ins Schlafzimmer und malte Kringel auf das aufgeschlagene Boxspringbett.

»Komisch, ich habe das Gefühl, der Sommer ist schon fast wieder vorbei«, sagte Lilly, die am Fenster stand und plötzlich einen Kloß im Hals spürte. Sie fröstelte.

John nahm sie ganz fest in die Arme. »Das sieht nur so aus, Lilly. Der Sommer dauert noch lange!«

Weitere Personen

Benjamin Carl Benthien, Vater von John Benthien
Arndt Schäfer, Kripobeamter aus Westerland

Die Familie Melander

Haie Melander (* 1746, † 1824), Deichgraf und Leichenhändler
Heinrich Melander (* 1860, † 1943), Gründer der Melander-Werke
Carl Melander (* 1885, † 1916), ältester Sohn von Heinrich
Wilhelm Melander (* 1887, † 1979), jüngster Sohn von Heinrich und Großvater von Adeline und Justus
Carola Henriette Borgwart (* 1890, † 1915), Verlobte von Wilhelm

Adeline Melander, Mutter von:
Jacques, vor zwei Jahren verstorben
Théo, Politiker
Annette, Apothekerin
Marcel, leitet die Melander-Werke in Niebüll
Etienne, Gastwirt auf der Halbinsel Eiderstedt

Volker Melander, verstorbener Ehemann von Adeline
Justus Melander, Bruder von Adeline
Tristan Melander, Enkel von Adeline
Evi Melander, Frau von Théo und Tristans Mutter
Yvonne Melander, Nicky Melander, verwitwete Schwiegertochter, Enkel von Adeline

Andere

Sabrina Liebig, Verlobte von Justus Melander

Moussa Aouba, Lebensgefährte von Marcel Melander aus dem Senegal

Yaro Dhiaf, Freund von Yvonne Melander aus Tunesien

Gonde Oldsen, arbeitet an einer Sylt-Chronik

Raffael Quest, porträtiert Adeline

Sigrid Schulau, Freundin von Adeline

Emily Matern, Bekannte von Adeline und ihrem Mann, verstorben

Enno Abel, Sylt-Chronist, † 1983

Geseke Abel, † 1915, Abels verschollene Schwester

Henny Preuss, Haushaltshilfe von Adeline

Thure Bassewitz, Kompagnon von Heinrich, ermordet 1914

Frerk Johannsen, wurde 1915 für diesen Mord gehängt

Dieser Roman ist ein Produkt der Fantasie. Jegliche Ähnlichkeit mit realen Personen – lebenden oder toten – und Geschehnissen wäre reiner Zufall. Die örtlichen Gegebenheiten entsprechen weitgehend den tatsächlichen Gegebenheiten, doch habe ich mir die Freiheit genommen, hin und wieder die Realität den Erfordernissen der Geschichte anzupassen. Die Sylter Wanderdünen sind übrigens nur im Rahmen von Führungen zugänglich.

Der Roman soll eine kleine, augenzwinkernde Hommage an Agatha Christie und ihr Werk sein – der kundige Leser wird es sicher bemerkt haben. ☺

Lesejury